Every Fifteen Minutes

15분마다

펴 낸 날	|	2022년 4월 15일 초판 1쇄
지 은 이	|	리사 스코토라인
옮 긴 이	|	권도희
펴 낸 이	|	이태권
책임편집	|	지은정
북디자인	|	박은정
펴 낸 곳	|	소담출판사

서울특별시 성북구 성북로5길 12 소담빌딩 301호 (우)02880
전화 | 02-745-8566   팩스 | 02-747-3238
등록번호 | 1979년 11월 14일 제2-42호
e-mail | sodambooks@naver.com
홈페이지 | www.dreamsodam.co.kr

ISBN   979-11-6027-293-2 (03840)

- 책값은 뒤표지에 있습니다.
- 잘못된 책은 구입하신 곳에서 교환해드립니다.

15분마다

리사 스코토라인 지음
권도희 옮김

• Every Fifteen
Minutes

소담출판사

샌디에게 사랑과 감사를 담아

- 차례 -

일러두기

본문 속 각주는 옮긴이와 편집자의 주석입니다.

15
분마다

나는 소시오패스다. 평범해 보이지만 그렇지 않다. 훨씬 영리하고 자유롭다. 규칙이나, 법률, 감정, 상대방에 대한 배려 따위에 얽매이지 않기 때문이다.

나는 사람들의 마음을 금세 읽을 수 있고, 연락처를 바로 얻어낼 수 있으며, 무엇이든 내가 원하는 대로 행동하게끔 조종할 수 있다. 진짜 좋아하지는 않지만 좋아하는 것처럼 행동한다. 바로 당신을.

나는 당신을 속이고 있다.

매일 기만하고 있다.

책에서 본 바로는, 24명 중 1명이 소시오패스라고 한다. 만일 내게 물어본다면 걱정해야 할 건 나머지 23명이라고 답할 것이다. 24명 중 1명이면 인구의 4퍼센트다. 소시오패스가 그만큼 많다는 뜻이다. 거식증 환자는 3퍼센트인데 모두들 그들에 관해 이야기한다. 정신분열증 환자는 겨우 1퍼센트에 불과한데도 모든 언론이 앞장서서 다룬다. 소시오패스에 대해서는 아예 관심이 없거나, 전부 다 살인자라고 생각한다. 그건 잘못된 생각이다.

우리에 대해 걱정하는 건 편집증이 아니다. 훨씬 더 편집증적으로 걱정해야 한다. 전형적인 평범한 엄마들은 온갖 걱정을 다 하지만 그건 전부 다 쓸데없는 걱정이다.

그들은 나에 대해서는 걱정하지 않으니까.

사람들은 악마가 나처럼 '평범한' 사람이 아니라 테러범이나 살인자, 무자비한 독재자의 모습으로 존재한다고 생각한다. 그들은 악마가 자신들의 동네에 살고 있다는 것을 인지하지 못한다. 직장에서 바로 옆 자리에 앉아 있다는 것을. CVS 매장의 계산대에서 잡담을 나누고 있다는 것을. 기차 옆 좌석에 앉아 책을 읽고 있다는 것을. 체육관의 러닝머신에서 뛰고 있다는 것을.

자신들의 딸과 결혼할 수도 있다는 것을.

우린 여기 있고, 당신을 속이고 있다.

우린 당신을 노린다.

우린 당신을 훈련시킨다.

나는 소시오패스 검사를 해봤다. 물론 공식적인 검사는 아니다. 해어 테스트Hare test라고 불리는 실제 검사는 오직 숙련된 전문가들만이 할 수 있는 것이다. 나는 인터넷에서 검사법을 찾았다. 처음 두 문항은 다음과 같다.

1. 나는 다른 사람들보다 뛰어나다.

선택하시오 : 전혀 그렇지 않다 / 조금 그렇다 / 그렇다

2. 내가 한 일 때문에 다른 사람이 비난을 받아도 미안하지 않다.

선택하시오 : 전혀 그렇지 않다 / 조금 그렇다 / 그렇다

문항은 전부 20개로, 최고 점수는 40점이다. 내 점수는 38점이다. 소시오패스 전공이라면 우등으로 졸업했을 것이다.

어쨌든 내가 누구인지 말해주는 검사 같은 건 필요 없다.

이미 알고 있으니까.

언제나 알고 있었다.

나는 감정이 없다. 사랑이나 미움, 좋아하는 것이나 싫어하는 것이 없다. 심지어 페이스북에서 '좋아요'나 '싫어요'도 누르지 않는다.

하지만 페이스북 계정은 있고, 친구들도 제법 많다.

관심이 있냐고?

사실 나는 그들이 내 친구라는 사실이 웃기다고 생각한다. 그들은 내가 누군지 모르기 때문이다. 내 얼굴은 가면이다. 나는 내 생각을 숨긴다. 내가 하는 말들은 상대의 기분을 맞춰주거나, 매력적으로 느끼게 하거나, 상대가 약해지게끔 계산된 것이다. 상대방이 어떻게 듣느냐에 따라 내 말은 영리하게 들릴 수도, 멍청하게 들릴 수도 있다. 내가 하는 행동들은 모두 장차 나 자신의 이익이 된다.

내가 원하는 걸 갖고 있지 않는 한, 나는 당신의 친구가 아니고 친

구인 척도 하지 않는다.

그런 경우, 나는 당신의 적일뿐만 아니라 악몽이기도 하다.

나는 쉽게 지루함을 느낀다.

무언가를 기다리는 것을 싫어한다.

기다림은 나를 안절부절못하게 만든다. 이 방에 있는 몇 시간도 그랬다. 심지어 이 비디오 게임도 지루하다. 지금 온라인상에서 게임을 하고 있는 멍청이들이 누군지는 모른다. 얼굴에 여드름이 가득한 녀석들이 팀을 짜서 던전[1]을 탐험하고 퀘스트[2]를 이행하면서 용과 창녀와 나치들을 죽이며 각자 역할을 해내고 있을 것이다.

누군지 몰라도 워크래프트World of Warcraft를 만든 사람은 이 게임이 소시오패스들의 실습장이라는 사실을 알고 있을지 궁금하다.

나는 지금 '살인마 코브라', '죽음의 검', '토막치기'라는 아이디를 가진 사람들과 함께 게임을 하고 있다. 하지만 그들은 모두 중학생일 것이다.

아니면 로스쿨 학생들이거나.

만일 24명 중 1명이 소시오패스라면, 집을 불태우려고 하는 게이머가 나만 있진 않을 것이다.

내 아이디는 '호적수'다.

나는 실생활에서 매일 역할극을 하기 때문에 게임을 아주 잘한다.

---

1   주로 온라인 게임에서 몬스터들이 모여 있는 소굴

2   게임 전체의 이야기를 이끌어 가는 요소로, 온라인 게임에서 이용자가 수행해야 하는 임무

언제나 한 걸음 내지 두 걸음 앞서 있다.

나는 모든 것을 계획한다. 모든 사람들을 움직이게 하고, 때가 되면 공격한다.

결국에는 항상 승리한다.

그들은 내가 오는 것을 절대 보지 못한다.

어째서냐고?

난 이미 그곳에 있기 때문이다.

2
장

에릭 패리시 박사는 호출을 받고 응급실로 가고 있었다. 해브메이어 종합병원의 정신과 과장으로 일한 지 15년이나 됐음에도 응급실이 가까워질수록 점점 더 긴장된다. 응급 상담일 경우, 폭력의 가능성이 항상 있었다. 작년에는 인근 델라웨어 카운티에 있는 병원에서 응급 상담을 하던 정신과 의사가 환자가 쏜 총에 맞고, 담당 사회복지사는 목숨을 잃은 일도 있었다. 그 비극은 숨겨둔 총을 꺼낸 정신과 의사의 반격으로 그 환자가 목숨을 잃는 것으로 끝이 났다.

에릭은 병원 복도를 서둘러 지나갔다. 실습 나온 의대생 두 명이 그 뒤를 따랐다. 여학생 한 명과 남학생 한 명으로, 자기들끼리 이야기를 나누고 있었다. 에릭은 총을 가지고 있지는 않았지만 자기가 그들을 지켜줄 수 있다고 확신했다. 델라웨어 카운티 총격 사건 이후, 고용주인 필라헬스 파트너십에서는 보안에 극도로 신경을 쓰면서 그에게 방어 전략과 탈출 훈련을 시켰다. 에릭은 병원에 총을 가져오지 않았다. 그는 마음을 치료해주는 사람이었고, 사실 사격 실력도 의심스러웠다.

갑자기 확성기 시스템이 켜지면서 스피커를 통해 녹음된 자장가가 흘러나왔다. 병원에서는 출산 서비스의 일환으로 아기가 태어날 때마다 자장가를 틀어주었다. 하지만 에릭은 그 소리가 위층에 있는 정신질환자들에게 고통을 줄 것을 알기에 움찔했다. 그가 담당한 환자들 중에 아이를 사산한 뒤 우울증에 걸린 젊은 엄마가 있었는데, 간간이 그 자장가 소리를 들을 때마다 감정적인 기복이 커지곤 했다. 에릭은 관리실에 자장가 소리가 정신병동까지 들리지 않게 해달라고 요청했지만 그들은 항상 스피커 시스템을 바꾸는 데 비용이 너무 많이 든다고만 할 뿐 아무런 조치도 취하지 않았다. 에릭이 그 비용을 내겠다고 했지만 관리실에서는 안 된다는 대답뿐이었다.

자장가 소리가 귓가에 울려 퍼졌다. 에릭은 병원 관료들을 설득하지 못했다는 사실이 괴로웠다. 사실 이 일은 정신병을 신체의 질병만큼 심각하게 받아들이지 않고 있다는 더 큰 문제의 일환이었다. 그래서 에릭은 그런 인식을 변화시키기 위해 1인 캠페인을 진행하고 있었다. 바로 그 자신이 희망, 심지어 행복이 존재한다는 살아있는 증거였다. 의대 재학 시절, 에릭은 불안장애에 시달렸지만 훈련을 통해 그 증상을 완전히 통제할 수 있게 되었다. 그 뒤로 그는 상담 치료를 끝내고 약을 끊었다. 더 이상 증상이 없었다. 완전히 나은 것이다.

에릭은 응급실로 통하는 이중문을 열었다. 금요일 밤이라 응급실은 북적거렸다. 무늬가 있는 수술복을 입은 간호사들이 환자들로 꽉 찬 치료실들을 부산스럽게 들락날락하고 있었고, 보조 의사가 바퀴 달린 컴퓨터 책상을 밀고 다녔다. 검은색 유니폼을 입은 응급 구조대원들은 오렌지색의 머리 고정 장치가 달린 텅 빈 들것 앞에서, 병원에서 사용하는 바퀴 달린 들것 위에 앉아서 대화를 나누고 있었다.

에릭은 팔각형 모양의 간호사실로 다가갔다. 컴퓨터 모니터를 보고 있던 금발 머리 간호사가 그를 보자 미소를 짓더니 D치료실을 가리켰다. 병원에서 신분증에 선홍색으로 W라고 찍히는 것을 모두 꺼린다는 것을 알고 있었다. 라이트Wright의 W이기도 하고, 폐쇄 병실이 포함된 병동Wing의 W이기도 했다. 하지만 직원들은 제정신이 아닌 사람들Wackos을 뜻하는 W라고 놀렸다. 에릭은 온갖 농담을 다 들었다. *병원에 있는 환자들과 정신과 의사들을 어떻게 구분할 것인가? 환자들은 상태가 좋아지면 떠난다.* 에릭도 정신과 의사에 관한 농담들을 했다. 하지만 정신과 의사의 아이들에 대한 농담은 결코 하지 않았다. 그런 농담들이 전혀 재미있지 않았다. 그에게는 아이가 있기 때문이다.

에릭이 치료실 앞으로 다가가 커튼을 열자 의대생들도 입을 다물었다. 문 앞에 선 그들은 환자복을 입고 편안하게 침대에 누워 있는 짧은 은발 머리에, 온화해 보이는 얼굴을 한 나이든 여자 환자를 보고 안도했다. 그 옆에는 젊은 남자가 걱정 가득한 얼굴로 환자의 손을 잡고 앉아 있었고, 그 뒤에 로리 포추나토 박사가 서 있었다. 그녀는 키가 작고 풍만한 몸에 빳빳하게 다린 흰색 가운을 걸치고, 목에는 소아과 환자들이 붙여준 꽃 스티커로 장식된 청진기를 걸고 있었다. 두 사람은 의대 시절부터 지금까지 친구로 지내고 있었다. 비록 로리가 더 재빠르고, 인간관계에 능했지만.

"로리, 이렇게 보니 반가운데." 에릭은 로리에게 인사를 건넨 뒤에 뒤따라 들어온 의대생들을 짧게 소개했다. 그들은 뒤쪽 벽에 서서 모든 과정을 진지하게 지켜보고 있었다.

"와줘서 고마워, 에릭" 로리가 싱긋 웃었다. 따뜻한 갈색 눈동자에, 길쭉한 매부리코, 통통한 뺨, 수다를 떨거나 입을 크게 벌리거나 인상을 쓰는 등 결코 가만히 있지 못하는 커다란 입을 가진 덕에 그녀는 항상 밝고 생기가 넘쳐 보였다. 로리는 화장을 하지 않아도 매력적이었다. 그녀는 병원에서 일하는 대부분의 여자들과 달리 그런 것에 신경 쓰지 않았다. 허영심이 전혀 없다는 것이 로리의 결정적인 특징이었다. 항상 곱슬곱슬한 갈색 머리를 위로 틀어 올리고, 연필이나 펜이나 압설자[3]처럼 뭐든 손에 잡히는 것으로 고정시켰다.

"다행이네. 내가 뭘 도와주면 돼?"

로리가 환자를 가리켰다. "이쪽은 버지니아 티크너 씨와 손자인 맥스 자보우스키 군이야."

"에릭 패리시라고 합니다. 두 분을 만나 뵙게 되어 기쁩니다." 에릭은 침대 옆으로 한 걸음 다가갔다. 그러자 나이든 여자가 영민한 미소를 지으며 에릭을 올려다보았다. 쌍꺼풀이 없는 갈색 눈동자로 그

---

3   혀를 아래로 누르는 데 쓰는 의료 기구

를 똑바로 쳐다보는 건 좋은 징조였다. 그녀는 어딘가 다친 것처럼 보이진 않았지만 정맥 주사를 맞고 있었고, 손가락 클립으로 생명 징후를 측정하고 있었다. 에릭은 반짝거리는 모니터를 확인했다. 수치는 정상으로, 특별한 것이 없었다.

"오, 이 선생님은 정말 미남이네." 티크너 부인이 쉰 목소리로 말하더니 놀리는 것처럼 에릭을 훑어보았다. "버지니아라고 불러요. 아니면 귀염둥이라고 부르든지."

"그럼 이야기를 좀 나눠볼까요." 에릭은 의자를 끌어당겨 침대 옆에 앉았다. 그는 노인 환자를 치료하는 것을 좋아했다. 제일 먼저 해야 할 일은 티크너 부인과 정서적인 관계를 형성하는 것이다. 대개의 경우 유머가 통했다. 에릭은 티크너 부인을 보며 미소를 지었다. "절미남이라고 하시는 걸 보니 시력에는 아무 문제가 없는 것 같군요."

"그건 아니라오. 황반변성에 걸렸으니까." 티크너 부인이 윙크를 했다. "아니면 그냥 퇴화한 걸 수도 있고!"

에릭이 웃었다.

티크너 부인이 로리를 가리켰다. "패리시 선생은 어째서 흰 가운을 걸치지 않았죠?"

"살쪄 보이거든요." 에릭은 정신과 의사들 중 많은 이들이 환자들과 공감대를 형성하기 위해 흰 가운을 입지 않는다는 말을 덧붙이지 않았다. 그래서 그도 푸른색 옥스퍼드 셔츠와 카키색 바지를 입고, 타이를 매지 않고 로퍼를 신고 있었다. 전형적인 '교외에 사는 친절한 아빠' 같은 모습이었다. 사실 그는 원래 그런 사람이기도 했다. 하지만 지금은 자신이 그저 발기부전인 남자처럼 보일까봐 걱정이었다.

"하하! 정말 재미있는 분이네!" 티크너 부인이 웃었다.

로리가 눈을 흘겼다. "티크너 부인, 자꾸 부추기지 마세요. 이 병원에는 이미 패리시 선생의 여성 팬들이 차고 넘치니까."

티크너 부인의 쌍꺼풀 없는 눈이 반짝거렸다. "질투하는 것 같은데."

"맞습니다. 질투하는 겁니다." 에릭이 로리를 보며 미소를 지었다.

"말도 안 돼." 로리가 코웃음을 쳤다.

티크너 부인이 키득거리며 웃었다. "포추나토 선생이 당황한 모양이네."

"그런 것 같네요." 에릭은 머릿속으로 정신 상태 검사 항목들을 살폈다. 그는 환자를 만날 때마다 그들의 의식 수준, 외모와 행동, 말과 운동신경 능력, 기분과 영향, 사고와 인식, 태도와 통찰력뿐만 아니라 환자에 대한 자신의 반응과 환자 본인의 인지 능력들을 평가했다. 티크너 부인은 대부분의 항목에서 좋은 점수를 얻었다. 에릭의 게슈탈트 검사[4]에도 부인은 기분 좋게 응했고, 완전히 정상으로 보였다. "버지니아, 제가 뭘 도와드릴까요?"

"에릭." 로리가 끼어들었다. 그녀는 표정이 바뀌면서 직업적으로 말했다. "안타깝게도 티크너 부인은 울혈성 심부전에, 진행성 폐암이야. 3개월 전에 브렉슬러 박사에게 진단을 받았고, 순환기내과에서

---

4   행동 인지력 검사

사흘간 입원해 있었어. 그리고 이제 자택에서 고통 완화 치료를 시작한 참이야."

에릭은 로리의 말을 들으면서 감정을 숨겼다. 최악의 상황이었기에 티크너 부인에게 연민을 느낄 수밖에 없었다. 로리가 말을 이었다.

"오늘 티크너 부인은 저녁 식사 중에 질식 사고로 내원하신 거야. 엑스레이를 찍어보니 목에 또 다른 거대한 종양이 있는 걸 발견했어. 음식물을 삼키는 데 영향을 미칠 정도의 크기야."

"유감입니다." 에릭은 진심으로 말했다. 그러나 그는 이렇게 건강 상태가 좋지 않음에도 티크너 부인의 침착한 모습에 깜짝 놀랐다. 부인은 괴롭거나 우울해 보이지 않았다. 나중에 검사로 확인해볼 생각이지만, 현재 멍한 상태도 아니고 다른 노인 환자들처럼 옛날이야기만 늘어놓지도 않았다.

"고마워요. 하지만 암에 걸린 건 이미 알고 있었으니 새삼스러울 것도 없지." 티크너 부인이 담담하게 말했다. "여기 있는 손자 맥스 때문에 선생을 부른 거예요. 이 애는 열일곱 살밖에 안 됐지만 이 상황을 다 알고 있어요. 그런데 얘가 자꾸 나한테 미쳤다고 해서……."

맥스가 끼어들었다. "미쳤다고 한 적 없어요. 우울증에 걸렸다는 거죠. 제가 보기에 할미는 우울증이에요. 선생님이 도와주실 거예요. 항우울제 같은 약을 처방해주실 수도 있고요."

에릭은 맥스에게로 시선을 옮겼다. 키가 작고 마른 체형으로, 대충 158센티미터 정도에 59킬로그램 정도 나갈 것이다. 그래서인지 나이보다 더 어려 보였다. 그는 둥근 얼굴에, 작지만 쭉 뻗은 코, 연한 푸른색 눈동자를 가지고 있고, 수줍게 웃을 때면 한쪽 뺨에만 보조개가 들어갔다. 밝은 갈색의 긴 머리카락은 층을 내서 잘랐고, 배기 진과 검은색 티셔츠를 입고 있었다. 옷으로 가려지지 않는 가녀린 팔은 아이폰보다 무거운 건 들어본 적이 없는 것처럼 보였다.

티크너 부인은 관절염으로 울퉁불퉁해진 손을 휘저으며 손자를 내몰았다. "이 아이는 날 하니, 할미, 할매라고 불러요. 어릴 때부터 할머니라고 부르지 않았지. 말장난을 좋아했어요. 아주 영리한 아이라오. 전국 장학생에, SAT 만점, 성적이 최상위급이지. 그래서 이렇게 아는 척하는……."

"할미, 제발요." 맥스가 부드럽게 할머니의 말을 가로막았다. "우리가 이야기해야 할 대상은 내가 아니라 할미예요. 음식을 먹지 못하는 이유에 대해서도 이야기해야 하고요." 맥스가 할머니와 똑같은 푸른색 눈으로 에릭을 똑바로 쳐다보았다. "패리시 선생님, 심장 전문의 선생님은 할머니가 음식을 제대로 먹어야 기운을 차릴 수 있다면서 식사를 제대로 할 수 없다면 영양 보급관을 달자고 했어요. 하지만 할머니는 영양 보급관을 다는 것도 싫고, 식사도 하고 싶지 않다고 하세요. 아무래도 우울증 때문인 것 같아요. 제 생각에 할머니는 영양 보급관을 다셔야 해요. 반드시 말이에요."

에릭은 로리가 자신을 호출한 이유를 깨달았다. 말기 환자 치료는 환자 본인과 가족들에게 여러 가지 감정적인 문제들을 불러일으키게 된다. 그는 이런 문제들에 제법 잘 대응할 수 있었다. "맥스, 여러 가지 이야기를 해줘서 고맙구나. 도움이 됐어. 할머니를 진찰하는 동안 잠시 밖에 나가 있을래?"

"그러죠." 맥스가 자리에서 일어났다. 그리고 할머니의 손을 놓으며 미소를 지었다. "얌전히 계셔야 해요."

"잔소리 좀 그만해." 티크너 부인이 받아치고는 키득거리며 웃었다. 에릭은 두 사람 사이에 자연스럽게 흐르는 애정을 느낄 수 있었다. 맥스가 치료실을 나가자, 에릭은 로리를 쳐다보았다.

"티크너 부인을 먼저 살펴본 뒤에 이야기하지."

"좋아. 끝나면 연락해." 로리는 티크너 부인의 어깨를 토닥거렸다. "특별히 넘겨드리는 거예요."

"농담하지 말아요. 이제 우리 둘만 있게 어서 나가요." 티크너 부인이 또다시 키득거렸다. 그리고 벽 쪽에 붙어 서 있는 의대생들을 가리켰다. "저 사람들은 안 나가나? 관객은 필요 없는데."

"저 친구들은 그냥 있을 겁니다. 신경 쓰지 않으셔도 돼요." 에릭이 미소를 지으며 말했다.

"어떻게 신경을 안 써요? 저렇게 빤히 쳐다보고 있는데."

"전 하루 종일 겪는 일인걸요. 편안하게 생각하세요. 자, 이제 부인의 상태에 대해 말씀해주시죠. 우울증을 앓고 계십니까? 울적하거나 기운이 없나요?"

"아뇨. 아무렇지 않아요." 티크너 부인이 고개를 저었다. 짧은 백발 머리가 새끼 흰올빼미처럼 목 위에서 흔들렸다.

"정말요? 우울하다고 해도 병세를 생각하면 자연스러운 건데요."

"괜찮다고 했잖아요." 티크너 부인이 코웃음을 쳤다. "내 머리는 검사할 필요 없어요. 그건 그렇고, 내가 두 번째 남편과 결혼할 때 선생님은 대체 어디에 있었던 건지!"

에릭은 미소를 지었다. "좋습니다. 그럼 몇 가지만 질문드릴게요. 오늘이 며칠이죠?"

"날짜가 무슨 상관이지?"

"부인을 진찰하기 위해서는 몇 가지 질문에 대답을 해주셔야 합니다. 미국 대통령이 누구죠?"

"누구든 상관있나? 정치인들은 전부 사기꾼인데."

에릭은 다시 미소를 지었다. 그가 질문을 고수하는 건 오직 법적인 이유에서였다. "잘 들어보세요. 제가 단어 세 개를 말할 겁니다."

"난 당신을 사랑해I love you?"

에릭이 껄껄거리며 웃었다. "제가 말할 단어 세 개는 바나나, 딸기, 밀크셰이크예요. 따라 해보실 수 있겠어요?"

"물론이지! 바나나, 딸기, 밀크셰이크! 이봐요, 내 뇌에는 아무 이상이 없다니까 그러네." 티크너 부인의 미소가 잘 살아왔다는 증거인 깊은 주름살 속으로 사라졌다. "난 우울증이 아니에요. 걱정이 있을 뿐이지."

"무슨 걱정입니까?"

"손자 맥스요. 그 아이는 나와 같이 산다오. 내가 길렀지. 우울증에 걸린 건 맥스예요. 내가 죽은 뒤에 그 아이가 어떻게 될지 모르겠어." 티크너 부인이 이마를 찡그렸다. "그 아이는, 맥스는 다른 사람과 달라요. 친구도 없고, 늘 혼자라오."

"무슨 말씀인지 알겠습니다. 하지만 오늘 밤 제 환자는 부인이세요." 에릭은 티크너 부인을 방치하고 싶지 않았다. 부인이 스스로를 방치하고 있다 할지라도. "부인은 여기 치료받으러 오셨어요. 그러니 진찰을 해보고, 필요하다면 치료할 생각입니다."

"난 치료받을 필요가 없어요. 선생을 부른 건 내가 아니라 맥스예요. 그 아이 뜻대로 하라고 내버려둔 건 맥스에게 도움이 필요하다고 생각했기 때문이라오. 이런 식이 아니라면 저 아이를 정신과 의사에게 데려갈 수 없으니까 말이에요."

"그러니까 지금 그 말씀은 맥스 때문에 절 불렀다는 겁니까?" 에릭은 재빨리 물었다. 지금 이 상황은 환자라고 확인한 사람이 실제 환자가 아닌 경우였다.

"맞아요. 맥스는 내가 죽어가고 있다는 걸 알아요. 하지만 제대로 받아들이지 못하고 있지. 내가 떠나면 그 애는 오롯이 혼자 남게 될 거예요. 맥스를 도와줄래요?" 티크너 부인이 에릭의 셔츠 소매를 붙잡으며 다급하게 말했다. "제발 그 애를 도와줘요."

"어째서 맥스에게 도움이 필요한 건지 말씀해주시죠."

"그 애는 내가 잘 먹으면 좀 더 오래 살거나 괜찮을 거라고 하지만, 그렇지 않아요. 난 죽어가고 있으니까. 맥스는 그 사실을 감당하지 못하고 있어요." 티크너 부인은 눈도 깜빡하지 않은 채 똑바로 쳐다보며 말했다. "난 영양 보급관을 달고 싶지 않아요. 아흔 살이면 충분히 오래 살았지. 진통제 약효가 떨어지면 온몸이 아프다오. 난 집에서 자연스럽게 떠나고 싶어요."

"이해합니다." 에릭은 자신도 이처럼 용감하게 죽음을 맞이할 수 있기를 바랐다. 그는 더 이상의 검사는 필요 없다고 결정했다. 티크너 부인은 아무런 이상이 없었고, 본인이 치료를 거부했다. 이런 상황이면 부인의 손자에 대한 걱정을 들어주는 것이 합당했다. "맥스의 부모님은 어디 있습니까? 그분들은 뭐라고 하던가요?"

"맥스의 엄마는 내 딸이긴 하지만 아무런 쓸모가 없다오. 지금 나랑 같이 살고 있지만 집에 거의 들어오지 않지. 술을 너무 많이 마셔서 직장도 제대로 못 다닌다오. 전화 회사에 다녔었는데 잦은 결근으로 해고당했어요."

"아버지는요?"

"맥스의 아버지는 애가 두 살 때 집을 나갔어요. 그 인간도 술을 많이 마셨지."

"유감입니다." 에릭은 결코 사라지지 않을 분노로 인한 쓸쓸한 고통을 느꼈다. 그의 아버지 역시 알코올 의존자로, 술에 취한 채 트럭을 몰다가 나무에 충돌하는 바람에 어머니와 함께 세상을 떠났다. 에릭이 애머스트 대학에서 1학년을 막 마쳤을 때였다. 하지만 그는 평상심을 유지하기 위해 그 기억을 눌렀다. "맥스에게 다른 형제자매가 있나요?"

"아뇨. 외동이라오. 심지어 친구도 없어요. 집에 있을 때도 날 보살피거나, 저녁을 먹을 때 외에는 방에서 나오는 법이 없죠. 밤새 컴퓨터 게임만 한다오. 그 애한테는 나밖에 없어요." 티크너 부인이 눈물을 참기 위해 눈을 깜빡거렸다. "맥스를 어쩌면 좋겠소? 내가 죽으면 틀림없이 상처받을 텐데."

"진정하시죠." 에릭은 협탁에 놓여 있던 크리넥스 통에서 휴지를 뽑아 티크너 부인에게 건네주었다. 정신과 의사로서 사람들에게 휴지를 건네주는 일은 수도 없이 많았지만 여자들, 특히 나이 많은 여자들이 울면 여전히 가슴이 찢어지는 것 같았다. 그가 아직도 매일같이 떠올리는 어머니가 연상되기 때문이다.

"어떻게 해야 할지 모르겠어요. 그 애가 걱정돼 죽을 것 같아요."

"혹시 자해할지도 모른다고 생각하시는 건가요?"

"맞아요." 티크너 부인이 코끝을 매만졌다. 양쪽의 분홍색 반점이 산소가 부족하다는 것을 알려주고 있었다. 예견된 증상이었다. "그 애는 별나긴 하지만 착해요. 선한 마음을 가졌지."

"이전에 자해를 시도한 적이 있습니까? 아니면 그런 느낌이 드는 말을 했다거나?"

"아뇨. 그 애는 속내나 자기감정에 대해서는 말하지 않아요. 그 애 아버지도 마찬가지였지. 아무 짝에도 쓸모없는 짓인데."

에릭은 계속 질문했다. "맥스가 치료사를 만났거나 학교에서 상담을 받은 적이 있나요?"

"아뇨. 아이가 곤란해했어요. 사람들이 알면 놀릴 거라면서." 티크너 부인이 훌쩍거리더니 코를 닦았다. "내가 정신이 나갔지. 그냥 내내 기도만 했다오. 그것도 아주 열심히. 여기저기 물어보기도 했지만 제대로 아는 사람이 없었어요. 제발 그 아이를 도와줘요."

"개인 상담을 할 수는 있습니다." 에릭은 자기도 모르게 그렇게 말했다. 사실 새 환자가 필요하지는 않았다. "맥스가 원한다면 시간을 내보지요."

"정말요?" 티크너 부인의 쌍꺼풀 없는 눈에 희망이 가득했다. "그 래줄 수 있겠어요?"

"네. 맥스가 원하면요."

"정말 고마워요!"

"별말씀을요." 티크너 부인이 안도하는 모습을 보자 에릭의 마음도 편해졌다. "하지만 심리 치료는 아주 만만찮은 일이고, 환자 본인이 원해야만 도움이 된다는 건 알고 계실 겁니다. 제가 맥스에게 제안은 해보겠지만 모든 건 당사자한테 달렸어요."

"그 애도 받아들일 거예요. 선생님이 내 무거운 짐을 덜어줬네요." 티크너 부인이 휴지를 꼭 쥔 채 관절염으로 울퉁불퉁한 손을 맞잡았다. "이 세상에 그 애보다 더 소중한 건 없다오. 맥스만 괜찮으면 난 아무런 걱정이 없어요. 선생도 아이가 있다면 알겠지만."

"그럼요." 에릭은 해나를 떠올렸지만 말로 하지 않았다. 자신이 옆에 없을 때, 이제 일곱 살인 딸에게 무슨 일이 생길까 늘 걱정되었다. 아내와 별거를 시작한 뒤로 그 걱정이 제일 컸다.

"선생님, 상담료는 내가 낼 테니까 걱정하지 말아요. 시간당 50이나 60달러쯤 받나?"

"그 정도면 됩니다." 에릭이 대답했다. 사실 그의 상담료는 시간당 300달러다. 그 정도 액수를 지불할 여력이 안 되는 환자들이라고 해도 250달러 이하로 깎아주지는 않았다. 하지만 죽음에 임박해 눈물

짓는 노부인들에게는 예외였다. 정신의학과는 정형외과처럼 고관절 교체술이나 토미 존 수술[5], 성형외과에서 하는 주름 제거, 코나 가슴 성형 수술과 같은 고액의 비용이 드는 정밀한 시술을 필요로 하지 않기 때문에 실질적으로 가장 낮은 치료비를 받는 분야에 속했다. 모든 정신의학과 전문의들은 마치 얼굴을 바꾸면 마음을 고칠 수 있기라도 한 것처럼 성형외과가 가장 많은 치료비를 받고 있다는 사실을 증오했다.

"그럼 됐어요. 정말 고마워요!"

"도움이 돼서 기쁩니다." 에릭이 면바지를 쓸어내리며 자리에서 일어났다. "제가 나가기 전에 부인 자신에 대해 하고 싶은 말은 없습니까? 부인과 같은 진단을 받은 환자들을 치료한 적이 많습니다. 혹시 도움을 받고 싶으시면 말씀하셔도 돼요."

"아뇨. 난 강한 사람이라오. 암에 걸린 것만 제외하면 괜찮아요." 티크너 부인이 비꼬는 듯한 미소를 지으며 손을 내저었다.

"버지니아, 만나서 반가웠습니다." 에릭이 지갑에서 명함을 꺼내 협탁 위에 올려놓았다. "혹시 생각이 바뀌면 언제든 전화 주세요. 주저하지 마시고요. 부인은 강인한 분이시니까."

"당연하죠." 티크너 부인이 소리쳤다.

에릭은 미소를 지었다. 살아있는 티크너 부인을 다시 만날 수 있

---

[5] 부상당한 팔꿈치 인대를 손목이나 허벅지에 있는 다른 근육 힘줄로 대체하는 수술

을 것인지에 대해서는 생각하지 않으려고 노력했다. 그는 마지막으로 부인에게 손을 흔든 뒤 의대생들에게 앞서 나가라는 손짓을 했다. "티크너 부인, 이제 그만 가보겠습니다. 포추나토 선생을 보내드리죠. 잘 지내시고요."

에릭은 의대생들을 따라 치료실을 나섰다. 간호사실 앞에 서 있는 로리와 자판기 앞에 몸을 숙이고 있는 맥스가 보였다. 에릭이 맥스에게 다가가려는 순간, 누군가 팔꿈치를 잡아 돌아보니 의대생인 크리스틴 말린이었다. "무슨 일이지?"

"선생님은 환자분에게 정말 친절하세요." 크리스틴이 여전히 에릭의 팔에 손을 올린 채 말했다. 그녀는 커다란 푸른 눈에, 긴 검은색 머리, 치약 모델처럼 환한 미소를 짓는 미인이었다.

"고맙군." 에릭이 깜짝 놀라 대답했다. 그는 크리스틴이 어째서 자신의 옆에 그렇게 바짝 붙어 서 있는 건지, 어째서 자신의 팔에서 손을 떼지 않는 건지 알지 못했다. 하지만 그런 걸 신경 쓸 여력이 없었다. 에릭은 지금 대기실 앞의 유리벽으로 된 작은 휴게실의 자판기 앞에 서 있는 맥스에 대해 생각했다. "실례하지. 그만 가봐야겠어."

3
장

"맥스." 에릭은 자판기 앞에 멍하니 서 있는 맥스에게 다가갔다. 그의 무표정한 얼굴이 유리창에 비쳤다. 휴게실은 평소와 달리 텅 비어 있었고, 그 뒤쪽으로 벽의 색과 어울리지 않는 원색의 장난감 상자들이 쌓여 있는 아이들 대기실이 보였다.

맥스가 돌아섰다. "어떻게 됐죠? 할머니를 도와주실 수 있겠어요? 할머니의 기분이 나아질 만한 처방을 해주셨나요?"

"할머니가 우울증에 걸렸다고 생각하는 건 알지만, 내가 보기에는 그렇지 않아."

"어째서요?"

"진찰을 해본 결과, 네 할머니는 이런 상황임에도 아무런 이상이 없어. 특별한 분이시지……."

"그럼 영양 보급관은요?" 맥스가 항의가 아닌 애원하는 듯한 눈으로 물었다. "우울증이 아니라면 어째서 영양 보급관을 거부하시는 거죠? 그걸 달지 않겠다는 건 자살이나 마찬가지잖아요. 죽어도 상관없다고 말하는 거나 마찬가지예요."

"비이성적인 선택이라고만 할 수는 없단다, 맥스. 할머니와 같은 처지에 있는 많은 환자들이 영양 보급관을 거부하니까." 에릭이 부드러운 목소리로 말했다. "보급관에는 두 종류가 있지. 코로 연결하는 것과 위로 직접 연결하는 것. 어느 쪽을 하더라도 불편하고⋯⋯."

"하지만 음식을 섭취하지 못하면 할머니는 돌아가실 거예요. 굶어 죽게 될 거라고요." 고통스러움에 붉어진 맥스의 눈을 보자 에릭은 소년에게 마음이 쓰였다. 맥스는 이런 일을 감당하기에는 너무 어렸다.

"그건 나도 알아. 그래서 할머니께 언제든 치료가 필요할 때 연락 주시라고 명함을 드렸단다. 할머니께서는 본인의 병을 잘 받아들이고 계시니까⋯⋯."

"할머니를 굶어 죽게 내버려둘 순 없어요. 영양 보급관을 연결해야 해요. 어떻게 방법이 없을까요?"

"맥스, 내 말이 어떻게 들릴지는 알지만 이건 네가 결정할 일이 아니야. 네 할머니가 결정하실 일이지. 할머니는 의사들과 호스피스 직원들이 알아서 돌봐줄 거야."

"할머니의 선택이 틀렸어요."

"할머니가 결정하시게 해드려야 해. 할머니 인생이니까." 에릭은 맥스가 벌겋게 달아오른 얼굴로 애써 감정을 추스르고 있는 것을 보았다.

"할머니의 마음이 바뀌면요? 호스피스에서든, 집에서든 영양 보급관을 달 수 있는 건가요?"

"그럼, 물론이지. 하지만 그쪽은 내 전문 분야가 아니란다." 에릭이 잠시 말을 멈췄다. "네가 할머니를 얼마나 많이 신경 쓰고 있는지 알아. 눈에 다 보이니까. 일단 호스피스에 들어가면, 할머니는 일류 사회복지사의 도움을 받게 될 거야. 그분들에게 혹시라도 할머니가 우울해하시거나, 다른 감정적인 문제가 생길 경우 바로 연락하라고 말해 놓을게."

"정말이죠?" 삐쭉삐쭉한 앞머리 밑에서 맥스의 눈썹이 아래로 축 쳐졌다.

"그럼. 그분들은 경험이 아주 많단다." 에릭은 소년의 어깨에 손을 올렸다. 문득 그는 아들이 있었다면 어떨지 궁금해졌다. 해나가 태어난 뒤로는 그런 생각을 한 적이 없었다. 하지만 맥스와 신체적인 접촉을 한 순간 갑자기 그 생각이 떠올랐다. "맥스, 앞으로 너나 할머니 모두 힘든 시간을 보내게 될 거야. 그래서 할머니께서는 너도 상담을 받으면 좋을 거라고 생각해서. 그래서 말인데, 밤이나 주말에 나한테 개인 상담을 받아보면 어떻겠니?" 에릭은 바지 뒷주머니에 들어 있던 지갑에서 명함을 꺼내 소년에게 건네주었다. "받아두렴. 혹시 상담을 받고 싶으면 주저하지 말고 전화 다오."

맥스는 명함을 받은 뒤 눈을 깜빡거리며 쳐다보았다. "알았어요. 감사합니다."

"전적으로 네가 결정할 일이니까 더 말하진 않으마. 나한테 연락하기 싫으면 호스피스 지원 그룹의 도움이라도 받아보렴. 할머니를 위해 네가 할 수 있는 최선은 너 자신을 돌보는 거야."

"네. 할머니도 그렇게 말씀하셨어요."

"할머니 말에 따르길 바란다." 에릭은 소년의 어깨에서 손을 뗐다. "잘 지내렴."

맥스가 수줍은 듯한 미소를 지었다. "감사합니다."

"그럼 이만." 에릭은 힘겹게 돌아섰다. 아이에게 등을 돌리는 것 같은 느낌이 들었다. 하지만 그의 직업에서 가장 힘든 건, 스스로 찾아온 사람만 도와줄 수 있다는 것이다. 에릭은 자신을 기다리고 있는 로리에게 다가갔다.

로리가 슬퍼 보이는 미소를 지었다. "당신이라면 저 불쌍한 애를 받아줄 줄 알았어. 빚을 졌네."

"알고 있었어?"

"응. 티크너 부인의 진짜 고민은 손자라는 걸 알았지. 상담에 응해 줘서 고마워."

"걱정하지 마." 에릭은 주위를 둘러보며 의대생들을 찾았다. "어디……."

"학생들은 위층으로 돌아갔어. 여자애한테 호출이 와서. 그 애 이름이 크리스틴이라고 했던가? 둔하긴, 그 애가 당신한테 완전히 빠졌던데."

"그런 거 아니야." 에릭은 로리가 얼마나 직설적인지 잊고 있었다. 별거로 최악의 시간을 보냈던 지난 몇 달간 그녀를 보지 못했다.

"맥스와 이야기하고 있는 동안 당신이 얼마나 좋은지 크리스틴이 열변을 토하던걸. 얼마나 괴롭히던지. 저런 애들이 늘 있지."

"뭐가?"

"이 일에 어울리지 않게 요란하게 차려입는 애들. 로테이션을 돌 때마다 한 명씩 있어. 어디든 말이야."

에릭은 크리스틴이 무슨 옷을 입었는지 알지 못했다. 하지만 크리스틴은 예뻤다. 그도 장님은 아니었으니까.

"간호사실에 있는 샌디 알지? 내가 당신을 호출하니까 얼마나 흥분하던지. 당신이 이혼하니까 안달이 난 거야."

"아직 이혼 안 했어."

"그건 그렇지. 그럼 소송으로 가는 건가?"

"그래. 하지만 아직은 끝난 거 아니야."

"그럼 대기 상태인 셈이네."

에릭은 어째서 자신이 그런 무의미한 구분을 해야 하는지 알지 못했다. "거절하겠어. 난 전문가니까."

"좋은 소식은 독신 의사들에게는 대기 상태가 없다는 거지."

에릭은 시간을 확인했다. "이제 가도 되지? 늦었어."

"어디 가는데?"

"집." 에릭이 반사적으로 대답했다.

로리가 코웃음을 쳤다. "이제 곧 전 부인이 될 여자가 사는 집을 말하는 거야? 왜?"

"수표 전해주러."

"우편 제도에 대해 들어본 적 있어?" 로리가 눈썹을 치켜세웠다. "수표를 봉투라는 것에 집어넣으면 그쪽에서 그 여자의 문 앞까지 배달해주는 거야."

"정원 일을 해주겠다고 했어. 잔디도 깎아야 하고."

"이 밤에?"

"9시까지는 밝으니까." 에릭은 설교가 시작된 것을 느꼈다. 병원에 있는 의사들을 관찰해본 결과, 모두 말이 너무 많았다. 에릭은 정신과 의사가 되면서 이지적이 되었지만, 로리는 응급의학과에 오면서 설교가 늘어났다. 상처를 바로 파헤치고, 아무리 아파도 그냥 떼어내버렸다.

"그 여자는 잔디 못 깎는데? 사람을 고용할 수도 있잖아!"

"내가 잔디 깎는 거 좋아해. 그리고 이런 일이라도 해주러 가면 아이를 만나는 날이 아니어도 해나를 볼 수 있고." 에릭은 지금 설교를 듣고 싶지 않았다. "그게 어때서?"

"당신이 이용당하는 꼴이 보기 싫어서 그래. 옳은 일도 아니고."

"이용당하는 거 아니라니까."

"어쨌든 난 그 여자 싫어. 재수 없는 년."

"알았으니까, 이만 갈게." 에릭은 케이틀린에 관해 안 좋은 이야기를 듣고 싶지 않았다. 여전히 아내가 이혼을 원하는 이유를 알아내는 중이었다. 아마 오래전부터 뿌리내린 감정일 것이다. 그들은 애머스트에서 만났고, 졸업한 뒤에 결혼했다. 하지만 에릭에게 불안장애가 생기면서 그의 매력이 사라지고, 케이틀린도 환멸을 느끼기 시작했을 것이다. 그녀는 압도적인 실력에, 최우수 성적으로 펜실베이니아 의대에 진학했던 자신만만하고 실력이 뛰어난 남자를 원했다. 케이틀린은 사람의 조건과 사랑에 빠졌다. 남자 자체보다 이력에 반한 것이다. 그가 갑옷 사이로 틈을 보이자 그녀는 에릭과 운명을 하나로 묶어버렸다. 비록 불안장애를 이겨낸 뒤 두 사람은 아이를 가졌지만, 케이틀린은 남편을 두 번 다시 예전과 같은 눈으로 볼 수 없었다. 그리고 하나뿐인 딸이 모든 것을 더 악화시켰다.

"그래, 그 얘긴 그만하자. 미안해." 로리가 한숨을 쉬었다. "해나와 떨어져 사는 게 힘들 테지. 당신은 좋은 아빠야. 그래서 그 아이가 엄마보다 아빠를 더 따르는 거지."

"고마워." 에릭은 그런 식으로 생각해본 적이 없었다. 말할 필요도 없는 사실이었으니까. 그는 케이틀린보다 해나와 가까웠다. 에릭과 딸은 닮은 점이 많았다. 아내 말로는 너무 많이 닮았다. 아니, 전 부인이라고 해야 하나. 에릭은 화제를 돌리고 싶었다. "당신은 별일 없어?"

"별일이랄 건 없지." 로리가 넓은 어깨를 으쓱했다. "계속 병원에 있는 중이야. 파트타임 의사 두 명이 그만두는 바람에 추가 근무를 해야 해서."

"힘들겠네." 에릭은 로리의 직업의식을 존경했다. 그녀는 두말할 것 없이 헌신적인 응급의학과 의사였다. "그 사람은 어때?"

"누구?"

"만난다는 사람."

"문자를 너무 많이 하는 쪽? 아니면 문자를 전혀 안 하는 쪽?"

에릭은 미소를 지었다. 로리의 데이트 이야기는 응급의학과의 전설적인 소재였다. "내가 당신의 연애사를 많이 놓친 모양이네. 난 윤리학 교수라는 사람을 말한 건데."

"더 말할 필요가 있어? 윤리학 교수, 직업만 봐도 알잖아."

"왜? 난 괜찮은 것 같은데."

"당신이야 그렇겠지." 로리가 눈동자를 굴렸다.

"이번에도 아닌 거야?" 에릭은 로리에게 연민을 느꼈다. 그녀는 혼자 있기에는 너무 매력적인 사람이었다. 영리하고, 재미있고, 함께 있으면 즐거웠다. "그럼, 다른 사람을 만나면 되지. 당신은 정말 매력적인 사람이니까."

"매력이야 넘치지." 로리가 싱긋 웃었다. "남자들이 나한테 위협을 느끼나 봐. 안 그래?"

"당신에게 위협을 느낄 정도로 오래 사귀지도 않았잖아."

"보는 즉시 위협적인가 보지. 나도 그럴 생각은 없었는데, 남자들 중에는 그렇게 느끼는 사람도 있나 봐. 무슨 말인지 알지?"

에릭이 미소를 지었다. "그래서 어떻게 할 건데?"

"묻지 마." 로리가 웃었다. "이젠 됐어. 그보다 우리 다시 뛰기 시작하는 거 어때?"

에릭이 신음 소리를 냈다. "나도 이사 나온 뒤로 한 번도 못 뛰었어."

"천천히 시작하자. 다음 주에 일 끝나고 뛸래? 월요일은 안 되지만 화요일은 괜찮아. 당신은?" 로리가 치료실을 흘깃 쳐다보며 물었다. 에릭이 그쪽으로 고개를 돌리자, 맥스가 할머니와 이야기를 나누는 모습이 보였다.

"불쌍해라." 에릭은 맥스가 할머니의 손을 잡는 모습을 지켜보았다. "부인에게 시간이 얼마나 남았어?"

"확실하게 말하긴 힘들어. 사흘간 아무것도 먹지 않았다니까. 나이 많은 사람들한테 칼로리는 필요 없지만, 부인은 지금 탈수 증상을 보이고 있거든. 지금 식염수를 두 팩 달았지만 하루나 이틀 정도 지나면 또다시 탈수 증상을 보일 거야."

에릭은 로리의 대답이, 그 대답이 아니라는 것을 알아차렸다. 그도 불안에 떠는 가족들의 질문에 대답할 때면 이런 식으로 말을 돌렸다. 그 여자의 상태는 괜찮아질 것인가, 그 남자가 또다시 자살을 시도할 것인가, 그 여자는 계속 자해를 할 것인가, 신경안정제를 먹어야 하는가, 그 남자는 정말로 인정받아야만 하는가? 에릭이 다시 물었다. "부인에게 시간이 얼마나 남았어?"

"길어야 2주 정도."

에릭은 연민의 눈으로 맥스와 할머니를 쳐다보았다.

에릭은 퇴근 시간의 혼잡한 도로와 병원, 환자들, 심지어 맥스와 그의 할머니까지 뒤로한 채 모퉁이를 돌아 예전에 살던 거리로 들어섰다. 속도를 줄이자 BMW 바퀴 아래에서 덜그럭거리는 자갈 소리가 들렸다. 그는 해나를 볼 수 있기를 기대했다. 심지어 이번에는 케이틀린이 집에서 함께 저녁 식사를 하자고 초대해주었다. 어떻게 된 일인지는 모르지만 좋은 징조인 것 같았다.

에릭은 키가 큰 대왕참나무와 칠엽수가 늘어서 있는 구불구불한 길을 지나쳤다. 나무들을 지나쳐 가는 동안, 피기 시작한 꽃봉오리들과 나무껍질이 벗겨진 것을 볼 수 있었다. 자연을 사랑하는 열정적인 정원사였던 어머니의 아들답게 그는 그 나무들뿐만 아니라 거리에 피어 있는 다른 식물들에 대해서도 잘 알고 있었다. 안타깝게도 금세 죽은 데일리가家의 개나리, 멘게티가의 진입로 주변에 무성하게 자라 있는 향기로운 라일락, 너무 크게 자라도록 내버려둔 덕에 노인들처럼 가지가 말라비틀어진 팔룸보가의 쥐똥나무 생울타리. 에릭은 그 생울타리를 보며 티크너 부인을 떠올렸다. 돌덩어리가 가슴을 누르는 것 같은 느낌이 들었다.

길어야 2주 정도.

에릭은 병원에서 죽음을 보는 일에 익숙하지 않았다. 정신의학과의 장점 중 하나였다. 모든 정신과 의사들의 악몽이라고 할 수 있는 자살이 아니면 환자를 잃을 일이 없었다. 에릭은 수련의 시절, 딱 한 번 죽음을 보았다. 헤로인 중독자였던 환자가 자살을 했고, 지금도 늦은 밤 잠을 청할 때마다 그 환자 생각이 났다. 그가 싫어했던 교수가 말했다. "처음 잃은 환자는 평생 잊히지 않는 법이야." 하지만 에릭은 웃을 수 없었다.

그가 개인 상담을 소중하게 여기는 이유이기도 했다. 그래서 병원의 상태가 심한 정신병 환자나 폭력적인 환자들과는 다른 환자들을 선택했다. 정신질환 편람에는 인격장애를 분류할 때 A군을 별난 성격장애, B군을 연극성 인격장애, C군을 불안장애 환자들로 나눈다. 예전에 C군 환자였던 에릭은 개인 상담에서도 C군 환자들을 기본으로 유지하면서 신뢰를 쌓았고, 그들에게서 자신이 집에 가까워질수록 느꼈던 정신적인 안정을 이끌어 냈다. 지금 에릭은 새로 얻은 집에서 환자들을 보는 것에 익숙해지려고 노력하는 중이었다. 그 역시 환자들만큼이나 변화를 싫어했다. C군 환자들은 모든 것이 영원히 변하지 않고 똑같이 유지되는 것을 좋아했다.

에릭은 이웃인 밥 제프리가 흰색 아큐라에서 내리는 것을 보고 손을 흔들었다. 밥도 깜짝 놀랄 정도로 환한 미소를 지으며 손을 흔들어주었다. 에릭은 자기가 케이틀린과 헤어진 것을 밥이 아는지 모르는지 알지 못했다. 케이틀린은 이웃 사람들과 친하게 지내지 않았다. 하지만 에릭은 이웃들과 잘 지냈다. 밥의 말썽꾸러기 동생이 고급 약물 중독 센터에 들어갈 때도 아이비리그대학 추천서라도 되는 것처럼 추천서를 근사하게 써주었다.

집으로 이어지는 커브 길을 돌면 제일 먼저 해나가 태어났을 때 심은 아벨리아가 얼핏 보였다. 갓 태어난 딸을 위한 섬세한 분홍색 꽃이었다. 에릭은 병원에서 맥스의 어깨에 손을 올렸던 순간이 떠올랐지만 그 생각을 떨쳐버렸다. 그는 딸이 있다는 것이 정말 좋았다. 해나는 에릭의 눈에는 더할 나위 없는 딸이었다.

엑셀러레이터를 밟자 아벨리아가 눈앞에 나타났다. 하지만 그 뒤로 잔디밭에 처음 보는 뭔가가 꽂혀 있는 것이 보였다. 밝은 빨간색 글씨로 '매물'이라고 쓰여 있는 부동산 회사 리맥스의 간판이 세워져 있었다. 그 아래에는 '거래 중'이라고 쓰여 있었다. 에릭은 집에 어째서 그런 게 놓여 있는지 이해할 수가 없었다. 그 집은 매물도 아닐뿐더러, 거래 중일 수도 없었다. 도저히 믿기지 않는 일이었지만 일단 차를 세울 만한 곳을 찾았다. 뭔가 오해가 있는 것이 틀림없었다.

에릭은 차를 세운 뒤 시동을 끄고 차에서 내렸다. 갑자기 현관문이 열리더니 짧은 청바지에 흰색 티셔츠를 입은 케이틀린이 웨그만 가방 몇 개를 들고 나와 진입로에 있던 은색 렉서스 쪽으로 옮겼다. 그녀는 에릭이 있는 것도 알아차리지 못한 채 황급히 차 트렁크를 열고 그 가방들을 집어넣었다. 다른 상황이었다면, 에릭은 케이틀린의 귀여운 모습과 매력적인 몸매에 뜨거운 욕망을 느꼈을 것이다.

"케이틀린!" 에릭이 아벨리아를 지나 집으로 다가서며 부르자, 케이틀린이 현관 앞에서 돌아보았다. 포니테일로 묶은 머리가 흔들렸고, 깜짝 놀란 듯 눈썹이 치켜 올라갔다.

"에릭, 자기가 오는 걸 깜박했네. 미안해. 지금 나가는 중이었어."

"어떻게 된 일이야?" 에릭은 케이틀린이 그 부동산 간판을 자신에게 보여줄 생각이 없다는 것을 깨달았다. "집을 팔았어?"

"그래." 케이틀린이 입술을 오므렸다. 기분이 상한 것처럼 보였지만 단호했다. 강인하고 영리한 그녀는 체스터 카운티 지방 검사실에서 부검사로 일하고 있었다.

"말도 안 돼."

"못 팔 이유 없어."

"이럴 순 없어." 에릭은 목소리를 높이고 싶었지만 그렇게 하지 않았다. 해나가 집에 있었고, 스크린 문이 열려 있었기 때문이다.

"이 집은 내 거야. 잊었어?" 케이틀린이 푸른 눈을 가늘게 뜨며 말했다. "내가 샀잖아. 당신은 나한테 이 집을 팔았고."

"내가 당신에게 집을 판 건 해나를 이 집에서 살게 하기 위해서였어." 에릭은 애초에 그런 생각을 가지고 있던 사람에게 새삼스럽게 설명해야 한다는 것이 믿기지 않았다. "해나가 자라는 동안 이 집에서 사는 게 좋을 거라는 데 동의했잖아. 그리고 당신은 이 집이 직장과 가까워서 좋다고 했어. 그래서 내가 나가기로 했던 거야. 이 집에서 환자들을 봤는데도 불구하고. 해나를 위해서 말이야."

"합의서에 포함된 건 아니야."

"그렇게까지 했어야 하는 거였어?" 에릭은 자기가 제대로 들은 건지 의심스러웠다. "우리가 어떻게 해야 하고, 왜 그렇게 해야 하는지 다 이해했잖아. 변호사들도 동석한 자리였어. 그 이유에도 동의했지. 더군다나 아직 이혼한 것도 아니잖아."

"그래서?"

"이렇게 당신 마음대로 집을 팔 수 없다는 말이야." 에릭은 정말로 그 집을 판다는 것을 받아들일 수 없었다. 두 사람의 결혼 생활은 진짜 끝났다. 그는 그 사실을 직업적으로 부정했다.

"이 집은 내 거야. 그러니까 얼마든지 팔 수 있어. 이미 팔았고." 케이틀린이 양손을 허리에 올렸다. "그리고 목소리 좀 낮춰. 이웃 사람들이 다 듣겠어."

"케이틀린, 대체 이 집을 왜 판 거야?" 에릭은 이해할 수가 없었다. "좋은 집이고, 해나도 좋아하잖아. 여긴 그 애 집이야. 애한테는 뭐라고 할 건데?"

"애는 아직 몰라."

"해나가 이 간판을 못 봤단 말이야? 글씨 읽을 줄 알잖아."

"아직 보지 못했어. 쇼핑몰에서 돌아오는 길에 차 안에서 잠이 들어서."

"쇼핑몰?"

"쇼핑몰에 갔었어. 휴가를 냈거든. 해나는 이 간판을 보지 못했어. 내놓자마자 집이 팔리는 바람에, 이 간판은 그냥 회사 홍보용으로 놔둔 거야."

"그럼 애한테는 언제 말할 생각이었어? 나한테는?" 에릭은 케이틀린이 마지막으로 휴가를 냈던 때가 언제였는지 기억이 나지 않았다. 하지만 그 말은 꺼내지 않았다.

"집은 오늘 팔렸어. 아까도 말했지만, 매물로 등록하기도 전에 이미 중개인이 구매자를 데려왔단 말이야. 난 그 제안을 거절하지 않았고."

"하지만 중개인한테는 연락을 했었다는 말이잖아. 왜 진작 말하지 않았어?"

"언제 팔릴지, 진짜 팔릴 건지 몰랐으니까." 케이틀린이 비웃었다. "애한테 뭐라고 말했어야 된다는 거야? 엄마가 언젠가 집을 팔 것 같다고?"

"나한테는 왜 말 안 했어?"

"당신은 동의하지 않을 거란 걸 아니까. 당신의 허락도 필요 없고. 난 추억이 가득한 이 집에서 더 이상 살고 싶지 않아. 해나를 위해서도 좋지 않고."

"난 죽지 않았어, 케이틀린. 여전히 해나의 아빠고." 에릭은 케이틀린이 제정신이 아니라고 생각했다. "애는 전학시킬 생각이야? 그렇게는 못해. 해나는 이제 겨우 1학년이야. 이제 막……."

"아니, 전학시킬 생각 없어."

에릭은 마음이 놓였다. 적어도 당장은. "어디로 갈 건데? 이사는 언제야?"

"당신한테 말할 이유 없어."

"뭐? 왜 말하지 않겠다는 건데?"

"때가 되면 말해줄게. 해나가 아니라, 당신한테 말이야."

"그렇지만 난 해나가 걱정돼. 애한테 미칠 영향은 생각해봤어? 이 모든 일들은 아이가 감당하기에는 너무 벅차. 아직 우리가 헤어진 것도 적응하지 못하고 있을 텐데."

"애는 괜찮을 거야."

"그렇지 않을 수도 있어. 예민한 아이니까." 에릭은 해나의 정신 건강이 그들의 결혼 생활에서 가장 큰 문제였다는 것을 잘 알고 있었다. 그는 해나가 유전적으로 자신의 불안장애를 물려받았을까봐 두려웠다. 하지만 케이틀린은 항상 에릭이 부추기는 바람에 아이가 불안증이 있는 것처럼 연기하고 있다고 생각했다. 케이틀린은 해나가 그녀 자신처럼 완벽하지 않다는 것을 절대 믿지 않았다.

"우린 다시 시작할 거야. 새롭게."

에릭이 화제를 돌렸다. "그럼 나한테 이 집을 팔아. 내가 다시 살게. 내가 살 집으로."

"안 돼. 이미 거래가 끝났어. 더군다나 현금으로."

에릭은 케이틀린이 언제부터 이렇게 부동산 업자처럼 말하기 시작한 건지 알 수가 없었다. "얼마나 받았는데? 내가 더 줄게. 돈이라면 얼마든지 더 줄 수 있어."

"안 돼. 거래는 끝났어." 케이틀린이 양손을 내저었다. "그만 가. 이제 당신이 할 수 있는 일은 아무것도 없어."

에릭은 화가 치솟는 것을 느꼈지만 애써 가라앉혔다. "해나는 어디에 있어? 오늘 저녁 식사 같이 하기로 했잖아."

"저녁은 같이 못 먹을 것 같아. 소프트볼 연습이 있어서."

"언제부터 해나가 소프트볼을 했어?" 에릭은 이상한 나라에 들어간 것 같았다. 해나는 운동을 싫어했다. 몸 쓰는 일에는 소질이 없었다. 글을 쓰고, 그림을 그리고, 책 읽는 걸 좋아했다. 해나는 에릭처럼 책벌레였다.

"여름 리그에 나가기로 했어. 오늘이 연습 첫날이야."

"나한테 한 마디 말도 없이 당신 마음대로 애한테 소프트볼을 시킬 수는 없어. 합의된 사안인 줄 알았는데."

"시험 삼아 한번 나가보기로 한 거야. 그리고 당신 동의까지 받아야 할 일은 아니잖아." 케이틀린이 매니큐어를 바른 손을 휘저었다.

"아니, 그렇게 해야 하는 일이야. 우린 공동 양육권을 가지고 있으니까." 에릭은 모든 것이 빠져나가는 것 같은 느낌을 받았다. 자신의 인생, 가정. 아내, 딸. 통제력. 그는 그런 것을 인정할 수 있을 만큼은 성장했다.

"이게 반대할 일이야?"

"내가 반대할 거라는 거 알잖아. 당신은 아이한테 억지로 운동을 시켰어. 해나를 당신 같은 운동선수로 만들고 싶으니까. 아이가 운동을 하고 싶어 하든 말든 상관없이 말이지."

"별일 아니잖아. 그냥 평범하게 키우자는 거야." 케이틀린은 에릭이 파리라도 되는 것처럼 손을 내저었다. "보통 애들은 운동을 좋아해. 당신은 해나가 평범하지 않은 애였으면 좋겠어?"

"난 아이가 원하는 대로……."

"아니. 당신은 해나가 당신 같은 사람이 되길 원해." 케이틀린이 딱딱거리며 말했다.

"당신은 애를 당신 같은 사람으로 만들고 싶어 하고." 에릭은 정확하게 언제부터 '우리 딸이 당신 같은 사람이 됐으면 좋겠어'에서 '우리 딸이 당신 같은 사람이 되지 않았으면 좋겠어'가 된 건지 생각하면서 맞받아쳤다.

"그만 가, 에릭. 당신은 여기 있으면 안 돼."

"해나는 어디 있어? 애를 봐야겠어."

"안 돼. 애는 못 봐. 해나는 지금 옷을 갈아입는 중이야. 연습에 이미 늦었어."

"내가 애를 못 본다고? 그 말 진심이야?" 에릭이 현관으로 향하자 케이틀린이 몸으로 막아서며 팔짱을 꼈다. 체구로 봐서는 에릭이 훨씬 컸지만 케이틀린을 힘으로 위협할 마음은 없었다. 그리고 케이틀린 역시 그 점을 잘 알고 있었다. 에릭은 절대 하지 않을 짓이었다.

"스파이크 운동화에 유니폼도 있어. 해나도 좋아해. 그러니까 애 기분 망치지 마."

"애 기분을 상하게 할 마음은 없어. 그냥 인사만 하려는 거야. 애가 날 보고 싶어 할 테니까……."

"당신은 애를 볼 수 없어." 케이틀린의 푸른색 눈이 차갑게 빛났다. "오늘은 지정일이 아니니까."

"그 애는 내 딸이야." 에릭은 딸을 만나는 데 지정일이 정해져 있는 게 싫었다. 매일 딸이 보고 싶었다. 하지만 그는 이제 해나를 격주 주말에 만나고, 일주일에 한 번 저녁 식사를 같이 할 수 있었다. 변호사들은 그렇게 하는 것이 가장 보편적인 방식이라고 했고, 에릭은 지난 3개월 동안 그 조항에 따랐음에도 전혀 익숙해지지 않았다.

"대니얼에게 전화할 거야." 케이틀린이 반바지에서 아이폰을 꺼내 버튼을 눌렀다. "당신도 수잔에게 전화하는 게 나을걸."

"변호사들끼리 싸우라는 거야? 됐어. 그냥 좀 비켜줘."

"나가떨어지는 건 당신이야." 케이틀린이 옆으로 돌아서더니 휴대폰을 귀에 대고 말했다. "대니얼, 문제가 생겼어요……."

에릭은 케이틀린을 지나 집으로 들어갔다. 현관문을 가로질러 2단으로 나눠진 나무 계단을 올라가기 시작했다. 그리고 결의에 찬 표정으로 2층에 도착했다.

"아빠야?" 해나가 자기 방에서 들뜬 목소리로 외쳤다.

"아빠!" 해나는 양탄자가 깔려 있는 복도를 뛰어왔다. 에릭은 딸을 번쩍 안아 올린 뒤 꼭 끌어안았다. 아이에게서는 디즈니 프린세스 샴푸의 과일 향과 '데이비즈 어린이 치과'라고 쓰여 있는 노란색 폴리에스테르 운동복에서 나는 이상한 합성 향이 섞인 냄새가 났다.

"아빠가 여기 온 줄 어떻게 알았어?" 에릭은 '집'이라고 말하려다 멈췄다. 이젠 그의 집이 어딘지 알 수가 없었다. 매물. 거래 완료.

"계단을 올라오는 발소리를 들었어. 아빠는 발이 크잖아." 해나가 새끼 고양이처럼 매달린 채 양팔로 에릭의 목을 꼭 감싸 안았다. 턱 길이까지 오는 밝은 갈색 머리카락이 단추처럼 둥근 얼굴을 감싸고 있었다. 아이는 마른 몸에, 망아지 같은 무릎을 가지고 있었다. 지금 해나는 운동복 반바지를 입고 맨발이었다.

"사랑한다, 우리 딸." 에릭은 해나의 뺨에 키스했다.

"나도 사랑해."

"윌리엄스 선생님이 네 디오라마를 좋아하시든?" 에릭은 딸을 바닥에 내려놓았다. 소프트볼 유니폼을 입고, 분홍색 플라스틱 안경을 쓴 해나는 너무 귀엽게 보였다. 원시라서 처방받은 렌즈 덕분에 아이의 파란 눈이 훨씬 커 보였다. 그는 안경을 쓴 어린 여자아이를 보면 어쩐지 마음을 빼앗겼다.

"좋아하셨어!" 해나는 치아가 다 보일 정도로 환하게 웃었다. 왼쪽 윗니 한 개가 빠져 있었다. "우리 반에서 제일 잘 만들었다고 하셨어."

"잘됐구나. 선생님이 칭찬해주실 줄 알았어."

"〈제임스와 거대한 복숭아〉로 디오라마를 만든 애들이 있긴 해. 하지만 매직 크리스털까지 만든 건 내 것뿐이야."

"잘했어." 에릭은 무릎을 꿇고 앉아 아이의 운동복을 어루만졌다. "그런데 유니폼 멋지다. 오늘 밤에 소프트볼 연습하러 간다고 들었어. 재미있겠는데."

해나는 갑자기 조용해지며 얼굴을 찡그렸다. 하지만 에릭은 아이에게 자신의 감정을 투영하고 싶지 않았다. 그래서 다시 한 번 말을 걸었다.

"운동화도 샀다고 들었는데. 정말 멋있다."

"난 저 신발 싫어. 이상해. 잔디밭 위에서가 아니면 걸을 수도 없다니까. 쇼핑몰에서 저 신발을 샀어." 해나가 케이틀린과 꼭 닮은 콧등을 찡그렸다. "엄마도 하키 할 때 저런 운동화를 신었대."

에릭은 미소를 숨겼다. 케이틀린은 필드하키 대표팀에서 뛰긴 했지만 아주 뛰어나진 않았다.

"아이스크림도 먹었어. 그다음에 엄마가 글러브를 사줬어. 글러브를 껴야 공을 잘 잡을 수 있다면서." 해나가 앞머리를 쓸어 넘겼다. "안경 목걸이도 샀어. 유니폼 색에 맞춰서 노란색으로."

"와, 근사하겠는데." 에릭은 케이틀린이 아이를 꼬드기기 위한 목적으로 쇼핑몰도 데려가고, 아이스크림도 사줬다는 것을 깨달았다. "소프트볼을 할 준비는 끝난 것 같구나. 재미있을 것 같은데?"

"아니야." 해나가 고통스러운 듯 고개를 푹 숙였다. 에릭은 아이가 자신을 많이 닮았다는 사실을 떠올렸다. 외모는 그렇지 않았다. 해나의 흰 피부와 파란 눈은 에릭보다는 케이틀린을 많이 닮았기 때문이다. 하지만 해나의 행동양식이나, 매너리즘, 게슈탈트—정신의학과 용어를 쓰지 않을 수 없다—는 전부 그를 닮았다.

"왜? 아빠 생각에는 재미있을 것 같은데."

"잘 못하니까. 너무 힘들어."

"뭐가 힘든데?" 에릭은 밝은 목소리로 물었다. 하지만 마음이 아팠다.

"그냥 힘들어." 해나가 시선을 피하며 어깨를 으쓱했다.

"어떻게?" 에릭은 아이가 자기 생각을 마음속에 담아두는 것보다 표현하는 법을 돕는 것이 낫다는 것을 알고 있었다. 그는 항상 정신과 의사로서의 전문 지식을 딸을 위해 이용하곤 했다.

"공을 칠 수 있는 기회가 세 번밖에 없어. 세 번 안에 치지 못하면 그냥 앉아 있어야 해."

"그냥 즐기면 돼, 우리 딸. 그냥 네가 소프트볼을 좋아하는지 아닌지 보기 위해서 하는 연습이야. 시험 삼아 한번 해보면 돼."

"모두 나에게 화를 낼 거야. 학교에서도 날 싫어하는데." 해나가 에릭의 눈을 쳐다보았다. 슬픈 듯 눈썹이 아래로 처져 있었다. "난 팀에 들어갈 실력이 아니야. 공은 절대 못 칠 거고, 잡는 법도 몰라. 쉬는 시간에 공을 딱 한 번 잡아봤을 뿐이야. 하지만 그때도 사라 T와 부딪치는 바람에 공을 떨어뜨렸어. 이번에도 내가 공을 떨어뜨려서 애들이 웃으면? 그래서 애들이 놀리면 어떻게 해?"

에릭은 모든 것이 재앙으로 끝나는 만약의 경우에 관한 아이의 불안을 들었다. 해나는 유아기 때부터 명백한 불안장애 증상을 보였다. 유치원에서도 다른 아이들에게 낯을 가렸고, 일반적인 공포증이 있었다. 벌, 파리, 어둠, 깜깜한 창문, 심지어 나비까지 무서워했다. 아이는 자라면서 더욱더 신중해지고 조심스러워졌으며 근심이 많아졌다. 거기에 합리적인 것을 넘어선 공포에 대해서도 또렷하게 말할 수 있게 되었다. 에릭은 아이의 어깨를 잡고 꼭 안아주었다. "가장 좋은 건 시도해보고 즐기는 거야."

"어떻게?"

"그냥 너 자신에게 말하면 돼. 밖에 나가도 재미있을 거라고. 거미 아가씨와 애벌레와 함께 있는 제임스[6]처럼 말이야."

---

6 〈제임스와 거대한 복숭아〉에 나오는 캐릭터들

해나가 의심스럽다는 듯 눈을 깜빡거렸다. "엄마가 이번 여름 내내 노력해보라고 했어. 그런 뒤에야 그만둘 수 있다고."

"그래." 에릭은 자신의 생각을 숨겼다. 해나로서는 하룻밤 연습만으로도 벅찰 것이다. "엄마는 네가 바깥에서도 재미있게 놀았으면 해서 그러는 거야."

"경기 규칙을 모르면 어떻게 해?"

"금세 알게 될 거야."

"핀토 선생님이 학교에서 설명해줬어야 했어." 해나가 엄지와 검지로 머리카락을 잡아당기기 시작했다. 불안할 때마다 보이는 버릇이었다. 에릭은 그 모습을 보며, 아이들이 자기의 머리카락을 쥐어뜯는 발모벽의 전조가 아니기를 바랐다. 발모벽은 병원에 있는 환자들에게서 흔히 보이는 증상이었다. 가장 최근에는 자기 눈썹과 속눈썹을 뜯어내는 고등학생을 치료했었다.

"해나, 아빠 말 잘 들어. 네가 규칙을 알 수 있게 다른 친구들이 도와줄 거야. 모두들 네가 그 규칙들을 모를 수도 있다고 생각할 테니까. 원래 연습은 그런 거야. 배우는 거지."

"다른 애들은 이미 다 알아." 해나가 머리카락을 꼬았다. "나만 몰라. 주장인 에밀리가 나보고 패배자라고 했어."

"이런, 넌 패배자가 아니야." 에릭은 아이를 끌어안은 뒤 키스했다. "에밀리란 애는 날라리구나. 날라리들은 어떻다고 했지?"

"자존감이 낮다고 했어."

"맞아." 에릭은 미소를 지었다. "자존감이 아주 낮아. 그런 사람들이 어떤지는 너도 알지? 얼간이들이야."

해나가 낄낄거리며 웃었다. 그러다 케이틀린이 계단을 올라오는 소리가 들리자, 두 사람은 그쪽을 돌아보았다.

"해나, 준비 다 끝났니?" 케이틀린이 짐짓 아무렇지 않은 목소리를 내며 말했다. "이러다 늦겠어."

"엄마, 지금 무슨 이야기를 했는지 알아? 아빠의 말로는 에밀리가 얼간이래." 해나가 싱긋 웃으며 말했다.

케이틀린이 입술을 앞으로 내민 채 두 사람 앞으로 다가왔다. "그렇게 부르지 마, 해나. 에밀리는 좋은 애야."

에릭은 해나의 머리에 손을 올려 머리카락을 헝클어뜨렸다. 손바닥으로 아이의 따뜻한 온기가 전해졌다. 신기한 감각이었다. "내가 듣기로는 별로 좋은 애 같지 않던데. 그 애가 먼저 해나를 이상하게 불렀어."

"한쪽이 잘못했다고 똑같이 그러면 돼?" 케이틀린이 냉정하게 대꾸한 뒤 에릭에게 자신의 아이폰을 건네주었다. "전화 좀 받아봐. 대니얼이랑 통화 중인데, 당신한테 할 말이 있대."

"알았어." 에릭은 휴대폰을 받아 엄지손가락으로 통화 종료 버튼을 누른 뒤 다시 케이틀린에게 돌려주었다. "여기 있어. 대니얼한테는 안부 전해줘."

"그럴게." 케이틀린이 경고의 눈빛으로 에릭을 노려보았다. 해나 앞이라 다른 말은 하지 않았다.

해나가 에릭을 쳐다보았다. "아빠, 아빠도 소프트볼 연습에 같이 갈 거야?"

"그럼. 아빠는……." 에릭이 대답했다.

"아니, 아빠는 같이 못 가." 케이틀린이 끼어들었다. "오늘 밤은 진짜 시합이 아니라 그냥 연습이야. 아빠는 잔디를 깎고, 울타리도 고쳐야 해. 시합 일정이 나오면 네가 경기하는 모습을 볼 수 있게 아빠한테도 확실하게 알려줄게." 케이틀린이 해나의 맨발을 가리켰다. "양말이랑 운동화는 왜 안 신었어? 어서 신고 와. 이제 출발해야 하니까."

해나가 안경을 밀어 올렸다. "운동화는 방에 있어. 운동화 끈이 너무 길어서 구멍에 잘 들어가지 않아. 끼워보려고 했지만 어떻게 해야 할지 잘 모르겠어."

케이틀린이 손짓으로 방을 가리켰다. "그럼 그냥 갖고 나와. 차에서 끈을 끼워서 신으면 되니까. 서둘러, 어서."

"알았어." 해나가 방으로 뛰어갔다.

에릭은 말소리가 들리지 않을 정도로 해나가 멀어질 때까지 기다렸다가 케이틀린을 돌아보았다. "내 예상대로 해나는 소프트볼에 전혀 흥미가 없어. 하지만 당신이 애한테 운동을 시켜보는 것까지 문제 삼지는 않을 거야. 연습하는 곳에는 나도 같이 가겠어. 그럴 권리는 있으니까."

"대니얼의 전화를 받았다면 당신에게 그럴 권리가 없다는 걸 알았을 텐데."

"당신 말대로라면 내가 그곳에 가는 것을 무슨 근거로 막겠다는 거지?" 에릭은 케이틀린이 했던 말을 그대로 되돌릴 생각은 없었다. "소프트볼이 그렇게 좋은 거라면, 내 딸이 즐겁게 운동하는 모습을 어째서 보면 안 된다는 건데?"

"당신이 보고 있으면 즐거워하지 않을 테니까. 해나는 운동을 싫어 하는 것처럼 행동할 거야. 그래야 당신이 안타까워할 테니까."

"그렇지 않아." 에릭은 해나를 떠올리자 마음이 아팠다. "해나는 엄 청난 감정들을 감당하려고 애쓰는 어린애일 뿐이야. 우린 아이가 그 모든 것을 잘 감당할 수 있게 도와줘야 해. 설령 해나가 그런 감정들 을 가지지 않길 바라더라도, 우리한테 불편한 일이라 할지라도."

"그만 좀 하지, 프로이트 선생. 어째서 이렇게 불편하게 하는 거야? 왜 그렇게 부담스럽게 만드는 건데?"

"행동에는 결과가 따르는 거야, 케이틀린. 사람들은 뭔가 결정을 할 때 감정적인 반응을 보일 수 있어. 애들은 특히 더 그렇고."

"그만 좀 해." 케이틀린이 이를 악물었다. "그냥 애들이 소프트볼을 하는 것뿐이야. 나쁜 일도 일어날 수 있고, 좋은 일도 일어날 수 있는 거지. 일반적으로 부부가 이혼을 하면 모두 다 앞으로 나아가는 법을 배워야 하는 거야. 당신이나, 나나, 해나나." 케이틀린은 목소리를 낮 췄다. 해나가 양말과 운동화를 들고 방에서 나왔기 때문이다. 긴 운 동화 끈이 바닥에 끌리고 있었다.

"엄마, 신발 가져왔어!"

"좀 빨리 걸을까?" 케이틀린이 해나 앞으로 다가가 서둘러 아래층 으로 내려보냈다. 그때 주머니에 들어 있던 에릭의 휴대폰이 울렸다.

그는 정신과 의사답게 본능적으로 재빨리 휴대폰을 꺼냈다. 화면을 흘깃 보니 담당 변호사인 수잔 그라임스의 번호가 떠 있었다. 에릭은 휴대폰을 다시 주머니에 집어넣은 뒤 서둘러 해나와 케이틀린을 따라 계단을 내려갔다. 아래층에서 케이틀린이 해나의 운동화 끈을 묶는 동안 에릭에게 간식 봉투를 차에 실어달라고 했다. 출발할 시간이 되자 케이틀린은 현관문을 닫고 해나와 함께 차에 올라탔다.

에릭은 두 사람이 탄 차가 진입로를 벗어나 오른쪽으로 돌아 시야에서 사라질 때까지 손을 흔들었다. 그는 '매물' 간판이 보이지 않는다는 것을 알아차렸다. 2층에 올라가 있는 동안 케이틀린이 치운 모양이었다. 에릭은 돌아서서 차고로 향했다. 그 안에 놔두었던 해변용 의자 뒤에서 그 간판을 발견했다. 에릭은 의자들을 치우고 그 간판을 꺼낸 뒤 그대로 쓰레기통에 던져버렸다. 그렇게 해도 될 것인지는 전혀 신경 쓰지 않고 그냥 저질렀다. 기분이 좋으면서 유치해진 느낌도 들었다.

에릭은 차고로 들어가 작업장에 넣어두었던 운동복 상의와 청바지로 갈아입었다. 그리고 공구들을 챙겨 들고 나가 뒤쪽 울타리를 수리하기 시작했다. 날이 점차 어두워졌다. 에릭은 가슴이 조이는 긴장감을 무시하려고 애를 썼다. 그저 편도체의 활동 과잉 때문이라고 계속해서 되새겼다. 불안증이 있는 사람들은 뇌의 감정 통제 기관인 편도체가 지나치게 활동적이기 마련이다. 에릭은 신경과학 교재에 나오는 열화상법으로 뇌를 검사할 경우 전기적 활성으로 태양의 흑점처럼 선명한 빨간색과 오렌지색 불꽃으로 보이는 편도체를 떠올렸다.

에릭은 공구들을 도로 가져다 놓은 뒤 트랙터를 끌고 나와 잔디를 깎기 시작했다. 감겨 있는 테이프처럼 직선으로 줄무늬를 만들며 깎이는 잔디를 보니 마음이 진정되었다. 나무 몸통에 가능한 가깝게 트랙터를 몰고 가니 뽑을 잡초도 별로 없었다. 딸은 더 이상 이 정원에서 놀지 않을 것이다. 이곳은 더 이상 에릭의 땅이 아니었으며, 더 이상 그의 집이 아니었다.

이제 해가 완전히 저물고 어둠이 밀려오기 시작했다.

에릭은 집에 돌아갈 때까지 그 문자 메시지를 보지 못했다.

6
장

에릭은 아파트 문을 열고 안으로 들어간 뒤 열쇠와 우편물을 협탁
위에 내려놓았다. 그리고 주머니에서 아이폰을 꺼냈다. 화면에 문자
메시지가 도착해 있었다. 잔디를 깎는 동안 휴대폰이 진동으로 울리
는 것을 놓쳤던 모양이다. 그는 차에 타자마자 전화를 걸었다. 제일
먼저 변호사에게 걸었지만 통화가 되지 않았다. 그다음으로 리맥스
부동산 회사에 전화를 걸었지만 역시 연결이 되지 않았다. 마지막으
로 연락이 왔던 개인 상담 환자들에게 전화를 걸었다. 다행히 긴급한
일은 아니고 사소한 일들이었다. 약의 용량을 조절하고 약국에 연락
했다. 그런 뒤 에릭은 자신의 새 집으로 돌아왔다.

그는 피곤했고, 배도 고팠다. 땀을 흘린 데다가, 미세한 황록색 꽃
가루를 뒤집어 쓴 상태였다. 티셔츠는 몸에 달라붙어 있었고, 청바지
와 스니커즈에는 잔디 찌꺼기가 잔뜩 붙어 있었다. 에릭이 문자 메시

지 아이콘을 누르자 휴대폰 화면에 문자가 떴다.

제이콥스에 대해 하실 말씀이 있다고 하셨는데, 선생님이 퇴근하시
기 전까지는 여유가 없었어요. 새벽 2시쯤에 시간이 날 것 같아요.
크리스틴.

에릭은 깜짝 놀라 눈을 깜빡거렸다. 의대생인 크리스틴 말린이 보
낸 문자였다. 크리스틴에게 처음 받는 문자였다. 이제껏 어떤 의대
생에게서도 문자 메시지를 받은 적이 없었다. 에릭은 크리스틴이 자
신의 전화번호를 어떻게 알아냈는지 알 수가 없었다. 그러다가 그녀
가 병원 온라인 주소록의 패스워드를 알고 있을 거라는 사실을 깨달
았다. 그가 크리스틴에게 아몬드 제이콥스에 대해 이야기하고 싶다
고 했던 건 사실이었다. 제이콥스는 경계성 인격장애인 70대 환자로,
알코올 의존증이 재발했다. 하지만 그건 내일 해도 되는 이야기였다.
에릭은 그 일을 깜빡 잊어버리고, 로리와 이야기를 나눈 뒤에 바로
병원을 나왔다.
   그 애가 당신한테 완전히 빠졌던데.
   에릭은 크리스틴이 제이콥스의 일을 핑계 삼아 지금 데이트 신청
을 한 것인지 궁금했다. 그는 자기 밑에 있는 사람과는 절대 데이트
를 하지 않았다. 의대생은 말할 것도 없다. 하지만 끌리기는 했다. 무
엇보다 아파트는 텅 비어 있었고, 정적만이 가득했다. 케이틀린과 다
시 합칠 수 있을지 모른다는 희망에 아직 가구도 다 채워 놓지 않았

다. 하지만 이제 그럴 일은 없을 것이다. 마지막으로 섹스를 한 건 8개월하고 3주일 전이었다. 에릭은 아직 데이트가 필요하지 않았다. 그에게 필요한 건 변호사였다.

에릭은 휴대폰에 저장된 연락처들 중에서 변호사의 번호를 찾아 통화 버튼을 눌렀다. 신호음이 가는 동안 주방을 서성거렸다. "수잔?" 상대방이 전화를 받자 에릭이 말했다. "내 메시지 들었어요?"

"네." 시끄러운 주변 소음 때문에 수잔의 목소리가 잘 들리지 않았다. "지금 아들의 농구 시합장에 와 있어요. 그래서 바로 전화를 못했어요."

에릭은 보통 애들은 운동을 좋아한다는 케이틀린의 말이 떠올랐다. 하지만 애써 그 생각을 떨쳐버렸다. "통화 가능해요? 중요한 일이에요. 지금 나는 밤이고 낮이고 전화해대는 진상 고객 중 한 명이에요."

수잔이 웃었다. "말씀하세요. 대니얼한테 오늘 집에서 일이 있었다고 들었어요. 어떻게 된 거예요?"

에릭은 가능한 간단명료하게 상황을 설명했다. "나에게 말도 없이 그 집을 팔 수 있는 겁니까?"

"안타깝지만 그럴 수 있어요. 케이틀린에게 집을 주기로 합의했으니까요. 해나를 위한 일이긴 했지만 합의하지 말았어야 했던 일이에요. 말하자면 절대로 합의해주면 안 되는 종류의 일이었죠."

"빌어먹을." 에릭은 냉장고 문을 열었다.

"그래서 제1 선매권을 우리 쪽에 가져오려고 애를 썼던 거예요. 내

직감으로는 합의서에 서명했을 때부터 케이틀린은 집을 팔고 싶어 했어요. 그래서 대니얼에게 여러 번 의사를 떠봤죠. 그쪽에서도 부인 하지는 않았어요. 그렇다고 확인을 해준 건 아니지만."

"제1 선매권을 가지려면 합의서를 변경해야 한다는 건가요?"에 릭은 냉장고 안을 살폈다. 유통기한이 지난 우유, 버드와이저 라이트 여섯 캔 그리고 치폴레[7], 샐러드워크, 아웃백 스테이크 하우스에서 시켜 먹고 남은 음식들이 들어 있었다. 포장 음식을 너무 많이 먹다 보니 꿈속에서조차 은박지 뚜껑이 보일 지경이었다.

"수정할 수 없을 거예요. 저쪽에서 절대 동의하지 않을 테니까. 해 줄 리가 없죠."

"그야 그렇겠죠." 하지만 에릭은 포기할 수 없었다. "그렇다면 케이 틀린을 막을 방법이 없다는 건가요?"

"죄송해요. 없어요."

"그 집을 내가 다시 살 수는 없을까요? 부동산 중개인에게도 전화 를 걸었지만 연락이 없네요."

"그러지 마시죠."

"어째서요? 내가 내 집을 다시 사는 게 미친 짓이라고 해도 나를 막을 이유는 없잖아요?"

"이미 매매 계약이 끝난 상황에서 그 거래를 방해하는 전화를 건다 면 케이틀린 쪽에서 고소할 수도 있어요."

---

7   멕시코식 패스트푸드점

에릭이 믿을 수 없다는 듯 비웃었다. "무슨 이유로요? 내 집이었던 집을 사려고 했다는 것 때문에 말인가요?"

"그런 걸 계약에 대한 불법적인 방해라고 하죠."

"만일 이쪽에서 더 높은 가격을 제시하면 어떻게 됩니까? 케이틀린의 말로는 호가를 받았다고 했지만, 그게 얼마든 내가 그보다 더 많이 낼 수 있어요. 그런 상황이 어떻게 계약 방해가 될 수 있죠?"

"잠깐만요. 매매 가격도 그렇게 장담할 일이 아닌 것 같아요. 오늘 대니얼과 통화한 뒤에 버크셔 헤서웨이에서 부동산 중개인으로 일하고 있는 사촌한테 전화해서 좀 알아봤어요. 케이틀린이 그 집을 51만 달러에 팔았다고 하더군요."

"뭐라고요?" 에릭은 버드와이저 라이트 한 캔을 꺼낸 뒤 냉장고 문을 닫았다. "그건 말도 안 돼요. 그 집의 평가액은 45만 달러예요. 그런데 어떻게 그 이상을 받고 팔았다는 거죠?"

"사촌은 그 집을 외국인이 샀을 거라고 생각하더군요."

"외국인이라뇨? 여긴 런던이 아니라 필라델피아 교외예요."

"사촌 말로는 센테니얼 테크가 일본 회사와 합병한 뒤로 그 회사 임원들을 위해 근방의 집들을 매입하고 있다고 했어요. 돈을 펑펑 쓰면서 말이에요. 방 세 개, 욕실 두 개짜리 집에 51만 달러를 지불하다니. 그 동네 전체를 사들일 생각인가?"

에릭은 마음이 아팠다. 그는 그 동네를 사랑했다. "그렇다면 난 입을 닫고 있어야겠네요. 우리 둘 다 내가 현금으로 51만 달러가 없다는 걸 알고 있으니."

"케이틀린에게 그 집을 10만 달러에 넘겨줬으니 더 말할 것도 없죠. 케이틀린은 돈을 많이 벌었어요. 애초에 집값의 절반을 받았어야 해요." 수잔이 혀를 찼다. "난 경고했어요. 선의로 해결될 일이 아니에요, 에릭."

"내 딸이 사는 집이었어요." 에릭은 휴대폰을 어깨에 끼운 채 주방 서랍에서 맥주 깡통 따개를 꺼낸 뒤 맥주 뚜껑을 열었다.

"그랬죠. 그리고 그 집으로 케이틀린이 한밑천 장만했고."

에릭은 아무 말도 하지 못한 채 지금 알게 된 정보를 해석하려고 애를 썼다. 케이틀린이 그 집을 팔 줄 몰랐고, 그렇게 많은 돈을 벌게 될 줄도 몰랐다. 케이틀린이 자신을 그렇게 쫓아낼 줄도 몰랐다. 그는 그녀를 여전히 사랑했지만, 케이틀린은 모든 것을 다 가진 채 떠나버렸다. 해나와 횡재, 심지어 잡초를 뽑을 필요도 없이 완벽하게 정리된 잔디밭까지. 에릭은 맥주를 한 모금 마셨다. 맛이 썼다.

"에릭, 전화 끊은 거 아니죠?"

"네, 죽고 싶긴 하지만요. 그나마 다행인 건 내가 좋은 정신과 의사를 알고 있다는 거예요."

수잔이 깔깔거리며 웃었다.

"이제 화제를 좀 돌리죠. 소프트볼 얘기부터 할게요. 케이틀린이 나에게 해나의 연습을 보면 안 된다고 했어요. 정말 그런 건가요?"

"아뇨, 그건 그저 당신을 물러나게 만들려고 그런 거예요. 대니얼도 마찬가지고. 당신이 대니얼의 전화를 받지 않아서 다행이에요. 대니얼은 당신에게 아무 말도 할 수 없어요. 이의를 제기할 거라는 것도 알고 있고. 어쨌든 소프트볼 연습은 공개 행사예요. 당연히 갈 수 있어요."

"나한테 의논도 하지 않고 해나를 운동부에 집어넣은 건요? 아이에 관한 주요 결정은 함께 내린다는 것이 양육권의 법적 의미 아닌가요?"

"법적으로 공동 양육권이란 건 주로 종교의 선택이나, 아이를 다른 학교에 집어넣는 것 같은 중요한 문제들을 의논하는 걸 말해요."

"소프트볼은 어떻게 되는 건데요?"

"아무것도 아니죠. 만일 케이틀린이 해나를 소프트볼 팀에 집어넣는 것을 막아달라고 판사를 찾아간다면 우리가 질 거예요. 당신이 과민 반응하는 것처럼 보일 거예요. 너무 소소한 문제니까요."

"아무것도 아닌 일처럼 들릴지 모르지만 해나 같은 아이에게는 그렇지 않아요. 불안증이 있는 데다가 소프트볼을 하고 싶어 하지 않아요. 해나가 잘 못하니까 다른 애들이 괴롭힌다고 했어요. 그런 상황인데도 법원에 아무 말도 못 한다는 건가요?"

"네. 법원에서는 아이에게 소프트볼을 시킬지 말지 하는 문제에 대해 부모들과 왈가왈부하고 싶어 하지 않으니까요. 당신이 해나에게 불안장애가 있다고 생각한다는 건 알고 있어요. 하지만 아직 진단을 받은 건 아니잖아요."

"내가 진단을 내렸어요."

"하지만 법원에서는 당신의 진단이 객관적이라고 생각하지 않을 거예요. 사실 그렇기도 하고. 만일 해나의 심리 상태를 정식으로 평가받고 싶다면 그렇게 할 수는 있어요."

"판사에게 내 의견을 입증한다는 명목으로 아이에게 스트레스를 주고 싶진 않아요." 에릭은 이 모든 법적 과정이 싫었다. 자신이 너무나 잘 알고 있고, 자기 목숨보다 더 사랑하는 아이를 위한 최선이 무엇인지를 판사에게 묻는 것도 싫었다. "부모의 별거만으로도 이미 충분히 스트레스를 받았어요. 그리고 이제 이사 문제도 있고요."

"아이들은 회복력이 강해요, 에릭."

"그건 회복력이 아니에요." 에릭은 수잔의 회의적인 어조가 마음에 들지 않았다. 불안 증상을 가진 아이들이 정신적인 고통을 겪는다는 것을 그보다 더 잘 아는 사람은 없었다. 그럴 만한 상황에서는 누구나 궁지에 몰릴 수 있다. 에릭은 사람들이 그런 사실을 자각하기 이전에 얼마나 많은 교내 총격 사고들이 일어나게 될지 궁금했다.

"에릭, 내 제안은 어떻게 하는지 한번 지켜보자는 거예요. 한 번이나 두 번 정도 두고 봐요. 그렇게 하면 법원에 당신이 이성적으로 보일 거예요."

에릭은 새롭고 대담한 제안을 했다. "이번 집 매매 건에 대해서는 뒤통수를 제대로 맞았어요. 케이틀린에게 우선 양육권을 주는 게 옳았을지 의문이 드네요. 만일 케이틀린이 이런 식으로 여러 가지를 바꾸려고 한다면 내가 기대했던 해나의 안정적인 생활이 보장되지 않을 거예요."

"그럼 어떻게 하자는 건데요?"

"법원에 우선 양육권을 찾아오는 신청을 할 수 있겠어요?"

"진심으로 하는 말이에요?" 수잔이 깜짝 놀라 물었다.

"네, 그렇게 못 할 이유가 있나요?"

"하지만 케이틀린과 이미 합의를 했잖아요. 케이틀린에게 우선 양육권을 준다는 합의서를 막 제출했어요."

"그건 케이틀린이 집을 팔았다는 걸 몰랐을 때 이야기죠." 에릭은 맥주를 한 모금 더 마셨다. 버드 라이트는 사고력을 증진시켜주거나, 술에 취하게 만들 것이다. "고정관념에서 벗어나야 해요. 내가 우선 양육권을 가지면 안 될 이유가 있나요? 난 케이틀린보다 일하는 시간을 줄일 수 있고, 시간 운용도 자유로워요. 마음만 먹으면 병원을 그만두고 집에서 환자를 볼 수도 있어요."

"에릭, 일단 진정해요. 이건 당신의 인생이 완전히 바뀔 수도 있는 이야기예요."

"내 인생을 바꿀 필요가 있을 것 같아요." 에릭은 심장이 뛰는 것을 느꼈다. 지난 몇 달간 아버지로서의 역할이 축소된 것은 그가 생각했던 것보다 훨씬 더 고통스러웠다. "이제 공격적으로 나가도 되지 않겠어요? 케이틀린도 저러는데."

"이건 케이틀린과 당신의 대결이 아니에요. 해나에게 가장 좋은 것이 무엇인지를 찾는 것이지."

"나도 알아요. 해나도 나와 같이 있는 게 더 좋을 거예요."

"어째서요? 이혼한 부인이 집을 팔아버렸다는 이유만으로요?"

"아뇨, 그건 문제가 아니에요. 하지만 이번 일로 생각을 하게 됐죠. 난 해나에게 최선이라고 생각해서 집을 넘긴 거였는데 그 의도가 완전히 무시당했잖아요. 그러니 아이가 이사를 해야 한다면 나와 같이 살게 해달라는 거죠." 에릭은 맥주를 한 모금 더 마셨다. "해나를 위해 케이틀린과 싸우지 않으려고 했지만 이제 충돌을 피할 수 없게 됐어요. 내가 옳다고 생각하는 것을 위해 싸울 겁니다."

"당신이 우선 양육자가 되는 것이 옳다고 생각하는 이유는 뭐죠? 여자아이가 아빠와 같이 사는 경우는 드물어요."

"해나는 케이틀린보다 나와 더 사이가 좋아요. 케이틀린과는 다른 식으로 아이를 이해하니까." 케이틀린은 인정하지 않겠지만 에릭은 알고 있었다. "해나에게 물어본다면 나와 같이 사는 걸 선택할 거예요. 하지만 해나에게 그런 증언을 시키고 싶지 않아요. 아이가 증언을 꼭 해야 하는 건가요?"

"아뇨. 판사가 집무실에서 아이에게 누구와 같이 살고 싶은지 물을 수는 있어요. 하지만 그 결정을 내리기에는 해나가 너무 어려요. 당신이 우선 양육권을 원한다면 지금 당장 제출했던 서류부터 물려야 해요."

"그다음은요?"

"양육권에 대한 논의와 협상을 하게 되죠. 만일 우리가 합의를 하지 못한다면 법정에서 다투게 될 거예요. 일이 제법 커지겠지만, 당신이 원한다면 그렇게 해야죠." 수잔이 머뭇거렸다. "그렇게까지 가기 전에 중간 지점에서 합의를 할 수도 있어요."

"어떻게요?"

"50대 50으로 신체적인 양육권을 요구하는 거죠. 해나가 일주일은 당신의 집에서, 일주일은 케이틀린의 집에서 지내는 거예요."

"그건 해나한테 좋을 것 같지 않군요. 새 집을 두 군데나 적응해야한다는 말이잖아요. 불안장애가 있는 아이들은 여기저기 옮겨 다니는 변화에 잘 대응하지 못해요. 적응하기도 어렵고, 훨씬 더 많은 문제가 생길 거예요."

"알았어요. 어쨌든 주말 동안 다시 한 번 생각해봐요. 월요일 아침에 최종적으로 어떻게 할 건지 알려줘요."

"재판에 가게 되면 이길 수 있나요?"

"경계선상의 사건이라 어떻게 될지 모르겠어요. 내가 말할 수 있는건 당신이 재판까지 가기로 결정할 경우, 최선을 다하겠다는 것뿐이에요."

"고마워요." 에릭은 수잔에 대한 고마운 마음이 솟구쳤다.

"그때까지는 시키는 대로 해요. 케이틀린에게 전화하지 말고, 소프트볼에 대해서도 더 이상 난리치지 말아요. 해나에게도 어떻게 됐냐고 전화하지 말고요. 그 건에서는 물러나요. 그 두 사람한테 맡겨두란 말이에요."

"해나와 이야기는 할 수 있잖아요? 매일 밤 아이와 통화하는데." 에릭은 케이틀린을 거치지 않고도 이야기를 나누기 위해서 딸에게 휴대폰을 사주었다.

"맞아요. 하지만 아이에게서 정보를 얻어내지 말란 뜻이에요. 법정에서 불리해요."

"그런 적 없어요."

"지금까지는 그랬죠. 하지만 앞으로는 이전과 달리 모든 것이 적대적이 될 거예요. 케이틀린이 가만히 있진 않을 테니까. 나한테 설명할 필요는 없어요."

에릭은 아무 말도 하지 않았다.

"이제부터는 모든 것이 공적인 기록이 될 거예요. 법원에서 그 모든 것을 볼 거고요." 수잔이 마무리하듯 말했다. "내 말대로 할 거죠?"

"그럴게요. 고마워요."

"별말씀을요. 월요일에 이야기해요. 그만 가봐야겠어요. 아들 시합이 끝났네요."

"이겼어요?"

"이겼으면 환호했겠죠. 좋은 밤 보내세요."

"알았어요. 조심히 들어가요." 에릭은 통화 종료 버튼을 누른 뒤 남아 있던 맥주를 마저 마셨다. 그리고 자리에 앉아 조리대에 휴대폰을 내려놓았다. 화면에는 크리스틴이 보낸 문자 알림이 떠 있었다.

그는 자신의 결정을 다시 한 번 생각하기 위해 샤워실로 들어갔다.

7
장

에릭은 온몸에 비누를 칠한 뒤, 뜨거운 물로 뻣뻣해진 어깨와 목을 풀었다. 사고의 흐름이 다소 체계적이지 못한 상태로 자유롭고 편안하게 흘러갔다. 그로서는 드문 일이었다. 해나의 우선 양육권을 얻고자 하는 최초의 열망이 근심으로 남아 있긴 했지만 마음속에서는 도전 의식이 생겼다. 에릭은 딸을 양육권 싸움에 끌어들였고, 엄마와 맞서게 만들었다. 만일 판사가 아이에게 누구와 같이 살고 싶은지 물어본다면 해나는 에릭을 선택하겠지만, 그렇게 되면 아이는 새로운 짐을 지게 될 것이다.

에릭은 몸을 돌렸다. 등 위로 물이 세차게 흘러내렸다. 그의 마음은 여전히 그 상태였다. 부모 양쪽이 다 결격사유가 없는 경우, 전통적으로 양육권 싸움은 아이의 입장에서는 좋을 게 없었다. 해나는 직접적으로 엄마나 아빠를 잃게 될 것이다. 에릭은 누군가를 따돌리고 싶진 않지만, 자신이 케이틀린보다는 처신을 잘했다는 것을 알고 있었다. 만일 케이틀린이 해나의 양육권을 빼앗기게 되면 그녀는 그를 절대 용서하지 않을 것이다. 에릭은 케이틀린을 잃게 될 것이다. 죽을 때까지 친구로도 남을 수 없게 될 것이다. 따라서 이 일은 그로서는 승산이 없는 결정이라고 할 수도 있었다.

에릭은 물을 잠그고 생각에 잠겼다. 여느 부부들처럼 그와 케이틀린도 서로의 비밀을 알고 있었다. 엄마로서 케이틀린은 걱정되는 점들이 많았다. 케이틀린의 어머니인 테레사는 아이러니하게도 마더 테레사로 불렸지만 차갑고 다정하지 못한 엄마였다. 그래서 케이틀린은 자기한테도 모성이 없을까봐 항상 걱정했다. 그녀는 검사로 일하는 것을 좋아하는 것에 죄책감을 느꼈고, 산후 우울증이 진짜 호르몬의 작용 때문인 것인지 의심했다. 그녀는 해나가 태어난 지 한 달도 되지 않아 집에서 벗어나고 싶어 했다. 수유도 2주일 만에 그만두었다.

에릭은 샤워를 마치고 밖으로 나온 뒤 수건으로 몸을 닦았다. 그러면서 자신이 해나의 우선 양육권을 얻을 수 있을 것인지 생각하기 시작했다. 사실 이 문제에서 그가 어머니가 아닌 아버지라는 점은 논점에서 벗어난 것이 아닌가? 인간을 규정하는 건 뭔가? 아버지? 병원일을 그만두고 집에서만 일할 배짱이 있는가? 해브메이어 종합병원의 과장 자리에 매여 있을 가치가 있을까? 그의 경력에 어떤 영향이 미치게 될까? 직업적인 위상은? 개인 상담 환자들은?

에릭은 거울에 비친 모습을 쳐다보며 허리에 수건을 둘렀다. 가까이 붙어 있는 강렬한 푸른색 눈이 깊숙이 박혀 있다. 케이틀린은 그의 눈이 항상 애절해 보인다고 했지만, 스스로는 강렬하다고 생각했다. 그 편이 증상이 없는 것처럼 느껴지기 때문이다. 케이틀린이 귀엽다고 했던 붓처럼 솟구친 짧은 금발 머리에서 물방울이 뚝뚝 떨어졌다. 살짝 튀어나온 폭이 좁은 코는 남자답게 생겼고, 입술은 가늘었다. 케이틀린은 에릭의 미소를 좋아했다. 그는 큰 키에, 딱 벌어진 넓은 어깨, 조깅으로 다져진 복근이 있는 강인한 몸을 가지고 있었다.

결혼한 남자들 중에서는 당신의 몸이 가장 좋을 거야, 케이틀린은 말하곤 했다.

에릭은 케이틀린에 대해 언급하지 않고는 자신의 외모를 말할 수 없다는 것을 깨달았다. 결혼한 다른 남자들도 그러한지는 모르겠지만, 에릭은 오직 케이틀린의 눈을 통해서만 자신을 볼 수 있었다. 케이틀린은 여자친구에서 가장 친한 친구가 되었으며, 아내가 되고, 아이의 엄마가 되었다. 그의 유일한 가족이었던 그녀에게서 두 사람의 외동딸을 완전히 데려올 것인지, 격주로 만나게 해줄 것인지 하는 문제와 그 뒤에 일어날 문제들과 부차적인 문제들, 최근 느꼈던 온갖 나쁜 일들에 대해 결정을 내려야만 했다. 정말 그가 케이틀린에게 그렇게 할 수 있을지 알 수 없었다.

에릭은 욕실을 나왔다. 커튼을 치지 않았기 때문에 허리에 수건을 계속 두르고 있었다. 새로 이사 온 이 집에서 2주일을 지내면서 알게 된 문제점은 길 건너편에 사는 나이 많은 여자가 망원경으로 그를 지켜보고 있다는 것이었다. 케이틀린은 항상 나이 많은 여자들이 에릭에게 딴 생각을 품고 있다고 말했었다. 하지만 그는 그 생각을 떨쳐버렸다. 순간 불쌍한 티크너 부인과 손자가 떠올랐다. 하지만 그 생각 역시 떨쳐버렸다.

에릭은 달걀 껍질 색상의 벽지에 무늬목 마루가 깔린 좁은 복도를 맨발로 걸어갔다. 해나와 이 집에서 함께 살면 어떤 느낌일지 상상해보았다. 데본에 있는 마차 차고를 개조한 매력적인 이 집은 풍화된 갈색 지붕널에 짙은 황록색 덧문이 달려 있었다. 예전에 살던 집과는 불과 10분 거리로, 학군도 같았다. 비슷한 크기의 침실이 두 개가 있었는데, 그가 쓰는 침실은 북향이고 해나가 쓰는 방은 남향이었다. 해나는 이곳을 좋아했다. 하룻밤 같이 보내는 주말에도 집에 돌아가고 싶어 하지 않았다. 여기라면 학기 중에 다른 곳으로 옮길 필요가 없었다. 똑같은 놀이터에서 놀 수 있고, 아이스크림을 사러 갈 때도 똑같은 배스킨라빈스에 갈 수 있었다. 그리고 예전과 똑같이 웨인 메모리얼 도서관에서 책을 빌릴 수 있고, 밸리 포지에 있는 반스 앤 노블이나 애용하는 독립서점인 칠드런스 북 월드에서 책을 살 수 있었다.

에릭은 해나의 침실 문 앞에서 새로운 시각으로 방을 살폈다. 적당한 크기, 더블베드, 흰색 서랍장과 책장, 거기에 어울리는 흰색 책상이 뒤뜰이 내다보이는 커다란 창문 옆에 자리 잡고 있었다. 낮에는 햇빛이 잘 드는 곳이지만 당장은 뭔가 미완성인 것처럼 보였다. 침대 머리판도 없고, 창문에 커튼도 없었다. 그리고 그는 딸이 집에서 쓰던 꽃무늬 퀼트가 아닌 평범한 베이지색 담요를 사주었다. 벽은 이 아파트의 다른 곳과 마찬가지로 흰색이었다. 집에 있는 해나의 방은 아이가 좋아하는 소녀다운 분홍색이었다. 만일 해나가 여기서 살게 된다면 이 방을 좀 더 아늑하게 꾸며야 할 것이다.

에릭은 새로운 기운이 솟구치는 것을 느꼈다. 고등학생일 때 페인트칠로 돈을 벌기도 했었기에, 이 방을 분홍색 궁전으로 바꾸는 것도 가능했다. 에릭은 시간을 확인했다. 10시였다. 홈 데포는 아직 열려 있을 시간이었다. 대형 창고형 점포에 가서 분홍색 물건들도 구입할 것이다. 이불, 베개, 솜 인형, 게임기, 책, 분홍색 꽃무늬 커튼.

그런 생각을 하자, 그와 동시에 그렇게 꾸민 방이 눈앞에 보이는 것 같았다. 그리고 해나는 작년에 죽은 회색 얼룩무늬 고양이 피치가 그립다고 말했다. 이번 기회에 보호소에 가서 새로 아기 고양이를 데려올 수도 있을 것이다. 케이틀린과 달리 에릭은 동물을 좋아했다. 스스로를 고양이 집사라고 칭해도 부끄럽지 않을 정도였다.

그때 욕실에 놔둔 휴대폰이 울렸다. 에릭은 서둘러 복도를 가로질러 욕실로 돌아가 어둠 속에서 번쩍거리고 있는 휴대폰을 집어 들었다. 화면에 뜬 번호는 모르는 번호였지만 크리스틴의 번호는 아니었다. 에릭은 전화를 받았다.

"패리시 선생님, 맥스 자보우스키예요." 맥스의 목소리는 다급하게 들렸다. "병원에서 할머니와 함께 뵀었죠."

"그래, 맥스." 에릭은 안 좋은 일이 일어났다는 생각에 심장이 뛰기 시작했다. "할머니는 어떠셔? 괜찮으시니?"

"할머니는 괜찮아요. 지금 주무세요. 하지만 할머니와 이야기를 했어요. 저에 대해서요. 그래서 선생님을 만나 뵙고 싶어요."

"좋아." 에릭은 안도했다. 어려움에 처한 청소년이 도움을 청한다는 것은 좋은 징조였다. "시간은 언제가 좋을까?"

"가능한 빨리 뵙고 싶은데, 괜찮을까요? 주말에도 상담을 하시나요?"

"그래."

"이번 주말은 어떠세요? 내일 찾아뵐까요?"

"잠깐만, 일정을 좀 확인해볼게." 에릭은 휴대폰으로 일정을 확인
했다. 오전 9시부터 오후 3시까지 상담이 잡혀 있었다. 하지만 조금
일찍 시작해도 상관없었다. "오전 8시, 첫 상담 시간이 비어 있어. 괜
찮겠니?"

"네, 감사해요."

"좋아. 내가 준 명함에 주소 나와 있지?"

"네."

"왼쪽 진입로로 들어오렴. 그쪽이 상담실 입구야." 에릭은 집 뒤쪽
에 있는 일광욕실을 상담실로 쓰고 있었다. 전에 치과 교정 전문의가
쓰던 곳이라 입구와 진입로가 분리되어 있었다.

"네, 감사해요. 내일 아침 8시에 뵐게요."

"그래, 내일 보자. 할머니께 안부 전해드리고."

"네, 감사해요. 안녕히 계세요."

에릭은 전화를 끊었다. 그리고 문자 메시지를 확인했다. 크리스틴
이 보낸 문자가 그대로 떠 있었다. 에릭은 그 문자 메시지를 지운 뒤,
욕실에서 나와 옷을 입었다. 자기가 매력적인 의대생을 만나는 것보
다 홈 데포에 가는 것을 선택했다는 것이 믿기지 않았다.

이런 상태로는 절대 여자와 자지 않을 것이다.

3. 나는 거짓말을 하는 게 쉽다. 그리고 거짓말을 잘한다.

선택하시오 : 전혀 그렇지 않다 / 조금 그렇다 / 그렇다

잠이 오지 않는다. 마음이 너무 들뜬다. 나는 첫 번째, 어쩌면 가장 큰 장애물을 해결했다. 시간이 걸리긴 했지만 해냈다.

적과 관계를 맺은 것이다.

도저히 진정이 되지 않는다. 스릴과 흥분을 느낀다. 너무 신이 나서 긴장될 정도다. 조금 더 심하게 말하면 기대감에 들떠 있다.

침대 옆에 놓여 있는 시계는 새벽 3시 2분을 가리키고 있다. 하지만 나는 여전히 좌우로 돌아누우며 몸을 들썩거리고 있다. 자리에서 일어나 에어컨을 켜고, 손잡이를 HI로 돌렸다가 이내 LO로 돌린다. 어째서 이런 것에 철자도 제대로 쓰여 있지 않은 건가?

멍청이들.

나는 온라인에 접속해 비디오 게임을 시작한다. 하지만 집중이 되지 않아 다시 침대로 돌아간다. 늘 게임에 지는 얼간이들을 상대하는 것도 지겹다. 그리고 오늘 밤에는 제대로 된 적수가 나타나도 반갑지 않다. 나는 현실의 게임에서 나 자신을 발견했고, 거기서의 내 캐릭터는 끌어내려야 할 누군가를 파멸시킬 것이다. 왜냐하면 그는 가치가 없고 나약하고 부족한 천사이기 때문이다.

오랫동안 지금처럼 좋고 나쁘다는 감정을 느끼지 못했다. 이렇게 벌거벗고 어둠 속에 누워 있자니, 내 피부에 닿는 이불이 타오르는 것처럼 느껴진다. 따끔거린다.

모든 것이 계획을 시작하는 이 느낌보다 열등하다. 내가 기다렸던 주말로 이어지는 금요일 밤과 같다.

베개를 목 아래에 받쳐보지만 마음이 가라앉지 않는다. 비록 방 안은 컴컴하고 나는 가만히 누워 있지만, 이 밤이 어쩐지 살아 움직이는 것 같은 느낌이다. 내 몸이 확장되고, 둥둥 뜨고, 날아다니는 것 같다. 신경에 전기가 흐르는 것 같고, 심장이 뛰며 피가 솟구친다. 아드레날린이 내 몸속을 질주하면서 모든 뉴런들이 발사되는 것 같다.

지글지글! 쾅! 펑!

내 자체가 비디오 게임이다.

나를 최고로 흥분시킨다. 나는 온라인을 통해 소시오패스들은 뇌의 감정 중추인 편도체가 덜 활성화되어 있다는 것을 배웠다. 소시오패스의 뇌를 찍은 열화상 MRI를 보면, 편도체 자리가 붉은색이나 오렌지색으로 타오르는 일반인들과 달리 영원히 한밤중인 것처럼 검은 색이고 차갑다.

지금은 내 편도체도 붉게 타오르고 있을 것이다.

이제 내 생각들은 자유롭게 뻗어 나가 나선형으로 시간을 거슬러 올라간다. 맨 처음으로, 내가 처음 이 감정을 느꼈던 최초의 순간으로.

그 순간을 기억한다.

일곱 살 때, 엄마는 뚱뚱한 얼굴에 지미라는 이름을 가진 아이의 아빠와 사귀고 있었다. 엄마는 남자친구와 집 안에 있는 동안 나와 지미에게 뒤뜰에 나가 놀라고 했다. 우린 두 사람이 무엇을 할 것인지 알고 있었다. 엄마가 무엇을 할 것인지 알고 있었고, 소리도 들었다.

한마디 덧붙이자면, 내가 소시오패스인 건 엄마의 잘못이 아니다.

더불어 엄마의 공로도 아니다.

사실 난 그냥 이렇게 태어난 것이다.

내가 다르다는 건 처음부터 알고 있었다. 엄마 역시 알고 있었고, 그래서인지 거리를 두었다. 엄마는 나를 무서워했다. 엄마의 눈을 보면 알 수 있었고, 엄마도 내 눈을 보고 내가 진짜 어떤 사람인지를 알고 있었다.

난 다른 사람과 같다는 느낌을 받은 적이 없었다. 언제나 내가 잘났다는 것을 알고 있었다. 똑똑했고, 특별했다. 하지만 나는 일반인들을 흉내 내는 법을 알고 있었고, 다른 사람들이 나를 보통 사람으로 보게 만드는 법을 알고 있었다. 심지어 돼지 새끼 지미와 만났던 그 어린 시절에도 그런 연기를 잘했다. 그리고 그때 나 자신을 처음으로 시험해보았다.

난 뒤뜰에서 놀고 있는 돼지 새끼를 남겨 놓고 집 안으로 들어갔다. 그리고 그 애의 아버지가 테이블에 놔둔 파란색 플라스틱 라이터를 집어 들었다. 침실에서 나는 소리로 엄마가 여전히 정신이 없다는 것을 확인한 뒤에, 나는 그 라이터를 꺼내 의자 위에 놓여 있던 신문에 불을 붙였다. 그리고 그 라이터를 돼지 새끼의 닌자 거북이 배낭에 집어넣은 뒤 다시 뒤뜰로 돌아왔다. 돼지 새끼는 막대기로 땅바닥에 자기 이름을 쓰고 있었다.

5분도 지나지 않아 엄마와 남자친구는 옷을 반만 걸친 채 숨을 헐떡거리며 밖으로 뛰어나왔다. 두 사람 모두 하마터면 집이 다 타버릴 뻔했다는 사실에 잔뜩 겁에 질려 있었다. 엄마는 처음엔 자기가 담뱃불을 제대로 끄지 않았나 생각했다. 하지만 엄마의 남자친구는 불을 낸 것이 우리라고 생각하고 심문했다.

당연히 난 부인했다. 돼지 새끼도 마찬가지였다.

하지만 라이터가 사라졌다는 것을 알아차린 엄마의 남자친구는 레오나르도, 미켈란젤로, 도나텔로, 누군지 모르는 화가가 그린 그림의 뒤쪽을 찾아다녔다.

내가 기억하는 건, 엄마의 남자친구가 돼지 새끼의 목덜미를 순식간에 잡아 얼굴을 갈긴 것이다. 그 애는 그대로 날아갔다.

난 얼굴을 양손으로 감쌌다.

내가 웃는 것을 아무도 보지 못하게.

지금 기분이 그때와 똑같다.

끝내준다.

다음 날 아침, 에릭이 문을 열자 맥스 자보우스키가 대기실 나무 의자에 구부정하게 앉아 휴대폰을 들여다보고 있었다. "맥스? 어서 와라."

"안녕하세요." 맥스가 고개를 들었다. 그리고 휴대폰을 재빨리 뒷 주머니에 집어넣더니 차렷이라도 하듯 양쪽 발을 붙였다.

"찾아오는 데 힘들진 않았고?"

"네. GPS를 이용했거든요."

"그랬구나. 어서 들어오렴." 에릭이 열려 있는 상담실 문을 가리 키자, 맥스가 천천히 안으로 들어갔다. 에릭은 맥스가 병원에서 봤 을 때보다 고민이 더 많아 보인다고 생각했다. 맥스는 고개를 숙이 고 있었고, 잠을 별로 자지 못한 것처럼 눈 밑이 검었다. 앞머리 아 래로 보이는 이마를 잔뜩 찡그리고 있는 것이 기분이 많이 안 좋은 것 같았다.

"패리시 선생님, 만나주셔서 감사해요." 상담실 가운데 멈춰 선 맥스가 말했다. 조심스러우면서도 고마워하는 눈빛이었다. 가까이에서 보니, 맥스의 피부는 수염 자국 하나 없이 창백하고 매끈했다.

"이리 앉으렴." 에릭은 자신의 의자 맞은편에 놓여 있는 커다란 짙은 황록색 의자를 가리켰다.

"고맙습니다." 맥스는 조심스럽게 의자로 다가가 지팡이처럼 뻣뻣한 다리를 굽혀 자리에 앉았다. 그는 헐렁한 청바지에 검은색 티셔츠를 입고, 낡은 컨버스 스니커즈를 신고 있었다. "병원에서 그렇게 높은 자리에 계신 분인 줄 몰랐어요. 인터넷으로 선생님에 대해 검색해봤거든요."

"맞아, 아주 높은 자리에 있지." 에릭은 맥스의 긴장을 풀어주려고 애를 쓰며 미소를 지었다.

"정신과 상담실은 이렇게 생겼군요." 맥스가 덥수룩한 머리로 주위를 둘러보았다.

"지레짐작하지 말렴. 여긴 치과 의사가 쓰던 곳이란다."

맥스는 불편한 듯 미소를 지으며 계속 주위를 둘러보았다. 에릭도 잠시 연한 녹색으로 칠한 벽과 삼면에 있는 이중 창문 네 개의 창틀을 쳐다보았다. 오른쪽에는 호랑무늬 단풍나무tiger maple로 만든 최신 책상과 녹회색 에어론 인체공학 의자, 논문과 교재, 정신질환 편람이 빼곡하게 꽂혀 있는 나지막한 호두나무 책장이 있었다. 책장 위에는 큐리그 커피 머신이 놓여 있었고, 그 옆에는 깨끗한 머그잔 몇 개와 바이털 체크에 쓰는 청진기와 혈압 측정 띠가 놓여 있었다. 방 한가운데에는 녹색 무늬 천을 씌운 커다란 의자 세 개가 마주 보며 놓여 있었다. 벽에 뭔가를 걸어 놓을 기회가 없었고, 공간도 별로 없었다. 학위증은 병원 사무실 벽에 걸려 있었다.

"긴 의자가 없네요."

"그건 소위 정신 분석을 위한 것이지." 에릭이 다시 미소를 지었다. 정신과에 관한 일반적인 오해였다. "우린 그냥 여기에 앉아서 이야기 할 거야."

"아." 맥스가 창밖을 가리켰다. 부들레이아butterfly bushes가 직사광선을 막아 방 안에 그늘을 만들어주었다. 바깥은 고요했다. 큰 어치의 울음소리와 멀리서 들리는 나뭇잎 청소기의 소음만이 들릴 뿐이었다. "전 나무가 좋아요."

"나도 그렇단다."

"선생님의 가족인가요?" 맥스가 책장 위에 놓여 있는 케이틀린과 해나의 사진을 보며 물었다.

"그래." 에릭은 고개를 끄덕였다. 하지만 자세히 설명하지는 않았다. 자신에 관한 이야기는 잘 하지 않았는데, 대개는 시간 낭비를 하고 싶지 않기 때문이다. 정신과 의사들 중에는 상담실에 개인적인 사진을 놓지 않는 경우가 많지만, 그의 개인 환자들은 전혀 위험하지 않기 때문에 가족들의 안전에 대해서는 걱정하지 않았다.

"뭐라고 부르면 좋을까요? 병원에서처럼 패리시 선생님이라고 부를까요?"

"그래, 패리시 선생님이 좋겠구나." 에릭은 협탁에 놓여 있던 태블릿 컴퓨터를 집어 무릎 위에 올렸다. 그는 상담을 시작할 때마다 항상 태블릿 컴퓨터를 들고 있었다. 그러다 보니 환자들도 나중에는 에릭이 태블릿을 집어 들어도 별다른 신경을 쓰지 않게 되었다.

"할머니가 저를 이곳에 보낸다는 동의서를 써주셨어요."

"그런 건 필요 없어. 치료에 대한 동의는 네가 직접 하면 되니까."

"할머니는 여길 학교처럼 생각하시나 봐요. 여기 수표도 있어요." 맥스가 주머니에서 편지지를 꺼내 에릭에게 건네주었다. '패리시 선생님, 맥스를 잘 부탁드려요.' 떨리는 손으로 쓴 그 편지를 보자 에릭은 목이 메었다. 편지지 안쪽에 수표도 들어 있었다. 에릭은 그 편지와 수표를 협탁에 올려두었다.

"좋아, 완벽하구나. 네가 여기 오기로 해서 정말 기쁘다." 에릭은 메모장을 열고 날짜와 맥스 자보우스키의 이름을 입력했다. 상담 내용은 나중에 출력해서 환자 파일에 넣어 사무실에 보관할 것이다. 그는 절대로 상담 내용을 녹음하지 않았다.

"할머니가 원하셨던 일이에요. 선생님을 많이 좋아하세요." 맥스가 깍지 낀 손을 무릎 위에 놓으며 말했다. 긴장이 풀리지 않는 모양이었다.

"나도 네 할머니가 좋아. 오늘은 상태가 좀 어떠시니?"

"솔직히 말씀드리면, 별로 좋지 않아요. 오늘 아침에 많이 힘들어 보이셨어요. 평소에는 7시쯤 일어나서 커피를 드시거든요. 인스턴트 커피를 좋아하시는데 오늘은 건너뛰었어요. 일어나시긴 했는데 커피도 마시지 않고 다시 잠이 드셨거든요." 맥스가 입술을 깨물었다. "사실 좀 걱정이 돼요. 언젠가 아침에 할머니를 깨우러 갔을 때 일어나지 않으시면 너무 무서울 것 같아요. 언제라도 그런 일이 일어날 수 있잖아요."

"힘든 일이지."

"네. 미리 알고 있는 게 나은 건지, 모르는 게 나은 건지 모르겠어요. 실은 그런 일이 정말 일어날 거라는 사실이 믿기지 않아요."

에릭은 티크너 부인에게 남은 시간이 2주 정도라고 했던 로리의 말이 떠올랐지만 맥스에게 말하지 않았다. "맞아. 대처하기 아주 힘든 일이지."

"저도 알아요. 선생님을 만나러 와야 한다는 걸요. 하지만 할머니가 그렇게 하라고 해서만은 아니에요. 사실 할머니는 저에게 무슨 문제가 있는지 모르세요. 지금까지 할머니에게 숨겨왔으니까요." 맥스가 말을 잠시 멈추고 눈을 깜빡거렸다. "선생님한테는 말씀드려야 할 것 같아요. 제가 여기 왜 왔는지, 머지않아 이곳에 오게 될 거라는 걸 알았던 이유에 대해서요. 제 증상이 점점 심해지고 있어요."

"증상이라니?"

"강박장애가 있어요."

"그 강박장애에 대해 말해보렴." 에릭은 맥스가 한 말을 그대로 따라했지만, 곧이곧대로 믿는 건 아니었다. 진단을 내리기에 앞서 맥스의 가족력이나, 생물학적 취약점에 대해 알아야만 했다. 청소년기 후반과 이른 성년기는 위험한 시기였다. 특히 남자아이들에게는. 보통 맥스 정도 되는 나이에 조현병이나 양극성 장애가 '최초의 발현'을 시작한다.

"패리시 선생님, 약을 좀 처방해주셨으면 좋겠어요. 조사를 해봤더니, 강박장애에는 약이 도움이 된대요. 아닌가요?"

"그렇긴 하지." 지금 같은 상황은 진료를 하다보면 노상 겪는 일이었다. 약이 있으면 환자들은 약을 원한다. 에릭은 투약에 반대하는 건 아니었지만 반드시 필요한 경우가 아니면 약을 처방하지 않았다. 특히 청소년한테는.

"강박장애에는 루복스하고 팍실이 좋다고 들었어요. 처방해주실 건가요?"

"약에 대해 말하기 전에, 네 증상에 대한 이야기부터 해보자꾸나." 에릭은 보통 강박장애 환자에게 FDA[8]의 승인을 받은 플루옥세틴이나, 졸로푸트, 셀렉사, 루복스를 처방했다. 하지만 그 약들은 모두 청소년이 복용할 경우 자살 사고를 불러일으킬 수 있다는 '블랙박스 경고[9]'가 붙어 있었다.

"무슨 증상이요?"

"네가 말했던 강박장애 증상 말이야. 어떻게 나타나지?" 에릭으로서는 첫 번째 상담 목표가 맥스와 대화를 나누는 것이었다. "많은 사람들이 강박장애란 말을 무슨 속어처럼 쓰니까. 먼저 네 증상이 어떤

---

8 미국 식품 의약국

9 약물 제품 포장에 부작용에 대한 경고를 눈에 잘 띄게 검은색으로 테두리를 하는 것으로, 최고 단계의 부작용 경고를 의미한다.

지 알 필요가 있어."

"15분마다 반드시 해야 하는 행동이 있어요. 그 시간이 되면 머리를 두드리고 뭔가 말을 해야만 해요." 맥스가 얼굴을 찡그렸다. "인터넷으로 검색해봤어요. 그런 걸 의식이라고 하더라고요."

"맞아. 의식적인 행동이지."

"네." 맥스가 초조하게 고개를 끄덕였다. "한번은 일을 하다가 저도 모르게 큰 소리로 그 의식에 속하는 말을 내뱉는 바람에 상사가 들은 적이 있어요. 정말 끔찍했죠."

에릭은 중간에 끼어들지 않았지만 메모를 했다. 일?

"아무도 몰라요. 할머니조차 말이에요." 맥스는 긴장한 티가 역력한 얼굴로 양손을 깍지 꼈다. "너무 힘들어요. 비밀을 지키자니 말이에요. 아무래도 제가 미친 것 같은데, 아무도 몰라요. 이중생활을 하는 것 같은 기분이에요."

"무슨 말인지 알겠어. 그럼 먼저 어떤 의식을 하는지부터 말해주겠니?" 에릭은 맥스가 어떤 느낌인지 정확하게 알고 있었다. 하지만 그도 불안장애가 있었다는 말은 아직 하지 않았다. 정신질환을 가진 자신이 다른 사람을 치료할 권리가 있는지 의문이긴 했지만, 동료 의사들 역시 뭔가 증상들이 있었고 그 때문에 정신과 의사가 되었다. 사실 에릭은 불안장애가 아니었다면 지금과 같은 통찰력을 얻지 못했을지도 모른다고 생각했다.

"몇 년 전, 아마 2년 전일 거예요. 그때부터 안 좋아졌어요. 증상이 심해졌죠. 머리, 오른쪽 관자놀이를 정해진 시간에 두드려야 해요. 15

분마다 말이에요.”

“하루 종일 말이니?”

“네. 깨어 있는 동안은 15분마다 이렇게 해야 해요.” 맥스가 가느다란 검지손가락으로 관자놀이를 두드리며 시범을 보였다. “그 시간이 지나면 안 돼요. 학교나 일터에서는 머리카락을 넘기거나 여드름을 짜는 척하면서 몰래 관자놀이를 두드렸어요.”

“그럼 시간을 봐야겠구나.”

“네. 계속 봐야 해요. 가끔은 머릿속으로 15분을 헤아릴 때도 있어요. 항상 염두에 두고 있죠. 온종일 말이에요.”

에릭은 그것이 얼마나 끔찍한 일일지 상상할 수 있었다. “다른 건 세지 않니?”

“어떤 거요?”

“천장 타일이나 보도블록 수를 센다거나, 껌 씹는 수를 센다거나.”

“아뇨.”

“그럼 네가 해야 하는 다른 일들 중에 반드시 몇 번씩 해야 한다거나, 숫자로 세야 하는 경우는?”

“없어요.” 맥스가 고개를 저었다.

“뭔가 물건들을 일렬로 놓는다거나, 대칭으로 놓는 경우는 없니?”

“네.”

에릭은 메모를 했다. “그럼 머리를 두드릴 때 무슨 말을 하지?”

“단숨에 빨리 빨강, 주황, 노랑, 초록, 파랑, 보라, 갈색, 검정이라고 말해야 해요.” 맥스가 급히 색상들을 읊었다. “시계를 보고 있다가 그 시간이 되면 그렇게 해야만 해요. 그래서 미칠 것 같아요."

"정말 그렇겠구나. 그 색깔들은 무슨 의미가 있는 거니?"

"모르겠어요." 맥스가 잠시 말을 멈췄다. "하지만 머릿속에 어릴 적 썼던 수채화 물감이 떠올라요. 다른 사람들도 다 가지고 있었을 그런 물감 말이에요. 물감 통의 뚜껑을 열면 그림 그릴 때 쓰는, 눈썹처럼 털이 듬성듬성한 붓이 들어 있는 거요."

"그래, 그런 게 있었지." 에릭이 말했다. 해나도 그런 물감을 가지고 있었다.

"그냥 머릿속에 떠오르면서 그 말을 해야만 해요."

"어째서 15분에 한 번씩인 걸까? 혹시 넌 그 이유를 아니?"

"아뇨. 하지만 15는 좋은 숫자예요. 전 숫자들을 좋아해요. 15라는 숫자를 좋아하죠." 맥스가 불편한 듯 어깨를 으쓱했다. 그의 좁은 어깨가 티셔츠 속에서 위아래로 들썩였다. "열다섯에 계속 머물고 싶어서 열여섯 살이 되는 게 싫었으니까요."

에릭은 메모를 했다. "열다섯 살이 되었을 때 뭔가 좋은 일이 있었어?"

"아뇨, 전혀요."

"그런 의식을 하게 된 계기가 있을까?"

"아뇨." 맥스는 어쩔 줄 몰라 하며 고개를 저었다.

"할머니의 병을 알게 된 게 2년 전이라고 했지? 어제 그렇게 말했잖아."

맥스가 눈을 깜빡거렸다. "네, 맞아요."

"그때 네 나이가 열다섯 살이었겠구나."

"맞아요. 그게 관계가 있나요?"

"그럴 가능성도 있지." 하지만 에릭은 그건 너무 쉽다는 생각이 들었다. "가끔 어떤 사건들이 강박 증세를 유발하거나 악화시키는 경우도 있으니까."

"아." 맥스가 찡그렸던 이마를 폈다. "그게 원인이란 건가요?"

"아직은 확실하지 않아." 에릭이 손을 들어올렸다. "그런 의식을 하는 이유가 뭐라고 생각하지?"

"모르겠어요."

"그런 강박이 아침이나 밤에 더 심하지는 않고?"

"그냥 온종일 그래요. 그러니까 숨기기가 어려워요. 다른 사람들에게 숨기려고 일부러 물건을 떨어뜨릴 때도 있어요. 위장인 거죠. 아무래도 그런 행동을 숨기는 게 힘들다보니 밖에도 나가지 않게 됐어요. 밖에 나가면 많이 힘들거든요." 맥스의 눈썹이 고통스러운 듯 아래로 처지고, 미소가 사라졌다. "더 이상은 이러고 싶지 않아요. 숨길수도 없어요. 계속 그 생각만 하고 있으니까. 휴대폰으로든, 손목시계로든 내내 시간만 봐요. 저도 다른 사람들처럼 정상적으로 살고 싶어요."

에릭은 심금이 울리는 것을 느꼈다. 해나의 생각이 나면서, 딸이 보통 사람처럼 살기를 케이틀린이 얼마나 바라고 있는지가 떠올랐다. 그도 불안장애가 극심했던 시절에는 정상적인 삶을 살 수 있게 되기를 간절히 바랐다. 정신병이 있는 사람들의 소원은 정상인이 되는 것이다. 정상인들은 마음속에 있는 걱정의 우물을 당연하게 여길 것이다. 에릭은 그 경계선에서 양쪽에 발을 걸치고 있었기 때문에 그 역시 환상이라는 것을 잘 알고 있다. "머리를 두드리거나 색깔을 말하지 않으면 너나 다른 사람한테 무슨 일이 생길 것 같니?"

"네."

"무슨 일이 생길 것 같은데?"

"모르겠어요. 제가 대처할 수 없는 일은 시도하고 싶지 않아요. 그냥 해야 한다는 것만 알고 있을 뿐이에요."

에릭은 메모를 했다. "가족 중에 그런 성향을 가진 사람이 있어?"

맥스가 눈을 굴렸다. "아뇨. 엄마는 게을러요. 어떤 것도 확인하는 법이 없죠."

"정보화의 맹점이지. 강박장애 환자들이 깨끗하다는 건 신화란다. 예를 들자면, 수집광 역시 강박장애의 일종이지." 에릭은 병원에서 들은 이야기로, 맥스의 어머니에게 문제가 있다는 것을 짐작했지만 주제를 바꾸고 싶지 않았다.

"알겠어요. 하지만 그래도 제가 알기로 가족들은 아무 문제 없어요. 할머니는 굉장한 분이세요." 맥스가 살짝 미소를 지었다. "완벽하죠."

"그건 맞아." 에릭도 미소를 지었다. "할머니와의 관계에 대해 말해 보렴. 두 사람의 사이가 아주 가까운 것 같던데."

"할머니는 굉장해요. 선생님도 보셨다시피 대단하신 분이죠. 제가 할머니를 보살피고 있어요. 이제 시력이 많이 안 좋으셔서 제가 식사를 준비해요. 아침에 일하러 가기 전에 할머니가 드실 음식을 만들죠." 맥스의 미소가 다시 사라졌다. "할머니가 식사하실 때 저도 같이 먹곤 했어요. 이젠 할머니께 커피를 드리죠. 아까 말씀드린 대로 오늘은 커피도 드시지 않으셨지만."

에릭은 다시 메모를 했다. "일하러 간다고 했는데, 무슨 일을 하고 있니?"

"퍼펙트 스코어에서 SAT[10] 강사로 일해요. PSA[11], SAT, 학력검사 대비로 수학 과목을 가르쳐요." 맥스가 또다시 잠깐 미소를 지었다. "전 SAT를 만점 받았거든요."

"그래?" 에릭은 맥스의 할머니로부터 그 이야기를 들었던 것을 기억하고 있었지만 감탄 어린 목소리로 대꾸했다. "학교는 어디 다니는데?"

"파이오니어 고등학교요. 이제 12학년 올라가요. 아마 차석으로 졸업하게 될 거예요. 졸업생 대표가 아니라서 다행이에요. 사람들 앞에서 연설 같은 건 못 할 테니까."

"축하한다." 에릭은 맥스가 평균 이상의 지능을 가지고 있는 것에 대해 놀라지 않았다. 강박장애 프로파일과 일치하기 때문이다. 하지만 맥스의 가족력에 관해서는 더 많은 정보가 필요했다. "학교에 다니는 동안에는 어떻게 할머니를 보살폈니?"

"매일 아침 학교에 가기 전에 똑같이 했어요. 할머니는 지난 몇 달

10   대학입학 자격시험
11   예비 대학수학능력평가

간 암 때문에 정상적인 식사를 하지 못하셨어요. 그래서 믹서로 퓌레를 만들었죠." 맥스는 손으로 믹서가 돌아가는 흉내를 냈다. "걸쭉하게 만들지 않으면 아무것도 삼키지 못하셨으니까. 심지어 물조차 말이에요. 그래서 퓌레를 갈아서 통에 넣어뒀죠."

에릭은 아침마다 정신없이 바빴던 자신의 학창 시절을 떠올리며, 그동안 맥스가 얼마나 힘들었을지를 생각했다. 그는 아직도 그 시절의 아침 시간이 그리웠다. "그럼 저녁 식사는 어떻게 했니?"

"저녁 식사도 제가 준비했죠."

"어머니는 어때? 도와주셨니?"

"지금 농담하세요?" 맥스의 눈에 분노가 스쳐지나갔다. "엄마는 술을 마셔요. 일은 불규칙적으로 하지만, 항상 남자친구랑 같이 지내죠. 그 남자는 시내에 살아요."

"아버지는 어때? 아버지도 근처에 사시니?" 에릭은 맥스의 할머니에게 들어서 이미 알고 있었지만 맥스의 입을 통해 직접 듣고 싶었다.

"아뇨." 맥스는 손가락으로 머리카락을 쓸어넘긴 뒤에 재빨리 손톱을 물어뜯었다. "아버지는 제가 어릴 때 집을 나가셨어요. 아버지도 주정뱅이였죠. 기억도 거의 안 나요."

에릭은 모든 것이 엉망이라는 것을 알았다. 맥스는 자신들의 역할을 포기한 부모와 역할을 바꾸었다. "다른 형제자매는 없고?"

"네. 저밖에 없어요." 맥스가 삐딱하게 미소를 지었다. "딱 보니 위험 신호가 오죠? 자녀 유기에, 엄마 아빠 문제도 있고."

에릭은 스스로를 진단하는 맥스의 성향을 바꾸고 싶었다. "술을 마신다거나 달리 하는 게 있니?"

"아뇨."

에릭은 맥스와 눈을 마주쳤다. "나한테는 말해도 돼."

"알았어요. 가끔요. 술도 조금 마셨고, 대마초가 들어 있는 브라우니는 먹어보려다가 그냥 버렸어요."

에릭은 메모를 했다. "넌 강박증이 있으니까 절대로 약을 하거나 대마초를 피워서는 안 돼. 알겠니?"

"알겠어요." 맥스의 눈이 번쩍거렸다. "그런 생각은 안 했어요. 이젠 불법이 아니라고만 생각했지."

"법이 문제가 아니야. 의학적인 문제니까. 법은 항상 과학 뒤편에 있지. 자, 이제 친구들에 대해 말해보렴."

"친구 같은 건 없어요." 맥스가 껄껄거리며 웃었다. 전혀 즐겁지 않은 웃음소리였다.

"아는 사람은?" 에릭은 맥스에게 연민을 느꼈지만 전문가답게 표정에 드러내지는 않았다.

"없어요. IRL에서는 사람들과 이야기를 거의 안 한다는 말이에요."

"IRL?"

"실생활In Real Life이란 뜻이에요. 온라인 친구는 있어요. 게임을 하니까. 거기서는 핵심이에요."

"핵심이라니, 무슨 뜻이지? 게임은 하루에 몇 시간이나 하는데?"

에릭은 맥스의 할머니가 병원에서 했던 이야기가 떠올랐다.

"많이 해요." 맥스가 시간을 확인했다.

"많다는 건 어느 정도지? 판단을 해야 해서."

맥스가 친밀하게 미소를 지었다. "밤에는 여섯 시간 정도요."

에릭은 메모를 했다. *게임.* "학교에서 다른 활동이나 운동은 안 하고?"

"선생님 눈에는 제가 운동을 좋아할 것처럼 보이나요?" 맥스가 또다시 신경질적으로 소리 내어 웃었다.

"학교에서 동아리 활동이나 다른 것도 안 해?"

"수학경시대회에 참가하죠. 수학 장학금이 없다는 건 너무 하지 않아요?" 맥스가 유감스럽다는 듯 미소를 지었다. 에릭은 맥스의 눈을 계속 쳐다보며 미소를 지었다. 결국 맥스가 시선을 피했다.

"학교에서 보내는 낮 시간은 어떠니?"

"뭐가요?"

"보통 어떻게 지내냐는 뜻이야. 외롭니?"

"외톨이긴 하지만, 괜찮아요. 차라리 혼자 있는 게 좋아요. 머리 두드리는 걸 보는 사람이 없으니까."

에릭은 맥스에게 마음이 쓰였다. 그는 정신질환을 갖게 되면 어떻게 고립되는지, 환자들이 자꾸 숨으려는 경향을 가지게 된다는 것을 누구보다 잘 알고 있었다. "괴롭히는 사람이 있니?"

"아뇨." 맥스가 다시 시간을 확인했다. "그냥 무시당하는 거예요."

"어떻게?"

"예를 들면, 스페인 수업에서 할로윈 파티를 했어요. 전 옛날 영화

'투명인간'에 나오는 분장을 했죠. 할머니가 준비해주셨어요. 그 영화를 좋아하시거든요. 그래서 전 선글라스를 쓰고 트렌치코트를 입었어요. 얼굴은 붕대로 감았죠." 맥스가 자신의 머리를 가리켰다. "하지만 아무도 알아차리지 못했어요. 정말 아이러니하죠?"

에릭은 맥스의 말을 마음속에 담아두었다. 그 이야기의 이면에 담겨 있는 외로움을 쉽게 알아차릴 수 있었다. "선생님들은 어때? 특별히 좋아하는 선생님이 있니? 아니면 친한 선생님이라든가."

"없어요. 다 괜찮아요. 빌어먹을 어학 선생만 제외하고." 맥스가 손으로 입을 틀어막았다. "죄송해요. 이렇게 말해도 괜찮아요?"

"괜찮고말고."

"어쨌든 전 사교성이 전혀 없어요. 더 말할 내용도 없고."

"더 할 말이 없다면 난 폐업해야 될 것 같은데." 에릭은 맥스의 긴장을 풀어주기 위해 농담을 던졌지만 맥스는 웃지 않았다. "네가 사회적으로 어떤 느낌을 받고 있는지 다시 이야기해보자."

"기분이 좋다고 할 수는 없지만, 어쩔 수 없는 일이죠. 사실 너무 늦었어요." 맥스의 얼굴이 어두워졌다. 그리고 시간을 확인했다. "일단 이렇게 된 건 우리 집안 꼴이 저 모양이기 때문이라고 생각해요. 이를 테면, 엄마가 술을 마시니까 친구도 사귈 수 없는 거죠. 누군가 절 자기 집에 불러주면 저도 그 애를 우리 집에 불러야 하는데, 그럴 수가 없으니까요. 결국 모든 사람들을 피하게 됐어요. 고등학교에서는 애들이 전부 무리 지어 다녀요. 운동부 애들, 중독자들, 힙스터 무리, 부자 애들, 괴짜, 흑인 애들, 매력적인 여자애들, 자기들이 잘나간다고 생각하는 난잡한 여자애들. 전 어디에도 맞지 않아요. 결국 아웃사이더가 됐죠."

에릭은 맥스가 고립되어 있다는 자신의 감정을 묵살하고, 그렇게 된 이유를 설명하기 위해 그 모든 것을 얼버무리고 있다는 사실에 주목했다. "게임을 하는 애들은 없니?"

"학교에서요? 아뇨, 그쪽은 온라인상에만 있어요."

"데이트는 어때? 데이트는 하니?"

"아니요." 맥스의 창백한 피부가 발갛게 달아올랐다. "아는 여자애들이 있긴 하지만, 그냥 친구예요."

"관심이 가거나 반한 여자애는 없고?"

"없어요. 기대도 하지 않고요."

에릭은 또다시 연민을 느꼈다. 그래서 이야기를 다른 방향으로 틀었다. "네가 게이나 양성애자라서 그런 생각을 하는 건 아니고?"

"그런 거 아니에요!" 맥스가 깜짝 놀란 눈으로 쳐다보았다. "전 이성애자니까요!"

에릭은 잠시 아무 말 없이 기다렸다. 정신과 치료에서 침묵은 유용했다. 맥스와 같은 환자는 그 침묵을 서둘러 깨고 싶어 하기 때문이다.

"패리시 선생님, 전 정말 게이가 아니에요." 맥스가 입술을 오므렸다. "제 말을 믿지 않는 것처럼 보이네요."

"그래." 에릭은 기회를 잡았다. "분명히 말해두마. 네가 내게 사실을 말한다면, 난 네 말을 믿을 거야. 그 대가로 거짓말도 절대 하지 않을 거고. 네가 여기서 하는 이야기는 전부 다 비밀이야. 이곳은 우리가 완전히 정직하게 서로 이야기를 나눌 수 있는 안전한 장소란다. 우리가 말한 모든 것은 이곳에 남게 될 거야. 무슨 말인지 알아들었니?"

"네." 맥스가 잠시 말을 멈췄다. "상담 비용을 우리 할머니가 지불한다고 해도 말이죠?"

"그래. 무엇보다 집에 돌아가면 우리가 했던 이야기를 할머니에게 전해야 한다는 생각을 하지 마."

"알았어요." 맥스가 침을 삼켰다. 마른 목 위로 목젖이 엘리베이터처럼 오르내렸다. "음, 있긴 있어요. 마음에 드는 여자애가."

에릭은 그 순간을 마음에 담아두었다. 이건 그의 작은 승리였다. "이름이 뭔데?"

"르네 베빌라쿠아요. 일하는 학원에서 봤어요. 세크리드 하트라는 다른 학교에 다니는 애인데, 강의를 들으러 오죠."

"언제 만났는데?"

"한 달 전이요. 그 애가 처음 강의를 들으러 왔을 때죠."

에릭은 메모를 했다. 르네 베빌라쿠아. "그 애의 어디가 좋은데?"

"전부 다요." 맥스가 얼굴을 붉히며 어색한 듯 웃음을 터트렸다. "아주 예뻐요. 빨간 곱슬머리에, 주근깨가 많죠. 그 애는 싫어하는 것 같지만, 전 그 주근깨도 좋아요. 르네가 화장을 하는 이유는 그 주근깨를 숨기기 위해서죠." 맥스의 표정이 상담을 시작된 뒤 처음으로 밝아졌다. "그 애의 눈은 선명한 파란색이에요. 정말 새파란 색이에요. 그리고 생각에 잠길 때마다 혀끝을 빨아요. 르네는 잘 꾸미지는 못하지만 똑똑해요. 그저 정신적인 장벽이 있을 뿐이죠."

에릭은 행복해 보이는 맥스의 모습을 보며 이야기를 듣고 있었다. 한순간이긴 해도 사랑에 빠진 다른 젊은이와 똑같은 모습이었다. "데이트 신청은 했어?"

"아뇨!" 말도 안 되는 질문이라는 듯 맥스의 눈이 휘둥그레졌다. "그 애는 남자친구가 있어요. 하지만 그 남자애가 르네를 대하는 방식이 마음에 들지 않아요. 하루는 르네가 들어왔는데 울고 있었어요. 괜찮냐고 물었더니, 남자친구가 안 좋은 말을 했다고 하더군요. 하지만 더 이상은 말할 수 없다고 했어요." 맥스는 한숨을 쉬었다. "어떻게 하면 제가 머리를 안 두드릴 수 있을까요? 처방전은 주실 거예요?"

"먼저 너에 대해 더 많이 알고 이해할 필요가 있어." 에릭은 맥스의 증상이 드문 것이 아닌 일반적인 강박장애 같다고 생각했다. 강박장애 환자들의 경우 자신들의 증상이나 자기소외를 인지하고 있다는 점에서 통찰력이 깊기도 하고, 스스로 그런 증상에서 벗어나고 싶어하기 때문에 치료 가능성이 높았다.

"어떤 거요?"

"네 경우, 강박장애의 충동이 색상을 말하고 머리를 두드리는 의식을 한다는 점으로 보아 집착에서 기인한 거야. 다시 말해, 그 의식은 그 집착이 만들어 낸 불안을 떨쳐버리기 위한 것이지. 질문이 있어. 네가 집착하고 있는 건 뭐지?"

맥스가 얼굴을 찡그렸다. "지금 제가 르네에게 집착하고 있다고 말씀하시는 건가요?"

"말해봐. 르네 생각을 많이 하니? 머릿속에 온통 그 애 생각뿐이야?"

"네, 하지만…….." 맥스는 고통스러운 것처럼 보였다. "하지만 좋은 생각이 아니에요. 이상하고 기괴하죠. 그 생각들이 절 괴롭혀요."

"강박적인 관념들이 즐거운 경우는 드물단다. 사실 그게 바로 강박의 정의야. 원하지 않는 거슬리는 생각들."

"잘 모르겠어요."

에릭은 메모를 했다. *르네에 대한 집착.* "어떤 생각을 하지?"

"제가 그 애를 다치게 할 것 같다는 무서운 생각이 들어요. 직접 어떻게 한다는 게 아니라 돌발적으로 말이에요. 전 절대로 그 애를 다치게 하지 않을 거예요. 고의로 그럴 일은 없어요." 맥스는 주저하다가, 또다시 머리카락을 쓸어 올렸다. "르네는 정말 멋지고 대단해요. 착하고 다정하죠. 그 애에게 어떤 나쁜 일도 일어나지 않길 바라요."

에릭은 메모를 했다. "의도하지 않게 다른 사람을 해할 수도 있다는 두려움은 강박장애에서 흔히 나타나는 증상이야."

"정말요?" 맥스의 눈이 살짝 커졌다. "믿을 수 없어요."

"아주 흔해."

"저만 그런 줄 알았어요. 끔찍한 인간이 된 것 같은 기분이 들었죠."

"잠깐만 생각해보자, 맥스. 사실은 너 자신이 생각들을 통제하지 못하는 게 아니야. 그 생각들이 그냥 거기 있는 것이지. 그 안에 다른 주체는 없어. 무슨 말인지 알아듣겠니? 네가 그 생각들을 불러일으킨 게 아니야. 넌 그 생각들을 떠올리거나 날려버릴 수 없어. 그 생각들은 구름처럼 그 자리에 있는 거야."

"알겠어요."

"하지만 행동은 전혀 달라. 행동은 생각과 분리되어 있어. 원한다면 온종일 끔찍하거나, 사악하거나, 야한 생각을 해도 돼. 다만 그 생각들을 행동으로 옮기지 않으면 되는 거야. 사람들은 대부분 자기 생각을 행동으로 옮기지 않아. 하지만 그런 생각을 했다는 것만으로 자책할 필요는 없어. 생각하는 것만으로 자책한다면 숨 쉬는 걸 자책하는 거나 마찬가지야. 넌 사람이야. 사람은 생각을 하게 되어 있어. 무슨 말인지 알아듣겠니?"

"네." 맥스가 살짝 미소를 지었다. 에릭은 그 미소를 긍정의 의미로 받아들였고, 맥스가 보다 마음을 열 수 있는 안전한 분위기를 만들려고 노력했다.

"만일 생각만으로 자책한다면, 너 자신에 관해 잘못된 메시지를 스스로에게 보내고 있는 거야. 너 자신에게서 스스로를 소외시키고 있는 것이지. 그건 건전하지 못한 거야. 네가 무슨 생각을 하고 있든 이렇게 우리가 함께 노력한다면 '그냥 생각한 거다', '그런 생각을 한다고 해서 내가 나쁜 사람은 아니다', '그 생각을 행동으로 옮기겠다는 뜻은 아니다'라고 말하는 날이 올 거야."

"알겠어요." 맥스가 시간을 확인했다. 에릭은 맥스가 머리를 두드릴 시간까지 속으로 시간을 세고 있다는 것을 알았다.

"치료에는 시간이 걸린단다. 바로 네가 갖고 있는 생각들에 주의를 기울이고 살피는 것을 도와주는 과정이지. 너 스스로 마음을 열고 속마음, 깊숙한 내면에 있는 의도, 동기, 답안, 반응을 탐구하는 것을 돕는 거야. 마치 동굴에 들어가 손전등을 켜고 탐험하는 것과 마찬가지라고 할 수 있지. 난 네 손을 잡고 그 안에 함께 있어. 간단히 말하자면, 이런 걸 대화 치료법이라고 하는 거란다."

맥스가 미소를 지었다. "제가 그 동굴인 거죠?"

"그래."

"손전등은 뭐예요?"

"남근을 상징하지."

맥스가 웃음을 터트렸다. 에릭도 미소를 지었다.

"손전등은 그냥 손전등일 때도 있어. 하지만 프로이트라면 그렇게 말했겠지." 에릭은 맥스의 반응을 이끌어 내기 시작했다는 것을 느낄 수 있었다. 잘되고 있었다. "자, 다시 네 생각으로 돌아가보자. 하지만 잊지 마. 그런 생각을 했다고 스스로에 대한 판단을 내리면 안 된다는 걸 말이야. 자, 이제 어떤 생각을 했는지 말해보렴. 그건 그저 생각이었을 뿐이라는 걸 절대 잊지 말고."

"알았어요. 하지만 끔찍하긴 해요." 순식간에 미소가 사라지고, 맥스가 얼굴을 찡그렸다. "시작은 항상 똑같아요. 르네에 대해 걱정하는 거죠. 르네에게 무슨 일이 일어날까봐 걱정하는 거예요."

"이를테면?"

"르네는 운전이 엉망이에요. 강의를 들으러 올 때마다 항상 통화를 하면서 운전을 하고 있어요. 전 그 애가 학원에 오는 모습을 창문으로 볼 수 있어요. 르네는 아주 **빠른** 속도로 진입로를 꺾어서 들어와요. 그런 식으로 운전을 하다가는 크게 다칠까봐 걱정을 하는 거죠."

"네 마음속에서는 그 모습이 어떻게 그려지지?"

"르네의 운전에 관해 생각하기 시작하면, 이내 그 애가 차에서 내리는 모습이 보여요. 곱슬곱슬한 머리카락이 귀엽죠. 그리고 르네의 얼굴을 본 다음, 그 애의 목을 봐요. 정사각형 모양의 작은 금목걸이를 항상 걸고 있어요. 'fearless 두려움 없는'라고 쓰여 있는 거죠. 그 목걸이가 귀엽다고 생각하다가 점차 끔찍한 생각이 떠오르기 시작하는 거예요." 맥스가 양손을 꼭 쥐었다. "어쩌다 그런 생각이 드는 건지 모르겠어요. 하지만 내 양손을 그 애의 얼굴 위에 놓는 상상을 해요. 그리고 그 손이 얼굴에서 머리 뒤쪽으로 움직여요. 그런 다음 르네의 목걸이에 손을 대는 거죠. 끔찍하게 들린다는 건 알지만, 결국에는 그 애의 목에 손을 대고 조르기 시작해요."

에릭은 가만히 기다렸다. 맥스가 스스로에 대한 판단을 내리지 않고 용기 내어 말할 수 있도록 아무 말도 하지 않았다.

"양손으로 그 애의 목을 감싼 다음, 조르고 또 졸라요. 조르는 걸 멈출 수가 없어요. 그러다 갑자기……." 역겹다는 듯 맥스가 윗입술을 뒤집었다. "그 애가 죽은 듯이 쓰러지는 거예요. 너무 끔찍해요."

"좀 더 자세히 말해보렴." 에릭은 메모를 하지 않고, 맥스의 눈을 똑바로 쳐다보며 말했다.

"뭘 더 자세히 말해요?" 맥스가 양손을 들어올렸다. 아직 아이 같은 얼굴에는 깊은 죄책감이 새겨져 있었다. "그 애는 죽었어요. 제가 목을 졸랐죠. 머릿속에서 CSI나 SUV 드라마에 나오는 것 같은 끔찍하고 무서운 장면들이 떠올라요. 그런 드라마들은 항상 죽은 여자를 보여주면서 시작하잖아요. 전 그렇게 하지 않을 거예요. 절대로 하고 싶지도 않아요. 그냥 머릿속에 그 장면이 떠오르는데, 지울 수가 없어요. 그 생각을 날려버리고 싶어요. 하지만 계속 남아 있어요. 너무 끔찍해요!"

"진정하렴, 맥스. 숨을 들이마셨다가 내뱉는 거야."

"숨 쉬는 법은 저도 알아요!"

"혼란스러운 것처럼 보이는구나. 왜 그런지는 이해해. 누구라도 그런 생각을 하게 되면 혼란스러울 수밖에……."

"정말 끔찍해요. 최악이에요! 그 애를 좋아하고, 다치게 하고 싶지 않아요. 너무 귀여운 애란 말이에요. 그런데 왜 그런 생각들이 나는 건지 이해할 수가 없어요!" 맥스가 시간을 확인했다. "잠깐만요. 기다려주세요. 잠시 멈출게요. 이제 시간이 다 됐어요. 시계를 보지 않아도 15분이 다 됐다는 걸 알 수 있어요." 맥스의 관심이 시계로 옮겨갔다. 완전히 몰입한 상태였다. "이제 10초 남았어요. 이래서 휴대폰이 아니라 시계를 이용해요. 초침이 있으니까. 정확해야 하거든요. 이제 머리를 두드릴 시간이에요. 정확하게 15분이 됐어요." 맥스가 오른손 검지로 관자놀이를 두드리면서 소리를 내지 않고 입술을 달싹거렸다. 그리고 멈췄다. "이제 색깔을 말하는 건 속으로 할 수 있어요."

에릭은 연민의 눈으로 맥스가 그 의식을 치르는 것을 지켜보았다.

가장 깊은 수치심의 원천으로 온종일 시간을 세면서, 미래를 가로막고 아무 근심 없는 일상을 산산조각 내는 의식을 견뎌야 한다는 건 정말 미칠 노릇일 것이다. "지금 기분은?"

"한결 좋아졌어요. 완전히 괜찮은 건 아니지만." 맥스가 한숨을 쉬었다. "살짝 마음이 편해진 셈이죠. 다시 압박감이 쌓이기 전까지는 부담도 덜해요. 그러니까 선생님이 절 도와주셔야 해요. 약을 처방해 주셔야 해요."

"맥스, 르네를 생각하면서 자위를 한 적이 있니?"

"패리시 선생님, 그런 질문은 너무 심하잖아요!"

"괜찮아, 맥스. 사람들은 자위를 한단다."

"좋아요. 그렇다면…… 했어요. 선생님한테 이런 말을 하고 있자니 기분이 너무 이상하지만요."

"르네나 다른 사람의 사진을 보면서 하니? 아니면 그냥 상상으로?"

"음, 양쪽 다요."

"사진은 어디서 구했지?"

"르네의 인스타그램과 페이스북이요." 맥스가 양손을 깍지 꼈다. "그 애의 휴대폰을 가지고 있거든요."

에릭은 경계심을 느꼈다. "어떻게?" 그는 어조를 바꿔서 물었다.

"훔친 건 아니에요. 르네가 강의실 의자에 놔두고 간 휴대폰을 집어 온 거죠. 그 애의 엄마가 학원에 전화해서 혹시 르네의 휴대폰이 있냐고 물었지만 없다고 했어요."

"그래서 르네의 휴대폰을 가지고 있게 됐다는 거야?" 에릭은 지금 맥스의 이야기가 마음에 들지 않았다. 그건 선을 넘었다. 강박 증상이 있는 사람이 집착하는 상대방이 가지고 있던 물질적인 물건을 가지고 있다는 것이 마음에 들지 않았다. 에릭은 메모를 했다.

"네." 맥스가 이마를 잔뜩 찡그리며 또다시 시선을 내리깔았다.

"그 휴대폰은 지금 어디에 있지?"

"제 방에 숨겨뒀어요."

"그걸 꺼내서 보는 거야?"

"네." 맥스가 의자에 몸을 깊숙이 파묻었다. 쿠션이 그를 산 채로 삼키는 것처럼 접혔다.

"뭘 보는데?"

"전화 내역, 이메일이요. 하지만 그러다 말았어요. 다시 켜기가 두려워서요. 르네가 휴대폰을 찾는 앱을 깔았을 수도 있으니까요. 그 휴대폰을 왜 가져온 건지…… 모르겠어요. 하지만 그렇게 됐어요."

에릭은 메모를 했다. 르네의 휴대폰을 가지고 있다. "그 애의 옆에 있을 때 증상이 나아지는 것 같아, 아니면 더 심해지는 것 같아?"

"똑같아요. 그 애의 옆에 있으면 긴장되긴 하지만, 그래도 침착함을 유지하니까요."

"네가 르네를 가르치는 거지?"

"수학을 가르치죠. 전 그 애 생각을 많이 해요. 약간 집착하는 것 같기도 해요. 선생님이 도와주실 거죠?"

"그래. 그렇게 하면 좋을 것 같구나. 네 문제를 우리가 함께 해결할 수 있을 거야. 시간도 걸릴 것이고, 많은 이야기를 나누게 되겠지만.

우린 CBT, 그러니까 인지행동치료를 할 거야."

"그게 뭐예요?"

"노출 및 반응 방지법이라는 건데, 강박장애 환자들을 위한 행동 치료법이야. 네가 두려움에 맞서고, 그에 따른 반응을 바꿀 수 있게 도와주는 거지."

"효과가 있을까요?"

"그럼." 에릭은 대답했다. 그는 불안장애를 고치기 위해 홍수법[12]이라는 노출 치료를 시도했지만 소용이 없었다. 자기를 불안하게 만드는 것들에 노출되는 것도 치료법에 포함되어 있었는데, 그를 더 불안하게 만들었을 뿐이었다. 다행히 그 치료법은 강박장애 환자들에게는 예후가 더 좋았다.

"약은요?"

에릭은 할머니의 죽음을 목전에 둔 맥스가 걱정되었다. 그로 인해 강박장애 증상이 더욱 심해질 것이다. "약이 곧 해답은 아니란다. 부작용도 있으니까. 그 문제는 내일 만나서 다시 이야기해보자꾸나."

"내일요? 일요일인데요?"

"그래. 내일도 오늘과 같은 시간에 보자. 이렇게 일주일에 두 번씩 보는 거야. 괜찮겠니?"

"네."

"좋아." 에릭이 말했다. 하지만 르네의 휴대폰이 계속 마음에 걸렸다.

---

12   불안장애 치료법으로, 두려운 자극에 장기간 노출시켜 두려움을 제거하는 방법

10
장

그날 오후, 에릭은 비닐 방수포 위에 서서 해나의 침실 벽의 페인트가 말랐는지 살펴보았다. 분홍색 페인트로 막 칠한 벽에서는 라텍스 냄새가 났다. 새로운 시작을 연상시키는 깔끔한 향기였다. 늦은 오후 햇살이 방 안을 가득 채우고, 페인트를 말리기 위해 바닥에 놓은 선풍기 바람에 공기가 움직였다. 옆집에서 보고 있는 TV 골프 대회 중계 소리도 울렸다.

에릭은 환자들을 보느라 긴 하루를 보냈다. 하지만 가장 마음에 걸리는 건 맥스였다. 명확한 강박장애로, 에릭이 도울 수 있는 상태였다. 하지만 머지않아 할머니의 죽음이라는 최악의 순간이 닥칠 것이다. 할머니의 죽음은 맥스의 강박장애 증상들을 악화시킬 것이다. 에릭은 맥스의 상태가 안정되기를 바랐고, 그런 이유에서 일요일에 보자고 했던 것이다. 에릭은 르네 베빌라쿠아에 대해서도 살짝 걱정이 되었다. 사실 그녀의 안전을 걱정해야 할 명확한 이유는 없었지만 어쩐지 자꾸 신경이 쓰였다.

에릭은 집중하지 않은 채 멍하니 벽을 쳐다보고 있었다. 해나의 양육권에 대해서도 어떻게 해야 할지 확실하지 않았다. 하지만 아이의 방을 단장하는 일은 즐거웠다. 홈 데포에는 분홍색 페인트가 근방 3개 주에 사는 어린 소녀들을 모두 만족시킬 정도로 많이 있었다. 에릭은 발레리나 핑크나 프림로즈 색 대신 파우더 블러시[13] 색으로 골랐다. 그의 눈에 프림로즈와 펩토비스몰[14]의 중간으로 보이는 색이었다.

에릭은 벽 앞으로 다가가 페인트가 충분히 말랐는지 확인하기 위해 검지로 문질러보았다. 완전히 마르지 않아서 마무리 칠은 조금 미뤄야 할 상황이었다. 그는 계획을 변경해 먼저 '베드 배스 앤 비욘드'에 가서 이불과 다른 물건들을 사기로 했다. 해나의 방을 나온 에릭은 복도를 지나 아래층으로 내려갔다. 갑자기 전화벨이 울렸다. 그는 카키색 바지에서 휴대폰을 꺼내 화면을 확인했다. 동료 의사인 마틴 밤가트너였다. "마틴, 반갑군."

"이보게, 잘 지냈나? 너무 오랜만이지. 자네도 테니스 엘보[15] 알잖아. 회복이 느리다니까."

"얼마나 더 쉬어야 하는 건가?" 1층에 내려온 에릭이 협탁에 있던

---

13 연한 분홍색
14 소화제 상표
15 팔을 심하게 써서 팔꿈치에 생긴 염증

자동차 열쇠를 집어 들며 말했다. 문득 해나의 양육권을 가져오게 된다면 앞으로는 테니스를 칠 수 있는 날이 많지 않을 거라는 것을 깨달았다. 하지만 그래도 상관없었다.

"2주는 더 걸린다는군. 하지만 지금 당장이라도 코트에 설 수 있을 것 같아. 어서 빨리 자네의 코를 납작하게 만들어줘야 할 텐데 말이지."

"진짜 친구처럼 말하는군." 에릭은 현관문을 나간 뒤 문을 잠갔다. 해는 졌지만 공기가 후덥지근하고 습했다. 골프 대회 중계 소리가 더 크게 들렸다.

"그런 그렇고, 해나는 어떤가?"

"잘 지내는데, 왜?" 에릭이 어리둥절한 채로 대답했다. 그러다 그가 케이틀린과 별거하고 있다는 것을 마틴이 모른다는 것을 깨달았다. 한동안 연락을 하지 못했기 때문이다.

"어제 응급실에서 해나와 케이틀린을 봤어."

"뭐라고?" 에릭은 잔디밭을 가로질러 진입로에 세워둔 차를 향해 다가갔다. "그게 무슨 소린가?"

"몰랐나? 자네, 어디 시외에라도 나가 있는 거야?"

"어디서 봤는데?" 에릭은 걱정이 가득한 채로 차 문을 열었다.

"내가 일하는 화이트머쉬 메모리얼 병원에서. 우리 쪽에 소아과 응급실이 있잖은가. 케이틀린과 해나가 거기서 나오는 것을 봤는데 무슨 일인지 모르겠더군. 제니에게 이 얘길 했다가 욕을 먹었지 뭔가. 자네한테 전화해서 무슨 일인지 알아보지 않았다고 말이야."

"고맙네. 그만 가봐야겠어."

"알았어. 조만간 보세."

"정말 고마워. 잘 지내게." 에릭은 전화를 끊고, 차에 올라타 시동을 걸었다. 해나에게 의료적인 문제가 생겼을지도 모르는 상황에서 케이틀린이 자기에게 연락을 하지 않았다는 사실이 놀라웠다. 가족의 의료적인 문제들은 항상 에릭이 해결해왔다. 아무래도 의사니까.

그는 후진하여 진입로를 빠져나가면서 케이틀린의 번호를 찾아 전화를 걸었다. 신호음이 떨어졌지만, 케이틀린은 전화를 받지 않고 그대로 음성 사서함으로 넘어갔다. 에릭은 그 즉시 전화를 끊고 다시 걸었다. 만일 주말 동안 해나에게 응급 상황이 발생할 경우, 케이틀린은 그에게 연락을 하기로 되어 있었다. 화이트머쉬 병원보다는 에릭이 다니는 병원이 집에서 훨씬 가까웠기 때문이다.

그는 신호음 소리를 들으며 차를 몰고 거리로 나갔다. 음성 사서함으로 다시 넘어가자 메시지를 남겼다. "해나가 응급실에 갔다는 말을 들었어. 괜찮은지 연락 줘." 에릭은 침착해야 한다고 스스로를 달래며 해나의 번호를 찾아 전화를 걸었다. 무슨 일이 있을 수도 있지만, 아무 일이 아닐 수도 있었다. 여전히 케이틀린은 전화가 없었다.

랭커스터 애비뉴에 도착하자, 신호등에 걸려 멈춰 섰다. 그는 토요일에 볼일을 보러 나온 사람들의 차량 행렬에 합류했다. 거리를 따라 무성하게 우거진 잔디밭 위로 햇빛이 얼룩덜룩하게 내리비치고 보이지 않는 산들바람에 나뭇가지들이 흔들렸지만, 에릭은 그런 목가적인 풍경을 함께할 마음의 여유가 없었다.

신호등이 초록색으로 바뀌자, 그는 자동차의 속도를 올렸다. 해나도 전화를 받지 않았지만 그건 이상한 일이 아니었다. 아이는 휴대폰을 잘 다루지 못했고, 에릭은 그 점이 자랑스러웠다. 해나는 앞으로 휴대폰, 컴퓨터, 페이스북, 트위터, 그리고 그 이후에 만들어질 전자적 공포와 함께 살아가게 될 것이다. 그는 사람들보다 기계와 더 많은 시간을 보내는 아이들이 우울증에 걸리는 것을 너무 많이 봤다. 신경외과 저널에서 컴퓨터와 비디오 게임이 두뇌를 변형시킨다는 데이터를 제시한 논문들도 읽었다. 순간 맥스의 경우도 거기에 해당되는 건 아닌지 궁금해졌다.

해나의 전화가 음성 사서함으로 넘어가자 귀여운 목소리가 들렸다. "메시지를 남겨주세요. 감사합니다!" 에릭의 주장으로, 아이는 사서함에 자기 이름을 남기지 않았다. 그는 연수 기간 동안 소아성애자를 치료했었다. 아직도 그 남자의 환상을 촉발시킨 것이 아이의 별명을 알게 된 것 같은 아주 사소한 일들이었다는 것을 생각하면 몸서리가 쳐졌다. 케이틀린은 이런 생각 자체를 터무니없다고 생각했지만, 그로서는 선택의 여지가 없었다.

에릭은 신호등 앞에 멈춰 서서 해나에게 메시지를 남겼다. "우리 딸, 아빠야. 아무 일 없이 잘 지내고 있는지 궁금해서 연락했어. 사랑한다. 시간 되면 전화해. 안녕." 그는 전화를 끊었다. 그리고 신호등이 초록색으로 바뀌자, 다시 집을 향해 출발했다.

거긴 네 집이 아니야. 그는 스스로에게 되새겼다. *더 이상은.*

15분 뒤 에릭이 모퉁이를 돌아 아벨리아 앞을 지나친 순간, 한결 마음이 놓이는 광경이 눈에 들어왔다. 해나가 집 앞에 앉아 있었다. 아이는 아프거나 다친 것처럼 보이지 않았다. 해나는 다른 여자애와 함께 보도 위에 책상다리를 하고 앉아 커다란 분필로 바닥에 그림을 그리고 있었다. 해나의 친구는 그 모습을 지켜보고 있었다. 에릭이 처음 보는 아이로, 해나보다 키가 컸으며 긴 금발을 포니테일로 묶고 빨간색 티셔츠에 자전거용 반바지를 입고 있었다. 해나는 완전히 그림에 집중하고 있는 듯 안경이 콧등에 미끄러져 내려와 있었고, 머리카락도 앞으로 흘러내린 상태였다.

에릭은 차를 세우고 엔진을 껐다. 그리고 차에서 내리면서 딸을 불렀다. "해나!"

"아빠!" 해나는 빠진 이가 보일 정도로 환하게 미소를 지었다. 아이가 자리에서 일어나자, 오른쪽 발목과 종아리에 붕대가 감겨 있는 것이 보였다.

"발목은 어쩌다 이랬어?" 보도와 경계선에 있는 잔디밭에서 해나와 만난 에릭은 무릎을 꿇고 앉아 아이를 끌어안았다. "다친 거야?"

"미끄러져서 넘어졌어." 해나가 에릭의 뺨에 키스한 뒤 귀여운 미소를 지었다.

"어떤지 한번 보자." 에릭은 아이의 발목을 촉진했다. 붕대 아래가 부어 있긴 했지만 다른 이상은 없는 것 같았다. "삔 거야?"

"그런 것 같아."

"걸을 때 아프니?"

"조금."

"어쩌다 넘어졌어? 어디서 넘어진 거야? 복도에서?" 복도에 깔려 있는 양탄자는 걸려 넘어질 위험이 있었다.

"아니, 풀밭 위에서. 젖어 있었거든. 공을 잡으려고 했는데 점프하기에는 너무 높았어."

"아, 그럼 어젯밤에 소프트볼을 하다가 다친 거야?" 에릭은 그제야 어떻게 된 일인지 알 것 같았다. 차를 몰고 오는 동안 알아차렸어야 할 일을 아이가 아프다는 사실에만 너무 집중해 있어서 미처 몰랐던 것이다. "그래서 오늘 아침에 병원에 갔어?"

"응. 발목이 붓는 바람에 잠을 제대로 못 잤거든."

"간밤에 엄마가 얼음찜질 해줬지?"

"얼음찜질?" 해나가 눈을 깜박거렸다.

"붓기를 빼려고 얼음을 발목 위에 올려놓는 거야." 케이틀린이 얼음찜질을 해주지 않았다는 사실에 에릭은 깜짝 놀랐다. 그녀도 그렇게 해야 한다는 걸 알고 있기 때문이다.

"아니. 그래서 오늘 아침에 병원에 간 거야. 엑스레이를 찍었는데 부러지지는 않았다고 했어. 만약 부러진 거면 정말 많이 아팠을 거라고 하면서."

"맞아. 부러진 건 아니야. 그러니까 별일 아니지. 잠깐 아프다가 금세 나을 거야." 에릭은 케이틀린이 이 사실을 숨기기 위해 전화를 하지 않았다는 것을 깨달았다. 아마도 해나가 소프트볼을 하다가 다쳤기 때문일 것이다. 만일 그에게 우선 양육권이 있었다면 해나의 건강에 관련된 문제를 이런 식으로 처리하지는 않았을 것이다. 그리고 케이틀린이 해나에게 이사 가는 문제를 이야기했을지도 의심스러웠다. 아이가 너무 아무렇지 않은 데다가 그에게 아무 말도 하지 않았기 때문이다.

"이것 좀 봐!" 다른 여자애가 소리쳤다. 에릭이 돌아보자, 그 여자애가 잔디밭 위에서 완벽하게 원을 그리며 옆으로 재주넘기를 하고 있었다. 포니테일로 묶은 머리가 흔들리고, 팔다리는 인간 풍차의 형태를 하고 있었다.

"와우!" 에릭이 그 아이를 보며 감탄한 뒤 해나의 옆구리를 찔렀다. "네 친구는 이름이 뭐야?"

"미셸." 해나가 눈을 깜박거렸다. 미끄러진 안경을 밀어 올리는 동안 아이의 미소가 흐릿해졌다. "체조부야. 시합에도 나가. 그중에 제일 잘해."

"잘됐구나." 에릭은 미셸이라는 이름을 들어본 적이 없었다. 미셸은 해나가 평소 친하게 지내는 매디나 제시카와는 달라 보였다. 매디와 제시카도 책을 좋아하고 말하는 걸 좋아했다. "너하고 같은 학년이야? 좀 커 보이는데."

"아니, 미셸은 이제 4학년이야. 나보다 나이가 많아."

"이것 봐 봐!" 미셸이 다시 소리쳤다. 에릭과 해나는 미셸이 잔디밭 위에서 반대 방향으로 재주를 넘는 모습을 지켜보았다.

"잘한다, 미셸!" 에릭이 외쳤다. 하지만 해나는 고개를 돌렸다.

"미셸은 체조를 정말 좋아해. 계속 저것만 한다니까. 지난밤에도 저렇게 체조를 하다가 소프트볼 코치님한테 가만히 공에 집중하라는 소리를 들었어."

"미셸하고는 어떻게 친해진 거야? 소프트볼 팀에서 사귄 거야?" 에릭이 물었다.

"이것 봐! 지금 완벽하게 돌았어! 이거 못 보면 후회할걸!"

"응." 해나가 미셸을 무시한 채 대답했다. "코치님이 미셸한테 경기에 집중하라고 했어. 두 번이나 혼났지."

"잠깐 기다려봐, 기다려! 이제 봐 봐!"

"잘한다, 미셸!" 에릭은 그쪽을 쳐다본 뒤 해나를 돌아보았다. 그리고 항상 안경 경첩에 걸려 있는 머리카락을 빼내주며 물었다. "소프트볼은 좋았어?"

"응. 하지만 발목을 다쳐서 계속 못하게 됐어." 해나의 목소리는 그리 유감스러운 것처럼 들리지 않았다. 에릭은 그 일에 대해서는 더 이상 말하지 않았다. 그때 해나가 갑자기 밝은 목소리로 말했다. "아빠, 내 그림 보고 싶어?"

"그럼."

"이거 보라니까! 내 다리가 완전히 똑바로 섰어!"

"이거야." 해나가 에릭의 손을 잡은 뒤 살짝 절뚝거리면서 그림이 그려진 보도블록으로 이끌었다. 밝은 파스텔색으로 농장 가축들이 그려져 있었다. 두꺼운 분필 덕분에 윤곽이 뚜렷하지는 않았다.

"와, 정말 대단한데! 농장을 그린 건가 보구나."

"맞아." 해나가 머리카락을 귀 뒤로 넘기며 자랑스러운 듯 그림을 내려다보았다. "이 안에 있는 건 닭이고, 돼지도 있어. 이건 돼지 샬롯

이야. 샬롯 기억하지?"

"그럼." 그때 갑자기 현관문이 열리고 케이틀린이 나오자, 그들은 고개를 들었다. 케이틀린은 에릭을 보고는 성큼성큼 다가오기 시작했다. 흰색 탱크 탑에 짧은 청바지를 입은 그녀는 억지로 미소를 짓고 있었다.

"케이틀린, 나 왔어." 에릭이 손을 흔들었다. 그는 분란을 일으킬 생각은 없었다. 특히 지금처럼 해나의 부상이 별게 아닌 상황에서는.

"여기 좀 보세요, 아줌마! 이것 좀 보시라고요!"

"굉장하구나, 미셸!" 케이틀린은 미셸에게 고개를 끄덕인 뒤, 그 옆을 지나쳐 에릭과 해나가 서 있는 쪽으로 왔다. "에릭, 깜짝 놀랐어. 오늘 당신이 올 줄 몰랐거든."

"잠깐 들렀어." 에릭이 가볍게 말했다. "해나가 화이트머쉬 병원의 응급실에 왔었다는 말이 들리기에 괜찮은지 그냥 보러 온 거야. 앞으로는 의료적인 문제가 있으면 바로 연락 줘. 알았지?"

"케이틀린 아줌마! 이것 좀 보세요! 다시 할 수 있어요! 제 무릎을 보세요!"

"굉장한데!" 케이틀린이 어깨 너머로 미셸에게 소리친 뒤, 햇빛 때문에 눈을 가늘게 뜨고 다시 에릭을 쳐다보았다. "번거롭게 하고 싶지 않았어. 그냥 삔 거고, 어디서든 치료받을 수 있는 거니까."

하지만 그렇게 하지 않았지. 에릭은 생각했지만 입 밖으로 꺼내지 않았다. 해나가 고개를 돌려가며 그와 케이틀린을 쳐다보고 있었다. 에릭은 아이에게 스트레스를 주고 싶지 않았다. 그래서 가볍게 말했

다. "알아. 별일 아니라서 정말 다행이야."

"당연히 아무 일 아니지. 어쨌든 들러줘서 고마워." 케이틀린이 이제 그만 돌아가라는 것처럼 차를 가리켰다. 에릭은 그 뜻을 알아차렸다.

"이 정도야 언제든." 에릭은 몸을 숙여 해나의 머리와 뺨에 키스했다. "잘 있어. 아빠는 일이 있어서 가봐야 해. 미셸하고 재미있게 놀아. 조만간 또 보자."

"알았어, 아빠. 잘 가!" 해나가 미소를 지으며 손을 흔들었다. 에릭은 차가 있는 쪽으로 돌아섰다.

"아줌마, 이것 좀 봐요! 놓치면 안 돼요!"

케이틀린이 마치 자기 소유물이라도 되는 것처럼 해나의 어깨를 감싸 안았다. "참, 그 간판 봤어."

"간판?" 에릭이 차 옆에서 문손잡이를 잡은 채 되물었다.

"당신이 쓰레기통에 버린 거 말이야. 무슨 뜻인지 잘 알았어."

"아." 에릭은 지금 케이틀린의 말이 부동산 '매물' 간판을 뜻한다는 것을 깨달았다.

"아빠! 아빠! 이것 좀 봐요!"

에릭은 '아빠' 소리에 반사적으로 돌아보았다. 미셸은 그가 아니라 집 쪽을 향해 외치고 있었다. 어떻게 된 일인지 알 수가 없었다. 에릭은 혼란스러운 표정으로 케이틀린을 돌아보았다.

케이틀린은 재빨리 고개를 돌려 미셸을 쳐다보았다. "잘했어, 미셸! 아줌마가 봤어! 정말 근사해!"

"아빠, 아빠는 이거 못 봤죠!" 미셸이 집 쪽으로 뛰어갔다. "아빠, 내가 정말 완벽하게 했어요!"

에릭은 미셸이 아빠를 부르며 집으로 뛰어들어가는 것을 보았다. 그러다 불현듯 어떻게 된 상황인지를 깨달았다. 케이틀린이 누군가를 만나고 있고, 지금 집에, 그의 집에 그 남자가 와 있다는 것을. 건전한 관계는 아닌 것이 분명했다. 그 남자가 직접 나와 인사를 하지 않는 것을 보면. 그 대신 남자는 집 안에 있고, 케이틀린이 나왔다. 케이틀린이 에릭을 서둘러 돌려보내려고 했던 것도 설명이 되었다. 그녀는 그 남자가 집에 있는 것을 에릭에게 알리고 싶지 않았던 것이다. 그 집을 파는 것을 알리고 싶지 않았던 것과 같은 식이다.

"해나, 들어가자." 케이틀린이 집으로 걸어가며 말했다.

에릭은 두 사람의 뒷모습을 지켜보았다. 케이틀린은 이사를 했고, 새 남자친구에게는 소프트볼을 하는 아이가 있었다. 그것도 케이틀린이 어릴 때 그랬던 것처럼 소프트볼과 체조, 그 외 온갖 운동들을 다 하는 짜증나는 아이를. 그래서 해나가, 책을 좋아하고 운동에 서툰 사랑스러운 딸이 소프트볼을 하게 된 것이다. 해나와 미셸이 어떻게 친구가 된 건지 이해가 되지 않는 게 당연했다.

에릭은 차 앞에 서 있었다. 이제야 모든 것이 분명해졌다. 어떻게 이렇게 아무것도 모르고, 멍청했으며, 그 많은 것들을 부인하고 살았는지 모르겠다. 에릭은 케이틀린에게 돌아갈 수 있을 거라고 믿고 있었다. 두 사람이 다시 합치고, 케이틀린의 사랑을 되찾을 거라고. 그는 케이틀린의 마음속에 다시 들어 갈 수 있을 거라고 생각했다.

에릭은 입안이 말랐다. 망연자실했고, 화가 났고, 상심이 컸다. 케이틀린을 잃었다는 사실만으로도 죽을 것 같았지만, 그보다 더 나쁜 건 그녀의 관심이 새 남자친구에게 쏠리면서 해나가 두 번째로 밀려났다는 것과 어떤 이유에서건 딸의 건강에 신경 쓰지 않는 모습을 보는 것이 마음 아팠다. 그것만큼은 어떤 이유라고 해도 에릭으로서는 납득할 수 없는 일이었다.

그는 케이틀린과 해나가 집 안으로 들어가 문을 닫은 뒤에도 계속 그 자리에 서 있었다.

계속 밖에 남아 있었다.

에릭은 복수심이 가득한 채로 페인트칠을 했다. 뇌가 타들어가는
것 같았다. 시간이 얼마나 됐는지도 몰랐다. 피곤하지도 않았다. 그는
잠자리에 들지 않았다. 어떻게 해도 잠을 잘 수 없다는 것을 알고 있
었다. 바깥은 이미 어두웠고, 열린 창문으로는 귀뚜라미 소리 이외에
아무 소리도 들리지 않았다. 방충망 위로 각다귀들이 스쳐지나가고,
바닥에 놔둔 선풍기가 윙윙거리며 돌아가고 있었다.

에릭은 케이틀린과 새 남자친구를 떠올리면서 미친 사람처럼 페
인트칠을 했다. 그들이 자기 집 주방에서 관계를 맺는 모습이 그려졌
다. 그의 침대에서 섹스를 하는 광경. 그의 침실 안에서. 격렬한 성적
질투심이 머릿속으로 몰려들어왔다.

에릭은 그 두 사람이 언제부터 만나기 시작한 건지 생각해보았지
만 도무지 알 수가 없었다. 케이틀린이 언제 그 남자를 만난 건지, 그

남자가 누구인지에 대한 단서를 알아내기 위해 아주 사소한 일들까지 떠올려보려고 애를 썼다. 스스로에게 화가 났다. 에릭은 페인트를 적신 붓을 굴곡이 있는 뚜껑에 문질렀지만, 롤러를 들어 올린 순간 청바지 위로 페인트가 뚝뚝 떨어졌다. 붓을 내려놓고 살펴보니 푸른색 작업용 셔츠 앞에도 분홍색 페인트가 점점이 튀어 있었다. 명백한 그의 부주의였지만 어쩔 수 없었다.

에릭은 철썩거리는 소리를 내며 벽에 페인트를 칠했다. 그의 생각은 해나와 아이의 다친 발목으로 이어졌다. 발목이 삐는 건 어디서든 일어날 수 있는 일이었지만, 소프트볼 시합에서 일어난 일이라고 생각하니 피가 솟구쳤다. 케이틀린이 소프트볼 팀에 있는 아이를 둔 다른 남자와 잠을 자지 않았다면 해나가 소프트볼을 하는 일은 없었을 것이다. 그렇게 해나가 이용당했고 원하지 않는 일에 억지로 끌려들어 갔다고 생각하자 에릭은 속이 뒤집혔다. 이제는 양육권에 대한 결정을 해야겠다는 생각이 들었다.

에릭은 계속 페인트칠을 하면서 생각은 다른 곳에 가 있었다. 이 상황에 대해 누군가와 이야기를 나누고 싶었지만 그의 제일 친한 친구는 케이틀린이었다. 테니스를 같이 치는 친구들이 있었고 케이틀린과 별거 중이라는 이야기를 하긴 했지만, 이 문제는 그들에게는 너무 무거운 주제였다. 애가 있는데 이혼한 친구가 두 명 있었지만 그들은 우선 양육권을 원하지 않았고, 그 친구들과 연관 지을 만한 상황인지도 확실하지 않았다. 아니면 병원에서 같이 근무하는 정신과 의사 세 명과도 친분이 있지만, 그들은 그에게 보고를 해야 하는 입장이기 때문에 직업적인 거리를 유지해야만 했다. 에릭은 사실 자신이 진심으로 대화하고 싶은 사람이 누군지 알고 있었다.

그는 페인트 붓을 내려놓고 뒷주머니에서 휴대폰을 꺼냈다. 그리고 아서 마르쿠손의 번호를 찾아 통화 버튼을 눌렀다. 아서는 에릭을 지금의 모습으로 살 수 있도록 치료해준 예전 주치의였다. 아서는 정신의학 학위뿐만 아니라 법학 학위도 가지고 있었고, 에릭에겐 멘토이자, 동료, 아버지와 같은 사람이었다. 상대방이 전화를 받자 에릭은 저도 모르게 미소가 떠올랐다. "선생님?"

"에릭!" 아서의 목소리는 나이가 들어 약해지긴 했지만 다정하게 들렸다. 그는 일을 하는 내내 미국에서 살았음에도 불구하고 노르웨이식 억양이 여전히 남아 있었다. "정말 반가운데!"

"잘 지내셨어요?"

"그럼! 은퇴 생활이 나에게 어울린다고 했잖은가. 읽고 싶은 책을 마음껏 읽으면서 지내고 있다네. 아무런 죄책감 없이 책을 읽는다는 게 어떤 건지 상상이 되나?"

"다행이네요." 에릭은 방수포 위에 앉아 기름기가 많은 갈색 포장지에서 칠면조 샌드위치를 꺼내 한 입 깨물었다.

"여기 날씨에 점점 익숙해지고 있는 중이야. 하지만 이젠 낚시도 하고 있지. 스포츠맨이 다 됐다니까."

"정말요? 실내에 계시는 걸 좋아하셨잖아요."

"하하!" 아서가 웃었다.

"사모님은 안녕하신가요?"

"잘 지내고 있네. 다른 80대 노파들을 붙들고 수중 에어로빅을 하고 있지. 우리 두 사람 사이에는 육지가 아니라 물이 있다네. 어쩌면 우린 더 작은 생명체로 진화할지도 몰라. 도마뱀붙이 같은 게 될 수도 있어."

"그런 말씀 마세요. 지금 그 모습으로 계셔야 해요."

"자넨 어떤가? 케이틀린과 해나는 잘 지내고? 한동안 소식을 못 들었군. 무슨 일은 없는지 늘 걱정이야."

에릭은 포장지를 팔꿈치로 고정시킨 뒤 샌드위치를 다시 끼워 넣었다. 아서에게 안 좋은 소식을 전하려니 마음이 좋지 않았다. "케이틀린과는 별거 중이에요. 해나의 양육권을 가져와야 할지 결정을 내려야 하는 상황이고요."

아서가 신음했다. "안타까운 일이군. 어떻게 된 건지 물어봐도 될까?"

"저도 어디서부터 잘못된 건지 모르겠어요." 에릭이 의미심장하게 대답했다. "케이틀린은 이미 오래전부터 마음이 떠나 있었어요."

"유감일세." 아서의 목소리에 연민이 어렸다. "오랜 결혼 생활이 끝나는 건 고통스러운 일일 거야. 자네에게 케이틀린이 얼마나 큰 의미였는지 아는데."

"네. 그런데 얼마 전에 케이틀린이 다른 사람을 만나고 있다는 걸 알게 됐어요. 끝없이 화가 나요." 에릭은 그 이야기를 하지 않을 수 없었다.

"당연히 그렇겠지. 하지만 그 또한 지나갈 거야. 내 유일한 관심은 자네의 건강이야. 이렇게 건강해졌으니 다행스러운 일이지. 해나를 위해서도 좋은 일이고. 자넨 항상 해나와 가깝게 지냈지. 그래서 양육권을 가져오겠다고 해도 놀랍지 않아. 케이틀린은 반대하겠지만."

"네, 그럴 겁니다."

"지금 기분이 어떤가? 결정을 내린 거야?"

"아직 결정을 내리진 못했어요. 그래서 전화 드린 겁니다. 선생님의 생각이 궁금해서요."

"뭐라 대답하기가 어려운 문제군. 하지만 자네와 해나는 특별히 가까운 사이잖나. 자넨 내가 아는 사람들 중에 제일 좋은 아빠야."

"감사합니다." 에릭은 고마움이 왈칵 밀려오는 것을 느꼈다.

"해나가 태어났을 때가 기억나는군. 그 애가 아기일 때 자네가 어떻게 했는지도 기억나고. 자네에게 남아 있던 불안감이 해나가 태어난 뒤로 사라진 것처럼 보였지. 자네와 상담하면서 그런 모습을 보는 게 즐거웠다네."

그 시절을 떠올리자 추억들이 밀물처럼 몰려왔다. "그때 어떻게 해야 할지, 무엇을 해야 할지 몰랐던 기억이 나네요. 하지만 그건 해내야만 하거나 성취해야 되는 일이 아니었습니다. 그저 당연한 일처럼 느껴졌죠."

"바로 그걸세. 자넨 그 느낌을 따랐고, 해나도 응답한 거지."

에릭은 걱정이 끝나지 않았다. "해나와 저한테 불안장애 경향이 있기 때문일까요?"

"아니. 내가 보기에 자넨 해나가 태어나면서 불안장애에서 벗어날 수 있었던 것 같아. 여느 훌륭한 아버지처럼 자네 자신에게 집중하는 걸 멈추고, 해나를 최우선으로 여기기 시작한 거지." 아서가 잠시 말을 멈췄다. "해나는 자네에게 삶의 의미와 이전까지 없었던 차원을 선사했어. 난 해나가 자네의 병을 치료하는 데 도움이 됐다고 생각해. 마찬가지로 해나가 건강하게 살아가는 데 자네가 도움이 되는 거고. 자네와 해나를 묶어주고 있는 건 불안이 아니야. 사랑이지."

에릭은 순간 감동해서 아무 말도 할 수가 없었다.

"해나를 위해서라면 자넨 어떤 희생도 감수할 거라는 걸 알아. 거기에 자네의 생활을 맞추겠지."

"그렇습니다."

"자넨 아주 훌륭한 논문들을 많이 발표했어. 자네의 이력은 최고야. 어디서든 글을 쓰고 출간할 수 있을 걸세. 혹시 병원을 그만두더라도 글을 쓸 시간이 더 많아질 거야. 그리고 개인 상담은 계속할 거고, 아닌가?"

"맞습니다." 사실 에릭도 그런 생각을 하고 있었다. 아서까지 그렇게 말하자 그 생각이 점점 더 가슴 속에 크게 울려 퍼졌다.

"어떻게 결정하든 그건 옳은 결정일 거야. 난 자네와 자네의 판단을 절대적으로 믿고 있네."

"감사합니다." 에릭이 의지를 다지며 말했다.

"요즘 자네가 보는 환자들 중에 새로운 사례는 없나? 이 늙은이가 녹슬지 않게 좀 알려주게나."

에릭은 즉시 맥스가 떠올랐다. "이번에 강박장애 증상을 보이는 환자를 맡았습니다. 열일곱 살이죠."

"결벽증인가, 아니면 확인하는 쪽인가?"

"그런 증상이 아니라 의식적인 생각을 하는 쪽입니다. 어떤 여자애에게 집착하고 있는데, 자기가 그 여자애를 다치게 할지도 모른다고 걱정하고 있죠."

"전형적인 강박장애 증상이군."

"그렇죠." 아서가 가볍게 말하자 에릭은 마음이 놓였다. "하지만 다른 일도 있습니다. 그 여자애가 놔두고 간 휴대폰을 간직하고 있다고 했어요."

"음. 그런 경우도 있긴 하지."

"그게 신경이 쓰입니다. 그 여자애가 위험하진 않을까요?"

"그럴 일은 없을 거야." 아서가 비웃듯 말했다. "강박장애 환자들은 무심코, 혹은 의도적으로 상대방에게 해를 끼칠까봐 두려워하지만 집착하는 대상에게 공격성을 보이는 경우는 드물지. 강박장애 환자들은 그 지점에서 절대 행동에 나서지 않아. 자네도 알지 않나."

"네, 알고 있습니다."

"그런데도 어쩐지 걱정스러운 목소리군."

"네, 어쩐지 마음에 걸려서요. 상담하는 내내 타라소프 사례가 떠올랐습니다." 에릭이 말한 타라소프 사례는 정신과 의사와 상담하던 환자가 젊은 여자를 해치고 싶다고 말했는데, 그 정신과 의사는 비밀 유지 의무 때문에 그 여자나 경찰에 알리지 않은 상황에서, 결국 그 환자가 그 여자를 살해한 사건이다. 그리고 여자의 부모는 그 정신과 의사를 고소했다. 법원은 그 정신과 의사에게 책임을 물으면서, 환자를 치료하는 중 누군가의 신체적 안전을 위협하고 있다는 것을 알게 될 경우 당사자나 경찰에게 고지할 의무가 있다는 기본 원칙을 정했다.

"그 정도로는 타라소프 사례에 해당된다고 할 수 없지. 나도 지난 40여 년간 상담하면서 단 한 건 있었으니까."

"선생님의 말씀이 맞겠죠." 에릭은 지금껏 타라소프 사례에 해당되는 환자를 맡은 적이 없었다. 모든 정신 건강 전문가들이 그 딜레마를 두려워하긴 하지만 실제로 그런 일이 일어나는 경우는 드물었다. 경찰이나 피해자에게 경고를 하게 되면 상담하던 환자의 신뢰를 영원히 잃게 되고, 그들 자신과 다른 사람들이 위험에 빠지게 될 가능성이 많아질 것이다.

"그 환자를 맡은지는 얼마나 됐나?"

"이제 상담을 시작한 환자입니다."

아서가 작은 소리로 웃었다. "그렇다면 너무 앞서 가는 것 같은데, 그렇지 않나?"

"아무래도 그런 것 같습니다." 에릭은 한결 마음이 놓였다.

"예전의 자네였다면 불안에 떨 일이지만, 지금의 자네라면 기우로 넘길 일이야. 너무 신경 쓰지 말게."

"알겠습니다." 에릭이 한층 밝아진 목소리로 말했다.

"이렇게 연락해줘서 고맙네만, 이제 잘 시간이라서 말이야. 노인네는 그만 잠을 자러 가야겠네. 아내가 부르는군."

"감사합니다. 사모님께 안부 전해주십시오."

"그러지. 언제든 연락 주게. 자네 목소리를 듣고 싶어 한다는 거 알지?"

"안녕히 계세요." 에릭은 전화를 끊고, 샌드위치를 마저 먹어치운 뒤 다시 페인트칠에 열중했다.

12
장

일요일 아침 에릭이 문을 열었을 때, 맥스는 텅 빈 대기실 안을 서성이고 있었다. "왔구나, 맥스. 자, 들어오렴."

"안녕하세요." 맥스는 상담실로 들어가면서 고개를 살짝 들어 올렸지만 다시 고개를 숙였다. 어제와 똑같은 옷차림이었고, 몸에서는 샤워를 해야 할 것 같은 냄새가 났다. 그래서 에릭은 걱정이 되었다. 그는 상담실 문을 닫으면서 맥스와 눈을 마주치려고 애를 썼다.

"괜찮은 거니?"

"끔찍해요. 잠을 한숨도 못 잤어요. 여전히 머리를 두드려야 되고, 할머니 상태는 더 나빠졌어요. 할머니는 아무것도 드시지 못해요. 어제 온종일 드신 거라고는 크래커와 커피가 다예요." 맥스는 그 자리에 그대로 서 있다가, 마침내 에릭의 눈을 쳐다보았다. 맥스의 눈에는 고통과 반항이 가득했다. "전 엉망이에요. 이젠 정말 약이 필요한 것 같아요. 패리시 선생님, 어째서 약을 주시지 않는 거예요?"

"일단 자리에 앉으렴. 앉아서 얘기를……."

"왜 약을 주시지 않는 거예요?" 맥스가 양손을 내밀었다. "약을 받으려고 선생님을 찾아온 거예요. 머리를 두드리는 것, 이 생각들, 이 모든 것들. 전 도움이 필요하단 말이에요!"

"맥스, 상담 한 번으로 상태가 나아지는 건 아니야. 현실적으로 생각해야지."

"저도 상담을 여러 번 받아야 나아진다는 건 알아요. 그래도 전 빨리 나아지고 싶어요. 그래서 약이 필요한 것이고요!"

"일단 앉으렴." 에릭이 의자를 가리켰다. "어제도 말했지만, 청소년에게 그런 약들은 부작용이 많아서……."

"어떤 부작용이요? 전 자살 같은 건 하지 않을 거예요. 약속할게요." 맥스가 의자에 털썩 주저앉았다.

"자살 충동은 수많은 부작용들 중 하나일 뿐이야. 물론 가장 염려되는 점이긴 하지만." 에릭은 맥스의 눈을 쳐다보며 태블릿을 들고 맞은편 자리에 앉았다.

"전 안 죽어요. 맹세할게요." 맥스가 부루퉁하게 목소리를 내리깔며 말했다. "할머니에게는 제가 필요해요. 전 괜찮아요. 그저 도움이 좀 필요한 거예요."

"알고 있어. 하지만 너에게 가장 좋은 치료 방법이 무엇인지 결정하기 위해서는 좀 더 이야기를 나눠야 할 필요가 있단다."

"이야기라면 충분히 했잖아요."

"너에 대해 이제 막 알게 된 참이야." 에릭은 맥스가 위기 상황에 처하게 됐을 때 어떨지 걱정이었다. 하지만 기본적으로 자살이나, 정신이상, 살인을 저지르는 것처럼 자기 자신이나 타인을 위험에 빠트리지 않는 한은 병원에 입원시킬 수 없었다. "화제를 좀 바꿔보자. 할머니가 어떠신지 궁금하구나."

"상태가 안 좋으세요. 많이 안 좋다는 뜻이에요. 어제는 호스피스 사람들이 왔었어요. 그리고 아침에는 간호사와 사회복지사도 왔죠." 맥스가 고개를 숙이며 손가락으로 머리카락을 뒤로 넘겼다.

"어땠어?" 에릭은 맥스의 머리카락에 기름이 낀 걸 알아차렸고, 그 사실을 기록했다.

"모두 친절했어요. 방문 일지 같은 것과 '그때가 오면'이니 뭐니 하는 제목이 붙어 있는 전단지도 줬죠." 맥스가 코웃음을 쳤다. "마치 인터넷에 다 나와 있는 걸 모르는 것처럼 말이에요. 당연히 이미 알고 있는 내용이었죠. 그나마 그 사람들은 할머니를 거실로 옮기는 걸 도와줬고, 병원에서 쓰는 침대와 산소 탱크도 줬어요. 모르핀과 신경안정제가 들어 있는 통까지 주던걸요."

"보통 아티반을 주지." 에릭은 맥스가 그런 약들, 이를테면 아티반, 바륨, 클로노핀, 자낙스와 같은 벤조 계열의 약물들에 아무 제한 없이 접근할 수 있다는 사실이 마음에 들지 않았다. 그 약들은 의존성을 유발시키는 탈脫억제제[16]였다. 이는 맥스에게 술을 몇 잔 주는 것

---

16   억제되어 있던 행동을 활성화시키는 효과를 지닌 물질

과 비슷했다. "그 사람들이 그런 약을 미성년자인 너에게 맡겼다는 말을 들으니 실망이구나."

"저에게 맡긴 게 아니에요. 간호사를 만난 건 엄마니까, 그쪽에서는 엄마에게 약을 맡긴 셈이죠. 그런 뒤에 엄마가 나간 거예요. 엄마는 체면치레는 잘하니까요. 간호사에게도 매일 밤마다 집에 온다고 했어요."

"그러니까 넌 그 약에 손댈 수 없다는 거지?"

"그럼요. 그 약들은 봉인되어 있기도 하고, 만일 할머니의 통증이 심해지거나 경련을 일으키면 간호사에게 연락을 해야 한다고 했어요. 더군다나 간호사에게 연락도 제가 해야 돼요. 엄마는 바로 나가버렸으니까." 맥스의 눈에 고통이 어렸다. 그는 입술을 오므렸다. "그런 걸 임종 시 경련이라고 하더라고요. 인터넷에서 종종 봤어요."

"사회복지사를 만날 때 어머니도 함께 계셨어?"

"아뇨. 사회복지사를 만날 때는 없었어요." 맥스가 코웃음을 쳤다. "제가 할 수 있는 일은 제가 해요. 불평할 마음은 없어요. 제가 하면 적어도 제대로는 할 테니까요."

에릭은 이 소년이 짊어진 책임의 무게를 상상해보았다. "도와줄 사람은 없니? 지금 할머니는 누구와 같이 계시지?"

"호스피스에서 요양사를 보내줬어요. 오늘은 그분과 같이 계시죠. 자메이카인으로, 이름은 모니크라고 해요. 모니크는 말할 때 억양이 세서 무슨 말을 하는지 아무도 못 알아들어요. 그래도 우린 모니크를 좋아하죠." 맥스의 표정이 밝아졌다. "할머니가 노래 부르는 걸 좋아하시거든요. 그래서 모니크도 함께 노래를 부르곤 해요. 주디 갈란드 같은 사람들이 불렀던 옛날 노래 말이에요. 오늘 집에서 나올 때는 두 사람이 '당신을 사랑하게 만들었죠You Made Me Love You'를 부르고 있었어요. 내일은 모니크가 레드 스트라이프[17]를 가져오기로 했어요."

에릭은 미소를 지었다. "할머니가 좋아하시겠구나. 무엇이든 원하는 대로 해드리렴."

"그럼요." 맥스가 소리 내어 웃다가 갑자기 멈췄다. "전 할머니 옆에 있고 싶었지만 할머니는 제가 선생님을 만나러 가길 원하셨어요. 그리고 강의를 하러 나가라고 하셨어요. 보통 때와 똑같이 생활하라고 하시죠."

"그 마음이 이해가 되는구나. 너도 그렇지 않니?"

"이해하죠. 하지만 상사에게 오전 수업만 하겠다고 했어요. 어차피 그때는 할머니가 주무시고 계실 때니까. 오후에는 할머니가 좋아하는 TV 프로그램을 함께 보죠." 맥스가 씁쓸한 미소를 지었다. "할머니는 '골든 걸스'[18] 중독이에요."

에릭은 미소를 지었다. 맥스의 다정함에 감동했다. 비록 아침 시간에 르네 베빌라쿠아가 SAT 강의를 들으러 오는지 궁금하긴 했지만. "일요일에도 강의가 있니?"

---

17 자메이카산產 맥주
18 1985~1992년에 방영된 미국 시트콤

"네. 아르바이트를 하는 애들이 많아서요. 그런 애들은 주말에만 시간이 있거든요."

에릭은 메모를 했다. 르네는 오전 수업을 듣는가? "할머니 일은 네가 극복하기 힘든 일이야. 계속 그럴 거고."

"알아요. 그럴 거예요." 맥스는 잠시 말을 멈췄다. 뭔가 생각의 꼬리를 잃어버린 것처럼 보였다. "이상해요. 할머니의 삶이…… 끝난다고 생각하면. 할머니에게 시간이 얼마나 남았을지 계속 생각하고 있어요. 만일 아무것도 먹지도, 마시지도 못한다면 얼마나 오래 살 수 있을까요? 모니크에게 물어봐도 사람마다 다르다는 말만 해요. 선생님은 어떻게 생각하세요?"

"그런 문제라면 나보다는 호스피스 간호사들이 더 많이 알 것 같구나."

"선생님은 의사니까 어떻게 생각하는지 알고 싶어요. 할머니가 얼마나 오래 사실 수 있을까요? 인터넷에서는 아무것도 못 먹고, 마시지도 않을 경우 3일에서 5일 정도밖에 못 산다고 하더군요."

"언제든 그때가 오면 선생님이 널 도울 거야. 그 문제에 대해서도 이야기를 하고 싶어. 시간을 가지고 네 감정에 대해 생각해보렴. 우리의 치료 목적은 네가 감정을 드러낼 수 있도록 돕는 데 있어. 그렇게 감정을 표현할 수 있게 되면 네 기분도 훨씬 좋아지고 행복해질 거야."

"그냥 약을 처방해주시면 그렇게 감정을 드러내지 않아도 자동적으로 기분이 좋고 행복해질 거예요."

"하지만 이건 상담 요법이고……."

"패리시 선생님, 학교에서도 필요한 건 뭐든 살 수 있어요. 제가 아는 애는 자기 엄마가 먹는 바륨을 팔아요. 리탈린이나 에더럴도 쉽게 구할 수 있죠."

"그건 안 될 말이야. 약은 아무 데서나 구하면 안 돼. 누구나 말이야." 에릭은 맥스와 논쟁을 벌이지 않기 위해 그쯤에서 그만두었다. 그런 논쟁은 맥스의 마음을 여는 데 도움이 되지 않을 것이기 때문이다. "배후 사정을 좀 더 알 수 있을까? 어머니는 어디 계시지? 어머니가 일을 한다고 들었는데, 무슨 일을 하시니?"

"RMA 보험회사의 센터 시티점에서 일하세요. 청구서 발송과에 있죠."

에릭은 메모를 했다. "집에 돌아오는 시간은?"

"엄마는 집에 거의 오지 않아요. 남자친구와 함께 지내니까요. 가끔 전화만 하죠." 맥스가 시간을 확인했다. 이제 그는 8시 15분이 될 때까지 시간을 잴 것이다.

"할머니가 집에서 호스피스 치료를 받고 있다는 건 알고 계시니?"

"물론이죠."

"그런데도 집에 들어오지 않으신다는 거야?"

"네." 혐오감에 맥스의 입술이 뒤틀렸다.

"그럼 전화로는 할머니의 상태를 물어보시니?"

"아뇨. 하지만 제가 그냥 알려줘요."

"너의 안부는 물어보시고?"

"아뇨. 그것도 그냥 제가 말해요."

"그럼 전화는 왜 하시는 건데?"

"이유가 뭐겠어요?" 맥스가 허탈한 웃음을 터트렸다. "돈 때문이죠! 이를테면 타이어 두 개를 새로 갈아야 하지만 돈이 없어요. 그러니까 자기 계좌에 돈을 넣었는지 확인하려고 연락하는 거예요."

"그럼 넌 어떻게 하는데?"

"인터넷으로 처리하죠. 할머니가 비밀번호를 알려주셨어요. 그래서 제가 인터넷으로 송금을 해요. 할머니는 매주 엄마의 계좌에 돈을 보내주거든요. 그러니까 할머니를 위해서 제가 그 일을 대신한다는 말이에요." 맥스가 또다시 코웃음을 쳤다. "엄마는 제가 자동이체를 해주기를 바라죠. 하지만 그렇게 했다가는 엄마의 목소리를 들을 일조차 없게 될 거예요."

에릭은 솟구쳐 오르는 연민을 억눌렀다. "너 혼자 감당하기는 어려웠겠구나."

"사실 그렇지도 않아요. 익숙해졌거든요. 지금까지 계속 이렇게 해왔으니까요. 할머니를 보살피는 일은 좋아요. 할머니에게는 제가 필요하기도 하고요."

에릭은 맥스의 말투에서 처음으로 따스함을 느꼈다. "누군가 널 필요로 한다는 건 기분 좋은 일이야. 안 그러니?"

맥스가 고개를 끄덕였다.

"맞아요."

"부담감을 느낀 적은 없었니? 혼자서 감당하기 벅차다는 생각이 들었을 때는?"

"그런 적 없어요." 맥스가 어깨를 으쓱했다.

"어째서 그런지 말해줄 수 있을까? 보통 네 나이 또래들에게 아주 힘들고 부담스러운 일일 거라고 생각하는데."

"할머니가 병에 걸린 건 어쩔 수 없는 일이니까요. 선생님도 보셨다시피 할머니는 정말 재미있는 분이세요. 전 할머니를 정말 많이 좋아하는 것 같아요. 안 좋은 감정이 하나도 없고, 정말 좋게만 느껴지니까요."

에릭은 목이 메는 것 같은 느낌이 들었다. 할머니와 손자 사이의 유대감이 눈에 보이는 것 같았다. "바로 그런 감정을 사랑이라고 부른단다, 맥스."

맥스의 눈이 흐릿해지면서 눈물이 고였다. 하지만 그는 눈물을 닦아버렸다. "절 울리실 작정이세요?"

"그래." 에릭은 미소를 지었다. 지금 맥스에게는 우는 것도 필요했다. "이게 내 일이니까."

"하!" 맥스가 또다시 눈물을 닦았다. 그는 크리넥스 통을 보았지만 휴지를 꺼내지는 않았다.

에릭은 메모를 했다. 휴지를 쓰지 않는다. 이건 그의 견해였다. 휴지를 꺼내는 것을 자신이 약하다는 표시라도 되는 것처럼 여기는지, 이런 상황에서 휴지를 쓰려고 하지 않는 환자들이 제법 있다. 경험상 휴지를 가져가는 환자들의 상태가 좋다는 것을 알고 있기 때문에 에릭은 맥스가 걱정스러웠다.

"바보가 된 것 같아요. 당황스럽네요." 맥스가 고개를 저으며 크게 숨을 내쉬었다. "혹시라도 학교에 있는 애들이 지금 여기 앉아서 할머니 때문에 울고 있는 것을 알게 된다면 절 엄청난 얼간이로 여길 거예요. 이미 그렇게 생각하고 있을 수도 있지만."

"네가 느끼는 감정들은 아주 자연스러운 거야. 그런 감정들이 다른 사람들과 연결되어 있다는 것을 보여주는 거지. 사실상 정신 건강이 좋다는 증거야."

"그게 무슨 말씀이세요?" 맥스의 젖은 눈동자가 못 믿겠다는 듯 휘둥그레졌다. "강박장애를 가진 사람한테 어떻게 정신 건강이 좋다고 하시는 거죠?"

"정신적 질환도 신체적 질환과 마찬가지로 생각하는 거야. 당뇨병이 있다고 해서 무조건 병자라고 할 수는 없어. 당뇨병이 있어도 건강한 사람일 수 있다는 거지. 만일 우리가 그 당뇨병을 고칠 수 있다면 그냥 놔둬도 된다는 뜻이야." 예전과 달리 에릭은 이렇게 생각하고 있었다. 그는 환자들과 상담 치료를 통해 매일 새로운 것을 배우고 있었다. "맥스, 우린 이 난관을 극복할 수 있어. 넌 정신이 건강하니까 금세 회복될 거고, 행복해질 거야. 이제 이야기해보렴. 르네에 관한 불편한 생각들을 아직도 하고 있어?"

맥스는 시간을 확인했다. "르네에 대해서는 계속 생각하고 있어요. 이제 머리를 두드리고 색깔을 외워야 할 시간이에요."

"어제도 르네를 봤어?"

"네……. 음, 그랬어요." 맥스가 머뭇거리며 대답했다.

"왜 머뭇거리는 거지?"

"강의할 때만 본 게 아니라서요."

에릭은 맥스가 얼버무린다고 느꼈다. "그럼 또 어디서 봤지?"

"시내에서 봤어요. 그 애가 일하는 곳에서요."

"르네가 어디서 일하는데?"

"프로즌 요구트 가게요. 쇼핑몰에 있는 '스월드 피스'에서 일해요."

"어떻게 그 애를 보게 된 거지?"

"시내 근방에서 차를 몰고 가는 그 애를 봤어요. 또 휴대폰을 보면서 운전을 하고 있었죠." 맥스의 표정이 엄격해졌다. 입술을 꾹 다문 채 양손을 맞잡고 있었다. "어제도 말씀드렸지만, 아주 위험해요. 심지어 르네는 핸즈프리나 이어폰도 쓰지 않아요. 운전을 하면서 문자 메시지를 많이 주고받죠."

에릭은 메모를 했다. "넌 르네가 운전하고 가는 모습을 본 거니, 아니면 요거트 가게에 있는 걸 본 거니?"

"음, 굳이 물어보시니까 대답하자면, 양쪽 다 봤어요." 맥스가 손가락을 깍지 꼈다. 목소리에는 불안감이 어려 있었다. "집에서 노트북으로 게임을 하다가 할머니가 잠이 드신 뒤에 나갔어요. 르네가 토요일마다 거기서 일한다는 걸 알고 있었기에 프로요[19]를 먹으러 갔죠. 하지만 안에 들어가지는 않았어요."

---

19 프로요(FroYo) 또는 프로즌 요구트(frozen yogurt), 요구르트와 유사 유제품 등을 재료로 하여 차게 먹는 후식

"왜?" 에릭은 메모를 했다.

"모르겠어요. 그 상황을 설명하기 힘들 것 같았고, 제가 좋아한다는 걸 르네가 알아차릴 것 같다는 생각이 들었어요. 그래서 들어가지 못했죠."

"그래서 어떻게 했어?"

"차에서 기다렸어요. 르네가 일을 끝마치고 나올 때까지요. 그리고 그 애가 아무 일 없이 집까지 무사히 가는지 지켜봤어요. 정말 괜찮은 건지, 집에 무사히 들어갔는지 확인하고 싶었던 것뿐이에요."

"르네의 집까지 따라갔다는 뜻이니?" 에릭은 말투에 어떤 판단이나 맥스와 르네에 대한 근심이 드러나지 않게 조심했다. 그리고 메모를 했다. 르네가 일이 끝날 때까지 기다렸다. 스토킹인가? 타라소프 사례에 해당되는가?

"그렇게 말할 수도 있죠." 맥스가 의자에서 들썩거리며 몸을 앞으로 내밀었다. "하지만 불순한 마음으로 따라간 건 아니에요. 스토킹을 한다거나 그런 건 절대 아니란 뜻이에요."

에릭은 맥스의 눈을 쳐다보았다. "그게 스토킹과 뭐가 다른데?"

"스토커들은 상대방을 해하거나 괴롭히려고 따라가는 거지만, 전 절대 그런 게 아니에요. 전 르네를 지켜본 것뿐이에요. 그 애도 보통 귀여운 여자애들이 하는 모든 일을 다 해요. 온종일 전화를 한다거나, 문자를 주고받아요. 학교에서도, 구내식당에서도, 도서관에서도, 언제 어디서든 휴대폰만 들여다보는 거죠."

"르네도 항상 휴대폰을 보고 있다는 거야?"

143

"르네는 친구가 많아요. 귀여운 만큼 인기도 많죠. 보통 귀여운 여자애들은 계속 휴대폰을 붙잡고 있어요. 하지만 그렇게 운전하면서도 휴대폰만 쳐다보다가는 언젠가 다칠 거예요." 맥스가 손가락을 깍지 꼈다. "전 르네를 다치게 하려는 게 아니라 지키려고 하는 거예요."

"자세히 설명해주렴. 그러니까 넌 르네의 차를 조금 떨어진 곳에서 뒤따라갔다는 거지?"

"네. 그게 다예요. 그저 르네가 괜찮은지 지켜보기 위해서요."

"르네를 어떻게 지킬 거지?"

"무슨 말씀이세요?"

"그러니까 르네가 차 안에서 휴대폰을 집어 들면 어떻게 할 거냐는 거야."

"그냥 지켜봐요. 르네가 괜찮은지 계속 확인하는 거죠."

"이전에도 그런 적이 있니?"

"네." 맥스가 갑자기 조용해졌다.

"몇 번이나?"

"두 번이요. 두 번 따라갔어요."

"그 애의 집 앞까지 갔던 적도 있어?" 에릭은 메모를 했다.

"네."

"몇 번이나?"

"많이요." 맥스가 시간을 확인했다.

"르네를 다치게 할 생각이야?"

"아뇨. 절대로요." 맥스가 겁을 먹은 것처럼 눈을 크게 떴다. "너무 끔찍해요. 제가 그 애를 다치게 한 건 아닌지 확인하러 가는 거예요. 그뿐만 아니라 다른 누구도 해친 적이 없어요."

"맥스, 지금껏 살아오면서 누군가를 때리거나 무력을 쓴 적 있니?" 에릭은 르네의 안전을 확신할 수 없었다.

"아뇨."

"학교에서 싸운 적은?"

"지금 농담하세요?" 맥스가 믿을 수 없다는 듯 되물었다. "없어요. 제가 얻어터질 테니까요."

"화가 나서 뭐든 집어 던진 적은?"

"없어요."

"폭력을 행사한 적이 없다는 거니?"

"없어요, 한 번도!"

"동물을 대상으로도? 고양이나 애완동물들을 괴롭힌 적은 없어?"

"진심으로 하시는 말씀이세요? 절 그런 괴물 같은 인간으로 보셨던 거군요." 맥스가 당혹스러운 듯 몸을 움츠렸다. 에릭은 그런 맥스를 면밀히 살폈다. 맥스가 르네의 휴대폰을 집어오고, 집까지 따라갔다는 건 도리에 어긋나는 일이었다. 하지만 그렇다고 해서 르네를 물리적으로 위협한다고 볼 수는 없었다. 에릭은 위협이 아닌 보호자처럼 굴고 있는 맥스의 논리를 이해했다. 더불어 맥스의 목소리는 진심인 것처럼 들렸다. 그런 행동이 염려되지 않는 바는 아니지만, 병원에 입원시키거나 피해자에게 경고를 해주어야 하는 타라소프 의무에 해당될 정도로 위험한 수준은 아니었다.

"르네가 걱정돼서 물어본 것뿐이야."

"나쁜 의도로 그 애를 따라간 게 아니에요. 르네가 괜찮은지 확인하고 싶었던 것뿐이죠. 전 스토커 같은 변태가 아니에요. 도리어 그반대죠. 전 르네의 수호천사예요. 그 애를 보살피는 거죠. 그리고 르네는 제 보살핌이 필요해요."

"넌 그 애가 널 필요로 한다고 생각하는구나." 에릭은 맥스의 눈을 쳐다보았다.

"그 애한테는 제가 필요해요."

"우리가 지금 나눈 이야기, 어디서 들어본 것 같지 않니?"

"아뇨. 무슨 뜻으로 하시는 말씀이죠?" 맥스가 시간을 확인했다.

"네 할머니에 대해 이야기할 때."

맥스가 시선을 피하며 몸을 움츠렸다. "패리시 선생님, 르네와 할머니는 다르다는 걸 저도 알아요. 역겹네요."

"그래, 알아. 하지만 네가 두 사람에게 느끼는 감정이 똑같다는 점에서 연관이 있는 게 아닐까? 내가 한 말을 잘 생각해보렴. 할머니에 대한 걱정과 르네에 대한 걱정이 정말 아무런 연관이 없는지. 그 때문에 할머니에 대한 걱정이 커지고, 르네에 대한 걱정도 더 커진 게 아닐까?"

맥스가 눈을 깜빡거렸다. "그렇게 생각하세요?"

"네가 말해보렴."

"어쩌면 그럴 수도 있을 것 같아요."

"네가 머리를 두드리는 건, 르네나 할머니 같은 다른 사람들을 해치는 것을 막기 위해서라고 생각하니?"

"그 문제에 대해서는 생각해봐야겠어요. 하지만 그 이유가 뭐든, 그걸 알아낸다고 해서 도움이 되거나 달라지는 건 없어요. 여전히 머리를 두드리고 싶고, 머리를 두드려야 해요. 지금 당장 해야겠어요. 시간이 거의 됐으니까." 맥스가 손목시계를 확인했다. 머리카락이 얼굴 위로 흘러내렸다. "정확하게 15분이 지났어요. 머리를 두드리고, 색깔을 읊어야 할 때예요." 맥스는 오른손 검지로 관자놀이를 두드렸다. 그리고 조용히 입술을 움직였다. "됐어요."

"그렇게 하는 게 도움이 돼?"

"아니요. 이렇게 한다고 기분이 나아지지는 않아요. 예전 같지 않아요. 그래서 상태가 점점 나빠진다고 말씀드린 거예요. 선생님을 찾아온 이유이기도 하고요. 이젠 자제력을 잃지 않으려면 이렇게 해야만 해요."

"지난번에 말했던 르네에 관한 불편한 생각들은 좀 어때? 여전히 네가 르네를 다치게 할 것 같아 두렵니?"

"지난밤에도 그런 생각들이 났어요. 정말 르네를 다치게 할까봐 걱정이에요."

"어떤 생각을 했는데?"

"어제 말씀드린 것과 비슷한 생각이요. 그래서 오늘 아침에는 너무 불안했어요. 제가 어떤 식으로든 르네를 다치게 만들까봐 말이에요." 불안함이 탄력을 받자 맥스의 말들이 충돌했다. "그 애의 얼굴과 목,

작은 목걸이가 보여요. 그리고 제가 손으로 르네의 목을 조르고 있어요. 그런 생각들이 머릿속에 떠오른다는 것 자체가 너무 당혹스럽지만 그 생각을 멈출 수가 없어요. 마치 깨어 있는 상태에서 하루에 열 번, 스무 번씩 악몽을 꾸는 것 같아요. 그걸 멈출 방법이 없어요. 아무것도 말이에요. 머리를 두드리거나 색깔을 읊어도 소용없어요. 그 무엇으로도 머릿속을 억누르고 있는 그 생각들을 떨쳐 낼 수가 없어요." 맥스는 감정에 북받쳐 숨을 들이마셨다. "더 이상은 견딜 수가 없어요. 패러시 선생님, 정말이에요. 이제 그만 멈추고 싶어요. 그런 생각들에서 벗어나고 싶어요."

"알겠다." 에릭은 크리넥스 통에서 휴지를 뽑아 맥스에게 건네주었다. "이걸 쓰렴."

"감사합니다." 맥스가 눈물을 닦았다. 하얀 뺨에 분홍색 줄무늬가 남아 있었다. "죄송해요. 여기 이렇게 앉아서 아기처럼 울다니 정말 말도 안 되는 일이에요."

"말도 안 되는 일이 아니야. 사람이니까 당연한 거지. 아주 잘한 거야. 쉽지 않은 일이었다는 거 알아."

"그렇지 않아요. 그냥 형편없어요. 정말…… 형편없어요."

에릭은 강박장애와 불안장애의 차이를 확실히 느꼈다. 그리고 앞으로 어떻게 치료해나가야 할지 알 것 같았다. "맥스, 처방전을 써주마. 당장 효과가 없더라도 인내심을 가져야 해. 혈액 검사도 받게 될 거야. 화요일 저녁 8시에 다시 보자꾸나. 가장 빨리 만날 수 있는 시간이 그때라서."

"좋아요." 맥스는 마음이 놓인 것처럼 보였다. "무슨 약으로 처방해주실 거예요?"

"플루옥세틴이나 프로작." 효과가 좋은 약들이었다. 하지만 단기적으로 부작용을 지켜봐야 했다. "혹시 이상할 정도로 초조하거나 그런 기분이 들면 바로 연락해야 한다. 알았지?"

"네. 감사합니다." 맥스는 눈물을 닦으며 말했다.

13
장

월요일 아침, 에릭은 엘리베이터에서 내려 반들거리는 복도를 지나가면서 주머니에 들어 있던 열쇠를 꺼냈다. 지난밤 대부분을 맥스와 그의 할머니와 르네에 대한 걱정으로 보냈다. 그리고 해나에 대한 우선 양육권을 신청할 것인지 말 것인지에 대한 고민을 하다가 마침내 결정을 내렸다. 아침 직원회의가 끝난 뒤에 변호사에게 전화를 걸 것이다. 에릭은 목에 걸고 있던 신분증을 정신병동 입구에 댄 뒤, 자물쇠 구멍에 열쇠를 꽂았다. 문이 열리자, 안으로 들어간 뒤 안전 절차에 따라 다시 문을 닫았다. 그 안에는 작은 대기실과 보안구역으로 연결된 문이 있었다. 에릭이 이곳을 맡게 된 뒤로 도망치거나 허가 없이 나간 환자는 없었다. 앞으로도 계속 그렇게 유지할 작정이었다.

그는 문을 열고 직사각형으로 된 보안구역으로 들어갔다. 그 구역을 벗어나자 간호사실이 나왔다. 그 앞에는 푹신한 소파와 의자, 기증받은 책들과 인터넷이 제한된 낡은 컴퓨터들이 놓여 있는 커다란 TV 라운지가 있었다. 왼쪽으로는 병실들이 있는 북쪽 복도가 있었고, 오른쪽으로는 회의실, 사무실, 주방, 위험한 환자들을 위한 격리 병실이 있는 남쪽 복도가 있었다. 총 20개의 병실은 안전을 위해 1인실이었다. 우울증, 조울증, 조현병, 그 외 여러 정신질환이 있는 18세부터 90세 사이의 환자들이 그곳에 입원해 있었다. 그 환자들 중 한 명은 현재 자살 기도를 하지 않게 감시 중이었고, 두 명은 자상과 같은 자해를 하지 않게 경계 중이었다. 환자 수가 적은 건 여름이기 때문이다. 겨울철이 되면 지금의 두 배로 늘어날 것이다.

북쪽과 남쪽 복도 사이에 있는 병동 중앙에는 식당이 있었다. 식당 뒤쪽에 있는 간호사실은 안전을 위해 두꺼운 플렉시 유리로 되어 있었다. 간호사실에서는 그 너머 야외 테라스의 근사한 풍경이 보였다. 정신병 환자들을 위해 제정된 법에 의한 것이었다. 펜실베이니아 입법부에서는 정신병 환자들에게 신선한 공기가 이롭다고 믿고 있었다. 그래서 에릭은 그 테라스를 환자들이 담배를 피우는 곳으로 이용한다는 말을 하지 않았다. 병원에서는 금연이었지만, 그는 정신병 환자들에게 담배를 금지시킬 용기가 없었다.

에릭은 남쪽 복도로 들어가 사무실에 가방을 내려놓은 뒤 서둘러 작은 회의실로 갔다. 직원들은 그날의 첫 커피를 마시면서 주말 동안 있었던 일들을 이야기 나누고 있었다. 에릭이 인사를 건넨 뒤 잡담을 나누자, 직원들도 방 크기에 비해 너무 큰 직사각형 탁자 주위로 모여들었다. 회의실 안에는 병원의 다른 곳과 마찬가지로 검은색 가짜

나무로 된 탁자와 에어론 의자가 놓여 있었다.

에릭은 직원들이 각자 자리에 앉는 동안 상석에 있는 의자를 뺐다. 그는 오른쪽에 앉아 있는 세 명의 정신과 의사를 감독하고 있었다. 연한 푸른색 눈동자에, 지적으로 보이는 테 없는 안경을 쓰고, 어딘가 모르게 꾀죄죄해 보이는 머리를 한 의사가 그들 중 가장 연장자인 샘 워드였다. 샘은 나이가 30대 중반밖에 되지 않았지만, 주의력 결핍 과다행동장애ADHD의 새로운 치료법에 관한 중요한 논문들을 다수 발표했다. 샘은 여덟 살짜리 아들을 둔 유부남으로, 에릭은 자신의 후임으로 그를 생각하고 있었다.

샘 옆에는 잭 드 베르그니가 앉아 있었다. 서로의 성향이 다르기에 그들은 서로를 좋아하지 않았다. 잭도 샘만큼이나 정신의학에 열정적이었다. 아버지가 프랑스에서 유명한 신경과학자라서 이 분야를 선택했다고 알려져 있었다. 한번은 할로윈 파티 때 잭이 맞춤 양복을 차려입고, '우리 아버지에 관한 건 나한테 직접 물어보시오!'라고 쓰인 배지를 달고 나타난 적도 있었다. 잭은 잘생겼고 바람기가 있었다. 잘생긴 외모와 은근하게 드러나는 유럽식 분위기 덕분에 간호사들 사이에서 인기가 좋았다. 그는 예일대학 재학 중 전미 대학 펜싱 챔피언이었고, 지금도 여전히 에릭은 뭔지 잘 모르는 케틀벨인가 하는 것으로 운동을 해서 좋은 체격을 유지하고 있었다.

세 번째 정신과 의사인 데이비드 추는 작고 몸이 삐쩍 말랐다. 그 역시 미혼으로, 친구인 잭과 빈번하게 비교가 되는 불운을 가진 점잖게 생긴 젊은이였다. 여기서 일한 지 2년밖에 되지 않았는데, 여느 가족의 막내처럼 자기가 하고 싶은 대로 다 하면서 실없는 농담이나 유치한 낙서를 여기저기 붙이며 놀았다. 데이비드의 가장 최근 기행은 모든 등받이 없는 의자에 '샘플'이라고 붙여 놓은 것이었다. 사실 에릭도 그게 웃기다고 생각했다. 데이비드 옆으로 네 명의 간호사들이 앉아 있었다. 팸 수스페스와 비벌리 글래드펠터는 친한 사이였고, 둘 다 체격이 크고 상냥한 얼굴을 지녔다. 그 옆에는 지난달 새로 들어온 간호사 두 명이 긴장한 자세로 앉아 있었다. 앨리슨 스털링과 수 배링턴은 둘 다 짧은 갈색 머리였다. 그 외에는 회의에서 의견을 거의 밝히지 않는 직원들이 자리를 차지하고 있었다. 심리 기술자 두 명, 간호조무사 두 명, 간호학교 학생 한 명, 미술 치료사 한 명, 사회복지사 두 명, 제퍼슨 대학에서 나온 의대생 두 명. 그중 한 명이 크리스틴 말린으로, 에릭은 이 방에 들어온 순간부터 계속해서 그녀와 눈이 마주치는 걸 피하고 있었다.

"좋아요. 이제 시작해봅시다. 아마카." 에릭은 탁자에 쌓여 있는 환자들의 파일 뒤로, 그의 왼쪽 옆에 앉아 있던 자신의 담당 간호사 아마카 아데몰라 깁스에게 말했다. 50대인 아마카는 서아프리카 출신이지만 영국에서 성장했고, 〈다운튼 애비〉[20]를 연상시키는 억양을 가진 남자와 결혼했다. 그녀는 영리하고, 능력이 뛰어났으며, 자신감이 넘쳤다. 그리고 여기서 가장 힘든 일을 하고 있었는데, 바로 입원 환자들의 임상 치료를 관찰하는 것이었다. 아마카는 매일 아침 제일 먼

---

20 2010~2015년에 방영된 영국의 인기 드라마

저 출근했고, 아침 7시까지 근무하는 야간 간호사를 만날 수 있었다. 그래서 환자들에 대한 보고를 받고 차트도 확인한 뒤, 그 내용을 정리해 에릭과 다른 사람들에게 알려주었다.

"알겠습니다, 과장님." 아마카가 차를 한 모금 마셨다. "먼저 줄리어스 에체베리아부터 시작하죠. 십 대 아들을 교통사고로 잃고, 열흘 전 우울증으로 입원한 환자를 기억하실 겁니다." 아마카가 앞에 쌓여 있는 파일 중 맨 위에 있던 파일을 펼친 뒤, 밤색 수술복으로 가려진 가느다란 다리를 꼬았다. "에체베리아 씨는 편안한 밤을 보냈습니다. 7시간을 숙면했고, 처방약도 잘 들었어요."

에릭은 고개를 끄덕였다. "다행이네요. 그렇다면 그 환자는 더 이상 확인하려고 하지 않았겠군요."

"네." 아마카가 고개를 끄덕이자 작은 은 귀걸이가 위아래로 흔들렸다. 아마카는 은 장신구를 즐겨했는데, 검은 피부와 하얗게 세기 시작한 짧은 머리에 잘 어울렸다. "에체베리아 씨의 바이털은 이상 없습니다. 그리고 부인인 린다 씨가 지난밤 찾아오셨어요. 부인이 보기에도 에체베리아 씨의 상태가 많이 호전된 것 같다고 하더군요. 두 분이서 즐겁게 대화를 나눴답니다."

"좋아요, 아주 좋아." 에릭은 기운이 나는 것 같았다. 그는 정신의학 서비스에서 환자의 치료 계획에 가족들을 포함시켰다. 환자의 회복에 배우자나 영향을 주는 사람들이나 친구들을 필수 요소라고 보고, 필요에 따라 치료 시간에 같이 참여할 수 있게끔 격려해왔다. 병원의 다른 과와는 다른 방식이었다. 신체적인 질환의 경우에는 다른 사람들이 치료에 영향을 미치지 않는다. 이를테면 대장암 환자에게 가족들이 매일 면회를 온다고 해도 증상이 나아지지는 않는다. 에릭은 에체베리아 씨의 우울증에는 같은 슬픔을 겪은 부인의 지지가 도움이 될 거라고 확신했다.

"그건 그렇고, 에체베리아 씨의 보험 적용일이 거의 끝나가요. 이제 이틀 남았어요."

"알겠어요." 에릭은 그 상황을 정리했다. 병동에 입원한 환자의 90퍼센트가 어떤 식으로든 보험을 가지고 있다는 것을 알고 있었다. 그래서 에릭과 아마카는 환자의 보험 적용일이 얼마나 남았는지를 기록하고, 관리 의료의 엄격한 기준 안에서 진전이 있도록 매일 같이 노력하며 환자의 정신 건강을 위해 보험회사와 싸웠다. "에체베리아 씨는 누구 담당이었지? 잭, 자네 환자였나?"

"네." 잭은 앉은 자리에서 몸을 들썩거리며 탁자 위에서 양손을 맞잡고 고개를 끄덕였다. 그는 딱 맞는 흰색 셔츠에 감청색 캐시미어 조끼, 몸에 딱 맞는 울 바지를 입고 구찌 로퍼를 신고 있었다. 에릭은 예전에 잭이 모델 같다고 했던 케이틀린의 말이 떠올랐다.

"바로 퇴원이 가능한 상황인가?"

"가능하다고 봅니다."

"오늘이라도 퇴원시킬 수 있다는 말이지?"

"아니면 내일이요." 잭이 무심하게 어깨를 으쓱했다.

"오늘인지 내일인지 정확하게 말해주게."

"내일이요."

"좋아." 에릭은 더 이상 말하지 않았다. 대놓고 말한 적은 없지만, 항상 잭이 자기만 알고 너무 가볍게 말하는 것 같은 느낌이 들었다. 그의 아버지처럼 유명한 의사가 아닌데도, 제대로 된 정신과 의사가 되는 데 필요한 진정한 연민이 부족한 것 같았다.

아마카가 다시 본론으로 들어갔다. "다음은 아이를 사산하고 세 번째로 입원한 리 베리 씨입니다. 야간 담당 간호사의 보고에 따르면 베리 씨가 저녁 식사 때 식당에서 플라스틱 칼을 몰래 주머니에 넣어 가려고 했답니다. 아무래도 자해할 때 쓰려고 한 것 같다고 걱정하더 군요."

"이런." 에릭은 심장이 덜컥 내려앉는 것 같았다. 탁자에 둘러앉아 있는 직원들의 표정 역시 진지해졌다. 정신병동에 입원한 사람들 중에 가슴 아픈 사연이 없는 사람은 없었지만, 리 베리의 사연은 모두의 마음을 울렸다. 항상 사람들의 마음을 사로잡아서 유령이라고 불리는 환자가 한 명씩은 있었다. 이번 유령은 리 베리였다.

아마카가 말을 이었다. "베리 씨는 간호사가 그 칼을 가져가버리자 몹시 힘들어했답니다. 밤에 잠을 거의 자지 못했다고 하네요. 그리고 그 간호사에게 자신의 상태가 아직 좋지 않은 건 알고 있지만 집에 가고 싶다고 하더니 계속 혼자 있다고 합니다. 그리고 확인하는 것에 대해 불평을 했습니다."

"그게 무슨 말이지?" 에릭은 데이비드를 돌아보며 물었다. "베리 씨는 자네 담당이지. 이게 무슨 소리인가?"

"아시다시피 환자들의 상태를 확인하기 위해 15분에 한 번씩 병실을 돌아보고 있지 않습니까. 베리 씨는 그게 짜증스러운 모양입니다. 우리가 확인하는 걸 멈췄으면 좋겠다고 하더군요. 적어도 밤만이라도 말입니다. 하지만 그렇게는 안 된다고 말했습니다."

"음, 그건 안 되지. 하지만 베리 씨에게 해줄 수 있는 다른 일이 있을 거야." 에릭은 다른 병원의 환자들 중 한 명이 목을 매서 죽은 일이 있은 후부터 15분에 한 번씩 환자들을 확인하는 관행을 시작했다. 그때 죽은 환자는 한 시간 동안 방치되어 있었다. 에릭은 자기가 있는 병원에서는 절대 그런 일이 없게 하겠다고 다짐했었다. 그와 동시에 간호조무사들이 짐짓 쾌활한 척하면서 15분에 한 번씩 '괜찮으세요'라고 물어보며 방해할 경우 환자가 짜증을 낼 수 있다는 것도 잘 알고 있었다. 순간 15분에 한 번씩 의식을 치러야 하는 맥스 자보우스키가 떠올랐다.

에릭이 데이비드를 쳐다보았다. "리 베리 씨에게 해줄 수 있는 일이 뭐가 있겠나?"

"간호조무사들에게 밤중에 확인을 할 때는 손전등으로 환자의 눈을 비추지 말라고 일러두겠습니다. 그렇게 해도 될까요?"

"그건 그렇게 하게. 그 외에 더 좋은 방법은 없을까? 생각해보자고. 그리고 회진을 돌 때도 몇 번 정도 확인하는 걸로 하지. 그렇게 하면 전체 횟수는 좀 줄 거야."

"알겠습니다."

"좋아. 베리 씨를 위한 치료 계획에 뭔가 변화를 주고 싶다고 했지? 어떤 방법이 좋을 것 같은가?"

"선택적 세로토닌 재흡수 차단제SSRI를 처방하고 복용량을 조금 늘려볼까 합니다. 더불어 회진 때 충분한 시간을 두고 살필 생각입니다."

"좋아." 에릭이 미소를 지으며 말했다. 데이비드는 자신의 접근법에 대해 보다 과감해져야만 하지만, 그 문제는 시간과 경험이 해결해 줄 것이다. 데이비드 추는 아주 우수했지만 자기 마음대로 하는 경향이 있었다. 에릭은 아마카를 돌아보았다. "이제 됐어요. 계속 해요."

"안타깝게도 페리노 씨의 상태는 그리 좋은 편이 아니에요." 아마카가 앞에 쌓여 있던 파일들 중 맨 위에 있던 것을 옆으로 옮겼다. 항상 환자들의 상태에 대한 보고를 병실 호수 순으로 이야기했는데, 그편이 체계적이라고 여겼기 때문이다. 에릭은 상태가 좋지 않은 환자에 대한 보고부터 듣고 싶었지만, 사람들에게는 각자의 방식이 있다고 생각했기에 그대로 따랐다. 아마카가 두 번째 파일을 펼쳤다. "지난밤 저녁 식사 때 소동을 일으켰어요. 디저트 줄에 서 있던 다른 환자를 밀었죠."

데이비드가 코웃음을 쳤다. "조심해야죠. 디저트와 처비 허비[21]사이에 있으면 안 돼요."

잭이 껄껄거리며 웃었다. "초콜릿 푸딩이 하나 더 먹고 싶었나 보지."

회의실 여기저기서 웃음소리가 들렸다. 하지만 에릭이 동조하지

---

21 벤앤제리스사의 유명한 아이스크림 이름

않자 이내 조용해졌다. 에릭도 잘 웃는 편이지만 환자를 대상으로 한 적은 한 번도 없었다. "그렇다면 사건 보고서를 작성해야겠군요." 환자 간의 폭력은 어떤 종류의 것이든, 아무리 사소한 일이라 해도 연방국에 보고해야 했다. "아마카가 해줄래요?"

"네, 제가 알아서 하죠." 아마카가 메모를 확인했다. "그 일이 있은 뒤에 페리노 씨는 병실에서 계속 혼자 있었어요. 취침 시간에는 기침을 하는 바람에 약을 뱉어 냈어요. 약을 다시 먹이려고 했지만 페리노 씨가 거절했습니다."

"정확히 어떻게 거절했죠?" 에릭은 아마카의 예의 바른 영국식 표현이 좋았다. 하지만 제대로 사실을 알아야만 했다. "그냥 '고맙지만 됐어요.'라고 하지는 않았을 것 같은데."

그때 갑자기 복도에서 고함소리와 함께 확성기에서 탁탁거리는 소리가 들렸다. "패리시 선생님과 워드 선생님은 505호실로 와주시기 바랍니다. 회색 경보. 패리시 선생님과 워드 선생님은 505호실로 와주시기 바랍니다. 회색 경보."

"가지." 에릭이 벌떡 일어나는 순간, 겁에 질린 간호사가 회의실 문을 벌컥 열었다.

"패리시 선생님, 페리노 씨예요!"

에릭은 이미 문 쪽으로 뛰어가고 있었다.

14
장

에릭은 샘과 데이비드와 함께 복도를 뛰어갔다. 그 뒤를 잭이 따라왔다. 회색 경보는 보안 위험을 뜻했다. 이 경우, 병동은 자동 폐쇄되며 환자들은 병실에 갇히게 된다. 폭력이 일어날 경우 병동 전체를 불안정하게 만들기 때문이다. 몇몇 환자들은 무슨 일이 일어난 건지 보기 위해 머리를 내밀고 있었고, 중증 불안장애 환자인 젤리크 부인은 반대편에서 고개를 비틀며 이쪽으로 다가오고 있었다. 에릭은 도날드 페리노가 자기 병실에서 비명을 지르는 소리에 이어 금속 재질의 물건이 바닥에 떨어지는 소리를 들었다.

"안 돼! 안 돼! 안 돼!" 페리노는 노발대발하며 목청껏 소리를 질렀다. 금발의 간호사와 두 명의 잡역부가 겁에 잔뜩 질린 채 페리노의 방에서 슬금슬금 뒷걸음치고 있었다. "꺼져! 꺼지라고!"

"이리 와요." 페리노의 병실 문 앞에 도착한 에릭이 금발의 간호사와 잡역부 한 명을 안전하게 밖으로 잡아끌었다. "보안요원 불렀어요?"

"네." 간호사가 몸을 떨며 대답했다. 이곳에 온 지 얼마 되지 않는 간호사였다. 에릭은 간호사의 어깨에 손을 올렸다.

"티나, 진정해요. 괜찮을 거예요. 어떻게 된 겁니까?"

"조금 전까지만 해도 페리노 씨는 괜찮았어요. 적어도 제가 보기에는요." 티나가 겁먹은 눈을 동그랗게 떴다. "약을 드리려고 병실에 들어갔을 때, 페리노 씨가 느닷없이 협탁에 머리를 부딪치기 시작했어요."

"알았어요." 에릭은 티나에게 젤리크 부인을 가리켰다. "젤리크 부인을 병실로 모셔요. 이제 병실이 폐쇄될 테니까."

"알겠습니다." 티나가 황급히 부인 쪽으로 가자, 에릭은 아마카를 돌아보았다.

"아마카, 할로페리돌[22] 5밀리그램과 로라제팜[23] 2밀리그램을 가져다줘요."

"네!" 아마카가 서둘러 그 자리를 떠났다.

페리노는 여전히 소리를 지르고 있었다. "안 돼, 안 돼! 꺼져! 꺼지라고!"

옆에 있던 잡역부가 에릭을 보며 소리쳤다. "선생님, 어떻게 할까요?"

---

22 항정신병 약물
23 항불안제

"아무것도 하지 말아요. 무슨 일이 있어도 병실 안에 들어가지 말아요." 에릭은 잡역부를 위험하게 만들 생각이 없었다. 환자가 폭력을 행사하는 경우 병원 규정은 명확했다. 훈련된 전문 인력을 최소한으로 이용해 보안요원들이 도착하기 전까지 상황을 안정시키는 것이었다. 에릭은 뒤에 있던 샘을 돌아보았다. "자네도 여기 있어."

"에릭, 페리노 씨는 내 환자예요. 나에 대한 신뢰가 있으니 도움이 될 겁니다. 게다가 페리노 씨는 체구가 커서 도움이 필요하기도 하고요. 내가 같이 들어가겠습니다." 샘이 눈을 깜빡거렸다. 테 없는 안경 뒤로 보이는 회색 눈동자가 진지했다.

"아니야, 여기 있어. 아마카가 돌아오면 주사기만 전해주게. 보안요원이 오기 전까지는 절대 병실 안에 들어오지 마."

"알겠습니다. 하지만 조심하십시오." 샘이 고개를 끄덕였다. 안전을 위해 그가 뒤에 남아 있어야 한다는 것을 두 사람 모두 알고 있었다. 정신과 의사, 심리학자, 병원에 있는 정신 건강 관련 종사자들이 공격당할 확률은 60퍼센트로, 다른 건강 관련 종사자들보다 여섯 배나 높았다.

"도날드, 진정하시죠." 에릭이 차분히 말하며 병실로 들어갔다. 도날드 페리노는 침대 맞은편에서 펄펄 뛰고 있었다. 그는 40대 중반의 편집증 환자로, 키는 185센티미터에 몸무게는 대략 160킬로그램에 육박했다. 페리노는 이틀 전에 입원했는데, 아이러니하게도 정신 질환 때문이 아니라 우울증 때문에 먹던 클로노핀이나 클로나제팜을 갑자기 끊은 것이 원인이었다. 환자가 갑자기 약을 끊게 되면 얻는 것보다 잃는 게 많다는 것은 정신의학과의 작지만 더러운 비밀이었다. 안타깝게도 갑자기 약을 끊는 건 정신질환자들이 흔히 저지르는 짓이었다.

"아니, 싫어. 날 혼자 내버려둬!" 페리노가 소리쳤다. 그의 검은색 눈동자는 공포에 질려 있었다. 스스로 내리받은 이마에서 흘러내린 피가 갈색 머리카락에 들러붙어 더욱 섬뜩한 형상을 하고 있었다. 다행히 그 상처는 피만 흐를 뿐, 중상으로 보이지는 않았다. 침대 협탁 옆으로 아침 식사 쟁반, 달걀, 토스트, 커피잔이 바닥에 떨어져 있었다.

"도날드, 진정해요. 마음을 가라앉혀요." 에릭은 훈련받은 것을 떠올리며 계속 차분한 목소리를 유지했다. 그는 덜 위협적으로 보이게끔 45도 각도로 페리노에게 접근했다. 에릭은 페리노의 불안을 증폭시키지 않기 위해 그의 개인적인 공간 앞에서 다리 길이 정도의 거리를 두고 멈춰 섰다. 눈을 마주쳤지만, 고정된 시선이 아니라 무심코 마주친 것 같은 느낌으로 쳐다보았다. 에릭은 팔을 양옆으로 내렸다. 그렇게 하는 게 덜 위협적이었을 뿐만 아니라 공격에 대비할 수 있었기 때문이다. 그는 언제라도 도망칠 수 있게 문 앞을 치웠다.

"싫어! 싫다고! 꺼져!" 페리노는 뒤로 물러나면서 강화 창문에 기대서더니, 한 대 치기라도 할 것처럼 육중한 팔을 들어올렸다. 그의 눈빛이 거칠고 초점이 맞지 않는 걸로 보아, 에릭을 알아보지 못하는 것 같았다.

"도날드, 패리시 박사입니다. 여기 있는 갈색 의자에 앉아보세요."

에릭은 그 의자를 가리켰다. 이럴 경우, 단순한 지시가 상황을 통제하는 데 도움이 된다고 배웠다. 그는 페리노가 자신이나 직원, 다른 환자들을 해치게 놔둘 수는 없었다. "제발 자리에 앉아서 무슨 일인지 말해주세요. 당신의 머리에 난 상처도 봐야 하니까요."

"아니, 싫어! 으아아아악!" 페리노는 고함을 지르며 고개를 뒤로 젖히고, 이를 드러내며 맹수처럼 포효했다. 얼굴 위로 피가 흘러내린 탓에 더 끔찍해 보였다.

에릭은 움직이지 않았다. 보안요원들은 아직 도착하지 않았다. 페리노의 상태는 더욱 나빠지고 있었다. 에릭은 그 자리에 가만히 있었다. 자칫 움직였다가는 공격으로 오해받을 상황이었다. 조현병 환자들 중에 편집증이 있는 경우는 전형적으로 호전성을 보였다. 페리노는 어린 시절부터 불을 지르는 것 같은 불안정한 행동양식과 공격성을 지니고 있었다.

"안 돼, 싫어, 싫어!" 페리노가 또다시 고함을 질렀다. "네 놈이 누군지 알아! 날 우습게보지 마! 내 옆에 오지 마, 오지 말란 말이야!"

"도날드, 패리시 박사예요. 제발 의자에 앉아서 어떻게 된 일인지 말해줘요."

"당신은 패리시 박사가 아니야! 거짓말쟁이!" 페리노가 소리치면서 입술 위로 흘러내린 피를 내뱉었다. 목에 있는 혈관들이 툭 튀어나와 있었다.

"내가 패리시 박사예요." 에릭이 조금 전 의자를 다시 가리켰다. 보안요원이 왜 이렇게 빨리 오지 않는 건지 알 수 없었다. "제발 저 의자에 앉으세요. 좀 앉아야 합니다. 여긴 치료를 받는 곳이에요. 부인인 린다가 당신을 데려왔죠. 약 복용을 멈췄다고 하던데, 그건 기억납니까? 약을 먹으면 무기력한 느낌이 든다면서 말이에요. 13킬로그램 정도 몸무게도 늘었다고 했죠?"

"거짓말! 당신은 CIA랑 같이 일하고 있잖아! 여기 있는 모두 다! 저기 금발 머리! 저 여자는 자기가 간호사라고 거짓말을 했어! 그리고 내 머릿속에 든 생각들을 전부 알아내려고 했지! 당신들이 나한테 약을 먹였어! 날 중독시킨 거야! 날 미치게 만들었다고!"

에릭은 흘깃 문 쪽을 돌아보았다. 잭은 이상할 정도로 무표정한 얼굴이었지만, 데이비드의 얼굴은 벌겋게 상기되어 있었다. 보안요원들은 아직 보이지 않았다. 아마카가 돌아와 주사기들을 샘에게 건네주었다. 샘은 조심스럽게 그 주사기들을 왼손으로 받은 뒤, 에릭에게 건네주기 위해 기다렸다. 하지만 보안요원들이 잡아주지 않는 한, 에릭은 페리노에게 주사를 놓을 수 없을 것 같았다.

"그래서 내가 여기 온 거잖아!" 페리노가 에릭을 위협하듯 앞으로 한 발자국 나섰다. "당신이 날 화나게 만들었어! 사람을 죽이고 싶게 만들었잖아!"

"도널드, 제발 저 의자에 앉아요." 에릭이 문 쪽으로 물러나면서 샘에게서 주사기를 건네받기 위해 보이지 않게 등 뒤에서 손을 내밀었다. 바로 손바닥에 주사기가 닿는 느낌이 들었지만, 두 개가 아니라 한 개였다. 샘이 신호를 보냈다. "도널드, 제발 저 갈색 의자에 앉아요."

"싫어! 싫다고!" 페리노가 피에 젖은 얼굴로 계속 앞으로 다가왔다. "네 놈은 날 살인자로 만들었어! CIA를 위해 사람을 죽이게 만든 거지! 비켜! 난 여기서 나갈 거야!"

"그럴 수 없어요, 도날드. 여기 남아서 나랑 이야기 좀 해요." 에릭이 문 앞에 섰다. 직원들이나 다른 환자들을 해칠 수도 있는 상황에서 페리노를 병실 밖으로 내보낼 수 없었다. 그는 직접 페리노를 제압하기로 마음먹었다. 보안요원들이 올 때까지 기다릴 수가 없었다. "제발 저기 앉아서……."

"싫어, 싫어, 싫다고!" 페리노가 에릭의 얼굴에 대고 소리를 질렀다. "여기서 내보내주지 않으면 네 놈을 죽일 거야!"

"도날드, 그만……."

"비켜!" 페리노가 에릭을 향해 덤볐다. 에릭은 그 즉시 페리노의 오른쪽 손목을 잡아 그대로 아래쪽으로 누른 뒤, 재빨리 뒤로 물러서며 균형을 잃은 페리노를 잡아당겼다. 그와 동시에 진정제가 들어 있는 주사를 놓았다.

"안 돼, 하지 마!" 페리노가 고함을 질렀다. 뒤에서 덤벼든 샘이 페리노의 왼쪽 팔을 잡아 두툼한 가슴 위로 누르면서 나머지 주사를 놓았다. 그리고 계속 잡아당겼다.

"도날드, 패리시 박사와 워드 박사예요. 우리는 당신을 돕기 위해 왔습니다." 에릭과 샘은 양쪽에서 페리노를 압박하며 바닥에 쓰러뜨렸다. 샘은 바닥에 부딪치지 않도록 페리노의 머리를 손으로 감쌌다.

"싫어!" 페리노가 고함을 지르며 양팔을 휘두르고 발길질을 하면서 자리에서 일어나려고 하자, 샘이 재빨리 그를 아래로 눌렀다.

"도날드, 제발 진정해요." 에릭은 페리노의 몸 위에 걸터앉아 어깨를 손으로 누르며 붙잡았다. 페리노의 머리 상처에서 흘러내린 피가 바닥에 떨어졌다. "가만히 있어요. 진정해요. 이제 안정제 약효가 돌 거예요."

페리노는 고개를 저었다. 이미 의식을 잃기 시작하면서 눈꺼풀이 파르르 떨렸다. 바로 그때 복도 쪽이 소란스럽더니, 제드 번스턴 대장과 함께 보안요원 세 명이 병실로 들어왔다. 그랜트가 재빨리 에릭 옆으로 다가왔다. 다른 한 명은 샘이 자리에서 일어나는 것을 돕고, 나머지 한 명은 페리노를 눌렀다.

"과장님!" 제드가 큰 소리로 불렀다. "괜찮으십니까?"

"괜찮아요." 에릭은 몸을 일으켰다. "지금은 의식이 없어요. 침대로 옮기세요."

"박사님, 여긴 우리가 정리하겠습니다." 제드가 에릭과 샘을 병실 밖으로 내보냈다. 보안요원들은 서둘러 페리노를 붙잡았다. 머리 상처는 안전하다는 게 확실해진 뒤에 치료하게 될 것이다.

"고맙네." 에릭은 샘을 보며 미소를 지었다. "자네가 없었으면 정말 큰일 났을 거야."

"아뇨. 할로페리돌이 없었으면 정말 큰일 났을 겁니다." 샘이 맞받았다.

이제야 안심한 듯 에릭을 보며 웃고 있는 샘의 뒤에 크리스틴이 서 있었다.

15
장

한 시간 뒤, 에릭이 논문을 보려고 할 때 누군가 문을 두드렸다. 살짝 얼굴을 찌푸린 아마카의 얼굴이 보이자, 에릭은 책상에서 일어났다. "무슨 일이 있습니까?"

"과장님, 잠시 시간을 내주시겠어요? 지금 좀 봐주셨으면 하는 게 있는데요."

"그래요. 무슨 문제라도 생겼습니까?" 에릭은 아마카와 함께 문을 나섰다. 아마카는 평소 과장하는 성격이 아니었기에 걱정이 되었다. "대체 뭡니까?"

"개인적인 거예요. 사적으로 의논드리고 싶은 게 있어요." 아마카는 에릭의 팔을 잡고 복도를 빠르게 지나 회의실로 향했다. 두 사람이 회의실에 도착하자, 아마카가 문을 열고 안으로 들어갔다. 에릭도 그 뒤를 따라 들어갔다.

"축하합니다, 과장님!" 모두가 외쳤다.

"와, 이게 무슨 일이죠?" 에릭은 깜짝 놀랐다. 회의실은 직원들로 가득 차 있었다. 샘, 잭, 데이비드, 크리스틴을 비롯한 의대생들, 간호사, 간호조무사, 심리 기술자, 사회복지사, 작업 요법사, 미술 치료사, 심지어 영양사까지 모두 모여 미소를 짓고 있었다. 컵케이크, 머핀, 납작하게 구운 시트 케이크, 컵, 종이 접시, 소다 캔들이 회의실 탁자 위를 뒤덮고 있었다. 그리고 그 앞에는 병원 관리자 제이슨 키트리지가 연회 지배인처럼 환한 미소를 지으며 서 있었다.

"축하합니다, 과장님!" 제이슨이 팔을 툭 쳤다. "우리가 2등이에요!"

"2등!" "2등!" "2등!" 모두가 박수를 치며 연호했다. 에릭은 지난 주말 동안 해나와 맥스 문제로 너무 바쁘게 보낸 탓에, 해마다 이맘때쯤에 있던 순위 발표를 잊고 있었다는 것을 깨달았다.

"2등?" 에릭이 깜짝 놀라 되물었다. "우리가 2등이란 말입니까?"

"네, 우리가 2등이에요!" 제이슨이 행복에 겨워 소리쳤다. "우리 정신의학과가, 과장님의 정신의학과가 U.S. 메디컬 리포트에서 2위에 올랐어요! 아직 공식 발표가 난 건 아니지만 뒤로 전해 들었죠."

"장난치지 말아요." 에릭은 그렇게 많은 것을 바라지 않았다. 지금껏 그들이 올랐던 최고 순위는 11위였기에 10위 안에 드는 것을 목표로 삼았다.

"축하합니다!" 제이슨이 박수를 치자 모두가 박수를 쳤다.

"잠깐만요. 모두 잠깐만 기다려봐요." 에릭이 박수 소리를 멈추게 하기 위해 손을 흔들었다. "매스 종합병원은 어떻게 된 겁니까? 만년 2위였는데."

"우리가 그들을 그 자리에서 끌어내렸죠. 예전 자동차 광고에 나오는 말처럼, 우리는 더 노력할 겁니다!"

"정말요? 매스 종합병원은 그 자리에 붙박이였는데." 에릭은 믿을 수 없다는 듯 고개를 저었다.

"더 이상은 아니에요! 우리는 29.6점을 맞았어요. 30점 만점에 육박했죠. 이 나라의 모든 정신의학과를 앞선 거예요. 맥린 병원 한 곳만 빼고. 역전도 노려볼 만해요! 약자였다가 다크호스로 부상한 겁니다!" 제이슨의 회색 눈이 테 없는 안경 뒤에서 반짝거렸다. "과장님에게 감사드려요. 과장님의 지도력과 장기 계획도 감사합니다. 과장님이 지난 몇 년간 이루어 낸 변화가 결실을 맺은 거죠."

"아니, 우리 모두가 한 겁니다." 에릭은 회의실 안을 둘러보며 생각을 정리했다. "모두 축하합니다. 여러분이 자랑스러워요. 이런 결과를 만들어 내기까지 여러분들의 노고에 감사의 뜻을 전하는 바입니다. 우리가 힘을 합치니……."

"2등!" 크리스틴이 앞으로 나서며 외쳤다. 에릭은 크리스틴이 자신의 관심을 끌려고 한다는 인상을 받았다. 사람들이 모두 연호했다. "2등!" "2등!"

"과장님!" 잭이 에릭을 장난스럽게 밀었다. "이리 오세요. 제이슨의 옆으로요. 그간의 공로를 누리셔야죠. 그동안 과장님이 일으킨 변화를 지켜봤어요. 치료팀의 구성, 다원적 접근법, 특히 노인병학과의 연계. 그 모든 것들이 제대로 먹힌 겁니다."

제이슨이 고개를 들어 올리며 다시 화제를 이끌었다. "다른 병원들이 우리를 지켜보고 있어요. 우리가 고개를 숙일 날을 기대하면서 말이죠. 하지만 우린 그들의 기대에 부응하지 않을 겁니다. 그들의 뜻대로 되지 않을 거예요."

에릭은 미소를 짓지 않을 수 없었다. "제이슨, 그건 너무 부정적인 관점이잖아요. 정신과 의사가 필요할 수도 있겠어요."

모두가 웃었고, 제이슨 역시 웃었지만 그의 입을 막을 수는 없었다. 제이슨은 크리스틴을 비롯한 의대생들을 돌아보았다. "병원에서 데이터에 의존해 순위를 매기는 과가 열여섯 개가 있어요. 그중 네 개는 오직 평판에 따라 순위를 매기는데, 정신의학과도 거기에 속하죠. 따라서 지금 이 순위는 의사들의 평판을 조사한 결과라는 뜻이에요. 힘든 질병의 경우, 그 전문분야에서 최고라고 생각되는 병원의 이름을 물어보는 거죠."

"우와!" 크리스틴이 다른 사람들보다 더 크게 환호했다. 에릭은 크리스틴이 평소보다 훨씬 더 치장을 한 것 같다고 생각했다. 밝은색 립스틱을 칠했고, 검은색 머리는 완벽하게 드라이되어 있었다. 그는 케이틀린 덕분에 드라이를 잘하는 것이 보통 일이 아니라는 걸 잘 알고 있었다.

제이슨이 덧붙였다. "그래서 어느 정도 주관성이 들어가기 때문에 좋은 평가를 받기가 힘들다는 말이죠."

에릭이 코웃음을 쳤다. "주관성이 어느 정도 들어간다고요? 백 퍼센트 주관적이지."

잭이 그를 말렸다. "과장님, 장미를 던져 준 사람에게 가시가 있다고 욕하면 안 되죠."

에릭이 웃었고, 다른 사람들도 웃었다.

"그뿐만 아니라 우등 명부도 만들었습니다. 이제까지는 우등 명부를 만들지 않았죠." 제이슨이 끼어들었다.

"우등 명부?" 에릭은 재능이 뛰어난 학생의 부모 같은 느낌이 들었다. "어떻게 벌써 만들었죠? 다른 신용이라도 얻은 건가?"

제이슨을 제외한 모두가 웃었다. "농담이야 얼마든지 하세요. 하지만 그 우등 명부는 최소 6개 부서의 순위가 높은 병원에서만 만들 수 있는 거예요. 위원회는 지금 날아갈 것 같은 분위기예요. 위원회 쪽에서도 과장님께 특별한 축하를 전했습니다."

"제이슨, 그만하면 됐어요. 이젠 어떻게 할 거죠? 엄청난 양의 홍보?" 에릭은 이 일이 마케팅에 이용될 거라는 것을 잘 알고 있었다.

"최대한 홍보해야죠." 제이슨은 열정이 끓어올랐다. "일단 공식 발표가 있을 때까지는 기다려야죠. 하지만 밑 작업은 시작할 겁니다. TV 광고, 빌보드, 배너, 라디오 광고, 페이스북과 트위터로 온라인 광고도 하고."

에릭이 미소를 지었다. "현수막도 잊지 말아요. 펜이나 티셔츠에 '우린 더 노력할 것이다'도 새겨넣고."

데이비드가 웃음을 터트렸다. "손세정제 병이나, 비치 타월에 새기는 건 어떨까요?"

"좋은데!" 잭이 박수를 쳤다. "여행용 머그컵에도!"

"맥주 냉각기에도!" 간호사 중 누군가가 소리쳤다.

크리스틴이 에릭의 눈을 쳐다보며 말했다. "콘돔에도!"

모두가 웃음을 터트렸지만, 에릭은 크리스틴으로부터 시선을 돌렸다. 그는 크리스틴에게 여지를 주고 싶지 않았다.

제이슨이 사람들의 웃음소리를 가라앉히기 위해 손을 내저었다. "좋습니다. 모두들 재미있어 하는군요. 하지만 이번 일은 정말 굉장한 성과입니다. 바로 과장님과 여러분의 노고 덕분이죠. 덕분에 앞으로 수년간 병원에 이익이 될 겁니다."

에릭은 고개를 끄덕였다. 오늘 아침까지만 해도 양육권을 얻게 되면 병원을 그만둬야 할지도 모른다고 생각했던 것이 떠올랐다. 하지만 지금은 그렇게 할 수 있을지 알 수가 없었다. 이곳을 떠나야 할지도 모른다고 생각한 순간에, 그 자신도 이 팀의 일원이라는 것을 그 어느 때보다 강하게 느꼈다. 하지만 에릭은 그 어떤 말도 할 수가 없었다. 그래서 얼굴에 미소를 띠운 채 말했다.

"제이슨, 우리 대신 위원회에 감사 인사를 드려주세요."

16
장

에릭은 사무실로 돌아와 책상 앞에 앉았다. 정신의학과에서 통하는 농담처럼 그는 미칠 듯이 바빴다. 순위가 2위로 올라간 덕에 병원이 발칵 뒤집혔기 때문이다. 그는 온종일 울려대는 축하 전화를 받느라 정신이 없었고, 진료도 해야만 했다. 도날드 페리노는 이마를 세 바늘 꿰매기는 했지만 이제 안정이 되었다.

에릭은 의사로서의 습관대로 탁상시계를 확인했다. 오후 5시 15분이었다. 시간을 보자 맥스가 떠올랐다. 맥스는 어디선가 시계를 쳐다보며 머리를 두드리고 있을 것이다. 맥스와 르네 베빌라쿠아를 어떻게 도와야 할지 걱정이었다. 에릭은 강박장애 환자들이 공격성을 띠는 경우는 드물다는 아서의 말이 떠올랐다. 그래서 그는 그 문제를 일단 내려놓고, 컴퓨터를 보면서 마우스를 움직여 이메일에 로그인했다. 나가기 전에 메일 확인을 하고 싶었기 때문이다. 2위에 오른 것을 축하하기 위해 술자리가 잡혔고, 직원들은 이미 대부분 그 자리에 가 있는 상태였다.

에릭은 화면에 떠 있는 메일 목록에서 보낸 사람과 제목을 살폈다. 바로 답장을 보내야 할 메일은 없었다. 그의 시선은 창문을 통해 빠져나가려고 애를 쓰는 저물어가는 햇살에 머물렀다. 창밖으로는 뇌우와 응급 수송으로 옥상 착륙장을 향해 날아오는 의료용 헬리콥터가 보였다. 에릭은 그 층에서 제일 좋은 방을 차지하고 있긴 했지만, 무엇인지 알 수 없는 나무로 된 책상과 인조 가죽으로 된 갈색 의자 두 개와 한쪽 편에 놓여 있는 소파가 겨우 들어가는 중간 정도 크기의 공간이었다. 바닥에는 회녹색 양탄자가 깔려 있고, 벽에는 마음을 달래주는 것 같은 파스텔톤의 녹색이 칠해져 있었다. 에릭은 그 색을 볼 때마다 민트 사탕이 연상되었다. 에릭은 과시하는 타입은 아니었지만 학위증과 자격증과 상장들이 벽을 뒤덮고 있었다. 케이틀린이 그를 대신해 전부 다 액자로 만들어서 걸어둔 것이다.

자화자찬도 해야 하는 거야. 케이틀린은 말하곤 했다.

에릭은 창밖을 내다보면서 케이틀린을 생각하지 않으려고 애를 썼다. 평소처럼 전화를 걸어 2위가 되었다는 것을 알리고 싶었지만 애써 참았다. 그의 시선은 의학 서적들과 저널, 논문들, 정신의학, 역사, 신경과학에 관련된 책들이 무수히 쌓여 있는 책장으로 향했다. 에릭은 그 속에서 사람의 마음을 보면서 살아왔다. 그의 생각은 익숙한 보라색의 정신질환 편람에서 멈췄다. 그 책에는 인류를 괴롭히는 정신적, 정서적 장애들이 분류되어 있는데, 가슴이 아픈 것도 그 안에 속해 있는 건지 궁금해졌다. 아니면 그 병들은 모두 가슴이 아파서 생긴 것일지도 모른다.

에릭은 여전히 해나의 양육권에 대한 결정을 내리지 못한 상태였다. 너무 오랫동안 생각하고 있다는 건 알고 있었지만, 그래도 어쩔 수 없었다. 여기 정신의학과가 2위에 오른 것과 페리노를 상대하는 동안에는 잠시 그 생각을 하지 못했다. 에릭은 자신의 일을 좋아했다. 여기서 성장해나가고 싶다는 목표도 있었다. 오늘 중으로 수잔에게 전화를 해야 한다는 사실이 온종일 마음에 남아 있었다. 그때 누군가 문을 두드렸다. 고개를 들어보니, 문 앞에 샘이 서 있었다.

"과장님, 오늘은 참석하실 거죠? 축하하는 자리잖아요."

"그래볼까 생각 중이야." 에릭은 직업적인 거리를 두기 위해 직원들과 사적으로 잘 어울리지 않았다. 하지만 이번만큼은 예외였다.

"당연히 가셔야죠." 샘이 깜짝 놀라 얼굴을 찡그렸다. "오늘의 주인공이시잖아요. 제 핑곗거리도 되시고요. 상사가 여는 파티에 간다고 했는데 상사가 안 가면 어떻게 되겠어요?"

"핑곗거리는 왜 찾는 건데?" 에릭은 이메일을 로그아웃했다. 수잔에게는 밤에 전화할 것이다.

"티볼[24]에 빠지려고요. 세스가 월요일마다 하는데 늦게 가도 돼요."

"이제 애가 몇 살이지?" 에릭은 해나를 떠올렸다. 운동을 좋아하지 않으면 비정상적인 아이라고 했던가. 그는 자리에서 일어나 바지 주

---

24 야구와 비슷한 운동으로, 남녀노소 누구나 즐길 수 있다.

머니에 휴대폰과 열쇠가 있는지 확인했다.

"다섯 살이요. 티볼을 하기에는 아직 어린데도 너무 좋아해요. 하긴 저도 어릴 때 어린이 야구단을 좋아하긴 했어요. 동생도 그랬고요. 워드가의 전통인가 봐요." 샘이 문을 열었다. "어서 가요. 우리 빼고 다 갔어요."

"알았어. 도착하면 내가 한잔 사지. 자네가 아니었으면 페리노 씨에게 밀려 넘어져서 엉덩이가 제법 아팠을 거야." 에릭이 방을 나서자, 샘이 그 뒤를 따랐다.

"별말씀을요. 내일이 되면 제 등이 아플 것 같긴 하지만요."

"하! 내 등은 지금도 아프다네." 에릭은 사무실 문을 잠갔다.

"아무래도 새로 온 간호사 때문에 폭발한 것 같아요. 간호사를 알아보지 못한 거죠."

"그런 것 같군." 두 사람은 복도를 지나 계단을 내려갔다. 정신병동은 조용했다. 환자들은 모두 식당에 모여 저녁 식사를 하고 있기 때문이다. 간호사실을 지나치면서 에릭은 간호사들에게 손을 흔들어 인사했다. "페리노 씨가 걱정이야. 정신병에 리스페리돈, 우울증에는 플루옥세틴을 처방했지?"

"네."

"하지만 그 치료법이 듣지 않는 것 같아. 상태가 더 나빠지고 있으니. 페리노 씨가 그렇게 흥분한 게 리스페리돈의 부작용인 것 같아 걱정일세." 에릭은 샘과 같이 보안구역에 들어선 뒤, 정신병동 쪽 문을 잠갔다.

"정좌불능[25]이라고 생각하시는 건가요?"

"맞아." 에릭이 곰곰이 생각하며 대답했다. 정좌불능은 리스페리돈의 일반적인 부작용으로, 환자에게 흥분과 극도의 불안감을 일으켜 그로 인한 행동을 하게 만든다. 폭력성을 띄는 경우도 있다.

"제 생각은 다릅니다. 우리가 볼 때 제자리를 빙글빙글 돌거나, 앉았다 일어나거나, 뭔가를 두드리는 것 같은 동작을 계속 하지는 않았잖아요."

"페리노 씨가 불안하다고 말했잖은가."

"CIA가 자기를 쫓고 있다는 환상 때문에 그런 겁니다. 페리노 씨는 여전히 환청도 듣고 있어요. 오늘 그 사람이 그렇게 흥분한 건 약의 부작용이 아니라 근원적인 정신병 때문이라고 생각합니다."

에릭은 확신에 찬 샘의 목소리를 들었다. "그렇다면 리스페리돈과 플루옥세틴을 계속 처방할 셈인가?"

"네, 그대로 했으면 합니다. 치료를 건성으로 하고 싶지 않아요. 정말로 아픈 사람이니까요."

에릭은 샘의 목소리에서 자신이 맥스에게 느꼈던 것과 똑같은 근심이 어려 있는 것을 알 수 있었다. "알겠네. 페리스 씨는 자네 환자니까 자네가 더 잘 알 테지."

"부작용에 대해서는 걱정하고 있습니다. 하지만 적절한 치료를 하

---

25 가만히 앉은 채로 있을 수 없는 착석 불능의 상태로, 서거나 안거나 제자리걸음을 하거나 몸을 전후좌우로 흔든다.

지 못할 정도로 보수적이어서는 안 되잖아요."

"그렇지." 두 사람은 엘리베이터가 있는 쪽으로 걸어갔고, 다정한 침묵 속에서 막 도착한 엘리베이터에 올라탔다. 환자에 대한 비밀유지 서약 때문에 더 이상 이야기를 할 수가 없었다. 엘리베이터에 타고 있던 다른 병원 직원들이 떠드는 사이, 엘리베이터는 1층에 도착했다. 두 사람은 병원을 나와 길 건너편에 있는 상가로 향했다. 그 상가에는 체육관, 주류 판매점, 와와 편의점, 동네 술집인 태처가 있었다. 태처는 TGI와 칠리스Chili's의 체인점으로 뒤덮여 있는 세상에서 마지막으로 남은 독립적인 가게였다.

에릭은 태처의 유리문을 열고 안으로 들어갔다. 이내 어둠에 눈이 익숙해졌다. 실내는 나무로 된 구식 바bar가 있는 길쭉한 직사각형 공간이었다. 하지만 바가 있는 근처에 정신과 병동 직원들은 아무도 보이지 않았다. 대신 글렌크로포트 코퍼레이트 센터 직원들이 가득했다. 꾀죄죄한 중간 관리자들과 폴로셔츠를 입은 IT 종사자들로 보이는 사람들이 산뜻하게 화장을 하고 신분증을 목에 걸고 있는 여자들과 대화를 나누고 있었다.

"보기 좋은데." 에릭이 샘에게 작은 소리로 말했다.

"저 따분해 보이는 독신들이요?"

"주님께서 나를 인도하시리. 난 아직은 기혼이야, 샘." 그들은 뒤쪽 식당 구역으로 갔다. 에릭은 닭 날개, 모차렐라 스틱 튀김, 샌드위치, 물방울이 맺혀 있는 맥주 피처들이 가득 차려진 테이블 앞에서 빨간색 W 신분증을 목에 걸고 웃고 있는 직원들을 발견했다. 에릭은 그들에 대한 애정이 차오르는 것을 느꼈다. 무엇보다 그들은 모두 그의 휘하에 있었다. 에릭이 온 것을 알아차린 직원들이 이쪽을 쳐다보더니, 환한 미소로 박수를 치며 그를 맞아주었다. 2위를 한 것에 대해, 직원들에게는 사람들 앞에서 말하지 말라고 경고했지만 그에게는 좋은 생각이 있었다.

"여러분!" 에릭은 오른손을 들어 가운데 손가락 세 개를 쫙 벌리며 외쳤다. "이게 뭐죠?"

"그게 뭐예요?" 누군가 외쳤다. "모르겠습니다!" 또 다른 사람이 말했다. 세 번째 사람은 "지금 우리한테 욕하신 건가요?"라고 소리쳤다.

"W예요!" 에릭이 웃으며 말했다. "우린 라이트Wright니까 라이트를 위하여!"

"라이트, 라이트, 라이트!" 직원들이 연호했다. 그리고 웃음과 담화, 자축이 이어졌다.

에릭은 크리스틴과 시선이 마주치는 것을 피한 채, 샘과 잭과 데이비드 옆에 앉아 미지근해진 맥주를 마셨다. 그리고 별 맛도 없는 버펄로 윙을 나누어 먹으면서, 직원들과 함께 짓궂은 농담을 하며 오랜만에 많이 웃었다. 그는 크리스틴과 잭이 고개를 맞붙인 채 시시덕거리는 것을 봤지만 고개를 돌렸다. 지금 이 순간만큼은 케이틀린과 변호사, 맥스, 심지어 사랑하는 딸조차 잊었다. 그리고 직원들 전체에게 술을 두 번 돌리고, 그 자리에 있는 모든 음식값을 냈다. 그리고 끝내 물을 탄 것 같은 맥주 몇 잔을 마신 것 때문이라고는 설명할 수 없는 목구멍의 응어리 때문에 직원들에게 작별 인사를 했다.

술집을 나선 뒤, 에릭은 거리를 지나가는 사람들이 뿜어내는 담배 연기 탓에 매캐해진 따뜻한 밤공기를 들이마셨다. 점점 어두워지고 있었다. 그는 길을 건너가면서 아이폰을 꺼내 시간을 확인했다. 오후 8시 48분. 해나에게 전화로 밤 인사를 하는 9시까지는 아직 시간이 남았다. 에릭은 다층의 콘크리트 건물인 병원 주차장을 향해 걸어가면서 이메일을 확인했다. 과장들 전용 주차구역인 1층에 이르렀을 때, 에릭은 휴대폰을 다시 주머니에 밀어 넣고 다른 쪽 주머니에서 열쇠를 꺼냈다.

"에릭." 누군가 그를 불렀다. 에릭은 자신의 차 옆에 크리스틴이 서 있는 것을 보고 깜짝 놀랐다. 그녀는 화장이 거의 다 지워진 상태임에도 사랑스럽게 보였다. 병원과 태처에서는 걸치고 있던 재킷을 지금은 벗은 상태였다. 그녀는 매력적인 몸매를 그대로 드러내는 검은색 드레스에, 검은색 하이힐을 신고 있었다. 그 모습을 보자, 에릭은 자신의 욕망이 사라진 게 아니라는 것을 확인할 수 있었다.

"크리스틴. 아직 태처에 있는 줄 알았는데? 어떻게 여기 있는 거지?"

"과장님이 보이지 않기에 빠져나왔죠. 보고 싶었어요. 한 달 내내 단 둘이 만날 기회를 노렸죠." 크리스틴이 입을 삐죽 내밀었다. "이제 여기서의 연수가 일주일밖에 안 남았어요. 그동안 제가 아무리 애를 써도 모른 척하셨죠."

"그런 적 없어." 에릭은 스스로를 다잡았다. "모른 척할 리가 있나."

"그럼 왜 제가 보낸 문자 메시지에 답장을 안 해주시는 건데요?"

크리스틴이 한 발자국 앞으로 다가오더니, 에릭의 눈을 똑바로 쳐다보며 입술을 살짝 벌리고 야릇한 미소를 지었다.

"음. 그거야 제이콥스에 관한 얘기는 오늘 해도 될 것 같아서 그랬지. 그런데 페리노 씨 때문에 정신이 없어서……." 에릭이 대답했다.

"제이콥스에 대한 이야기 때문에 연락드린 게 아니라는 거 아시잖아요." 크리스틴이 다시 한 걸음 더 다가왔다. "전 우리 두 사람에 대한 이야기를 하고 싶었어요."

"아니, 우리 두 사람이 할 이야기는 없어." 에릭은 뒤로 물러섰다.

"아직까진 그렇죠. 하지만 할 수도 있잖아요."

"아니야, 크리스틴. 그런 일은 없어. 적절하지도 않고. 있을 수 없는 일이야."

"왜 안 돼요?" 크리스틴이 눈을 깜박거리며 눈부신 미소를 지었다. "과장님은 혼자고, 저도 혼자예요. 마음이 끌리지 않았다고 말씀하지는 마세요. 그렇지 않은 거 아니까."

에릭은 입안이 말라갔다. "중요한 건 그게 아니야."

"그럼 뭐가 중요한데요?"

"중요한 건 네가 병원에서 내 밑에 들어와 있다는 거야."

"이제 일주일 남았어요. 얼마나 많은 사람들이 병원 안에서 사귀고 있는지 아세요? 우리가 같은 곳에서 일한다고 해서 문제될 게 있나요?" 크리스틴은 여전히 미소를 띤 채, 선명한 파란색 눈으로 자신이 원하는 대답을 찾는 듯 에릭을 살폈다.

"우리 사이의 힘의 불균형이 문제야."

"그건 알아요. 하지만 그건 제가 어떻게 할 수 없는 일이에요." 크리스틴은 손가락 끝으로 에릭의 셔츠 소매를 잡아당겼다. "지금은 제가 과장님을 압도하고 있잖아요. 그걸로 안 될까요?"

에릭은 바로 앞까지 다가온 크리스틴과 그녀의 손길에 대한 자신의 반응을 부정할 수가 없었다. 술을 마시지 말았어야 했다. "아니, 이건 옳지 않아. 더 이상은 안 돼."

"단번에 거절하시네요. 하지만 이러면 안 돼요."

"아니, 그럴 거야." 에릭은 차 쪽으로 한 걸음 움직였다. 하지만 무슨 일이 일어났는지 알아차리기도 전에, 크리스틴이 발끝으로 서서 양팔로 에릭의 목을 감싸 안고 키스했다. 그는 크리스틴의 팔을 붙잡아 자신에게서 떼어놓았다. "크리스틴, 안 돼. 내 말 들어. 이건 안 되는 일이야."

"그냥 생각만 해보세요. 제가 바라는 건 그뿐이에요." 크리스틴이 소리쳤다.

하지만 에릭은 그대로 차 쪽으로 다가가 열쇠로 문을 열었다. 그리고 서둘러 차에 올라탄 뒤, 차를 출발시켰다.

17
장

"안녕, 해나." 에릭은 주차장을 벗어나면서 귀에 휴대폰을 댄 채, 눈으로는 크리스틴을 찾고 있었다. 주차장으로 가는 보행자 출구는 하나뿐이었고, 1층 주차장 자리는 전부 예약된 것이었다. 하지만 크리스틴의 모습은 보이지 않았다.

"아빠, 전화할 줄 알았어!"

"늦게 걸어서 미안. 벌써 잠자리에 들었니?" 에릭은 출구 앞에서 창문을 내리고 통행증을 개찰구에 밀어 넣었다. 어디선가 또각또각 크리스틴의 하이힐 소리가 들릴 거라고 생각했지만 주차장 안은 쥐 죽은 듯 고요했다.

"응, 불 껐어. 그래도 휴대폰은 들고 있었지. 엄마가 5분 동안은 괜찮다고 했어."

에릭은 해나가 케이틀린을 언급하자 속이 꽉 막히는 것 같은 기분이 들었다. 그는 돌려받은 통행증을 자동차 차양에 끼우고 개찰구의 가로대가 열리길 기다렸다. "너무 오래 붙잡진 않을게. 목소리가 졸린 걸 보니 빨리 자야지. 그냥 잘 자라고, 사랑한다고 말하고 싶었어."

"나도 아빠 사랑해."

"발목은 어떠니? 많이 나았어?"

"응. 내일 아침에도 나 학교에 데려다주러 올 거지?"

"그럼, 물론이지." 에릭은 주차장에서 나와 왼쪽으로 돌았다. 뒤따라오는 차가 없는지 백미러로 살펴보았지만 다른 차는 보이지 않았다. 주차장을 나온 차는 에릭의 차뿐이었다. 사실 크리스틴이 차를 가지고 다니는지 아닌지도 몰랐다. 대부분의 사람들은 차를 가지고 다녔지만, 의대생들 전부가 차를 가지고 있지는 않을 것이다.

"엄마가 내일이 마지막이라고 했어."

"응? 그게 무슨 말이야?" 에릭은 해나가 무슨 말을 하는 건지 알 수가 없었다. 크리스틴을 찾느라 잠깐 딴 생각을 했기 때문이다.

"아빠가 차로 학교에 데려다주는 건 내일이 마지막이라 했다고."

"아니야." 에릭은 신호등 앞에 멈춰 섰다. 상가는 오른쪽에 있었다. 그는 크리스틴이 주차장에서 나와 태처 술집으로 돌아가는 모습이 보일까 해서 돌아보았다. 하지만 너무 어두워서 아무것도 보이지 않았다. "항상 화요일과 목요일에는 아빠가 학교에 데려다줬잖아. 내일이 마지막은 아니야."

"엄마가 그랬어." 해나의 목소리가 슬플 때 그러하듯, 가늘고 흔들리는 것처럼 들렸다.

"엄마가 그렇게 말했다고?" 에릭은 해나가 잘못 안 것이기를 바랐다. 하지만 이미 속으로는 그렇지 않다는 것을 알고 있었다. 해나가 학교에 들어간 뒤로 에릭은 화요일과 목요일마다 아이를 학교에 데려다주었다. 초등학교 수업은 8시 20분에 시작하는데, 케이틀린은 그보다 일찍 출근해야 하는 경우가 있었기 때문이다. 그때마다 에릭은 해나에게 아침을 차려주고, 점심 도시락을 싸주었다. 그건 아이와 함께하는 특별한 행사였다. 에릭은 포기할 마음이 없었다.

"어째서 아빠가 학교에 데려다주면 안 되는 건데?"

"그럴 일 없어." 에릭은 케이틀린을 버스 아래로 던져버리고 싶다는 충동과 싸웠다. "엄마랑 이야기해볼게. 알았지? 혹시 엄마 옆에 있니? 좀 바꿔줄래?"

"엄마! 엄마! 아빠가 바꿔달래!" 해나가 소리쳤다. 에릭은 전화 너머로 뭔가 소란스러운 소리와 함께 알아들을 수 없는 말소리를 들었고, 해나가 다시 전화를 받았다. "아빠, 엄마는 전화를 못 받는다면서, 아빠 친구한테 전화하라고 했어."

"친구? 무슨 친구?"

"수잔이라고 하던데. 아빠 친구야?"

"맞아. 수잔은 아빠 친구야." 에릭은 속이 부글부글 끓어올랐다. 수잔은 시간당 350달러를 지불하는 친구였다. 에릭은 속도를 올려 교통 체증으로 막혀 있는 도로로 접어들었다. "알겠어. 넌 걱정하지 마. 엄마한테는 아빠가 얘기할 테니까. 다 잘될 거야. 평소랑 똑같이 내일 아침에 보자."

"난 아빠가 학교에 데려다주는 거 좋아."

"아빠도 좋아." 에릭은 불쾌한 기분을 꾹 눌렀다. 그는 케이틀린과 헤어지지 않기를 수도 없이 바랐다. 이혼은 그 자체도 문제였지만, 아이가 고통받는 모습을 지켜보는 건 또 다른 문제였다.

"내일도 달걀에 케첩 뿌려줄 거야?"

"그럼. 특별하게 해줄게. 맛있는 달걀 요리를 먹을 거야."

"와! 엄마가 이제 전화 끊으래. 잘 자, 아빠. 사랑해."

"나도 사랑해. 잘 자고."

"오늘은 왜 '좋은 꿈 꾸렴'이라고 안 해줘? 항상 그렇게 말했잖아."

"이런. 좋은 꿈 꾸렴. 우리 딸, 잘 자." 에릭은 전화를 끊은 뒤, 한 손으로 휴대폰에서 수잔의 번호를 찾아 통화 버튼을 눌렀다. 병원 주차장을 나온 뒤로, 눈은 도로를 주시하고 있었지만 생각은 다른 곳에 가 있었다. 아직까지 양육권에 대한 결심이 서지 않았다고 해도 이젠 결정을 내려야 할 때였다.

"에릭?" 수잔이 전화를 받았다. "전화 잘했어요."

"잘 들어요. 나 결정했어요. 우선 양육권을 가져와야겠어요. 하지만 병원 일을 그만둘 수 있을지는 아직 모르겠어요. 그건 너무 섣불리 말했던 것 같아요."

"오늘은 목소리가 좀 다르게 들리는데요."

"너무 화가 나서 그래요." 에릭은 신호등의 빨간 불 앞에 멈춰 섰다. "조금 전에 해나와 통화했는데, 이제 나보고 아침에 애를 학교에 데려다주지 말라고 그랬다고 하더군요. 그리고 케이틀린은 만나는 남자가 있어요."

"그건 알아요. 오늘 대니얼과 통화했어요. 당신이 전화하면 말해주려고 했죠. 케이틀린은 당신이 아무 때나 찾아오는 것에 대해 몹시 불쾌하게 여기고 있어요."

"케이틀린은 해나가 응급실에 간 걸 나한테 말하지 않았어요. 그 멍청한 소프트볼 때문에 아이가 다쳤는데 말이에요. 난 걱정이 돼서 전화를 했지만 그 전화도 받지 않았어요." 에릭은 신호등의 빨간 불을 쳐다보며, 그가 상담해주었던 부부들의 목소리에서 들렸던 복수심이 자신의 목소리에도 가득 차 있는 것이 싫다고 느꼈다. 대부분의 경우, 부인들이 먼저 에릭을 찾아와 이혼할 수 있게 도와달라고 했다. 그는 케이틀린 역시 그 여자들처럼 밖으로 나와 살 길을 찾고 용기를 얻으려고 했을 거라는 것을 깨달았다.

"알았어요. 일단 진정해요. 상황이 변했어요, 에릭."

"어떻게요?" 에릭이 화를 가라앉히려고 애를 쓰며 말했다. "내가 해나를 학교에 데려다주지 못하게 된 것 같은 건가요?"

"그것도 있죠."

"이유가 뭐죠? 난 내 딸을 학교에 데려다주고 싶은 것뿐이에요. 애가 학교에 다니기 시작했을 때부터 해온 일이란 말이에요!"

"합의서에 따르면 그럴 권리가 없어요."

"진심으로 하는 말입니까?" 에릭은 신호등 불빛이 초록색으로 바뀌자 차를 출발시켰다. "그런 식이라면 합의서에 얼마나 많은 조항들을 넣어야 한다는 거죠?"

"그건 내 뜻이 아니에요." 수잔이 부드러운 목소리로 말했다. "우린 표준적인 양육 합의서를 만들었죠. 하지만 지금껏 당신과 케이틀린은 그걸 무시했어요. 그러다 이제 케이틀린이 문구 그대로 엄격하게 합의서를 복구시킨 거죠. 다시 말해, 당신의 비공식적인 관행은 전부 무효가 될 거예요. 아주 전형적인 패턴이죠."

"패턴이라니, 무슨 뜻이죠?" 에릭은 차선을 바꿨다. 새삼스럽게 화가 치솟았다. 집으로 가는 길에 보이던 CVS, 갭Gap, 월그린Walgreens, 맥도날드McDonalds, 웬디스Wendy's의 네온 간판이 교외로 접어들수록 점차 흐릿해졌다.

"당신과 케이틀린은 잘 해나가고 있었어요. 비공식적인 양육 관계를 유지하면서 모든 것이 제자리를 잡아가고 있었죠. 당신도 근처에 사는 것까지 포함해서 말이에요. 그런데 지난주에 당신은 아이와 함께 밤을 지낼 수 있는 권리를 행사하지 않았어요. 왜 그랬죠?"

"아이가 일주일 내내 자기 침대에서 자길 바랐으니까요."

"대니얼을 통해 들었는데, 케이틀린은 이제 직장에 일찍 출근할 일이 없다고 했어요. 그러니 당신이 굳이 아침에 와서 그 집의 주방에 들어가 그녀의 프라이팬으로 아침 식사를 만들고, 해나를 학교에 데려다줄 필요가 없다는 거예요."

"그럼 화요일과 목요일 아침에 해나를 데리고 나가서 아침 식사를 함께 하는 건 어떨까요? 난 일찍 일어나고 해나도 일찍 일어나니까 문제될 게 없는 것 같은데."

"그렇게 해결할 일이 아니에요."

"왜요? 왜 안 되는 거죠?" 에릭은 오랜만에 가슴이 답답해지는 것을 느꼈다. 운전에 집중하지 못하고 있다는 것을 깨닫자, 그는 CVS 주차장에 들어가 차를 세웠다. 에어컨을 가동시키기 위해 시동은 걸어두었다.

"이 상황을 법원에서 보는 식으로 봐야 해요. 일단 전 부인의 요구는 합당해요. 우리 둘 다 케이틀린이 다른 사람을 만난다는 건 알고 있지만, 현재 그 남자가 저 집에 같이 살고 있는 것 같지는 않아요. 언젠가는 그렇게 되겠지만요. 현재 양육권 협의는 모든 면에서 문제될 것이 없는 상태고……."

"난 바꾸고 싶어요. 완전히 바꾸고 싶단 말이에요. 우선 양육권을 가져오고 싶어요."

"섣불리 감정적으로 처리할 일이 아니에요, 에릭."

"수잔, 감정적으로 이러는 거 아니에요. 내 평생 무분별하게 행동했던 적은 한 번도 없었어요." 에릭은 불현듯 주차장에서 크리스틴이 나오지 않는 이유를 알 것 같았다. 다른 사람의 차에 탔을 수도 있다.

"주말 내내 생각한 결과라는 건가요?"

"생각할 수밖에 없죠. 내가 내리는 모든 결정은 당신이 상상한 이상으로 최선을 다해 고려된 결정이에요. 일요일부터 이 일의 장단점과 연구조사 자료, 원가족原家族, 기압, 혈압, 나의 배변 상태까지 포함한 모든 것을 분석한 결과니까요."

수잔이 깔깔거리며 웃었다. "화낼 때마다 재미있다니까요."

"난 재미없어요. 내 딸의 인생에서 소외된 느낌이니까. 앞으로 이런 식의 일들이 일어날 거라면, 우선 양육권을 찾아오고 싶어요.”

“알았어요. 내일 서류 초안을 작성해서 대니얼에게 보내고, 당신한
데도 사본을 보내줄 거예요.”

“하루에 다 되는 일인가요?”

“그럼요. 양식이 있으니까요. 그리고 우리가 사전에 합의했던 내용
을 법원에서 승인하기 전에 신청하고 싶어요.”

“알았어요.” 에릭은 그렇게 하는 것이 옳다는 것을 알고 있었다. 해
나를 위해 싸우고 싶지 않았지만 이 상황을 이겨낼 수 있게 그가 도
울 것이다. 에릭은 선을 넘은 것 같은 느낌이었지만 돌이킬 수 없었
다. “병원 일은 아직 그만두고 싶지 않아요. 어떻게 생각해요?”

“기다려봐요. 당신이 일을 그만두겠다고 했을 때 동의했던 건, 실
제로 양육권 소송에서 유리하기 때문에 그랬던 거예요. 당신이 일이
많으면 우리 쪽이 불리해지긴 하겠지만 난 그런 걸 걱정하진 않아요.
당신이 쉽게 이길 수 있다면 변호사가 왜 필요하겠어요?”

“알겠어요.”

“만일 저쪽에서 동의한다면 다 우리 뜻대로 되는 거예요. 내일 밤,
그러니까 화요일 밤에 해나를 당신 집에 데려가서 재워요.”

“좋아요. 합의서에 있는 대로 아이를 우리 집에 데려가라는 거죠?”

“맞아요. 합의서의 조항대로 당신은 그다음 날인 수요일 아침에 아
이를 학교에 데려다주면 돼요. 그러니까 해나와 아침 식사도 같이 할
수 있는 거죠.”

“좋은 지적이에요.” 에릭은 생각했다. “화요일과 목요일 아침을 번

갈아가면서 아이와 함께 보내고, 한 달에 두 번씩 주말도 함께 보낼 수 있겠네요."

"맞아요. 합의서에 나와 있는 모든 내용과 시간을 지키는 거죠. 케이틀린은 당신이 시간 낭비를 하는 거라고 생각하겠지만, 이젠 그쪽이 그렇게 될 거예요."

"해나를 사이에 둔 전쟁 같네요."

"익숙해져야 해요, 에릭. 내가 해나를 집에 데리고 가라고 한 건, 당신이 딸과 더 많은 시간을 함께하라는 뜻이기도 하지만 법원에 잘 보이기 위해서이기도 해요. 주어진 시간도 활용하지 못하면서 더 많은 시간을 요구할 수는 없잖아요."

"맞아요. 그렇다면 기록을 남겨야겠군요."

"바로 그거예요. 당신이 딸을 데려가서 재우지 않았다는 사실이 어떤 식으로든 당신에게 불리하게 적용되어 아이에게 관심이 없는 것처럼 보여서는 안 돼요."

"맞아요. 그리고 이번 학기는 거의 끝났어요." 그 일을 마음속에 그려보자, 에릭은 조금 진정이 되었다. "아이 방에 페인트칠을 했어요."

"좋아요. 내일 아침에 그 집에 가면 해나를 학교에 데려다주는 문제에 대해 케이틀린과 아무 말도 하지 말아요. 케이틀린은 대니얼에게 모든 의사 전달은 변호사들을 통했으면 좋겠다고 말했어요. 사실 그렇게 하는 게 맞아요. 지금까지는 케이틀린과 직접 의논할 수 있었을지 모르겠지만, 지금부터는 무선침묵radio silence이에요."

"알았어요." 에릭은 대화로서 사람을 치료하고 문제를 해결할 수 있다는 생각에서 정신과 의사로서의 일을 해왔음에도, 막상 자신의 인생에서 가장 중요한 문제를 놓고 아내와 이야기를 할 수 없게 되었다는 것을 깨달았다.

"우리가 우선 양육권을 찾아오겠다는 소송을 준비하고 있다는 것을 케이틀린에게 절대 알려서는 안 돼요. 케이틀린에게 친절하게 대해요. 아무 일 없는 것처럼 행동하는 거죠. 전략적인 면에서 케이틀린에게 그 사실을 불쑥 터트리고 싶으니까요. 우리가 서류를 대니얼에게 먼저 전하고, 케이틀린은 주말에 그 사실을 알게 하고 싶어요."

"어쩌서죠?" 에릭은 속이 뒤집어졌지만, 그럼에도 아직은 케이틀린에 대한 의리가 남아 있었다. 케이틀린에게 화가 나긴 하지만 그녀를 상대로 음모를 꾸민다는 것이 낯설게 느껴졌다. 자신이 잘 몰랐던 감정적인 영역에 들어서고 있다는 것을 느끼며 에릭은 잠시 집중력을 잃었다.

"봐요, 에릭. 이젠 더 이상 착한 남자 행세는 그만둬요. 이건 소송이고, 우리가 이겨야 하잖아요. 만일 우리가 주말 전에 서류를 제출할 수만 있다면, 케이틀린은 주말 내내 걱정거리를 떠안게 될 거예요."

"케이틀린이 걱정하게 만드는 게 우리가 소송에서 이기는 것에 무슨 도움이 된다는 거죠?" 에릭은 얼굴을 문질렀다. 이제 케이틀린은 적이었다. 그는 이제껏 한 번도 적을 가져본 적이 없었다. 하물며 세상에서 제일 사랑했던 아내가 적이라니.

"상대방이 균형을 잃고 정상이 아니어야 우리가 이겨요. 소극적으로 행동해서는 이길 수 없어요. 실제로 누군가를 때려야 하고, 심지어 법원에 들어가기 전까지도 상대방을 때려눕혀서 우위에 서야 해요. 특히 당신의 전 부인을 말이에요. 그 여자는 검사예요. 케이틀린은 이기는 게 일상이고, 해나를 사랑하죠."

"당신 말이 맞아요. 하지만 케이틀린은 해나를 좋아하지 않아요. 법원에서는 물론, 스스로도 결코 인정하지는 않겠지만." 에릭은 갑자기 진실을 알게 되었다. 이전에는 한 번도 대면하지 않았던 진실이었다. "해나는 케이틀린이 원했던 아이가 아니에요. 아주 단순하죠."

"바로 그거예요." 수잔은 그 순간을 놓치지 않았다. "지금 당장은 케이틀린이 우위에 있어요. 당신에게 나가라고 고함을 지를 수 있죠. 우리는 우리 힘으로 우위를 잡고 문을 걸어 잠가야 해요. 소송이란 건 항상 힘의 논리예요. 우리는 힘의 불균형부터 바로잡아야 해요."

에릭은 힘에 대해 이야기하던 크리스틴이 떠올랐다. 그리고 지금은 수잔이 그가 힘을 얻기 위해 어떻게 해야 하는지를 말하고 있었다. 결혼 생활을 하면서 힘을 가진 사람이 누구인지 생각해본 적이 없다는 게 이상했다. 상담했던 부부들을 대상으로 분석을 하긴 했지만 그건 추상적인 개념에 불과했다. 우리가 아닌 그들의 일이라고 생각했기 때문이다.

"주말은 해나와 함께 보낼 거죠?"

"네, 그럴 겁니다."

"그럼 해나는 주말 내내 당신 집에 있겠네요. 금요일 밤부터 일요일 오전 7시에 집으로 돌아갈 때까지 말이에요. 금요일에 서류를 접수하고 해나를 주말 동안 데리고 있겠다는 것을 전한 뒤, 그쪽에 소송 사실을 알릴 거예요. 당신은 절대로 그 일에 관해서는 아무 말도 하면 안 돼요. 알았죠? 아이는 제시간에 데려오고, 데려다줘요. 판사들은 시간을 안 지키는 걸 싫어하니까."

"시간을 어길 일은 없어요." 에릭은 '무슨 일이 있어도'라는 말을 덧붙이지 않았다.

"해나도 이번 주말을 아빠와 보내는 게 나을 거예요. 소송 사실을 알고 펄펄 뛸 케이틀린에게서 아이를 지킬 수 있으니까."

"맞아요." 에릭은 수잔이 해나를 걱정해준다는 사실에 마음이 놓였다. "이 일로 해나가 받을 영향을 최소화하고 싶어요. 내가 애 엄마와 맞선다는 것만으로도 마음이 안 좋을 텐데. 아이가 많이 힘들어할 거예요."

"알아요. 마지막으로 절대 나쁜 짓은 하지 말아요."

"나쁜 짓 같은 건 안 해요."

"무슨 뜻인지 알잖아요. 법원에서 당신이 하는 모든 일들, 온갖 실수들에 대해 다 알아낼 거라고 상상해봐요. 지금 만나는 사람은 없죠?"

"없어요."

"만나지 말아요. 기록이 깨끗한 게 좋으니까."

"알았어요." 에릭은 크리스틴을 차에 태우지 않은 것을 다행으로 여겼다.

"영원히 외롭게 지내라는 뜻은 아니에요." 수잔이 덧붙였다.

에릭은 생각했다. *그건 그렇지.*

18장

4. 나는 다른 사람들의 동기를 재빨리 파악할 수 있다.

선택하시오 : 전혀 그렇지 않다 / 조금 그렇다 / 그렇다

그래, 모든 것이 계획대로 되지는 않는 법이다. 나는 이미 짜증을 내버렸다. 가장 좋은 조종 장치를 벽에 집어 던지는 바람에 케이스가 깨지고 망가졌다.

마음 깊은 곳에서 화가 솟구친다. 그 화가 쥐떼처럼 내 속을 갉아 먹으며 나를 집어삼킨다.

'평온을 비는 기도'의 내용을 아는가? '통제하는 법을 배워야만 하고, 그렇지 못할 경우 내려놓아라.' 뭐, 그 비슷한 내용이다.

그렇다. 난 모든 것을 통제할 수 없다. 분명히 나도 실수를 한다.

나는 그런 걸 잘못이라고 부른다.

잘될 거라고 생각했지만, 그렇지 않았다.

그 남자가 받아들일 거라고 생각했는데, 그러지 않았다.

너무 화가 난다. 나는 침실 안을 왔다 갔다 한다. 아마 바닥에 깔려 있는 마루널의 선을 따라 걷고 있을 것이다. 이렇게 계속 서성대다가는, 내가 전동 톱으로 변해 바닥을 부수고 흙바닥을 엉망으로 헤치며 파고 들어가 지구의 중심으로 떨어져 불에 타 죽을지도 모른다.

그 사람의 동기가 무엇인지 알고 있다고 생각했지만, 아무래도 내가 잘못 알았던 모양이다.

이번 일은 내가 생각했던 것보다 훨씬 힘들다.

하지만 한편으로는 그런 점이 좋다. 내 몸속에 전율이 흐른다. 그 지점에 집중할 것이다. 도전할 수 있다는 것에 감사하는 마음도 있다. 금세 이길 수 있는 상대가 아닌, 진정으로 맞서 볼 만한 상대를 원한다.

재미가 없다. 그래서 나도 게임에 참여할 생각이다.

게임에서 이상한 점은 아무도 '게임 끝'이라는 말이 나오는 것을 좋아하지 않는다는 것이다. 심지어 승자조차도.

그게 바로 우리가 다음 게임을 하고, 다음 레벨에 올라가려고 애를 쓰고, 재경기를 하기 위해 버튼을 누르고, 밤중에 몇 시간이고 게임을 하는 이유다.

우린 게임이 끝나는 것을 원하지 않는다.

갑자기 나는 서성대던 발걸음을 멈춘다.

다시 나 자신으로 돌아온 것처럼 기분이 나아진다.

게임은 아직 진행 중이고, 나는 사람들의 동기가 무엇인지 아주 잘 파악한다. 언제나 그랬다. 전혀 힘든 일이 아니다. 어릴 때부터 아주 쉬웠다. 그래서 초등학교 때도 잘했는데, 특히 수학 과목이 뛰어났다. 좋은 점수를 받기 위해 공부를 열심히 하지 않아도 될 정도로 똑똑했지만, 그것만으로는 좋은 점수를 받을 수 없었다.

나는 소시오패스인 덕분에 좋은 점수를 받았다.

나는 A-를 받아야 할 때 A를 받았다. 심지어 A를 받아야 할 때는 A+를 받았다. 추가로 점수를 받을 일이 있을 때도 부분 점수가 아니라 전체 점수를 다 받았다. 반올림이 가능할 경우에는 모두 나에게 유리하게 높은 점수를 주었다. 어째서냐고?

그건 교사들이 나를 좋아해서가 아니다. 교사들은 나에 대해 잘 알지 못했다. 5학년 때 나는 교사들이 무엇을 원하는지 알 수 있었다. 너무나 명확했기 때문이다. 교사들은 우리가 조용히 자리에 앉아 있기를 바랐고, 자신들의 말을 우리가 그대로 따르기를 바랐다. 다시 말해, 교사들은 우리가 아이처럼 굴지 않기를 바랐다.

나는 5학년 때 쿠싱 선생님에게서 그 사실을 알게 되었다. 쿠싱 선생님은 왼쪽 팔이 팔꿈치까지밖에 없었다. 그래서 항상 재킷을 입고, 의수처럼 빈 소매를 재킷 주머니에 집어넣고 있었다. 그 해에는 이상하게도 학교에 등록한 학생 수가 갑자기 늘어나서 쿠싱 선생님의 수학 수업을 듣는 학생이 35명이나 되었다. 두 팔이 다 있는 교사보다 17명이 더 많은 학생들을 데리고 수업을 해야 하는 것이다.

계산을 한번 해보자.

학생 수가 너무 많아지자, 결국 우리는 조립식 교실로 옮겼다. 말이 좋아 교실이지, 에어컨도 없는 트레일러였다.

그 해 학기말 때쯤인가, 점심 식사가 끝난 뒤에는 조립식 교실의 기온이 29도까지 올라갔다. 재킷까지 입고 있는 쿠싱 선생님은 더욱 더웠을 테지만, 팔을 가리느라 재킷을 벗을 수도 없었다. 그 와중에 그녀는 끊임없이 소리를 지르고 서로 책상을 밀며 쉴 새 없이 말썽을 부리는 아이들의 대장인 리키 와이스버그를 통제해보려고 했지만 허사였다. 매일 똑같은 상황이 반복되자 나도 머리가 아팠다. 나는 리키가 마음에 들지 않았다.

수학은 내가 좋아하는 과목이었다.

그래서 나는 엄마의 발륨Valium[26]을 훔쳐 점심시간에 리키의 콜라에 집어넣었다. 리키는 그날 수학 시간에 나타나지 않았고, 그다음 날도 나타나지 않았다.

리키는 쿠싱 선생님과 내 앞에서 사라졌다.

그에게 무슨 일이 일어났는지는 모른다. 하지만 리키가 돌아오지 않는 상태로 학기가 끝났다. 리키의 친구들은 지시를 내리는 리키가 없자 조용해졌고, 쿠싱 선생님은 교실을 되찾았다. 그러자 더위도 끝났다.

그리고 난 수학에서 A+를 받았다.

---

26 신경안정제인 디아제팜의 상품명으로, 진정 작용과 함께 대개 호흡 억제 작용이 나타나 과량 복용 시 생명유지에 지장을 줄 수 있다.

19
장

화요일 이른 아침, 에릭은 집 현관문 앞에 서서 기다리고 있었다. 예전 집 문 앞이라고 해야 하나. 현관 앞에 깔려 있는 매트는 케이틀린이 윌리엄스 소노마Williams-Sonoma[27]에서 주문한 것이다. 코이어 coir[28]인가 뭔가로 만들어졌는데, 케이틀린이 싸다면서 200달러를 주고 샀던 것이 떠올랐다. 에릭의 취향은 아니었지만, 케이틀린이 그 매트를 몹시 탐내는 것이 귀엽다고 생각했다. 그는 그녀가 하는 모든 일들을 귀엽다고 생각하곤 했었다. 더 이상은 그렇게 생각하지 않았다. 하지만 결국 다른 누군가는 또 그렇게 생각하고 있었다.

"어서 와, 에릭." 케이틀린이 갑자기 현관문을 열면서 말했다. 생기

27　미국 가구 업체
28　코코넛의 겉껍질로 만든 섬유

넘치는 아름다운 모습이었다. 그는 케이틀린을 더 이상 사랑하지 않으려고 열심히 노력했다. 케이틀린은 갈색 머리카락을 뒤로 넘겨 하나로 묶고, 감청색 드레스와 거기에 어울리는 파란색과 빨간색이 조화를 이루는 재킷을 입고 있었다. 복장을 보아하니 법원에 가는 날인 모양이었다. 에릭은 양육권 소송 재판을 하는 날, 케이틀린이 어떤 옷을 입고 나올지 궁금했다.

"들어가도 돼?" 에릭은 마치 예의 바른 로봇처럼 물었다.

"그럼." 케이틀린은 예의 바른 로봇 같은 에릭의 태도에 맞춰 정중하게 옆으로 비켜섰다. 그리고 협탁 위에 놓여 있던 가방과 자동차 열쇠를 집어 들며 차분하게 말했다. "난 그만 가볼게. 해나 말로는 당신이 달걀 요리를 해준다고 했다던데. 개수대에 설거지거리 남겨 놓지 말아줘."

"그럴 일 없어." 에릭은 평생 한 번도 설거지거리를 남겨둔 적이 없지만 굳이 따지지 않았다. 그는 권투 경기장에 서 있는 선수들처럼 널찍하게 거리를 두면서 케이틀린을 돌아 집 안으로 들어갔다. 다만 주방에서 단 한 명의 관객이 지켜보고 있다는 것을 알기에 두 사람 모두 주먹을 날리진 않았다.

"아빠!" 해나가 외쳤다. 해나는 오렌지주스를 앞에 둔 채 살짝 피곤해 보이는 모습으로 그를 보며 미소를 짓긴 했지만, 평소처럼 달려오지는 않았다. 해나는 자기가 해오던 일, 즉 에릭과 자신이 마실 오렌지주스를 일찌감치 따라 놓고 자리에 앉아 있었다.

"케첩도 가져와야지!" 에릭이 애써 밝은 소리로 외치자, 케이틀린은 열쇠 꾸러미를 딸랑거리며 현관문을 나서면서 말했다.

"문단속 하는 거 잊지 마. 해나의 열쇠로 문을 잠그고, 열쇠는 주차장에 있는 자물쇠 상자에 넣어줘."

"알았어." 에릭은 이미 잘 알고 있는 일들을 케이틀린이 자꾸 당부하는 이유를 알 수가 없었다.

"오늘 하루 잘 보내, 에릭." 케이틀린이 말했다. 그리고 해나에게 손을 흔들었다. "학교 잘 갔다 와, 귀염둥이! 수업 끝나면 데리러 갈게."

"잘 가, 엄마!" 해나는 이미 의자에서 내려와 있었다. 케이틀린이 집을 나서면서 현관문 닫히는 소리가 들리자, 에릭은 얼굴에 미소를 지으며 안으로 발걸음을 옮겼다. 그는 주방에 들어서서 재빨리 주위를 둘러보았다. 바닥에 깔려 있는 투박한 멕시코식 타일, 흰색과 푸른색 얼룩무늬 화강암으로 만든 조리대, 벽의 색을 밝은 푸른색으로 고르고 개수대 뒤로 커다란 창문을 만들기로 했던 순간이 떠올랐다. 주방이 이 집의 중심이었다. 하지만 그 시간은 지나가버렸다. 갑자기 에릭은 자신이 이 집을 떠난 적이 없는 것처럼 이렇게 와서 아침 식사를 준비하는 게 합당하지 않은 이유를 알게 되었다.

"우리 귀염둥이." 에릭은 해나에게 다가가 머리를 헝클어트린 뒤 정수리에 입을 맞췄다. "스크램블로 할래, 프라이로 할래?"

"스크램블도 할 수 있어?" 해나가 눈을 깜박거리며 안경을 바로 썼다. 아이의 눈빛에 뭔가 고민이 있는 것처럼 보였고, 평소와 다르게 슬픈 듯 입을 꾹 다물고 있었다. 그럼에도 작은 분홍색 티셔츠와 짧은 청바지를 입고 분홍색 스니커즈를 신은 해나는 여전히 사랑스러워 보였다.

"물론이지." 에릭은 아이를 속상하게 만든 게 무엇인지 궁금했다. 어쩌면 케이틀린이 집을 팔았다는 이야기를 했을 수도 있다. "괜찮니?"

"응."

에릭은 아이를 다그치지 않는 편이 낫다는 것을 잘 알고 있었다. "오늘 요리는 누가 할까?"

"저번에 내가 했어. 그러니까 이번에는 아빠가 할 차례야." 해나가 케첩이 있는 식품 저장고로 가면서 말했다.

"알았어." 에릭은 냉장고 문을 열고 달걀과 버터, 하프 앤 하프[29]를 꺼냈다. 하프 앤 하프는 스크램블 에그를 만들 때 그가 맛을 위해 쓰는 비밀 재료였다. 칼로리가 높아지는 것을 싫어하는 케이틀린은 에릭이 스크램블을 만들 때 하프 앤 하프를 쓰는 것을 좋아하지 않았다. 하지만 이제 그는 한없이 자유로웠다. "발목은 어떠니?"

"많이 나았어. 이제 붕대는 안 해도 된대." 해나는 케첩을 꺼낸 뒤 식품 저장고 문을 닫았다. 그리고 원래 앉아 있던 아일랜드 식탁에 가져다 놓았다.

"아직 아파?"

"아니."

---

29 우유와 크림이 반씩 섞여 있는 것

"어젯밤에는 잘 잤어?" 에릭은 넥타이가 더러워지지 않도록 어깨 너머로 넘긴 뒤, 은 식기가 들어 있는 서랍에서 칼을 꺼내 버터를 잘라 팬에 넣고 불을 올렸다.

"잘 잤어."

"학교 갈 준비는 다 했고?"

"응."

"이제 일주일만 있으면 방학이지?"

"응."

"좋아." 에릭은 찬장에서 강화유리 그릇을 꺼낸 뒤, 그 안에 달걀을 깨서 넣었다. 그리고 딸에게 달걀 껍질을 내밀었다. 두 사람은 달걀 껍질 골프 놀이를 하곤 했다. 달걀 껍질을 개수대 쪽으로 던져서 음식물 쓰레기 처리기 위에 떨어지면 점수를 얻는 놀이였다. "던질래?"

"아니." 해나가 고개를 저었다.

"왜?"

"그냥 하기 싫어서."

"좋아. 그럼 이 아빠가 하는 걸 잘 봐." 에릭은 달걀 껍질을 썻은 뒤 개수대를 향해 던졌다. 달걀 껍질이 완벽하게 원을 그리며 날아가 음식물 쓰레기 처리기 위에 떨어졌다. "봤지? 홀인원이야."

해나가 깔깔거리며 웃었다. 에릭도 미소를 지었다. 딸의 기분을 풀어줄 수 있어서 기뻤다.

"오늘 탄력받았어." 에릭은 다시 돌아서서 남은 달걀들을 깨고 껍질을 던졌지만 전부 개수대 안으로 떨어졌다. "괜찮은 거니? 오늘 유달리 말이 없는 것 같은데."

"말을 안 하려고 애쓰는 거야."

"왜?"

"그냥 그러고 싶어서." 해나가 시선을 돌렸다. 아이는 아일랜드 식탁 앞에 놓인 의자에 앉았다.

에릭은 딸에게서 얼굴을 돌리고 가스레인지를 쳐다보았다. 무슨 일이 있었던 게 분명하지만 억지로 알아내고 싶지는 않았다. 아이에게서 정보를 얻어냈다는 비난을 받고 싶지도 않았다. 케이틀린이 해나에게 이사를 갈 거라는 이야기를 했는지 궁금했다. 하지만 곧 알게 될 것이다. 에릭은 은 식기 서랍에서 포크를 꺼냈다. 그리고 스크램블 에그에 하프 앤 하프를 넣었다.

"아빠, 내가 투덜이야?"

"아니, 전혀. 왜 그런 소리를 해?"

"미셸한테 들었는데, 내가 투덜이라고 자기 아빠가 그랬대."

"넌 투덜이가 아니야." 에릭은 딸을 돌아보지 않은 채 계속 달걀을 저었다. 돌아봤다가는 딸에게 화난 표정을 보이게 될 것 같았기 때문이다.

"미셸 아빠의 생각으로는 내가 투덜이래. 엄마랑 미셸, 미셸 아빠랑 같이 축제에 갔는데, 내가 롤러코스터를 타고 싶지 않다고 하니까 투덜이라고 그랬대."

"그건 투덜거리는 게 아니야. 롤러코스터를 타고 싶지 않을 수도 있는 거니까." 에릭은 노련한 정신과 의사답게 끝까지 남을 탓하지 않는 어조로 말했다. 언제 축제를 간 건지 알 수가 없었다. 그가 해나를 지난번에 본 뒤로, 언젠가 저녁에 갔을 것이다.

"난 무서웠어. 하지만 다들 무섭긴 뭐가 무섭냐는 거야."

"모든 사람들이 롤러코스터를 좋아하는 건 아니야. 아빠도 롤러코스터를 안 좋아하는걸."

"브라이언 아저씨는 롤러코스터를 좋아해. 비디오 게임도 좋아하고. 그 아저씨는 내내 게임만 해."

브라이언. 에릭은 속이 부글부글 끓었다. 그 남자 이름이 브라이언인 모양이군.

"그 아저씨는 다른 롤러코스터를 타러 갔어. 미셸도 롤러코스터를 좋아해서 같이 탔지. 아주 재미있을 거라면서 말이야."

"그 사람들이야 재미있겠지. 하지만 사람들이 재미를 느끼는 방식은 다 달라. 예를 들면 우리가 하는 달걀 껍질 골프를 생각해봐. 정말 재미있잖아." 에릭이 어깨 너머로 흘깃 쳐다보니 해나는 멍하니 주스 컵을 돌리고 있었다.

"엄마는 내가 꼭 타야 되는 건 아니라고 했어. 하지만 나만 두고 갈 수는 없다고 해서 엄마도 못 탔어."

"네 엄마는 다른 식으로 재미있었을 거야." 에릭은 자신의 이중적인 말에 갑자기 얼굴이 달아올랐다. "솜사탕을 사주지 그랬어? 네 엄마 솜사탕 좋아하잖아."

"응, 그래서 엄마 선글라스에 솜사탕이 붙었어."

좋아. "그럼 엄마도 재미있었겠네." 에릭은 다시 달걀을 저었다. 거의 다 됐다.

"그래서 너무 많이 투덜거리지 않으려고 애쓰는 중이야." 해나가 말했다.

"내 생각을 말해줄까?" 에릭은 마음을 가라앉힌 뒤 불을 껐다. 그리고 도구 서랍에서 플라스틱 주걱을 꺼냈다. 불에 눌어붙지 않는 프라이팬에 금속 주걱을 쓰는 것은 숙달되지 않았기 때문이다. 그는 해나와 자신의 접시에 달걀을 담았다. "아빠는 네가 생각을 담아두지 말고 말하는 게 낫다고 생각해. 무슨 말인지 알겠니?"

"응."

"아빠 항상 네 생각을 듣고 싶어. 그건 네 엄마도 마찬가지일 거야." 에릭은 그 개자식 브라이언에 대해서는 보증할 수 없었다. "그러니까 네 마음속에 있는 이야기들을 항상 아빠한테 알려줘. 그럴 수 있지?"

"알았어." 해나는 포크를 집어 들고 고개를 숙인 뒤 스크램블을 떴다. 에릭은 돌아서서 프라이팬을 개수대에 넣었다. 그는 아이가 자신이 한 말에 대해 곰곰이 생각하고 있다는 것을 알고 있었다. 하지만 임상적인 감각은 아니었다. 해나는 에릭처럼 모든 것들을 처리했다.

"음식은 어떠니?" 에릭은 해나의 맞은편 자리에 앉아 포크를 집어 들었다.

"맛있어." 해나가 작은 손에 너무 커 보이는 포크를 다시 잡으며 에릭을 올려다보았다. "아빠는 어떻게 생각해?."

"뭘?" 에릭은 스크램블 에그를 조금 떠서 삼켰다. 맛있었다. 하프 앤 하트 덕분이었다.

"엄마랑 내가 브라이언 아저씨와 미셸이 사는 집으로 이사 간대."

에릭은 무슨 말을 해야 할지 알 수가 없었다.

해나는 안경 뒤에서 눈을 깜빡거렸다. "하지만 그 일에 관해서는 투덜대지 않을 거야. 그 집에는 수영장이 있으니까."

에릭은 차를 몰고 병원으로 출근하는 내내, 케이틀린과 해나가 케이틀린의 새 남자친구의 집으로 이사를 한다는 생각으로 기분이 언짢았다. 이렇게 마음이 상하는 이유가 그 자신에게 있다는 것을 인정하면서도, 케이틀린을 생각해도 너무 이른 것 같고 해나에게도 좋지 않을 것 같았다. 주차장에 차를 세우고 병원에 들어가면서도 그 생각을 멈출 수 없었다. 에릭은 곧장 의약품 심사 위원회 회의에 참석하기 위해 1층 회의실로 향했다. 일이 너무 많은 상황이라 그런 회의에 참석하는 것도 성가신 느낌이긴 했지만, 과장으로서의 소임이었다.

에릭은 케이틀린과 해나에 대한 생각을 접으려고 애를 썼다. 중요한 위원회 소집이 있을 때만 이용하는 회의실의 긴 탁자에는 먼저 와 있던 위원회 위원들이 앉아 있었다. 이 위원회는 병원에 있는 여덟 개 과의 과장들과 법률팀의 마이크 브래즐리로 구성되어 있었다. 다만 마이크 브래즐리에게는 투표권이 없었다. 위원회의 역할은 병원 약국에 들여오는 의약품을 결정하는 것이다. 오늘은 최근 FDA 승인을 받은 새로 나온 콜레스테롤 약, 로스타틴에 관한 두 번째 회의였다. 각 위원 앞에는 기업 회의장처럼 상표가 없는 물병, 버터스카치 캔디 한 줌, 열려 있는 노트북, 로스타틴을 개발한 제약회사인 와처사Wacher Labs에서 제공한 번드르르한 홍보용 팸플릿이 놓여 있었다.

에릭은 심장학과 과장인 모리스 브렉슬러가 로스타틴에 관한 논거를 제시하는 동안 멍하니 있었다. 모리스는 실제로 와처사에서 제공한 자료를 다 외우고 있었다. 각자 읽을 수 있는 자료를 큰 소리로 읽기만 하는 사람들이 주관하는 회의가 얼마나 많은지 아는 에릭으로서는 놀라움을 금할 수가 없었다. 모리스가 말하는 동안, 에릭은 로스타틴 홍보용 팸플릿을 펼쳤다. 신선한 산소가 주입된 피 색깔로 된 반들거리는 표지에, 속지에는 표지와 어울리는 장미색의 헤드라인이 인쇄되어 있었다. 에릭이 본 중 가장 비싸 보이는 팸플릿이었다. 모리스는 회의실에 들어오지 못하고 복도에서 기다리는 제약회사의 영업사원만큼 말을 잘했다. 원칙적으로 영업사원들이 회의실 밖에서 대기하는 이유는 의사들이 약에 대해 궁금한 게 있을 경우에 대비한 것이지만, 진짜 이유는 위원회 위원들에게 그 약을 승인하라는 압력을 넣기 위해서였다.

에릭은 다시 회의에 집중했다. 모리스는 에릭과 비슷한 연배지만 깔끔하게 차려입고 다니며 나이가 훨씬 많은 사람처럼 행동했다. 항상 완벽하게 손질되어 있는 황갈색 머리, 길쭉한 코 옆에 바짝 붙어 있는 옅은 갈색의 작은 눈, 일 년 내내 골프장에 붙어 있어 그을린 피부 덕에 아주 잘나가는 사람처럼 보였다.

"요컨대 로스타틴이 로수바스타틴이나 아토바스타틴보다 낫다는 겁니다. 성분도 훨씬 좋죠. 우리 심장과로서는 의심할 여지없이 필요한 약입니다. 질문 있으신가요?" 모리스가 말했다.

"네." 에릭은 목소리에 짜증이 드러나지 않게 애를 쓰며 대답했다. "새로운 스타틴[30]이 필요한 이유를 알고 싶군요. 로스타틴은 로수바스타틴이나 아토바스타틴에 비해 값이 비쌉니다. 그리고 로수바스타틴이나 아토바스타틴의 약효는 이미 오래전에 입증이 됐어요. 그런데 아직 부작용이 확인되지도 않은 최신 약을 들여와야 하는 이유를 모르겠습니다. 그 약 때문에 우리가 아슬아슬한 줄타기를 하는 걸 보고 싶지는 않네요. 왜 그래야 하는 건지 모르겠습니다."

"난 더 이상 반대할 생각이 없습니다. 왜 그래야 하죠?" 모리스가 호소하듯 양 손바닥을 위로 올리며 그 자리에 있는 사람들을 돌아보았다. "우리 병원이 의료계의 선두에 남아 있게 해줄 중요한 약이라고 생각합니다. 어째서 우리가 그렇게 옛날에 나온 스타틴을 써야 한다는 겁니까?"

"훨씬 안전하니까요." 에릭이 담담하게 대답했다.

모리스가 얼굴을 찌푸리며 검은색 독서용 안경을 밀어 올렸다. "에릭, 내가 보낸 자료는 읽었나요?"

---

30 혈관 내 콜레스테롤 억제제

"네."

"그렇다면 어째서 로스타틴을 의심하는 건지 모르겠군요."

"그런가요?" 에릭은 노트북으로 자신이 받은 자료를 찾았다. "보내주신 자료에 의하면 로스타틴은 근육 위축의 발병과 상관관계가 있음이 보입니다. 거시적으로 봤을 때 이 약이 치료 목적에 부합하는 건지 확신이 들지 않는군요. 우리 정신의학과에서는 뇌가 적절하게 기능하기 위해서는 콜레스테롤도 필요하다는 것을 알고 있습니다. 그런데 여기서 콜레스테롤 수치를 200에서 190으로 낮춰야 한다는 제약회사가 나타나는 거죠. 그걸로 그 회사는 시장점유율 확대를 기대할 수 있어요. 콜레스테롤의 핵심이 달러가 되는 거죠. 제약회사는 그런 알고리즘을 알고 있어요. 이건 그저 돈에 관한 문제입니다."

모리스가 고개를 저었다. "와처사가 돈을 벌려고 한다는 게 결격 사유는 될 수 없어요. 그쪽도 공기업으로서 주주들에 대한 책임이 있으니까요. 우리가 로스타틴을 들여오는 데 유일한 문제라면 FDA 승인인데, 이 약은 당당하게 FDA의 승인을 받아냈어요."

에릭은 안전성의 문제에 있어서만큼은 FDA 승인만으로는 충분하지 않다는 것을 알고 있었다. "모리스, 우리 둘 다 FDA 승인을 얻기 위해서는 긍정적인 연구 결과 두 개만 있으면 된다는 걸 알고 있잖아요. 그리고 내가 여러분들에게 이메일로 보낸 기사에 따르면, 와처사에서 부정적인 연구 결과도 두 개나 나왔다고 되어 있습니다." 에릭이 팸플릿을 가리켰다. "여기에는 부정적인 연구 결과에 대해 나와 있지 않아요. 애초에 그 네 개의 연구들은 모두 제약회사에서 감독했을 텐데 말입니다. 어째서 부정적인 연구 결과는 보여주지 않는 걸까요?"

"독점적인 정보니까요. 그 안에 기업 비밀 같은 게 포함되어 있죠." 모리스가 콧등에 걸려 있는 독서용 안경을 누르며 말했다.

"그렇다면 긍정적인 연구 결과는 어째서 독점적인 정보가 아닌 걸까요? 어쨌든 우리가 로스타틴을 승인하기 전에 이미 와처사에서는 그 약품을 생산했을 겁니다. 여기서 다짐하죠. 제가 경쟁 제약회사를 차리지는 않겠다고 말이에요."

모리스를 제외한 모두가 웃었다. 에릭은 모리스가 와처사에서 뇌물을 받았다는 소문이 진짜인지 궁금해졌다. 모리스는 최근 머틀 해변에 별장을 지었고, 애들 셋을 모두 사립학교에 보냈다. 그 자리에 있는 모든 사람들은 모리스가 병원에서 얼마를 버는지도, 부인이 일을 하지 않는다는 것도 알고 있었다. 모리스에게 그런 여윳돈이 어디서 났는지 확실히 말할 수 있는 사람은 아무도 없었지만, 그가 대형 제약회사에서 뒷돈을 챙기지 않았다는 말 역시 할 수 없었다.

에릭은 말을 이었다. "데이터는 조작될 수 있다는 걸 모두 알고 있지 않습니까. 정신의학과 쪽에서 예를 들어보자면, 몇 년 전 특정 항우울제가 청소년들에게 자살 충동을 불러일으킨다는 연구 결과가 나오자, FDA에서 블랙박스 경고를 하라는 지시를 내렸죠. 최근 들어 항우울제를 만드는 제약회사들은 블랙박스 경고의 영향에 대한 연구를 진행했는데, 항우울제 처방이 줄어들면서 청소년의 자살이 증가했으므로 블랙박스 경고는 재앙이라는 결론을 내린 건 놀랄 일도 아닙니다. 표면적으로 봐서는 설득력이 있는 결과지만, 사실은 완전히 조작된 데이터예요. 그 연구 자료를 자세히 보면, 자살한 사람들의 숫자에 마약 중독자들을 포함시켰다는 것을 알 수 있어요. 잘못된 대용물인 거죠."

"그 사례가 무슨 상관이 있는지 모르겠군요."

에릭은 더 이상 반박하지 않았다. 이미 자신의 의견은 충분히 밝혔고, 그 자리에서 고개를 끄덕이는 위원들을 봤기 때문이다. 만일 저쪽에서 안전하지 못한 약을 승인하도록 강압적으로 나온다면 더 심한 말도 할 것이다. 그는 의약품 승인 과정의 부패를 혐오했다. 의사들은 병원 약국에 비축되어 있는 약들만 처방했고, 환자들 역시 퇴원한 뒤에도 원래 복용했던 약을 계속 복용하는 것을 선호했다. 와처사에서 로스타틴을 들이도록 로비를 한 병원이 여기만은 아닐 것이다. 병원 승인은 전국적으로 약을 유통시키는 첫 번째 시도였다. 그 결과에 따라 그 약이 시장에서 살아남을 수도, 사장될 수도 있기 때문이다.

정형외과 과장인 샤론 맥그레거가 주위를 둘러보았다. 테 없는 안경 뒤로 보이는 회색 눈동자에, 은발 머리는 귀 옆으로 세련되게 층을 내고 있었다. "모리스, 난 에릭 의견에 동의해요. 그 약을 들여오는 건 아직 너무 성급한 것 같아요. 너무 최근에 나온 약이라 승인하고 싶지 않아요. 약은 샤넬 재킷이 아니니까요. 지난 시즌에 나온 거라면 괜찮았을 수도 있지만."

에릭은 미소를 지었다. "샤론이 말한 대로예요. 샤넬이라면 그렇죠."

모리스를 제외한 다른 사람들은 모두 웃었다. 심지어 그때까지 한 마디도 하지 않던 위원 세 명도 웃었다.

샤론은 진지하게 말을 이었다. "모리스, 새로 나온 골다공증 약 칼식스를 들여오는 것에 우리가 반대표를 던졌던 게 잘한 일이었다는 거 기억나죠? 뼈의 성장을 과도하게 부추긴다는 결과가 나왔잖아요. 그 약을 복용했던 여자들은 턱뼈에 종양이 생겼어요. 정말 비양심적이죠. 우리 위원회는 이 병원의 최후 방어선이에요."

러시아 출신의 몸집이 작은 내과 과장 오토 빈키가 노트북을 닫았다. 그건 결정을 내렸다는 뜻이었다. 오토는 위원들 중 나이가 가장 많았다. 일흔 살이 넘었을 것이다. 비록 벗겨진 머리에는 머리카락이라기보다는 세균 포자에 가까운 미세한 회백색 머리털로 덮여 있지만, 그의 선명한 파란색 눈은 여전히 날카롭게 빛나고 있었다. "나도 에릭과 뜻이 같아요." 오토가 말했다. 슬라브족 억양이 남아 있는 그의 말투는 포장용 피자를 주문하더라도 권위적으로 들릴 것이다. "지금 우리는 성급하게 굴고 있어요. 이번 안건은 근본적인 문제가 있어요. 일단 스타틴은 치료약이 아니에요. 질병을 일으킬 수 있는 위험 요소를 다스리는 약이지. 우린 사람들에게 콜레스테롤을 낮추면 심장마비를 예방할 수 있다고 설득할 수는 있어요. 하지만 치료가 된다고 말할 순 없는 법이에요. 난 반대표를 던질 거예요."

그 자리에 있던 모든 사람들이 돌아봤다. 그때 맨 끝자리에 앉아 있던 병원 약사가 주의를 끌려는 듯 손가락이 가늘고 우아한 손을 들어울렸다. 모하메드 이비르는 병원 안에서 가장 많이 언급되는 약사였다. 아프리카계 미국인으로 열심히 일하는 그의 나이는 30대밖에 되지 않았지만, 벌써 이 병원의 제반 비용을 절약하는 방법을 개발했다. "로스타틴의 장점은 차치하고라도, 로수바스타틴이나 아토바스타틴에 비해 값이 많이 비쌉니다. 3분의 1정도 가격이 비쌀 거예요. 와처사의 전형적인 수법이죠. 이를 테면, 항암제 가격이 터무니없이 비싸요. 현재 논의 중인 새로운 C형 간염 치료제는 1년의 치료 기간에 1인당 8만 4천 달러가 들 거라고 하더군요."

"환자 한 명에게 말인가요?" 에릭은 너무 놀라 움찔했다.

"네." 모하메드는 짙은 눈썹을 우스꽝스럽게 치켜세우며 대답했다.

샤론이 소리 내어 웃었다. "부끄러운 줄 알아야지!"

모리스가 기분이 안 좋은 듯 입술을 오므렸다. "오늘 우리는 C형 간염 치료제에 대한 논의를 하는 게 아니에요, 모하메드. 본래의 안건으로 돌아가죠."

오토가 고개를 저었다. "이만하면 이야기는 충분히 들은 것 같군요. 환자들이 기다리고 있어요. 이제 투표를 하는 게 어떨까요?"

"그러죠." 에릭이 대답했다.

모리스가 고개를 저었다. "아니요. 중요한 안건입니다. 투표하기 전에 세 번까지 회의를 할 수 있어요."

오토가 코웃음을 쳤다. "회의를 세 번이나 할 필요는 없어요, 모리스. 투표합시다."

모리스는 마이크의 눈을 쳐다보았다. "마이크, 법적으로 우리는 투표를 할 수 없는 거죠? 이 자리에 도나가 없으니까요." 그가 비어 있는 의자를 가리켰다. 에릭은 그제야 소아과 과장이 참석하지 않았다는 것을 알아차렸다.

마이크가 고개를 끄덕였다. "맞아요, 모리스. 위원들이 모두 모이지 않으면 투표를 할 수 없습니다. 여러분, 다음 주에 다시 모이죠."

오토가 눈을 흘겼다.

샤론은 신음 소리를 냈다.

에릭은 속으로 한숨을 쉬었다. 바로 그때 모리스가 그를 돌아보았다.

"에릭, 그때까지 좀 더 열린 마음으로 자료들을 살펴봐줬으면 좋겠군요."

"그러죠." 에릭은 머틀 해변에 있다는 모리스의 별장을 떠올리며 대답했다.

21
장

에릭이 사무실로 돌아가 가방을 의자에 던졌을 때, 아마카가 얼굴
을 찌푸린 채 문 앞에 나타났다. "무슨 일 있어요?"

"네. 문제가 좀 생겼어요. 페리노 씨 부인이 오셨는데, 남편분을 집
에 데려가고 싶다고 하세요."

"이런." 에릭은 어제 사건 이후로 페리노와 문제가 생길까봐 걱정
하고 있었다. 그는 아마카와 함께 페리노의 병실로 향했다. "샘은 어
디 있어요?"

"페리노 씨 부부와 함께 있어요." 뒤따라오던 아마카가 에릭의 옆
으로 다가오며 대답했다.

"다행이네요. 어제 그 일이 있은 뒤에 샘이 부인에게 전화를 했나
요?"

"그건 모르겠어요."

"법률팀의 마이크에게는 연락을 했다던가요?"

"네, 모두 대기 중이에요."

"좋아요."

"만일의 사태에 대비해서 보안팀에도 연락을 했어요. 이번에는 좀 더 빨리 오겠다는 약속을 받았죠."

"보안팀한테요?"

아마카가 자신만만한 미소를 지었다. "어제 같은 일이 또 있어서는 안 되죠. 내가 있는 한은 말이에요."

"고마워요." 에릭은 페리노의 병실에 도착하자마자 상황을 살폈다. 침대 옆에 서 있던 샘은 에릭을 봐서 안심하는 것처럼 보였다. 환자복을 입은 페리노 씨는 침대 끝에 걸터앉아 몸을 앞으로 숙인 채 바닥을 내려다보고 있었다. 그의 아내인 린다는 키가 작고 둥그스름한 여자로, 탈색한 금발을 팽팽하게 뒤로 잡아당겨 하나로 묶었고, 통이 넓은 청바지에 드림캐처[31] 장식물이 달린 스웨터를 입고 있었다. 에릭이 병실에 들어가자, 린다가 돌아보았다.

"오, 거물이 납셨네." 린다가 분노로 가득 찬 갈색 눈을 번쩍이며 말했다. 그녀의 이마에는 주름살이 있었고, 가느다란 입술에는 평생 담배를 피운 사람처럼 잔주름이 잡혀 있었다. 린다는 다소 거칠게 생긴 얼굴에 인상까지 잔뜩 쓴 채로 앞으로 나섰다. 손에는 페리노의

---

31 그물과 깃털과 구슬 등으로 장식한 작은 고리. 처음 아메리카 원주민들이 만든 것으로, 가지고 있으면 좋은 꿈을 꾸게 해준다고 여겨진다.

옷과 운동화를 들고 있었다.

"안녕하십니까, 페리노 부인." 에릭이 손을 내밀었지만 린다는 콧방귀를 뀌었다.

"내가 당신 손을 잡을 것 같아요? 천만에 말씀이지. 당신은 내 남편을 공격한 사람이잖아요. 여기서 이 사람을 데리고 나갈 거예요. 1분도 더 이곳에 둘 수 없어."

에릭은 침착함을 유지했다. 오해를 바로잡고 싶었지만, 린다가 화를 내는 것도 충분히 이해할 수 있었다. "페리노 부인, 제가 남편분을 공격한 게 아닙니다. 여기서 있었던 일은……."

"당신이 그랬잖아요! 당신이 넘어뜨리는 바람에 이 사람 머리에 커다란 혹이 났어요. 남편을 돌봤어야죠. 우리가 여기에 온 건 남편을 돌봐줄 거라고 생각해서였는데."

"저희는 남편분을 보살피고 있고, 앞으로도 그럴 겁니다."

"여기 들어온 지 겨우 사흘 지났어요. 그런데 어떻게 됐죠? 남편을 데리고 나가겠어요."

"남편분의 상황을 보면 지금 여기서 나가시는 건 안 될 것 같습니다만……."

"당신이 뭘 알아요? 담당 의사도 아니잖아요. 담당 의사는 저 사람이지." 페리노 부인이 샘을 가리켰다. 샘이 양손을 맞잡은 채 앞으로 나섰다.

"페리노 부인, 패리시 선생님은 제 상사이고, 남편분의 상태를 호전시키기 위해 온 힘을 다하고 계십니다."

"그래요?" 페리노 부인이 다시 에릭을 돌아보았다. "남편이 탁자에 머리를 박을 때 뭘 하고 있었죠? 어떻게 이런 일이 있을 수 있어요?"

"죄송합니다." 에릭은 말했다. 법률팀에서는 절대로 사과를 하지 말았어야 한다고 할 것이다. 책임을 인정하는 것으로 해석될 수 있기 때문이다. "부인의 말씀이 맞습니다. 절대로 일어나서는 안 되는 일이었고……."

"그럼 이 일을 어떻게 설명할 거죠? 여기 있는 사람들 모두가 임무를 게을리했다는 거잖아요. 아무도 남편에게 관심을 가지지 않았어요. 그냥 병실에 처박아두고 방치했어요."

샘이 끼어들었다. "페리노 부인, 제가 지난밤에 전화로 설명을 드렸잖습니까. 어떻게 된 일인지 알겠다고 하셨고요. 남편분께서는 낯선 간호사 때문에 그렇게 행동하신 겁니다."

에릭이 합세했다. "페리노 부인, 장담하건대 남편분께 필요한 모든 치료를 다 하고 있습니다. 이제껏 남편분이 방치된 적도 없고, 앞으로도 그럴 일은 없을 겁니다. 우린 팀으로 일하죠. 남편분을 담당하고 있는 팀은 헌신적으로 일하고 있습니다." 에릭은 페리노를 돌아보았다. 그는 여전히 고개를 숙인 채 침대 끝에 앉아 있었다. "페리노 씨, 기분이 어떠신가요?"

"난…… 집에 가고 싶어요." 페리노는 계속 바닥만 내려다보며 말했다. "당신들은 날…… 돕지 못해. 여기선 아무도 날 돕지 못해요. 난 집에 가고 싶어요."

"페리노 씨." 에릭이 페리노의 어깨에 부드럽게 손을 댔다. "어제

있었던 일은 죄송합니다. 하지만 집에 보내드릴 수는 없어요. 아직
은······."

"아내가 날 집에 데려가고 싶어 해요······. 아내는 날 잘 보살펴 줄
거예요. 병원을 들락날락거리는 지금 같은 상황이 일어나기 전처럼
말이에요. 그럼 난 직장에 나갈 수도 있고······."

"도니, 저 사람하고 말 섞지 마." 린다가 옆으로 다가서며 노려보
자, 에릭은 뒤로 물러날 수밖에 없었다. "어디서 감히 말을 걸어요?
당신 때문에 이 사람의 목이 부러질 수도 있었어요. 머리가 깨질 수
도 있었다고요!"

"페리노 부인, 제 말을 좀 들어주십시오." 에릭은 의연하게 린다를
쳐다보았다. 그는 린다가 화가 난 것도, 남편을 걱정하는 마음도 충
분히 이해할 수 있었다. "남편분께도 설명을 드렸지만, 복용하던 약
을 갑자기 끊었을 경우 그로 인한 부작용이 나타날 수도 있고, 심지
어 폭력적인 행동을 하게 되는 경우도 있습니다. 남편분이 자기 머리
를 쟁반으로 내려친 것도 그 때문이죠. 그래서 우리는 남편분이 또
다른 자해를 하기 전에 막아야만 했습니다. 남편분이 좀 더 병원에
있어야 하는 이유이기도 하고······."

"아니요." 린다가 남편의 옷을 들고 흔들며 반박했다. "당장 여기서
나가주세요. 남편에게 옷을 갈아입혀서 데리고 나가야 하니까."

"그럴 수는 없습니다, 페리노 부인. 부인도 그렇게 하시면 안 됩니
다······."

"나한테 이래라저래라 하지 말아요! 당신이 뭔데? 신이라도 되

나?"

"아닙니다." 에릭은 침착함을 잃지 않았다.

"이 사람을 병원에 데려온 건 나예요. 내가 원하면 언제든 데려갈 수 있어요. 당신은 날 막지 못해요."

"페리노 부인, 남편분은 응급실로 들어와 우리 쪽에서 입원시키기로 결정을 내린 다음부터는 주에서 정한 201조의 영향을 받습니다. 자의로 입원했다고 해서 퇴원도 자의로 할 수는 없다는 거죠." 사실 에릭은 의사로서 이런 것까지 알아야 한다는 사실에 깜짝 놀랐었다. 법률가처럼 행동해야 할 때가 많았다. 정신병 환자들의 입원과 퇴원은 병원이 정한 규칙과 규정 이외에 수없이 많은 주법을 따라야 했다.

"무슨 말을 하는 거예요? 어떻게 그럴 수가 있죠? 내가 이 사람을 병원에 데려왔으니 데리고 나갈 수도 있어야죠."

에릭은 그것이 직관적이지 않으며, 린다는 지금 그런 이야기를 들을 기분이 아니라는 것을 알고 있었다. "기억나실지 모르겠지만, 의사의 조언에 따르지 않고 퇴원할 경우, 72시간 전에 서면 통지를 해야 한다는 조항에 동의하셨습니다……."

"당신네들이 정한 규칙은 따르지 않을 거예요!"

"우리가 정한 게 아니라 주에서 정한 겁니다. 따라서 남편분은 오늘 병원을 떠날 수 없습니다. 그리고 이 조항은 바로 남편분과 같은 분들을 위해 만들어진 것이죠. 부인께서는 그 조항에 서명하셨고……."

"그런 건 기억 안 나요! 아주 작게 적어 놨겠지! 남편을 데리고 나 갈 수 없을 줄은 정말 몰랐어요."

페리노는 여전히 고개를 숙인 채 양손으로 얼굴을 문지르기 시작 했다. "집에 가고 싶어요. 내 의사와 상관없이 여기 가둬둘 수는 없어 요. 난 죄수가 아니니까."

에릭은 두 사람을 상대로 말했다. "남편분을 위해 무엇이 최선인 지를 생각해보셔야 합니다." 그가 페리노를 가리켰다. 하지만 시선 은 두 사람 모두를 향하고 있었다. "부탁입니다. 어제 있었던 일을 생각해보세요. 경고 없이 남편분이 머리를 협탁에 부딪치기 시작했 고……."

"그건 당신이 하는 말이지! 당신 눈으로 봤어? 무슨 일이 있었는지 어떻게 알아! 난 남편을 데리고 나갈 거야!"

"간호사를 믿지 못할 이유가 없습니다." 에릭은 복도 쪽에서 웅성 거림이 들리자, 보안요원이 도착하기 전에 말했다. "법적인 부분은 차치하고, 남편분을 집에 데리고 갔다가 통제가 안 될 경우에는 어떻 게 하실 겁니까? 부인은 남편을 도울 수 없을 겁니다. 부인이 말한 대 로 남편의 머리가 깨질 수도 있어요. 혹시라도 그런 일이 일어난다면 부인은 스스로를 용서할 수 없을 겁니다."

"패리시 선생님?" 보안요원이 제복을 입은 다른 요원 두 명과 함께 병실로 들어왔다. "어떻게 도와드릴까요?"

"아직까지는 괜찮은 것 같군요." 가만히 있으라고 신호하는 것처 럼 에릭이 손바닥을 들어올렸다. "이 상황은 우리가 함께 해결해 나갈 수 있을 것 같으니까…….”

린다가 숨을 헐떡거리다가 조롱하듯 큰 소리로 웃었다. “지금 뭐 하자는 거죠? 날 체포하기라도 하겠다는 건가요? 수갑이라도 채울 건가? 난 그저 내 남편을 보살피려고 했을 뿐이야!”

에릭은 린다를 돌아보면서 상황을 완화시키기 위해 애를 썼다. 그 럴 권한이 있다고 해도 린다를 억지로 몰아낼 생각은 없었다. “보안 요원들이 여기 있는 건 만일의 사태에 대비하기 위해서입니다. 하지 만 이 사람들이 실제로 나설 일은 없을 거예요.”

“할 테면 해봐요! 난 여자 소프트볼에서 투수였어. 팔 힘이 엄청나 니까.”

“그러셨군요.” 에릭은 애써 미소를 지었다. 보안요원들이 도착하자 마자 역동적인 변화가 있을 거라는 걸 알아차렸다. 린다 페리노가 그 들 앞에서 당황한 모습을 보였기 때문일 것이다.

“난 지금 당장 내 남편을 데리고 집에 가고 싶어요. 저 사람도 나랑 같이 집에 가면 좋아질 거야. 필요하면 제부의 도움을 받으면 돼요. 바로 근처에 사니까. 제부는 건설 현장에서 일해요.”

“위급한 상황일 때는 제부를 부를 시간도 없을 겁니다. 남편분이 자신도 모르게 부인을 다치게 할 수도 있어요.” 에릭은 페리노의 파 일에 나와 있던 가족 관계를 떠올렸다. “조카들이 자주 찾아오죠? 만 일 그 애들 중에 누구라도 다치면 어떻게 할 건가요? 생각해보세요.”

“이 사람은 그런 짓 안 해요.” 린다는 쏘아붙였지만, 조금 전처럼 공격적이지는 않았다. “나나 애들한테 한 번도 손을 댄 적이 없어요.

남편은 아이들을 좋아해요."

침대에 앉아 여전히 바닥만 보고 있던 페리노도 고개를 저었다. "난 그런 짓 안 해요. 아이들은 나에게 이 세상 전부니까."

에릭은 페리노의 어깨에 한 손을 올렸다. "페리노 씨, 당신이 그런 짓을 하지 않을 사람이라는 건 잘 압니다. 하지만 중요한 건 그게 아니에요." 그리고 에릭은 린다를 돌아보았다. "저도 부인의 말씀에 동의합니다. 페리노 씨가 본래 자신의 의지대로 행동한다면 절대 그런 짓을 하지 않으시겠죠. 하지만 지금은 약물의 영향이 남아 있어요. 페리노 씨의 몸 상태가 정상으로 돌아오기 전까지는 본인과 가족들의 안전을 보장할 수 없습니다."

린다 페리노는 좌절한 듯 양손을 내밀었다. "락웰 선생님도 그렇게 말했어요. 당신들은 계속 내 남편이 약 때문에 미쳤다고 하죠. 클로노핀 말이에요. 그렇다면 그 약이 대체 어디서 난 걸까요? 밸리 포지 메모리얼 병원이요. 당신 같은 의사가 나한테 와서 남편이 그 약을 먹어야 한다고 했어요. 그런데 지금은 그 약 때문에 남편이 미쳤다고 하고 있잖아요. 이게 대체 뭐 하는 짓들이죠? 내가 어떻게 믿을 수 있겠어요?"

"저희가 노력하고 있으니까요." 에릭이 간결하게 대답했다. "저희는 페리노 씨에게 가능한 최선의 치료를 해왔습니다. 지금과 같은 과도기 상황에서도 계속해서 도움을 드릴 수 있다는 것을 알기에……."

"다른 병원으로 데려가는 건 왜 안 되는 거죠? 그렇게 못 할 것 같아요? 다른 병원으로 옮길 수도 있잖아요!"

"제가 보기에는 워드 선생이 남편분께 하는 치료 과정이 적절하다고 생각됩니다. 하지만 부인의 말씀이 맞아요. 다른 병원으로 옮기셔도 됩니다. 그럴 경우 다른 병원에 입원했다는 것을 확인할 필요가 있습니다."

샘이 에릭과 린다 페리노를 쳐다보았다. "페리노 부인, 남편분의 치료에 많은 진척이 있었습니다. 치료 계획을 잘 따르고 있으니까요. 이대로 우리 병원에 계시는 편이 남편분께는 가장 좋을……."

"좋아요. 오늘은 그냥 가죠. 대신 변호사를 만날 거예요." 페리노 부인이 에릭을 노려보더니 문을 걷어찼다. "무슨 수를 써서라도 그쪽의 의사 면허증을 취소시킬 테니까 그렇게 알고 있어요."

"여보?" 페리노가 당혹스러워하며 아내를 불렀다. 린다는 멈춰 서서 남편의 어깨에 손을 올렸다.

"내가 다 갚아줄게. 약속해."

22
장

에릭은 간신히 자리에 앉았다. 페리노 부인과의 문제를 처리하기 위해서는 병원의 규정에 따라 서류를 작성해야만 했다. 컴퓨터의 방대한 내부 웹사이트에서 적절한 양식의 서류를 찾고 있을 때, 누군가 문을 두드리는 소리가 들렸다.

"에릭?" 로리였다. 그녀는 달리기에 적합하게 흰색 러닝셔츠와 회색 반바지를 입고, 긴 갈색 머리는 핀으로 틀어 올린 모습이었다. "잊어버렸지?"

"그러네. 미안해. 바빠서 못 갈 것 같아. 혼자 가."

"그게 무슨 소리야. 같이 뛰기로 했잖아. 당신도 운동 좀 해야 돼."

"서류 작업할 게 있어."

"요즘 이 병원에 서류 작업을 하는 의사가 어디 있어. 서류 작업이라고 해봐야 환자 치료에 관련된 것도 아니고 보험 문제나 더 많은 규정들, 그리고 우리 서류철에 넣어둘 새로운 규정들밖에 없잖아. 심지어 종이를 쓰지 않으니까 서류철을 버리라는 공지까지 있었는데."

"이건 중요한 일이야. 사건이 있어서……."

"무슨 일이 있었던 거야? 미친 사람이 뭔가 미친 짓을 했나보지?" 로리가 책상 쪽으로 다가와 에릭의 컴퓨터 마우스를 잡더니 모니터를 흘깃 쳐다봤다. "일은 이제 끝."

"이리 줘." 에릭이 마우스를 빼앗았지만, 이미 로리가 웹사이트를 닫은 뒤였다. "이런."

"이제 일어나서 나가자."

"혼자 가." 에릭은 뛰고 싶은 기분이 아니었다. 그냥 페리노 건으로 서류를 작성하고 싶었고, 이메일 답장을 쓰며 맥스와 르네, 페리노, 해나와 케이틀린에 대한 걱정을 하고 싶었다.

"무슨 일 있어? 기분이 안 좋아 보이는데."

"티크너 부인의 손자 맥스 자보우스키 기억하지?"

"그럼. 그 두 사람은 어때?" 로리가 얼굴을 찌푸렸다. "티크너 부인의 상태를 알아보려고 어제 전화했더니 안 받던데."

"부인은 지금 호스피스에 있어. 난 맥스가 걱정이야."

"불쌍해라. 할머니한테 정말 잘했는데." 로리가 혀를 찼다.

"티크너 부인은 잘 버티고 있는데, 맥스가 너무 힘들 거야."

"같이 가자. 그 이야기도 좀 더 하고. 어서. 당신도 기운을 좀 내야지." 로리가 에릭의 어깨를 살짝 밀었다. "나랑 같이 뛰기에는 너무 거물이 되셨나. 이번에 2등 했다며?"

에릭이 미소를 지으며 컴퓨터 자판에서 몸을 뗐다. "축하한다는 말을 그런 식으로 하는 거야?"

"그럼. 자, 내가 얼마나 매력적인지 말해볼래? 1에서 10중에? 22?"

"무엇으로 점수를 매기라는 건지 모르겠는데? 40정도? 기다려봐. 당신의 나이랑 비슷하지."

"냉정하긴." 로리가 우스꽝스럽게 콧잔등을 찡그렸다. "우린 11위로 떨어졌어."

"이런. 누군가는 더 열심히 일해야겠네."

로리가 웃음을 터트렸다. "어쨌든 우린 일을 잘 하고 있어. 같이 뛰기로 한 거 어영부영 피할 생각은 마시고."

"같이 못 뛰어. 더 이상 당신도 못 만날 것 같아. 내 기세만 꺾잖아."

"그러니까 앞으로는 가치 있는 일만 하시겠다, 이거네?" 로리가 에릭의 팔꿈치를 붙잡았다. 에릭은 로리가 잡아끄는 대로 의자에서 일어났다.

"난 못 뛰어. 2위가 되다보니 이래저래 할 일이 많거든. 당신은 이해 못 할 거야. 11위가 어떻게 알겠어."

"그만 닥치시지. 아주 쾌적한 날이야. 습도도 거의 없고. 그러니까 뛰러 가자고."

"옷도 안 챙겼는데." 에릭이 바지를 쓸어내렸다.

"제발. 운동복 어디에 두는지 알아." 로리가 캐비닛의 맨 아래 칸 서랍을 열더니 구겨진 운동복 반바지를 꺼냈다. "짜잔!"

에릭은 신음 소리를 냈다. "석 달 동안 빨지 않은 건데."

"이미 지저분한 거 다 알아. 어서 갈아입으시지." 로리가 반바지를 던졌다. 에릭은 반바지를 받아 다시 로리에게 집어 던졌다. 하지만 바지는 그대로 바닥에 떨어졌다.

"그만하고 어서 나가."

"서랍에 운동화도 있네. 밖에서 기다릴게. 서둘러." 로리가 사무실을 나갔다. 에릭은 반바지를 집어 들고 캐비닛으로 가서 티셔츠와 양말과 운동화를 찾았다. 그리고 재빨리 옷을 갈아입은 뒤, 서랍에 있던 낡은 운동용 가방을 꺼내 옷과 지갑을 넣었다. 밖으로 나가보니, 복도에 로리와 크리스틴이 마주 보고 서 있었다.

"아…… 크리스틴." 에릭은 깜짝 놀랐다. 하루 종일 크리스틴을 피해 다니다가 최악의 순간에 마주친 것이다.

"패리시 선생님, 시간 좀 있으세요?" 크리스틴이 에릭을 돌아보았다. 크리스틴의 사랑스러운 얼굴은 로리의 의심을 사지 않기 위해 사무적인 표정을 짓고 있었다. "환자 존스턴 씨에 관한 이야기를 하고 싶은데요."

"존스턴?" 에릭은 저도 모르게 불쑥 대꾸했다. 병동에 존스턴이라는 이름의 환자는 없었다. "내일 이야기하지……."

"크리스틴이라고 했던가?" 로리가 눈썹을 치켜세우며 끼어들었다. "금요일 밤에 응급실에서 봤잖아. 의대생이지?"

"그런데요?" 크리스틴이 눈을 가늘게 떴다.

"환자의 병에 대해 궁금한 게 있으면 주치의를 찾아가야지? 과장한테 직접 찾아올 일은 아닌 것 같은데. 패리시 선생은 동료가 아니야. 상사지."

에릭이 로리의 팔을 잡았다. 그는 두 여자 사이에 무슨 일이 있었는지 알지 못했지만, 말려야 하는 상황이었다. "로리, 그만 가자. 크리스틴, 그 이야기는 다음에 해……."

"포추나토 선생님." 크리스틴이 분노를 숨기지 않은 채 로리를 불렀다. "우리 정신의학과에서 어떻게 하는지 선생님은 모르시잖아요. 패리시 선생님은 지위나 서열 같은 건 신경 쓰지 않으세요. 다가가기 쉽고, 환자의 치료에 방해가 되는 건 그 어떤 것도 용납하지 않으시죠. 어쩌면 포추나토 선생님이 계신 곳에서는 다르게 일하는 모양이지만……."

"그만하지." 로리가 크리스틴의 말을 가로막았다. "난 응급의학과 과장이야. 응급실 안에서 그 누구보다 일을 많이 하고 그곳을 운영하고 있어."

크리스틴이 비웃었다. "그 정도야 아무나 운영할 수 있죠."

로리의 입이 딱 벌어졌다. "지금 뭐라고 했지?"

에릭이 크리스틴 앞으로 다가갔다. "크리스틴, 그만해. 포추나토 선생은 존중받을 자격이 충분하고, 응급실 역시 마찬가지야. 무슨 말인지 알아듣겠어?"

"네." 크리스틴은 상처받은 것처럼 보였다. 하지만 에릭은 크리스틴이 이렇게 명백하게 잘못을 저지른 상황에 비위까지 맞춰 줄 생각은 없었다. 그는 로리의 팔을 붙잡고 걷기 시작했다.

"가자."

"지금 날 비웃은 거야?" 로리는 에릭에게 끌려가면서도 크리스틴을 돌아보며 외쳤다. "저 따위 말을 듣다니, 믿을 수가 없네! 사과를 받아야겠어."

"잊어버려." 에릭은 로리를 계속 붙잡고 걸었다.

"잊지 못해! 어떻게 감히 그런 말을!"

"어려서 그래."

"선을 넘었어! 대체 왜 저러는 거야? 저 거만한 태도는 뭐고?"

에릭은 로리를 잡아끌며 간호사실을 지나쳤다. 그곳에 있던 샘과 아마카가 호기심 어린 눈으로 쳐다보았다. "모두 내일 봅시다." 에릭은 그들을 향해 손을 흔들며 인사했다.

"과장님, 안녕히 가세요!" 샘이 소리쳤다. 아마카는 손을 흔들었다.

잠겨 있는 비상구 앞에 이르렀을 때, 로리가 에릭에게 잡혀 있는 팔을 빼냈다. "에릭, 이건 진심으로 하는 말인데, 저 여자애는 교육을 시킬 필요가 있어."

"나도 알아. 그래서 내가 저 애를 부른 거야." 에릭은 주머니에서 열쇠를 꺼내 정신병동 밖으로 나가는 문을 열었고, 두 사람은 보안구역으로 들어갔다.

"그래서 어떻게 할 건데? 난 저 애를 쫓아낼 거야."

"아직 우리 병원에 들어온 거 아니야. 잊었어? 크리스틴은 수련 중이니까, 일주일 있으면 떠날 거야." 에릭은 외부로 통하는 문을 열었다. 에릭은 갑자기 자신이 항상 이렇게 잠겨 있는 문 뒤에 있다는 게 너무 싫었다. 정신병동에 갇혀 있는 것 같은 느낌도, 크리스틴과의 이상한 상황도, 페리노와의 분란도, 맥스와 르네의 관계에 대한 딜레마도, 심지어 해나를 놓고 케이틀린과 소송해야 하는 상황조차도 전부 다 싫었다.

"그럼 절대로 추천장을 좋게 써주지 않을 거야. 당신도 한 방 먹여."

"조금 전에 그랬잖아." 에릭이 문을 열자, 두 사람은 복도로 나가 엘리베이터 쪽으로 나갔다. 사람들이 모여서 엘리베이터를 기다리고 있었다. 서로 이야기를 나누는 사람도 있고, 스마트폰만 쳐다보고 있거나 귀에 이어폰을 낀 사람들도 있었다.

"추천장을 좋게 써주지 말라는 뜻이었는데."

"그 이야기는 뛸 때 다시 하자."

"좋아." 로리가 입술을 오므렸다. "10킬로미터 내내 잔소리를 듣게 될 거야."

"10킬로미터?" 에릭의 목이 메었을 때, 엘리베이터가 도착했다.

두 사람이 병원, 상가, 글렌크로프트 코퍼레이트 센터 뒤쪽에 구불구불하게 이어진 오솔길에 도착했을 때, 해가 저물면서 공기가 차가워졌다. 에릭은 숨을 헐떡이며 거칠게 몰아쉬었다. 숨쉬기가 힘들긴 했지만 자신의 몸이 괜찮은 상태라는 것을 몸이 기억할 때까지 달렸다. 새 집으로 이사를 간 뒤로는 달리기를 하지 않았다. 그가 좋아했던 골목에서 달리는 것을 다른 곳으로 대체할 준비가 되어 있지 않았다.

"그 의대생은 어떻게 할 거야?" 로리가 편안하게 달리면서 물었다.

그녀는 가늘고 긴 팔을 흔들면서, 튼튼하고 근육이 잘 발달된 다리를 움직이면서, 땀도 거의 흘리지 않았다.

"무시해." 에릭은 크리스틴에 관한 이야기를 로리에게 하지 않기로 마음먹었다. 괜히 이야기했다가 설움만 당하게 될 거라는 걸 잘 알고 있었다.

"나한테 막 대했어."

"당신 말이 맞아."

"그렇다고 뭐가 달라지는데?" 로리가 싱긋 웃으며 그를 쳐다봤다. "내 말이 맞다고 해서 더 이상 말을 안 하면 아무 말도 하지 않은 거나 마찬가지야."

에릭은 웃었다. 그리고 두 사람은 편안하게 달렸다. 이 길이 뛰기에 좋은 길인지는 모르겠지만, 그래도 다시 달리기를 해야겠다는 생각이 들었다. 자연의 멋이라고는 전혀 느낄 수 없는 아스팔트가 깔려 있는 길에는 글렌크로프트사의 달리기 팀, 스판덱스 운동복을 입고 자전거를 타는 사람들, 개를 데리고 산책하는 중년 여자들로 혼잡했다. 길을 따라 기념 명판이 붙어 있는 공원 벤치들과 지도가 붙어 있는 커다란 자판기가 놓여 있었고, 각 구획의 끝 쪽에는 금속 회전문이 달려 있었다. 버튼식 신호등에는 이해할 수 없는 녹음 메시지가 큰 소리로 흘러나오는 스피커가 달려 있었다.

"이 길 좋지 않아?" 로리가 양팔을 휘저으며 말했다.

"농담하는 거야?"

"아니. 최근에 했던 말 중에 유일하게 한 진담 같은데." 로리는 소리 내어 웃었다. "실은 나 자신한테 놀랐다니까. 이렇게까지 정직할 수 있을지 누가 알았겠어?"

에릭이 미소를 지었다. "그러네."

"고마워. 당신도 친절하잖아?"

"난 2등을 한 사람이니까."

"하!" 로리가 장난스럽게 에릭을 밀었다. 로리의 뒤로 여자 두 명이 나란히 뛰어왔고, 그 뒤로 스케이트보드를 탄 십 대가 양팔을 날개처럼 펼치며 따라왔다. 팔에 새긴 문신이 흐릿했다.

갑자기 휴대폰 벨소리가 울렸고, 두 사람 모두 주머니를 확인했다. 에릭의 휴대폰이었다. 그는 그 자리에 멈춰 서서 휴대폰을 꺼냈다. "잠깐만."

"편하게 받아." 로리가 심박수를 유지하기 위해 제자리에서 뛰며 말했다.

에릭은 휴대폰의 화면을 확인했다. 모르는 번호였지만 전화를 받았다. "에릭 패리시입니다."

"패리시…… 선생님?" 상대방이 울면서 말했다. "안 돼……. 오…… 안 돼……."

"네, 누구시죠?" 에릭은 불안해졌다. 너무 심하게 울고 있어서 누구의 목소리인지 구분할 수가 없었다.

"저예요……, 맥스……. 할머니…… 우리 할머니가 지금 막…… 돌아가셨어요."

"맥스, 이런." 에릭은 힘겹게 말했다. 로리는 제자리 뛰기를 멈췄
다. 자전거를 타고 지나가던 사람이 헬멧을 쓴 머리를 돌려 이쪽을
쳐다본 뒤 빠르게 지나갔다.

"할머니는 저랑…… 이야기 중이셨어요." 맥스는 흐느껴 우느라
목이 메었다. "상태가 좋으셨어요……. 그러다 갑자기…… 눈이 정
말…… 커지고 소리를…… 정말 무서운 소리를 내셨어요……. 목에
서 까르륵거리는 것 같은…… 소리가 났어요……. 그리고 할머니의
눈동자가 움직이지 않더니…… 그냥 돌아가셨어요."

"이런 세상에. 지금 돌아가신 거니? 상심이 크겠구나." 에릭은 맥
스가 지금 얼마나 무서울지 상상할 수 있었다. 아마 맥스는 사람이
죽는 것을 처음 볼 것이다.

"여기 아무도 없어요……. 저하고…… 할머니만 빼면……. 야간 담

당 간호사가 간 뒤에 돌아가셨으니까요……. 호스피스에 전화를 했더니…… 장의사한테 연락을 해주겠다고 했어요……. 하지만 전 어떻게 해야 할지 모르겠어요……. 조금 전까지만 해도 괜찮으셨는데…… 할머니는 절 보고 계셨어요."

"그럼 지금 혼자 있는 거니? 할머니 옆에 아무도 없어?"

"네. 그 사람들이 기다리라고 했어요……. 도착하면 전화한다고……. 하지만 너무 끔찍해요……. 믿을 수가 없어요……. 전 어떻게 해야 하죠?"

"맥스, 네가 원하면 내 상담실로 와도 돼." 에릭은 전화로라도 맥스를 위로할 수 있기를 바랐다. "같이 이야기하자. 내가 도움이 될 수도……."

"아뇨, 아뇨……. 아무도 만나고 싶지 않아요……. 우리는 〈골든 걸스〉에 대한 이야기를 하고 있었어요. 할머니는 에스텔이 얼마나 웃긴지를 이야기해주셨죠……. 어떻게 해야 할지 모르겠어요……. 그냥 너무 무서워요……. 감당할 수가 없어요."

"네가 원하면 밤늦게라도 찾아오렴." 에릭은 걱정스러운 표정으로 귀 기울이고 있는 로리를 쳐다보며 말했다. "언제든 좋아. 전화하고 상담실로 오거나, 그냥 통화만 해도 돼. 네가 편한 대로……."

"도움이 되지 않아요. 아무것도 도움이 되지 않아요……. 할머니는 돌아가셨어요. 진짜 돌아가셨어요. 어떻게…… 에스텔에 대한 이야기가 마지막 말이 될 수 있는 건지……. 그건 옳지 않아요. 지금 그렇게 말하면 할머니는 계속 웃으실 거예요. 그리고 할머니를 흔들었는데, 너무 이상했어요……. 한 번도 본 적이 없으니까요……. 할머니는 그냥 그대로였어요. 할머니처럼 보였지만, 할머니가 아니었죠……. 할머니는 잠들어 있는 것처럼 보였지만 그렇지 않았죠. 할머니가 아니었어요." 맥스는 슬픔에 잠겨 울부짖었다. 너무 날것인 울음소리에 에릭은 뼈가 덜덜 떨리는 것 같은 느낌이 들었다.

"맥스, 약속하마. 넌 이 일을 극복하게 될 거야. 내가 도와줄 테니까……."

"아뇨……. 더 이상 선생님을 만나고 싶지 않아요……. 이젠 아무도 보고 싶지 않아요……. 다른 사람은 필요 없어요……. 전 그냥 죽고 싶어요……. 그냥 죽었으면 좋겠어요……."

갑자기 맥스의 목소리가 들리지 않았다. 전화가 끊어진 것이다. 에릭은 떨리는 손으로 재발신 버튼을 눌렀다.

로리가 입술을 오므렸다. "애가 너무 안됐어." 로리가 조용히 말했다.

"맥스가 한 말이 마음에 걸려. 죽고 싶다고 했어."

"큰일이네."

"지금은 애가 혼자 있으면 안 돼. 이런 상황이면 자살할 위험이 있어." 에릭은 신호음이 끊어지고, 음성 사서함으로 넘어가는 소리를 들었다. 그래서 그는 전화에 대고 말했다. "맥스, 패리시 선생님이야. 전화 좀 해줘. 내가 널 도울 수 있어. 아무리 늦어도 괜찮으니까 전화해주렴." 에릭은 전화를 끊었다. 온갖 생각들이 떠올랐다. "맥스 엄마의 연락처를 몰라. 보험회사에서 일한다고 들은 것 같은데. 티크너 부인이 이렇게 빨리 맥스 옆을 떠날 줄은 몰랐어."

"지난 금요일 이후로 맥스를 몇 번 봤어? 한 번?"

"두 번. 잠깐 다시 전화 좀 해볼게." 에릭은 재발신 버튼을 다시 눌렀다.

"자책하지 마. 당신이 어떻게 할 수 있는 일이 아니야." 로리가 에릭의 어깨에 한 손을 올렸다.

"내가 할 수 있어. 해야만 하고." 에릭은 신호음이 가는 소리를 들었다. 두 사람 옆으로 자전거를 탄 사람이 세 명 지나갔다. 자전거 체인에서 윙윙거리는 소리가 났다.

"어떻게? 당신은 지난 주말에 맥스를 두 번이나 만났어. 더 이상 뭘 한단 말이야?" 로리가 에릭의 어깨를 눌렀다. "아무도 그 이상 할 수는 없을 거야."

"애가 힘든 상황에 처해 있다는 걸 알고 걱정하던 중이었어." 에릭은 다시 음성 사서함으로 넘어가는 소리를 들었다. 하지만 이번에는 메시지를 남기지 않았다. 그는 가슴이 답답한 것 같아 계속 숨을 내쉬었다. "난 맥스가 많이 아프다는 걸 스스로 인정하길 바랐어. 그때부터 계속 지켜봤어야 했지. 하지만 그렇게 하지 못했어."

"그 애 상태는 그렇게 심하지 않잖아. 그건 내가 봐도 알겠던데."

"그때는 그랬지. 하지만 맥스는 할머니의 죽음을 극복하지 못할 거야."

"그 애를 입원시켜야 할지도 모른다고 생각하니까 그렇게 생각하는 거지. 그런 식으로 하면 안 돼. 어떻게 해야 하는지는 나보다 당신이 더 잘 알잖아."

"맥스는 곤경에 처해 있어. 난 그걸 너무 잘 알아."

"자살할까봐 걱정하는 거야?"

"그럴 가능성도 있지."

"이런." 로리가 얼굴을 찡그렸다. "응급실에 위기 대응팀을 보내라고 했는데, 이미 다른 데 나가 있는 것 같아. 혹시 맥스한테 약을 처방해줬어?"

"플루옥세틴 20밀리그램을 처방해줬어. 한 통에 30알 들어 있는 걸로."

"위험하지는 않은 거지?"

"그래." 에릭은 긴장했다. "한꺼번에 다 삼킨다고 해도 죽지는 않을 거야. 그냥 기분만 나쁘겠지. 플로옥세틴은 다른 항우울제보다 안전하거든. 40밀리그램이나 60밀리그램 정도의 고용량인 경우라고 해도 통째로 다 삼킨다고 죽지는 않아."

"다행이네."

"먼저 경찰서에 신고부터 해야겠어." 에릭은 휴대폰을 들고 911을 눌렀다. 즉시 연결되었다. "해브메이어 종합병원 의사 에릭 패리시라고 합니다. 자살 위험성이 있다고 여겨지는 맥스 자보우스키라는 미성년 환자의 안위를 확인하고 싶습니다. 맥스는 열일곱 살이고, 자택에서 조금 전 할머니가 자연사를 했어요. 맥스의 상태를 확인하기 위해 그 집에 사람을 보냈으면 합니다."

"알겠습니다. 아이의 이름을 다시 한 번 말씀해주시겠어요? 주소를 알고 계십니까?" 상담원이 물었다.

에릭은 연락처 목록을 뒤졌다. 통화 목록에 번호가 남아 있지 않는 것으로 보아 맥스는 집 전화로 연락을 한 모양이었다.

"주소와 전화번호를 알려주시겠어요?"

에릭은 맥스의 정보를 교환원에게 알려주었다. "지금 당장 순찰차를 보내주세요. 지체하면 안 됩니다."

"이미 출발했습니다."

"경찰서에서 출발한 건가요? 경찰서에서 그 집까지는 20분 거리로 아는데."

"패리시 선생님, 전 전달만 할 뿐입니다. 순찰차가 어디서 출발했는지는 말씀드릴 수 없어요. 하지만 최대한 빠른 시간 안에 그곳에 도착할 거라는 것만은 말씀드릴 수 있습니다."

"순찰차가 그 집에 도착하면 제게 연락해달라고 전해주겠습니까?"

"그건 절차에 맞지……."

"부탁입니다. 경관에게 연락 좀 해달라고 해주세요. 생사가 걸린 문제입니다." 에릭은 거절을 받아들일 마음이 없었다. 인근 관할 구역에서 일하는 정복 경관들과는 그의 담당 환자들을 병원 응급실로 데려올 때마다 마주치곤 했다. 그 경관들은 절차와 상관없이 기꺼이 에릭을 도와줄 것이다.

"알겠습니다. 경관들에게 그렇게 알리죠."

"정말 감사합니다." 에릭은 전화를 끊었다. 입이 바짝 말랐다. 맥스의 안전을 위해서는 앞으로 몇 시간이 중요하다. 맥스의 목소리를 다시 듣기 전까지는 마음이 놓이지 않을 것이다. "연락이 올 때까지 기다려야 돼."

"그래. 그때까지 어디 좀 앉지 않을래? 저쪽에 의자가 있네."

"난 괜찮아." 에릭은 그대로 서 있고 싶었다. 이유는 모르겠지만, 서 있는 게 마음이 편한 것처럼 느껴졌다. 그는 텅 빈 집에서 사랑하는 할머니, 사실상 엄마나 마찬가지였던 할머니의 시신 옆에 혼자 앉아 있을 맥스를 떠올렸다.

"얼굴이 창백한 게 안 좋아 보이는데. 이리 와. 저기 좀 앉아." 로리가 등받이에 기념 명판이 박혀 있는 삼나무 벤치로 이끌었다.

"뭐든 내가 할 수 있는 일이 없을까 생각 중이야."

"그 이상 할 수 있는 일이 뭐가 있어. 지금은 그저 맥스나 경찰에게 연락이 오길 기다리기만 하면 돼. 이쪽으로 와. 지금 우리가 서 있는 곳은 자전거길이야." 로리는 벤치를 향해 다가가며 에릭에게 손짓했다.

"맥스가 전화했으면 좋겠어." 에릭은 반사적으로 휴대폰을 확인하며 로리를 따라가 자리에 앉았다.

"연락 올 거야. 걱정하지 마."

"미처 마음의 준비도 못 했을 거야." 에릭이 마음을 가라앉히며 얼굴을 문질렀다. "그 애와 좀 더 많은 시간을 보냈으면 좋았을 텐데. 1주일이나 2주일 정도라도. 그랬으면 맥스를 안정시킬 수 있었어."

"별로 도움이 되지 않았을 수도 있어. 2주일 뒤라고 해도, 맥스는 할머니를 보낼 준비를 하지 못했을 거야."

"아니, 그렇지 않아. 2주 정도 시간이 있었으면 많은 걸 할 수 있어. 그 애를 매일 만났다면 말이야."

"이성적이지 않네. 당신은 그냥 속상한 거야." 로리는 극적인 사건 없는 비극에 익숙한 현실적이고 차분한 눈빛으로 에릭을 쳐다보았다.

"속상한 건 맞지만 내 생각이 틀린 건 아니야. 환자한테 의욕만 있으면 치료적 관계를 빨리 형성할 수 있어. 맥스는 의욕이 있었고. 어느 쪽이냐 하면, 간절하다고 할 정도였지."

"에릭, 당신이 모든 걸 다 할 수는 없어. 당신은 슈퍼맨이 아니야."

"그렇다고 해도 맥스가 자해한다면 나 자신을 용서하지 못할 거야."

"그 아이를 진심으로 아끼는 거야?"

"환자들은 모두 다 아껴."

"알아. 하지만 맥스는 좀 특별한 것 같아서." 로리가 고개를 들어올렸다. "환자와의 사이가 너무 가까운 경우를 밀착되어 있다고 하던가? 그런 거야?"

"아니." 에릭은 약간 방어적으로 대답했다. "그 애가 좋다는 건 인정해. 당신도 그렇잖아."

"그야 그렇지. 하지만 당신처럼은 아니야." 로리가 부드럽게 대답했다. 에릭은 순간, 그 순간을 눈에 담아두었다는 것을 깨달았다.

"난 그 애가 가여워. 달리 무슨 말이 필요해?" 에릭은 맥스에 대해 다른 감정을 느낀다는 것을 알고 있었다. 맥스에 대한 연민이 남달랐다. 어쩌면 맥스에게는 아버지가 없고, 그에게는 아들이 없어서일 수도 있다. 더군다나 에릭은 최근 해나를 잃은 것 같은 느낌을 받고 있었다. 아니면 맥스가 진정으로 사랑하는 할머니를 잃게 되면 오롯이 혼자 남게 된다는 것을 알고 있기 때문일 수도 있다. "밀착은 아니야. 굳이 전문적으로 들어가자면 역전이逆轉移[32]에 가깝지."

"그게 무슨 뜻인지 알아야 한다는 건 아는데, 사실 잘 몰라."

"예를 들면, 전이는 아버지와 문제가 있는 환자가 당신을 아버지처럼 대하는 거야. 역전이는 정신과 의사가 자신의 문제 때문에 환자를 특정 방식으로 대하기 시작할 때 나타나는 거지." 에릭은 스스로를 돌아보며 잠시 말을 멈췄다. "난 맥스를 아들처럼 대했어. 아무래도 이혼이 진행 중이어서 그런 것 같아. 하지만 완전히 역전이됐다고 볼 수는 없어. 그래도 주의해야겠지."

"당신을 탓하려는 게 아니야. 그냥 평소 같지 않아서 한 말이지. 그것도 감정 대장이."

에릭은 예전 별명을 듣자 미소를 지었다. 오래전 의대생일 때, 그들은 서로에게 속내를 털어놓곤 했었다. 그런데 지금 이렇게 그가 혼자가 되고 나자 이 상황이 이상하게 느껴졌다. 에릭은 어색한 순간을 넘기기 위해 애를 썼다. "맥스의 상태가 어떤지 직접 가서 보면 좋을 텐데. 그 애한테 괜찮다고, 이겨낼 수 있을 거라고 말해주고 싶어. 할

---

32 환자에 대한 정신 분석가의 의식적이거나 무의식적인 감정 반응

머니도 그걸 바라실 거라고."

"당신이 이 상황을 해결하고 싶은 마음은 이해해. 하지만 그렇게 할 수 없잖아."

"맞아." 에릭은 머리를 쓸어 넘겼다. 그리고 휴대폰을 다시 확인했다. "아무것도 못하고 여기 가만히 있자니 견딜 수가 없어서 그래. 멀리 떨어져서는 아무것도 해결할 수가 없잖아."

로리가 고개를 끄덕였다. "그래. 당신 말처럼 의사들은 고치기 위해, 적어도 고쳐보려는 시도라도 하기 위해 태어난 거지. 나도 온종일 온갖 치료를 해. 꿰매고, 붙이고, 괴사 조직을 제거하고, 봉합하지. 사람들이 응급실 의사를 최고급 배관공처럼 여긴다는 거 나도 알아. 하지만 적어도 인간의 능력으로 치료가 가능한 거라면 다 고쳐야지. 난 직원들에게 만일 환자를 잃는다 하더라도 우리가 최선을 다하지 않아서가 아니라고 말해."

에릭은 로리를 돌아보았다. "그런 통찰력이 언제부터 있었지?"

로리가 싱긋 웃었다. "얼굴만 예쁜 게 아니야."

에릭은 웃었다. 어쩌면 처음으로 로리의 얼굴이 예쁘다는 것을 실감했다. 무엇보다 그녀는 편안한 분위기를 풍기고 있었다. 그리고 실제로 무뚝뚝한 편임에도 불구하고 화장을 하지 않은 자연스러운 로리의 얼굴이 에릭의 마음을 편안하게 만들어주었다.

"좋은 생각이 있어." 로리가 벤치에 기대앉으며 말했다. "달리기는 그만두자. 그냥 연락이 오기를 기다리면서 저녁이나 먹는 거지. 내가 만들어줄게. 새로 이사한 아파트도 한번 와볼 겸. 아직도 진토닉 마셔?"

"응." 에릭은 미소를 지었다. 로리가 아직도 자신의 취향을 기억하
고 있다는 사실에 놀랐다.

"좋아. 집에 진도 있고, 라임도 한두 개 있을 거야. 어떻게 할래?"

에릭이 미소를 지었다. "달리기는 그만두자면서."

24
장

에릭은 전화 온 게 없는지 확인하며, 로리를 따라 아파트로 들어갔
다. 자신의 차를 몰고 로리의 차를 뒤따라 여기까지 오는 동안 맥스
에 대한 걱정이 점점 더 커졌다. 맥스에게서도 경관에게서도 연락이
오지 않았다. 그래서 에릭은 911에 다시 전화를 걸어 경찰이 맥스의
집에 도착했는지를 물었지만 교환원은 알지 못했다.

"아직 연락 없어?" 로리가 열쇠와 핸드백을 소나무 콘솔에 내려놓
으며 물었다.

"응. 경찰에도 전화하고, 맥스한테도 음성 메시지를 한 번 더 남겼
는데 아무런 연락이 없어."

"저녁 식사를 준비할게. 좀 쉬고 있어. 어디서든 연락이 올 거야."
로리가 실내를 가리켰다. "집은 어때?"

에릭은 벽돌로 된 정원이 딸린 저층 건물 1층에 있는 상자 모양의

침실 두 개짜리 아파트를 둘러보았다. 흰색으로 칠해진 거실 겸 식당
은 황갈색 대형 소파와 커다란 의자들, 검은색으로 옻칠한 책장과 거
기에 어울리는 TV대, 짙은 색 나무로 된 식탁 세트로 가득 찬 커다란
직사각형 방이었다. 바닥은 사이잘sisal 섬유로 짠 양탄자가 깔려 있
고, 양끝에 있는 커다란 창문들은 주차장에서 집 안이 보이지 않도록
초록색 울타리가 둘러져 있었다. 그 창문에는 진짜 커튼들도 겹겹이
드리워져 있었다. 벽에는 강렬한 현대 미술 작품들이 걸려 있었는데,
그림들의 화려한 색상과 추상적인 형태에서 로르샤흐 검사Rorschach
tests[33]가 연상되었지만 에릭은 그 생각을 입 밖에 내지 않았다. "좋은
데."

"정말?" 로리가 반신반의한 듯한 미소를 지었다. 에릭은 로리가 확
신을 얻고 싶어 한다는 것을 알아차렸다. 이제껏 한 번도 본 적이 없
는 그녀의 약한 모습이었다.

"그래. 그림들도 근사해. 나야 잘 모르긴 하지만."

"고마워. 전부 마티즈의 복제화야. 가장 좋아하는 작품들이지. 정
말 멋있지 않아?"

"그러네." 에릭은 자신이 무심코 옳은 말을 했다는 것을 깨달았다.

"마실 것 좀 줄까? 물, 아니면 진토닉?" 로리가 작지만 깨끗한 주방
으로 향했다. 환한 노란색 벽에, 토막나무 세공의 조리대가 놓여 있
었다.

33　열 가지 잉크 얼룩 그림을 이용해 환자의 사고와 정서를 투사하는 검사법

"물이면 돼. 취하면 안 되니까."

"알았어." 로리가 냉장고 문을 열었다. 냉장고는 안이 꽉 차 있었다. 선반에는 녹색 케일, 로메인, 비트가 담긴 비닐봉투가 가득했고, 그 아래 칸에는 딸기, 블루베리, 잘라 놓은 파인애플과 칸탈루프[34]가 담겨 있는 플라스틱 통이 놓여 있었다.

"냉장고가 농산물 코너를 그대로 옮겨 놓은 것 같네. 전부 다 당신이 먹을 거야?" 에릭은 거기서 질문을 멈췄다. 왜?

"당연하지. 여기 나밖에 더 있어? 난 요리하는 거 좋아해." 로리가 게임 쇼 진행자처럼 우스꽝스럽게 음식들을 가리켰다. "저녁 식사는 어떻게 할래? 딜 dill[35]을 곁들인 연어나, 버터와 케이퍼로 가자미 요리도 돼. 아니면 샐러드도 있고."

"뭐든 빨리 되고, 간단한 걸로."

"그럼 샐러드로 할까? 그게 제일 빨리 돼."

"좋아. 완벽하네." 에릭은 휴대폰을 흘깃 쳐다보았다. 7시 32분이었다. 맥스의 전화를 받은 지 거의 한 시간이 지났다. 그로서는 상상할 수도 없는 무슨 일이 일어난 게 분명했다. 어쩌면 경찰이 그곳까지 가는 데 시간이 걸리고 있거나, 이미 왔다 갔을지도 모른다. 에릭은 해나를 떠올렸다. 나중에는 너무 바빠서 전화를 하지 못할 수도 있을 것 같았다. "로리, 잠깐 전화하고 올게. 해나하고 통화 좀 하려고."

---

34 껍질은 녹색, 과육은 오렌지색 메론
35 흔히 채소로 피클을 만들 때 넣는 허브의 일종

"그래, 편하게 해." 로리는 브리타 정수기에서 물을 한 잔 따라 에릭 앞에 갖다주었다. "조용히 통화하고 싶으면 저쪽 구석에 가서 해. 현관문 앞이 수신 상태가 제일 좋거든. 기지국인지 뭔지가 그쪽에 있나봐."

"고마워." 에릭은 해나의 전화번호를 찾으며 현관 쪽으로 걸어가서 통화 버튼을 눌렀다. 신호음이 떨어지다가 이내 녹음된 음성이 흘러나왔다. "지금 거신 번호는 더 이상 이용할 수 없습니다. 고객 서비스 센터 이용 시간은 월요일부터 금요일, 오전 9시부터 오후 5시까지입니다." 에릭은 전화를 끊었다. 번호를 잘못 눌렀거나 수신 이상일 것이다. 그는 다시 해나의 번호를 눌렀다. 신호음이 갔지만, 이번에도 아까와 똑같은 안내 멘트가 나왔다. "지금 거신 번호는 더 이상 이용할 수 없습니다……." 에릭은 화가 나서 전화를 끊었다. "정말 말도 안 돼."

"무슨 일 있어?" 주방에서 로메인을 자르고 있던 로리가 현관 쪽을 쳐다보며 물었다.

"해나의 휴대전화를 해지했어. 케이틀린의 짓일 거야."

"그런 짓을 왜 하지?"

"양육권 때문에. 사실 양육권 소송을 시작했거든."

"세상에, 난 몰랐네." 로리가 칼질을 멈췄다.

"결단을 내린 지 얼마 안 됐어." 에릭은 속이 뒤틀렸다. "변호사에게 전화해야겠어. 미안해."

"어서 해." 로리가 다시 칼질을 시작했다.

에릭은 수잔의 번호를 찾아 통화 버튼을 눌렀다. 신호음이 갔지만 음성 사서함으로 넘어갔다. 에릭은 메시지를 남겼다. "수잔, 가능한 빨리 전화해줘요. 케이틀린이 해나의 휴대전화를 해지한 것 같아요." 에릭은 전화를 끊은 뒤, 케이틀린의 번호를 찾았다. 통화 버튼을 누르자, 신호음이 계속 이어지다가 음성 사서함으로 넘어갔다. "젠장!"

"전화 안 받아?"

"안 받아. 이젠 변호사를 통해서만 이야기하자는 거지." 에릭은 이마를 문질렀다. 전처의 발랄한 메시지를 들으니 피가 거꾸로 솟는 것 같았다. 삐 소리가 났을 때, 에릭은 애써 마음을 가라앉히며 메시지를 남겼다. "케이틀린, 해나에게 언제나처럼 잘 자라는 인사를 하려고 전화를 했는데 어떻게 된 일이지 전화가 안 되네. 단순한 실수일 거라고 생각해. 나한테 전화하라고 해나에게 전해주면 고맙겠어." 에릭은 전화를 끊고 숨을 내쉬었다.

로리가 에릭을 쳐다봤다. "진 토닉이 필요할 것 같은데."

"아니, 괜찮아." 에릭은 현재 상황을 잊지 않고 있었다. 그와 케이틀린의 문제는 맥스에게 일어난 일에 비하면 아무것도 아니었다. 에릭은 맥스가 자해하는 일이 없기를 신에게 빌었다. "아직까지 경찰한테 연락이 안 오는 게 이상하네. 혹시 맥스가 응급실에 실려간 건 아닌지 확인해줄 수 있어?"

"안 그래도 집에 오는 길에 응급실에 연락해뒀어. 경찰들은 아마 상황을 정리하고 있을 거야. 이런 일에 능숙할 테니 믿고 기다려봐." 로리가 푸른색 무늬 접시 두 개를 식탁에 올렸다.

"경찰 고위층에 연락해봐야겠어." 그 순간 갑자기 에릭의 휴대폰이 울리기 시작했다. 확인해보니 모르는 번호가 찍혀 있었다. 에릭은 바로 전화를 받았다. "패리시입니다."

"패리시 선생님, 찰스 갬비아 경관입니다. 저희는 지금 버윈 뉴튼 로드 310번지, 티크너 가에 와 있습니다."

맥스의 주소였다. "맥스 자보우스키는 어떻습니까? 바로 통화가 가능한가요?"

"아이는 여기 없습니다."

"뭐라고요?" 에릭이 깜짝 놀라 되물었다.

"아이가 없다고요. 아이의 어머니는 여기 계시고, 고인의 시신은 장례식장으로 옮겼습니다."

"그럼 맥스는 지금 어디 있습니까?" 에릭은 맥스에 대한 걱정이 더 커졌다.

"저희가 도착했을 때 이미 이곳에 없었습니다. 집 안을 샅샅이 뒤졌지만 아이는 보이지 않았습니다."

에릭은 온갖 생각이 다 떠올랐다. "맥스의 어머니는 아들이 어디 있는지 아나요?"

"아뇨."

"언제 도착했습니까?"

"오후 6시 45분경에 도착했습니다. 근처에 있어서 바로 왔죠."

에릭은 상황을 정리했다. 경찰은 일찍 도착했지만, 맥스는 그 전에 이미 집을 나간 상태였다. 무려 45분 전의 일이었다. "왜 바로 연락을 주시지 않았죠? 애를 찾은 겁니까?"

"그 이후로 아이의 어머니인 마리 자보우스키씨를 보살폈습니다. 몹시 불안정한 상태였으니까요."

"모친이 사망한 직후라서 그랬을 겁니다. 그럼 마리 자보우스키 씨와 통화를 할 수 있을까요?"

"그건……." 갬비아 경관이 머뭇거렸다. "물어보겠습니다. 저쪽에 계시니까요."

"감사합니다." 에릭은 휴대폰을 통해 여자의 울부짖는 소리와 무슨 말인지 알아들을 수 없는 소리를 들었다.

"패리시 선생님?" 갬비아 경관이 말했다. "자보우스키 씨는 전화를 받고 싶지 않다고 합니다. 실례합니다만, 이제 그만 파트너와 함께 가봐야 할 것 같네요. 다시 전화드리겠습니다."

"알겠습니다. 그럼 맥스는 어떻게 되는 거죠? 아이를 찾을 다른 방법은 없을까요?"

"실종된 게 아니라서 지명수배를 할 수가 없습니다."

"다른 방법은요?"

"없습니다. 나중에 다시 확인해보고 연락드리죠."

"알겠습니다. 수고하셨어요."

"그럼 이만." 갬비아 경관이 전화를 끊었다.

에릭은 온갖 생각이 다 떠올랐다. 그는 로리가 저녁 식사를 차려 놓은 식탁을 돌아보았다. 식탁 중앙에 놓인 나무 그릇에는 얇게 자른 아보카도와 구운 피망, 페타 치즈를 곁들인 로메인 샐러드가 가득 담겨 있었고, 그 옆에는 잡곡빵과 버터가 담긴 접시가 놓여 있었다. 접시 옆에는 물과 차가운 진 토닉이 담긴 유리잔들이 있었다.

"잘 됐어?" 로리가 식탁 위에 한 손을 올린 채 걱정스러운 눈으로 에릭을 쳐다보며 물었다.

"아니." 에릭은 애석한 느낌이 들었지만, 가야만 했다. "정말 맛있어 보이지만 오늘은 그냥 가야 될 것 같아. 용서해줄래?"

25
장

 에릭이 70년대의 축소 개발로 절반만 석조로 된 높낮이가 다른 주
택들이 빽빽하게 서 있는 동네에 도착했을 때는 날이 어두워진 뒤였
다. 그는 가로등이 없는 보도를 따라 걸었다. 온통 컴컴한 가운데 집
안에서 새어 나오는 텔레비전 불빛과 컴퓨터의 모니터 불빛만이 깜
빡거렸다. 그는 맥스의 집 건너편에 차를 세운 뒤, 시동을 끄고 집을
살폈다.
 맥스가 사는 집은 2층 건물이었는데, 제멋대로 자란 생울타리 때
문에 1층이 제대로 보이지 않을 정도였다. 검은색 토요타가 진입로
에 서 있었다. 맥스나 맥스 엄마의 차일 것이다. 밖에는 조명 장치가
없었지만, 커튼 사이로 새어 나오는 불빛이 집 안에 누군가 있다는
것을 알려주었다.
 에릭은 차에서 내려 자동차 열쇠를 주머니에 넣고 서둘러 길을 건

너 진입로로 들어갔다. 집 앞에 있는 작은 베란다에 올라가니, 좁은 처마 밑에 흰색 PVC^{36} 의자 몇 개와 너덜너덜해진 해변용 의자, '꽁초 제대로 꺼Butt Out!'라고 쓰인 담배 모양의 더러운 흰색 재떨이가 놓여 있었다. 커다란 전면 유리창이 있었지만 커튼에 완전히 가려져 있었다. 에릭은 집 안에서 텔레비전 소리가 새어 나오는 것을 들었다.

낡은 현관문을 두드리고 잠시 기다렸지만 대답이 없었다. 에릭은 이번에는 좀 더 세게 문을 두드렸다. 이 집에 찾아오는 것이 경계선 침범은 아닌지 걱정하지 않았다. 반대로 지금 그는 맥스가 자살이라도 할까봐 걱정이었기 때문에 맥스의 어머니에게 그 사실을 알려야 할 의무가 있었다. 갑자기 문이 열리고 목욕 가운을 입은 키 작은 여자가 나타났다. 빛을 등지고 서 있었기 때문에 얼굴이 보이지 않았지만 맥스의 어머니일 것이다. "자보우스키 부인?"

"네. 마리 자보우스키예요."

"에릭 패리시라고 합니다. 아드님을 상담하고 있는 정신과 의사죠. 먼저 애도의 말씀을……."

"정신과 의사라고요? 난 모르는 일인데요."

"일단 안에 들어가서 맥스에 대해 이야기할 수 있을까요?"

"좋아요." 마리는 문을 활짝 연 뒤, 비틀거리며 옆으로 물러섰다. 목욕 가운의 끈이 바닥에 끌렸다. 에릭은 집 안으로 들어갔다. 실내에서는 메케한 담배 냄새가 났다. 밝은 데서 마리의 얼굴을 보니 알

---

36 폴리염화비닐

코올 의존자의 징후가 뚜렷했다. 군살이 붙은 턱, 핏줄이 선 푸른 눈, 반쯤 덮여 있는 눈꺼풀, 뺨과 코의 끊어진 모세혈관. 나이는 40대 후반 정도지만, 실제로는 더 나이 들어 보였다.

"전 맥스가 걱정됩니다. 아드님은 지금 어디에 있죠?" 에릭은 작은 거실을 재빨리 살폈다. 전면 창에는 커튼이 쳐져 있었고, 다른 창문은 에어컨에 반쯤 가려져 있었다. 커다란 갈색 소파가 합판으로 된 벽 앞에 놓여 있었고, 그 옆에는 갈색 격자무늬 안락의자가 놓여 있었다. 바닥에는 색이 바랜 무늬가 있는 갈색 양탄자가 깔려 있었다. 묵직해 보이는 작은 탁자 위에는 갈색과 푸른색 약병들이 어질러져 있었고, 담배꽁초가 가득한 유리 재떨이와 탁자 표면에 물 자국을 남기며 놓여 있는 지저분한 플라스틱 컵들과 뚜껑을 딴 스미노프 보드카 병이 놓여 있었다. 에릭은 이 집에 다른 사람이 없다는 것을 알아차렸다. 거실 너머로 보이는 방들이 어둡고 조용했기 때문이다.

"그 애는 여기 없어요. 경찰한테도 말했다시피 이 집에 없다고요. 아주 급하게 나갔어요. 나중에 봐요." 마리가 말끝을 흐렸다. 눈에는 초점이 없었다. 에릭은 응급실에서 문제가 있는 환자들을 너무 많이 봐왔기에, 정확하게 알코올 측정을 하는 경찰들처럼 어느 정도 상태인지를 거의 정확하게 파악할 수 있었다. 마리의 경우, 법정 한도치의 두 배가 넘는 것처럼 보였다. 에릭은 마리가 자신의 말을 알아들을 수 있는 상태인지 의심스러웠지만, 일단 시도해보는 수밖에 없었다.

"맥스가 걱정돼서 여기 온 겁니다. 할머니의 죽음으로 인해 맥스가 자해라도 할까봐 걱정이 돼서⋯⋯."

"정말 맥스의 정신과 의사예요? 돈은 누가 줬죠?" 마리가 코웃음을 쳤다. "대답하지 말아요. 내가 맞춰 볼 테니까. 성모마리아 같은 우리 엄마가 줬죠?"

에릭은 마리의 반응이 놀랍진 않았지만 역겨웠다. "네, 어머님께서 주셨습니다. 그보다 지금 제가 하는 말을 제대로 알아들으신 건가요? 맥스가 자살할지도 모른다고 했습니다. 아이를 바로 찾는 게 중요해요. 부인이 여기 왔을 때 맥스는 집에 있었나요?"

"아, 집에 있었죠. 내가 누구한테든 전화해서 저 망할 이동식 변기랑 침대를 치우라고 할 때까지는요." 마리가 애매하게 방 쪽으로 손을 휘저으며 말했다. 순간 푸른색 셔닐실[37]로 된 목욕 가운이 벌어지면서 알몸이 드러났다. 하지만 어떠한 매력도 찾아보긴 힘들었다. "이 망할 집구석에 들어올 때마다 내 거실에 변기가 놓여 있는 게 보기 싫었거든요. 이 집의 주인은 나예요. 하지만 저 두 사람은 날 한 번도 주인으로 대한 적이 없었죠. 특히 맥스가 그랬어요. 어쨌든 내 말에 맥스가 소리를 지르더니 다른 말없이 그대로 나가버렸어요. 꼭 자기 아빠처럼 말이죠. 부전자전이라더니."

에릭은 맥스에게 연민을 느꼈다. 엄마가 변기를 치우라고 했을 때 맥스가 느꼈을 슬픔을 알 것 같았다. "맥스가 어디에 있을지 아시나요? 그 애가 즐겨 다니는 장소 말입니다. 스타벅스나 도서관이나 쇼

---

37 실을 꼬아 부드럽게 만든 실

핑몰 같은."

"스타벅스요? 지금 농담해요? 맥스가 어디로 갔는지는 아무도 몰라요. 그 애가 쇼핑몰에서 가는 곳은 그 빌어먹을 비디오 게임 가게밖에 없었으니까. 맥스가 어디 있는지 알고 싶으면 우리 엄마한테 물어봐요. 세상에, 정말이라니까요." 마리가 키득거리며 웃었다. 티크너 부인의 웃음소리와 비슷했다. "두 사람은 같은 콩깍지에 들어 있었다니까요. 엄마는 유언장에서도 맥스를 끔찍하게 챙겼어요. 엄만 늘 말했죠. 나한테는 땡전 한 푼 안 주고, 전부 다 맥스에게 물려줄 거라고." 마리가 갑자기 인상을 썼다. "어떻게 자기 딸한테, 그것도 외동딸한테 그렇게 말할 수가 있죠? 정신과 의사라니까 하는 말인데, 너무 지독하지 않아요? 정말 지독한 사람이라니까. 생명보험도 수취인을 맥스로 정해 놨다고 했어요. 내가 그 돈을 받을 길은 애가 죽는 경우밖에 없어요."

에릭은 마리의 말을 무시했다. 이런 상황에서 너무 추악했다. "생각을 해보시고 도움을……."

"맥스, 맥스, 맥스. 온통 그 이름뿐이라니까. 모두 맥스만 걱정해요. 우리 엄마도 내내 맥스만 걱정했죠. 애가 친구도 없고, 컴퓨터 앞에 너무 오래 앉아 있다고. 계속 그 이야기만 했어요."

"지금 상황에서는 시간이 중요합니다. 맥스한테는 학교든, 학원이든, 이웃이든 친구가 있을 겁니다. 혹시 아시는 게 있으면……."

"맥스에 대해서는 전혀 걱정할 필요 없어요. 이제야 말하지만, 그 애는 거짓말쟁이예요. 당신네들 말로 병적인 거짓말쟁이예요. 그 애를 믿으면 안 돼요." 마리는 얼굴에 흘러내린 머리카락을 쓸어 넘기며, 거의 풀어진 채로 헝클어져 있는 포니테일로 묶은 머리를 매만졌다. "그 애는 친구가 없다고 하지만, 밤에 누군가와 통화하는 소리를 들었어요."

에릭은 귀를 쫑긋 세웠다. "통화한 상대가 누군지 아십니까? 학교 친구라고 하던가요? 아니면 학원? 같이 게임하는 친구인가요?"

"그걸 누가 알겠어요. 그 애의 말은 믿으면 안 돼요. 나보다 맥스를 더 잘 아는 사람은 없어요. 아무도. 난 그 아이를 배 속에 품고 있었어요. 맥스는 태어나는 순간부터 비웃는 표정으로 날 쳐다봤죠. 그 애는 다른 사람들과 달라요. 평범하지 않은……."

"대체 누구랑 통화를 한 걸까요? 그 사실을 경찰에 말했습니까?"

"아뇨. 어쩌면 혼잣말을 했거나, 날 속이려고 그랬을 수도 있으니까요." 마리는 에릭에게 뒤로 물러나라는 듯 손을 내저었다. "맥스에 대해 잘 안다고 생각하겠지만, 그쪽은 그 애를 몰라요. 맥스는 당신을 속였어요. 미친 아이니까. 그 애 아빠도 똑같았죠. 하지만 그만큼 똑똑하진 않았어요. 그래서 미쳤다는 것도 숨기지 못하고 이상한 눈빛을 하고 있었죠. 맥스는 일상을 잃어버린 어린아이처럼 행동해요. 하지만 난 그 애를 잘 알아요. 그 애는 사람을 조종해요. 우리 엄마도 조종했고, 학교에 있는 사람들 모두를 속였어요. 맥스는 정말 영리하거든요. 3학년 때부터 재능이 있었어요. 그 애를 천재라고 한다면 사악한 천재인 거죠."

에릭도 맥스가 쇼핑몰에 갈 것 같지는 않았다. 그렇다면 어딘가 다른 장소에 가 있을 것이다. "학교나, 공원, 야구장 같은 곳에 간 건 아닐까요?"

"아뇨, 아뇨, 아뇨. 맥스는 여기 있어야 하는데 보이지 않죠. 그 애가 나를 신경 쓰는 것 같아요? 죽은 사람은 내 엄마예요. 그 애의 엄마가 아니라. 그 애의 엄마는 이렇게 살아서 외롭게 혼자 앉아 있어요. 자크는 지금 시외에 있고, 맥스도 그 사실을 알아요. 그런데 신경이나 쓰나요? 지금 같은 때는 여기서 날 챙겨야 하는 거잖아요? 당신은 어떻게 생각해요? 왜 아무도 내 걱정은 하지 않죠? 엄마는 왜 내걱정을 하지 않았을까요? 두 사람 모두 나를 전혀 존중하지 않았어요. 내가 쓰러지면 발로 걷어찰 거예요. 그게 어떤 건지, 내가 얼마나 고통스러운지 아무도 몰라요." 마리는 잠시 말을 멈추더니, 얼굴을 찌푸리며 에릭을 새삼스레 쳐다보았다. "당신은 자신이 누구라고 생각하는 거예요? 내 허락은커녕 나 몰래 내 아들을 만나다니. 맥스는 아직 열여덟 살도 되지 않았다는 거 알아요? 법에 위반되는 일 아닌가요? 말해봐요."

"합법적인 일입니다." 에릭은 차분히 대답했다. "맥스가 미성년자라고 해도 부모의 동의 없이 상담을 받을 수 있습니다."

"그런 게 합법적인 일이라니 말도 안 돼. 틀림없이 불법일 거야!"

"다만 아이가 자살을 할 상황이라면 부모님께 알려야 할 의무가 있어요. 그래서 오늘 밤 여기에 온 겁니다. 정말 걱정돼서……."

"그 애를 만났을 때 뭐라고 하던가요? 응?" 마리가 가느다란 눈썹을 치켜세우며 코웃음을 쳤다. "아마 내 이야기를 했을 거야. 항상 내

욕을 했으니까. 나에 대해 뭐라고 하던가요?"

"우리가 나눈 이야기를 부인에게 말하는 것은 금지되어 있습니다
만……."

"나한테 말하는 게 금지되어 있다니 무슨 뜻이에요? 그 애는 내 아
들이에요. 하나뿐인 아들. 난 그 애의 엄마고. 모든 걸 다 알아야 할
권리가 있어요." 마리는 팔짱을 끼고 발을 구르다가 옷자락을 밟고
넘어질 뻔 했다. "그 애가 나에 대해 뭐라고 했는지 알고 싶어요. 그렇
지 않으면 그쪽한테 아무것도 말해주지 않을 거예요."

"맥스를 돕기 위해선 부디 협조를……."

"내가 지금 어떻게 사는지 알아요? 무슨 돈으로 사는지 아느냐고
요? 쥐꼬리만한 월급이요! 맥스는 엄마의 돈이 어디에 있는지 알아
요. 통장 세 개와 사회보장연금까지 말이에요. 맥스의 방과 책상을
샅샅이 뒤졌지만 찾지 못했어요. 노트북을 열어보려고 했는데 암호
를 걸어 놨더라고요. 그 애가 돈에 대해 말하던가요? 돈이 어디에 있
다고 말해요?"

"상담 중에 나눈 이야기에 대해서는 아무 말도 할 수 없습니다." 에
릭은 대답했지만 계획을 짜기 시작했다.

"그럼 상담료는 어떻게 주던가요? 수표? 그 계좌 번호를 알고 싶어
요. 난 그 돈이 어디에 있는지 알 권리가 있단 말이에요. 마지막 한 푼
까지 내가 받아야 할 건 다 받아 낼 거예요. 맥스든 누구든 내 것을 가
져가게 내버려두지는 않을 테니까." 마리는 분노로 이를 갈았다. "돈
을 어디에 숨긴 건지는 모르겠지만 가까운 곳에 뒀을 거예요. 맥스는

뱀 같은 애니까."

"제가 맥스의 방을 둘러본다면, 통장을 찾거나 단서를 찾을 수 있을지도 모릅니다." 에릭은 맥스의 방을 둘러보면 그가 어디로 갔는지 알 수 있는 단서를 찾을지도 모른다고 생각했다. 그의 직업적 본능이 경계선 침범이 될 수 있다고 말하고 있었지만, 맥스의 목숨을 구할 수만 있다면 그런 세부 조항 같은 건 무시할 것이다.

"안 될 게 있겠어요? 따라와요." 마리는 발에 걸리지 않도록 목욕 가운을 들어 올리며 약간 불안정한 걸음걸이로 앞장섰다.

에릭은 마리를 따라 짧은 계단이 있는 왼쪽으로 돌아갔다.

"불을 켜야겠네." 마리는 벽을 더듬었고, 두 번째 시도 끝에 전등불 스위치를 켰다. 머리 위로 반투명 유리 전등에 불이 들어오면서 갈색 양탄자가 깔려 있는 계단을 비추었다. 청소가 필요한 상황이었다. 2층으로 이어지는 흰 벽에는 흠집이 남아 있었고, 아무것도 걸려 있지 않았다.

"도와드리죠." 에릭은 마리가 난간을 잡고 있음에도 넘어질까봐 걱정스러워 그녀의 팔꿈치를 잡은 채 계단을 올라갔다.

"신사분이셨네?" 마리가 숨을 헐떡거리며 소리 내어 웃었다. 두 사람이 2층에 다다르자, 마리는 전등을 켰다. 문이 닫힌 세 개의 방문이 있는 짧은 복도가 나왔다. 하지만 그중 한 개에만 '입구Portal'라고 쓰여 있고, 커다란 로봇과 카메라가 그려진 검은색 포스터가 붙어 있었다. 비디오 게임과 관련된 것처럼 보였지만, 에릭은 무슨 뜻으로 붙여 놓은 건지 알 수가 없었다. 그래도 마리를 따라 그 방으로 들어갔다.

에릭은 마음속에서 울리는 경고의 소리를 들으며 문지방을 넘었다. 지금껏 환자의 침실에 들어간 건 이번이 처음이었다. 동료들, 어쩌면 아서조차도 못마땅하게 여길 것 같긴 했지만, 생명이 달린 일이었다. 방 안 공기는 상쾌했고, 흰색 벽은 깨끗했다. 맥스의 침실이 이 집에서 가장 깨끗하고 쾌적한 장소인 것 같았다. 혼란스럽고 어수선하며 더러움으로 가득한 집 안의 오아시스랄까.

방은 작았다. 회색과 흰색 줄무늬 이불이 가지런히 덮여 있는 퀸 사이즈 침대의 양옆으로 창문이 두 개 있었다. 왼쪽에는 교과서들이 가지런히 꽂혀 있는 금속 재질의 책장이 우뚝 서 있었고, 그 아래 검은색 컴퓨터 책상에는 커다란 모니터 두 대와 투명 플라스틱 커버를 덮은 키보드, 비디오 게임에 쓰는 조이스틱과 제어기들이 가지런히 놓여 있었다. 그중 한 개는 총 모양이었다. 마루로 된 바닥에는 침대 옆에 있는 푸른색 발깔개 이외에 아무것도 깔려 있지 않았다. 맥스가 어디에 있을지, 누구와 통화를 한 건지 알 수 있을 만한 건 어디에도 보이지 않았다.

에릭은 책상 앞으로 다가갔다. "혹시 도움이 될 만한 게 없는지 서랍을 열어봐도 괜찮을까요?"

"마음대로 해요." 마리가 대답했다. 그녀는 에릭이 맥스의 방을 살펴보기 위해 티크너 부인의 통장을 찾아보겠다고 했던 핑계는 잊어버린 것 같았다. 어쩌면 에릭이 맥스의 방 안을 뒤지고 싶어 한다는 것을 알아차렸을 수도 있고, 아예 신경을 쓰지 않는 것일 수도 있다.

"고맙습니다." 에릭은 책상 서랍을 하나씩 열었다. 안에는 학용품,

풍선껌, 스키틀즈, 만화책, 마술 카드가 들어 있는 낡은 상자들이 들어 있었다. 에릭은 컴퓨터 앞으로 다가갔지만 암호를 알 수가 없었다.

"보다시피 맥스는 깔끔한 아이예요. 어릴 때부터 장난감을 잘 치웠어요. 블록을 쌓아두고, 크레파스도 항상 제자리에 넣어두었죠. 물감용 붓도 직접 말렸어요. 정말이지 아무 문제도 일으키지 않는 아이였죠."

"그림을 그렸습니까?" 에릭이 몸을 일으키며 물었다. 맥스가 색을 말하는 의식에 대해 설명할 때 물감에 대해 이야기했던 것이 떠올랐다.

"그림 그리는 걸 좋아했어요. 계속 그림만 그렸죠. 그 그림들은 어딘가에 잘 놔뒀는데."

"그 그림들을 보고 싶군요." 에릭은 맞은편 벽에 일렬로 붙어 있는 게임 포스터들을 보았다. '시네 모라', '아수라의 분노', '워킹 데드', '월드 오브 워크래프트', '왕좌의 게임', '디아블로3', '툼 레이더', '다크 소울2', '울펜슈타인 더 뉴 오더'의 로봇과 좀비, 트랜스포머, 무장 단체처럼 보이는 익명의 마스크를 쓴 사람들의 모습이 담긴 포스터들이 나열되어 있는 것이 대안미술 화랑처럼 보였다.

"비디오 게임이에요, 알죠? 저게 다 있어요." 마리가 코웃음을 쳤다. "그 애는 뭐에 한번 꽂히면 놓지를 않아요. 맥스는 저 게임들에 집착했어요. 어릴 때는 저 게임들의 줄거리 같은 걸 내게 설명해주려고 했죠. 그 애와 나만 있었던 그 시절에는 우리도 사이가 좋았어요. 그때는 나에게 온갖 이야기를 다 했답니다."

마리의 목소리가 부드럽게 변하면서, 시선이 포스터에서 협탁에 놓여 있는 사진으로 향했다. 활짝 웃고 있는 남자 아기를 안고 있는 젊고 사랑스러운 마리가 찍혀 있었다. 아기는 맥스일 것이다. 엄마와 아들은 서로의 눈을 마주보고 있었다. 마리는 통통한 손을 엄마의 얼굴을 향해 내밀고 있는 아기를 보며 미소를 짓고 있었다.

"저때는 맥스도 귀여웠답니다. 아주 영리하고 착한 아기였죠. 정말 착했어요. 울거나 떼를 쓴 적도 없고, 어디든 애를 놔두면 그 자리에서 가만히 책이나 DVD를 봤죠. 그때도 뭔가 보는 걸 좋아했어요."

"몇 살 때 사진인가요?"

"한 살 때일 거예요. 막 이가 났을 때죠. 저 때부터 똑똑한 티가 났어요." 마리의 눈빛이 아련해졌다. "그때는 우리 사이도 가까웠죠. 아니, 맥스가 일곱 살이 될 때까지는 좋았어요. 아이가 학교에 다니기 시작할 무렵에는 밤에 동화책을 읽어주곤 했죠. 맥스가 좋아했어요."

에릭은 그 또래인 해나를 떠올렸다.

"생일 선물로 준 거예요." 마리가 책장으로 다가가 교과서 옆에 놓여 있던 작은 토끼 인형을 집어 들었다. 낡은 노란색 천 인형이 몸이 접힌 채 넘어져 있었다.

"그때가 언제였는지 기억나십니까?" 에릭은 마리의 이야기를 끌어내기 위해 물었다.

"그럼요. 세 살 때였죠. 델라웨어에 살 때였는데, 루이스 근처의 스튜디오 아파트에서 살았어요. 좋은 집이었죠. 맥스와 보낸 시간 중에 제일 좋았던 때였어요. 그 애와 나 둘뿐이었죠."

"언제 여기로 이사를 왔습니까?"

"맥스가 막 네 살이 되었을 때일 거예요. 저 토끼를 기억하는 건, 애가 생일 선물로 원한 게 오로지 저 인형이었기 때문이에요. K마트에서 저 인형을 본 뒤로 너무 갖고 싶어 했어요. 정말 좋아했죠." 마리는 인형을 다시 책장 위에 앉혀 두려고 했지만, 토끼는 귀를 앞으로 늘어뜨린 채 몸이 반으로 접혔다. "그 직후에 밥을 만났죠. 그 사람은 술주정뱅이였고, 나도 따라서 술을 마시기 시작했어요. 그리고 밥을 따라 애스턴으로 이사했고, 거기서 그 사람과 헤어졌어요. 그러는 동안 맥스와의 사이가 멀어졌어요. 서로를 잃게 된 거죠. 사람을 잃게 될 줄은 몰랐는데, 그렇게 되더군요. 길을 잃고 살다보니 그 바람에 또 사람을 잃게 되고. 그렇게 나쁜 엄마가 된 거예요." 마리가 갑자기 눈물이 그렁그렁한 눈으로 에릭을 돌아보았다. "그쪽도 나를 나쁜 엄마라고 생각한다는 거 알아요. 맞아요. 나도 알고 있어요."

"그렇게 생각하지 않습니다." 에릭은 그렇게 생각했지만 말하지 않았다. 그는 의사로서의 자세를 잃지 않기 위해 노력했다. "부모가 된다는 건 힘든 일이죠. 여러 가지로 실수를 하게 마련입니다."

"그쪽도 애가 있어요?"

"네, 일곱 살 된 딸이 있죠."

"좋네요. 이름이 뭐죠?"

에릭은 이제껏 환자들이 자기에게 딸의 이름을 물어본 적이 없다는 것을 깨달았다. 그러다 마리는 환자가 아니라는 사실을 떠올렸다. "해나요."

"아이와 사이가 좋나요?"

"네." 에릭은 목이 메는 것을 느꼈다. 그는 해나를 잃고 싶지 않았다.

"다행이네. 나처럼 실수하지 말고, 언제나 그 애 옆에서 잘 지냈으면 좋겠어." 마리는 눈물을 참으려는 듯 눈을 깜빡거렸다. 술이 깬 것처럼 보이긴 했지만, 마리가 지금 에릭이 아닌 과거의 자신에게 말을 하고 있는 것 같다는 느낌이 들었다.

"맥스와 무슨 일이 있었는지 말해주시죠."

"좋은 엄마가 되려고 했어요. 오랫동안 애썼지만 나쁜 엄마가 되고 말았죠. 아마 술을 마셔서 그렇게 된 걸 거예요. 인정해요. 그 사실이 자랑스럽진 않지만, 그랬어요. 재활원에도 한 번 갔지만 술을 못 끊었죠." 마리는 머리를 뒤로 쓸어 넘기고 목욕 가운을 여몄다. "하지만 그게 정상이에요. 다들 재발도 회복의 한 부분이며, 때때로 모두가 어려움을 겪는다고 말하죠. 엄마의 집으로 이사 왔을 때, 엄마는 맥스에게 정말 잘해줬어요. 그 애도 할머니를 많이 사랑했죠. 나보다 더 말이에요. 그건 이미 알고 있어요." 마리의 눈에 눈물이 가득 고였다. 그녀는 침대에 앉아 고개를 떨구었다. "예전으로 돌아가기에는 너무 늦었어요. 맥스는 다 커버렸으니까. 이젠 끝났죠."

"아직 늦지 않았습니다. 너무 늦는 건 없어요." 에릭은 마리에게 다가가 어깨에 손을 올렸다. "일단 맥스를 찾아야 합니다. 그 애를 찾으면 제가 도울 거예요. 부인에게도 도움을 드릴 수 있습니다."

"안 돼요. 불가능한 일이에요." 마리는 고개를 저으며 목욕 가운의 소매로 눈물을 닦았다.

"아뇨, 가능합니다. 그렇게 되길 바라기만 하면 돼요. 부인보다 훨씬 안 좋은 상황에 처해 있던 사람들이 인생을 바꾸는 것을 봐왔습니다."

"정말요?" 마리가 고개를 들고 눈썹을 치켜세웠다. 희망에 찬 새로운 모습이었다. 마리의 목소리에서 맥스의 목소리가 들렸다. 상담 중에 똑같이 말하던 모습이 떠올랐다.

"그럼요." 에릭은 말했다. 하지만 그 전에 맥스를 찾아야만 했다.

그는 일단 그 집을 나섰다.

26
장

에릭은 귀에 휴대폰을 댄 채 맥스의 동네를 떠났다. 아직도 연락이 없는 맥스에게 또다시 메시지를 남겼다. "맥스, 패리시 선생님이야. 시간이 늦어도 좋으니 연락 좀 해주렴. 내가 도와줄 수 있어. 제발 전화해줘." 그리고 그는 다시 911에 전화를 걸었다.

"어떤 위급한 상황인지 말씀해주시죠." 여자 교환원이 말했다. 에릭이 들어본 목소리였다. 래드너는 작은 도시였기에 전혀 예상 못할 일도 아니었다.

"정신과 의사인 패리시입니다. 아까 미성년자 환자가 자살 위험이 있다고 연락했었던 것 기억하시죠? 맥스 자보우스키요. 아직도 아이를 찾지 못했습니다. 혹시 맥스나 그 아이에 관련된 연락을 받은 게 있습니까?"

"제가 알기로는 없습니다."

271

"혹시 누군가 맥스에 관해 그쪽에 연락을 한다면 알 수 있겠죠? 경찰 인력이 많은 것도 아니고, 전화가 아주 많이 오는 건 아닐 테니까요."

"패리시 선생님, 이곳으로 걸려오는 전화에 대한 논의는 절차에 어긋납니다."

"그럼 하나만 알려줘요. 현재 교환원은 당신뿐이죠?"

"아뇨, 한 명 더 있습니다. 궁금한 게 있으시면 경찰서로 연결해드릴까요? 이 전화는 응급 상황에만 쓰는 겁니다."

"감사합니다. 그렇게 해주시죠." 에릭은 어두워진 거리를 빠른 속도로 지나쳤다. 직업적인 침착함을 벗어던진 다급한 심정으로 다음 단계를 계획했다. 그는 맥스에게 어느 정도 책임감을 느끼고 있었다. 맥스가 의지할 만한 사람이 달리 없다는 것을 알고 있기 때문이기도 했다. 에릭의 차는 빠른 속도로 어둠 속을 가로지르며 달렸다.

"멜라니 네이단 경관입니다. 무엇을 도와드릴까요?"

"네이단 경관님, 해브메이어 종합병원 정신과 과장인 패리시라고 합니다. 지금 자살 위험이 있는 미성년자 환자, 맥스 자보우스키의 소재를 찾고 있습니다. 오늘 저녁에 할머니가 돌아가셨는데, 그 직후에 맥스가 사라졌어요. 갬비아 경관이 맥스의 집으로 찾아갔지만 아이는 그곳에 없었습니다. 모친만 있었죠."

"주소가 어떻게 됩니까?"

에릭은 맥스의 집주소를 말했다. "그 집에서 어머니와 할머니와 함께 살고 있습니다. 하지만 모친은 맥스가 어디로 갔는지 모릅니다."

"아이 어머니의 이름은요?"

에릭은 대답했다. "조금 전에 아이의 모친과 이야기를 나눴지만 별 도움이 되지 않았어요."

"실종 신고는 언제 하셨죠?"

"6시 30분경에 911에 연락을 했습니다만, 공식적으로 실종 신고가 됐는지는 모르겠군요. 가능하다면 지금 당장 신고를 하고 싶습니다."

"평소 아이의 귀가 시간은 언제죠?"

"그런 건 없습니다. 계속 집에 있었으니까요. 할머니가 돌아가신 뒤에 그 옆을 혼자 지키다가 갑자기 집을 나갔습니다. 맥스가 어디로 갔는지 아무도 몰라요."

"아이가 집을 나간 시간은요?"

"6시경일 겁니다." 에릭이 신경이 날카로워진 채로 다시 대답했다.

"오늘 저녁이요?"

"네."

"아실 테지만 실종으로 보기에는 어려운 시간입니다."

"압니다. 하지만 정신적인 스트레스를 받고 있는 환자에게는 시간이 가장 중요합니다. 혹시 맥스가 전화를 했는지, 그와 관련된 긴급 전화를 받은 경관이 있는지 알아야겠습니다."

"그런 연락은 받은 적이 없습니다."

"만일 맥스가 전화를 했거나 관련된 전화가 왔다면 경관님은 알고 있겠죠? 그 애는 십 대 소년이에요. 보통 주말 저녁에 십 대 소년과 관련된 신고가 많이 들어오나요?"

"다른 경관들에게 알아보고 연락드리죠. 번호를 알려주시겠습니까?"

"감사합니다." 에릭은 멜라니 네이단 경관에게 번호를 알려준 뒤 인사를 하고 전화를 끊었다. 그리고 그는 로리의 휴대폰으로 전화를 걸었다.

"어떻게 됐어?" 로리가 걱정스러운 목소리로 전화를 받았다.

"아직까지 소식이 없어. 당신의 도움이 필요해."

"혹시 다른 병원 응급실에 있는지 알아봐달라는 거야?"

"그래. 부탁할게." 바로 그가 생각하고 있던 것이었다. "우리 병원 응급실에 들어온 건 아니겠지?"

"우리 병원에는 들어오지 않았어. 그랬으면 내가 당신한테 전화했겠지. 혹시 맥스에 대한 소식이 들어오면 바로 연락해달라고 두 번이나 말해뒀어. 경찰도 연락받은 거 없대?"

"지금까지 래드너 경찰서로 연락 온 건 없나봐."

"체스터 카운티와 델라웨어 카운티에 아는 경찰들이 있어. 그쪽에도 연락해볼게."

"고마워." 에릭은 진심으로 인사를 건넸다. 도움을 받아서 기뻤다.

"지금 어디야? 뭐하고 있어?"

"맥스를 찾아보는 중이야."

"어떻게? 어디서? 같이 찾아줄까?"

"고맙지만 괜찮아." 에릭은 감동했다. "이미 충분히 도와주고 있는 걸. 마지막으로 한 군데만 더 가볼 생각이야."

"어딘데?"

"일이 잘 풀리면 나중에 말해줄게. 이제 그만 가봐야 할 것 같아."

"나중에 꼭 연락 줘. 지미 펄론 쇼 보고 있을 테니까. 요즘 그 사람한테 꽂혔어. 이런 내 생활이 한심하긴 하지만."

"이만 끊을게." 에릭은 전화를 끊으며 미소를 지었다. 그리고 주차장으로 들어가 제일 먼저 보이는 빈자리에 차를 세웠다. 알록달록한 간판에 '스월드 피스'라고 쓰여 있었다. 르네 베빌라쿠아가 일하는 곳이었다. 에릭은 르네가 맥스의 유일한 생명줄일 거라고 생각했다. 그렇다면 맥스가 이곳을 찾아올 가능성이 있었다. 지금 이 순간 여기 어딘가 차 속에 앉아 있을 수도 있었다. 슬픔 속에 눈물을 흘리면서, 15분마다 관자놀이를 두드리면서.

에릭은 자동차 시동을 껐다. 여기에 온 것이 경계성 침범이라는 것은 잘 알고 있었다. 다른 모든 방법을 시도해봤고, 맥스가 자살할지도 모르는 상황이라 이곳에 오지 않을 수 없었다. 맥스는 뒷좌석에서 낡은 푸른색 야구 모자를 집어 든 뒤 머리에 썼다. 즉흥적인 위장이었다. 그는 맥스가 자기를 알아보고 도망가는 것을 원하지 않았다.

에릭은 프로즌 요거트 가게를 쳐다보았다. 아스팔트 주차장 한가운데에 단독으로 서 있는 건물이었다. 오른쪽과 왼쪽 측면에 출입구와 비상구가 있는 곳만 제외하고, 차들이 뒤집어진 U자 모양으로 건물 주위에 주차되어 있었다. 앞쪽에 보이는 주차 공간은 거의 다 차 있었고, 무지개 줄무늬 파라솔과 피크닉 테이블이 놓인 콘크리트 베란다가 붙어 있는 가게 앞쪽에는 십 대 무리가 모여 있었다.

에릭은 마리에게 맥스가 어떤 차를 모는지 물어보지 않은 것을 자책하면서, 운전석에 앉아 있는 사람이 없는지 주위를 살폈다. 오른쪽에 서 있는 차들에는 사람이 보이지 않았지만, 제일 멀리 떨어져 있는 여덟 번째 차 안은 잘 보이지 않았다. 일곱 번째 차에는 커플이 앉아 있었다.

에릭은 사이드미러를 조정해서 가운데 줄에 주차되어 있는 차들을 살폈다. 거기에는 아무도 없었다. 그리고 백미러를 돌려 맨 오른쪽 끝에 있는 차들을 살펴봤지만, 너무 어두워서 사람이 타고 있는지 아닌지 보이지 않았다. 문득 맥스가 여기서 르네의 집까지 따라갔다면 의심을 사지 않고 기다리기 위해 가게 뒤쪽에 차를 세웠을 거라는 것을 깨달았다.

에릭은 맥스가 스스로 모습을 드러낼 폐점 시간까지 기다릴 수도 있었지만 가게 문을 닫는 시간은 자정이었다. 그 사이에 불과 몇 미터 떨어진 차 안에서 만에 하나 맥스가 자해라도 한다면 에릭은 스스로를 용서할 수 없을 것이다. 그는 자동차 열쇠를 뽑고 안전벨트를 푼 뒤, 차에서 내리고 문을 닫았다. 주차장 앞쪽을 두 번 확인했지만 오른쪽에 주차되어 있는 차량들에서는 사람을 발견하지 못했다. 그는 고개를 숙인 채 주차된 차들과 모여 있는 십 대들 옆을 빠른 걸음으로 지나서 가게 뒤쪽으로 향했다. 자동차들은 뒤쪽 범퍼가 보이게 울타리 앞에 주차되어 있었다. 그리고 그 오른쪽 끝에는 파란색 쓰레기통이 놓여 있었다.

에릭은 그 자동차들을 살펴봤지만, 가운데 있는 차 안의 커플을 제외하면 아무도 보이지 없었다. 그는 다시 가게를 오른쪽으로 돌아 뒤집어진 U자의 맨 오른쪽으로 걸어갔다. 그쪽에는 프로즌 요거트를 먹으며 DVD를 보고 있는 아이들이 타고 있는 미니밴 한 대만이 서 있었다. 에릭은 그곳을 벗어나 가게 안을 살펴보았다. 눈부시게 밝은 가게 안에는 가족 손님들과 십 대들이 가득했다. 맥스는 보이지 않았지만 카운터 뒤에 있는 여자애들 세 명과 계산대 앞에 서 있는 네 번째 여자애가 보였다. 그녀는 '스월드 피스'라고 쓰인 티셔츠와 청바지 위에 긴 앞치마를 두르고 있었다. 그중 한 명이 빨강 머리였다. 르네가 분명했다.

에릭은 어느새 가게 문을 열고 안으로 들어갔다. 오른쪽에 번쩍거리는 스테인리스 스틸로 된 셀프서비스 프로즌 요거트 기계들이 놓여 있는 공간이 있었고, 그 옆에 그릇과 컵이 쌓여 있었다. 계산대를 지키는 직원을 제외한 다른 직원들은 고객들 사이를 돌아다니며 셀프서비스 기계 이용을 돕고 있었다. 에릭은 르네를 목표로 삼고 다가갔다. 맥스가 설명한 모습 그대로였다. 검붉은색 짧은 머리카락을 분홍색 리본으로 묶은 예쁜 여자애가 걸레를 들고 있었다. 푸른 눈에, 편안해 보이는 미소, 상큼한 매력을 지닌 예쁜 소녀였다. 르네도 에릭의 시선을 느낀 모양인지, 돌아보고는 그쪽으로 다가왔다.

"도와드릴까요?" 르네가 고개를 들고 물었다.

"그래요." 에릭은 정신을 바짝 차렸다. 사전에서 '경계성 침범'을 찾는다면 그가 르네에게 말을 거는 그림이 나올 것이다. 르네의 목에 맥스가 좋아하는 금목걸이가 걸려 있는 것이 보였다.

"처음 방문하시는 건가요?"

"맞아요."

"그러신 것 같았어요. 아무래도 처음 오시는 분들은 당황하시거든요. 가격은 중량에 따라서 내시면 되고, 전부 셀프서비스예요." 르네가 기계들이 놓여 있는 쪽을 가리켰다. 기계마다 두 개의 분출구가 달려 있었고, 바닐라, 벨기에 초콜릿, 바나나, 블루베리라고 쓰인 표가 붙어 있었다. "어떤 맛을 좋아하세요? 두 가지 맛을 섞으셔도 되는데, '스월 어웨이'라고 불러요. 세 가지 맛을 섞으실 수도 있는데, 그건 '스월윈드 로맨스'라고 부르죠. 네 가지 맛을 섞는 건 '틸트 어 스월'이라고 해요." 르네가 우스꽝스럽게 눈을 굴렸다. "전부 매니저님이 하는 말이에요. 그게 재미있다고 생각하나 봐요."

"그렇군요." 에릭은 맥스가 르네에게 반한 이유를 알 수 있을 것 같았다. 이런 따뜻하고 편안한 느낌이 맥스를 편안하게 해주었을 것이다.

"어떤 맛을 좋아하세요? 컵 크기는 대형, 중형, 소형 중 어느 걸로 하시겠어요?"

"바닐라 맛, 중형으로요." 에릭은 해나를 떠올렸다. 해나는 바닐라 아이스크림을 좋아했고, 벤 앤 제리스와 하겐다즈, 터키 힐의 맛을 구분할 수 있었다.

"제가 해드릴까요? 지금은 별로 바쁘지 않거든요." 르네가 중간 크기의 컵을 집어 들며 물었다.

"고마워요. 부탁할게요." 에릭은 재빨리 받아들였다. "어쩐지 낮이

익는데. 딸을 '퍼펙트 스코어'에 데려다주다가 어머님이랑 있는 걸 본 것 같군요."

"저 거기 다녀요! 정말 좋은 학원이에요!" 르네가 컵을 분출구 앞에 받치고 손잡이를 내리자, 요거트가 소용돌이 모양으로 나오기 시작했다.

"강사들이 여럿 있는 것 같더군요. 우리 딸은 그중에서도 맥스라는 학생 강사에게 배우던데."

"저도요!" 르네가 에릭의 컵에 요거트를 받으며 활짝 웃었다. "정말 똑똑한 사람이에요. 천재 같아요!"

"내 딸도 그렇게 말하더군요. 그 학생을 좋아해요."

"저도 좋아해요. 수줍음이 많고 괴짜 같은 구석이 많지만, 좋아요."

에릭은 르네가 맥스를 좋아한다는 사실에 안도하다가, 문득 이런 감정을 느끼는 건 부적절하다는 것을 깨달았다. 어쩌면 역전이가 된 것일지도 모른다. "학원에는 언제 가요?"

"수요일이랑 토요일이요."

"아, 그럼 오늘은 맥스를 만나지 못했겠군요?"

"네." 르네가 프로즌 요거트를 돌리는 것처럼 컵을 돌렸다. "따님은 이름이 뭐예요?"

"해나." 에릭이 불쑥 대답했다. 거짓말을 잘하지 못했기 때문이다.

"어느 학교 다니는데요? 전 세크리드 하트에 다녀요."

"우리 딸은 공립학교에 다녀요." 에릭은 르네가 더 이상 자세히 묻지 않기를 바랐다.

"그렇군요! 토핑 올리실래요? 이쪽으로 오세요." 르네가 토핑 코너로 에릭을 이끌었다. 그곳에는 다른 직원이 서 있었다. 젊고 키 큰 아프리카계 미국인 여자로 밝은 푸른색 머리에, 코걸이를 하고 있었다. 르네가 그 여자를 보며 손을 흔들었다. "트릭시, 왔구나!"

"웅!" 트릭시가 미소를 지었다.

르네가 에릭을 돌아보았다. "이쪽은 트릭시라고 해요. 토핑 담당이죠. 트릭시도 퍼펙트 스코어에 다녀요. 하지만 맥스에게 배우진 않죠."

"아, 반가워요." 에릭은 티를 내진 않았지만 깜짝 놀랐다. 퍼펙트 스코어는 이 요거트 가게에서 5분 거리에 있었다. 이 부근에 사는 학생들이 여기서 일하는 건 당연했다.

르네는 말을 이었다. "트릭시, 이 손님하고 맥스가 얼마나 똑똑한지에 대해 이야기하고 있었어." 르네가 에릭을 돌아보았다. "트릭시를 가르치는 강사는 맥스만큼 뛰어나진 않은 것 같아요."

트릭시가 아랫입술을 내밀었다. "우리 강사는 모의고사만 풀어요. 하지만 모의고사 문제 푸는 건 혼자서도 할 수 있거든요. 맥스의 방식이 좋아요. 맥스는 르네에게 문제를 푸는 요령 같은 걸 가르쳐주니까."

"우리 딸도 그렇게 말하더군요." 더 이상 질문을 받지 않기 위해 에릭이 말했다.

"그럼 전 이만 가볼게요." 르네가 손을 흔들며 말했다.

"고마워요." 에릭은 다른 고객을 도와주러 가는 르네에게 인사했다.

트릭시가 미소를 지었다. "토핑은 원하는 만큼 고르실 수 있어요. 가격표는 벽에 붙어 있고요."

에릭은 해나가 좋아하는 딸기와 M&M 초콜릿을 골랐고, 거의 7달러나 되는 금액을 지불한 뒤 가게를 나왔다. 차를 세워둔 쪽으로 걸어가면서 혹시 맥스가 보이지 않는지 주위를 둘러보았다. 지금까지는 맥스의 모습이 보이지 않았다. 에릭은 차에 올라탔다. 요거트를 먹으면서 다음 행보를 생각했다. 아직까지는 맥스가 보이지 않지만 언제라도 나타날 수 있었다. 에릭으로서는 달리 맥스가 갈 만한 곳이나, 있을 만한 곳을 알 수 없었다. 맥스처럼 그도 집에서 기다리는 사람이 없었다. 에릭은 멍하니 요거트를 먹다가 길 건너편에 있는 상점 앞 주차장을 쳐다보았다. 월그린[38], 던킨도너츠, 힐스 시푸드가 있었다. 맥스는 그쪽 주차장에서 르네가 일을 끝내고 나오기를 기다리고 있을지도 모른다. 맥스라면 사실 그쪽 주차장에 있는 것을 선호할 것이다. 아무래도 눈에 덜 띄기 때문이다.

에릭은 그 자리에서 11시까지 기다려보기로 마음먹었다. 미니밴과 픽업트럭, 신형 모델과 구형 모델의 차들이 들어왔다 나갔다. 바깥이 완전히 어두워지자 차 안에 앉은 채로 누군가를 쫓아가거나 식별하는 건 불가능해졌다. 맥스가 어디에 있을지 생각하는 동안 근심이 점점 더 커져만 갔다. 에릭이 다시 계획을 세워야겠다는 생각이 들었을 때는 11시가 다 된 시간이었다. 그는 때를 기다려야만 했다.

---

[38] 미국의 잡화, 식품, 보조식품 판매점

에릭은 맥스와 나눴던 대화와 마리의 이야기를 떠올렸다. 마리는 에릭이 상상했던 것보다 훨씬 더 좋지 않았다. 할머니가 돌아가신 뒤로 맥스의 삶이 어떻게 무너질지 쉽게 이해할 수 있었다. 너무 늦기 전에 맥스를 만난다면 도울 수 있을 것이다. 그런데 지금 그가 할 수 있는 일이 차 안에 앉아서 기다리는 것밖에 없다는 걸 생각하면 마음이 좋지 않았다. 하지만 이것이 유일한 방법이었다.

에릭은 휴대폰으로 인터넷에 접속한 뒤 검색창으로 들어갔다. 버윈의 르네 베빌라쿠아를 검색하자, 작은 화면에 짧은 주소 목록이 떠올랐다. 예상했던 대로 그 목록 아래에 르네의 이름은 없었다. 하지만 베빌라쿠아라는 이름은 제법 많았다. 모두 45세 이상의 남자와 여자들이었다. 그들 중에 르네의 부모님이 있을 가능성도 있었다. 에릭은 이곳과 제일 가까운 주소를 찾았다. 그 편이 좀 더 가능성이 있기 때문이었다. 세 명의 베빌라쿠아가 가능성이 있었다. 트리아논 레인, 선플라워 로드, 그리스트밀 로드. 그래서 르네가 일을 끝마치고 나오기 전에는 섣불리 갈 수가 없었다.

계기판에 달린 시계가 8시 30분에서 9시 30분이 됐고, 다시 10시 30분이 됐다. 에릭은 휴대폰을 내려놓고, 다시 가게에 온전히 집중했다. 바글거리던 십 대 고객들이 줄어들고, 가게 안에는 손님 몇 명만이 남았다. 르네는 조리대 위를 닦고, 트릭시는 토핑들을 흰 통에 넣었다. 계산대 앞에 있던 직원은 서랍에 들어 있던 돈을 꺼내 지퍼가 달린 천 가방에 집어넣었다.

주차장에 남아 있는 차들은 손에 꼽을 수 있을 정도였다. 그나마도 대부분은 가게 뒤쪽에 세워져 있었다. 아마 직원들의 차일 것이다. 그는 월그린과 던킨도너츠 주차장을 살펴봤지만 맥스의 모습은 보이지 않았다. 시간이 되자, 스윌드 피스의 불이 꺼지고 직원들이 웃고 떠들면서 가게를 나왔다. 에릭은 정신을 바짝 차린 채 자세를 고쳤다. 르네는 빨강 머리 때문에 눈에 잘 띄었다. 그는 르네가 다른 직원들과 작별 인사를 한 뒤에 가게 뒤쪽 주차장으로 걸어가는 것을 지켜보았다. 르네는 곧장 가장 왼쪽에 서 있는 코발트블루 혼다 피트로 향했다. 조금 뒤 혼다의 시동이 걸리고, 전조등 불이 들어오더니 앞으로 움직이기 시작했다.

에릭은 주차장에 다른 차의 불빛이 비치는지 둘러보았지만 아무것도 없었다. 그는 르네의 차가 자신의 차 뒤를 지나 주차장 입구로 나가는 것을 지켜보았다. 르네는 귀에 휴대폰을 대고 있다가, 바렛 스트리트로 들어서기 전 간신히 브레이크를 밟고 왼쪽으로 꺾어졌다. 그 차를 쫓아가는 차가 없는지 계속 살폈지만 역시 없었다. 밤이라서 도로 운행은 원활했다. 속도를 내던 르네는 빨간색으로 바뀐 신호등 앞에 멈춰 섰다.

에릭은 시동을 걸고 주차장을 벗어나, 안전거리를 두고 르네의 뒤를 따라갔다.

수호천사의 수호천사.

27
장

에릭은 르네를 따라 바렛 로드로 향했다. 신호등이 규칙적인 간격
으로 바뀌는 2차선 주도로였다. 그는 르네의 차와 자동차 한 대를 사
이에 둔 채 따라갔다. 두 사람 사이에 있는 암적색 캐딜락의 운전자
는 흡연자로, 담배를 든 손을 창문 밖으로 내밀고 있었다. 맥스는 담
배를 피우지 않기 때문에 그 차는 해당사항이 없었다.

신호등이 바뀌자 교통의 흐름은 원활했다. 르네를 제외하고는 아
무도 서두르는 사람이 없었다. 앞에 가던 캐딜락이 옆길로 빠지는 바
람에 에릭은 방패막이 차량을 잃고, 르네의 바로 뒤를 따라가게 되었
다. 너무 대놓고 미행하는 건 아니었지만, 설사 그렇다고 해도 르네
는 통화하느라 에릭이 뒤따라오는 것을 모를 것 같았다.

에릭은 계속 도로를 주시했다. 르네의 공격적인 주행 덕분에 다섯
블록 정도 지났을 무렵, 두 대의 차가 중간에 끼어들었다. 낡은 검은

색 토요타 세단과 푸른색 폭스바겐 오픈카였다. 에릭은 그 차들의 운전자들이 키가 작은 남자라는 것을 알 수 있었다. 둘 중에 맥스가 있을 수도 있었다. 에릭은 적당한 때를 노릴 수만 있다면, 자신의 모습이 드러날지도 모를 위험을 감수하면서까지 그들에게 가까이 다가갈 생각이 없었다.

에릭은 그 세 대의 자동차들이 자리다툼하는 것을 지켜보며 뒤를 따라갔다. 그 모습은 같은 퍼즐에 있는 조각들을 이동하는 것 같았다. 에릭은 근처에 있는 베빌라쿠아의 주소들을 잊지 않고 있었다. 앞에 가는 차들이 동쪽으로 달렸을 때, 트리아논 레인 주소를 마음속에서 지웠다. 그곳은 오른쪽 방향이었기 때문이다. 선플라워 도로와 그리스트밀 도로는 왼쪽 방향에 있었다. 그 와중에 르네가 앞으로 치고 나가면서 오렌지색 호라이즌 플럼빙 밴이 그 사이에 끼어들었고, 에릭은 서행 차선에서 위험할 정도로 나란히 달리고 있던 검은색 토요타를 임시 방패막이로 삼았다. 그는 토요타를 모는 운전자가 맥스가 아닌지 확인하기 위해 머리에 쓰고 있던 야구 모자의 챙을 들어올렸다. 하지만 바로 그때, 호라이즌 밴이 속도를 올려 토요타를 추월하면서 에릭의 시야를 가렸다.

몇 블록 지나서 밴은 방향을 꺾었지만, 검은색 토요타와 푸른색 폭스바겐은 그대로 같은 방향으로 달렸다. 그때 갑자기 르네가 왼쪽 깜빡이를 켜더니, 전혀 예상치 못했던 휘트필드 드라이브로 꺾어갔다. 휘트필드 드라이브는 남쪽으로 이어진 주도로였다. 토요타와 폭스바겐도 왼쪽 깜빡이를 켜더니 르네의 차를 따라 휘트필드 쪽으로 들어갔다. 에릭은 갑자기 방향을 튼 폭스바겐 때문에 브레이크를 밟다가 운전자의 옆모습을 얼핏 볼 수 있었다.

그 운전자는 맥스와 비슷하게 보였다. 맞는 것 같기도 했지만 확실하진 않았다. 에릭은 다시 마음을 잡고 그 차들을 따라 휘트필드 쪽으로 방향을 돌렸다. 예전에 가봤던 길이라서 선플라워 로드가 이 방향이 아니라는 것을 깨달았다. 이제 남은 건 그리스트밀 로드밖에 없었다. 낯선 곳이었지만, 애초에 자신이 르네의 집 주소를 잘못 알았을 가능성도 있었다.

에릭은 르네처럼 차의 속도를 올려 앞에 가던 폭스바겐과의 거리를 좁혔다. 그 폭스바겐은 젊은 사람이 탈 만한 차종이었다. 맥스가 이런 오픈카를 살만한 돈이 있을 것처럼 보이지는 않았지만 중고로 샀을 가능성도 있었다. 르네의 차, 토요타, 폭스바겐이 휘트필드로 향했다. 양방향으로 이차선 도로에, 양쪽 다 옆길이 있었다.

에릭은 그 차들을 다 지켜보기 위해 서행 차선으로 들어갔다. 지형이 바뀌면서 나무들도 점점 더 크고 잎이 무성해졌다. 집들도 더 멀리 뒤쪽으로 보이고, 가로등도 띄엄띄엄 간격이 멀어지기 시작했다. 신호등이 몇 개 있었다. 에릭은 토요타와 함께 르네의 차를 뒤따라가고 있는 폭스바겐을 계속 주시했다. 휘트필드 로드가 왼쪽에서 오른쪽으로 굽이지자, 서행하던 다른 차들이 그 사이에 끼어들었다가 이내 떨어져 나갔다. 그 사이에도 폭스바겐은 계속해서 르네의 차를 뒤따르고 있었다. 에릭은 폭스바겐의 운전자가 맥스일 거라고 생각했다.

그는 심장 박동이 빨라지는 것을 느꼈다. 그때 르네가 오른쪽 깜빡이를 넣고 차선을 바꾸더니 속도를 줄여 오른쪽으로 방향을 돌렸다. 르네는 옆길로 들어갔지만, 검은색 토요타는 계속 휘트필드 로드를 따라 직진했다. 이제 남은 건 폭스바겐밖에 없었다. 에릭은 숨을 죽이고 폭스바겐이 오른쪽 깜빡이를 켜고 차선을 바꾸면서 르네를 따라 오른쪽 옆길로 들어가는 것을 보았다. 맥스가 분명했다.

에릭은 몸을 앞으로 내밀었다. 폭스바겐을 쫓아가보니, 도로명이 하베스트 로드였다. 하베스트는 신호등도 없는 아주 조용한 주택가였고, 어둠 속에서 차 세 대만이 일렬로 달리고 있었다. 제일 앞에는 르네의 차, 두 번째는 폭스바겐, 세 번째는 에릭의 차였다. 르네가 살짝 속도를 줄이자, 폭스바겐이 갑자기 속도를 확 줄였다. 르네의 집이 그 근처라면 맥스가 할 만한 행동이었다.

에릭은 자세를 바로잡고 브레이크를 밟았다. 차 안에 있는 사람을 가로막을 생각은 아니었지만, 그것도 어려울 것 같지는 않았다. 르네가 오른쪽 깜빡이를 켰다. 도로명이 '휘트필드Wheatfield, 밀밭', '하비스트Harvest, 추수'인 것을 보니 이제 그들은 '그리스트밀Gristmill, 제분소' 로드에 가까워지고 있었다. 에릭은 맥스의 주의를 끌기 위해 상향등을 켰다. 하지만 폭스바겐은 속도를 올리지도, 내리지도 않았다.

하베스트 로드는 왼쪽으로 급격하게 굽이진 길이었다. 르네는 속도를 올리더니 깜빡이를 켜지도 않고 왼쪽으로 방향을 돌렸다. 맥스는 속도를 줄이면서 르네를 따라가는 대신, 오른쪽 깜빡이를 넣고 브레이크를 밟았다. 당황한 에릭도 따라서 브레이크를 밟았다. 폭스바겐은 하베스트 212번지에 있는 집들 중 한 곳에 있는 진입로로 들어갔다.

폭스바겐의 시동이 꺼지는 것을 보면서 에릭은 신음했다. 완전히 잘못 짚은 것이다. 운전자는 맥스가 아니었다. 이곳에 사는 사람이었다. 다시 르네를 따라잡으려면 속도를 올려야만 했다. 그가 속도를 올려 르네가 돌았던 왼쪽으로 방향을 틀자, 그리스트밀 로드라는 도로명 간판이 보였다. 도로 끝 쪽에 르네의 자동차 후미등이 보였다. 에릭은 그리스트밀 로드의 시작이 일반도로처럼 보인다는 것을 알아차리고 속도를 줄였다. 하지만 그 끝은 막다른 골목이었다.

에릭은 오른쪽 연석에 차를 세우고, 르네가 막다른 골목 한가운데에 있는 커다란 집의 진입로에 들어간 뒤 차의 시동을 끄는 것을 지켜보았다. 르네의 집은 그리스트밀 레인이었지만 맥스는 이곳에 오지 않았다. 에릭은 엔진 소리로 주의를 끌지 않기 위해 시동을 껐다. 그는 복잡한 심정으로 한숨을 내쉬었다.

너무 섣불리 구는 것일 수도 있었다. 맥스가 이쪽으로 오고 있을 가능성은 아직 남아 있었다. 그는 르네가 어디 사는지 알고 있으니까. 지금이라도 맥스는 르네가 안전하게 집에 왔는지 확인하기 위해 이곳에 올지도 모른다. 아니면 어딘가에서 자신의 목숨을 끊으려고 할 수도 있다.

그 순간 그리스트밀 로드로 들어온 차의 전조등 불빛이 에릭의 차를 비추었다. 그 전조등 불빛은 호를 그리며 앞으로 퍼지면서 그리스트밀 로드로 뻗어 나갔다. 그 차는 검은색 쿠페였다. 그 차가 다가오자, 에릭은 모자를 눌러 썼다. 쿠페의 운전자는 남자였다. 에릭은 그 남자가 맥스가 아닌지 확인하기 위해 기다렸다. 만일 맥스라면 막다른 골목이기 때문에 길을 따라 안으로 들어갔다가, 르네의 차가 있는지 확인한 뒤 다시 나올 것이기 때문이다. 그때 에릭은 좁은 입구를 막고 맥스를 멈춰 세울 수 있을 것이다. 완벽했다.

에릭은 검은색 쿠페가 천천히 하비스트 로드를 지나 막다른 골목으로 들어오는 것을 지켜보았다. 그 차는 연석을 따라 맞은편에 서 있던 에릭의 차 쪽으로 다가왔다. 에릭은 기대감에 자세를 바로잡았다. 운전자가 맥스라면 그와 눈이 마주칠 것이고, 피하지 못할 것이다.

갑자기 쿠페가 상향등을 켜는 바람에, 에릭은 눈이 부셔 순간 앞이 보이지 않았다. 쿠페는 에릭의 차 옆에 멈춰 섰다. 불과 30센티미터 거리에 있는 운전자는 맥스가 아니라 중년의 남자였다. 남자는 뿔테 안경 뒤로 눈을 가늘게 뜨고 에릭을 쳐다보고 있었다.

"실례합니다만." 운전자가 엄격하게 말했다. "난 이 골목에 삽니다. 이웃 주민들은 모두 알고 있죠. 처음 보는 분인데, 여기서 뭐 하는 겁니까?"

"아, 죄송합니다." 에릭은 휴대폰을 꺼냈다. "메시지를 받아서 잠깐 차를 세우고 답장을 하고 있었습니다."

"애초에 이 골목에는 왜 들어왔죠?"

"막다른 골목인 줄 몰랐습니다. 하비스트 로드에서 메시지를 받아서 이쪽으로 들어왔는데 막다른 길이더군요. 표지판을 보지 못했나 봅니다."

"아, 그렇군요." 운전자가 운전석에 몸을 기댔다. "표지판을 보지 못한 게 아니라, 애초에 없어요. 이 근처 사람들은 대부분 여기가 막다른 골목인 걸 알거든요. 하지만 이쪽 길이 익숙하지 않은 사람이라면 실수할 수 있죠. 선생을 비난하려는 건 아닙니다. 아무래도 요즘은 뭔가 보이면 뭐든 말해야 되는 세상이라서 말이죠."

"물론이죠. 이해합니다."

"그렇다고 선생이 테러범이라는 뜻은 아닙니다."

"그럼요. 전 이만 가보겠습니다. 문자 답신은 나중에 보내도 되니까요." 에릭은 시동을 걸었다.

"잘 생각하셨습니다. 이 동네에는 주민 자치대가 있어서 조금 있으면 누군가 경찰을 부를 겁니다."

"그렇군요. 그럼 이만." 에릭은 천천히 차를 몰고 나갔다. 그는 막다른 골목을 돌면서 르네의 집을 흘깃 쳐다보았다. 벽돌로 지은 대저택으로, 아래층에는 불이 환하게 켜져 있었다. 에릭은 막다른 골목을 돌아 나오면서, 자신을 향해 전조등을 비추며 엄지손가락을 들어 올린 쿠퍼 운전자에게 손을 흔들어 인사했다.

에릭은 도로로 나올 때까지 숨을 쉬지 못했다.

28
장

에릭은 남쪽으로 향했다. 가슴이 답답해지는 것 같았다. 불행히도 익숙한 감각이었다. 불안장애를 일으켰을 때가 떠올랐다. 철로 된 띠로 가슴과 폐와 기관지까지 조르는 것 같은 느낌이었다. 에릭은 심호흡을 하며 운전했다. 맥스가 어디로 간 건지 궁금했다. 그는 영업시간이 끝나 문을 닫은 컴컴한 데본의 상점들, 텅 빈 홀 푸드 주차장, 지금 막 문을 닫은 브루스터 아이스크림 가게, 예전에 이용했던 정비소를 지났다. 여기서 퍼펙트 스코어가 별로 멀지 않다는 것이 떠올랐다. 맥스는 그곳에 있을 수도 있었다.

좌회전을 한 뒤 두 번 우회전을 하자 퍼펙트 스코어가 보였다. 자녀들을 좋은 대학에 보내기 위해 모든 혜택을 제공하는 부유한 부모들이 좋아할 만한 진홍색 간판이 빛나고 있었다. 무의식적으로 하버드를 연상시키는 색이었다. 학원은 벽돌로 된 단층 건물이었다. 에릭은 텅 빈 작은 주차장에 들어갔다. 건물의 뒤쪽 주차장으로도 가봤지만, 역시 텅 비어 있었다.

그는 주차장을 나와 집으로 가기 위해 우회전을 했다. 심장에 느껴지는 압박감은 맥스를 찾기 전에는 사라질 것 같지 않았다. 불 꺼진 집들을 지나치면서, 에릭은 그 집에 있을 가족들에 대해 생각했다. 다음 날 학교에 가야 하는 아이들과 사랑을 나누지도 못할 정도로 피곤하지만 에릭과 케이틀린처럼 편안한 동반자적인 관계의 부모들이 한 침대에서 잠을 자고 있을 것이다. 에릭은 결혼 생활 자체를 좋아했다. 가정을 본거지로 삼아 매일 밤 같은 곳에 돌아갈 수 있는 것도 좋았다. 사실 그는 케이틀린이 그립지는 않았다. 하지만 아내, 집, 가족, 안정감이 그리웠다. 어쩌면 에릭은 케이틀린을 사람으로서가 아니라 등신대처럼 사랑했을지도 모른다는 죄책감이 들었다. 돌이켜보면 두 사람은 잘 지낸 적이 없었다. 지난번에 쓰레기를 버린 사람이 누군지, 수표를 쓰고 기록하는 걸 잊어버린 사람이 누군지, 학교 준비물인 스테이플러를 들고 나간 사람이 누군지를 놓고 싸웠다. 끝까지 점수를 매겼지만, 두 사람 다 점수를 잃었다.

에릭은 자동 조종 장치로 운전을 하던 중에, 지금 가는 길이 새 집이 아닌 밀 로드에 있는 옛집이라는 것을 깨달았다. 속도를 줄이고 유턴했다. 그는 이제 그 집에 살지 않았다. 케이틀린과 해나만 있을지, 브라이언의 차도 진입로에 서 있을지 확인하고 싶지 않았다. 에릭은 속도를 올려 집으로 향했다. 문득 맥스가 상담실에서 기다릴지도 모른다는 생각이 들었다.

에릭은 어렴풋한 희망에 좀 더 속도를 올렸다. 신호등 불빛이 깜빡거리는 노란색으로 바뀐 덕분에 5분 만에 집에 도착했다. 그는 고개를 내밀고 집 앞이나 진입로에 다른 차가 서 있는지 살폈지만 아무것도 없었다. 대신 하얀색 원뿔 모양의 빛이 비치는 현관 앞 계단에 뭔가가 앉아 있는 것처럼 보였다.

"제발." 에릭은 혼잣말을 하며 자세히 보려고 애썼다. 가까이에서 보니, 그 형체는 사람이 아니라 계단 위에 무언가가 놓여 있는 것이었다. 에릭은 진입로에 차를 세우고 시동을 끈 뒤 차에서 내렸다.

잔디밭을 가로지르며 주머니에서 현관 열쇠를 꺼냈다. 계단에 놓여 있는 건 갈색 종이봉투였다. 안을 들여다보니 쪽지가 보였다.

당신이 먹지 못한 저녁이야. 무슨 일 있으면 전화해줘. 사랑해. 로리.

에릭은 그 봉투를 집어 들고 집으로 들어갔다.

29
장

5. 나는 다른 사람들의 감정을 인지하지만, 그 감정들을 느끼진 못한다.

선택하시오 : 전혀 그렇지 않다 / 조금 그렇다 / 그렇다

난 장례식을 좋아한다.

보통 사람들이 퍼레이드나, 불꽃놀이, 생일파티, 바비큐를 좋아하는 것처럼 장례식을 좋아한다.

장례식을 좋아하는 소시오패스가 나만 있는 건 아닐 것이다.

왜 우리는 장례식을 좋아할까?

비록 우리가 사악하긴 하지만, 그래서만은 아니다.

난 인생의 대부분을 사회적인 단서들을 끌어 모으고, 어떻게 말해야 할지 알기 위해 사람들을 마음을 읽으려고 노력하면서 '나'라는 사람의 역할을 한다. 이미 말했다시피 그런 면에서 난 꽤 유능하다.

타고나기도 했고, 시간이 지날수록 실력이 점점 더 늘어났다.

하지만 솔직히 말해, 이제는 질린다.

너무 지겹다.

연기를 하기 위해서는 항상 노력해야 한다. 어떻게 행동해야 할지 이해해야 하기 때문이다.

파티에서, 그러니까 모든 사람들에게 멋지고 똑똑하며 대화도 잘하고 멋있어 보이려고 노력할 때의 기분을 아는가? 파티용 표정을 짓고 있다보면, 한시라도 빨리 집에 돌아가 그 가식을 떨쳐버리고 싶을 것이다.

내가 평소 느끼는 감정이 그런 것이다. 혼자 있을 때를 제외하면 그 가면을 벗을 수가 없다.

하지만 장례식처럼 누군가 죽었을 때는 어떻게 해야 할지 확실히 알고 있다.

슬픈 척 연기하는 것이다.

그건 쉽다. 너무 쉽다.

장례식에 많이 가본 건 아니지만, 앞으로 더 자주 가고 싶다.

그렇다고 통곡을 하지는 않는다. 솔직히 그런 식으로 우는 건 좀 힘들다. 슬픔이 어떤 느낌인지 전혀 모를 때면 애써 눈물을 흘린다.

사실 우리 엄마는 통곡의 여왕이다. 내가 고등학생일 때 존 외삼촌이 돌아가시기 전에는 그 사실을 알지 못했다. 춥고 흐린 어느 날 아침, 엄마와 나는 외삼촌의 장례식에 가서 검은색 옷을 입은 다른 사람들과 함께 묘지 앞에 서 있었다. 당시 열세 살이었던 나는 전날 버스를 타고 쇼핑센터에 가서 그때까지 생일 선물로 받아 모아두었던 189달러를 검은색 옷을 사는 데 써야만 했다. 순전히 돈 낭비였다.

어쨌든 엄마는 그날 바보처럼 보였다. 묘지에서 얼굴이 얼룩덜룩해질 때까지 아기처럼 울면서 콧물을 훌쩍거렸고, 목사님이 뭐라고 하는지 알아듣지 못할 정도로 큰 소리로 흐느꼈다. 그리고 나무 관 위에 장미꽃을 놓을 때가 되자, 엄마는 나무에 매달리는 것처럼 관 위에 온몸을 던졌다.

아주 가관이었다.

누가 봐도 정도가 지나치다고 할 것이다.

그날 나는 장례식에서 그렇게 하면 안 된다는 것을 배웠다. 장례식이 끝나고 식당에 갔을 때, 나이 많은 사촌들이 우리 엄마가 얼마나 호들갑을 떨었는지, 외삼촌을 얼마나 싫어했는지에 대해 이야기하면서 낄낄거리며 웃는 것을 들었다. 외할머니조차 다른 외삼촌들에게, 엄마가 악어의 눈물을 흘린 걸 보니 존 외삼촌한테 돈이라도 빚진 모양이라고 했다.

그때 난 '악어의 눈물'이라는 표현을 처음 들었다. 악어는 눈물을 흘리지 않기 때문에 무슨 뜻인지 찾아봐야만 했다.

어쨌든.

나는 누군가 죽었거나, 정말 나쁜 소식을 들었을 때 어떻게 해야 하는지를 알게 됐다. 요령은 눈을 촉촉하게 만드는 것이다. 그렇게 하면 사람들은 눈물을 참고 있다고 생각할 것이고, 그대로 내버려두면 나이아가라 폭포 같은 눈물을 흘릴 거라고 생각할 것이다. 하지만 실제로 그렇게 울 필요는 없다. 사람이 죽었다고 해서 그런 바보 같은 모습을 남에게 보여줄 필요는 없기 때문이다.

죽은 사람이 존 외삼촌처럼 착한 사람이라 할지라도.

우리 엄마가 진심으로 사랑했던 사람이라고 해도.

그래서 난 가끔 밤마다 욕실에서 거울을 보며 눈물이 고이는 연습을 한다. 바이진 안약을 이용할 때도 있다. 그 플라스틱 통 끝으로 각막을 건드리면 자극을 받아 눈물이 고이는 데 도움이 된다. 하지만 바이진 없이 혼자 힘으로 할 수 있는지 애써 본다.

눈물이 날 만한 것이 아무것도 생각나지 않을 때면 가끔 존 외삼촌의 장례식을 떠올린다. 그날의 아침을 떠올리며, 난 다시 열세 살로 돌아가 정말 좋은 친척이 죽은 것처럼 가장한다.

그리고 내가 낭비한 189달러를 떠올린다.

그러면 눈물이 난다.

30
장

아침 공기가 습했다. 에릭은 차에서 내려 병원 쪽으로 걸어갔다. 맥스를 아직도 찾지 못해서인지 집중이 안 되고 산만한 느낌이었다. 간밤에 거의 잠을 자지 못했고, 로리가 놔두고 간 맛있는 음식을 조금 먹었을 뿐이다. 맥스에게 전화를 두 번 더 걸었고, 버원과 래드너 경찰서에도 전화를 걸었다. 하지만 맥스에 관한 소식은 아무것도 없었다. 에릭은 그 지역 병원들의 응급실에도 전화를 했지만, 맥스가 실려 왔다는 소식은 어디에도 없었다. 그는 아침에 차에서 마리에게 전화를 했지만 받지 않았다. 아마 숙취로 일어나지 못하고 있을 것이다. 맥스에 대해 알기로는, 그 애가 마지막으로 갈 곳은 집일 것이다.

"순위 오른 거 축하드립니다, 패리시 선생님." 옥외 통로 자동문이 열리고 직원들과 방문객들이 병원으로 들어갈 때, 옆에 있던 병원 회계사 한 명이 말했다.

"고마워요." 에릭이 몽상에서 깨어나 반사적으로 말했다. 학과 순위 2위에 올랐다는 사실이 웨스턴 햄프셔 내에서 더 이상은 비밀이 아닌 게 확실했다. 에릭은 항상 사생활을 관리하는 수많은 HIPA 규정들이 불필요하다고 생각해왔다. 하지만 병원에 있는 사람들은 모두 입이 싸다는 생각이 들기 시작했다.

"회계 부서 안에서는 모두 흥분하고 있어요. 사업상 많은 도움이 될 거라고 생각하고 있죠. 위상이 올라갈 겁니다."

"그랬으면 좋겠군요." 그때 에릭의 호출기가 울렸다. 그는 반사적으로 호출기를 꺼내 들었다. 엘리베이터를 타려는 직원들이 계속해서 모여들었다. "실례합니다만, 호출이 와서요."

"다음에 뵙죠." 그 회계사도 엘리베이터 쪽으로 향했다. 에릭은 잠시 걸음을 멈춰 서서 호출기를 확인했다. **출근 전에 잠깐 얼굴 좀 봅시다.** 병원 행정부에 있는 브래드 파네슨이 보낸 메시지였다. 에릭은 병원 관료를 만날 기분이 아니었지만 선택의 여지가 없었다. 브래드의 사무실은 조금 전 그 회계사의 사무실과 같은 층이었다. 회계사는 이미 엘리베이터에 타고 있었다.

"잠깐만 기다려줘요!" 에릭은 엘리베이터에 올라탔다. 두 사람은 나란히 섰다.

"정신과 병동은 반대편 아닌가요?"

"브래드를 만날 일이 있어서요."

"선생님한테 껌뻑 죽을 겁니다." 회계사가 무늬 있는 타이를 매만지며 익살맞게 말했다. "선생님이 다른 병원으로 옮길까봐 전전긍긍

하고 있다는 소리를 들었어요. 선생님이 주도권을 가질 수 있게 된 거죠."

"그렇지 않을 겁니다."

"사실이에요. 순위에 관한 이야기를 우리 병원만 들었겠습니까?"

"난 아무데도 안 갑니다." 에릭이 미소를 지으며 대답했다. 엘리베이터 문이 열리자, 두 사람은 내렸다.

"다음에 뵙죠." 회계사가 손을 흔들며 인사했다.

"들어가세요." 에릭은 문자 메시지 알림 소리를 듣고, 주머니에서 휴대폰을 꺼내 확인했다. 로리가 보낸 것이었다. 괜찮아? 맥스한테 소식은 있고? 전화해줘. 에릭은 바로 답신을 보냈다. 난 괜찮아. 맥스는 아직 연락 없고. 음식은 고마웠어. 이따 얘기해.

에릭은 통풍이 잘 되는 반구형 천장의 둥근 방 로비로 들어갔다. 이곳은 필라델피아 식민지 시대에 지어진 병원에서 가장 오래된 건물 안에 있는 공간이었다. 벽은 흰색 석고에 금줄 세공이 되어 있었고, 놋쇠 꽂이에 있는 양초가 그 공간을 밝히고 있었다. 흑백 대리석 쪽모이로 된 바닥은 유난히 반들거렸다. 로비에는 아치형 통로가 세 개 있었는데, 각각 재무부, 인사부, 행정부로 통했다. 필라헬스 파트너십의 전체 일곱 개 캠퍼스 의료 시스템의 운영을 담당하는 주축이었다.

에릭은 행정부로 통하는 가운데 통로로 들어갔다. 북적거리고 활기찬 병원의 다른 곳들과 달리 여기 복도는 쥐죽은듯 고요했다. 벽에는 녹색과 청색이 많이 바랜 석판 인쇄로 된 여우 사냥 프린트가 걸려 있었다. 복도를 따라 시스템에서 고용한 수많은 직원들이 일하고 있는 사무실이 즐비해 있었다. 에릭은 열린 문틈으로 이 역사적인 공간 안에 어울리지 않는 현대식 집기들이 **빽빽**하게 놓여 있는 것을 보았다.

그는 복잡한 병원 행정부를 반영하는 것 같은 사무실들을 계속 지나쳤다. 이 시스템을 지배하는 건 복잡한 규제들로, 특히 고용 지역에 적용되고 있었다. 많이 알려진 건 아니지만, 병원에서 일하는 사람이 모두 직원은 아니다. 특히 의료진들이 그렇다. 에릭은 병원에서 고용한 소수의 의사들 중 한 명이었다. 300개의 서식을 채워 넣어야 한다고 해도 그에게는 훨씬 이득이었다. 채용 설명서에 나온 조직도를 본 적이 있는데, 자신의 이름이 위쪽에 있는 것을 보고 기분이 좋았다. 에릭은 전체 캠퍼스 시스템의 정신의학과 과장인 톰 싱에게 보고했고, 톰 싱은 시스템의 의료 총책임자인 브래드 파네슨에게 보고했다. 에릭은 톰과 브래드를 좋아하고, 존경했다. 하지만 그들과 같은 행정직은 원하지 않았다. 두 사람 다 정신과 의사였지만 더 이상 진료를 하지 않았다. 너무 재미없는 일이었다.

에릭은 복도에서 톰과 브래드의 사무실이 있는 왼쪽으로 돌았다. 복도 끝에 있는 두 개의 마호가니 문은 굳게 닫혀 있었고, 그 앞에는 여자 비서들이 앉아 있었다. 그들이 앉아 있는 자리에 설치되어 있는 나지막한 간이벽에는 아이들, 정원, 고양이, 개 사진들로 장식되어 있어 집처럼 편안한 느낌을 주었다. 비서들은 각자 컴퓨터로 일을 하고 있었다.

"어서 오세요." 브래드의 비서인 디가 미소를 지으며 말했다. 머리가 긴 매력적인 아프리카계 미국인이었다. "2위 하신 거 축하드려요."

"고마워요. 어떻게 지냈어요?"

"잘 지냈어요." 디가 화려한 독서용 안경을 벗었다. 안경은 목에 걸고 있는 구슬 안경줄에 매달려 있었다. "모두 기다리고 계세요. 안으로 들어가시죠."

"모두?" 에릭은 사무실 문을 열었고, 안에 브래드뿐만 아니라 톰과 법률팀의 마이크 블래즐리까지 같이 있는 걸 보고 깜짝 놀랐다. 세 사람은 커다랗고 깨끗하게 정리된 브래드의 책상 맞은편에 있는 작은 회의용 탁자 앞에 서 있었다. 책상 뒤에 있는 책장에는 의학 서적들, 규정집들, 가족사진들이 놓여 있었고, 그 옆에는 액자에 넣은 학위증들이 놓여 있었다. "안녕하십니까. 모두 모여 계신 줄 몰랐습니다."

"어서 와요, 에릭." 마이크가 앞으로 다가와 손을 내밀었다. 톰과 브래드도 손을 내밀었다. 그들은 모두 뻣뻣하게 웃으며 관료답게 악수하고 인사를 나누었다. 에릭의 눈에 톰, 브래드, 마이크는 복제인간들처럼 보였지만 사실 톰은 인도계였다. 그들 모두 희끗해진 머리카락이 많이 벗겨졌고, 비슷한 철테 안경을 끼고 있었다. 그리고 구분이 잘 안 가는 회색 경량 양복과 흰색 셔츠를 입고, 무늬가 들어간 실크 타이를 매고 있었다. 에릭은 이상하게도 옥스퍼드 셔츠와 카키색 바지를 입고, 타이 대신 주홍 글씨처럼 빨간색 W가 들어간 출입증을 목에 걸고 있는 자신의 모습이 초라하게 느껴졌다.

"에릭, 이리 와서 앉아요." 브래드가 탁자 옆쪽에 놓여 있는 의자를 가리킨 뒤, 자신은 상석에 앉았다. "축하해요. 아주 자랑스러운 성과예요."

톰이 브래드의 오른쪽에 앉았다. "확실히 축하할 일이죠."

"그럼요. 수고 많으셨습니다!" 법률팀의 마이크도 자리에 앉으며 덧붙였다. 그는 재킷의 가슴주머니에서 몽블랑 만년필을 꺼낸 뒤 탁자 가운데 놓여 있던 메모장을 끌어당겼다.

"고맙습니다. 우리 팀원들이 수고한 덕분이죠." 에릭은 의자에 앉았다. 마호가니 탁자 위에 깔린 반들거리는 유리판에 중간 문설주에 낀 유리창을 통해 들어오는 사각형의 빛들이 반사되었다.

브래드가 미소를 지었다. "엑스톤에 있는 우리 병원에는 입원용 침대가 서른다섯 개 있죠. 거기도 서비스가 훌륭하지만, 아무래도 주목받는 건 더 큰 병원들이에요. 그러니 승산이 적었다는 점에서 선생의 업적은 두 배로 인상적이라고 할 수 있죠."

"정말 그렇습니다." 톰이 희끗한 머리를 어루만지며 끼어들었다. 그가 쓰고 있는 다중초점렌즈는 커다란 갈색 눈동자를 이등분하여 아래쪽이 더 크게 보였다. "정신의학과 순위에서 우리가 2위를 했다는 건 정말 기쁜 일이에요. 정신의학과 분야가 마땅히 받아야 할 존중을 항상 받는 건 아니지만, 선생의 노력 덕분에 우리 시스템 안에서 개선될 수 있을 거라고 생각합니다."

"그건 다행이군요." 에릭은 자신의 분야에 찍혀 있는 낙인을 알고 있는 톰이 좀 더 가깝게 느껴졌다. 그들은 비슷한 처지의 약자였다. 다만 이렇게 축하하는 자리에 어째서 묘한 긴장감이 도는 건지 이해할 수가 없었다. 에릭은 브래드를 돌아보았다. "축하해주시려고 부른 겁니까?"

"안타깝지만 아니에요." 브래드가 자세를 고쳐 앉으며 타이를 매만졌다. "오늘 아침에 제퍼슨 의과대학의 학과장에게 전화를 받았어요. 선생 밑에서 연수를 받던 3학년 학생 크리스틴 말린이 선생에게 성희롱을 당했다는 혐의를 제기했어요."

"뭐라고요?" 에릭이 깜짝 놀라 되물었다.

"물론 우린 선생을 고발할 생각이 없어요. 하지만 이런 혐의를 받고 있다는 사실은 알려줘야 할 것 같아서……."

"그건 사실이 아닙니다! 그 애가 뭐라고 했죠? 대체 뭐라고 했기에……."

"이제 곧 자세한 상황을 알게 될 겁니다. 그 학생이 학과장에게 뭔가를 서면으로 제출한 모양이에요. 그래서 내게 연락이 온 겁니다." 브래드가 잠시 머뭇거렸다. "학과장 말로는 선생이 평소에도 자신에게 성적인 접근을 해왔으며, 같이 술을 마신 이틀 전 밤에 결정적으로……."

"그 학생과 술을 마신 게 아닙니다! 2위에 오른 걸 알게 된 뒤에 우리 팀 전원에게 술을 샀어요. 술집에는 그 학생만 있었던 게 아니라 모두가 함께 있었습니다!"

"그랬군요. 우리에게 변명할 필요는 없습니다."

"하지만 너무 터무니없잖아요!"

브래드가 한쪽 손을 들었다. "그 학생이 학과장한테 한 말에 따르면, 주차장에서 일이 있었다고 했답니다. 선생은 그 학생이 술을 마신 걸 알고 그 점을 이용해서……."

"아니에요!" 에릭이 폭발했다. "말도 안 되는 소리예요. 거짓말입니다……."

"당연히 그렇겠죠. 우리도 선생 성격에 그럴 일은 없을 거라고 생각합니다……."

"그 반대입니다. 그 학생이 내 차 옆에서 기다리고 있다가 나에게 키스하려고 했으니까요. 먼저 접근한 건 크리스틴이고, 난 거절했습니다."

브래드가 입을 벌렸다가 다시 다물었다. 에릭은 자신이 말을 잘못했다는 것을 깨달았다. 그 혐의에 실체가 없다고 믿었던 브래드와 톰, 마이크는 이젠 다르게 듣고 있었다. 마이크가 고개를 숙이더니 번쩍거리는 만년필로 뭔가를 적기 시작했다.

"브래드." 에릭은 말투를 바꿔보려고 애썼지만 뜻대로 되지 않았다. "크리스틴이 먼저 접근했고, 난 거절했어요. 그래서 그 애가 고소를 한 겁니다."

"그 학생이 먼저 접근했다고요?"

"네." 에릭은 로리와 말다툼을 하던 크리스틴의 얼굴이 떠올랐다. 하지만 그 이야기는 할 수 없었다. 불난 곳에 기름 붓는 격이 될 것이다. "브래드, 맹세해요. 난 그 학생에게 접근하지 않았어요. 있을 수 없는 일이에요."

"그야 당연하죠. 선생이야 행복한 결혼 생활을 하고 있으니까. 케이틀린도 잘 알고."

에릭은 입안이 말랐다. "사실 케이틀린과 이혼 소송 중입니다. 하지만 이번 일과는 아무 상관없어요. 의대생이나 부하 직원과 부적절한 관계를 맺는다는 건 있을 수 없는 일이니까요."

브래드가 하얗게 센 눈썹을 치켜세웠다. "이혼하면 어떻게 되는 거죠? 선생이 하는 일에 영향을 주는 일은 없을까요?"

"그럴 일은 없습니다."

"그럼 부끄러워 할 일이 아니에요. 나도 이혼했으니까. 얼마나 힘든지는 잘 압니다. 사실 일을 하는 데 영향을 미친다고 해도 놀랄 일이 아니죠."

"일에 영향을 미칠 정도로 상황에 구애받고 있지 않습니다. 게다가 지금 같은 성추행 주장은 정말 말도 안 되는 일이에요."

"저번에 환자와 관련해서 보안요원을 호출했던 일은 어떻게 된 겁니까? 페리노 씨라고 했던가요? 환자를 제압하기 위해서 취한 조치겠지만 말이죠."

"우리 직원을 보호하기 위해서였습니다." 허를 찔린 에릭이 대답했다. "그 일은 어떻게 알았죠?"

"병원 게시판에 그 환자의 부인이 항의글을 남겼어요. 선생이 자기 남편에게 폭행을 휘둘렀다고 주장하고 있더군요."

"그게 말이 됩니까?" 에릭이 신음 소리를 냈다. "그 자리에는 샘 워드 선생도 있었어요. 샘이 진실을 알고 있습니다. 수간호사 선생도 있었죠. 정말 아무 일도 아니었습니다."

"그렇겠죠. 이런 항의글은 일 년에 수백 개씩 올라오고, 실제로 문제가 있는 경우는 몇 건도 안 돼요. 해리스버그 의학 위원회에서 조사관을 보낼 겁니다. 보통 전직 경찰이 사건을 조사하죠. 선생은 이제까지 한 번도 고소당한 적이 없었기에 이례적이긴 합니다만."

"신경 쓸 필요 없는 일입니다." 에릭은 수치심을 느꼈다.

브래드는 눈을 깜빡거렸다. "에릭, 우리한테 변명할 필요는 없어요. 사실 그래서도 안 되고요."

"왜요? 어떻게 변명을 하지 않을 수 있습니까? 여러분들이 여기 앉아서 이처럼 황당한 이야기들을 하고 있는데, 어떻게 반박을 하지 않을 수 있겠어요?"

"잠깐만요." 브래드가 손가락을 들어올렸다. "일단 확실하게 합시다. 선생을 고발한 건 우리가 아니에요. 우리는 선생이 흠 하나 없이 깨끗한 기록을 가지고 있다는 걸 알고 있어요. 그저 절차에 따른 것뿐입니다. 연수 중인 학생의 일을 비롯해 선생에 대한 항의가 들어왔어요. 확실하게 절차에 따를 겁니다. 조사를 하게 될 것이고, 며칠은 걸릴 겁니다. 심각한 문제들이니까요."

"조사는 누가 합니까?"

"독립적인 조사관이죠. 보통은 외부 인사가 조사를 담당합니다. 고소인을 비롯하여 사건의 목격자가 있을 경우에 만나서 이야기를 나누는 거죠. 그날 밤 주차장에 목격자가 있었습니까?"

"아뇨. 아무도 없었습니다."

"그때 말고 그 여학생이 선생에게 접근했던 다른 때를 목격한 사람은요?"

"없습니다."

"그 일에 대해 다른 사람에게 말한 적이 있나요?"

"아뇨." 에릭은 자책했다. 크리스틴이 보낸 문자를 떠올려봤지만, 겉으로 봐서는 문제가 없어 보였다.

"알겠어요." 브래드가 목청을 가다듬었다. "이미 말했듯이 수사관이 고소인과 목격자를 만나고 난 뒤에 선생을 만날 겁니다. 사실 조사와 동시에 우리 쪽에서도 연대 개입을 할 거예요."

"그게 뭡니까?"

"이번 사안과 관련해서 내일 1시 30분에 우리가 알아야 할 어떤 장애가 있는지 알아보는 심리가 열릴 겁니다."

"장애라뇨?" 에릭은 불쑥 내뱉었다가 갑자기 알아차렸다. "저에게 약물 문제가 있다고 생각하는 겁니까?"

"아니에요, 에릭. 다시 한 번 말하지만, 이건 그저 절차예요. 마이크가 알려주겠지만······." 브래드가 마이크 쪽을 가리켰다. 하지만 변호사는 여전히 고개를 숙인 채 메모만 하고 있었다. "······ 법적 책임에 따른 절차에 따르는 것뿐이에요. 의사 장애 위원회의 목적은 약물이나 알코올, 정신 건강 문제가 있는지 검사하는 거니까요."

"그런 건 없습니다." 에릭은 머리가 빙글빙글 돌기 시작했다. 그도 마취과에서 그런 문제가 일어난다는 소문을 들은 적이 있었다. 아무래도 옥시콘틴이나 비코딘 같은 진통제에 쉽게 접근할 수 있기 때문이다. 하지만 정신의학과에서는 드문 일이었다. "의사 장애 위원회는 또 뭡니까? 누가 거기 소속이죠? 난 처음 들어보는데요."

"특정 사건별로 구성되는 특별 조직이죠. 선생 사건의 경우, 위원회 멤버는 세 명으로 구성됩니다. 톰과 나는 정신의학과 수장으로서 그 자리에 앉고, 세 번째는 선생 밑에서 일하는 샘 워드가 자리할 거예요."

"샘이요? 그 사람은 내 밑에 있습니다. 굴욕감은 차치하고라도 이해 상충 아닙니까?"

"무슨 말인지 알겠어요. 하지만 이런 일에는 규칙과 규정에 따라야죠."

"규칙과 규정이라뇨? 그런 건 어디 있는 겁니까?"

"에릭, 목소리 좀 낮춰요." 브래드가 문 쪽을 쳐다보았다. "선생을 지키기 위해서라도 이번 일은 비밀로 해야 합니다."

"일단 이번 일에 대해서는 다른 사람에게 말하지 않는 게 좋을 거예요." 마이크가 덧붙였다.

"그야 물론이죠." 에릭이 쏘아붙였다. "내가 이 일이 더 퍼지길 바라겠습니까?"

"고소인과도 이 문제에 대해 이야기하지 않는 게 좋을 겁니다."

"그야 당연히……." 에릭은 뭔가 명확하게 하기 위해 말을 멈췄다. "잠깐만요. 이런 상황에서 크리스틴이 우리 과에서 연수를 계속 받는다는 말인가요?"

"그래요. 기록에 따르면 일주일이 남았더군요."

"자신을 성추행했다고 주장하는 사람이 있는 곳에서 왜 일을 계속

하겠다고 하는 거죠? 더군다나 주차장에서 심한 짓을 당했다면서? 이것만 봐도 그 주장이 거짓이라는 게 입증되지 않나요? 그 여자가 거짓말을 하고 있다는 걸 알 수 있잖습니까?"

"반드시 그런 건 아니에요." 마이크가 입술을 오므렸다. "내가 상대방 변호사라면 크리스틴은 선택의 여지가 없다고 말했을 겁니다. 크리스틴의 주장이 사실이라고 해도 일을 그만둘 순 없으니까요."

"하지만 그건 사실이 아니에요!"

마이크가 차분하게 말을 이었다. "고소인이 성추행이나 차별로 고소한 뒤에도 계속 일하는 것이 당연한 고용 현장이 있어요."

"그럼 병원에서 크리스틴을 해고하면 되지 않습니까?"

"그건 안 돼요. 먼저 크리스틴은 우리가 고용한 사람이 아니에요. 두 번째로 성추행이나 차별에 관해 고소한 사람을 해고하는 것은 불법적인 보복입니다. 아무것도 하면 안 돼요. 크리스틴이 떠날 때까지는 질책도 하면 안 됩니다."

"정말 대단하네요. 안 그렇습니까?" 에릭은 앞이 꽉 막힌 것 같은 느낌을 받았다. "그렇게 거짓말만 하는 사람과 어떻게 일을 하라는 거죠? 전혀 믿을 수 없는데? 이런 상태면 누군들 일을 할 수 있겠습니까? 난 이제 그 여자를 환자 곁에 둘 수 없어요. 거짓말쟁이인 데다가 망상에 사로잡힌 여자예요."

"그건 어쩔 수 없어요. 내가 해줄 수 있는 조언은 가능한 크리스틴과 같이 일을 하지 말고, 어떤 이유에서든 그 여자와 단둘이 있지 말라는 것뿐입니다." 마이크가 옆에 있는 의자에서 서류철을 집어 들더니 복사된 책자를 꺼냈다. 대충 70페이지 정도의 분량이었다. "이건 선생의 질문에 대한 답입니다. 의료진에 관한 규칙과 규정이 담겨 있죠. 선생한테 이 규정집이 없을 경우를 대비해 한 부 복사했습니다. 부록 F항목을 함께 보죠. 불온한 행동을 했을 경우의 대처 방안입니다."

"불온한 행동이요?" 에릭이 반문했다.

"조금만 참아봐요." 마이크가 책자를 에릭 앞으로 내밀었다. "여길 봐요. '불온한 행동이란 안전성을 떨어뜨리고, 환자의 치료나 병원의 지속적인 효과적인 운영에 부정적인 영향을 끼치는 행위를 뜻한다…….'" 마이크는 검지손가락으로 그 단락을 가리키며 큰 소리로 읽었다. "'동료나 직원에 대한 언어적 또는 신체적 학대, 동료와의 상호 교류 중에 겁을 주거나 위협을 하는 경우, 공격적인 행동이나 성추행을 하는 경우.'"

에릭은 그다음 내용을 읽어보려고 했지만 글자들이 눈앞에서 흔들렸다.

마이크가 계속해서 읽었다. "'이처럼 병원 운영을 방해하고, 소임에 반하는 불온한 행동을 저지르는 경우 지체 없이 해고할 수 있다.'"

해고? 이런 거짓말 때문에 직장을 잃을 수도 있단 말인가? 그의 명성 또한 땅에 떨어지게 될 것이다. 만일 성추행 혐의가 인정된다면, 아니 성추행으로 의심받았다는 사실만으로도 양육권 소송에 영향을 미치게 될 것이다.

"에릭." 마이크가 그 책자를 옆에 내려놓으며 말했다. "의사 장애 위원회에 대한 대비로 변호사를 부를 필요는 없어요. 나도 의사 장애 위원회에 참석하지 않을 겁니다. 바로 연대 개입이라고 부르는 이유 죠. 오직 의사들만 참석하거든요."

"하지만 법적인 영향이 있지 않습니까." 에릭은 생각을 정리하려고 애를 썼다. 모든 것이 비현실적이었다. "저쪽에서 무엇을 찾아내느냐에 따라 내가 직장을 잃을 수도 있다고 했잖아요."

"이제껏 의사 장애 위원회에 변호사를 동석시킨 사람은 아무도 없어요. 그리고 내가 보기에 선생에게 변호사는 필요 없어요. 이건 사실에 입각한 조사예요. 만일 선생의 이야기가 맞다면, 단언컨대 선생이 이길 겁니다."

"내가 한 말은 모두 사실이에요. 당연히 내가 이길 겁니다." 에릭이 자리에서 일어났다. "이제 여기서 볼일은 끝난 것 같으니 직원 회의를 하러 가봐야겠습니다."

"에릭, 아직 가면 안 돼요." 브래드가 자리에서 일어나며 톰에게 손짓을 했다. "톰이 할 말이 있다고 했어요."

톰이 자리에서 일어나며 주머니에 손을 넣었다. "에릭, 마지막으로 남은 절차가 있어요."

"뭐죠?" 에릭이 애써 마음을 가라앉히며 물었다.

"지금 당장 해줘야겠어요." 톰이 주머니에서 뚜껑이 달린 투명 플라스틱 통을 꺼내 탁자 위에 내려놓았다.

에릭은 자신의 눈을 믿을 수가 없었다.

"미안해요, 에릭. 소변 샘플이 필요해요."

에릭은 멍하니 정신병동 엘리베이터에서 내렸다. 매일 이곳에서 약물 중독자 같은 환자들에 대한 소변 검사를 지시하긴 하지만, 지금껏 누구도 그에게 그 검사를 받으라고 한 적은 없었다. 이런 상황에 모멸감이 들었다. 그는 간신히 수치심을 숨긴 채 그 층에 있는 남자 화장실에서 나와 디가 보지 못하도록 손바닥 안쪽으로 숨기고, 소변 샘플 통을 마이크에게 건넸다. 에릭은 그 통을 마이크에게 던져버리고 싶은 생각이 간절했지만, 이번 일은 마이크의 잘못이 아니라 크리스틴의 잘못이었다.

그는 정신병동으로 통하는 문 앞에서 출입증을 흔든 뒤, 주머니에 들어있던 열쇠로 잠겨 있는 문을 열었다. 아직 맥스를 찾지 못했고, 어쩌면 그 애가 죽었을지도 모르는 상황인 데다가, 에릭의 도움을 필요로 하는 진짜 환자들이 대기하고 있는 와중에 어이없게도 이렇게 날조된 문제까지 처리해야 한다는 사실에 화가 났다. 이런 말도 안 되는 일 때문에 하루 일과의 시작이 늦어지고, 직원회의도 미뤄야 했다는 사실이 기가 막혔다. 회진이 밀린 덕에 늦게까지 일을 해야 할 상황이었다. 에릭은 보안구역을 통과했다.

간호사실과 TA 라운지를 지나치다가 서류철을 한가득 끌어안고 그를 향해 다가오는 아마카를 보았다. 에릭은 억지로 웃었다. "자기야, 나 왔어." 에릭이 말했다. 그러다 이제는 이런 식의 농담을 하면 안 된다는 것을 깨달았다.

"보너스에, 적어도 기사 작위라도 준다고 하죠?" 아마카가 활짝 웃으며 물었다.

"그런 거 아니에요." 에릭은 아마카가 위층에서 뭔가 큰 보상을 받았기를 기대하고 있다는 것을 알았다. "그냥 마케팅 캠페인의 세부 사항들에 관한 이야기를 했어요. 이를테면 순위 발표 시기 같은 것에 대해서요."

"순위 발표요?" 아마카가 소리 내어 웃었다. "말도 안 돼."

에릭은 그 말을 어디서 들었는지조차 기억이 나지 않았다. 어째서 그런 말을 하고 있는 건지도 알 수가 없었다. "이제부터 난 마케터예요. 마음을 치료해준다고 영업하는 거죠."

"그래서 발표는 언제 한대요?"

"잊어버렸어요. 늘 그렇듯 어쩌고저쩌고 말이 많아서. 이제 오늘의 일과를 시작해볼까요?" 에릭이 복도를 걸어가자, 아마카가 따라왔다.

"그건 그렇고, 소문 들으셨어요? 사람들 말로는 순위가 나온 뒤에 선생님과의 계약을 재협상할 거라던데요. 조건이 맞지 않으면 선생님이 이 병원을 떠날지도 모른다고요." 아마카가 살짝 얼굴을 찌푸렸다. "우리를 떠나지 않으실 거죠?"

"그럼요. 그런 걱정은 하지 말아요."

"이건 선생님과 친하니까 말씀드리는 거예요."

"알아요. 고마워요." 에릭은 또다시 아마카에게 미소를 지어 보였다. "그만 가서 무리를 불러 모으지 그래요?"

"고양이 떼라도 되는 것처럼 말씀하시네요."

"하!" 에릭은 사무실로 들어가 가방을 내려놓은 뒤, 마음을 가다듬었다. 하지만 밖으로 나왔을 때, 회의실로 오고 있는 샘을 보았다.

의사 장애 위원회 회의가 오늘 오후 세 시로 잡혀 있었기 때문에 샘은 이미 성추행 건에 대해 알고 있을 것이다. 에릭은 몸이 굳어졌다. 그 생각을 하자 굴욕감이 들었지만, 그는 고개를 빳빳이 들고 계속 걸어갔다. 밀린 회의도 하고, 환자들을 보살피며, 과장으로서 정신의학과를 운영해야만 했다. 에릭은 항상 샘을 좋아했다. 상호적인 마음일 거라고 생각해왔지만, 지금은 샘이 자신을 어떻게 생각하고 있을지 궁금했다.

"안녕하십니까, 과장님. 별일 없으시죠?" 샘이 미소를 지으며 인사했다.

"그래." 에릭은 간신히 샘의 눈을 쳐다보았다. "환자들은 어떤가?"

"별 이상 없이 아침 식사를 마쳤습니다."

"페리노 씨는?"

"확인해봤는데, 안정적인 상태입니다."

"리 배리 씨는 어떻지?"

"리 베리 씨는 좀 걱정이 돼서 데이비드와 의논했습니다. 아마카가 야간 담당 간호사들의 이야기를 전해주겠지만, 제가 보기에 리 베리 씨는 인사불성인 것 같아요. 약을 너무 많이 준 것 같습니다."

"그렇군." 에릭은 샘과 나란히 회의실로 들어갔다. 데이비드와 잭이 서로 이야기를 나누며 뒤따라 들어왔다. 그리고 심리 기술자가 사회복지사 두 명과 함께 들어왔다. 에릭은 샘과 함께 있으면서 크리스틴이 들어오기만을 기다리고 있었다. "다른 새로운 소식은 없고?"

"없습니다." 샘이 눈을 깜빡거렸다.

"저번에 자네 아들의 시합은 어떻게 됐나?" 에릭이 그 질문을 한 건, 자신이 여전히 정신의학과 과장이며 가정적인 남자로 성추행 같은 걸 할 사람이 아니라는 것을 보여주기 위해서였다.

"이겼습니다." 샘이 살짝 놀란 듯 눈썹을 치켜세우며 미소를 지었다. 평소에는 환자들에 관한 이야기가 아니면 잘 하지 않았기 때문이다.

"잘됐군." 에릭은 잡담을 하면서도 집중이 되지 않았다. 입안이 바짝 마르는 것 같았다. "여기에도 커피머신이 있어야 할 것 같지 않나? 어째서 병동에 한 대밖에 없는 거지?"

"네?"

"우린 매일 여기서 만나는데, 커피를 마시려면 휴게실에서 가져와야 하잖아." 에릭은 크리스틴이 진짜 모습을 보일 것인지 궁금했다.

"생각해보니까 그러네요. 여기서도 맛없는 커피를 만들 수 있죠.

밖에서 들고 올 필요 없이."

"그래." 에릭은 억지로 미소를 지었다. 그는 크리스틴이 병가를 냈길 바랐다.

"그럼 계획을 세우죠. 새 커피머신을 얻기 위해서 얼마나 많은 서식을 채워 넣어야 할지 모르니까." 샘이 자기가 한 농담에 껄껄 웃었다.

"내가 앞장서지. 불필요한 형식 같은 건 없애버리는 거야."

"제가 함께하죠."

그때 크리스틴이 다른 의대생과 나지막한 목소리로 이야기를 나누며 회의실로 들어왔다. 에릭은 완전히 바뀐 크리스틴의 겉모습에 깜짝 놀란 티를 내지 않으려고 애썼다. 완벽한 화장과 윤기가 흐르고 미장원에서 손질한 것처럼 보이던 머리 모양이 사라졌다. 커다란 뿔테 안경을 쓴 것으로 봐서, 이제까지는 콘택트렌즈를 끼고 있었던 모양이다. 부스스한 머리카락은 뒤에서 하나로 묶고 있었다. 크리스틴은 평소에 입고 다니던 드레스 대신, 흰색 셔츠와 카키색 바지에 남색 재킷을 입고 있었다. 그럼에도 여전히 매력적이긴 했지만, 마치 소위 엄마 친구 딸 같은 똑똑한 여학생 느낌이었다.

에릭은 생각이 많아졌다. 오늘 조사에서 크리스틴이 털어놓지 않는 한 그녀가 무슨 짓을 하고 있는 건지, 왜 이러는지 알 수가 없었다. 에릭은 그 점을 애초에 물어보지 않은 것에 대해 자책했다. 크리스틴이 이 상황을 어떻게 모면할 수 있을 거라 생각하는지 알 수가 없었다. 정신병동에 있는 사람들은 크리스틴이 평소 어떤 옷차림으로 다

넜는지 모두 알고 있었다. 그녀는 '직장에 어울리지 않게 옷을 빼입는 여자'이자, 예쁜 것으로 유명했다. 하지만 샘을 제외하곤 의사 장애 위원회가 열린다는 것을 아는 사람은 아무도 없었다. 에릭은 최고의 커피머신을 고르는 법에 대해 이야기하고 있는 샘을 돌아보았다.

"······ 맛도 좋고, 이렇게 뜨거운 컵에 마실 수 있죠. 하지만 환경에는 정말 안 좋아요. 이 플라스틱 컵들은 결국 쓰레기 매립지에 파묻히게 되니까요. 태평양에 있다는 쓰레기 섬에 대해 들어보셨어요? 텍사스 크기의 두 배래요. 그 섬이 생긴 지 100년이나 됐다는데, 이 상태가 계속되면 환경이 망가져서······."

"그야 그렇지." 에릭은 계속 크리스틴을 주시하고 있었다. 크리스틴은 다른 의대생과 함께 자리에 앉아, 고개를 숙인 채 평소보다 열띤 대화를 나누고 있었다. 에릭은 문득 크리스틴이 그 의대생에게 성추행 고소에 대해 말했을 수도 있다는 생각이 들었다. 두 사람은 항상 흥미로운 소문들에 대해 이야기를 나누곤 했다. 케이틀린은 지방검사 사무실에서 여자 법률가들이 그런 식으로 소문을 나누는 것을 여자 드라마라고 부르곤 했다. 그리고 성추행 고소 건에 대해 제퍼슨 의대 학과장과 그 휘하에 있는 사람들은 확실히 알고 있을 것이다.

아마카가 자리에 앉으면서 에릭의 주의를 끌었다. "과장님, 이제 그만 시작하죠."

"그래요. 시작합시다." 에릭은 자리에 앉지 않은 사람이 그와 샘밖에 없다는 것을 알았다. 그는 상석에 있는 의자를 끌어 자리에 앉았다. "아마카, 말해봐요."

"좋은 소식부터 말할게요." 아마카가 맨 위에 있는 파일을 펼치며 말했다. "에체베리아 씨는 간밤에 숙면을 취했으며, 상태도 많이 나아진 것 같습니다."

에릭은 크리스틴이 여전히 의대생과 속삭이고 있는 것을 알아차렸다. 뒷줄에 앉아 있기도 해서 평소 같으면 그냥 넘겼을 것이다. 하지만 오늘은 그런 모습이 그의 신경을 건드렸다.

"에체베리아 씨의 수면 시간은 일곱 시간이었고, 약도 잘 들었어요. 어린 아들을 포함해서 가족과도 좋은 시간을 보냈죠. 그때 아이가 그려준 그림을 벽에 걸어뒀어요. 그림을 아주 잘 그렸더군요."

잭이 코웃음을 쳤다. "나도 그 그림 봤어요. 우리 개가 그려도 그것보다는 잘 그리겠던데."

데이비드가 코웃음을 쳤다. "우리 고양이가 그리는 게 나을걸."

"그만들 하지." 에릭이 날카롭게 말했다. 그러자 그 자리에는 막을 내린 무대처럼 정적이 흘렀고, 사람들의 시선이 이리저리 흔들렸다. 매번 회의 때마다 농담을 주고받아도 에릭이 화를 낸 적은 없었다. 사실 조용히 하라는 말은 크리스틴에게 하고 싶었지만 에릭은 애써 참았다. 그가 크리스틴에게 그렇게 대했다가는 두 사람에게 더 이목을 쏠릴 수도 있었다. 그리고 크리스틴을 더 화나게 만들고, 그에 대한 공격의 빌미를 주는 것일지도 모른다. 성추행 고소에 따른 보복이라고.

아마카가 그 어색한 순간을 무마시켰다. "에체베리아 씨의 보험 적용일이 하루 남았어요. 잭은 오늘 퇴원시키길 원해요. 과장님도 동의

하시나요?"

"회진 때 보고 결정하죠." 에릭은 대답했지만, 계속해서 떠드는 크리스틴의 목소리가 주전자 물이 끓는 소리처럼 거슬려서 제대로 생각할 여력이 없었다.

"계속할게요." 아마카가 다음 환자의 파일을 펼친 뒤, 바이탈 사인과 특이사항, 담당 간호사의 주의사항 등을 전달했다.

에릭은 멍하니 아마카의 말을 듣고 있었다. 중간중간 크리스틴이 떠드는 소리 때문에 아마카의 말들이 제대로 들리지 않았다. 성추행 고소에 관해 샘과 크리스틴 옆에 있는 의대생 이외에 얼마나 많은 사람들이 알고 있을지 궁금했다. 만일 누군가가 그 일을 다른 사람에게 말하고, 그 사람이 또 다른 사람에게 전달한다면 오늘 점심때쯤에는 25명도 넘는 사람들이 알게 될 것이다. 설령 혐의가 없다는 것이 밝혀지더라도, 에릭의 평판은 바닥에 떨어질 것이다. 사람들은 끝까지 막 이혼한 최고 의사가 젊은 크리스틴을 희롱했다고 여길 것이다.

"크리스틴, 그만 좀 하지!" 에릭이 크리스틴 쪽으로 고개를 돌리며 외쳤다. 안경 너머로 두 사람의 눈이 마주쳤다. 크리스틴의 눈빛은 얼핏 보기엔 정직해 보였다. 회의실에 또다시 적막이 흐르면서, 모두가 이상하다는 눈으로 에릭을 쳐다보았다. 크리스틴이 이미 친구와 속삭이는 것을 멈춘 뒤였기에 모두 당혹감을 감추지 못하고 있었다. 에릭은 의사가 아닌 환청에 고통받고 있는 환자로 치료받으러 여기 온 것처럼 머릿속에서 속닥거리는 소리가 계속 들렸다.

"과장님?" 아마카가 영문을 모르겠다는 듯 얼굴을 찡그렸다.

"실례했어요. 계속합시다." 에릭은 환자들의 간밤 상태에 대한 아마카의 보고를 계속 들었다. 환자들에게 애써 집중하며, 필요한 경우에는 대답도 했다. 그러면서 맥스에 관해서도 다시 연락해봐야겠다는 사실을 떠올렸다. 회의가 끝난 뒤, 에릭은 평소처럼 샘과 함께 회진을 돌면서 환자들의 상태를 살피는 데 열중했다.

정오가 되자, 에릭은 자동판매기에서 요거트와 소다를 뽑아 사무실로 들어갔다. 숨는 거라는 건 알고 있지만, 그에게는 숨고르기가 필요했다. 그리고 1시 30분에는 의사 장애 위원회 회의에 들어가야 했다. 에릭은 뒷주머니에서 휴대폰을 꺼내 연락처에서 마리의 번호를 찾아 전화를 걸었다. 신호음이 떨어지는 동안 책상 앞에 앉았다. 신호음이 두 번 울린 뒤 마리가 전화를 받았다. "패리시입니다."

"안녕하세요, 선생님." 마리가 대답했다. 목소리가 살짝 취한 것처럼 들렸다. 에릭이 앞서 남긴 메시지를 들었는지조차 의문이었다.

"맥스는 집에 돌아왔습니까?"

"아뇨. 그 애를 보지 못했어요. 혹시 소식 들으신 거 있나요?"

"없습니다. 오늘은 맥스가 학원에 나가는 날 아닙니까?"

"그럴 거예요. 하지만 학원에서 맥스를 찾는 연락이 왔어요. 학원에 연락도 없이 안 나왔다고 하더군요. 거기 사람들도 애가 어디 있는지 모르나봐요."

"이런." 에릭은 더 이상 상대의 사정을 봐줄 수가 없었다. "맥스가 자해를 하진 않을지, 정신 상태를 걱정하고 있는 중입니다. 경찰에서도 아무런 연락이 없었나요?"

"네."

"맥스가 평소에도 외박을 많이 했나요? 자주 있는 일입니까?"에릭은 이미 답을 알 것 같았다.

"솔직히 잘 모르겠어요."마리가 머뭇거렸다. "내가 항상…… 여기 있는 게 아니라서……."

"하지만 이런 건 그 애답지 않은 일이죠? 맥스는 책임감이 강한 아이니까요. 이제껏 학원에 안 나간 적이 있습니까?"

"잘 모르겠어요."

"부인, 맥스가 밤에 친구인지, 누군가와 통화를 했다고 하셨죠. 혹시 누군지 모르십니까?"

"모르겠어요. 그냥 밤에 어떤 남자와 통화하는 소리를 들었던 거니까요."

"남자라고요? 남자가 확실합니까? 상대방의 이름은 듣지 못했나요?"에릭은 맥스의 통화 상대가 르네가 아닐까 생각했다.

"이름은 듣지 못했어요. 하지만 남자가 확실해요. 맥스한테 여자친구가 있을 리 없잖아요. 안 그래요?"마리가 소리 내어 웃었다. 유리잔에 부딪치는 얼음 소리가 같이 들리자 에릭은 심란했다.

"부인, 내가 상관할 일은 아닙니다만, 지금은 다이어트 콜라를 마시는 편이 나을 겁니다. 지금 이건 맥스에 관한 일이고, 우린 힘을 합쳐 그 애를 찾아야 하니까요. 더 이상은……."

"너무 정신이 없고, 처리해야 할 일도 많아요. 갑자기 집은 텅 빈 데다가, 장의사는 우리 엄마의 장례식 일정을 물어보죠. 그런데 맥스는 어디 있는지 모르겠고, 비용은 엄마가 미리 냈다고 하지만 그쪽에서는 어떤 꽃을 쓸 거냐고 묻고……."

"이해합니다." 마리가 말꼬리를 흐리자 에릭이 말했다. "부인에게 힘든 시간이라는 건 알고 있습니다. 하지만 지금은 맥스가 우선이에요. 우리는 그 애를 찾아야 합니다."

"알아요. 그건 그렇죠."

"좋습니다. 경찰에 전화를 걸어야 하니 이만 끊겠습니다. 혹시 연락하실 일이 있으면 언제든 전화 주세요."

"알겠어요. 여러 가지로 도와줘서 감사해요. 선생님에게는 정말 고맙게 생각하고 있어요. 선생님이 맥스를 정말 걱정하고 있다는 거 잘 알아요. 그럼 이만 끊을게요."

"그럼 이만." 에릭은 전화를 끊은 뒤, 래드너 경찰서의 전화번호를 눌렀다.

"콜슨 경사입니다. 무엇을 도와드릴까요?"

"해브메이어 종합병원의 정신과 의사, 에릭 패리시라고 합니다. 개인 상담 환자 때문에 연락드렸어요. 어제 할머니가 돌아가신 뒤 자살 위험이 있는 환자로, 이름은 맥스 자보우스키라고 합니다. 그때 이후로 연락이 되지 않고 있는 상황이에요."

"나이가 몇 살이죠?"

"열일곱 살이고, 파이오니어 고등학교 졸업반입니다. 퍼펙트 스코어라는 학원에서 강의도 하고 있죠. 하지만 오늘 학원에 나타나지 않았고, 맥스의 모친 역시 아이가 어디 있는지 모르는 상태입니다."

"연락이 끊긴 지 얼마나 됐습니까?"

"어제 저녁 6시 이후입니다. 하지만 그 애가 밤에 집에 들어가지 않았다는 건 아주 드문 일입니다. 특히 외박을 했다는 건 말이죠." 에릭은 뭔가 예감이 있었다.

"소년의 인상착의를 설명해주실 수 있을까요?"

에릭은 맥스의 인상착의를 설명했다. "아직 실종 사건으로 볼 수는 없는 겁니까?"

"그런 세부 조항을 일일이 따르지는 않습니다."

"다행이군요. 생사가 걸린 일이라서요. 어젯밤에 전화했을 때 갬비아 경관이 맥스의 집으로 출동했습니다. 그 경관이 알고 있을 거예요."

"잠시만 기다려주십시오. 몇 분이면 됩니다."

"알겠습니다. 기다리죠." 에릭은 컴퓨터 앞에 앉아 암호를 입력했다. 화면에 이메일 목록이 떴다. 보낸 사람의 이름과 제목을 대충 확인하고 넘기던 중 메일 한 통이 눈에 들어왔다. 에릭은 그 메일을 열었다.

"패리시 선생님?" 자리를 비웠던 콜슨 경사가 돌아왔다. "순찰 나갔던 경관에게 물어보니 지난밤 그 상황에 대해 잘 알고 있었습니다. 계속해서 그 소년을 찾아보죠. 뭔가 소식이 있으면 지난밤 선생님이 남겨주신 번호로 바로 연락드리겠습니다."

"감사합니다."

"그럼 들어가십시오."

"네." 에릭은 컴퓨터 화면을 쳐다보았다. 그 이메일은 수잔이 보낸 것이었다. '에릭, 우선 양육권 신청서 사본을 첨부해요. 오늘 접수했어요. 궁금한 거 있으면 아무 때나 연락해요. 수잔.'

에릭은 첨부 서류를 열었다. 읽어보려고 했지만 용어들이 머릿속에 들어오지 않았다. 미성년자, 아내, 남편, 주된 거주지. 그의 사생활에 관련된 모든 것들이 볼드체 활자로 어수선하게 나열되어 있었다. 그는 의사 장애 위원회 회의 시간이 될 때까지 그 서류를 봤다.

요거트는 먹지 못했다.

32
장

에릭은 의사 장애 위원회 회의가 열리는 회의실의 마호가니 문 앞에 서서 잠시 마음을 가라앉혔다. 복도에는 아무도 없었다. 여기서 정신을 바짝 차려야만 했다. 그래야 양육권 소송을 강행하고, 맥스의 일에 집중할 수 있었다. 에릭은 마음의 준비를 한 뒤, 문을 열고 안으로 들어갔다. 브래드 파네슨과 톰 싱, 샘 워드는 이미 자리에 앉아 있었다. 그들 앞에는 물병과 공책이 놓여 있었다. 에릭이 오기 훨씬 전에 모였다는 것을 알 수 있었다. 그들은 뒤집어진 U자 모양에, 상판이 합판으로 된 포마이카 탁자의 끝에 앉아 있었다.

브래드는 에릭을 보자 미소를 지으며, 자리에서 벌떡 일어나 자신의 오른쪽 자리를 가리켰다. "에릭, 어서 와요. 이쪽에 앉아요."

"이 자리에 와줘서 고마워요, 에릭." 가운데 자리에 앉아 있던 톰도 자리에서 일어나며 애써 밝은 척하는 목소리로 말했다.

마지막으로 자리에서 일어난 샘은 에릭과 시선을 마주치는 게 불편한 듯 입술을 오므렸다. 그는 살짝 히피들이 하듯 손을 흔든 뒤, 다시 주머니에 손을 집어넣었다. "오셨네요."

"일찍들 오셨군요." 에릭은 오른쪽에 있는 검은색 의자에 앉았다. 다른 사람들도 모두 자리에 앉자, 그는 주위를 둘러보았다. 회의실은 작은 직사각형 모양의 창문이 없는 방이었다. 벽에는 대형 평면 TV가 걸려 있었고, 탁자 중앙에는 초현대적인 원형 모양의 회의용 전화가 놓여 있었다. 다른 벽에 걸려 있는 화이트보드에는 해브메이어 종합병원의 환자 안전 게시판이라고 쓰여 있었다.

"에릭, 참석해줘서 고마워요." 톰이 목소리를 가다듬으며 의자에 느긋하게 기대앉았다. "먼저 위원회를 대표해 성명을 발표할까 해요. 시작하기 전에 15년간 선생의 노고에 깊이 감사하고 있다는 걸 말하고 싶군요."

"감사합니다." 에릭은 계속 미소를 짓고 있었지만 톰의 차가운 잿빛 눈과 마주치자 마음이 불안해졌다. 그래서 그 뒤쪽 벽에 걸린 화이트보드로 시선을 돌렸다. 게시판이라는 제목 아래 여러 가지 내용들이 두꺼운 검은색 마커로 쓰여 있었다.

"회의에 참석해주셔서 감사합니다. 형식적인 절차라는 걸 이해해줬으면 해요."

"이해합니다." 에릭은 화이트보드 왼쪽에 직원의 부상 현황이 나와 있는 것을 보았다. 그 밑에는 환자로 인해 직원들이 최근 침이나 물벼락을 맞은 경우, 뾰족한 것에 찔린 경우, 신체적인 부상을 입은 경우, 미끄러지거나 낙상을 당한 경우에 대해 나와 있었다. 미끄러지거나 낙상 항목을 제외한 나머지 항목들에는 마커로 6월 날짜들만 적혀 있었다. 5월은 다행히도 병원 직원들 모두 무사히 보냈던 모양이다.

"의례적이긴 하지만 절차에 대해 간단하게 설명드리죠. 오늘 회의에서는 메모를 할 수는 있지만 오디오나 비디오 녹화는 하지 않을 겁니다." 톰이 앞에 놓인 공책을 가리키며 말했다. "혹시 선생도 메모하고 싶다면 공책을 드리죠."

"괜찮습니다." 에릭은 화이트보드에 적혀 있는 내용을 계속 보면서 대답했다. 최근 샘플에 라벨을 잘못 붙인 경우, 예방이 가능한 사건, 부상으로 인한 낙상, 심각한 사건, 경비, 손톱에 할퀴어 감염되는 경우, 카테터 관련 요로 감염, 클로스트리디움 디피실레 감염에 관한 항목들 옆에 날짜가 쓰여 있었다. 에릭은 그제야 직원들의 실수에 관한 기록이라는 것을 알아차렸다. 여기가 법적 책임을 논하는 회의실인가 궁금해졌다. 만약 그렇다면 제대로 찾아온 셈이다.

"회의는 한 시간 정도 진행될 겁니다. 연수 중인 의대생 크리스틴 말린이 선생에게 성추행을 당했다고 주장하는 고소 내용에 대해 살펴볼 거예요."

에릭은 샘이 있는 앞에서 그런 말을 듣는 것이 내심 민망했다. 혹시 사건에 대해 모르고 이 자리에 참석한 거라면 이제 알았을 것이다. 그리고 오늘 아침 직원회의에서 에릭이 왜 그렇게 이상하게 굴었는지 알게 됐을 것이다.

"선생에게 몇 가지 질문을 할 겁니다. 로마의 삼두정치 시대처럼 우리 세 사람의 질문을 받으라는 건 아니에요. 서약을 받지는 않겠습니다. 선생이 정직하다는 것도 잘 알고, 진실만을 말할 거라고 믿으니까요."

"감사합니다." 에릭은 배우가 큐 카드를 보고 있는 것처럼 거짓말을 하는 것으로 보일지도 모른다는 생각에 애써 화이트보드에서 시선을 돌렸다.

"마지막으로 궁금한 게 있으면 뭐든 질문해도 좋아요. 지금 이건 심문이 아닌 논의니까요. 혹시 궁금한 건 없습니까?"

"있습니다." 에릭은 침착하자고 다짐했다. "앞으로 어떻게 되는 거죠? 여기서 내 말을 믿을지 말지를 결정하는 겁니까? 세 분이 판결을 내리는 건가요?"

톰이 고개를 끄덕였다. "대체적으로는 그래요. 하지만 이 자리에서 결판이 나는 건 아니에요. 수사관이 고소인 말린 양을 만나 그 혐의의 진실성을 다시 확인할 겁니다. 수사관의 의견까지 취합해서 이번 주 안에 최종 결정을 내릴 거예요."

에릭은 그제야 어떻게 된 상황인지 알 것 같았다. "크리스틴, 그러니까 말린 양이 수사관을 만나는 날이 오늘입니까?"

"그래요. 오늘 오후로 예정되어 있습니다."

"그럴 줄 알았어요!" 에릭이 다급하게 몸을 앞으로 내밀었다. "대체 크리스틴이 왜 이런 거짓말을 하는 건지 모르겠지만, 오늘은 평소와 완전히 다른 차림으로 병원에 왔어요. 평소에는 콘택트렌즈를 끼고, 짙은 화장에 스커트를 입고 다니죠. 그런데 오늘은 안경을 끼고, 재킷에 바지를 입고 왔어요. 머리도 뒤로 질끈 묶고 말이에요. 화장조차 하지 않았어요."

"무슨 말이 하고 싶은 겁니까?" 톰이 얼굴을 찌푸리며 물었다.

"수사관을 만나기 때문에 일부러 그렇게 하고 온 겁니다. 자기가 지나치게 꾸미고 다니지 않고, 과하게 매력적이지 않다는 인상을 주려는 거죠." 에릭은 지금 자신의 말이 피해자를 탓하는 것처럼 들린다는 것을 알고 있었다. 그래서 설명하려고 애를 썼다. "물론 옷을 어떻게 입든 추행의 이유는 될 수 없습니다. 맹세컨대 난 크리스틴을 추행한 적이 없어요." 에릭은 샘을 돌아보았다. "샘, 자넨 크리스틴과 같이 일을 했지. 내가 무슨 말을 하는 건지 모르겠나? 오늘 직원회의에서 크리스틴의 모습이 평소와 달랐잖아?"

"사실 그랬습니다." 샘이 고개를 끄덕이며 톰을 돌아보았다. "과장님이 말한 그대로입니다. 크리스틴이 오늘처럼 옷을 입은 건 처음 봤어요. 물론 어떤 경우라도 추행을 하는 건 정당하지 않죠. 제 말을 오해하지는 마세요. 하지만 과장님의 말은 맞아요. 이렇게 말해도 될지 모르겠지만, 크리스틴은 아주 매력적이에요……." 샘이 머뭇거렸다. "톰, 이런 표현을 해도 될까요?"

"그래." 톰이 대답했다.

"그럼 계속하죠." 샘이 말을 이었다. "크리스틴은 예쁜 데다가 매일 잘 꾸미고 다녔어요. 간호사들 모두가 크리스틴을 놓고 말들이 많았죠. 다들 치마 길이가 너무 짧다고 생각했어요. 병동에서 일하는 모두가 같은 말을 할 겁니다. 하지만 오늘 크리스틴은 전혀 꾸미지 않고 나타났어요. 사실 회의실에 들어오는 모습을 보고 감기라도 걸린 줄 알았으니까요."

"고맙네!" 에릭이 소리쳤다. "샘, 고마워. 그게 바로 내가 하고 싶었던 말이야." 에릭은 호소하듯 톰을 돌아보았다. "톰, 들었죠? 그게 증거예요. 다시 말하지만, 난 크리스틴을 추행하지 않았어요. 절대……."

톰이 교통경찰처럼 한쪽 손을 들었다. "에릭, 무슨 말인지 알았어요. 샘, 설명해줘서 고맙네." 톰은 샘이 앉아 있는 쪽을 보며 고개를 끄덕인 뒤, 다시 에릭을 돌아보았다. "하지만 그건 중요하지 않아요. 에릭, 오늘 회의의 목적을 잘못 알고 있군요. 지금은 박사에게 어떤 장애가 있는 건 아닌지 알아보고 거기에 관한 판단을 내리는 자리예요. 오늘 아침에 했던 약물 검사부터 시작된 거죠. 약물이나 알코올 검사에서 선생이 음성 판정을 받았다는 걸 알게 돼도 아무도 놀라지 않을 겁니다."

"그건 당연한 일이죠. 그런 걸 하지 않으니까요."

갑자기 회의실 스피커에서 큰 소리가 흘러나왔다. "회색 코드, 패리시 선생님과 워드 선생님은 정신병동으로 와주십시오. 회색 코드, 패리시 선생님과 워드 선생님은 정신병동으로 와주십시오."

"이런." 자리에서 벌떡 일어남과 동시에 에릭의 호출기가 울렸다. 거의 동시에 샘의 호출기도 울리기 시작했다. 에릭이 호출기를 꺼내는 동안 샘이 재빨리 호출 내용을 확인했다.

"과장님, 병동에 경찰이 나타났어요. 페리노 때문일 겁니다."샘은 자리에서 일어나 문 쪽으로 향했다. 하지만 출입구와 더 가까운 쪽에 앉아 있던 에릭이 더 빨리 문을 열었다.

브래드가 얼굴을 찡그리며 자리에서 일어났다. "회색 코드라니, 뭔 가 큰 일이 난 모양이군요. 환자가 탈출한 거 아닙니까? 그게 아니어 야 할 텐데. 설사 그렇다고 해도 경찰을 부르지는 말았어야죠. 절차 에 맞지 않아요."

"톰, 브래드, 그만 가보겠습니다!"에릭이 돌아보며 외쳤다. 샘이 그 뒤를 따랐다.

"어서 가봐요."톰이 깜짝 놀라 자리에서 일어났다. "나중에 다시 모이죠."

에릭은 급히 복도를 뛰어갔다. 온갖 생각이 떠올랐다. 페리노가 간 호사를 다치게 한 게 아니기를 빌었다. "샘, 페리노에게 무슨 문제가 있었나?"

"죄송합니다, 과장님. 바로 알아보겠습니다."샘이 정신병동으로 통하는 이중문을 지나쳤다.

"계단으로 올라가세."에릭은 샘과 함께 비상구로 나가 한꺼번에 두 계단씩 밟고 올라갔다. 1층에 도착했을 때, 아래층의 비상구 문이 열리는 소리와 함께 누군가의 말소리가 들렸다. "브래드와 톰인가?"

"그런 것 같습니다."샘이 숨을 헐떡거리며 대답했다. "우리가 절차 를 지키고 있는지 확인해야 할 테니까요."

"그렇군."에릭은 더 이상 아무 말도 할 수가 없었다. 지금과 같은 위급한 상황에서 병원의 거물들에게 어떻게 된 일인지 알고 있다는 것을 입증하기 위해 애를 쓰는 것만큼은 피하고 싶었다.

"에릭, 샘!" 톰이 소리쳤다. 목소리가 울렸다. "바로 따라가는 중이요!"

"위층에서 뵙죠!" 에릭이 소리쳤다. 그는 속도를 올려 3층, 4층을 지나 마침내 5층에 이르렀다. 비상구 문을 열고 들어가자 텅 빈 엘리베이터 입구가 나타났다. 에릭과 샘은 유리로 된 보안구역 너머로 푸른색 제복을 입은 보안요원 두 명과 양복을 입은 남자 두 명이 어쩐지 힘들어 보이는 아마카와 함께 서 있는 것이 보였다. 간호사와 레지던트들도 걱정스러운 표정으로 아마카 뒤에 둥글게 서 있었다. 크리스틴도 짐짓 얼굴을 찡그리고 있었다. 하지만 에릭은 크리스틴의 농간에 놀아날 시간이 없었다. 모든 일이 한꺼번에 터졌기 때문이다.

"세상에." 샘이 출입증을 대자, 에릭도 열쇠를 꺼내 외부 출입문을 열었다.

그때 브래드와 톰도 도착했다. "어떻게 된 겁니까?"

에릭은 급히 아마카에게 다가갔다. "어떻게 된 거죠? 페리노가 문제를 일으켰나요?"

샘이 모여 있는 직원들을 살펴보았다. "다친 사람은 없어요?"

"안녕하십니까, 패리시 선생님. 로즈 형사입니다." 짙은 색 양복을 입은 남자 중 한 명이 앞으로 나서며 말했다. 그는 에릭과 비슷한 연배로, 큰 키에 덩치가 있으며 살집이 많은 넙데데한 얼굴에 갈색 눈동자를 가지고 있었다. 머리카락은 두피가 보일 정도로 민 상태였다.

"방해해서 죄송합니다만, 기다릴 수가 없어서요. 저쪽은 파트너인 파가노 형사입니다." 그가 뒤에 서 있는 젊고 마른 남자를 가리켰다.

"무슨 일이시죠? 무슨 일이 있습니까?" 에릭이 불안한 마음으로 물었다.

"서뿔로 가서 이야기를 나누실까요? 선생님이 수사에 도움이 되는 정보를 가지고 계신 것 같아서요."

"무슨 수사입니까?"

"르네 베빌라쿠아의 살인 사건입니다."

"르네가…… 죽었다고요?" 에릭은 멍하니 그 자리에 멈춰 섰다. 믿을 수가 없었다. 사실일 리가 없었다. 골수까지 떨리는 것 같은 느낌이었다.

"르네가 누구입니까? 환자 중 한 명인가요?" 브래드가 깜짝 놀라 물었다.

"아니요. 개인 상담 환자와 관련이 있는 사람입니다." 에릭은 머리가 어지러웠다. 심장이 밖으로 튀어나올 것처럼 두근거리고 있었다.

"패리시 선생님, 같이 가주시겠습니까?" 로즈 형사가 말했다.

아마카가 에릭의 팔에 손을 댔다. "어서 가보세요. 여기 일은 저희가 알아서 할게요."

"그러죠." 에릭은 고뇌에 찬 생각들을 정리하려고 애썼다. 죄책감이 그를 압도했다. 제일 먼저 든 생각은 맥스가 범인일 거라는 것이었다. 에릭이 르네와 경찰에게 경고하지 않은 것은 잘못된 선택이었다. 하지만 다음 순간, 에릭은 자신이 심한 혼란과 상반된 감정의 공존에 갈팡질팡하는 것을 느꼈다. 맥스가 르네를 해치거나, 살인을 저질렀다는 사실이 여전히 믿기지 않았다.

"감사합니다. 가시죠."로즈 형사가 입구로 향했다. 에릭은 멍하니 형사들과 함께 병동을 나가 엘리베이터에 올라탔다. 아래층으로 내려가는 동안 그들은 아무 말도 하지 않았다. 엘리베이터의 문이 열리고 병원 로비에 다다르자, 그들은 황급히 병원 출입증을 걸고 있는 직원들과 풍선과 선물 가게에 파는 동물 인형들을 들고 있는 방문객들 사이를 뚫고 지나갔다. 병원을 나와 밝은 햇살 속에 서자 겨우 정신이 든 에릭은 형사들에게 질문을 하기 시작했다.

"형사님, 르네의 사인은 뭔가요? 언제 그렇게 됐죠? 시신은 어디서 발견됐습니까?"

"서에 가서 알려드리겠습니다."로즈 형사가 병원 입구 주차금지 구역에 서 있는 창문을 검게 칠한 회색 타우루스 세단을 가리켰다. 그들이 타우루스 앞에 이르자, 파가노 형사가 뒷문을 열어주었다. 뒷좌석에 올라탄 에릭은 앞좌석과의 사이에 있는 스테인리스 스틸로 된 칸막이를 보고 깜짝 놀랐다. 안쪽에서는 문을 잠글 수 없게 되어 있었다. 형사들이 앞좌석에 올라탄 뒤, 차가 출발했다.

에릭은 뒷좌석에 몸을 파묻었다. 끔찍한 소식에 기분이 가라앉기 시작했다. 빨간색 곱슬머리를 가진 사랑스러운 르네가 그토록 어린 나이에 죽다니. 살해당했다니. 있을 수 없는 일만 같다. 에릭은 여전히 그 사실이 믿기지 않았다. 실제로 그런 일이 일어났다는 것이 믿기지는 않았지만, 그 상황에 대해서는 알고 싶었다. 그는 르네가 교살당한 게 아니기를 빌었다. 만일 그렇게 죽었다면 맥스가 르네를 죽였을 가능성이 더 많게 된다. 에릭은 여전히 맥스가 그런 짓을 했을 수도 있다는 걸 믿을 수 없었다. 지금까지 경험상 강박장애 환자들이 자신들의 환상을 실현하는 경우는 매우 드물었다. 그 점에 있어서는 아서도 동의했다. 그런데 어떻게 르네에게 이런 일이 생긴 걸까?

에릭은 차창 밖으로 지나가는 자동차들을 쳐다보았지만, 르네의 싱그러운 얼굴만 떠올랐다. 얼마나 귀여웠는지, 눈동자가 얼마나 반짝거렸는지, 얼마나 친절했는지. 에릭은 머릿속에서 르네에 대해 알고 있는 몇 개 안 되는 사실들을 모두 끌어모았다. SAT 점수를 좀 더 잘 받고 싶어 한다는 것, 막다른 골목에 있는 고급 주택에 산다는 것, 운전을 할 때면 통화를 많이 한다는 것, 친구가 많다는 것, 인기가 많다는 것.

에릭은 당혹스러움을 느꼈다. 만일 맥스가 아니라면 누가 르네를 죽였는지 알 수가 없었다. 남자친구일까? 다른 학생? 가족 중에 누군가? 아니면 무작위 폭력의 피해자인 걸까? 르네는 어떻게 죽은 걸까? 에릭은 도저히 알 수가 없었다. 그는 주머니에 들어 있던 휴대폰을 꺼내 인터넷에 접속했다. 검색창에 르네 베빌라쿠아 사건을 입력했지만 인터넷 연결 상태가 좋지 않았다. 에릭은 눈앞이 흐릿해졌다. 검색을 그만두었다. 지금 당장은 이 일과 마주할 용기가 없었다.

차가 경찰서에 가까워지자 에릭은 마음을 가라앉혔다. 맥스가 어디에 있는지는 아직 밝혀지지 않은 모양이다. 만일 소재가 파악됐다면 경찰이든 마리든 연락을 해줬을 것이다. 맥스가 르네를 죽였든 아니든 그 아이는 고통에 빠지게 될 것이다. 만일 맥스가 르네를 죽였다면 자살하고 싶을 것이고, 다른 사람이 르네를 죽였다고 해도 죽고 싶을 것이다.

맥스가 자살하지 않을지에 대한 걱정이 더 커졌다. 이제 맥스에게 남은 건 아무것도 없었다. 사랑하는 할머니도, 그가 집착했고 많이 걱정했으며 자기가 죽이게 될까 두려워하다 실제로 죽인 소녀도 없다. 맥스가 정말 범인이라면.

에릭은 맥스가 살인을 저질렀다는 확신이 없었다. 그래서 지금으로서는 무엇이 정의인지 알 수가 없었다. 하지만 그는 의사이자, 정신과 의사였다. 그런 만큼 맥스에게 불리할 만한 행동은 하지 않을 것이다. 에릭은 맹세했다. 이제 앞으로 어떻게 해야 할지가 명확해졌다. 자신이 할 수 있는 최선을 다해 맥스를 구할 것이다. 에릭은 맥스를 찾기 위해 경찰에 도움을 요청했지만, 맥스를 찾는 데 꼭 필요한 정보만을 알려주었다. 맥스와 에릭 사이에 나눈 대화는 비밀이기 때문이다. 그 비밀을 지키지 못하는 건 맥스의 목숨이 달려 있을 경우에만 해당된다.

타우루스는 이븐 로드에서 오른쪽으로 돌아 소프트볼 경기장을 지나쳐 여러 사무실들과 경찰서가 있는 도심에 들어섰다. 이븐 로드는 평소 석조 주택들이 몇 채 서 있는 조용한 거리였는데, 지금은 그렇지 않은 것처럼 보였다. 길에는 NBC, ABC, CBS, FOX 로고가 찍

혀 있는 화려한 차들과 송신기가 못처럼 튀어나와 있는 흰색 중계차
들이 가득했다.

갑자기 휴대폰이 울리기 시작했다. 발신인이 로리인 것을 확인하
고, 에릭은 전화를 받았다. "여보세요."

"어떻게 된 거야?" 로리가 긴장한 목소리로 물었다. "경찰들이 찾
아와서 당신을 찾았다는 말을 들었어. 대체 무슨 일이야?"

"별일 아니야. 걱정하지 마." 에릭은 지금 이 일이 맥스 때문이라
는 말을 하지 않았다. 경찰 앞에서 많은 말을 하고 싶지 않았기 때문
이다.

"무슨 일인데? 경찰들이 뭐라고 해? 지금 어디야?" 로리는 응급실
의사가 바이탈 체크를 할 때처럼 똑똑 끊어가며 질문을 퍼부었다. 혈
압, 호흡, 확인, 확인, 확인.

"이제 가봐야 할 것 같아. 막 경찰서에 도착했어."

"변호사도 없이 경찰서에 갔단 말이야? 변호사 필요하지 않아?"

에릭은 로리의 남동생이 필라델피아에서 형사 변호사를 하고 있
다는 것을 알고 있었다. "필요 없어. 내 일로 온 게 아니니까. 이제 그
만 끊어야 할 것 같아. 나중에 통화해."

"에릭, 하지만······."

"끊을게. 이따가 연락할게." 에릭은 차가 경찰서 건물 마당에 들어
가자 전화를 끊었다. 경찰서는 유리와 벽돌을 이용해 새로 지은 현대
식 건물로, 표본 식물로 뒤덮여 있었고 옆에는 2층짜리 주차 건물이
있었다. 건물 앞에는 언론사들이 모여 있었다. 타우루스가 좌회전하

339

며 긴 진입로로 들어가자, 기자들이 마이크를 붙잡고 어깨에 카메라를 올린 채 정신없이 모여들었다. 머리 위로 카메라를 들어 올려 사진을 찍고, 휴대폰과 녹음기를 들이밀었다.

로즈 형사는 신음 소리를 냈다. "패리시 선생님, 기자들 보이시죠. 저들과 말을 섞을 필요는 없습니다. 솔직히 조언을 하자면 아무 말도 하지 않는 편이 나을 겁니다. 바퀴벌레 같은 자들이에요. 부스러기 하나라도 던져주면 더 많이 몰려올 겁니다."

"그렇겠죠." 차가 경찰서 앞에 멈추자 에릭이 말했다. 그는 그때까지 목에 병원 출입증을 걸고 있다는 것을 깨닫고, 재빨리 출입증을 벗어 주머니에 넣었다. 기자들에게 자신의 이름과 직장을 알리고 싶지 않았다.

"그대로 앉아계십시오. 안에 들어가기만 하면 괜찮을 겁니다. 유일한 방법은 질서를 지키는 거죠." 로즈 형사가 돌아보았다. 중간에 있는 칸막이 때문에 얼굴이 잘 보이지 않았다. "우리가 뒷좌석 쪽으로 갈 겁니다. 그냥 똑바로 걸어가면 돼요. 기자들이 큰 소리로 질문을 퍼붓겠지만 대답하지 않는 게 상책이에요."

"알겠습니다." 에릭은 휴대폰을 집어넣으며 대답했다.

"우리가 뒷좌석으로 갈 때까지 가만히 계세요." 로즈 형사는 시동을 끈 뒤 파나스 형사와 함께 차에서 내려 재빨리 뒷좌석으로 왔다. 로즈 형사가 두툼한 손을 에릭에게 내밀더니 거의 차에서 끌어내듯이 잡아당겼다.

기자들이 시끄러워졌다. 모두가 동시에 소리쳤다. "성함이 어떻게 되십니까?" "가족인가요?" "베빌라쿠아 살인 사건과 연관이 있습니까?" 기자들이 마이크와 카메라와 휴대폰을 들이밀었다. "희생자와 관련이 있습니까?" "새로운 정보가 있나요?" "르네 베빌라쿠아에 대해 알고 있습니까?"

형사들이 출입구 쪽으로 에릭을 이끌었다. 에릭은 계속 고개를 숙인 채 따라갔다. 경찰서 출입문 앞에 다다르자 뿌연 유리문이 열렸고, 그들은 회색 양탄자가 깔린 복도로 들어섰다. 로즈 형사가 그때까지 붙잡고 있던 에릭의 팔을 놓았다. "잘하셨습니다, 패리시 선생님. 이쪽으로 가시죠."

"감사합니다. 에릭이라고 불러주세요."

"그러죠. 내 이름은 제리입니다. 파트너는 조구요."

"그렇군요." 에릭은 형사들을 따라 또 다른 유리문을 통과했다. 오른쪽에는 사무 공간 같은 곳과 입구를 구분하는 분할된 창문들이 있었고, 옆에는 콜라 자동판매기와 '델코 메디신 드롭', '처방약 남용 방지를 도와주세요'라고 쓰여 있는 흰색 상자가 놓여 있었다. 그들은 2층 로비로 들어갔다. 녹슨 듯한 색깔의 소파와 움푹 들어간 조명, 칸막이 벽, 오렌지색 양탄자가 깔린 나선형 계단이 오른쪽으로 굽어져 있는 말쑥하고 깨끗한 곳이었다.

"여기가 경찰서가 맞습니까?" 에릭은 적응하려고 애썼다.

"네. 운이 좋았죠. 군구郡區에 속해 있었다면 이렇게 넓은 공간을 쓰지 못했을 겁니다."

"정말 좋은데요." TV에서 보던 열악한 시설이 아니었다.

"고맙습니다. 이쪽으로 가시죠." 로즈 형사가 계단을 우회하자 문들이 보였다. 그들은 맞은편이 유리벽으로 되어 있고, 한쪽에 베이지색 서류 보관함, 프린터, 복사기, 서류철들이 놓여 있는 커다랗고 텅빈 사무실로 들어갔다. 한가운데 책상이 몇 개 놓여 있었는데, 각각의 책상 위에는 사건 기록부 옆에 서류철들이 단정하게 쌓여 있었고 가장자리에는 아이들 학교 사진, 필리스, 이글스, 식서스 유니폼을 입고 있는 어린이 야구단 사진들이 놓여 있었다.

에릭은 일반 회사의 사무실처럼 보인다고 생각하다가 종료된 사건이라고 쓰인 대형 게시판에 다양한 체형, 나이, 인종의 남자와 여자들의 범인 식별용 얼굴 사진이 붙어 있는 것을 보았다. 그들은 다양한 표정을 짓고 있었다. 넋을 잃은 표정, 반항기 가득한 표정, 술에 취한 표정, 멍한 표정, 고통스러운 표정, 상처 입은 표정. 그리고 그 사진 옆에는 그들의 이름과 죄목이 적혀 있었다. 강도, 절도, 집단 폭행, 단순 폭행, 범죄 행위, 테러 위협, 가택 침입, 흉기 폭행. 그들 중에는 에릭이 병원에서 봤거나, 경찰이 응급실로 데려온 환자가 있을 수도 있었다. 범죄 인구 가운데 정신질환을 가지고 있는 사람이 많은데, 그 문제를 해결해도 다른 문제가 어디서 또 생길지 알 수 없기 때문이다.

"패리시 선생님, 이쪽으로 가시죠. 괜찮으시다면 금속 탐지기를 통과해주시겠습니까?" 로즈 형사가 사무실 뒤쪽에 있는 금속 탐지기를 가리켰다.

"그러죠." 에릭은 금속 탐지기를 통과했고, 로즈 형사가 그 앞에 대기하고 있었다.

"마실 거라도 드릴까요? 커피, 소다, 생수가 있습니다." 로즈 형사가 치아가 드러날 정도로 미소를 지으며 물었다.

"그럼 생수로 부탁드리겠습니다."

"뭘 좀 드시겠습니까? 위층에 샌드위치가 있습니다. 쿠키도 있고요. 회의용 간식이긴 합니다만, 먹을 만합니다."

"괜찮습니다." 에릭은 점심 식사를 하지 못했지만 배가 고프지 않았다.

"그럼 이쪽으로." 로즈 형사가 작은 방의 문을 열었다. "먼저 들어가서 앉아 계시면 생수를 가져다드리죠."

34
장

그 작은 방은 베이지색의 직사각형으로, 외벽이 천장에서 바닥까지 유리로 되어 있었고 흰색 블라인드가 쳐져 있었다. 오른쪽 벽은 거대한 검은색 유리로 되어 있었는데, 관찰용 창문인 것이 분명했다. 에릭은 그 검은색 창에 흐릿하게 비치는 자신의 모습을 볼 수 있었다. 그는 한쪽 벽에 붙은 합판으로 된 좁은 탁자 앞에 놓인 검은색 의자 끝에 걸터앉았다. 그리고 검은색 유선 전화기와 여기 왜 있는 건지 모를 화장실 휴지가 놓여 있는 탁자 위에 휴대폰을 올려놓았다.

"여기 있습니다." 로즈 형사가 돌아와 구석에 놓여 있는 의자에 앉았다. 그는 탁자 위에 두 병의 물을 내려놓은 뒤, 에릭 쪽으로 한 병을 밀었다.

"고맙습니다." 에릭은 물병의 뚜껑을 열고 물을 마셨다. 그때 물병을 든 파가노 형사가 들어와 맞은편에 있던 의자를 가져왔다. 에릭은 창문에서 간접적인 빛이 비치는 것을 보았다. 파가노는 로즈 형사보다 열 살은 어려 보였다. 아마 30대 초반일 것이다. 뺨에 청소년기 여드름 자국이 흐릿하게 남아 있었다. 길고 가느다란 얼굴에 작은 검은색 눈이 바짝 붙어 있어서 쌀쌀맞은 인상을 주었다.

"여기까지 와주신 것에 대해 다시 한 번 감사드립니다. 진심이에요."

"도와드릴 수 있어서 기쁩니다."

"이건 새로운 조사법입니다. 우린 확실하게 하는 걸 좋아해요. 그런 이유로 여기서 나누는 모든 말들을 녹화할 겁니다. 괜찮겠습니까?"

에릭은 머뭇거렸다. "음, 그건 괜찮습니다만, 카메라는 어디 있죠?"

"뒤쪽에 있습니다." 로즈 형사가 검은색 유리쪽을 가리켰다. "이제 선생님에 대해 말씀해주시죠. 정신의학과의 머리가 된다는 건 어떤 기분입니까? 아, 말장난할 생각은 아니었습니다." 로즈가 소리 내어 웃었다. "알아들으셨죠? 머리를 고치는 의사, 의사들 중 머리."

"재미있군요." 에릭은 마지못해 미소를 지었다.

"마음에 드십니까?"

"내 일이요? 좋아합니다."

"그 병원에서 정신의학과 과장으로 일한 지 얼마나 됐습니까?"

"15년이요."

"근무시간은요?"

"기본적으로는 9시 출근, 5시 퇴근입니다."

"좋을 수밖에 없겠군요."

에릭은 어떤 이유에서인지 방어적인 느낌이 들었다. 형사의 태도가 왠지 우호적이지 않은 것 같았다. "개인 환자들도 있어요. 그 사람들은 집에서 상담합니다."

"그래도 됩니까? 그건 일종의 부업 같은 거죠?"

"그렇다고 볼 수 있죠. 이쪽에서는 특별한 일이 아닙니다. 이런 질문은 왜 하시는 거죠?"

"그냥 궁금해서요. 나도 부업을 하거든요. 파티가 있을 때 경비 일을 하죠." 로즈 형사가 넓은 어깨를 으쓱했다. "아까 찾아갔을 때는 환자를 보고 계시지 않던데요. 뭘 하고 계셨습니까?"

"회의가 있었습니다." 에릭은 자세히 말하지 않았다.

"가족은 있으신가요? 난 아내가 있고, 애가 셋입니다."

"그럼요."

"하지만 지금 혼자 사시죠? 조사를 해봤습니다."

"맞아요." 에릭은 로즈 형사가 자신을 조사했다는 사실에 놀랐다. 하지만 이상할 것도 없었다. 요즘은 모든 사람들이 인터넷 검색을 하니까.

"가족과 함께 살지 않는 이유는요?"

"여기서 우리 가족에 대한 이야기를 할 필요가 있습니까?" 에릭은 해나나 케이틀린에 대해서 말하고 싶지 않았다. 로즈 형사는 케이틀린이 지방 검사라는 것도 알고 있을 것이다. "르네 베빌라쿠아에 관한 이야기를 하고 싶군요. 그 일 때문에 날 부른 거 아닙니까?"

"아, 그야 그렇죠." 로즈 형사가 의자에 몸을 기대며 다리를 꼬았다. 살찐 얼굴에 엄숙한 주름이 생겼다. "그럼 르네 베빌라쿠아에 대해 알고 있는 사실을 말해주세요. 아주 안타까운 사건입니다. 피해자의 부모님은 지금 제정신이 아니에요. 우리가 그 집을 찾아갔을 때 르네의 아버지는 넋이 나간 상태였습니다."

"그럴 겁니다." 에릭은 르네의 가족이 겪을 슬픔을 상상할 수 있었다. 폭력 사건으로 사랑하는 이를 잃은 가족들은 물론, 폭력 사건의 피해자들을 치료한 적이 있었다. 그런 사람들에게 완전한 건강을 찾아주는 건 불가능할 정도로 어려운 일이었고, 치료에도 몇 년이 걸렸다.

"르네와는 어떻게 아는 사이입니까?"

"정확하게 말하면 모르는 사이입니다." 에릭은 단어를 신중하게 골랐다.

"선생님이 르네를 안다고 생각했는데요."

"아뇨, 모릅니다."

"아까 병원에서 르네가 개인 상담 환자 중 한 명이라고 말씀하셨던 것 같은데요."

"아뇨. 그렇게 말한 적 없습니다." 에릭은 불편하게 대답했다. 직업적으로 말해도 되는 것과 말하면 안 되는 것을 정해야 하는 상황이었지만, 이런 일은 처음이라 어떻게 해야 할지 확신이 없었다.

"그럼 내가 잘못 들은 모양이네요. 병원에서 다른 선생님이 르네가 누군지 물었을 때, 선생님이 개인 상담 환자 중 한 명이라고 말했던 것 같은데."

"아뇨. 개인 상담 환자든, 병원에 있는 환자든 개인 정보는 누설할 수 없습니다."

"그럼 르네가 선생님의 환자인지 아닌지도 말해줄 수 없다는 뜻인 가요?"

"아뇨. 내 말은 그런 뜻이 아닙니다." 에릭은 불안한 마음으로 고개를 저었다. "내 환자가 누군지는 말할 수 없지만, 르네가 내 환자가 아니라는 건 말할 수 있어요."

"선생님의 환자가 누군지는 말할 수 없지만, 환자가 아닌 사람이 누군지는 말할 수 있다는 건가요?" 로즈 형사가 미소를 지으며 머리를 긁었다.

"그래요. 환자들의 정보는 기밀이니까요. 설명이 됐습니까?"

"네." 로즈 형사가 잠시 에릭을 쳐다보았다. "괜찮습니까? 어쩐지 당황한 것처럼 보이는데요."

"어린 소녀가 살해당했다니 아무래도 마음이 안 좋군요."

"르네를 모른다면서 어리다는 건 어떻게 아십니까?" 로즈 형사가 입술을 오므렸다. "내가 알려드리기 전까지 르네가 살해당했다는 소식은 모르고 있었던 것 같은데요."

"설명하죠. 환자와 치료 중 상담한 내용은 의사-환자의 특권으로 엄격한 기밀에 속합니다. 아시겠지만 펜실베이니아 법에 따른 거죠." 에릭은 인용할 수는 없었지만 그 법에 대해 잘 알고 있었다.

"그건 압니다." 로즈 형사가 고개를 끄덕였다.

"하지만 환자 중 한 명이 자신에게나 다른 사람에게 위험이 된다고 판단했을 경우에는 그 기밀을 어느 정도 발설할 수 있습니다." 에릭은 그 말을 하는 동안 자신이 위선자처럼 느껴졌다. 기회가 있었음에도 경찰에게 말하지 않았다. 그는 르네를 구하지 못했다. 하지만 아직 맥스를 구할 기회는 남아 있었다. "만일 내가 그 기밀을 말해야 한다면, 환자 자신이나 다른 사람을 해치는 것을 방지하기 위한 최소한의 사실만을 말할 겁니다."

로즈 형사는 에릭의 말을 주의 깊게 들었다. "말해보시죠."

"개인 상담 환자가 있습니다. 열일곱 살인 맥스 자보우스키죠. 어젯밤 그 애가 실종됐다는 신고를 했습니다. 오후 6시경 그 애의 할머니가 돌아가신 직후 사라졌다고 경찰에 알렸죠."

"신고는 이쪽으로 했습니까?"

"아뇨. 버윈이요. 911에 전화해서 버윈 경찰서의 갬비아 경관에게 맥스의 집에 찾아가달라고 부탁했습니다. 경찰이 출동했지만 맥스를 찾지 못했죠."

"그 환자의 이름이 맥스 자보우스키입니까?"

"네. 그 애에 대한 이야기를 들은 게 있나요?"

"아뇨. 그 아이에 대해 말해주세요."

"어젯밤 경관들에게 말했다시피 맥스는 밝은 갈색 머리에, 푸른색 눈동자를 가지고 있습니다. 파이오니어 고등학교에 다니죠." 에릭은 파가노 형사를 흘깃 쳐다보았다. 얇은 수첩에 처음으로 메모를 하고 있었다. "내가 말할 수 있는 건 맥스의 주소밖에 없습니다. 갬비아 경관이 알고 있죠."

"그렇다면 버윈 경찰서에서 알아서 할 겁니다. 그쪽 관할이니까요."

에릭은 신경이 날카로워졌다. "주소는 버윈 뉴튼 레인 314번지입니다. 내가 말해줄 수 있는 건 다 말했어요."

"맥스 자보우스키가 르네 베빌라쿠아의 살인 사건과 무슨 연관이 있습니까?"

에릭은 망설였다. 심장이 두근거리기 시작했다. 그는 맥스와 르네 사이의 연결 고리를 알고 있는 유일한 사람이었다. 그 사실을 누설하기 싫었다. 맥스의 목숨을 구할 유일한 방법이긴 하지만 르네의 살인 사건과 엮이게 될 것이다. 에릭은 마음 한편으로 여전히 맥스를 믿고 있었다. 맥스가 저지르지도 않은 살인으로 유죄를 받게 될 수도 있는 정보를 경찰에게 알려주고 싶지 않았다.

에릭이 대답했다. "내가 환자에 대한 기밀 서약의 의무 안에서 말할 수 있는 건, 맥스가 르네 베빌라쿠아의 죽음에 대해 뭔가 알고 있을 수도 있다는 정보를 가지고 있다는 겁니다."

"그게 뭐죠?"

"더 이상은 말할 수 없어요. 맥스는 실종됐으니 그 애를 찾아야 할 겁니다. 어젯밤 경관들에게도 말했지만 맥스가 자살을 시도할 가능성이 있어요."

"왜 그렇게 생각하는 거죠?"

"대답할 수 없습니다."

"르네 베빌라쿠아와 관계가 있는 겁니까?"

"그 질문에도 대답할 수 없습니다."

"맥스는 르네를 압니까? 같은 학교에 다니나요?"

"대답할 수 없습니다."

로즈 형사가 얼굴을 찌푸렸다. "맥스는 언제부터 상담을 받았습니까?"

"대답할 수 없습니다."

"상담 내용을 녹화했습니까?"

"아뇨."

"그럼 기록은 남겼나요?"

"네." 에릭은 그다음에 무슨 질문을 할지 미리 알고 있었다.

"그 기록을 우리 쪽에 넘겨줄 수 있을까요?"

에릭은 주저했다. "안 됩니다. 소환장을 받아와도 안 돼요. 엄중하게 지켜야 할 기밀이니까요. 지금 경찰이 알아야 할 정보는 다 말했습니다. 맥스를 찾으세요."

로즈 형사가 얼굴을 찡그렸다. "맥스가 어디 있다고 생각하십니까?"

"모릅니다."

"정말 모릅니까?"

"네."

로즈 형사는 잠시 말을 멈추고 눈을 가늘게 떴다. "선생님과 노닥거릴 상황이 아닙니다. 여자애가 죽었어요. 살해당했단 말입니다. 피해자의 부모님도 직접 만났어요. 좋은 분들이었죠. 슬픔에 겨워 제

정신이 아닌 상태에서 그분들은 집 바로 뒤에 있는 안전한 공원으로 산책 나갔던 딸이 목이 졸려 살해당한 이유가 뭔지 알고 싶어 하셨어요."

"교살이었습니까?" 에릭은 자신이 받은 충격을 숨기기 위해 애써 아무렇지 않은 표정으로 물었다. 르네는 목이 졸려 죽었다. 맥스가 집착했던 그대로.

"네. 끈을 이용한 흔적은 없고, 손으로 목을 졸랐어요. 르네가 데리고 나간 개가 혼자 집으로 돌아온 걸 보고 피해자의 부모님은 뭔가 잘못됐다는 것을 알았다고 합니다. 그때 아버지는 출근한 뒤였지만 어머니는 아직 집에 있었죠. 어머니의 이름은 일레인으로, 치과 기공사랍니다. 일레인은 딸을 찾아 공원에 갔다가 죽은 채 쓰러져 있는 르네를 발견했어요. 그리고 거의 제정신이 아닌 상태에서 911에 신고한 겁니다."

에릭은 아무 말도 할 수 없었다. 목구멍이 꽉 막히고 가슴이 답답했다. 그는 맥스가 르네를 죽이지 않았기를 기도했다.

"그분들에게 르네를 죽인 범인을 꼭 잡겠다고 말씀드렸습니다. 선생님처럼 살인범을 찾는 데 도움을 줄 수 있으면서도 도움을 주지 않는 사람이 제일 화가 나요. 도움을 거절하는 사람. 정의에 아랑곳하지 않는 사람 말입니다."

"난 법을 따르는 겁니다." 에릭이 고통스럽게 말했다.

"세부 조항이죠."

"법을 만든 건 내가 아닙니다."

"선생님도 이 근방에 사시니 이 지역에서 살인 사건이 별로 일어나지 않는다는 걸 아실 겁니다. 여기서 일한 지 10년 동안 살인 사건이 있었던 건 손에 꼽을 정도였으니까요. 그래서 솔직히 말하면 너무 끔찍합니다. 사람 목숨을 잃는다는 건 무서운 일이에요. 이번 사건처럼 어린 소녀의 죽은 얼굴을 보는 건 더 끔찍하죠." 로즈 형사가 이를 악물었다. "그 모습을 절대 잊지 못할 겁니다. 낙인처럼 영원히 남아 있을 거예요."

"그럴 겁니다." 에릭은 정신과 의사만이 결코 잊을 수 없는 일을 품고 사는 직업이 아니라는 것을 깨달았다.

"지금 가장 중요한 건 한시라도 빨리 그 여자애를 죽인 범인을 검거하는 겁니다. 아시겠습니까?"

"네."

"그래요? 그럼 어서 알고 있는 모든 걸 털어놓으시죠."

"이미 내가 말할 수 있는 건 다 말했습니다."

"난 지금 죽은 여자애를 위해 정의를 실현하려는 겁니다. 선생님한테는 중요하지 않은 일인가요?"

"형사님이 르네를 위해 정의를 실현하려는 것을 막은 적 없어요. 그래서 우린 맥스를 찾아야 하는 겁니다. 이미 말했지만, 자살 위험이 있어요."

"그 이유를 말해주지 않았잖습니까."

"아뇨, 이미 지난밤에 경찰에게 말했습니다. 맥스와 가까운 사이였던 할머니가 어제 돌아가셨어요. 맥스는 그 뒤에 실종된 겁니다."

"내 질문에 대답하지 않으셨습니다."

"내가 할 수 있는 말은 다 했어요."

"좋습니다. 게임은 둘이 하는 거죠. 이제 내가 할 수 있는 말을 하겠습니다." 로즈 형사가 새삼스레 에릭을 뚫어지게 쳐다보며 몸을 앞으로 내밀었다. "지난밤 선생님이 르네 베빌라쿠아가 일하는 프로즌 요거트 가게에 갔던 걸 알고 있습니다. 그 자리에서 선생님이 르네와 이야기를 나누는 것을 봤다는 목격자가 두 명이나 있어요."

에릭은 갑자기 속이 뒤틀리는 것 같은 느낌이 들었다. 간밤에 만났던 여학생들이 떠올랐다. 토핑 구역에서 일하던 트릭시와 계산대 앞에 있던 여자애. 경찰은 오늘 그 가게를 찾아갔을 것이다. 거기서 일하던 여자애들은 모든 것을 다 털어놓았을 것이다.

"그뿐만 아니라 지난밤 르네를 쫓아갔다는 것도 알고 있습니다. 르네가 일하던 요거트 가게에서 집까지 가는 길에 달려 있던 거리 카메라 세 곳에 선생님 차가 찍혔어요."

에릭은 그 길을 떠올렸다. 당연히 교통 카메라를 비롯해 온갖 종류의 카메라들이 달려 있을 것이다.

"자정 무렵, 르네의 집 앞 골목에 차를 세웠던 것도 알고 있어요. 그곳에서 선생님을 봤다는 목격자도 있습니다. 주민 자치대에서 일하는 사람이 선생님의 차를 알아보더군요."

에릭은 막다른 골목에서 막아서던 남자를 떠올렸다. 그 남자가 주민 자치대를 언급했었다.

로즈 형사가 더욱 몰아붙였다. "그 말은 선생님이 르네가 살아있는 모습을 마지막으로 본 사람이라는 뜻입니다."

"그런가요?" 에릭은 겁에 질려 움찔했다. "내가 르네의 살인과 관련이 있다고 생각한다니 믿을 수가 없군요. 진심으로 하는 말입니까? 말도 안 돼요!"

"검시관이 부검을 하는 중입니다만, 사망 추정 시간이 오늘 오전 7시부터 9시라고 했어요. 그 시간에 어디 있었습니까?"

"병원에 나갈 준비를 하고 있었습니다." 에릭이 믿을 수 없다는 듯 받아쳤다.

"선생님은 현재 혼자 살고 있죠. 누군가와 같이 잠을 자지 않았다면 그 알리바이는 성립되지 않습니다."

에릭은 입이 벌어졌다. "알리바이라고 했습니까? 이건 알리바이가 아니에요. 난 알리바이를 입증할 필요가 없습니다!"

"시간상으로는 르네를 살해하고 병원에 출근했을 수도 있어요."

"난 르네를 죽이지 않았어요." 에릭은 지금 자신의 입으로 이런 말을 하고 있다는 게 믿기지 않았다. 비현실적이었다. "그런 짓은 하지 않습니다."

"그럼 왜 르네를 따라갔습니까?"

에릭은 설명하고 싶었지만 환자와 관련된 내용을 말할 수는 없었다. "대답할 수 없습니다."

"왜 프로즌 요거트 가게에서 르네에게 말을 걸었습니까?"

"그것도 대답할 수 없어요." 에릭은 딸이 학원에서 SAT 강의를 듣고 있다는 거짓말을 했던 것을 떠올리며 온몸이 굳어졌다. 요거트 가게에서 일하는 여자애들이 경찰한테 그 이야기도 했을 것이다.

"르네가 일이 끝날 때까지 기다렸죠?"

"네." 에릭은 그 질문에는 대답했다. 맥스와의 상담 내용과 상관없는 자신의 행동에만 관련된 질문이기 때문이다.

"왜 기다린 겁니까?"

"그건 대답할 수 없습니다."

"대답할 수 있는데 안 하는 거잖아요!" 로즈 형사가 두툼한 손으로 탁자를 내리쳤다. "그럼 누가 르네를 죽였습니까? 아까 말한 맥스 자보우스키가 르네를 죽인 건가요?"

"아뇨. 난 그런 말 한 적 없어요." 에릭은 목이 졸리는 느낌이었다. 그가 한 말에서 이끌어 낸 정확한 추론이었지만, 그쪽으로 유도할 의도는 아니었다. "맥스가 자살하기 전에 찾아야 한다고 말했을 뿐입니다."

"말 돌릴 생각하지 말아요. 우린 단서를 추적할 뿐이에요. 하지만 지금은 박사님이 용의자입니다."

"아뇨. 내가 한 짓이 아닙니다." 에릭은 입안이 바짝 말랐다.

"그럼 왜 르네를 훔쳐본 겁니까?"

"그런 적 없어요."

"르네는 어떻게 알게 됐죠?"

"말할 수 없어요."

"그럼 왜 르네에게 아직 어린 선생님의 딸과 또래라고 말했습니까?"

"대답할 수 없습니다." 에릭은 얼굴이 타는 것처럼 뜨겁게 느껴졌다.

"그건 거짓말이잖아요. 아닙니까?"

"난 르네도, 누구도 죽인 적 없습니다. 맹세해요." 에릭은 로리가 변호사에 대해 말했던 것을 떠올렸다. "이제 변호사 없이는 더 이상 아무 말도 하지 않겠습니다."

파가노 형사가 자리에서 일어나더니 얼굴을 찌푸리며 로즈 형사 쪽으로 걸어왔다. "제리, 좀 살살 하는 게 어떻겠나?"

"괜찮아, 조." 로즈 형사가 파트너를 흘깃 쳐다본 뒤, 다시 에릭을 돌아보았다. 그리고 스포츠 재킷의 가슴주머니에서 뭔가 종이를 꺼내더니 탁자 위로 던졌다. "이건 수색 영장입니다. 이제부터 선생님의 자택과 병원 사무실을 수색할 겁니다."

"뭐라고요?" 에릭은 화가 나서 소리쳤다. "기다려요. 그렇게는 못합니다."

"할 수 있습니다."

"하지만 거기에는 환자의 서류들이 있어요. 그건 환자의 개인정보 보호법에 지정된 의학 정보란 말입니다……."

"우리는 환자의 서류를 찾는 게 아닙니다. 그건 영장의 수색 범위에 해당되지 않아요. 잘 읽어보시죠." 로즈 형사가 영장을 손가락으로 찔렀다. "더불어 병원 주차장에 있는 선생님의 차를 압수할 겁니다."

에릭은 숨이 막혔다. "내 차는 왜 가져가는데요?"

"왜 그럴 것 같습니까?" 로즈 형사가 주머니에서 휴지를 꺼낸 뒤 탁자 위에 있던 에릭의 휴대폰을 그 휴지를 이용해 집어 들었다. "이것도 압수합니다."

"이럴 수는 없습니다! 난 아무 짓도 하지 않았어요."

"입고 있는 옷도 벗어주십시오." 로즈 형사가 에릭의 가슴을 가리
켰다. "정복 경관 두 명의 감시 하에 옷을 갈아입게 될 겁니다. 그런
뒤에 구금될 거예요."

"지금 당장 변호사에게 연락할 겁니다."

"그렇게 하시죠. 카메라는 꺼드리겠습니다. 이 전화를 쓰시죠." 로
즈 형사가 탁자 위에 있던 유선 전화를 에릭 앞에 놔주었다. "부인한
테 안부 인사나 전해주세요."

에릭은 로즈 형사와 파가노가 방을 나가자, 유선 전화의 수화기를 집어 들었다. 로즈 형사의 마지막 말이 무슨 의미인지 알 수가 없었다. 지금은 긴급한 상황이었고, 이런 일에 전문가인 케이틀린이 로즈 형사와 연관이 있을 수도 있었다. 에릭은 케이틀린의 휴대폰 번호를 눌렀다. 신호가 떨어지자마자 전화를 받았다.

"지방 검사 케이틀린 패리시입니다."

"나야, 케이틀린."

"에릭?" 케이틀린이 화가 난 목소리로 말했다. "당신인 줄 알았으면 안 받았을 거야. 래드너 경찰서 번호라서 받은 건데."

"지금 내가 경찰서에 와 있으니까. 미친 소리처럼 들리겠지만, 여기 경찰들이 르네 베빌라쿠아라는 여자애의 살인 사건에 내가 연루되어 있다고 생각하는 모양이야. 당신도 아는 사건인지 모르겠는데⋯⋯."

"뭐? 당연히 알지. 안 그래도 그 사건 때문에 우리 쪽도 어수선해. 제이슨과 미카엘라가 맡았어. 오늘 기자 회견이 열릴 것 같아."

"나를 심문한 형사가 두 명 있는데, 그중 한 명이 제리 로즈야. 아무래도 그 사람이 당신을 아는 것 같아. 내 집과 사무실을 수색할 거라고 했어. 입고 있던 옷도 달라고 하고."

"지금 무슨 말을 하는 거야?" 케이틀린이 믿을 수 없다는 듯 물었다. "그건 용의자한테나 하는 짓인데."

"저들은 나를 용의자로 생각하고 있어."

"말도 안 돼. 무슨 농담이 그래?"

"사실이야. 정말 말도 안 되는 일이긴 하지만." 에릭은 케이틀린이 사적인 감정과는 별개로 현 상황의 심각성을 이해해준다는 사실에 전혀 놀라지 않고, 용기를 냈다.

"정말 당신을 용의자로 생각한다는 거야? 당신을?"

"말도 안 되는 일이지? 사실 개인 상담 환자 중 한 명이 용의자일 가능성이 있어. 하지만 비밀 서약의 의무 때문에 아무 말도 할 수가 없는 상황이야." 에릭은 케이틀린이 자신의 말뜻을 이해해줄 거라고 생각했다. 결혼 생활을 하는 동안 잠자리에서 나누는 대화에서조차 두 사람은 직업적인 비밀을 확실히 지켰기 때문이다.

"그래서 어떻게 할 건데?"

"형사 변호사가 필요해. 아니면 당신이 로즈 형사한테 연락해서 내가 범인이라는 건 말도 안 되는 일이라고 얘기를 좀 해주든가. 그게

힘들면 위쪽에 말 좀 해줄 수 없을까?" 에릭은 케이틀린이 항상 고위
층과 어울린다는 것을 알고 있었다. "당신 상사인 밥이나 스콧한테
내가 살인을 저질렀을 리가 없다고 말을 좀 해주면……."

"잠깐만. 정리 좀 할게. 그러니까 지금 당신은 경찰서에 잡혀 있고,
형사 변호사가 필요하다는 거지?"

"그래."

"그리고 로즈 형사나 내 상관한테 당신을 꺼내달라는 말을 해달라
는 거고?"

"맞아. 그렇게 해주면 정말 고마울 거야."

"에릭, 어떻게 말해야 할지 모르겠네." 케이틀린이 잠시 말을 멈췄
다. "나도 당신을 돕고 싶어. 하지만 오늘 아침에 당신이 보낸 양육권
소송 서류 때문에 너무 바빠."

"케이틀린, 당신이 열 받은 건 알아. 하지만……."

"열 받은 걸 안다고?" 케이틀린의 목소리가 커지면서 말투가 차가
워졌다. "내가 이메일을 열고 소송장에 내 이름이 적혀 있는 걸 봤을
때 느꼈던 감정을 단지 열 받았다는 정도로 표현할 수 있을 것 같아?
그 순간 당신한테 아주 끔찍한 일들이 일어나길 빌었어. 양육권 소송
을 걸었다는 사실이 너무 화가 나서 일도 못하고 있었단 말이야."

이 상황을 미리 짐작했어야 했다. 로즈 형사가 무슨 말을 했어도
케이틀린에게 전화를 걸지 말았어야 했다. 케이틀린도 사람인데, 화
가 나고 상처받았을 것이다. 지금의 감정 상태로는 그를 위해 어떤
일도 해주고 싶지 않을 것이다. "케이틀린, 내 말 좀 들어봐……."

"내 도움을 원해? 하! 꿈도 꾸지 마. 베빌라쿠아 살인 사건의 용의자가 된 당신을 위해 여기저기 연락을 해줬으면 한다고? 당신을 위해 내 목을 걸라는 거야? 연줄을 이용해달라고? 이런 짓을 해 놓고 잠재적인 이해 상충에 날 끌어들이겠다는 거야?"

에릭은 케이틀린의 화가 점점 더 치솟고 있다는 것을 알 수 있었다. 그래서 아무 말 없이 그대로 그녀의 말을 들었다.

"로즈 형사한테 전화해서 당신의 보증을 서달라고? 웃기고 있네. 로즈 형사에 대해 말해줄까? 로즈 형사에 대해 알고 싶어?"

"그래." 에릭은 그 질문이 수사적이라는 것을 알고 있었다.

"그 사람은 아주 영리한 형사야. 불도그와 비슷하게 생겼지? 사람들은 로즈 형사를 불도그라고 불러. 그게 별명이지. 왜 그런지 알아? 힌트를 줄게. 불도그와 비슷하게 생겨서가 아니야."

에릭은 속이 뒤집어질 것 같았다. 지금까지 미처 몰랐지만, 다시 생각해보니 로즈 형사가 불도그와 비슷하게 생기긴 했다.

"또 어떻게 도와줄까? 형사 변호사로 일하는 친구에게 연락해서 당신을 그 상황에서 빼줬으면 좋겠어? 그래, 변호사를 보내줄게. 내가 아는 사람들 중에 최악의 변호사로 말이야."

"케이틀린, 그만해."

"좋아. 그만 끊어." 전화가 끊어졌다.

에릭은 힘껏 숨을 들이마시며 다음에 누구에게 전화를 할지 생각했다. 그에게는 변호사가 필요했고, 병원에 있는 환자 기록들도 염려되었다. 그렇다면 법률팀의 마이크 브래즐리에게 연락을 하는 게 옳았다. 에릭은 병원의 대표 번호를 눌렀다. 신호음이 한 번 울리고 교환원이 받았다. 그가 법률팀에 연결해달라고 하자, 몇 번 딸각거리는 소리가 들린 뒤 누군가 전화를 받았다.

"법률팀입니다." 어떤 여자가 사무적인 목소리로 전화를 받았다. 에릭은 상대가 디라는 것을 알아차렸다.

"디, 에릭 패리시예요. 마이크 있습니까?"

"세상에, 에릭." 디디가 바로 걱정스러운 목소리로 말했다. "괜찮아요? 어떻게 된 일이에요? 선생님의 사무실에 경찰이 들이닥쳤다고 하던데요."

"그건 나도 알아요. 일단 마이크 좀 바꿔줄래요?"

"지금 여기 안 계세요. 브래드와 톰과 같이 정신병동에 가 계세요."

"그쪽으로 연결해줄래요?" 에릭은 그 광경을 떠올리자 속이 메스꺼웠다. 정신병동에 들이닥친 경찰들 옆에서 무기력하게 서 있을 아마카와 깜짝 놀란 직원들의 모습이 그려졌다. 이번 일로 인해 환자들이 불안해하지 않고, 페리노가 또다시 폭력적인 성향을 보이지 않기를 바랐다.

"그럼요. 잠깐만 기다리세요."

"고마워요." 에릭은 또다시 딸각거리는 소리와 함께 누군가 전화를 받을 때까지 기다렸다.

"에릭, 이게 무슨 일입니까?"

"마이크, 경찰들이 병동에 찾아왔나요?"

"그래요. 어떻게 이런 일이 있는지!" 에릭의 예상대로 마이크는 많이 놀란 것 같은 목소리였다.

"경찰들이 서류 보관실에 들어갔나요?"

"아뇨. 여섯 명이 왔는데, 선생의 사무실로 몰려 들어갔어요. 서랍을 뒤지고 물건들을 상자에 넣는 중이에요. 선생의 컴퓨터도 가져갔어요!"

"정신병동을 폐쇄해요, 마이크."

"이미 폐쇄했어요. 대체 어떻게 된 일입니까? 이런 말도 안 되는 일이!"

"이야기하자면 길어요." 환자에 관한 비밀을 말할 수 없는 건 모든 사람에게 해당되는 일이었다. 마이크도 마찬가지였다. 게다가 지금은 설명할 시간도 없었다. "경찰들의 수색을 법적으로 막을 방법은 없습니까? 경찰들이 환자들에 대한 기록을 보지 못하게 해야 합니다. 저들을 저대로 놔둘 수는 없잖아요?"

"그건 문제가 되지 않을 것 같군요. 환자 기록은 영장 수색 범위에 들어 있지 않으니까."

"'영장 수색 범위'라니 그게 무슨 뜻이죠?" 에릭은 로즈 형사도 같은 말을 했던 것이 떠올랐다.

"지금 선생한테 4차 개정안의 압수 수색 조항에 대한 강의를 하고 싶지는 않군요. 살인 사건에 연루된 겁니까? 사실이에요?"

"아뇨. 난 그 일과 관계가 없어요. 곧 밝혀질 겁니다."

"'밝혀진다'는 게 무슨 뜻이죠?" 마이크가 다른 사람이 듣지 못하게 하려는 듯 목소리를 낮췄다. "그 여자애가 선생의 개인 상담 환자였나요?"

"아뇨."

"그럼 뭡니까? 그 애를 어떻게 아는 거예요? 사건의 용의자가 아닌 다음에야 경찰이 사무실을 수색할 리가 없는데."

"난 아무 짓도 안 했어요……."

"요주의 인물이 된 겁니까? 선생이 용의자예요?"

"네." 에릭은 솔직히 대답했다. "마이크, 여기 좀 와줄 수 있습니까? 안 되면 다른 사람이라도 좀 보내주시죠."

"여기라뇨? 지금 어디 있는데요?"

"래드너 경찰서에 있습니다. 경찰이 우리 집과 차를 수색하고 있어요. 입고 있던 옷도 달라고 하고……."

"에릭, 잘 들어요. 어떻게 된 일인지는 모르겠지만 난 그곳에 가지 않을 겁니다. 법률팀에 있는 다른 사람도 보내지 않을 거예요. 선생은 지금 심각한 범죄의 용의자가 된 거예요."

"마이크, 난 아무 짓도 하지 않았어요. 정말 내가 그런 짓을 저질렀다고 생각해요? 그건 아니잖아요. 내가 어떤 사람인지 잘 알지 않습니까." 에릭은 마이크와는 알고 지낸 지 15년 된 사이였다. 그는 에릭보다 일주일 먼저 이 병원에 들어왔다.

"그런 건 중요하지 않아요. 그리고 난 아무 말도 하지 않을 겁니다. 법적으로는 전혀 중요하지 않으니까. 만일 죽은 여자애가 선생의 개인 환자였다면……."

"내 환자가 아닙니다."

"그럼 병원에서 본 환자였나요?"

"아뇨."

"그게 사실이라면 병원과 이 사건은 아무 관계가 없습니다." 마이크의 말투가 사무적으로 변했다. "선생이 어떤 잘못을 저질렀다고 해도 병원 업무 범위에 바깥에 있다는 거죠. 따라서 나나 우리 법률팀은 선생을 대리할 수 없어요. 그뿐만 아니라 병원에서 고용계약에 따라 선생의 이름으로 계약한 보험은 민사, 형사를 막론하고 병원 업무 이외에 발생하는 법적 비용에 대해서는 보장되지 않습니다."

에릭은 그 보험에 대해서는 생각조차 하지 않았다. 일이 어떻게 되어가고 있는지 알 것 같았다.

"선생이 변호사를 고용해 비용도 직접 대야 한다는 뜻이죠. 아마 개인 상담에 대한 의료과실 보험이나 그 비슷한 보장을 해주는 보험을 가지고 있을 겁니다. 그렇죠?"

"네." 에릭은 추가 보험을 들었고, 보험료로 1년에 만 달러씩 내고 있었다. 하지만 르네는 그의 환자가 아니었기 때문에 보험료가 나올 것 같지 않았다.

"에릭, 만일 내가 선생이라면 제일 먼저 의료과실 보험 담당자한테 연락했을 거요."

에릭은 시간을 확인했다. 벌써 3시 30분이었다. 그는 오늘 회진조차 돌지 못했다. "병동에는 아무 일 없습니까?"

"네. 아마카와 샘이 맡아서 잘하고 있어요."

"다행이네요. 오늘은 병원에 다시 나가지 못할 수도 있으니까요.

일단 집에 들렀다가……."

"에릭, 다시 나올 필요 없어요. 톰과 브래드에게도 말해야 하긴 하지만, 선생이 살인 사건의 용의자가 된 거라면 병원에 나와서는 안 돼요."

"잠깐만요. 뭐라고요?" 에릭은 지금 자신이 들은 말을 믿을 수 없었다.

"선택의 여지가 없어요. 이건 병원 홍보 측면에서 보면 악몽 같은 사건이에요." 마이크가 신음했다. "우린 지금 막 정신의학과 순위 2 위에 올랐어요. 그리고 선생은 우리 병원의 얼굴이죠."

"아니, 이건 아니죠. 이럴 수는 없어요!" 에릭이 목소리를 높였다. "난 아직 기소당하지 않았어요. 경찰에 체포된 것도 아니고. 그저 용의선상에 오른 거죠. 변호사만 부르면 깨끗이 해결될 거예요. 단순히 병원 홍보에 도움이 안 된다고 해서 병원에 나오지 말라고 할 수는 없어요. 거긴 내 직장이에요. 계약을 했단 말입니다!"

"에릭, 이런 경우 앞으로 어떻게 될지 알려줄게요. 선생이 무엇이든 위법 행위를 했을 경우, 특히 살인 같은 범죄 행위를 저질렀을 경우 우리 병원과의 계약은 무효가 됩니다."

"이럴 수는 없어요. 어떻게 이럴 수가 있죠?" 에릭은 머리가 어지러웠다.

"수사나 재판 결과가 나올 때까지 무기한 정직 처분이 내려질 겁니다."

"재판이라뇨? 날 해고하겠다는 겁니까? 해고된 건가요?"

"아뇨. 정직입니다. 무기한으로요. 급여 지급은 가능한지 알아보죠."

"돈은 상관없어요! 환자들을 봐야 해요. 내가 봐야 하는 환자들이 있단 말입니다."

"환자들은 괜찮을 겁니다."

"그렇지 않아요!"

"우리가 그렇게 만들 거예요. 선생이 돌아올 때까지 샘과 아마카가 병동을 잘 지킬 겁니다."

"언제 돌아올 수 있는데요? 그때가 언제란 말입니까?"

"그건 경찰에 달렸죠." 마이크가 혀를 찼다. "대체 요즘 왜 이러는 겁니까? 페리노와의 문제도 그렇고, 성추행 사건도 있었잖아요? 그런데 이제 이런 사건에까지 연루되고. 이혼도 했다면서요? 잠깐만요." 마이크가 손으로 휴대폰을 막았다. "이제 그만 끊어야겠어요. 톰이 부르네요."

"하지만 마이크……."

"에릭, 변호사부터 구해요." 전화가 끊어졌다. 그리고 갑자기 문을 두드리는 소리가 들렸다.

"패리시 선생님, 로즈 형사입니다. 옷을 갈아입는 걸 도와줄 순경 두 명을 데리고 왔습니다."

에릭은 재빨리 생각했다. 의료과실 보험회사의 전화번호는 모르지만, 동생이 변호사인 응급의학과 의사의 전화번호는 잘 알고 있었다.

"5분만 더 주십시오." 에릭이 로즈 형사에게 말했다.

36
장

한 시간 뒤 심문실 문이 열리고, 에릭은 로리의 동생인 변호사 폴 포추나토를 만났다. 의대에 다닐 때 에릭은 로리로부터 동생인 폴에 대한 이야기를 많이 들었다. 로리는 남동생이 자신의 초자아라도 되는 것처럼 말했지만, 막상 폴을 만나보니 로리가 연상되었다. 곱슬거리는 검은색 머리, 선이 굵은 얼굴에 반짝거리는 짙은 갈색 눈동자와 도톰한 입술, 재빨리 짓는 미소로 생기 넘치는 모습이었다. 폴은 30대 중반으로, 키는 작았지만 다부진 체격이었다. 값비싸 보이는 검은색 맞춤 양복에 번들거리는 보라색 무늬의 넥타이를 매고 있었고, 애프터 쉐이브 로션 냄새가 많이 났다.

에릭은 손을 내밀었다. "안녕하세요. 에릭 패리시라고 합니다."

"폴 포추나토입니다. 만나서 반갑습니다."

"누나에게 얘기 많이 들었어요."

"마찬가지입니다. 앉으시죠." 폴이 의자를 가리키며 풋로커 가방과 얇은 금속 재질의 서류 가방을 탁자 위에 놓았다. "먼저 이야기를 나눈 뒤에 지역 경찰관을 부르겠습니다. 이미 사건에 대한 설명을 들었어요. 경찰 쪽 말로는 선생님이 요거트 가게에서 그 여자애와 이야기를 한 뒤에 집까지 따라갔고, 집 앞 주차장에 있었다고 하더군요. 선생님은 경찰이 어떤 환자를 찾아주길 바라면서도 아무 정보도 주지 않았기 때문에 저쪽에서는 수사 방해로 생각하고 있어요. 15분 뒤에는 여기서 나가게 해드리겠습니다."

"어떻게요?" 에릭은 자리에 앉다가 폴의 말에 깜짝 놀랐다.

"보시면 압니다." 폴은 즐기고 있는 것처럼 재빨리 미소를 지었다. "누나 말로는 선생님이 질문이 많을 거라고 하더군요. 뭐든 물어보세요."

에릭이 눈을 깜빡거렸다. "물어보고 싶은 건 많죠. 하지만 그 전에 변호사님은 내가 르네 베빌라쿠아를 죽였는지 아닌지 물어보지 않을 겁니까?"

"그걸 왜 물어봐야 하죠?" 폴은 미친 사람을 보듯 갈색 눈을 동그랗게 뜨며 에릭을 쳐다봤다.

"가장 기본적인 질문이잖아요."

"나한테는 그렇지 않습니다. 형사 소송 변호사니까요."

에릭은 폴이 농담을 하는 거라고 생각하고 싶었다. "난 아무 짓도 안 했어요. 르네의 죽음과는 아무 상관없습니다."

"다행이군요. 난 무고한 고객들만 대리하니까요."

"진심으로 하는 말입니까?"

"네." 폴이 코웃음을 쳤다.

"내가 죄가 없다는 걸 변호사님이 알았으면 좋겠어요."

"그런 건 아무래도 상관없습니다."

에릭은 깜짝 놀랐다. "정말요? 어째서 그렇죠?"

"지금 법철학에 대해 물어보시는 겁니까? 우리가 그 문제에 대해 논의할 필요가 있나요? 무엇 때문에요?" 폴이 고개를 저으며 작은 소리로 웃었다. "누나는 선생님이 전형적인 정신과 의사라고 하더군요. 난 누나를 사랑합니다. 선생님도 그러시죠? 우리 누나, 정말 귀엽지 않습니까? 내가 보기에는 누나가 선생님을 마음에 두고 있는 것 같아요. 물론 내가 이런 말을 했다는 건 비밀입니다."

"그렇지 않을 거예요. 우린 그냥 친구 사이니까." 에릭은 웃을 수가 없었다. "농담하지 마십시오."

"농담하는 거 아닙니다." 폴이 고개를 끄덕였다. "누나는 선생님의 이야기를 많이 했어요. 선생님이 이혼했다는 이야기도 하더군요. 왜 데이트 신청을 안 하는 겁니까? 왜 누나를 기다리게 하는 거죠? 누나는 죽을 지경이란 말입니다."

"지금 상황에서 이런 이야기가 법철학에 관한 논의보다 어울린다고 보는 겁니까?"

"좋은 지적이에요! 그만하죠!" 폴이 껄껄거리며 웃었다. "난 고객이 무슨 짓을 했는지 절대 물어보지 않습니다. 왜냐고요? 법적으로 중요하지 않으니까요. 그렇다고 해서 지저분한 놈은 아닙니다. 난 깨끗해요. 헌법을 대리합니다. 우리가 가진 법 중에 가장 순수하죠. 지금처럼 돈으로 매수할 수도 없고, 대가를 지불할 수 없는 것이랍니다. 우리 선조들은 도둑이 아니라 천재였어요. 이 정도면 고상하지 않나요? 헌법이 선생님의 권리를 지켜주고 있음에도 경찰과 검사들은 계속 그 선을 넘고 있죠. 내 일은 그들을 밀어내고 또 밀어내서 완전히 뒤로 보내버리는 겁니다!" 폴이 환성을 질렀다. "파이팅! 기분이 좀 나아지셨나요?"

"아뇨."

폴은 에릭의 말을 제대로 듣지 않는 것 같았다. "선생님은 지지해 줄 누군가가 필요해요. 그저 평범한 사람인데 그 사실을 미처 깨닫지 못하고 있어요. 연방국은 모든 에이스를 다 가지고 있는데, 선생님은 카드놀이를 하는 법조차 모르고 있죠." 폴이 양 손바닥을 문질렀다. "선생님의 특권을 주장하기 위해서는 난해한 법률 용어만 알면 됩니다. 5944조에서 법령으로 성문화되어 있죠. 펜실베이니아에서는 민사, 형사 사건이라고 해도 환자의 이익을 위해 전문적인 치료 과정에서 알게 된 정보들에 관한 조사를 할 수 없다고 되어 있습니다. 아주 강력한 특권이지요. 환자의 서면 동의가 없는 한은 그 권리를 깰 수 없습니다. 장차 일어날 위해에 한해 유일하게 예외가 인정되지만 과거 행적에 대한 입증은 해당 사항이 없어요. 이제 물어보고 싶은 게 있으면 물어보세요. 경찰서 사람들이야 기다리라고 하죠."

"저 사람들을 과소평가하지 말아요. 아주 빠르게 움직이고 있는 것 같으니까."

"저들은 아무것도 할 수 없어요."

에릭은 케이틀린이 했던 말이 떠올랐다. "전처 말로는 로즈 형사가 아주 끈질기다고 했어요. 전처가 지방 검사거든요."

"아이고, 무서워라. 어쩌자고 지방 검사랑 결혼을 하신 겁니까? 임신이라도 했나요? 검사들도 섹스를 하긴 하나 보네요. 혹시 그걸 해도 즐기지 못하는 거 아닙니까?"

에릭은 폴을 겨냥할 수 없었다. "지금 이게 웃깁니까? 아주 재미있어 하는 것처럼 보이는데."

"그럼요. 난 내 일을 사랑하거든요. 사람들을 지키고, 이기죠. 두고 보세요. 그냥 나한테 맡기시면 됩니다." 폴이 양손을 내밀었다. "이제 물어보고 싶은 게 있으면 물어보시죠! 최악의 하루였잖아요! 전희가 지나쳤죠!"

에릭은 저도 모르게 웃었다. 실제로 기분이 나아졌다. "좋아요. 경찰이 병원 사무실과 집, 내 차를 수색했어요. 그래도 되는 겁니까?"

"네. 하지만 너무 이기적인 일이었죠. 다음 질문."

"폴, 난 정신의학과에서 일해요. 병원에 몰려온 경찰들 때문에 증세가 심한 일부 환자들의 상태가 위중해졌을 수도 있어요. 환자들에게는 규칙적이고 평온한 환경이 필요합니다. 이런 혼란은 환자들의 병세를 악화시킬 수 있어요. 보험 때문에 입원 날짜에도 한계가 있는데." 에릭은 페리노를 떠올렸다. "예를 들면, CIA에 감시당하고 있다고 생각하는 정신분열증 환자가 있어요. 정복 경찰들이 몰려와 주치의를 잡아가고 병동을 수색하는 모습을 보는 건 치료에 도움이 안 되겠죠. 경찰들이 그렇게 해도 되는 겁니까?"

"그렇게 할 수는 있습니다. 그리고 그 정신분열증 환자의 생각은 옳아요. CIA는 실제로 우리를 감시하니까요. NSA 국가 안보국와 나머지 알파벳이 달린 기관도 그렇고."

에릭은 말을 이었다. "내 환자의 기록들은 어떻게 되는 거죠? 경찰들은 환자의 기록이 영장 수색 범위에 들어가지 않는다고 말했지만 그게 무슨 뜻인지 모르겠습니다."

"경찰이 수색 영장을 발부받을 때는 무엇을 수색하고, 무엇을 압수할 것인지를 정확하게 명기해야 합니다. 환자의 기록을 요청하지 않은 건, 경찰들도 병원이 자기들을 법정에 세울 걸 알고 있기 때문이죠. 나중에는 가져갈 겁니다. 하지만 아직은 가져가지 못한 거죠."

"내 휴대폰도 가져갔어요. 그래도 되는 겁니까?"

"네. 그냥 휴대폰을 새로 사세요. 아마 업그레이드하는 데 일주일쯤 걸릴 겁니다. 휴대폰을 새로 장만할 때마다 항상 업그레이드에 일주일쯤 걸리더군요." 폴이 눈동자를 굴렸다. "진짜 범죄자들을 보고 싶으십니까? AT&T 미국 전신 전화 회사를 보세요. 버라이즌. 스프린트. 은행들. 부동산 대부회사들, 중앙은행. 그다음에는 국회. 감옥에 가야 할 건 선생님이 아니라 그런 곳에서 일하는 자들이에요. 이 법은 사고파는 자들이 만들었죠. 하지만 1776년에 내 고향에서는 그렇지 않았답니다. 다음 질문은요?"

"경찰이 내 옷을 가져가고 싶어 해요. 그럴 수 있는 겁니까?"

"에릭, 모처럼 경찰이 호의를 베풀었군요. 지금 선생님의 옷차림은 중년 레즈비언 같으니까요."

"됐어요." 에릭이 다시 웃었다. "로리가 왜 그 모양인지 알겠네."

"더 궁금한 게 있습니까?"

"아뇨."

"좋아요! 이제 경찰들을 부르죠." 폴이 에릭을 가리켰다. "아무 말
도 하지 마세요. 일장 연설을 할 참이니까. 욕은 하지 않을 겁니다. 지
금까지는 안 했죠?"

"그래요."

"아내의 생각이에요. 애들 때문이기도 하고. TV에 나오는 가족처
럼 욕을 하면 벌금을 낸답니다. 웃음거리지 뭐예요."

"내 전처는 계속 욕을 했는데."

"정말요? 어쩌면 그 편이 나을 수도 있죠." 폴이 풋로커 가방을 집
어 들었다. "일단 선생님이 갈아입을 옷과 새 휴대폰을 사왔어요. 여
기서 나가면 병원까지 태워다드리죠."

"병원에서 정직 처분을 내렸어요. 그럴 수 있는 겁니까?"

"아마도요. 내가 뭐라고 했어요? 범죄자는 그쪽이라고 했죠." 폴이
인상을 썼다. "그 문제는 나중에 의논하죠. 댁까지 모셔다드릴게요.
그 멋없는 옷만 벗어주고 여기서 나갑시다." 폴이 돌아서서 문을 열
었다. "로즈 형사님?"

"여기 있어요." 로즈 형사가 시큰둥한 표정으로 나타났다. 그 뒤에
파가노 형사가 서 있었다.

"내 사무실로 들어오시죠." 폴이 진지한 얼굴로 심문실을 가리키

며 말했다.

"고맙군요." 로즈 형사가 폴을 쳐다보았다. "두 분이서 상의를 했을 테니 새로 의견을 나누고 싶습니다만."

"제안은 감사하지만, 그건 안 되겠는데요." 폴이 고개를 저었다. "심문은 여기서 끝입니다. 패리시 씨는 기소당한 게 아니기 때문에 더 이상은 어떤 질문에도 대답하지 않을 겁니다. 아무도 말하지 말아요. 내가 맞춰볼 테니까……. 형사님은 미란다 고지도 안 했을 겁니다."

"패리시 선생님은 구금 상태가 아니었습니다."

"안 했다는 뜻으로 알겠습니다. 그렇다면 피의자 권리도 말해주지 않았겠군요?"

"그렇죠. 선생님은 체포당한 게 아니니까요."

"체포가 아니라지만 구금 수사를 했다는 건 우리 둘 다 알고 있지 않습니까."

"그렇지 않습니다." 로즈가 두꺼운 팔로 팔짱을 꼈다. 하지만 폴은 아랑곳하지 않고 로즈 형사의 눈을 똑바로 쳐다보았다.

"형사님은 패리시 씨에게 피의자 권리를 말해주지 않았어요. 아무것도 알려주고 싶지 않았으니까요. 패리시 씨를 용의선상에 놓고 데리러 갔으면서, 그 사실을 고의로 알려주지 않았습니다. 패리시 씨는 존경받는 의사로서 옳은 일을 하기 위해 따라온 거죠. 형사님은 패리시 씨를 속였습니다."

"피의자 권리를 말하지 않은 건 법이 요구되는 상황이 아니었기 때문입니다."

"판사님은 형사님과 생각이 다를 겁니다. 만일 내 의뢰인을 상대로 뭔가를 하려고 한다면 이 심문실에서 찍은 영상은 증거 효력이 없다는 청구를 할 거예요." 폴이 검은색 창문을 가리켰다. "그뿐만 아니라 형사님은 최대한의 테러 효과로 패리시 씨의 직장인 병원에서 그를 경찰서로 끌고 왔어요. 그곳에 있는 환자들의 정신 건강에 대해서는 신경 쓰지 않았죠. CIA에게 감시당하고 주장하는 환자가 아니더라도 그 병동에 있는 환자들 모두 정상이 아닌데 말입니다. 그건 위협이고 약자를 괴롭히는 겁니다. 그래 놓고도 밤에 잠이 잘 오던가요?"

"그쪽의 태도가 마음에 들지 않는군요." 로즈 형사가 얼굴을 찌푸렸다.

"우리 집사람과 같은 말을 하시네요." 폴이 에릭을 가리켰다. "이제 내 의뢰인은 이 볼품없는 셔츠와 촌스러운 청바지를 당신들에게 넘겨주고 즐겁게 이곳을 나갈 겁니다. 패리시 씨의 옷차림을 보고 깜짝 놀랐지 뭡니까. 의뢰인이 포주인 줄 알았다니까요."

로즈 형사가 고개를 들어올렸다. "필라델피아에 있는 변호사들은 모두 똑같다니까. 건방지기 짝이 없지."

"경찰들도 모두 형사님과 똑같아요. 민트가 필요하죠." 폴은 형사들에게 문을 가리켰다. "이제 우리 의뢰인의 탈의실에서 나가주시겠습니까? 지퍼를 찾는 데만도 시간이 오래 걸릴 나이라."

"순찰 경찰관을 보내 계속 지켜볼 겁니다." 로즈 형사가 심문실을 나서며 말했다.

혼자 남게 되자, 에릭은 시간을 확인했다. 6시 15분이었다. 오늘은 7시부터 개인 상담이 잡혀 있었다.

서둘러야 했다.

37
장

함께 경찰서를 나온 에릭과 폴은 보도를 꽉 메우고 있던 기자들을 뚫고 지나갔다. 아까보다 더 많은 기자들이 각자의 휴대폰, 카메라, 마이크를 들고 서 있었다. 사진 기자들이 클레이그 라이트가 달린 휴대용 금속 격자판을 들어올리고 카메라 플래시를 사용하자, 여기저기서 폭발하는 것처럼 플래시가 터졌다. 기자들은 두 사람을 따라오며 큰 소리로 질문을 퍼부어댔다.

"포추나토 씨, 의뢰인이 누굽니까?""누구시죠?""성함 좀 말해주시죠.""옷은 왜 갈아입었습니까?""베빌라쿠아 살인 사건과 연관이 있습니까?""지금까지 경찰서에서 무엇을 했나요?""잠깐만요, 한 마디만 해주세요!"

에릭은 얼굴을 가리기 위해 고개를 숙였다. 기자들은 폴이 형사 소송 변호사라는 것을 알고 있었다. 운이 나쁘게도 경찰서에 들어갈 때와는 달리 이제는 그를 용의자로 보는 것 같았다. 처음에는 그들도 에릭을 참고인으로 생각했을 것이다. 하지만 이미 피 냄새를 맡은 기자들은 주차장까지 그들을 쫓아왔다.

"폴, 옆에 있는 의뢰인이 용의선상에 오른 겁니까?" "경찰 쪽에서 옷을 압수해 간 건가요?" "체포하지 않는 이유는 뭡니까?" "베빌라쿠아 사건에 대한 새로운 정보는 없나요?" "경찰이 단서를 잡은 겁니까?" "잠깐만 시간을 내주시죠. 의뢰인이 누군지 알려줘요. 전면에 나설 수 있는 기회입니다!" "선생님, 성함이 어떻게 됩니까? 경찰 발표보다 먼저 말씀해주시죠!"

에릭과 폴은 쏟아지는 불빛 속에서 꽉 찬 주차장에 불법으로 주차해둔 폴의 검은색 메르세데스 SUV를 향해 뛰어갔다. 폴이 차 문을 원격으로 열었고, 두 사람은 차에 도착하자마자 그대로 앞자리에 올라탔다. 폴이 시동을 걸자, 기자들이 SUV를 에워쌌다.

"정말 끔찍하군요!" 에릭은 깜짝 놀라며 몸을 움츠렸다. 카메라 플래시가 사방에서 터졌다. 거대한 클레이그 라이트를 켜자, 강렬한 흰색 불빛이 SUV를 감쌌다. 에릭은 본능적으로 고개를 돌렸다.

"얼굴을 가리지 마세요. 고개를 똑바로 들고 정면을 보는 겁니다. 저들을 보지 마세요." 폴이 차를 뒤로 빼며 경적을 울렸다.

"사람 치지 않게 조심해요."

"왜요? 내가 이 순간을 얼마나 좋아하는데."

"난 선서를 했어요. 아무도 다치게 해서는 안 돼요." 에릭은 억지로 고개를 들고 기자들과 시선을 마주치지 않기 위해 애를 썼다. 영화에서 기자들이 몰려드는 장면을 보긴 했지만, 실제로 이렇게 정신없을 줄은 몰랐다.

"선서는 나도 했어요. 하지만 손가락을 교차시켰죠." 폴이 계속 후진하며 경적을 울리자, 기자들이 뿔뿔이 흩어졌다. "평소라면 경찰들이 나와서 저들을 통제했을 겁니다. 하지만 안 나왔죠."

"왜 그러는 거죠?"

"저들은 선생님을 압박하고 싶은 겁니다. 선생님이 뉴스에 나오길 바라는 거예요. 아까도 말했지만, 저들은 에이스를 가지고 있는데 선생님은 이제 겨우 이게 카드게임이라는 걸 알게 됐죠." 폴은 기어를 바꾸고 출구 쪽으로 향했다.

"기자들이 따라오지는 않겠죠?" 에릭은 기자들이 이븐 로드를 따라 주차해두었던 차나 중계차를 향해 달려가는 것을 보았다.

"걱정하지 마세요. 내가 따돌릴 테니까. 지금 선생님은 실린더가 여덟 개 달려 있고, 세금 공제가 되는 도주용 차에 타고 있으니까요." 폴은 재빨리 왼쪽으로 차를 꺾어 뒷골목에 있는 고상한 주택들의 말뚝 울타리와 생울타리를 쏜살같이 지나쳤다. 그런 뒤 또다시 오른쪽으로 차를 돌려 랭커스터 애비뉴 뒤쪽에 있는 사랑스러운 집들을 지나쳤다.

"오늘 저녁에는 개인 환자들과 상담이 잡혀 있어요." 에릭이 계기판에 붙어 있는 시계를 보며 말했다. 오후 6시 32분이었다. "첫 번째 환자 예약이 7시예요."

"아까 드린 새 휴대폰으로 연락해서 취소하세요. 오늘 밤에는 환자들을 볼 수 없습니다. 선생님의 사건에 대해 확인해봐야 할 것들이 있어요." 폴이 백미러를 흘깃 쳐다보더니 또다시 오른쪽으로 차를 꺾었다.

"환자들에 관한 기밀은 변호사님한테도 알려줄 수 없어요." 에릭은 주머니에서 휴대폰을 꺼냈다. 상담 취소는 정말 하기 싫었다. 이제껏 한 번도 취소한 적이 없었고, 개인 환자들에게는 그가 필요했다.

"말할 수 있는 내용은 전부 다 알려주셔야 합니다. 그 남자애, 여자애, 프로즌 요거트까지요." 폴은 교통이 혼잡한 도로에 끼어들어 서쪽을 향해 달렸다.

"우리 집은 반대 방향인데요." 에릭은 새 휴대폰을 쳐다보았다. 예전 휴대폰이 그리웠다. 그 안에 그의 모든 생활이 담겨져 있었을 뿐만 아니라, 바탕 화면에는 해나의 귀여운 사진이 깔려 있었다. 에릭은 지난밤에 해나와 통화를 하지 못했기 때문에 오늘 밤에는 반드시 전화를 해야만 했다.

"혹시 쫓아오는 사람들이 있을 경우를 대비해서 반대 방향으로 가는 겁니다. 하지만 대부분은 떨어져 나갔을 거예요." 폴이 싱긋 웃으며 다시 한 번 백미러를 확인했다. "봐요. 형사법은 재미가 있다니까!"

"이렇게 계속 갑시다." 에릭은 폴이 고마웠다. 바로 그때 휴대폰 벨소리가 울리면서 계기판에 달려 있는 GPS화면에 로리의 이름이 떴다.

"누나잖아!" 폴이 운전대에 달려 있는 통화 버튼을 누르고 전화를 받았다. "누나! 임무 완수했어! 독수리가 착륙했다고! 이제 날 얼마나 사랑하는지 말해봐."

"사랑해, 폴." 로리의 목소리가 스피커를 통해 증폭되었다. "넌 정말 똑똑해. 사람들이 말하는 것처럼 멍청하지 않아."

"내가 해결할 수 있어! 난 똑똑해! 다른 사람들이 뭐라 그래도. 난 바보가 아니야! 나도 똑똑해. 존경을 원한다고!"

"프레도, 형 때문에 내 마음이 아파. 내 마음이 아프단 말이야."

에릭은 지금 두 사람이 무슨 말을 하는지 알 수 없었다. "지금 무슨 말을 하고 있는 거야?"

로리가 스피커 너머로 소리 내어 웃었다. "〈대부〉야. 내 동생의 문화적인 소양에 들어가지."

폴이 고개를 끄덕였다. "내가 프레도예요. 누나가 마이클이고. 누나가 나이를 내세워 마이클을 먼저 차지했죠."

"내가 더 똑똑하잖아." 로리가 받아쳤다.

"누나 좀 너무하네." 폴이 싱긋 웃었다. "어쨌든 누나의 남자친구를 집에 모셔다드리고 있는 중이야. 계속 이런 식이면 패리시 선생님을 다시 구치소로 돌려보낼 줄 알아."

"폴, 에릭은 내 남자친구가 아니라 직장 동료야."

"네, 네, 알았어요. 하긴 패리시 선생님도 누나랑은 친구 사이라고 잡아뗐지."

에릭은 그 어색한 상황을 모른 척했다. "로리, 폴에게 연락해줘서 고마워. 폴이 없었으면 어쨌을지 모르겠어."

"그야 그렇죠!" 폴이 기분 좋게 운전대를 내리쳤다. "흉악범으로 몰렸을 겁니다!"

로리가 신음 소리를 냈다. "폴, 좀 진정해. 그런데 두 사람 지금 어디야? 에릭, 병원에는 오지 않을 거야?"

에릭은 입에서 쓴맛을 느꼈다. "병원에는 못 가. 믿기지 않지만, 무기한 정직을 당했어."

로리의 말문이 막혔다. "지금 농담해?"

"사실이야."

폴이 쯧쯧 혀를 찼다. "병원이 내 의뢰인을 모욕했어! 정말 말도 안되는 헛소리지. 자기 환자 이야기만 하는 헌신적인 직원인데 말이야. 그래서 누나와 이 사람이 완벽하게 어울리는 거지. 일 중독자와 일 중독자가 함께하면 더 많은 일 중독자들을 만들 것이고, 그렇게 되면 경제가 활성화되고 나라가 살 테니까. 미국이 잘 살게 되면 유럽도 잘될 거고, 나머지 나라들도 잘될 거야. 그 시작을 두 사람이 하는 거지. 누나와 패리시 선생님이 전 세계를 구하는 거야. 아님 말고. 두 사람의 선택이니까."

에릭은 폴의 논리에 미소를 지었다. "로리, 지금 우리 집에 가는 길이야. 거의 다 왔어. 오늘 개인 환자들의 상담은 취소할 거야."

"주소 보내줘. 내가 지금 갈 테니까. 좀 있다 봐." 로리가 전화를 끊었다.

폴이 통화 버튼을 끄고, 에릭을 쳐다보았다. "이런 거 잘하죠? 꽤 뛰어난 중매쟁이랍니다."

에릭은 자신의 연애 문제 같은 것에 대해 더 이상 이야기하고 싶지 않았다. "실례 좀 할게요. 환자들에게 연락을 해야 해서."

"어서 하세요. 난 안 들리니까."

"정말 그렇다면 진찰을 해봐야 할 것 같은데요." 에릭은 7시에 상담 예약을 한 진 칼포니의 전화번호를 눌렀다. 마침 자신의 전화번호와 비슷해서 외우고 있었다. 에릭은 휴대폰을 귀에 댄 채 통화가 연결되기를 기다렸다. 그는 진을 좋아했다. 진은 중학교 선생으로, 혈액암과의 오랜 투병 끝에 우울증이 생긴 환자였다.

"여보세요?" 진이 전화를 받았다.

"진, 에릭 패리시입니다. 아무래도 오늘 상담을 취소해야 할 것 같아서요. 시간에 임박해서 연락해 죄송합니다. 아직 집에서 나오지 않았어야 할 텐데요……."

"패리시 선생님? 정말 다행이에요! 안 그래도 전화했었어요. 괜찮으신 거죠?"

에릭은 진의 걱정스러운 목소리가 마음에 들지 않았다. "그럼요. 전화를 받지 못해 죄송합니다."

"미친 소리처럼 들리겠지만, TV에서 선생님을 본 것 같아서요. 이름이 나오진 않았지만 래드너 경찰서에 선생님 같은 사람이 보이잖아요. 파이오니아 하이에 사는 여학생의 살인 사건에 관한 뉴스에서요. 선생님이 아닌 거죠?"

에릭은 거짓말을 할 수가 없었다. "죄송합니다만, 지금은 설명할 수가 없네요. 상담 시간은 다시 잡아서 연락드려도 될까요?"

"물론이죠." 진이 어리둥절한 목소리로 대답했다. "언제든 편할 때 연락 주세요. 선생님."

"감사합니다. 푹 쉬세요." 에릭은 전화를 끊으면서 몸서리를 쳤다.

"이런 젠장."

"스트레스 받지 말고 버티셔야 해요."

"고마워요." 에릭은 차창 밖으로 해가 저물어가는 바깥 풍경을 쳐다보았다. 사람들이 하루 일과를 마치고 집으로 돌아가면서 휴대폰으로 통화를 하거나 문자 메시지를 보내고 있었다. 하지만 그들은 그와 떨어져 있거나 각자의 차에 타고 있었다. 에릭은 더 이상 그들과 같지 않았다. 경찰은 그를 살인자로 의심하고 있었다. 어쩌면 르네의 죽음은 그의 책임일지도 모른다. 그리고 누구보다 절망한 자살 충동 환자도 있었다. 에릭은 이제 병원도, 아내도 잃었다. 심지어 딸과도 같이 살 수 없을 것이다. 거기에 다른 사람이 고른 회색 추리닝을 입고 있는 자신의 모습은 낯설어 보이기까지 했다.

"환자들에게 연락해요." 폴이 부드럽게 말했다.

에릭은 휴대폰을 귀에 대고 전화번호 안내 서비스에 연락해 상담 예약된 환자 두 명의 전화번호를 알아낸 다음, 그들에게 상담 취소 연락을 했다. 다행히 그 환자들은 아직 에릭이 어린 소녀가 살해당한 사건의 용의선상에 올랐다는 사실을 모르고 있었다. 통화를 끝낸 뒤 에릭은 환자의 기밀을 누설하지 않는 범위 안에서 폴에게 그 상황을 털어놓았다. 폴은 주의 깊게 이야기를 들으면서 간간이 휴대폰에 메모를 했다.

그들은 뒷길로 돌아 에릭의 집이 있는 골목에 들어섰다. 집이 가까워지자 나무로 된 현관문이 부서져 있는 것이 보였다. "경찰이 현관문을 부순 걸까요?" 에릭은 소름이 끼쳤다.

"그럴 겁니다. 짜증나는 상황이네요."

"이것도 위협의 일종입니까?"

"아뇨. 그냥 집 안에 들어가기 위해서 부쉈을 겁니다."

에릭은 웃을 수 없었다.

"정말이에요. 수색영장을 집행한 것뿐입니다. 안에 들어가려면 문을 부술 수밖에 없잖아요."

"집주인을 부르는 방법도 있을 텐데요? 저렇게 문을 부숴 놓고 그냥 간다는 게 말이 됩니까? 너무 위험하잖아요."

"여긴 메인 라인Main Line[39]이에요." 폴이 집 앞에 차를 세운 뒤, 시동을 껐다.

"그래도 그렇죠." 에릭은 차에서 내렸다. 옆집 창문 뒤로 사람들의 윤곽이 보였다. 온 가족이 모두 그를 지켜보고 있었다. 에릭은 순찰차들이 집 앞에 몰려오고, 경찰들이 현관문을 부수고 들어가 그의 개인 물건들을 가져가는 모습을 보면서 그 사람들이 무슨 생각을 했을지 궁금했다. 그는 계단을 올라가 부서진 문틈을 손가락으로 쓸어내렸다. 번개에 맞은 것처럼 나무 상판이 지그재그 모양으로 갈라져 있었다. 날카로운 파편이 손가락을 찔렀다. 바로 이 순간까지 에릭은 이 집이 자신의 소유라는 것에 대한 자각이 없었다. 그 사실을 인식함과 동시에 그는 집을 잃었다. 마음이 쓰라렸다.

---

39 필라델피아 서쪽의 상류층 주택 지역

폴이 옆으로 다가와 에릭의 어깨에 손을 올리더니 뭔가 말을 하기 시작했다. 하지만 에릭은 멍하니 쳐다보기만 했다.

"농담할 생각은 하지 말아요." 에릭은 자기가 생각했던 것보다 말이 거칠게 나왔다.

"안으로 들어가요. 집 치우는 거 도와줄게요."

에릭은 후회가 밀려왔다. "신경질 내서 미안해요."

"이런 일을 겪고도 화가 나지 않으면 정신과 상담을 받아야죠." 폴이 에릭의 등을 두드렸다. 에릭은 미소를 지은 뒤, 두 사람은 함께 부서진 문을 옆으로 밀어내고 현관을 지나 거실로 들어갔다.

"이런." 에릭은 엉망으로 어질러진 집 안을 보고 심장이 덜컥 내려앉았다. 소파 쿠션들은 바닥에 떨어져 있고, 책장에 꽂혀 있던 논문들과 참고 서적과 소설책들도 양탄자 위에 흩어져 있었다. 거실장 서랍들은 열려 있고, DVD들도 바닥에 내던져져 있었다. 드라이클리닝 보낼 옷들을 담아둘 목적으로 문 옆에 놔둔 세탁 바구니 역시 뒤집어져 있었다.

"물어보기 전에 미리 대답하자면, 이렇게 할 수 있습니다."

"어째서요?"

"저들의 입장에서 말하자면 철저히 수색한 거죠." 폴이 바닥에 떨어져 있던 세탁물 더미 중에서 격자무늬 셔츠를 집어 들었다. "이거 태워버려도 됩니까?"

"커피 테이블 위에 노트북이 있었어요. 그런데 가져간 모양이네요. 경찰이라고 해서 내 물건들을 함부로 가져갈 수 있는 겁니까? 이런 식으로 사생활을 침해해도 되는 건가요?" 에릭은 커피 테이블 앞으로 다가갔지만 남아 있는 건 회색 전선뿐이었다. 보기 싫은 거무스름한 자국들이 테이블 곳곳에 묻어 있었는데, 지문 채취용 가루인 것 같았다.

"이런 수사에서 컴퓨터를 가져가는 건 기본이죠. 영장을 보면 압수수색 범위에 들어 있을 겁니다."

"경찰이 내 컴퓨터에 담긴 내용들을 다 본다는 겁니까? 내가 쓰고 있는 논문들, 일과 관련된 메일들과 사적인 메일들, 사진까지 전부 다?" 에릭은 자기가 찍은 해나와 케이틀린의 사진들을 떠올렸다. 해변에서 보낸 휴가, 할로윈, 생일 때 찍은 사진들이었다. 그는 그 사진들을 잃어버리지 않고 영원히 보관하기 위해 전부 다 클라우드에 백업해 놓았다. 낯선 사람들이 그 사진들을 들춰 보고 그의 가장 사적인 영역을 들여다본다는 것이 견딜 수 없었다. "폴, 그 안에는 내 삶이 들어 있어요."

"압니다."

"상담실에도 가보죠. 이쪽입니다." 에릭은 거실을 나서면서 주방을 슬쩍 보았다. 그쪽 역시 엉망으로 어질러져 있었다. 거무스름한 지문 채취용 가루들이 조리대 위에 얼룩처럼 남아 있었다. 찬장 문은 전부 다 열려 있었고, 서랍들도 열려 있었다. 냄비와 프라이팬들이 조리대 위에 아무렇게나 놓여 있었고, 냉장고 문까지 열려 있었다. "냉장고도 뒤지나요?"

"약을 숨겨두진 않았는지 확인하기 위해서죠. 하겐다즈나."

에릭은 앞장서서 상담실로 향했다. "폴, 수색 범위에 환자의 기록들이 포함되어 있지 않았다는 건 경찰들이 그 기록을 볼 수 없다는 뜻인가요? 그냥 보는 것조차 안 되는 거죠? 만일 경찰들이 기록들을 들춰 봤다면 환자들의 권리를 침해하는 거니 용납할 수 없어요."

"경찰들은 그 기록을 볼 수 없습니다."

"기록들은 전부 자물쇠가 달린 캐비닛에 보관하고 있어요." 에릭은 상담실 문을 열고 불을 켰다. 책상 위에 있던 컴퓨터는 사라지고 과부하 차단기만 남아 있었다. 책상과 작은 탁자에는 거무스름한 지문 채취용 가루 얼룩이 더 많이 남아 있었다. 책장에 꽂혀 있던 책들과 논문, 서류들은 전부 다 양탄자 위에 흩어져 있었다. 에릭은 환자의 기록을 보관해두는 나무 캐비닛의 놋쇠로 된 손잡이를 잡아당겨 보았다. 캐비닛은 그대로 잠겨 있었다.

"그대로 잠겨 있네요. 증거물 A, 무사합니다." 폴이 미소를 지었다.

"이쪽에 있어?" 뒤에서 누군가의 목소리가 들렸다. 에릭과 폴이 돌아보자, 문 앞에 로리가 서 있었다. 로리는 푸른색 면 스웨터와 카키색 바지에 운동화를 신고, 틀어 올린 머리를 압설자로 고정시킨 상태였다. 손에는 피자 상자 두 개를 들고 있었다. "기사님들, 여기 탄수화물이 왔어요."

"좋아!" 폴이 로리에게 다가가 뺨에 키스했다. "엄마가 누나를 자랑스럽게 여길 거야. 마음씨 착한 이탈리아 여자가 최고라니까. 이래서 사람들이 고정관념을 가지는 거야."

"와줘서 고마워." 에릭이 말했다. 그는 로리에게서 따뜻한 피자 상자를 받아서 어질러진 책상 위에 내려놓았다.

"경찰이 여길 이렇게 어질러 놓고 갔다니 믿을 수가 없네." 로리는 상담실을 둘러보며 표정이 굳어졌다. "이런 상황 자체가 믿을 수 없어. 어떻게 된 일인지 말해봐."

"나중에 설명할게."

"집부터 같이 치우자. 금방 치울 거야."

"내가 말했잖아요! 우린 함께 해야 한다니까!" 폴이 피자 상자 뚜껑을 열었다. "더블 치즈에 소스 잔뜩 뿌려온 거지?"

"그래. 다른 한 개는 버섯이 들어 있는 거고."

"난 버섯 좋아하는데." 에릭은 갑자기 허기를 느꼈다.

"거봐요." 폴이 피자 상자를 열자, 김이 올라오면서 향긋한 냄새가 퍼졌다. 그는 소스를 양복에 묻히지 않기 위해 몸을 숙여 피자 한 조각을 잘라냈다. "선생님이 버섯을 좋아하는 것까지 누나가 알잖아요. 기억하고 있었던 거죠. 선생님은 내가 만나본 똑똑한 사람들 중에 가장 둔해요. 그럼, 난 이만 가볼게요."

"지금요? 사건에 대해 이야기하고 싶어 하는 줄 알았는데." 에릭이 말했다.

"필요한 내용은 차에서 다 들었어요." 폴은 모차렐라 치즈가 녹은 피자를 한 입 깨물며 문 쪽으로 향했다. "남은 이야기는 내일 듣죠. 연락드리겠습니다."

로리가 폴을 돌아보았다. "왜 가는 거야? 나도 막 왔는데."

"그러니까 가는 거지. 친구들끼리 있으라고." 폴은 그대로 돌아서 밖으로 나갔다.

에릭과 로리는 폴의 발소리를 들으며 잠시 아무 말도 하지 않았다. 에릭은 폴의 이야기를 들은 뒤로 새삼스레 로리와 있는 것이 어색하게 느껴졌다. 로리가 정말 그에게 다른 마음이 있는지는 알 수 없었다. 아무튼 지금 두 사람 사이에 있는 건 로맨스가 아니라 토마토소스였다.

"피자 잘 먹을게." 에릭이 두 번째 피자 상자에 손을 대며 말했다. "버섯 진짜 좋아하거든."

"나도 그래." 로리가 재빨리 말했다. "당신이 버섯 좋아하는 걸 기억하고 있었던 게 아니라 내가 좋아해서 사온 거야. 버섯 피자는 모두 좋아하잖아? 정말 맛있으니까."

"맞아. 사실 배가 많이 고팠어. 마지막으로 음식을 입에 넣은 게 언제인지 기억도 가물가물해." 에릭이 피자 상자를 열고 뜨거운 피자 한 조각을 막 꺼냈을 때, 책상에 놓여 있던 유선 전화가 울리기 시작했다. 그는 한 손에 피자를 든 채로 전화를 받았다. "여보세요. 패리시입니다……."

"무슨 짓을 한 거예요?" 여자가 소리쳤다. 발음이 부정확했다. "내 아들한테 무슨 짓을 한 거죠?"

에릭은 상대방의 목소리를 알아듣자마자 불안에 휩싸였다. "마리? 무슨 일이죠? 맥스가 돌아왔습니까?"

"당장 여기로 오세요!"

38
장

에릭은 로리의 흰색 BMW의 조수석에 앉아 있었다. 로리는 맥스
의 집 맞은편에 차를 세웠다. 골목은 어두컴컴했고, 어딘가에서 개
짖은 소리가 들리는 것 말고는 조용했다. 에릭과 로리는 상당히 빨리
이곳에 도착했다. 로리가 동생 못지않게 빠른 속도로 차를 몰았기 때
문이다. 에릭은 그 사실을 여기까지 오는 동안 알게 되었다.

"태워다줘서 고마워. 오래 걸리지 않을 거야." 에릭이 문손잡이를
잡으며 말했다.

"나도 같이 갈까?" 로리가 운전대를 잡은 채 물었다.

"괜찮아. 그러지 않기로 했잖아." 에릭은 마음이 급했다. 한시라도
빨리 맥스의 집에 들어가고 싶었다. 마리와 통화한 내용만으로는 맥
스가 돌아온 것 같지 않았지만, 그래도 혹시 모를 일이었다. "상황이
좋지 않아. 변수도 너무 많고."

"내가 변수에 대처하지 못할 거라고 생각해? 내 전공이 뭔지 잊었나 보네?"

"여기서 기다리기로 했잖아."

"내가 그렇게 하지 않을 거라는 거 알고 있었잖아."

"당신하고 싸우고 싶지 않아. 이제 들어가봐야겠어." 에릭이 문을 열고 차에서 내렸다. 그가 길을 건너자, 로리도 뒤따라왔다.

"내가 도움이 될 거야."

"이건 도와주는 게 아니야. 걱정시키는 거지." 에릭은 로리가 바짝 쫓아오자 발걸음을 서둘렀다.

"당신도 이렇게 했잖아."

"예전 일이지."

"사실 당신이 버섯 좋아하는 거 기억하고 있었어. 그저 인정하고 싶지 않았던 것뿐이야."

"알아. 굳이 따라오겠다면 가만히 내 뒤에 서 있어. 무슨 말인지 알지?" 에릭은 금속으로 된 미닫이문을 두드렸다. 하지만 현관문은 열려 있었고, 거실에 틀어 놓은 TV 소리가 새어 나오고 있었다. 갑자기 TV 소리가 들리지 않더니, 마리가 문 앞에 모습을 나타냈다.

"들어오세요. 같이 오신 분은 누구죠?"

"이쪽은 로리 포추나토 선생입니다. 지난주 어머님이 응급실에 오셨을 때 담당했던 의사죠……."

"뭐가 됐든 화제를 돌리지 말아요. 들어오세요." 마리가 뒤로 물러서자, 에릭은 직접 미닫이문을 열고 로리보다 앞서 거실로 들어갔다.

"맥스가 여기 있습니까? 집에 돌아왔나요?" 에릭은 주위를 둘러보았다. 하지만 집 안은 지난번과 똑같이 어둡고 조용했다. 탁자 위에는 반쯤 빈 보드카 병과 플라스틱 컵들이 어질러져 있었다. 커다란 TV는 무음으로 켜져 있었고, 에어컨이 덜덜거리며 돌아가고 있었다.

"아뇨. 맥스는 아직 돌아오지 않았어요. 그런데 아무것도 모르는 것처럼 말하네요!" 마리가 거실 한복판에 서서 팔짱을 꼈다.

"아무것도 모르고 왔습니다만." 에릭은 마리에게서 술 냄새가 나는 것을 알았다. 그녀는 또다시 눈을 게슴츠레 뜨고 있었지만, 이번에는 앞에 꽃무늬가 있는 헐렁한 면 원피스를 입고 있었다.

"좋아요. 그럼 오늘 경찰이 여기 들이닥친 이유를 설명해볼래요? 맥스에 관해 온갖 질문을 다 퍼부었어요. 우리 아들이 살해당했다는 여자애를 아는지 말이에요. 르네 뭐라고 하던데……."

"베빌라쿠아입니다." 에릭이 반사적으로 말했다.

"맥스가 그 여자애를 아는지 모른다고 말했어요. 설령 그 여자애와 아는 사이라 해도 맥스가 어떻게 사람을 죽인단 말이에요. 그 애는 아무도 못 죽여요."

마리는 르네가 퍼펙트 스코어에서 맥스에게 배우고 있는 학생이라는 것을 모르고 있었다. 에릭은 그 사실이 놀랍지 않았다. 하지만 그도 상담 중에 알게 된 사실이었기 때문에 마리에게 말할 수 없었다.

"경찰들에게 계속 왜 그런 걸 물어보냐고 물었어요. 대체 우리 집에는 왜 왔냐고. 경찰들은 위층에 올라가더니 맥스의 방을 뒤졌어요. 방을 완전히 엎어 놨어요! 내 아들은 그 여자애를 몰라요!" 마리의 게

슴츠레한 눈에 눈물이 고였다. 하지만 이내 그녀는 다시 분노했다. "경찰 수사라면서 무슨 일인지 말해주지 않는 거예요. 계속 경찰 정보라고만 하면서."

에릭은 마리의 혼란을 이해했다. 그나 경찰이나 기밀유지 의무를 지키다보니, 아무것도 알 수 없는 마리는 당혹스럽고 화가 날 것이다.

"경찰들한테 계속 말했어요. 당신이, 그러니까 담당 정신과 의사가 내 아들을 찾아야 한다고 말했다고 말이에요. 그러자 다른 경찰서에서 맥스를 찾고 있다고 말하더군요. 난 경찰들에게 맥스가 그 여자애를 알 리가 없다고 했어요. 그래도 경찰들은 우리 애가 그 여자애를 알 거라고 생각하는 이유를 말해주지 않더군요."

에릭은 마리의 말을 가만히 들으면서 무슨 이야기인지 알아들으려고 애를 썼다. 술과 감정적인 북받침에 마리의 말은 두서가 없었다. 주머니 속에 넣어둔 휴대폰이 울렸지만 마리는 받지 않았다.

"경찰들이 침실이나 그런 곳을 좀 둘러봐도 되냐고 묻더군요. 하지만 난 안 된다고 했어요. 그러자 영장을 가져오겠다느니, 뭐니 떠들더군요." 마리가 목청을 높였다. "그래서 그 망할 영장을 가져오라고 했어요. 이제 곧 내 남자친구가 오면 그 영장을 당신네들 엉덩이에 붙여서 쫓아내겠다고."

에릭은 이 집에 찾아온 경찰들이 로즈와 파가노 형사였다면 어떤 상황이었을지 눈에 선했다. 마리의 휴대폰이 계속 울렸다.

"그리고 TV를 켰더니 뉴스에서 당신이 보이는 거예요! 당신이 경찰서에서 나오는 게 보였어요! 아무리 변장을 해도 당신이라는 걸 알아볼 수 있었어요! 의사가 아니라 길거리를 돌아다니는 백수 같은 모습이더군요! 정신과 의사처럼 보이지 않았어요!"

마리는 에릭이 경찰서에서 나올 때 입고 있던 추리닝을 말하는 것이었다.

"처음에는 당신이 맥스를 걱정해서 찾는 거라고 생각했어요. 그런데 TV에서 살해당한 여자애와 연관이 있다고 하는 걸 보고 그 연관성을 알게 됐어요. 그 연관성이 뭐냐고? 바로 당신이야!" 마리가 손가락으로 에릭을 가리켰다. "당신이 경찰한테 가서 내 아들이 그 여자애를 죽였다고 했지! 어째서 그런 짓을 한 거지? 어떻게 그럴 수가 있어? 의사라는 작자가! 자기 환자를!"

"아닙니다. 맥스가 상담 중에 한 이야기는 아무에게도 말하지 않았어요." 에릭은 사실대로 말하긴 했지만, 마리에게 그렇게 말하는 것이 어쩐지 위선처럼 느껴졌다. 자신의 행동으로 인해 실제로 맥스가 곤경에 처했다는 것을 알고 있었기 때문이다. 하지만 그가 그렇게 한 건 맥스의 목숨을 구하기 위해서였다.

"그 애는 당신을 믿었는데, 당신은 배신했어! 맥스는 아무도 죽이지 않아. 심지어 그 여자애를 알지도 못하는데!"

"난 맥스를 배신하지 않았어요."

"그럼 거기서 뭘 한 거지? 경찰들이 어떻게 당신을 아는 건데? 내가 무슨 생각하는지 알아? 이제 난 모든 것을 다 알고 있어." 마리가 입술을 오므렸다. "범인은 당신이야. 당신이 그 여자애를 죽이고, 우리 맥스한테 뒤집어씌우려고 하는 거지! 당신이 맥스를 모함했어!

내 아들을 살인자로 모함한 거야!"

"아닙니다. 그런 게 아니라……."

"아니, 내 말이 맞아!" 마리가 소리쳤다. 눈의 초점이 흔들렸다. "내가 또 무슨 생각을 하는지 알아? 당신이 내 아들을 죽였어! 맥스는 실종된 게 아니라 살해당한 거야. 당신이 두 사람을 죽인 거라고!"

에릭은 깜짝 놀라 뒤로 물러섰다. "아닙니다. 나는 맥스를 찾기 위해, 맥스의 목숨을 구하기 위해 최선을 다했어요. 맥스가 걱정되니까요. 그리고……."

"당신 말 못 믿어! 틀림없이 그 여자애랑 잤을 거야. 그 여자애가 자기 부모에게 그 사실을 말하려고 하니까 입을 다물게 한 거겠지! 당신이 그 두 사람을 죽였어! 그 애들을 살해한 거야!"

"아니에요……."

"당신은 〈48시간〉[40]에 나오는 부인이 실종됐다고 걱정하는 척하지만, 실제로는 자기들이 죽인 남편들과 똑같아! 계속 그랬어! 당신이 그 여자애를 죽이고 맥스를 죽인 거야. 그래서 맥스는 집에 오지 못하는 거고. 영원히 돌아오지 못하겠지! 난 엄마를 잃었는데, 이제 아들까지 잃었어. 가족을 모두 잃었단 말이야!"

"잠깐만 앉아서 내 말을……."

그때 미닫이문이 열리면서 수염을 잔뜩 기른 남자가 거실로 들어왔다. 남자는 푸른색 몽고메리빌 모터사이클 티셔츠에, 지저분한 청

---

40   48시간(The First 48): 미국 범죄 수사 다큐멘터리

바지를 입고 낡은 작업화를 신고 있었다. 남자는 주먹코에 걸치고 있는 철테 안경 뒤로 보이는 검은 눈으로 에릭을 쳐다보았다. 검은색의 지저분한 수염 아래 파묻혀 있는 두꺼운 입술은 꾹 다물고 있었다.

"마리, 저 작자야?" 남자가 에릭을 노려보며 물었다.

"그래." 마리가 에릭을 돌아보았다. "저 사람이 내 남자친구 자크야. 이틀 내내 운전해서 집에 돌아왔지. 이제 자크 앞에서 당신이 내 아들에게 한 짓을 털어놔. 사실대로 말해야 할 거야. 그렇지 않으면 자크가 당신을 때려눕힐 테니까. 자크는 나만큼 맥스를 사랑했어. 조만간 그 아이의 새 아빠가 될 참이었지. 이제 다 끝났지만!"

"자크, 에릭 패리시라고 합니다." 에릭은 그 자리에서 버텼다. "맥스의 치료를 맡은 정신의학과 의사죠. 그리고 난 그 애를 다치게 하는 일은 절대 하지 않았습니다. 맥스가 자해를 할지도 모른다는 걱정에 그 애를 찾으려고 했던 것뿐이에요."

"그래?" 자크가 위협적인 얼굴로 인상을 쓰며 다가왔다. "맥스는 그쪽을 만나기 전까지 아무 일도 없었어. 그런데 그 애가 사라졌지. 내가 보기에는 그쪽이 애한테 관심을 보이고 여기까지 찾아와서 방을 뒤졌다는 게 아무래도 수상쩍단 말이야……."

"잠깐, 아치 아니에요?" 문간에 서 있던 로리가 안으로 들어오며 물었다. 그러자 덩치 큰 남자가 로리를 돌아보았다.

"선생님?" 자크가 갑자기 누런 이를 내보이며 활짝 웃었다. "여긴 어쩐 일이십니까? 잘 지내셨어요?"

"나야 잘 지냈죠!" 로리가 다가오자, 자크가 끌어안았다. "당신은 어때요? 건강한 것처럼 보이네요!"

에릭은 어떻게 된 일인지 알 수 없었다. 하지만 그 흐름에 따라가기로 했다. 마리를 흘깃 보니, 자기 집 거실인데도 어울리지 못하고 어쩐지 기분이 상한 것처럼 보였다.

"선생님, 완전히 다 나았어요! 선생님이 소개해준 신경과 선생님이 정말 잘 치료해주셨어요. 브라이언 재활 치료원도 좋았고요. 교훈도 얻었죠. 이젠 항상 헬멧을 쓰고 다니니까요."

"잘됐어요! 이젠 다리를 절지 않네요. 정말 잘됐어요."

"감사합니다." 자크가 마리를 돌아보았다. "자기야, 이분이 포추나토 선생님이셔. 저번에 말했던 사고 당했을 때 치료해주신 의사 선생님이야. 우리 결혼식에도 초대해야 할 분이지."

"정말이야?" 마리가 깜짝 놀라며 물었다. "그 의사 선생님이라고?"

"그래. 내가 만나본 중 최고의 의사 선생님이야." 자크가 연설하듯 이야기를 시작했다. "9개월 전에 십 대 아이가 정차 신호를 무시하고 달리는 바람에 오토바이 사고가 난 적이 있었지. 상태가 좋지 않았어. 그래서 헬기로 병원에 실려 갔어. 포추나토 선생님은 날 치료한 뒤에 실력이 좋은 신경과 선생님을 연결해줬어. 포추나토 선생님의 소개라서 날 받아준 거였지." 자크가 로리의 어깨를 감싸 안은 뒤 옆으로 끌어당겼다. 지옥에서 찍은 무도회 사진을 보는 것 같은 느낌이었다. "신경과 선생님도 유능했지만 포추나토 선생님만큼 다정하진 않았어."

"와." 에릭은 정말 놀랐다. 눈이 마주친 순간, 로리는 '내가 도움이 될 거라고 했지'라는 의미의 눈빛을 보냈다.

마리가 얼굴을 찡그렸다. "그런데 이상한 게 있어. 어째서 포추나토 선생님은 자기를 아치라고 부르는 거야?"

자크가 곤란한 듯 얼굴을 찡그렸다. "내 본명이야. 자기에게 지금껏 말을 못했어. 탓하지 말아줘."

"아치?" 마리가 믿을 수 없다는 듯 다시 말했다. "아치볼드의 아치야?"

"아니. 아치 앤드류스의 아치야." 자크가 넓은 어깨를 으쓱했다.

로리가 자크를 쳐다보았다. "아치, 당신과 마리가 맥스 때문에 마음고생이 심하다는 거 알아요. 하지만 내 말을 좀 들어줘요. 에릭은 우리 병원에서 오랫동안 함께 일한 친구예요. 내가 보증해요. 맹세하지만, 에릭은 맥스를 진심으로 걱정하고 있어요."

"흥." 마리가 얼굴을 찡그렸다. 그때 마리의 휴대폰이 다시 울리기 시작했다.

"전화를 받아보지 그래요?" 에릭이 조심스럽게 말했다. 마리가 휴대폰을 확인하지 않는 것에 본능적으로 거부감이 들었다. "급한 연락일 수도 있잖아요. 맥스가 전화했을지도 몰라요."

"나한테 오는 전화는 전부 다 돈 달라는 거야. 시도 때도 없이 전화한다니까." 마리가 손을 내저었다. "어쨌든 당신이 돌아와서 기쁘지만 지금으로서는 달라질 게 없어. 패리시 선생에게 오늘 경찰서에 간 이유나, 경찰들이 느닷없이 맥스가 여자애를 죽였다고 생각하게 된 이유를 듣지 못했으니까."

자크가 마리를 돌아보았다. "일단 앉아서 이야기를 해보는 게 좋을 것 같아. 편견을 가지지 말고 대화를 해보는 거지. 열을 좀 식히는 의미에서 커피라도 한잔하는 게 어떨까? 자기 생각은 어때?"

"모르겠어." 마리가 불확실하게 대답했다. "잠깐 주방에 가서 이야기 좀 해."

"좋아." 자크는 에릭에게 텔레비전 앞에 있는 소파에 앉으라고 권했다. "선생님, 포추나토 선생님과 같이 앉아 계세요. 우리는 안에 들어가서 커피를 준비하죠."

"좋습니다." 에릭은 소파에 앉았다.

"좋아요, 아치. 아니, 자크." 로리는 에릭 옆에 앉았다. 그때 마리의 휴대폰이 다시 울리기 시작했다.

자크가 마리를 돌아보았다. "자기야, 아무래도 전화를 받아보는 게 좋을 것 같아. 맥스일지도 모르잖아."

"알았어." 마리가 원피스 주머니에서 휴대폰을 꺼냈다.

에릭은 소리를 죽인 TV 화면을 무심코 봤다가 이내 다시 쳐다봤다. "세상에, 안 돼!" 에릭이 충격과 공포에 휩싸여 소리쳤다.

"무슨 일인데?" 로리도 TV 화면에서 에릭과 똑같은 것을 보고 큰 소리를 질렀다. "마리, 자크! 이것 좀 봐요!"

하지만 에릭은 너무 놀라 아무 말도 하지 못한 채 TV만 쳐다보고 있었다. 화면에서는 실시간으로 악몽이 생생하게 펼쳐지고 있었다.

화면 하단에는 '쇼핑몰에 나타난 학생 폭파범'이라고 쓰여 있었다. 그 위로 킹 오브 프러시아몰의 영상이 나오고 있었다. 속속들이 도착

하는 경찰 특공대 차량과 경찰차, 소방차들이 불빛을 번쩍거리며 쇼
핑몰을 에워싸고 있었다.

그 영상의 한쪽 옆에는 화질이 나쁜 휴대폰 사진이 떠 있었다.

사진 속 인물이 누구인지 확실히 알아볼 수 있었다.

쇼핑몰에 나타난 학생 폭파범은 맥스였다.

39
장

"열쇠 줘!" 에릭이 BMW로 뛰어가며 옆에 따라오는 로리에게 말했다. 자크와 마리도 진입로에 세워둔 빨간색 소형 트럭 쪽으로 뛰어갔다.

"내가 운전할게."

"내가 해." 에릭은 뭐든 조종할 것이 필요했다. 뭔가 할 일이 필요했다.

"조심해서 운전해." 로리가 열쇠를 던져주자, 에릭은 받아서 운전석에 올라타 자동차 열쇠를 꽂고 시동을 걸었다. 그리고 로리가 옆자리에 타자마자 출발했다.

"걱정 마. 우리가 해결할 수 있어." 로리가 말했다. 하지만 에릭은 이번 일이 자기 혼자 해결해야 하는 일이라는 것을 알고 있었다.

"내가 틀렸다는 게 믿기지 않아. 여전히 믿을 수 없어." 에릭은 속도를 높여 어두운 도로로 들어갔다. 자크의 트럭이 뒤쪽에서 원거리용 전조등을 비추며 달려왔다. 도로 끝에서 두 차가 부딪칠 뻔했지만 에릭은 방향을 힘껏 틀었다.

"조심해."

"다른 차가 없잖아. 괜찮아." 에릭은 운전대를 꽉 잡았다. "경찰에 연락 좀 해줄래? 우리가 가는 길이라고 말이야. 로즈 형사나 파가노 형사한테 전해달라고 해."

"알았어. 하지만 그곳에 가면 어떻게 할 생각인데?"

"이야기를 해봐야지. 설득해볼 거야."

"누구를? 맥스를?"

"당연히 맥스지." 에릭은 거리에 드문드문 보이는 작은 집들을 지나쳐 갔다. 창문에서 불빛이 새어 나왔다. 거리는 조용하고 어두웠다. 독일 셰퍼드를 데리고 산책하던 남자가 빠른 속도로 지나쳐가는 BMW와 소형 트럭을 쳐다보았다.

"당신이 왜?"

"맥스는 내 환자니까."

"상담실이 아니잖아. 맥스는 인질을 잡고 쇼핑몰에 있어. 폭탄도 있고."

"그러니까 더 나랑 이야기를 해야지." 에릭은 빠른 속도로 계속 달리면서 오른쪽으로 방향을 꺾었다. GPS는 필요 없었다. 쇼핑몰로 이어지는 202번 국도의 뒷길을 잘 알고 있었다.

"어떻게 할 거야? 뭐라고 할 건데?"

"아직 몰라. 알아내야지. 난 그 애를 알아. 자포자기하는 마음에서 저지른 일일 거야. 그 애는 사람을 죽이고 싶어 하지 않아."

"에릭, 맥스는 르네를 죽였어."

"확실한 건 아니지."

"그 애를 의심하지 않는다는 거야?"

"어느 정도는."

"지금도? 쇼핑몰에 있는 건 그 애가 확실하잖아."

"나도 알아." 마리에게 여러 번 걸려왔던 전화에 관해서는 에릭이 옳았다. 돈을 요구하는 사람이나 맥스가 아니었을지 몰라도, 쇼핑몰로 나와달라는 경찰의 전화였다. "난 그 애에 대해 어느 정도 알고, 믿음도 있어. 맥스는 폭력적인 아이가 아니야. 그 애의 정신 상태와 맞지 않아."

"갑자기 정신이 나갔을 수도 있잖아. 그걸 걱정해서 어젯밤 응급실마다 연락했던 것 아니었어? 할머니가 돌아가셨을 때 정신 상태가 무너진 거라면?"

에릭은 잠시 아무 말도 하지 않고 운전에 집중했다. 로리의 말이 맞을 수도 있었다. 하지만 그는 인정할 수 없었다. 뭔가 잘못됐고, 뭔가 어긋나 있었다. 에릭은 어떤 경우에도 맥스를 폭파범이라고 생각할 수 없었다.

"에릭, 우리가 도움이 된다면 당연히 가봐야지. 필요하다면 말이야. 하지만 당신이 책임질 수 없는 일이야."

"그 애를 맡았으니 내 책임이지." 에릭은 빠른 속도로 원형의 진입로와 ADT 보안 설비가 되어 있는 근사한 집들을 지나쳤다.

"당신 책임이 아니야."

"아니, 내 책임이야."

"대체 왜 이러는 건데? 정당성이라도 입증하고 싶은 거야? 그 애에 대해 경찰에 말하지 않은 것을 만회하려고?"

에릭은 로리의 질문에 대한 답을 제대로 생각할 수 없었다. 심장이 미친 듯이 뛰고 있었다. 로리가 도와주려고 이런다는 건 알고 있었지만, 지금은 조용히 있어주길 바랐다.

"에릭, 경찰은 마리한테 연락했어. 엄마니까 맥스를 달랠 수 있다고 생각한 거지."

"경찰은 그 집의 가정사를 모르니까." 에릭은 번화가에 들어섰다. 칠리스와 타겟츠, 콜드 스톤 크리미를 지나쳤다. 자크의 트럭이 정지 신호에도 멈추지 않고 뒤를 따라왔다. 도로에는 차들이 많지 않았고, 교통경찰도 보이지 않았다. 관할 구역 내에 있는 모든 경찰들은 쇼핑몰로 불려간 모양이었다.

"경찰은 오늘 마리를 만났어. 그 여자가 어떤 모습인지 봤겠지. 집 안이 얼마나 어지러운지도 봤을 거야. 설령 마리가 술을 마시지 않았다고 해도 이해하지 못할 상황은 아니지. 그 사람들은 형사니까."

"무슨 뜻으로 하는 말이야?"

"경찰은 마리가 맥스의 엄마니까 전화한 거야."

"달리 전화할 데가 없으니까."

"당신한테 연락할 수도 있었지."

"무슨 수로?" 에릭은 202번 국도로 들어가는 길을 발견하고 속도를 줄였다. "나한테 어떻게 연락을 하겠어? 경찰이 내 휴대폰을 압수했고, 우린 상담실에 있지도 않았어. 더군다나 경찰은 날 르네의 살인범이라고 의심하고 있는데. 아마 우리 둘 다 유력 용의자로 보고 있을 거야. 개별적으로든, 둘 다든. 내가 르네와 맥스 둘 다 죽였다는 마리의 미친 이론처럼 말이지. 로리, 그러니까 제발 경찰에 연락 좀 해줘. 난 말할 수 없어. 지금 이 상황에 집중하고 싶으니까."

"알았어." 로리가 휴대폰을 집어 들었다. 에릭은 계기판으로 시간을 확인했다. 9시 13분이었다. 맥스가 강박관념 때문에 시계의 분침을 쳐다보고 있는 모습이 그려졌다. 맥스는 할머니와 르네의 죽음으로 이전보다 훨씬 더 자살 충동이 심해졌을 것이다.

"로리, 지금 막 떠올랐는데, 맥스는 인질들을 죽이고 싶은 게 아니야. 자살하고 싶은 거지. 경찰 손에 죽을 작정인 거야."

"그렇게 생각해?"

"그래. 맥스 같은 환자는 경찰의 힘을 빌어 자살할 가능성이 있어. 지금 그 애는 절망에 휩싸여 있고, 겁에 질려 있을 거야. 죽고 싶지만 스스로 방아쇠를 당길 수가 없는 거지. 그래서 경찰이 대신 자기에게 총을 쏴줄 상황을 만든 거야."

"우울하네. 그런 정도의 절망에 빠졌다면 정말 끔찍할 거야."

"맞아. 거기에 맥스가 자기 엄마에게 화가 난 것도 일정 부분 있겠지. 내가 보기에 맥스는 자기 엄마가 상처받는 모습을 보고 싶은 마음도 있어. 마리가 맥스를 무시했으니까."

"그럴 수 있겠어."

"맥스는 이제 열일곱 살이야. 그렇게 될 경우 총을 쏜 경찰의 인생역시 망가질 거라는 걸 알기에는 너무 어리지. 법 집행 기관에서는아이를 쏜 사람을 원하지 않으니까. 하지만 맥스는 그 사람들에게 선택권을 주지 않을 거야."

"맙소사."

"그렇지." 에릭은 운전대를 잡고 컴컴한 도로를 총알처럼 빠른 속도로 질주했다. 쇼핑몰로 통하는 202번 국도를 따라 트럭과 트랙터트레일러들을 지나쳤다. 속도계가 120킬로미터, 130킬로미터, 135킬로미터 사이를 왔다 갔다 했다. 앞에 코스트코, 베스트 바이, 영화관 불빛이 보였다. 출구를 뜻하는 녹색 표지판이 보이자 에릭은 자크의 트럭을 뒤로 한 채 굽이 길을 돌아나갔고, 곧이어 킹 오브 프러시아 쇼핑몰과 광장, 법원으로 통하는 4차선 도로가 나타났다.

"도착했어." 에릭이 안전 속도를 지키며 창문을 내렸다. 광장 일대의 통행이 통제되고 있었고, 차들이 우회하고 있었다. 경찰들이 오렌지색 손전등을 흔들며 차들을 현장에서 제일 멀리 떨어진 차선으로몰아넣고 있었다.

"형사들과 연락이 안 돼." 로리가 휴대폰을 들여다보며 말했다. "휴대폰 번호도 알려주지 않고."

"계속 시도해봐."

"우릴 통과시켜주지 않을 거야."

"두고 봐야지." 에릭은 차단된 도로 앞 마지막 빨간 신호등 앞에 멈쳐 섰다. 방송국 로고가 붙은 TV 중계차들이 컴컴한 하늘을 향해 뾰족한 수신탑을 세운 채 도로에 일렬로 서 있었다. 순찰차와 구급차들, 다른 응급 구급대원들이 탄 차들이 사이렌과 빨간색 불빛을 번쩍거리며 그들을 지나쳐 갔다. 신호등이 녹색으로 변하자, 에릭은 교통을 통제하고 있는 경찰이 서 있는 쪽으로 천천히 차를 몰고 갔다. "경관님, 쇼핑몰에 들어가야 하는데……."

"안 됩니다. 차선을 바꾸세요, 차선을 바꿔요!"

"경관님, 내 뒤를 따라오는 빨간색 트럭에 폭파범의 모친이 타고 있습니다." 에릭은 어떻게든 말을 만들었다. "난 폭파범의 정신의학과 주치의인 에릭 패리시예요. 경찰의 연락을 받고 오는 길입니다. 들어가게 해주시죠."

경찰이 얼굴을 찡그렸다. "기자들이 여길 지나가겠다고 온갖 거짓말을 다 하는 참이어서요."

"경관님, 그럼 확인해보시죠. 우린 래드너 경찰서에 있는 로즈 형사와 파가노 형사의 연락을 받고 왔습니다. 우리가 도착했다고 연락해봐요."

"그 형사님들은 모릅니다. 우린 어퍼메리온 경찰서에서 나와서요."

"지금 이곳은 여러 관할 구역에서 담당하고 있을 겁니다. 하지만 우린 들어가야 해요. 경관님이 연락받고 온 우리를 막는 사람이 되고 싶지는 않을 텐데요?"

"알겠습니다. 지나가세요." 경관이 차선을 열어주었다.

"감사합니다." 에릭은 차를 출발시키면서 자크에게 따라오라는 신호를 보냈다.

"제법인데." 로리가 긴장한 채로 미소를 지으며 말했다.

"초심자의 운이지." 에릭은 킹 오브 프러시아 도로의 왼쪽 차선으로 들어간 뒤 쇼핑몰로 이어지는 길로 접어들었다. 그 길이 오른쪽에 있는 오래된 법원과 왼쪽에 있는 새로 만든 광장을 나누고 있었다. "그 비디오 가게가 법원 쪽에 있는 건지, 광장 쪽에 있는 건지 모르겠어. 휴대폰으로 찾아볼래?"

"잠깐만 기다려." 로리가 휴대폰으로 검색하기 시작했다. "광장 쪽에 있어. 스타벅스 옆 오른쪽 계단 쪽에."

"그럼 어디로 들어가야 되는 거지? 왼쪽에서 첫 번째 출구?"

"그래. 저기가 제일 가까워." 로리가 방향을 가리켰다.

에릭은 그 길을 따라가면서 로드 앤 테일러 앞쪽에 있는 주차장을 보기 위해 목을 앞으로 내밀었다. 넓은 주차장은 혼란스러운 가운데 통제되고 있었다. 경찰들이 서둘러 쇼핑몰 방문객들을 대피시키고 있었다. 남자와 여자, 아이들이 목숨을 걸고 뛰쳐나왔다. 차창 너머로 고함소리, 비명소리, 울음소리가 들렸다. 경찰과 다른 사람들은 지휘본부로 쓸 커다란 흰 천막을 세우고 있었다. 소방관들이 가득 타고 있는 소방차들이 서 있고, 상자 모양의 흰색 구급차도 대기하고 있었다. 검은색 헬멧을 쓴 특공대 대원들이 검은색 험비에서 내렸다. 짙은 색 점퍼를 입은 FBI와 ATF[41] 요원들을 포함, 온갖 종류의 제복을

---

41   주류, 담배, 화기 단속국

입은 공무원들이 이리저리 뛰어다니고 있었다. 조명과 휴대용 발전기들을 연결하고, 바리케이드를 치기 위해 시영 트럭에서 톱질 모탕들을 내렸다.

에릭은 이런 테러를 일으킨 사람이 자신의 환자라는 생각에 소름이 끼쳤다. "악몽 같아. 저 불쌍한 사람들 좀 봐. 아무도 다치지 않기만 바랄 뿐이야. 맥스는 자기가 무슨 짓을 하고 있는 건지 모를 거야."

"에릭, 당신이 이런 일에 연루되었다는 사실이 너무 안타까워." 로리가 그 광경을 지켜보며 한숨을 쉬었다.

"괜찮아. 맥스는 도움이 필요해. 이 끔찍한 상황이 증거야."

"하지만 다른 사람, 다른 정신과 의사가 그 애를 도울 수도 있었어. 내가 당신을 끌어들인 거야. 지금 이 상황을 봐. 경찰도, 당신 일도."

"맥스를 다른 사람에게 맡기고 싶지 않았어." 에릭은 그 말을 큰 소리로 내뱉고 나서야 진심이라는 것을 깨달았다. "내가 그 애를 돕고 싶었어. 어떻게 보면 맥스가 나를 돕고 있기도 하고."

"그게 무슨 말도 안 되는 소리야?"

"누가 할 소린데?" 에릭은 광장으로 이어지는 오르막길로 들어섰다. 니만 마커스[42]가 오른쪽에 서 있고, 정문은 정면에 있었다. 경사로 위를 막고 있는 톱질 모탕 앞에는 정복을 입은 경찰들이 지키고 있었다. 에릭은 천천히 경찰들 쪽으로 차를 몰고 갔다. 자크의 트럭이 뒤를 따라왔다. 경찰들 몇 명이 앞으로 뛰어나와 손전등과 손을 흔들며

---

42 미국 대형 백화점

차를 세우라는 지시를 내렸다.

"이쪽 길로 들어오시면 안 됩니다!" 체구가 큰 경찰관 한 명이 큰 소리로 외치며 다가오자, 에릭은 차를 세웠다.

"경관님, 전 폭파범의 정신의학과 주치의입니다. 폭파범의 모친과 함께 왔죠. 래드너 경찰서의 로즈 형사의 연락을 받고 왔습니다. 지나가게 해주시죠."

"어떤 지시사항도 전달받지 못했습니다." 덩치가 큰 경찰은 차에 같이 타고 있던 로리를 보았다. "이분이 모친인가요?"

"아뇨. 이쪽은 응급의학과 의사입니다. 폭파범의 모친은 남자친구와 함께 뒤에 있는 트럭에 타고 있어요. 그러니 통과시켜주시죠."

"두 분이 의사라는 건 알겠습니다만, 지금 여기 필요한 건 구급대원입니다. 폭파범의 모친은 통과시켜드릴 수 있지만 두 분은 확인 절차 없이 보내드릴 수 없습니다." 덩치 큰 경관은 돌아서서 다른 경관을 향해 뛰어갔고, 그들은 머리를 맞대고 이야기를 나눴다. 그러고는 다른 경관은 자크의 트럭 쪽으로 뛰어가고, 덩치 큰 경관은 서둘러 경관들이 있는 쪽으로 돌아갔다.

"에릭, 저것 좀 봐. 저격수야." 로리가 가리키는 대로 니만 마커스 옥상을 쳐다보니, 검은색으로 차려입은 특공대 대원들이 구석 쪽에 자리를 잡고 있었다. 정문이 가장 잘 보이는 좋은 위치였지만 두꺼운 유리문 때문에 안쪽까지는 보이지 않을 것이다.

"로리, '비디오 시티'가 정확하게 어디 있지?"

"잠깐만." 로리가 휴대폰으로 쇼핑몰 지도를 들여다보았다. 밝은 푸른색 휴대폰 불빛이 로리의 얼굴을 아래에서 비추고 있었다. "입구로 들어가면 제일 먼저 은행이 있고, 그 옆이 '선글라스 헛'이야. 그다음이 '비디오 시티'네."

"상황이 어떤지 알 수 있으면 좋을 텐데." 에릭은 눈을 가늘게 뜨고 쇼핑몰을 쳐다보았다. 너무 멀어서 안쪽이 제대로 보이지 않았다. 경찰과 다른 사람들이 여기저기서 뛰어다니고 있었다.

"잠깐만 기다려봐." 로리는 휴대폰의 터치스크린을 손으로 톡톡 두드렸다.

"뭐 하는 거야?" 에릭은 로리를 쳐다보았다.

"여기 있다. 생방송이야. 주위에 중계차가 이렇게 많으니 누구든 실시간으로 영상을 올렸을 것 같았거든."

"그러네." 에릭은 그 영상을 봤다. 밖에서 쇼핑몰 안쪽을 클로즈업으로 찍은 것이었다. 조명으로 1층을 비추고, 카메라 각도는 비디오 게임 가게의 유리문에 맞춰져 있었다. 확대율이 너무 높다 보니 영상의 화질이 좋지 않고, 카메라 각도가 가게 전체를 다 보여주지 못하고 있었다. 하지만 그 광경만으로도 에릭은 두려움을 느꼈다. '비디오 시티'의 앞쪽은 텅 비어 있었지만 뒤쪽에 계산대가 있었다. 그 뒤로 서 있는 키가 작은 사람의 검은 윤곽이 보였는데, 에릭은 그 사람이 후드티를 입고 있는 맥스라는 것을 알 수 있었다. 이렇게 에릭의 눈에 맥스가 보일 정도라면 저격수들의 눈에도 보일 것이다.

로리는 바깥을 내다봤다. "경찰들이 자크와 마리를 안으로 들여보내줬어."

"그래?" 에릭이 돌아보았을 때 자크의 트럭이 두 사람이 탄 차를 지나 쇼핑몰 입구로 들어갔다. 경찰들은 트럭이 지나갈 수 있게 손을 흔들며 길을 내주었다. 천천히 달리던 소형 트럭은 정복을 입은 경찰들이 모여 있는 흰색 천막 앞에서 멈춰 섰다. 어둡기도 하고, 사람들도 많아서 자크와 마리의 모습이 제대로 보이지는 않았지만 경찰의 안내에 따라 서둘러 흰색 천막으로 들어갔다는 걸 알 수 있었다. 두 사람은 지휘권을 가진 사람을 만나게 된 것이다.

"잘됐네." 로리는 다시 휴대폰 영상을 쳐다보았다.

에릭은 불안한 마음으로 영상을 자세히 살폈다. 마리가 맥스와 이야기를 할 수 있을 정도로 술이 깬 상태이기를 바랐다. 하지만 맥스는 마리의 존재만으로도 더 이상 자기와 가까웠던 사람들이 이 세상에 없다는 것을 깨닫게 될 것이다. 맥스는 에릭이 경찰서에서 나오는 TV 뉴스를 보고, 에릭이 배신하여 르네의 살인범으로 자기를 고발했을 거라고 믿을 수도 있었다. 맥스는 그 어느 때보다도 세상에 혼자 남은 기분이 들 것이고, 자살 충동이 심해졌을 것이다.

"선생님!" 덩치 큰 경관이 BMW 쪽으로 다시 뛰어왔다. "바로 돌아가주십시오. 차를 돌리세요. 안으로 들어가실 수 없습니다."

"경관님, 제가 도움이 될 겁니다. 신분증을 보여드리죠." 에릭은 병원 출입증이 경찰이 가져간 옷 주머니에 들어 있다는 것이 뒤늦게 떠올랐다.

"에릭, 그만 돌아가자." 바로 그때 로리의 휴대폰이 울렸다. 로리가 전화를 받았다. "포추나토입니다. 자크, 잠깐만요." 로리는 재빨리 휴

415

대폰을 에릭에게 건네주었다. "자크가 바꿔달래."

"선생님, 어서 돌아가세요!" 덩치 큰 경관은 돌아 나가라는 손짓을
했다.

"경관님, 5분만 기다려주세요." 에릭은 경관에게 말한 뒤 전화를
받았다. "폭파범 모친의 남자친구한테 온 전화예요." 에릭은 휴대폰
의 스피커를 켰다. "자크, 어떻게 됐습니까?"

"마리가 제정신이 아니에요." 자크가 긴장한 목소리로 말했다. "계
속 울고만 있어요. 경찰이 맥스의 휴대폰으로 전화를 했지만 애가 안
받아요."

"자크, 날 좀 들여보내줄래요? 그 천막에 있는 지휘관한테 부탁을
해보세요. 내가 맥스와 이야기를 할 수 있다고 말입니다."

"말은 해보죠. 안 된다고 하겠지만."

"그럼 지휘관과 통화할 수 있게 해줄래요? 내가 말해보겠습니다."

"알겠어요." 뭔가 시끄러운 소리가 들리더니 이내 권위적인 목소
리가 들렸다. "제임스 자나 경위입니다. 누구시죠?"

"패리시라고 합니다. 맥스를 담당했던 정신과 의사죠. 맥스와 이야
기를 할 수 있게 해주신다면 도움이 될 겁니다. 그 애와 연결시켜주
시면 안 되겠습니까?"

"안 됩니다. 해드리고 싶어도 할 수 없는 상황이에요. 맥스가 전화
를 받지 않습니다. 그쪽에서 단 한 번 전화를 했고, 그 뒤로 통화가 되
지 않고 있어요. 어머니의 전화도 받고 있지 않는 상황입니다. 그래
서 맥스의 휴대폰에 메시지를 남기고, 비디오 게임 가게에 전화를 하

고 있습니다."

"맥스가 뭐라고 하던가요? 목소리는 어땠습니까?"

"냉정하고, 차분하고, 침착했습니다. 맥스의 정신의학과 주치의라고 하셨죠. 무슨 병을 앓고 있는 겁니까?"

"맥스의 병명에 대해서는 말씀드릴 수 없습니다."

"지금 농담하시는 겁니까? 맥스가 폭탄을 가지고 있는 걸 장난이라고 생각하는 건가요? 맥스가 붙잡고 있는 인질들에 대해서는 생각해봤습니까? 그 애들은 어떻게 할 거죠?"

"경위님, 맥스가 정확하게 무슨 말을 했죠? 원하는 게 뭡니까? 요구 사항이 뭐였죠?"

"그건 경찰 기밀입니다. 인질의 가족들에게도 알려주지 않았어요. 언론에 알려지는 걸 원하지 않으니까요."

"아무에게도 말하지 않겠습니다. 맹세하죠. 그러니 말해주세요. 맥스의 정신 상태를 판단하는 데 도움이 되고, 경위님이 맥스를 제압하는 걸 도울 수 있습니다."

"좋아요. 선생님과 맥스, 그 어머니와의 관계를 생각해서 알려드리죠. 하지만 이 내용이 밖으로 새어 나간다면, 인터넷이든 어디서든 보게 된다면 그 대가는 반드시 치러야 할 겁니다."

"맹세코 그런 일은 없을 겁니다. 어서 말씀해주시죠."

"맥스는 다섯 명의 인질을 데리고 있습니다. 모두 청소년이죠. 남자애 네 명과 여자애 한 명입니다. 맥스는 15분 뒤에 한 명을 죽이고, 그 뒤로 15분마다 한 명씩 죽이겠다고 했습니다."

에릭은 온몸의 피가 차가워지는 것을 느꼈다. 맥스가 머리를 두드리는 의식의 시간과 일치한다는 게 소름끼쳤다. 하지만 여기에는 뭔가 말이 되지 않는 것이 있었다. "폭탄은 어떻게 된 겁니까? 폭탄은 어째서 가지고 있는 거죠?"

"그런 뒤에 폭탄을 터트려 모두 함께 죽겠다고 했습니다."

에릭은 맥스가 그렇게 말했다는 게 믿기지 않았다. "경위님, 생각해보십시오. 그게 말이 됩니까? 맥스가 아이들을 모두 죽일 거라면, 바로 죽이지 않는 이유가 뭘까요? 어째서 경위님께 그 사실을 알린 거죠? 맥스가 진심으로 아이들을 죽일 작정이었다면 이미 죽였을 겁니다. 굳이 폭탄이 있어야 할 이유가 없어요."

"이제 말씀해주시죠. 맥스의 정신 상태가 어떤지."

"맥스의 말대로라면 인질들을 죽이지 않을 겁니다. 폭탄도 터트릴 생각이 없어요. 그 애가 원하는 건 경찰이 자기를 죽여주는 겁니다. 당신들이 자기를 죽여주기를 바라고 있어요."

"그럴 가능성도 열어두고 있습니다. 국토안보부에서 나온 일류 테러 협상가도 같은 이야기를 했어요."

"국토안보부요?" 에릭은 로리를 쳐다보았다. 어두운 차 안이라 더 엄숙하게 보였다. "경위님, 맥스는 테러범이 아닙니다. 그런 식으로 해서는 안 돼요. 그 애는 그저⋯⋯."

"지금은 선생의 불평을 들어드릴 시간이 없습니다. 우린 수많은 목숨을 구해야 하니까요."

에릭은 그 말의 의미를 알고 있었다. 그들은 다른 사람을 죽이기 전에 맥스를 죽일 작정이었다. 저격수들은 이미 자리를 잡고 있었다.

"경위님, 제가 들어가서 맥스와 이야기를 해보면 안 되겠습니까?"

"안 됩니다. 불가능한 일이에요. 너무 위험합니다."

"이제 그만하라고 맥스를 설득할 수 있습니다. 그렇게 하면 맥스와 다른 인질들의 목숨을 모두 살릴 수 있어요."

"미안하지만, 그만 끊어야겠습니다."

"젠장!" 에릭은 이를 악문 채 로리에게 휴대폰을 돌려주었다.

덩치 큰 경관이 박수를 쳤다. "경위님 말씀 들으셨죠. 어서 차를 돌려 나가주시기 바랍니다."

"에릭." 로리가 에릭의 팔을 어루만졌다. "마리의 휴대폰 번호를 알고 있잖아. 맥스가 자기 엄마한테 전화를 하면 마리가 연결해줄 수도 있어. 당신은 최선을 다 한 거야. 그러니 이제 그만 가자."

"부인의 말씀을 들으십시오. 바로 차를 돌려주시기 바랍니다." 경관은 BMW가 돌아서 나갈 공간을 만들기 위해 뒤로 물러났다. "이제 가시죠!"

"알겠어요. 고마웠습니다." 에릭이 인사하며 손을 흔들자, 경관은 돌아서서 원래 자리로 뛰어갔다.

에릭은 로리를 돌아본 뒤 뺨에 키스했다. 그리고 BMW 문을 열었다. "행운을 빌어줘." 그리고 그는 차에서 뛰어내렸다.

에릭은 힘껏 달리기 시작했다.

40
장

    에릭은 연석에 올라선 뒤, 나지막한 생울타리를 넘어 곧장 아수라장이 되어 있는 주차장으로 뛰어갔다. 덩치 큰 경관도 이런 어둠과 혼란 속에서는 그를 찾지 못할 거라는 걸 알고 있었다. 정복을 입은 경찰, 응급 구조대원들, FBI 요원들, ATF 요원들, 무장한 경찰 특공대가 이리저리 뛰어다니고 있었다. 밤공기 속에 지지직거리는 무전기 소리와 넥스텔 휴대폰 소리, 사람들의 비명소리, 아이들의 울음소리, 경찰들의 고함소리가 울려 퍼졌다. 니만 마커스 옥상에 있는 저격수들은 몸을 낮춘 채 저격 준비를 하고 있었다.

    에릭은 고개를 숙인 채 쇼핑몰 쪽으로 뛰어가서 주차되어 있는 구급차 뒤에 몸을 숨겼다. 그다음은 소방차 뒤에 숨었다가 성큼성큼 걸어 입구 쪽으로 다가갔다. 에릭은 쇼핑몰로 들어갈 수 있는 길을 찾으며 꾸준히 앞으로 나아갔다. 갈색, 검은색, 푸른색 정복을 입은 경찰들이 겁에 질린 쇼핑몰 방문객들을 서둘러 밖으로 내보내고 있었다. 총격전이 일어나거나 폭발이 일어나기 전에 사람들을 대피시키기 위해서였다. 경찰과 소방관, 응급 구조대원들 외에는 아무도 건물 안으로 들어갈 수 없었다. 왼쪽으로 30미터쯤 떨어진 곳에 작전 본부가 있었다. 에릭은 형광 녹색의 소방 트럭 뒤쪽에 몸을 숨겼다.

트럭 맞은편에서는 소방관들이 몇 명씩 모여서 이야기를 나누고 있었다. 그들은 뒤쪽을 보며 서 있었다. 그들 중 몇 명은 여름밤 무더위에 겉옷을 벗고 티셔츠와 멜빵 달린 내연성 바지만 입고 있었다. 에릭은 소방관들이 트럭에 걸쳐 놓은 겉옷이 건물에 잠입할 수 있는 유일한 기회라는 것을 알아차렸다. 그는 등에 캠프벨이라고 쓰여 있는 그 겉옷들 중 한 개를 몰래 훔쳐 입고, 쇼핑몰 쪽으로 뛰어갔다. 그는 계속 고개를 숙인 채로 입구로 뛰어 들어가, 쇼핑몰 안에 있던 응급 구조대원들 틈에 섞였다.

에릭은 건물 안에 들어서며 2층 발코니를 흘깃 올려다보았다. 난간에 자리를 잡고 있는 검은색 군복을 입은 저격수들을 보니 끔찍했다. 그들은 유리문이 가로막고 있어도 비디오 게임 가게 안에 있는 맥스를 명중시킬 것이다. 소방관들이 사방에서 쇼핑몰에 남아 있던 사람들을 데리고 나와 바깥에 있는 경관들에게 인계했다. 하지만 에릭은 곧장 비디오 게임 가게가 있는 쪽으로 뛰어갔다.

"맥스!" 에릭이 큰 소리로 부르자, 계산대 뒤에 서 있던 맥스가 돌아보았다. 그는 검은색 후드티를 입고, 오클리 선글라스를 쓰고 있었다.

"패리시 선생님." 맥스가 사냥용 라이플을 들어올렸다.

에릭은 그 라이플의 총구를 쳐다보지 않으려고 애썼다. 선글라스를 쓴 덕에 맥스의 눈을 볼 수가 없었다. "날 쏠 생각 없는 거 알아. 아무도 쏘고 싶지 않잖아."

"그렇게 생각하세요?" 맥스의 목소리가 차갑게 들렸다. 에릭이 처음 들어보는 어조였다.

"그럼."

"어째서요?"

"그야 널 아니까. 나는 물론 다른 사람도 쏘고 싶어 하지 않다는 거 알고 있어." 에릭은 입안이 바짝 말랐다. "넌 그런 사람이 아니야."

"선생님은 나에 대해 잘 몰라요."

"팔을 내려도 될까? 라이플 좀 내려줄래?"

"안 돼요. 계속 들고 계세요."

"맥스, 지금 뭐 하는 거지?"

"뭘 하는 것처럼 보이는데요? 난 인질 다섯 명을 잡고 있어요. 창고에 가둬뒀죠." 맥스가 시간을 확인했다. 선글라스를 쓰고 있어서 그런지 표정이 보이지 않았다. "5분 뒤에 한 명을 데리고 나와 쏴 죽일 거예요. 그래서 그 한 명을 고르려던 참이었어요."

에릭은 맥스가 한 말이 귀에 들리는 게 아니라 흡수되는 것 같았다. 그 말이 피부를 뚫고 들어와 온몸에 충격파를 보내고 골수까지 닿는 것처럼 느껴졌다. 그는 지금 눈앞에 있는 맥스가 낯설었다. 선글라스와 무기 뒤로 무표정한 모습이 무서웠다. 에릭이 상담실에서 만나 보이지 않는 느낌에 대해 이야기하던 맥스가 아니었다. 지금 앞에 있는 맥스라면 쇼핑몰을 날려버리고 인질인 아이들을 다 죽여버리는 것도 가능할 것처럼 보였다. 하지만 에릭의 마음속에는 아직 맥스에 대한 믿음이 남아 있었다.

"날 믿지 않죠?"

"난 널 믿어, 맥스. 믿고말고." 에릭은 진심을 담아 말했다. 상담사나 아버지로서가 아니라, 모두가 살아남기를 간절히 바라는 한 사람으로서 말했다.

"날 믿는다는 게 무슨 뜻이죠?"

"아무 뜻도 없어. 그냥 느낌이지. 감정이야. 그러니까 아무것도 분석할 필요 없어. 순수한 거야." 에릭은 오래전부터 안에 있던 무언가가 바뀌는 것 같은 느낌이 들었다. "내가 여기 온 건 너를 위해서야. 여기서 널 무사히 데리고 나가고 싶어. 네가 죽을 수도 있다는 생각만으로도 도저히 견딜 수가 없었어. 이렇게 죽기에는 넌 너무 착하고, 너무 어려." 에릭은 고갯짓으로 발코니 쪽을 가리켰다. "맥스, 경찰이 저격수를 배치했어. 네가 누군가를 죽이기 전에 너부터 죽일 거야. 넌 그렇게 되길 바라고 여기 왔을 거라고 생각해. 그게 바로 네가 원하는 거지. 그래서 내가 여기 온 거야. 그런 식으로 목숨을 버리면 안 된다는 말을 하려고. 이러면 안 돼. 지금 다른 애들을 모두 데리고 너도 같이 나갔으면 좋겠어."

"이럴 수밖에 없어요. 저 애들도 죽고, 나도 죽을 거예요. 폭탄과 함께 모두 다 죽게 될 거예요."

"그렇지 않아." 에릭이 부드럽게 말했다. "손을 내려도 될까?"

"그러세요." 잠시 후, 맥스가 말했다.

"고맙구나." 에릭은 천천히 양팔을 내렸다. 하지만 맥스를 저격수의 총에서 지키기 위해 그 자리에 그대로 서 있었다. 에릭이 가로막고 있는 한, 그들은 총을 쏘지 못할 것이다. 적어도 그렇게 되기를 바라고 있었다.

"그냥 가세요. 선생님은 여기 있을 필요 없어요. 여기서 벌어지는 일들을 보고 싶지 않을 테니까요."

"너를 놔두고 갈 생각 없어."

"르네가 죽었어요. 할머니도 돌아가셨고." 맥스가 시간을 확인했다. "모두 다 죽었어요."

"난 네가 르네를 죽였을 거라고 생각하지 않아."

"그래요? 이제 4분 남았어요." 맥스가 코웃음을 쳤다.

"네가 르네를 죽였다면 그렇게 했다고 말했겠지. 내가 말했잖아. 네가 그런 짓을 했다고 생각 안 해. 난 널 믿어."

"그 말은 기억해요. 하지만……." 맥스는 말을 멈추고 눈에 보일 정도로 천천히 침을 삼켰다. "…… 선생님이 진실을 알고 싶다면 말씀드릴게요. 내가 르네를 죽였는지, 안 죽였는지 나도 몰라요. 아마 내가 죽였을 거예요. 그랬을 거예요. 우리 두 사람 다 걱정했던 일이잖아요. 안 그래요? 선생님도 걱정되니까 이것저것 물어봤던 거잖아요."

"네가 르네를 죽였다면 왜 모르겠다고 말하는 건데?"

"술에 취해 있었으니까요." 맥스가 라이플을 살짝 내리며 말했다.

"술에 취해 있었다니?"

"술을 마셨어요. 보드카요. 엄마가 항상 집에 술을 쌓아두니까, 그 중에서 몇 병을 가져왔어요. 할머니가 돌아가시고 나서 마음이 너무 아팠어요. 내가 전화했던 거 기억하죠?"

"그럼." 에릭은 맥스의 목소리가 부드러워진 것을 알았다. 이제 상담했던 때의 목소리와 살짝 비슷해진 것처럼 들렸다.

"그냥 술을 마시고 싶었어요. 아무 생각도 하고 싶지 않았으니까요. 학교 근처에 차를 세웠어요. 아무도 보는 사람이 없었죠. 그 자리에서 술을 마셨고, 차 안에서 잠이 들었어요. 잠에서 깨어난 뒤에 또다시 술을 마시기 시작했어요. 술을 마시다 죽을 수 있는 건지 확인해보고 싶었어요."

에릭은 맥스의 뒤에서 뭔가 움직이는 것을 알아차렸다. 티파니 매장 앞에 있는 발코니에 저격수의 검은 그림자가 시야에 들어왔다. 에릭은 저격수와 맥스 사이에 똑바로 섰다. "르네가 살해당한 어제 아침에는 어디에 있었니?"

"숙취에 시달리면서 자이언트 주차장에서 깨어났어요. 아무것도 기억나지 않았어요."

"자이언트 주차장이 어디 있는 거지? 피커링 공원 근처에 있는 건가?"

"15분 떨어진 거리에 있어요. 난 그대로 정신을 잃었어요. 일어났을 때는 거기가 어딘지도 몰랐죠. 술에 취한 채로 운전을 한 모양이에요."

에릭은 저격수의 존재를 애써 모른 척하며 맥스의 이야기에 귀를 기울였다. 두꺼운 재킷 아래로 땀이 흘렀다.

"잠에서 깨어나니 오후 3시였어요. 속이 뒤집어져서 다 토한 뒤에 라디오에서 그 소식을 들었죠……. 르네가…… 죽었다고." 말이 목구멍에 박히기라도 한 것처럼 맥스의 목소리가 흔들렸다. "내가 르네를 죽였는지, 아닌지 모르겠어요. 하지만 내가 죽였을 거예요. 그래서 지금 난 그 대가를 치를 거예요. 이제 모두가 그 대가를 치르는 거죠."

"맥스, 네가 르네를 죽이지 않았다면 어떻게 할래? 범인이 다른 사람이라면?"

"누구요? 누가 그런 짓을 한단 말이에요?" 맥스의 목소리가 거의 애원조로 변했다. "대답해주세요. 말씀해주세요. 난 미친놈이잖아요. 계속 머리를 두드리고, 르네를 죽이고 싶다는 환상을 품고 있었어요. 그런데 르네가 죽었죠. 내가 죽였을 거예요. 어차피 이젠 아무것도 없으니 상관없어요. 나에게는 아무것도 남아 있지 않아요. 모두 다 죽었으니까." 맥스가 시간을 확인했다. "이제 3분 남았어요."

"네가 이러는 걸 할머니도 바라지 않으실 거야. 할머니는 네가 나와 함께 저 아이들을 데리고 밖으로 나가기를 바라실 거다."

"할머니는 돌아가셨어요. 나에게는 아무도 없어요."

"그렇지 않아. 너한테는 노란 토끼가 있어."

"뭐라고요?"

"노란 토끼. 네 방에서 봤어. 침대 옆에 있는 책장 위에 놓여 있더구나." 즉흥적으로 꺼낸 말이었지만, 에릭은 심금을 울릴 수 있기를 바라며 이야기를 이어 나갔다. "그 인형이 참 흥미로웠어. 온갖 종류의 비디오 게임 포스터로 뒤덮여 있는 방에 털썩 주저앉아 있는 노란 토끼가 있다는 게 말이야. 그 인형을 간직하고 있는 이유가 궁금하더구나."

"그만하세요."

"어이, 거기 총 들고 선글라스 끼고 있는 상남자, 말 좀 해주시지." 에릭이 우스꽝스러운 말투로 말했다. "어째서 토끼인 거야?"

"그냥 장난감이에요."

"네 인생에서 제일 좋은 시간을 함께 보낸 장난감이지."

"맞아요."

"그때는 행복했니?"

"네."

"다시 행복해질 수 있다면 어떻게 할래?"

맥스는 대답하지 않았다.

"넌 또다시 행복해질 수 있어. 이 모든 일들을 겪었음에도 불구하고 넌 또다시 행복해질 수 있어. 내가 도와줄게. 기회를 주렴."

"기회를 드리면요?"

"먼저 이번 일부터 함께 풀어 나가야지, 치료를 하는 것처럼. 이건 우리가 함께 동굴 속으로 걸어 들어가는 것과 같은 거야. 넌 손전등을 들고 있고, 난 네 손을 잡고."

"아뇨. 너무 늦었어요."

"폭탄은 어떻게 할 거야?"

"어떻게 하다니요?"

"어디에 있지?"

맥스가 고갯짓으로 계산대에 놓여 있는 홀 푸드 봉투를 가리켰다. 에릭은 침을 꿀꺽 삼켰다.

"터지는 거야?"

"아뇨. 아직 작동시키지 않았어요."

"폭탄은 어디서 구했어?"

"만들었어요. 어렵지 않아요. 인터넷에 다 나오니까."

"그렇구나." 에릭도 폭탄 제조법을 본 적이 있었다. 하지만 맥스가 폭탄을 만드는 모습을 상상하기가 어려웠다. 그리고 맥스는 집에서 폭탄을 만들지 않았을 것이다. 어디서 폭탄을 만든 걸까? 재료들은 어떻게 구했을까? 언제 만든 거지? "한번 보고 싶은데. 폭탄이 어떻게 생겼는지 보고 싶어."

"제대로 볼 수 없을 거예요. 싸여져 있으니까."

"그래도 보고 싶어. 보여주지 않을래?"

맥스는 그 자리에 선 채로 어깨를 으쓱했다. "직접 가서 보면 되잖아요."

"난 이 자리에서 움직일 수 없어."

"왜요?" 맥스가 시간을 확인했다. "2분 남았어요."

"저격수 때문에. 내가 막아주고 있는 거야. 저격수의 총에 맞지 않게."

"정말요?" 맥스가 고개를 들었다. 하지만 에릭은 맥스가 선글라스를 쓰고 있는 덕에 저격수를 봤는지, 보지 못했는지 알 수 없었다.

"내 뒤에 저격수가 있어. 위치를 잡고 있지. 저 사람들은 전문가야. 내 오른쪽 어깨 위로 너한테 총을 쏠 거야. 아니면 날 관통해서 쏘거나."

"그럼 어서 그 자리에서 비키세요."

"아니, 난 여기 서 있을 거야. 만일 저들이 널 쏘려면 나부터 쏴야 할 거야."

"진심이세요?"

"그럼."

맥스는 아무 말 없이 입술만 깨물었다. "부탁이니까 옆으로 비켜나세요."

"싫어."

"그럼 내가 자리를 옮기죠." 맥스가 옆으로 움직이자, 에릭도 그를 따라 움직였다. 맥스가 오른쪽으로 가자, 이번에도 에릭은 그를 따라 움직였다.

"내가 여기에 온 건 너 때문이야, 맥스. 난 아무데도 가지 않아."

"그럼 그렇게 거기 서서 날 지키겠다는 건가요?"

"아니. 난 지금 플레이스 홀더placeholder[43]로 온 거야. 그게 무슨 뜻인지 아니?"

"아뇨."

"네가 스스로 버티고 설 준비가 될 때까지 내가 대신 그 자리를 채

---

43 빠져 있는 다른 것을 대신하는 기호나 텍스트 일부

위준다는 뜻이야. 너를 구하는 데 난 필요 없어. 내가 도와줄 수는 있지만 너 스스로 구해야 해." 에릭은 맥스가 그의 말에 귀를 기울이고 있다는 것을 느꼈다. 그래서 계속 말했다. "저들이 널 죽이게 놔두지 않을 거야. 네가 스스로 목숨을 버리게 놔두지도 않을 거고. 난 너에게 대안을 보여줄 거야. 다른 대안이 없다고 믿어질 때 헤쳐 나갈 수 있게 해주고, 희망이 없다고 느껴지는 시간을 버틸 수 있게 도와주는 게 내 일이니까. 네가 다시 행복해질 수 있다는 것을, 다시 행복해질 거라는 것을 알게 해줄 거야."

"불가능한 일이에요."

"아니, 그렇게 될 수 있어."

"어떻게 알아요?"

"내가 그랬으니까." 에릭은 지금이 자신의 경험을 털어놓을 때라고 생각했다. "난 늘 불안했어. 불안장애였지. 그 사실을 비밀로 했어. 그러다보니 모든 사람들과 사이가 멀어졌지. 난 불안장애가 영원히 낫지 않을 거라고 생각했고, 모든 게 끝났다고 여겼어. 하지만 바로 그때 치료를 받게 됐고, 많이 나아졌어. 과정이 힘들긴 했지만 좋은 선생님의 도움을 받았지. 그분은 지금도 내 인생에 함께 있고, 앞으로도 영원히 그럴 거야. 내게는 없는 아버지와 같은 존재지."

"말도 안 되는 소리처럼 들리는데요."

"아니, 사실이야."

"날 위해 그렇게 해주겠다는 건가요?"

"널 위해서 뭘 해준다는 게 아니라, 너랑 같이 하겠다는 거지. 너와

나, 우리가 같이 하는 거야."

"선생님은 내가 가져본 적이 없는 아버지가 되고 싶은 거군요."

"아니. 난 이제까지 네 옆에 없었던 정신과 의사가 되고 싶어. 네가 살면서 한 번도 받아본 적이 없는 도움을 주고 싶어. 지금껏 네가 겪어보지 못한 시간과 관심을 주고 싶어. 네가 가져보지 못한 기회를 주고 싶어. 그렇게 할 수 있도록 해주지 않을래? 우리 두 사람에게 기회를 주는 거야, 맥스. 이런 건 널 위한 게 아니야. 진짜 네 모습도 아니고. 총, 폭탄, 인질 같은 것들도." 에릭이 고갯짓으로 홀 푸드 봉투를 가리켰다. "알고 있어? 내 생각에 저건 진짜 폭탄이 아니야. 네가 비디오 게임에 나오는 악당처럼 차려입고 낡은 총을 들고 있는 건, 저걸 폭탄이라고 말했을 때 경찰들이 믿게 하기 위해서지. 하지만 난 전부 가짜라고 생각해. 여기 있는 것 중에 진짜는 없어. 내 말이 맞지?"

맥스는 선글라스 뒤로 무표정을 유지한 채 대답하지 않았다. 그는 시간을 확인했지만 아무 말도 하지 않았다.

"총알도 없지?"

"네." 맥스가 부드럽게 대답했다.

"다행이다. 이제 여기서 같이 나가자. 아이들을 안전하게 데리고 나가야 해. 지금 아주 위험한 상황이니까 말이야. 모두 흥분한 상태라 누구라도 총에 맞을 수 있어. 지금 주차장 상태가 어떤지 넌 모를 거야." 에릭이 유선 전화를 가리켰다. "지금 바로 엄마한테 전화를 걸어. 애들을 데리고 나가겠다는 말을 자나 경위에게 전해달라고 하는 거야. 폭탄이 있다는 건 거짓말이고, 총을 놔두고 나랑 같이 나갈 거라고 해. 무기 없이 나갈 거라고 말이야. 다 끝났다고 전하는 거야."

"그렇게는 못해요." 맥스가 그 자리에 선 채로 말했다. "안 돼요."

"좋아." 에릭은 이대로 멈출 수 없었다. 시간이 없었다. "내가 네 앞으로 걸어갈 거야. 내 뒤에 있는 저격수가 방아쇠를 당기는 걸 바라지 않으니까."

"그러지 말아요." 맥스가 조금씩 물러섰다. "난 모르겠어요……."

"내가 네 앞으로 갈 거야, 맥스." 에릭은 계산대 끝 쪽으로 걸어가기 시작했다.

"아무것도 하지 말고 그냥 계산대 끝으로 와. 총은 내려놓고."

"싫어요."

"제발 그렇게 해!"

마침내 맥스가 움직였다. 맥스는 에릭이 있는 쪽으로 다가와 계산대 위에 총을 내려놓은 뒤, 그대로 그 자리에 주저앉았다. "죄송해요. 정말 죄송해요."

"그래." 에릭은 계속해서 저격수를 등으로 막아선 채 맥스를 끌어안았다. "잘했어, 맥스. 정말 착해. 이제 다 끝났어."

"이럴 생각은 아니었어요. 이렇게 하고 싶지 않았어요."

"알아, 알고말고. 이제 어머니에게 전화하자." 에릭은 여전히 맥스를 지키며 전화기를 내밀었다. 맥스는 훌쩍거리다가 울기 시작했다. 그리고 전화번호를 누르더니 수화기를 귀에 댔다.

"엄마?" 맥스가 눈물을 터트렸다.

에릭과 맥스는 지시받은 대로 양손을 위로 들어 올린 채 복도로 걸어나갔다. 에릭은 자나 경위에게 전화로 맥스가 무장하지 않은 상태이며 폭탄도 가짜라는 것을 알렸다. 그러자 경위는 두 사람에게 쇼핑몰을 안전하게 빠져나올 수 있는 방법을 구체적으로 알려주었다. 무장한 저격수들이 검은색 헬멧 아래 무표정한 얼굴로 발코니에 일렬로 서 있었다. 에릭과 맥스는 인질들을 풀어주었다. 가게에서 일하는 여자애와 축구 캠프에서 왔다는 남자애들 네 명이 겁에 질린 채 눈물을 애써 감추고 있었다. 더 이상 위험한 것이 없는데도 이렇게 한다는 건, 경찰 쪽에서 화가 많이 났다는 의미였다. 그럴 만했다.

"겁이 나요." 맥스가 양손을 들고 입구로 걸어가며 말했다.

"진정하렴. 괜찮을 거야." 에릭은 벽에 걸려 있는 불이 켜진 광고판을 지나쳤다. 예쁜 여자들이 알메이 화장품으로 화장을 하고, 값비싼

가죽 가방을 눈에 띄게 들고 있었다. 세일 기간인 모양이었다.

"이제 난 어떻게 되는 거죠?"

"잘 넘길 수 있을 거야." 에릭은 무슨 일이든 일어날 수 있기 때문에 말을 길게 하지 않았다. 맥스가 다시 마음을 돌려 도망치거나, 총에 맞아 죽을 생각을 할 수도 있기 때문이다.

"감옥에 얼마나 있게 될까요?"

"손을 똑바로 들고 천천히 걸어. 잘하고 있어." 에릭은 바깥에 있는 클레이그 라이트 불빛에 눈을 가늘게 떴다. 지금 보이는 건, 문에서 3미터가량 떨어져 있는 쇼핑몰 출입구 앞에 모여 있는 사람들의 윤곽밖에 없었다. 그들 뒤로 소방차, 구급차, 험비들이 거대한 그림자를 드리우며 서 있었다. 고함소리, 말소리, 온갖 군중 소음이 유리문을 통해 여과되었다.

"패리시 선생님, 우리 둘 다 손을 올리고 있는데 문은 어떻게 열죠?"

"그런 건 경찰들이 알아서 해줄 거야." 에릭은 정복 경찰 무리가 문 앞으로 몰려오는 것을 보았다. 그는 손을 높이 들었다. "맥스, 손을 더 높이 들어. 그리고 저쪽에서 하라는 대로 해."

"너무 무서워요." 맥스가 불쑥 속내를 내뱉었다. 그 말이 에릭이 들은 마지막 말이었다. 경찰들이 거대한 파도처럼 두 사람 앞으로 밀려와 문을 열고 들이닥쳤기 때문이다.

"우린 무장하지 않았습니다. 무기가 없어요!" 에릭이 소리쳤다. 맥스의 비명소리도 들렸지만, 이내 경찰들의 고함소리에 묻혀버렸다.

"무릎 꿇어! 당장 무릎 꿇어!" 경찰이 소리쳤다. 에릭이 그 말대로 무릎을 꿇기 전에 앞에 있던 경관이 위에서 내리눌렀다. 그들은 에릭을 넘어뜨리고 바닥에 엎드리게 만든 뒤, 양팔을 등 뒤로 돌려 손목에 수갑을 채웠다. 그리고 콘크리트 바닥에 쾅 소리가 날 정도로 머리를 내리눌렀다.

"당신을 체포합니다! 지금부터 하는 모든 말은 불리하게 적용될 수 있습니다." 경관 중 한 명이 말했다.

에릭은 쾅 소리가 날 정도로 머리를 부딪치는 바람에 할 말을 잊어버렸다. 경찰들은 에릭을 일으켜 세운 뒤 주위를 둘러쌌다.

"이쪽으로 데려와!" 경찰들이 소리치면서 에릭을 쇼핑몰 밖으로 데리고 나갔다. 그는 맥스를 보기 위해 고개를 돌렸다. 하지만 맥스가 정복 경관들에게 에워싸인 채로 연석 앞에 세워둔 순찰차 쪽으로 끌려가는 모습만 볼 수 있었다.

"에릭, 폴에게 전화할게!" 누군가 외쳤다. 에릭이 돌아보니 정복 경관들이 가로막고 있는 뒤쪽에서 로리가 손을 흔들며 소리치고 있었다.

"같이 갑시다. 이쪽으로 와요!" 경찰들이 소리쳤다. 한꺼번에 모두가 소리치며 에릭을 사실상 끌고 가다시피 하여 대기하고 있던 순찰차로 데려갔다. 그들은 차문을 열고, 에릭의 고개를 누르며 순찰차 안에 밀어 넣은 뒤 문을 닫았다. 순찰차의 뒷자리는 컴컴했다. 단단한 플라스틱으로 된 1인용 좌석에, 앞좌석과는 두꺼운 쇠창살이 가로막고 있었다. 앞좌석에 정복 경관 두 명이 앉자, 순찰차들이 거의 동시에 출발했다.

에릭은 머리도 아프고, 손목과 어깨도 아팠다. 그는 경관들이 알지 못할 정도로 살짝 몸을 앞으로 내밀었다. 창밖을 내다보니, 십 대 쇼핑몰 방문객들이 아베크롬비와 노드스트롬 봉투를 부여잡고 울고 있었다. 맥스가 사람들에게 불러일으킨 공포에 마음이 아팠지만, 아무도 다치지 않았다는 사실에 마음이 놓였다. 더불어 아직도 위기에 처해 있긴 하지만 맥스가 무사하다는 사실에도 안도했다.

순찰차들은 쇼핑몰 길로 달리다가 경찰들이 바리케이드를 치고 있는 앞에서 통행 허가를 받기 위해 멈춰 섰다. FBI, ATF, 정복 경관들, 구급대원들, 소방관들이 순찰차 안을 들여다보려고 했다. 그리고 에릭은 조금 전에 있었던 엄청난 사건을 수습하기 시작했다. "경관님." 에릭은 쇠창살 너머로 앞좌석에 들리게끔 큰 소리로 외쳤다. "어디로 가는 겁니까? 이제 어떻게 되는 거죠?"

"어퍼 메리온 경찰서로 갈 겁니다."

"그럼 경관님은 어퍼 메리온 경찰서 소속인가요?" 에릭은 어퍼 메리온 경찰서가 래드너 경찰서보다 큰 곳으로, 대형 사건들을 담당하고 있으며 킹 오브 프러시아 지역이 그쪽 관할에 들어간다는 것을 알고 있었다.

"그렇습니다."

"난 무슨 죄목으로 기소되는 겁니까? 맥스는 어떤 죄목으로 기소되죠?"

"지방 검사가 대답해줄 겁니다. 지금 도로 상황을 감안하면 15분 뒤에 경찰서에 도착할 거예요."

"맥스는 자살 위험이 있으니 주의 깊게 지켜봐야 합니다."

"저쪽에 말해두겠습니다."

순찰차가 덜컹거리며 거대한 쇼핑몰을 벗어났다. 컴컴한 뒷좌석에 앉은 에릭은 어깨와 손목이 욱신거렸다. 거리는 경찰 순찰차, 소방차, 구급차, 그 외 공무 수행 차량들, 꼬리에 꼬리를 무는 차들, 언론 차량, 카메라 트럭, 송신탑이 달린 밴, NBC, ABC, Fox, CBS, CNN의 반짝거리는 로고를 달고 있는 텔레비전 중계차들로 가득했다. 어퍼 메리온 경찰서까지 킹 오브 프러시아의 번화가를 가로질러 갔다. 쇼핑몰의 혼란 때문에 사실상 통제가 불가능하고 무질서한 상태의 이차선 도로가 교차되는 십자로를 따라가며 맥도날드, 칠리스, 슬리피 매트리스 가게, 음향기기 가게들, 그 외 무수히 많은 가게들을 지나쳐 갔다.

갑자기 에릭이 타고 있는 순찰차의 사이렌이 고막이 터질 만큼 요란하게 울리기 시작했다. 본능적으로 에릭은 귀를 막으려고 했지만 수갑 때문에 잘 되지 않았다. 그는 손목에서부터 팔로 올라오는 통증에 얼굴을 찡그렸다. 신경이 곤두서는 것 같았다. 에릭은 고개를 앞으로 내밀고 맥스를 보려고 했지만, 호위를 위해 다른 순찰차 두 대가 함께 달리는 바람에 보이지 않았다.

갑자기 순찰차 내부까지 환해질 정도로 밝은 빛이 비쳤다. 에릭이 돌아보자, 뉴스 중계차가 상향등을 비추며 따라오고 있었다. 순찰차 내부를 찍기 위해 총을 겨누듯 카메라 렌즈를 들이대고 있었다.

"저 멍청한 것들 봐라?" 운전을 하던 경관이 중얼거리자, 옆에 앉아 있던 다른 경관이 작은 소리로 욕설을 내뱉었다.

그들은 그 중계차를 따돌렸다. 순찰차들이 속도를 올리자 다른 차들이 차선을 양보할 수밖에 없었다. 운전자들은 깜짝 놀라 쳐다보았고, 언론은 그 광경을 동영상으로 찍었으며, 뒷좌석에 앉아 있던 십 대들은 휴대폰 카메라로 사진을 찍어댔다. 순찰차들이 킹 오브 프러시아 로드로 접어들자, 에릭은 눈부시게 밝은 클레이그 라이트 불빛에 휩싸여 있는 경찰서를 볼 수 있었다. 그 수많은 조명 불빛이 빛과 아지랑이, 습도, 담배 연기처럼 어두운 밤하늘을 뒤덮고 있었다.

그들은 경찰서가 가까워지자 속도를 줄여 차들과 뉴스 중계차들로 가득 차 있는 주차장으로 들어갔다. 그들을 향해 수많은 기자들이 몰려왔지만 빽빽하게 이열 종대로 가로막고 있는 검은색 제복의 어퍼 메리온 경찰서의 경관들에게 밀려났다. 에릭은 이제껏 그렇게 많은 TV 카메라와 사진기, 녹음기, 붐 마이크, 일반 마이크, 온갖 종류의 기자, 사진사, TV 앵커들을 본 적이 없었다.

순찰차들은 거의 동시에 경찰서 입구 앞에 멈춰 섰다. 래드너 경찰서와 달리 어퍼 메리언 경찰서는 커다랗고 오래된 붉은 벽돌 건물로, 정면에는 하얀색 현관 지붕이 있었다. 경관들은 미리 계획이라도 한 것처럼 동시에 순찰차에서 내렸다. 경찰서 안에서 정복 경관들이 우르르 밖으로 나오자, 에릭은 그들을 지켜보기 위해 자세를 바꿨다. 그 경찰들은 두 집단으로 나뉘어 한쪽은 맥스가 탄 순찰차 쪽으로 가고, 다른 한쪽은 에릭이 탄 순찰차 쪽으로 오더니 차문을 열어주었다.

"어서 빨리 내리세요!" 검은색 제복을 입은 경관이 뒷좌석에 머리를 들이밀며 말했다.

"그러죠." 에릭은 경찰들에게 거칠게 끌려 차에서 내렸다. 맥스를 보고 싶었지만 경찰들이 둘러싸고 있어서 보이지 않았다. 에릭은 맥스가 겁에 질려 있을 거라는 걸 잘 알고 있었다. 자신이 저지른 짓의 결과뿐만 아니라 군경의 존재, 사이렌이 울리고 기자들이 질문을 퍼붓고 있는 혼란스러운 현장, 사방에서 비추고 있는 눈부신 빛 때문에 더 무서울 것이다.

"맥스!" 에릭이 소리쳤지만, 맥스는 이미 경찰들에게 휩싸여 경찰서 안으로 끌려가고 있었다. 마리나 자크의 모습은 어디에서도 보이지 않았다. 에릭은 맥스가 걱정되었다.

"경관님." 에릭은 자신을 끌고 경찰들로 가득한 밝은 대기실을 지나쳐 가는 경관에게 말했다. "맥스는 도움이 필요합니다. 자살 위험이 있기 때문에 지켜봐야······."

"그 내용은 경사님께 전달했습니다. 계속 걸어요. 계속 걸으십시오."

"하지만 그 애는 정말 도움이 필요······."

"알았습니다." 그 경관은 긴장한 얼굴로 에릭을 오른쪽 복도로 끌고 갔다. 그리고 맥스는 왼쪽으로 끌려갔다.

에릭은 맥스를 마지막으로 보기 위해 고개를 돌렸지만 수많은 경찰들의 검은색 제복과 모자밖에 보이지 않았다. 에릭은 자신이 맥스를 위해 할 수 있는 유일한 일을 했다는 것을 알면서도, 그 아이에게 앞으로 무슨 일이 벌어질지 생각하자 마음이 무척 아팠다.

42
장

"또 다른 난장판이네요!" 폴이 커다란 심문실에 미소를 지으며 들어왔다. 하지만 표정이 살짝 굳어 있었다.

"와줘서 고마워요." 에릭이 앉은 자리에서 고개를 들고 쳐다보며 말했다. 경찰이 에릭의 수갑을 풀어줬음에도 손목이 여전히 아팠다. 경찰은 에릭이 입고 있던 소방관 재킷과 새로 만든 휴대폰을 압수해 갔다.

"로리 누나에게 고마워하세요. 하지만 내가 그렇게 말했다고 하지는 마시고요. 선생님은 머리가 너무 좋은 누나 다음으로 학교를 다니는 게 어떤 건지 모르시겠죠. 그 수준에 맞추는 게 얼마나 힘든지 모를 겁니다." 폴은 지저분한 회색 포마이카 탁자 위에 서류 가방을 내려놓았다.

"로리는 어디 있죠? 여기 와 있나요?"

"아뇨. 누나는 병원으로 돌아갔어요. 202 국도에서 교통사고가 났거든요. 놀랄 일도 아니죠. 교통체증도 심하고 바깥이 아주 난리도 아니니까요."

"그렇겠군요." 에릭은 심문실 바깥이 소란스럽다는 것을 알 수 있었다. 지금 그가 있는 심문실은 베이지색 벽에, 긴 직사각형 모양의 방이었다. 왼쪽에는 커다란 창문이 있었다. 비록 닫혀 있긴 했지만 밖에 벌떼처럼 모여든 기자들의 소음도 들렸다. 빨간색 벽돌로 된 경찰서 건물 안에서는 소속 경찰관들과 점퍼 등 뒤에 소속기관의 머리글자를 새긴 FBI, ATF, 국토안보부 요원들이 가득했다. 그들은 에릭이 등 뒤로 수갑을 차고, 고개를 숙인 채로 끌려 들어오는 모습을 지켜보고 있었다.

폴은 말쑥한 바지를 잡아당기며 대각선에 있는 의자에 편안히 앉았다. "누나에게 얘기 들었어요. 선생님이 쇼핑몰에 있는 아이를 구해냈다면서요. 새삼 선생님한테 반했습니다."

에릭이 미소를 지었다. "모두가 무사하기를 바랐을 뿐이에요."

"그 말씀대로 모두 무사히 살아났지만 선생님은 수갑을 찼죠. 경찰들은 선생님을 체포할 게 아니라 고맙다고 절을 했어야죠. 이렇게 고약하게 굴 일입니까?"

에릭은 개인의 영광에는 아무 관심이 없었다. "이제 어떻게 되는 겁니까?"

"우리끼리 덕담을 나눠야죠. 30분 뒤에 큰 게임이 벌어질 겁니다. 경찰들이 바로 여기서 선생님을 심문할 테니까요."

"난 무슨 죄목으로 체포된 겁니까? 나한테 전과 기록이라도 있다는 뜻인가요?"

"아직은 아닙니다. 선생님은 기소되지 않았으니까요. 고소를 취하하기 위해서는 경찰에 협조해야 할 겁니다."

에릭은 안도의 한숨을 쉬었다. "어떻게요?"

"말씀드리죠. 경찰은 선생님에게 질문을 할 겁니다. 저쪽에서 질문을 퍼붓겠지만 편안하게 대답하시면 돼요."

"그러죠." 에릭은 혼란스러웠다. "하지만 아까 래드너 경찰서에 있을 때와는 다르네요. 법이 보호해주는 특권이 있으니 아무것도 대답하지 말라고 했잖아요?"

"그땐 그랬지만, 지금은 아닙니다. 아까와 달리 법적인 상황이 복잡해졌어요." 폴이 잠깐 말을 멈췄다. "여기서 제일 먼저 알아야 할건, 이건 세 부대의 영역 싸움이라는 겁니다. 한 구역을 놓고 싸우는 갱단이 세 개 있는 것과 마찬가지예요. 여기서는 선생님이 그 구역입니다."

"무슨 말인지 알아들었어요."

"연방경찰은 쇼핑몰에서 일어난 사건이 연방법, 주로 폭탄이나 폭발물을 이용한 위협이나 인질극을 이용한 위협처럼 테러 방지 법률을 위반하는 것이기에 자신들의 관할이라고 여기고 있습니다. 어퍼메리언 경찰은 쇼핑몰이 몽고메리 카운티에 있고, 납치, 미성년자 유괴, 불법 감금, 단순 폭행, 무모한 위협 같은 주州 형법을 어긴 사건이기 때문에 직접적인 연관이 있죠. 세 번째 관할 구역은 래드너인데,

여자애의 살인 사건 때문에 관련이 있고요."

"르네 베빌라쿠아 사건 말이군요."

"네. 이런 상황에 관해 내 생각은 이렇습니다." 폴이 몸을 앞으로 내밀며 말했다. "진짜 폭탄이나, 진짜 총이 아니기 때문에 연방경찰은 떨어져 나갈 겁니다. 정치적으로 선생님이나 맥스를 압박해서 얻을 이익이 없어요. 설령 뭔가가 있다고 해도 쓸데없는 걸로 보일 겁니다. 빈 깡통을 가진 아이로 밝혀졌으니까요. 무슨 말인지 아시겠죠?"

"네."

"믿을지 모르겠지만, 진짜 선수는 2군 팀입니다. 어퍼 메리언과 래드너의 싸움이죠. 어퍼 메리언 경찰서 쪽에서는 맥스가 아이들을 인질로 잡았기 때문에 먹잇감이 큽니다. 아시다시피 아이들을 상대로 저지른 범죄이기 때문에 아무리 별일이 없었다고 해도 중죄니까요."

"맥스도 미성년자예요."

"경찰 쪽에서도 그런 식으로 기소하지는 않을 겁니다. 좋은 소식은 어퍼 메리언 경찰서에서 선생님이 아니라 맥스를 쫓기로 했다는 거죠."

"그건 좋은 소식이 아닌데요." 에릭은 마음이 아팠다.

폴이 얼굴을 찌푸렸다. "이제 맥스에 대한 걱정은 그만하세요."

"그럴 수가 없어요. 그 애는 내 환자니까. 이제 맥스에게는 변호사가 필요해요. 당신이 그 애를 맡아줬으면 좋겠어요."

폴의 검은색 눈이 번뜩였다. "제정신으로 하는 말입니까? 그 애한테는 엄마와 아버지 같은 사람이 있어요. 변호사는 그쪽에서 알아서 구할 겁니다. 난 선생님과 맥스를 동시에 맡을 수가 없어요."

"어째서요?"

"두 사람의 이익이 상충하기 때문입니다. 경찰들은 여기서 일어난 일의 진상을 밝히려고 하고 있어요. 선생님도 여전히 살인 용의자예요. 오늘 밤 맥스가 저지른 짓을 보고 그 애가 완전히 미쳤다고 생각할 겁니다. 지금 저쪽에서는 머리를 맞대고 이번 사건의 범인은 선생님이고, 단독 범행인지 공범이 있는지를 알아내려고 하고 있을 겁니다."

"난 맥스를 버리지 않을 거예요. 그 애는 아직도 도움이 필요합니다. 여전히 자살 위험이 있으니 지켜봐야 해요. 맥스는 괜찮은 건가요?"

"선생님이 여기 있는 건 그 아이 때문이에요." 폴이 양손으로 탁자를 짚은 채 몸을 앞으로 내밀었다. "우리는 지금 이런 이야기를 하고 있을 시간이 없습니다. 이제껏 선생님이 한 번도 겪어보지 않았을 압력을 받게 될 테니까요."

"그게 무슨 말이죠?"

"베빌라쿠아 사건의 조사를 받게 될 겁니다. 경찰에서는 맥스가 상담 시간에 르네에 대해 뭐라고 말을 했는지 알고 싶어 해요. 선생님이 맥스를 찾아달라고 경찰에 신고한 이유나, 르네를 직장에서 집까지 쫓아간 이유를 알고 싶어 하죠. 경찰 쪽에서는 선생님이 맥스에 대해 알고 있는 모든 사실들과 르네의 살인에 그 애가 어떻게 개입하고 있는지 알고 싶어 해요."

"그건 맥스가 르네의 죽음에 개입했을 때의 말이겠죠." 에릭은 폴에게 맥스가 비디오 게임 가게에서 했던 이야기를 하지 않았다. 상담실이 아닌 곳에서 이야기했어도 환자와 한 이야기는 기밀이기 때문이다.

"그렇죠. 맥스가 르네의 죽음에 개입했을 경우라면 말입니다. 하지만 경찰은 수많은 질문을 퍼부어 댈 것이고, 대답을 들으려고 할 겁니다."

"난 르네를 죽인 범인이 누군지 모릅니다."

"하지만 경찰보다는 많이 알고 있잖아요. 아닙니까? 나한테도 말하지 않은 것들이 있잖아요. 얼굴만 봐도 알 수 있어요. 현재 법적으로 문제가 되는 건 르네의 살인이에요. 경찰 쪽에서는 선생님에게서 정보를 얻어내기 위해 압박해올 겁니다."

"환자에 관한 내용은 발설할 수 없어요. 그건 어떤 경우에도 변하지 않을 겁니다." 에릭은 잠시 생각에 잠겼다. "지금은 걸린 게 더 많아요. 맥스는 오늘 밤 자살을 하려고 했어요. 그 애한테는 이제 나밖에 없어요. 난 맥스를 배신할 수 없어요. 그렇게 되면 맥스는 자살할 겁니다."

"래드너 경찰서에서는 비밀유지 의무를 주장할 수 있었고, 경찰도 선생님을 내보내줄 수밖에 없었어요. 하지만 쇼핑몰 사건이 있은 뒤라 이젠 그렇게 되지 않을 겁니다. 선생님 말씀대로 이제는 걸린 게 너무 많습니다."

"무슨 뜻이죠?"

"연방국의 힘에 대해 했던 이야기 기억하시죠? 선생님은 카드놀이 하는 법도 모르는데, 연방국은 에이스를 전부 다 가지고 있다고 했던 거 말입니다."

"네."

"법률적으로 범죄 혐의 입증 여부에 상관없이 선생님을 기소하는 건 검찰의 재량입니다. 지방 검사가 병원에 가지 않았다면 지금 여기 와 있었을 거예요. 단언컨대, 이번 일은 지방 검사가 지휘할 겁니다. 어쨌든 주에서는 선생님을 노리고 있어요. 이유가 뭐냐고요? 저들은 선생님이 가진 정보가 필요하고, 그 정보를 얻기 위해서죠."

"어떻게 말입니까?"

"저들은 선생님을 압박하려고 할 거예요. 하지만 맥스가 상담 중에 르네에 대해 했던 이야기만 한다면 모든 문제가 해결될 겁니다. 연방 경찰은 테러범에 의거한 연방 범죄 혐의 기소를 취하할 것이고, 어퍼 메리언 경찰서에서는 쇼핑몰에서 법 집행 방해죄에 대한 기소를 취하할 거예요. 그리고 래드너 경찰서에서는 르네의 살인 사건과 관련해 선생님에게 씌웠던 살인이나 살인 공모 혐의를 벗겨줄 겁니다."

"그러니까 내가 살려면 맥스를 버리라는 말이군요."

"그렇습니다."

"내 목숨과 그 애의 목숨을 바꿔야 한다는 말인가요?"

"그렇게 하는 데 무슨 문제가 있습니까?" 폴은 더 이상 미소를 짓지 않았다.

"여전히 환자의 기밀을 누설하고 싶지 않아요. 상담 내용을 누설한다면 맥스는 내가 자기를 배신했다고 생각할 겁니다. 유일하게 남아있던 사람마저 잃게 되는 거죠. 그 애는 스스로 목숨을 끊을 겁니다."

"그건 심문 과정을 보면서 상황에 따라 생각하죠." 폴이 천천히 숨을 내쉬었다. "이제 관련 사항으로 넘어갑시다. 선생님을 변호하기 위해 맥스에게 선생님에 대한 이야기를 들을 거예요. 오늘 밤에 선생님이 저지른 일이 맥스가 한 일과 다르다는 것을 구별하기 위해서죠. 법적으로는 큰 차이가 있습니다."

에릭은 대화의 화제가 바뀌는 것이 싫었다.

"펜실베이니아에서는 선생님이 한 것처럼 경찰의 공무 과정을 방해하는 행위를 좋게 받아들이지 않습니다. 경찰에서는 선생님을 법집행과 다른 정부 기능을 방해했다는 죄목으로 기소하게 될 거예요. 하지만 그건 2급 경범죄에 불과합니다. 통상적으로 선생님의 실질적인 위법 행위에 대해 기소를 할 수 있지만 선생님은 타인을 폭행하거나, 치안을 어지럽히거나, 폭동을 주도하거나, 체포당할 때 물리적인 저항을 하지는 않았어요. 선생님과 같은 경우, 다시 말해 선생님의 행동이 다른 사람에게 해가 되지 않았을 뿐만 아니라 좋은 결과를 가져왔을 때는 무질서한 행위 정도의 경미한 혐의만 적용되어 중재 정도로 끝날 수도 있어요. 우리 쪽에서 보면 이게 가장 좋은 시나리오죠."

"그 말은 뭔가 다른 혐의를 씌울 수도 있다는 뜻인가요?"

"네. 선생님은 인질이 잡혀 있는 상황에서 경찰의 지시를 무시하면 안 되는 거였어요. 최악의 결과로 이어질 수도 있었으니까요. 우리가 자기들이 원하는 정보를 주지 않으면 경찰 쪽에서는 가볍게 넘어가지 않을 겁니다."

에릭은 머리가 어지러웠다. "그래서 결론이 뭡니까?"

"선생님이 지금 생각을 고수한다면 구치소에서 밤을 보내게 될 거라는 거죠."

"보석으로 나갈 수는 없을까요?"

"아직 기소 인정 여부 절차를 밟지 않은 데다가, 이런 일에는 시간이 걸려요. 분명히 말하지만 저들은 선생님을 끌어내리려고 할 거예요. 이 정도는 큰일도 아니에요."

"그럼 뭐가 큰일인 거죠?"

"그 뒤에 경찰들은 선생님을 대배심에 소환할 겁니다. 선생님에게는 경찰과 검사의 질문에 대답하지 않을 권리가 있어요. 하지만 대배심에서는 수정 헌법 제 5조[44]나, 5944조 같은 법령상의 특권이 없는 한은 질문에 대답을 해야만 해요."

"그럼 난 괜찮은 거 아닌가요?"

"틀렸어요. 지방 검사가 대배심의 주임 판사 앞에 데려가면, 판사가 선생님이 그 질문의 대답을 거부할 권리가 법적으로 있는지 여부를 판단하게 될 겁니다. 지방 검사는 시민의 건강과 안전, 복지에 대한 관심을 위해 선생님이 사실을 말해야 한다고 주장할 거예요. 그렇

---

44 자기에게 불리한 증언의 거부, 자유·재산권의 보장 등이 규정된 미국의 헌법 조항

게 되면 저들이 이기게 될 겁니다. 법원 명령으로 선생님은 환자의 기밀을 누설하게 되는 거죠."

"법이 그럴 리 없어요."

"정치적으론 충분히 그럴 수 있고, 법에 어긋나는 것도 아니에요. 이미 말했다시피 판사들의 재량에 따른 일일 뿐만 아니라, 이번 일은 르네의 살인 사건뿐만 아니라 킹 오브 프러시아 쇼핑몰이 봉쇄된 사건과도 연관이 있으니까요. 그곳은 이 근방에서 제일 큰 쇼핑몰일 뿐만 아니라, 약 180만 평을 확장한 뒤에는 '몰 오브 아메리카'보다 더 커졌죠. 직원이 7000명이고, 관광객들이 많이 찾아오는 곳이라 지역 경제에 크게 이바지하는 곳이에요."

"그런 건 어떻게 알았어요?"

"찾아봤죠. 내 아내는 내가 나가떨어질 때까지 쇼핑하는 사람이기도 해요. 킹 오브 프러시아 상공회의단과 쇼핑몰 뒤에서 경제적인 영향력을 행사하는 사람들이 대배심의 주임 판사에게 영향력을 행사하지 않을 거라고 생각한다면 선생님의 오산이에요. 주州 판사들은 임명이 아닌 선출직이에요. 판사들이 가발을 쓰는 건 돈과 권력을 가졌기 때문이지, 검은색이 잘 어울려서가 아니란 거죠. 현실적으로 생각해봐요."

에릭은 머릿속이 복잡해졌다. 그는 폴이 하고 싶은 말을 알 것 같았다.

"판사는 선생님이 알고 있는 것 전부는 아니더라도 상당히 많은 것들을 검찰 측에 이야기하라고 명령을 내릴 거예요. 선생님이 그 명령에 따르지 않으면 법정 모독죄로 감옥에 가는 거죠."

"얼마나 오래요?"

"선생님이 명령에 따를 때까지요. 법정 모독죄의 형량은 연장이 가능하니까요. 판사는 지방 검사들과 똑같은 종류의 재량권을 가지고 있어요. 양쪽 다 같은 상관을 모시고 있으니까요. 미합중국 말이에요."

에릭은 그런 세세한 부분들을 이해해보려고 했지만 전보다 더 문제가 복잡해졌다는 것을 알고 있었다. "그렇다고 해도 날 영원히 가둘 수는 없어요."

"선생님이 법원의 명령에 따르지 않으면 그럴 수 있어요. 사실 이런 주제나 정신과 의사와 관련된 사례에 대한 법률이 많지 않아요. 선생님이 새 법을 만들고 싶은 겁니까?"

"죄를 짓지도 않았는데 어째서 감옥에 간다는 거죠?"

"법원의 명령을 따르지 않는 것도 죄예요. 선생님이 법원의 명령을 받고도 말을 하지 않으면 법정 모독죄가 되니까요. 이제 어떤 상황인지 아시겠습니까?"

에릭은 약간 겁이 나기 시작했다.

10분 뒤, 에릭은 폴의 옆자리에 앉아 있었다. 벽 쪽에 붙여 놓은 의
자에까지 사람들이 앉아 있어 심문실은 복잡했다. 뒤쪽으로 FBI와
ATF 요원 몇 명과 국토안보부에서 나온 사람이 서 있었다. 에릭이 이
곳에 들어왔을 때, 그들은 모두 폴에게 인사를 건넸다. 가볍게 목례
를 하고, 각자 폴에게 명함을 주었다. 연방요원들은 에릭에게는 인사
를 하지 않았다. 그는 수감자가 되면 열등한 존재가 된다는 사실을
깨달았다. 그들에게 맞선 존재가 되는 것이다.

에릭은 벽을 마주보고 앉았다. 래드너 경찰서처럼 한쪽에 밖에서
만 안이 보이는 창문이 달려 있었다. 하지만 여기 창문의 표면이 반
사가 더 잘 되었다. 에릭은 자신의 모습이 비치는 것을 피하고 싶었
다. 이렇게 경찰서에 구류된 상태의 자기 모습을 보고 싶지 않았다.
그나마 몸을 덮어주던 소방관 상의도 경찰이 압수해 갔고, 휴대폰과

호출기와 병원 출입증도 빼앗긴 채 회색 추리닝 차림으로 앉아 있으니 좀 더 유약한 것처럼 느껴졌다. 그도 그저 보통 사람이었다. 40대 백인 남자로 평균 키와 몸무게를 가진 평범한 범죄자의 모습으로 보였다.

에릭과 폴의 맞은편에는 래드너 경찰서의 로즈 형사와 어퍼 메리언 경찰서의 앨런 뉴마이어 경감이 앉아 있었다. 40대로 보이는 뉴마이어 경감은 키가 정말 컸다. 거의 196센티미터 정도 되는 것 같았다. 희끗해 보이는 뻣뻣한 머리는 삐죽하게 서 있었고, 햇볕에 막 그을린 것처럼 보이는 길쭉하고 주름 많은 얼굴에 반쯤 감은 것처럼 보이는 밝은 파란색 눈을 가지고 있었다. 그는 검은색 정복을 입고 있었는데, 속에 입은 방탄조끼 때문에 가슴이 커진 상태였고 옷깃에는 거북이 등껍질 같은 두꺼운 테가 생겼다. 뉴마이어 경감의 왼쪽에는 지방 검사 피트 마스텔이 앉아 있었다. 그는 케이틀린의 후배인 30대 검사로, 검은 머리는 젤을 발라 넘겼고 항상 경계를 늦추지 않는 날카로운 갈색 눈동자를 가지고 있었다. 에릭은 예전에 케이틀린과 같이 갔던 지방 검사실 소풍과 소프트볼 게임이 떠오르면서 그에게도 친근감을 느꼈다. 하지만 그들은 더 이상 친구가 아니었다. 그렇지만 케이틀린과 같은 사무실에 있지 않은 검사가 나와서 다행이라는 생각이 들었다. 그런 생각을 하자, 해나가 떠오르면서 슬픔이 밀려왔다. 지난밤에도 해나와 통화하지 못했다. 에릭은 이상하게 딸과 단절된 것 같은 느낌이 들었다.

폴이 박수를 쳤다. "여러분, 패리시 선생님은 이 문제를 해결하기 위해 여러분들을 만나는 것에 동의했습니다. 사실 이렇게 하지 않아도 된다는 건 말할 필요도 없겠죠. 그렇긴 해도 일단 절차에 대해 이야기해봅시다. 난 내 의뢰인이 심문을 받으면서 지금처럼 여러 명의 고위 간부들을 상대하게 할 생각이 없습니다. 그러니 그쪽에서는 누구든 한 사람을 대표로 정하시죠. 우리는 그 사람의 질문에만 대답할 겁니다."

맞은편 자리에 앉아 있던 사람들이 그 말에 반응을 보였다. 입술을 내밀며 눈을 가늘게 떴고, 지방 검사는 작은 소리로 코웃음을 쳤다.

뉴마이어 경감이 마치 웨이터를 부르는 것처럼 검지를 들어올렸다. "그렇게 하죠. 내가 하겠습니다."

"감사합니다. 그렇다면 먼저 연방요원들이 이곳에 있는 이유를 물어도 될까요?" 폴은 뒤쪽 벽에 서 있는 연방요원들을 가리켰다. "위협적이잖습니까. 물론 경감님의 의도는 아닐 거라고 생각합니다만."

맨 끝에 서 있던 요원이 대답했다. "난 필라델피아 지부의 특수요원 소렌슨이라고 합니다. 수사 진행 과정에 관심이 있어서 참관했습니다."

폴은 손을 들어올려 검은색 창문을 가리켰다. "심정은 이해합니다만, 그렇더라도 저 창 뒤에 서 있으면 되지 않을까요?"

"괜찮다면 이 자리에 계속 있고 싶습니다만."

"난 안 괜찮아요. 하지만 패리시 선생님의 의향을 물어보도록 하죠." 폴이 에릭을 돌아보았다. "방청객이 있어도 상관없겠습니까?"

"괜찮아요." 에릭은 폴의 뛰어난 수완을 알아차렸다. 이 변호사는 농담처럼 가볍게 말을 하지만, 실제로는 진지하게 이 자리를 주도하고 있었다. 동의를 구하는 것처럼 물어봄으로써 에릭의 위상이 높아진 것처럼 느끼게 만들었다. 에릭은 앉은 자세를 바로 했다.

"시작하기 전에 마지막으로 하나만 더 짚고 넘어가죠." 폴은 일상 대화를 하는 것처럼 말투를 바꿨다. "패리시 선생님은 아무 말도 하지 말라고 하셨지만, 오늘 밤 선생님은 목숨을 걸고 다른 사람들을 구했습니다. 쇼핑몰에 들어간 건 그렇게 하는 게 옳은 일이었기 때문이죠. 선생님의 행동 덕분에 인질들은 무사히 풀려났고, 범인을 잡을 수 있었습니다. 내 의뢰인은 영웅이에요. 모두 그렇게 생각할 겁니다." 폴이 고갯짓으로 창밖에 모여 있는 언론을 가리켰다. "내일이 되면 저 사람들도 같은 말을 할 거예요. 저들은 패리시 선생님이 쇼핑몰로 뛰어 들어가는 것을 봤고, 작고 귀여운 축구 유니폼을 입은 아이들이 밖으로 나오는 것을 봤습니다. 그리고 선생님이 범인을 데리고 나와 사건이 해결된 것을 봤어요. 패리시 선생님은 여기 계신 분들에게 감사 인사를 들을 자격이 있어요. 그런데 실제로는 이렇게 여기서 흉악범이나 테러범과 같은 대우를 받고 있는 이 상황을 이해할 수가 없군요."

"포추나토 씨……."

"폴이라고 불러주시죠. 편하게 말입니다."

"좋습니다, 폴." 뉴마이어 경감이 살짝 뻣뻣하게 미소를 지으며 에릭을 돌아보았다. "패리시 선생과 여기 있는 변호사는 선생이 '옳은 일'을 했다는 입장인 것 같습니다만……." 경감이 손가락으로 허공에 대고 물음표를 그렸다. "…… 우린 그렇게 생각하지 않습니다. 그 쇼핑몰에는 아무도 들어가지 못하게 되어 있었어요. 그런데 당신은 그 경고를 무시하고 안으로 들어갔습니다. 주법과 연방법을 어겼고, 긴급 경찰 활동을 방해했으며, 소방관을 사칭해 무모하게 다른 사람들의 목숨을 위험하게 만들었습니다."

폴이 가로막았다. "지금 농담하시는 겁니까? 패리시 선생님이 아니었다면 많은 사람들이 영안실에 누워 있었을 겁니다. 그 쇼핑몰은 화약고나 마찬가지였어요."

"화약고요?" 뉴마이어 경감이 얼굴을 찡그리며 폴을 돌아보았다. "전부 거짓말이었어요. 폭탄이라고 한 건 신발 상자였고, 범인의 총에는 총알이 들어 있지 않았으니까요."

"경감님은 지금 요점을 놓치셨군요." 폴이 맞받아쳤다. "내가 말한 화약고는 머스킷 총을 들고 있던 아이가 아니라 AR-9를 들고 세 개 주에서 모여든 관할 경찰들과 무장한 경찰 특공대, 이라크에서 남는 온갖 무기들을 가지고 있던 ATF니 FBI니 하는 연방요원들을 말한 거예요. 공격용 무기에, 험비, 심지어 탱크까지 동원된 군사 작전이었잖습니까."

"군사 작전이 아니었습니다."

"과잉 대응이었죠."

"위협 상황에 따른 합리적인 대응이었습니다." 뉴마이어 경감이 뻣뻣하게 말했다. 하지만 폴은 물러서지 않았다.

"당신네들은 그 장난감들을 정말 쓰고 싶었겠죠. 경찰이나 연방요원들은 잠재적으로 위험한 상황을 만들었지만, 패리시 선생님이 한 일은 아무도 다치지 않게 했죠. 작전 책임자가 나와 감사 인사를 했어야 할 일이에요. 난 지금 이 상황을 참지 않을 겁니다."

에릭은 아무 말 없이 폴의 마지막 말에 대한 상대방의 반응을 지켜보았다. 맨 끝에 서 있던 FBI 요원은 팔짱을 꼈고, 모두 뻣뻣하게 서 있었다. 에릭은 상대방의 자존심을 약간 세워주고, 나쁜 분위기를 풀어야 할 것 같은 느낌에 목소리를 가다듬었다. "여러분, 난 변호사는 아니지만 상담사로서 앞으로 나아가야 한다는 말씀을 드리고 싶네요. 그렇다고 해서 상담이 항상 효과가 있는 건 아니랍니다. 결혼 생활만큼은 도저히 구할 수 없죠."

뜻밖에도 뉴마이어 경감과 로즈 형사가 웃음을 터트렸고, 심문실 안에 있는 사람들이 어색하게나마 미소를 지었다. 에릭은 이 분위기를 조금이나마 풀어준 것 같은 느낌이 들었다. 이건 그의 버릇이나 마찬가지였다.

뉴마이어 경감이 고개를 끄덕이며 의자에 편하게 기대앉았다. "맞는 말씀이에요, 패리시 선생. 이 자리에 있는 모든 사람들을 대신해 선생의 협조를 부탁드리며, 몇 가지 질문에 답변해주시면 감사하겠습니다."

"그러죠." 에릭은 애써 미소를 지었다.

"첫 번째 질문은 맥스 자보우스키와의 관계에 관한 것입니다. 선생은 언제부터 맥스의 치료를 담당했습니까?"

에릭은 용기를 내어 자신의 견해를 밝혔다. "경감님, 로즈 형사에게 들으셨을지 모르지만, 난 환자와의 기밀유지 조항을 지켜야 합니다. 맥스의 치료나 상담 중 들었던 이야기, 병에 관련된 사항들에 관한 질문에 한해서는 대답해 드릴 수 없습니다."

뉴마이어 경감은 가느다란 입술을 앞으로 내밀었다. 머리카락처럼 희끗한 수염이 거뭇거뭇 자라나 있었다. "그렇다면 대답할 수 있는 것부터 질문드리죠. 맥스는 선생님의 환자죠?"

"네. 로즈 형사에게 그 사실을 밝힌 것도 환자가 자살 위험이 있었기 때문입니다. 당시 맥스는 실종된 상태였기 때문에 아이를 찾기 위해 알린 거였죠." 에릭은 잠시 말을 멈췄다. "지금 맥스는 어디에 있습니까?"

뉴마이어 경감은 대답하기에 앞서 잠시 망설였다. "구금되어 있습니다."

"이곳에요?"

"네."

"이미 들으셨을지도 모르지만, 그 애의 정신 상태가 걱정됩니다. 자해의 위험성이 상당히 높아요. 맥스는 주의해서 계속 지켜봐야 합니다."

"그 말은 전해 들었습니다. 감사합니다."

"그렇다면 지금도 지켜보고 있는 중인가요?"

"네."

에릭은 마음이 놓이지 않았다. 뉴마이어 경감은 말로는 그렇다고 했지만 말투가 무뚝뚝하고 냉정했다. 열정적인 로즈 형사와는 달랐다. 지금 로즈 형사는 아무 말 없이 양손을 앞에 포갠 채 앉아 있었다.

"아직 맥스를 심문하지 않은 건가요?"

"네."

"맥스에게 변호사가 있습니까?" 에릭은 탁자 밑으로 누군가 오른쪽 다리를 걷어차는 것을 느꼈다. 입을 다물라는 폴의 신호일 것이다.

"내가 알기로는 없습니다. 맥스의 모친이 열심히 찾고 있는 것 같긴 하지만." 뉴마이어 경감이 에릭을 쳐다보았다.

"정신과 의사는요?"

"그건 왜 물으시는 거죠?"

"현실적으로 내가 지금 맥스를 상담할 수 없는 상황이지만, 맥스에게는 정신과적인 도움이 필요하니까요. 개인 상담을 하는 동료들의 연락처를 줄 수 있습니다. 맥스를 좀 도와주시죠."

"우리가 말입니까?" 뉴마이어 경감의 말투가 서늘했지만 에릭은 놀라지 않았다.

"네. 당신들한테는 구금되어 있는 사람들을 보살필 법적인 의무가 있으니까요. 만일 그 애가 다쳐서 피를 흘리고 있다면 의사를 불러 줬을 겁니다. 지금 맥스는 정신적인 고통에 시달리고 있어요. 그러니 정신과 의사가 필요합니다." 에릭은 폴이 또다시 탁자 밑에서 다리를 걷어차는 것을 느꼈다.

"다음 질문을 드리죠." 뉴마이어 경감이 목청을 가다듬었다. "월요일 밤, 맥스와 통화를 한 뒤에 실종 신고를 한 게 맞습니까?"

"네, 사실입니다."

"피해자인 르네 베빌라쿠아와는 어떤 관계죠?"

"아무 관계없습니다. 모르는 사이니까요."

"하지만 선생은 피해자가 일하는 곳으로 찾아가 르네를 만났습니다. 아닌가요?"

"그건 맞습니다."

"이 질문에 대답하는 건, 그 사실이 맥스나 맥스의 치료와 관계가 없기 때문인가요?"

"네. 경감님이 물어본 건 내 소재에 관한 것이었으니까요. 그래서 대답한 겁니다."

"월요일 밤, 선생이 프로즌 요거트 가게로 찾아가 르네 베빌라쿠아와 이야기를 나눈 이유는 뭡니까?"

"대답할 수 없습니다."

뉴마이어 경감은 희끗거리는 눈썹을 치켜세웠다. "난 논리적인 사람이라고 생각합니다. 꼼꼼하기도 하죠. 이런 점들 때문에 아내는 미치려고 합니다. 선생이 그 요거트 가게에 간 이유를 말해줄 수 없다는 건, 맥스 자보우스키가 연관되어 있다고 결론 내리는 것이 타당하겠죠. 우린 맥스 자보우스키가 퍼펙트 스코어에서 르네 베빌라쿠아를 가르쳤다는 것을 알아냈습니다. 선생이 그 가게에 간 건 맥스 자보우스키 때문이죠. 아닙니까?"

에릭은 대답하려고 하다가 멈췄다. "대답할 수 없습니다. 그 사실을 확인해줄 수도, 부인할 수도 없어요."

"맥스가 르네를 선생에게 소개시켰습니까?"

"대답할 수 없습니다."

"선생이 맥스에게 르네를 소개해준 건가요?"

"아뇨."

"르네를 먼저 안 사람이 누굽니까?"

"난 르네를 모릅니다."

"그날 밤에 요거트 가게로 찾아갔던 것만 제외하면 말이죠."

폴이 극적으로 한숨을 내쉬었다. "경감님, 패리시 선생님은 기밀유지 문제에 대해 일관된 태도를 보이고 계세요. 경감님도 그렇겠지만, 나도 그 점을 존중합니다. 의뢰인에 대한 변호사의 특권에도 불구하고 선생님은 내게도 아무 말도 하지 않았다는 점을 알려드리는 바입니다."

뉴마이어 경감이 에릭을 돌아보았다. "르네 베빌라쿠아 살인 사건과 관계가 있습니까?"

"아뇨, 없습니다."

"르네 베빌라쿠아 살인을 맥스와 공모했습니까?"

"아닙니다."

"르네 베빌라쿠아를 죽이라고 맥스를 사주했나요?"

"아뇨."

"르네와 사귀는 사이였습니까?"

"아닙니다."

"맥스가 르네와 사귀는 사이였나요?"

"그건 대답할 수 없습니다."

"르네 베빌라쿠아의 휴대폰을 어째서 맥스가 가지고 있는 건가요?"

"대답할 수 없습니다." 에릭은 놀란 티를 내지 않으려고 애를 썼다. 맥스의 침실에서 르네의 휴대폰을 찾아낸 것이 분명했다. 경찰이 그 사실을 마리에게 알렸을지 의심스러웠다. 그랬다면 마리가 말했을 테니까.

"맥스를 상담하는 중에 맥스가 르네를 죽일지도 모른다는 걱정을 하게 된 건가요?"

"그 질문에는 대답할 수 없습니다." 에릭은 그 질문이 불러온 고통을 알리지 않기 위해 애써 무표정을 가장했다.

"패리시 선생, 선생의 환자가 살인이나 자살을 생각하고 있을 경우 피해자나 경찰에 그 사실을 알려야 할 의무가 있지 않습니까?"

"그렇습니다." 에릭은 냉정을 잃지 않았다.

"그렇지만 오늘 밤, 선생은 자나 경위에게 맥스가 경찰을 이용해 자신의 목숨을 버리려고 하는 것 같다고 말했습니다. 아닌가요?"

"맞습니다." 에릭은 침을 삼켰다.

"맥스가 자살할지도 모른다고 생각했다면, 어째서 해브메이어 종합병원에 입원시키지 않은 겁니까?"

"그 질문에는 대답할 수 없습니다." 에릭은 여생 동안 똑같은 질문을 스스로에게 하게 될 것이다.

"맥스가 그런 일을 저지른 이유가 자살하기 위해서라고 생각합니까?"

"네. 그건 노련한 정신과 의사가 아니라도 충분히 알 수 있는 사실이지요. 상식이니까요." 에릭은 비밀유지 조항을 계속 내세우지 않기 위해 노력했다. "경위님이 맥스가 전화로 했다는 위협을 들려줬습니다. 누가 봐도 상식에 어긋나는 내용이었어요. 실제로도 맥스는 가짜 폭탄에 총알이 없는 총을 들고 있었죠."

"선생의 변호사 말에 따르면, 오늘 밤 선생이 목숨을 걸었다고 했죠. 쇼핑몰에 들어갔을 때 선생의 목숨이 위험할 거라고 생각했습니까?"

"네. 하지만 그 안에 들어가서는 더 이상 그런 생각을 하지 않았습니다. 맥스를 무사히 데리고 나가야 한다는 것만 생각했죠. 맥스와 이야기를 할 수만 있다면 설득시킬 수 있다는 걸 알고 있었습니다."

"그걸 어떻게 알죠?"

"비밀유지 조항에 반하는 거라 자세히 설명할 수는 없습니다." 에릭은 벽에 걸린 시계를 쳐다봤다. 10시 55분이었다. 맥스가 지금도 15분마다 색상들을 외우며 머리를 두드리고 있을 걸 알기에 지금 경찰서 내 어디에 있을지 궁금했다.

"이미 앞서서부터 선생은 완전히 맥스의 편에서 이야기하면서 그 아이의 안녕과 소재에 대해 물었죠. 그리고 맥스의 목숨을 구하기 위해 경찰의 바리케이드까지 뚫었어요. 그런 것으로 보아 선생이 맥스와 개인적인 관계가 있는 것처럼 보입니다만."

"아뇨. 맥스와는 그저 의사와 환자의 관계일 뿐입니다."

"하지만 맥스는 할머니가 돌아가셨을 때 선생의 휴대폰으로 연락을 했죠? 이건 선생이 래드너 경찰서에 말했던 것이니 비밀유지 조항을 내밀 수는 없을 겁니다."

"맞아요. 맥스가 내 휴대폰으로 연락을 했습니다."

"맥스가 연락을 자주 하는 편인가요?"

"대답할 수 없습니다." 에릭은 경찰이 자신의 휴대폰을 가져갔다는 사실이 떠올랐다. 보나마나 통화 목록을 조사했을 것이다. 지금 경찰은 에릭이 거짓말을 하고 있는지 알아내려고 하는 것이다.

"다른 환자들도 휴대폰으로 연락을 합니까?"

"네. 개인 상담 환자들의 경우 위급한 상황일 때 연락하죠."

"맥스와 친밀한 관계였습니까?"

폴이 한숨을 쉬었다. "맙소사, 정말 이러깁니까?"

"아닙니다." 에릭이 딱딱하게 대답했다.

뉴마이어 경감이 눈을 깜빡거렸다. "선생이 맥스의 집에 찾아가서 어머님과 이야기를 나눴다고 하던데요. 맞습니까?"

"네."

"개인 상담 환자들의 경우 그렇게 집으로 찾아가곤 하는 겁니까?"

"아뇨."

"그렇다면 이제까지 다른 환자의 집에는 찾아간 적이 없다는 말씀이군요?"

"그렇습니다." 에릭은 인정할 수밖에 없었다.

"맥스의 침실에 들어갔던 것도 사실인가요?"

에릭은 머뭇거렸다. 이번 질문은 비밀유지 조항에 해당되지 않았다. 경계선 침범이 결국 그의 발목을 붙잡았다. "사실입니다."

"왜 들어갔습니까?"

"대답할 수 없습니다."

"맥스의 침실에 들어간 건 그때가 처음인가요?"

"네." 에릭은 그 질문의 저의에 기분이 상했다.

"맥스의 상담은 선생의 집에서 했습니까?"

"네. 집에 있는 상담실에서요."

"맥스가 상담실 외에 다른 곳에도 들어간 적이 있나요?"

"아뇨."

"선생의 침실에 들어간 적은요?"

"없습니다." 에릭은 집 1층에 지문 채취 가루가 떨어져 있던 것이 떠올랐다. 2층에는 올라가지 않았지만, 그쪽도 마찬가지일 것이다.

"다른 곳에서 맥스를 만난 적은 없습니까? 맥스의 차 안이나, 선생의 차 안 같은?"

"없습니다." 에릭은 경찰이 자신의 차 안에도 지문 채취 가루를 잔뜩 뿌려 놓았을 거라는 것을 알 수 있었다. 언제 여기서 나갈 수 있을지 궁금했다.

"선생은 자신이 맥스에게 엄청난 영향력을 가지고 있다고 생각하나요?"

"아뇨."

"오늘 저녁 같은 일이 있었는데도 말인가요?" 뉴마이어 경감이 잠깐 말을 멈췄다. "쇼핑몰로 뛰어 들어가 깜짝 놀랄 정도로 빠른 시간

안에 맥스를 데리고 나왔잖습니까."

에릭은 점차 상황이 위험하게 흘러가고 있다는 것을 알아차렸다. "지금 하신 말씀도 질문입니까?"

"정신과 의사로서 환자들에게 영향력을 행사하는 방법을 알고 있지 않습니까?"

"그런 건 없습니다. 치료 과정을 오해하신 모양이네요. 우리는 환자들 스스로가 영향력을 행사할 수 있게 도와줄 뿐입니다."

"표현만 그럴싸할 뿐 사실은 환자들을 조종하는 거 아닙니까?"

"절대 그렇지 않습니다."

"재미있군요. 선생이 맥스를 조종하는 것처럼 보이는데 말이죠."

"그렇지 않습니다."

폴이 또다시 끼어들었다. "지금 그게 질문입니까?"

뉴마이어 경감이 고개를 추켜세웠다. "우린 이번 사건의 진상을 밝혀내야 하고, 패리시 선생과 맥스의 관계의 범위와 본질이 무엇인지 알아내야 합니다. 패리시 선생이 맥스와의 관계에 대해 설명해주지 않으니 우리가 논리적으로 추론해 낼 수밖에요. 일단 패리시 선생은 맥스에게 엄청난 영향력을 행사하고 있어요. 혼자 힘으로 교착 상태와 인질 사태를 끝낸 것을 보면 알 수 있습니다. 패리시 선생이 아버지가 없는 어린 소년을 통제하고 영향력을 행사하며 조종하고 있다는 내 이론에 부합해요. 선생이 스벵갈리[45]처럼 마음대로 움직이고

---

45 조르주 뒤 모리에의 〈트릴비〉에 나오는 등장인물로, 다른 사람의 마음을 조

있다는 증거죠."

"말도 안 되는 소리!" 폴이 코웃음을 쳤다.

"그렇지 않습니다." 에릭이 덧붙였다.

"패리시 선생에게 아무 정보도 얻어내지 못했어요. 우리 입장에서
는 말이 안 되는 소리가 아닙니다. 여자애가 목숨을 잃었으니 우리는
수사를 해야만 해요. 지금까지 나온 사실들로만 비추어 봤을 때, 패
리시 선생의 지시로 맥스가 살인을 저질렀다고 해도 말이 안 되지 않
는다는 겁니다."

"정말 어처구니가 없군요." 폴이 날카롭게 말했다.

뉴마이어 경감이 냉정하게 말을 이었다. "또한 선생의 지시로 오늘
밤 맥스가 가짜 폭탄과 총을 들고 쇼핑몰에 들어갔고, 사람들을 죽이
고 쇼핑몰을 날려버리겠다는 거짓말을 했다고 하면 말이 되죠."

"뭐라고요?" 에릭이 깜짝 놀라 말했다. "내가 왜 맥스에게 그런 일
을 시킨다는 말입니까? 무슨 이유로 아이들을 인질로 잡고, 쇼핑몰을
날려버린다는 거죠?"

"선생 자신을 포장하기 위해서죠."

"그게 무슨 말이죠?" 에릭은 두려워지기 시작했다. 그는 상황이 이
런 식으로 흘러갈 줄은 전혀 모르고 있었다. 폴 역시 몰랐을 것이다.
경찰은 에릭을 주범으로 보고, 맥스를 그의 하수인으로 간주하고 있
었다. 에릭은 맥스를 곤경에 처하게 만들지 않고, 비밀유지 서약을

종하여 나쁜 짓을 하게 만드는 힘을 가진 사람을 뜻한다.

어기지 않으면서 자신을 어떻게 변호해야 할지 알 수가 없었다.

폴이 손을 흔들어 에릭의 입을 막았다. "경감님, 지금 무슨 말을 하는 겁니까? 패리시 선생님이 그런 극악무도한 짓을 할 이유가 뭡니까? 애들을 인질로 삼을 일이 뭐가 있다는 거죠?"

뉴마이어 경감이 폴을 돌아보았다. "패리시 선생은 오늘 르네 베빌라쿠아 살인 사건과 관련해 심문을 받았어요. 살인 혐의에서 벗어나기 위해 맥스 자보우스키를 이용해 자신을 영웅처럼 만든 것일 수도 있죠." 뉴마이어 경감은 고개를 돌려 에릭을 쳐다보았다. "선생이 맥스에게 가짜 폭탄과 총을 들려 쇼핑몰로 보냈습니까? 그 애가 선생의 계획에 따르던가요?"

"잠깐만요. 그러니까 지금 그 말은 내가 오늘 사건이 다 거짓이라는 걸 알고 있었다는 말입니까?"

"그럴 가능성도 충분하죠. 다른 논리적인 추론은 없습니다. 선생은 우리를 이해시키고 설득할 만한 아무 정보도 주지 않으니……."

"이건 협박입니다!" 폴이 혐오감을 숨기지 않으며 말을 가로막았다.

뉴마이어 경감은 폴을 무시한 채 에릭을 노려보았다. "더욱이 조사 과정에서 선생이 병원에서 무기한 정직 처분을 받았다는 것을 알게 됐습니다."

폴이 양손을 들어올렸다. "그게 무슨 상관입니까?"

에릭은 그 즉시 굴욕감을 느꼈지만 아무 말도 하지 않았다.

뉴마이어 경감은 또다시 폴을 무시했다. "병원 관계자들은 정직을 받은 사유가 기밀이라고 했지만, 어쩌면 그 일이 선생의 범행 동기일 가능성도 있죠. 선생의 평판을 되찾고 복직하기 위해 거짓 무대를 꾸몄다고 한다면 충분히 말이 되니까요. 맥스가 쇼핑몰에 들어가 그 난리를 친 건 선생의 지시였죠? 그런 뒤에 곤경을 면하기 위해 선생도 뛰어든 거죠?"

"아닙니다!" 에릭이 소리쳤다.

"됐어요. 이만하죠!" 폴이 의자를 박차고 자리에서 일어났다. "우리가 최선을 다해 협조를 하고 있음에도 불구하고 경감님은 내 의뢰인에게 싸움을 걸었어요. 패리시 선생님은 더 이상 당신들의 터무니없는 질문에 대답하지 않을 겁니다." 폴이 에릭을 돌아보았다. "더 이상 아무 말도 하지 말아요. 여기선 끝났어요."

뉴마이어 경감이 입을 내밀었다. "그렇다면 선생을 유치장으로 보내겠습니다. 최대한 붙잡아 보도록 하죠."

"대체 무슨 혐의로 기소하겠다는 겁니까?"

"지방 검사님과 의논해봐야죠." 뉴마이어 경감이 계속 뭔가를 열심히 메모하고 있는 지방 검사를 흘깃 쳐다보았다. "혐의가 무엇인지는 가능한 빨리 알려드리겠습니다. 선생이 전적으로 협조하기로 생각을 돌리지 않는 한 기소될 겁니다. 패리시 선생에게는 선택권이 있어요. 유치장에서 충분히 생각해보기 바랍니다."

"부끄러운 줄 아세요."

에릭은 두려움을 최대한 억눌렀다. 그는 유치장에 들어가게 될 것이다. 도저히 있을 수 없는 일인 것 같았고, 현실이 아닌 것 같았다.

에릭은 이제 범죄자로 기소될 것이다. 전과자가 되는 것이다. 그는 뉴마이어 경감을 쳐다보았다. "전화를 써도 되겠습니까?"

뉴마이어 경감이 눈을 깜빡거렸다. "어디에 걸겠다는 거죠? 변호사는 이미 와 있는데."

"전화를 하고 싶습니다." 에릭은 자세히 말하지 않았다.

44
장

심문실에 혼자 남게 되자, 에릭은 유선 전화기를 앞으로 끌어당겨 번호를 눌렀다. 지금 머릿속에 있는 온갖 걱정들은 잠시 접어두었다. 오늘은 해나와 통화를 하고 싶었다. 해나의 바뀐 휴대폰 번호를 몰랐기 때문에 집으로 전화를 걸었다. 케이틀린이 전화를 받을지 걱정이었다. 발신자가 어퍼 메리언 경찰서로 뜨면 케이틀린은 전화를 건 사람이 누군지 알 것이다. 제발 전화를 받아주기를 간절히 빌고 있을 때, 누군가 전화를 받았다.

"케이틀린, 전화 받아줘서 고마워." 에릭이 안도하며 말했다.

"누구시죠?" 남자의 목소리가 들리자 에릭은 당황했다. 번호를 잘못 걸었나 생각하다가, 이내 전화를 받은 사람이 케이틀린의 남자친구인 브라이언이라는 것을 깨달았다. 케이틀린이 밤을 같이 보내는 남자가 있다는 건 알고 있었지만 그 사람의 목소리를 직접 듣는 건 다른 문제였다. 브라이언의 목소리는 깊고 강했으며 적대적이었다. 에릭은 질투와 더불어 분노가 치솟았다. 그는 유치장에 있는데, 브라이언은 케이틀린의 옆에서 잠을 잔다는 사실을 용납할 수가 없었다.

"에릭 패리시요. 해나의 아빠이자……."

"그쪽은 여기 전화하면 안 되는 걸로 아는데요. 케이틀린과 직접 연락하면 안 돼요. 그쪽 변호사가 케이틀린의 변호사에게 연락해야지."

에릭은 전화선 너머로 상대방을 한 대 치고 싶었다. 그는 이 모든 상황들을 해결하는 데 지쳐 있었다. 어쩌면 막다른 지경에 몰린 것일지도 모른다. "난 해나와 통화하고 싶은 거요."

"그럼 그 애의 휴대폰으로 걸었어야죠."

"애가 받지 않았어요."

"잠든 거겠죠."

"케이틀린은 밤 9시에 애의 휴대폰을 꺼버려요. 하지만 해나는 그 뒤에도 한참 깨어 있어요. 나도 해나를 깨우고 싶진 않아요. 하지만 케이틀린에게 해나가 정말 잠들었는지 확인해달라고 해요. 케이틀린 옆에 있죠?"

"해나는 잠들었어요."

"전화는 1층에 있고, 애는 2층에 있는데 어떻게 안다는 거요? 난 그 집을 잘 알아요. 그쪽보다 먼저 그 집에서 살았으니까." 에릭은 자신의 입에서 그 말이 나오는 것을 들으면서, 더 이상 집에 대해 이야기하고 있는 게 아니라는 것을 깨달았다.

"내 말을 믿으라니까."

"난 그쪽 말을 믿을 생각이 없어요. 내 딸과 통화하는 문제를 그쪽과 이야기할 생각은 없으니까." 에릭은 목소리를 높였다. 자제력을 잃은 것 같은 느낌이 들었다. "그리고 내 딸을 한 번만 더 투덜이니 뭐니 그딴 식으로 불렀다가는 그쪽을 죽도록 패줄 거요."

브라이언이 코웃음을 쳤다. "헛발질 좀 그만하시지. 어디서 양육권 소송이야? 해나를 위한 행동인 척하지만 실은 자신을 위한 거잖아. 케이틀린을 되찾고 싶겠지만 물 건너갔어. 당신은 케이틀린이 나랑 있으니까 질투가 난 거야. 케이틀린한테 상처를 주고 싶었겠지. 해나를 이용하면 케이틀린이 아파할 걸 아니까 양육권을 물고 늘어진 거야."

"그렇지 않아요. 그 문제에 관해서라면 그쪽과 할 말 없소."

"발신번호를 보니 어퍼 메리언 경찰서에 있는 모양이네. 체포당했으니까. 법원에서 볼 만하겠는데? 양육권 소송에 행운을 빌지. 단독 면회권이라도 얻으려면 운이 아주 좋아야 할 테니까."

"내 딸이나 바꿔주시오." 에릭은 밖으로 나가자마자 수잔에게 전화해야겠다고 마음먹었다.

"정말로 당신 딸이랑 통화하고 싶어? 지금 어디에 있는지 애한테 말하고 싶은가 보지? 부끄러운 아빠를 가진 애들이 어떻게 하는지 알아?"

에릭은 자기 아버지가 부끄러웠기 때문에 그게 어떤 건지 정확하게 알고 있었다. 하지만 그런 분석에 이 얼간이는 필요 없었다. "난 그쪽과 싸우고 싶지 않아요. 가서 내 딸이 잠들었는지 확인하고……."

"지금 날 비웃은 거야? 당신 딸이 학교에서 어떻게 됐는지 알아?

다른 애들이 그 애를 얼마나 괴롭히는지 아냐고?"

에릭도 같은 생각을 했고, 그래서 해나와 통화하고 싶었다. "굳이 말하자면 난 인질을 풀어준 쪽이오."

"그러든가 말든가. 애들은 그 차이를 몰라. 그 애들이 아는 건 해나의 아빠가 감옥에 갔다는 거야. 애들은 그냥 그렇게 말한다고. 우린 애가 그런 나쁜 놈들과 마주치길 바라지 않아."

"우리?" 에릭이 화가 나서 받아쳤다. "잘 들어. 내 아이는 네 자식이 아니야. 케이틀린한테 말해서 해나가 정말 잠들었는지 확인해보라고 해. 그리고 애가 깨어 있으면 전화 바꿔주고."

"당신 지시를 받을 이유가 없어."

"내 딸과 통화하게 해달란 말이야! 애가 내일 고개를 똑바로 들고 학교를 갈 수 있게, 내가 직접 해나에게 사실을 말해줄 거야."

"우린 내일 해나를 학교에 보내지 않을 거야."

또 우리라고 한다. "어째서? 해나는 학교에 가야 해. 영원히 학교에 보내지 않을 수는 없어. 이런 상황에 그렇게 대처해서는 안 돼."

"미안하네. 우린 그쪽처럼 똑똑하지가 않아서. 그래서 당신이 감옥에 간 거야. 너무 똑똑해서 말이지."

"해나 바꿔!" 바로 그때, 에릭은 전화선 너머로 해나의 목소리를 들었다. 하지만 무슨 말을 하는지는 알 수가 없었다. 상대방은 아무 말이 없었다. 하지만 전화를 끊은 게 아니라 수화기를 손으로 막고 있는 것 같았다. 드문드문 웅얼거리는 소리와 해나의 말소리가 들렸다. 그리고 다음 순간 전화기가 다른 사람에게 넘어갔다.

"에릭?" 케이틀린의 목소리가 딱딱했다. "당신 뜻대로 돼서 좋겠어. 해나가 당신 때문에 깨서 지금 옆에 있네. 짧게 통화하고 끝내."

"내가 해나랑 얼마나 통화를 하든 당신이 상관할 일이 아니야."

"그 문제는 당신 친구 수잔이랑 의논해봐. 지금 해나 바꿔줄게."

"아빠? 아빠야?" 해나의 목소리였다.

"해나!" 에릭은 딸의 귀여운 목소리에 심장이 뛰는 것을 느꼈다. "우리 딸 목소리 들으니까 너무 좋다!"

"아빠, 괜찮아? 많이 걱정했어. 어떻게 된 거야? 지금 어디 있어?"

"아빤 괜찮아. 아무 일 없어." 에릭은 딸을 걱정시켰다고 생각하자 자신이 미웠다.

"보고 싶어."

"아빠도 보고 싶어. 잠 깨워서 미안하고."

"나 안 자고 있었어. 아빠 전화 기다렸는걸. 브라이언 아저씨하고 엄마가 통화하는 소리를 듣고 아빠인 줄 알았지. 나도 아빠랑 통화하고 싶었어."

"아빠도 너랑 통화하고 싶었어. 어젯밤에는 전화 못해서 미안해. 하지만 너무 긴박한 상황이라서 그랬어. 그래서 오늘 밤에는 꼭 통화하고 싶은 마음에……."

"아빠, TV에 나온 거 봤어. 총을 가진 나쁜 사람들이 쇼핑몰에 나타나서 폭탄을 설치했다잖아! 내가 운동화 사러 갔던 바로 그 쇼핑몰인데. 아빠, 다친 거 아니지?"

"안 다쳤어. 아빠 멀쩡해. 그리고 진짜 폭탄 아니고 가짜 폭탄이었어. 아무도 다치지 않았단다. 이제 그 일은 모두 끝났어."

"나쁜 사람이 누구야? 아빠의 환자야? TV에 나온 사람? 후드 입고, 좀 무섭게 보이는 사람 말이야. 그 사람은 왜 그런 거야?"

"아빠 환자 맞아. 하지만 나쁜 사람은 아니란다."

"그럼 누가 나쁜 사람이야? 쇼핑몰에 경찰들이 엄청 많이 모여 있던데."

"나쁜 사람은 아무도 없었어." *브라이언만 제외하고.* 에릭은 그렇게 말하고 싶었지만 참았다. "이제 아무 일 없어. 아빠는 환자를 도우러 쇼핑몰에 갔던 거고, 그 사람도 이젠 괜찮아."

"아빠, 보고 싶어. 언제 보러 올 거야? 아빠가 감옥에 있다고 브라이언 아저씨가 하는 말을 들었는데. 정말 감옥에 있는 거 아니지?"

에릭은 이제까지 해나에게 거짓말을 한 적이 없었다. 지금은 거짓말을 하고 싶었지만 그 유혹을 이겨냈다. 케이틀린과 브라이언이 해나에게 뭐라고 이야기할지 알 수 없었기 때문이다. "아빠가 감옥에 있는 건 경찰들을 돕기 위해서야."

"왜 감옥에 갔어? 아빠는 나쁜 짓을 하지 않았잖아. 경찰들이 뭔가 잘못 안 거지? 법을 어긴 사람들만 감옥에 가는 건데."

"아빠는 아무 잘못 안 했어."

"알아. 하지만 TV에 아빠가 쇼핑몰에서 나오자마자 경찰들이 둘러싸고, 아빠가 〈캅스〉에 나오는 나쁜 사람들처럼 손을 들고 있는 모습이 나왔어." 아이의 목소리가 가늘어지고 떨렸다. "아무 짓도 안 했다고 경찰들한테 말했어? 아빠가 나쁜 짓을 했다고 생각하는 거야?

왜 그렇게 생각하는 건데?"

"아빠가 쇼핑몰 안에 있었으니까 경찰들이 착각한 거야."

"그럼 아빠는 왜 손을 들었어? 경찰들이 총을 쏘려고 했던 거야? 엄마는 아니라고 했지만 난 봤어. 경찰들이 아빠를 순찰차에 태웠잖아. 그때 엄마가 TV를 껐어. 경찰들이 아빠한테 총을 쏘려고 했던 거지? 엄마는 아빠가 무사하다고 했지만 난 계속 울었어."

에릭은 딸을 생각하자 마음이 아팠다. "해나, 걱정할 필요 없어. 난 괜찮으니까. 지금 아빠는 나쁜 짓을 한 게 아니라 경찰들을 도와주고 있는 거야. 내일이면 집에 갈 수 있어……."

"병원에는 안 가? 아빠 병원에서 해고된 거 아니지?"

"그게 무슨 소리야?" 에릭은 해나가 병원에서 있었던 일을 어떻게 알고 있는 건지 알 수 없었다.

"엄마가 아빠는 이제 병원에 못 나갈 거라고 브라이언 아저씨한테 하는 소리를 들었어. 엄마 친구인 대니얼 아저씨가 병원에 전화했더니 병원에서 아빠를 해고했다고 그랬대."

에릭은 좌절하며 이마를 문질렀다. 해나는 그 집에서 말하는 모든 내용을 다 듣고 있었다. 케이틀린과 브라이언은 에릭의 정직에 대해 이미 알고 있었다. 병원에서 정직 처분 사유를 말해주지 않았기만을 바랄 뿐이었다.

"아빠, 병원에서 해고된 거 아니지? 아빠는 일 잘하잖아. 아니야?"

에릭은 말을 돌렸다. "아빠는 네가 그런 걱정하는 거 바라지 않아. 네가 신경 쓸 일이 아니니까……."

"아빠, 잠깐만. 엄마가 이제 자러 가래. 그만 가야 할 것 같아. 잘
자, 사랑해."

"나도 사랑해……." 에릭은 마음이 아팠지만, 전화는 이미 끊어진
상태였다.

잠시 뒤, 그는 수화기를 내려놓고 창문에 비친 자신의 모습을 쳐다
보았다. 에릭은 모든 것을 잃은 것처럼 보였고, 모든 것을 잃은 것처
럼 느껴졌다. 그가 소중하게 여기는 모든 것을 잃었다. 아이, 직장, 자
유, 심지어 명성까지도.

에릭은 자신의 모습을 더 이상 볼 수가 없었다.

그는 시선을 돌렸다.

45
장

에릭은 유치장 벽에 몸을 기댔다. 주황색이라는 것만 제외하면 병원 수술복과 똑같은 죄수복으로 갈아입은 상태였다. 유치장은 커다란 옷장 크기에 습하고 더웠다. 두꺼운 플렉시 유리로 된 문이 달려 있는 앞면을 제외하고는 삼면이 우중충한 흰색 콘크리트 벽이었다. 텅 빈 복도 역시 콘크리트 벽이었다. 유치장 안에는 보통 크기보다 작은 스테인리스 스틸로 된 변기가 있었다. 덮개가 없었기 때문에 소변 냄새가 지독하게 났다. 그리고 벽에는 스테인리스 스틸로 된 긴 의자가 붙어 있었다. 그 의자에는 발목 족쇄로 쓰이는 커다란 금속 고리까지 달려 있었지만, 에릭은 수갑조차 차지 않은 상태였다.

불빛은 어두웠고, 전체적으로 조용했다. 에릭은 피로가 몰려오는 것을 느꼈다. 그는 눈을 감고 머리를 식히려고 애썼다. 하지만 잘 되지 않았다. 해나와 병원, 경찰들이 했던 질문들이 계속 떠올랐다. 마음 한편에는 맥스와 그 아이에게 벌어진 일이 남아 있었다. 에릭은 폴의 말이 옳다는 건 알고 있었다. 형사 소송이라는 것을 감안하면 이제부터는 자신과 맥스를 분리시켜야만 했다. 만일 경찰이 에릭을 맥스의 인생에서 스벵갈리 같은 존재라고 여기고 있다면, 그가 조금이라도 맥스를 통제하는 입장을 보였을 경우 의혹만 깊어질 것이다. 질문만 해도 의심을 샀던 것처럼.

에릭은 비디오 게임 가게에서 자신이 르네를 죽였다고 해도 기억이 나지 않는다며 자책하던 맥스의 모습을 떠올렸다. 맥스는 르네의 죽음에 책임감을 느끼고 있었다. 자기가 르네를 해칠지도 모른다고 걱정하고 있었기 때문이다. 하지만 에릭은 그건 강박장애 증상의 하나라는 것을 알고 있었다. 아서도 그의 생각에 동의했다. 에릭은 여전히 맥스가 르네를 죽였다는 것을 믿지 않았지만, 그렇다고 맥스가 아무 죄도 없을 거라는 확신도 없었다.

에릭은 자신이 원칙에 입각해 옳은 일을 하고 있는 것이기를 바라면서 머리카락을 뒤로 쓸어 넘겼다. 만일 그가 이 일로 감옥에 가고 해나의 양육권을 잃게 된다면, 딸을 다른 아이와 교환한 셈이 된다. 그렇게 할 수는 없지만, 그렇다고 해서 지금과 반대되는 선택을 할수도 없었다. 어느 쪽을 선택해도 이길 수 없었다.

모든 일을 바로잡을 방법은 한 가지밖에 없었다.

르네 베빌라쿠아를 죽인 범인을 알아내는 것이다.

교도소에 들어가기 전에 찾아내야만 한다.

46
장

6. 나는 교활하다.

선택하시오 : 전혀 그렇지 않다 / 조금 그렇다 / 그렇다

좋다.

모든 소시오패스들이 살인마는 아니라고 했던 말을 기억하는가?

그건 사실이다.

내 생각이 옳았다.

일단 나는 거짓말을 하지 않는다.

나도 지금까지는 아무도 죽이지 않았다.

하지만 지금은 누군가를 죽여야만 할 것처럼 보인다.

계획을 어긋나게 할 생각이 없기 때문이다.

원하는 것은 반드시 가져야 하기 때문이다.

원하는 것을 얻으려면 어떻게 해야 하는지 알고 있고, 손에 넣을 때까지 그만둘 생각은 없다.

난 이길 것이다. 완전히 이길 것이다.

이 모든 일이 끝나면 죽은 사람들이 많겠지만, 마지막으로 바닥에 쓰러지는 건 그가 될 것이다.

에릭 패리시.

그는 나의 호적수임을 입증했으며, 존중이라는 것이 어떤 느낌인지 안다면 존중할 수 있을 것 같은 성실함으로 내게 맞섰다.

하지만 이제는 그를 쓰러트릴 시간이다. 내가 직접 나서야 할 것 같다.

나는 자신 있다.

나는 할 수 있다.

의심할 여지가 없다.

그는 스스로 깨닫지 못했을 뿐, 완벽한 위치에 있었다. 자신이 조금씩 올라가고 있다고 생각하지만, 점점 더 밑으로 떨어지고 있다. 성공할 거라고 생각하지만, 실패할 것이다.

그는 이기기 위해 노력하겠지만, 내게 패배할 것이다.

나는 이미 새로운 계획을 세우고, 그의 행보에 맞춰 대응하며, 나 자신의 새로운 행보를 개척하고 있다.

결국은 내가 이길 것이다.

그를 무너뜨릴 것이다.

그를 파멸시킬 것이다.

난 호적수가 될 것이다.

너무 많은 계획을 세우고, 수없이 사기치고, 너무 많은 사람들을 속이다보니 자세히 설명할 수가 없다.

지금까지 내 인생이 거짓말의 연속이었는지, 아니면 커다란 하나의 거짓말이었는지는 중요하지 않다.

나는 모두를 속였다. 심지어 당신조차도.

난 모두를 바보로 만들었다. 여기서조차.

모든 게 끝나면 무슨 뜻인지 알게 될 것이다.

앞으로 제일 큰 거짓말과 가장 큰 속임수, 최고의 계획이 남아 있다.

치명적이고 유혈이 낭자할 것이다. 끝내 내가 이길 것이다.

그리고 마침내 게임이 끝날 것이다.

다음 게임을 시작하기 전까지는.

47
장

다음 날 아침, 에릭은 폴과 함께 유치장을 떠날 준비를 했다. 정복 경관 두 명이 베이지색 서류 보관함, 온갖 색상의 철제 바구니들과 서류 봉투들이 쌓여 있는 긴 카운터가 있는 반대편 끝에서 조용히 대화를 나누고 있었다. 펜실베이니아 형사법에 따라 경범죄인 공무집행 방해죄로 에릭의 기소 인정 여부 절차를 밟는 데 꼬박 하룻밤이 걸렸다. 에릭은 범인 식별용 얼굴 사진을 찍었다. 보나마나 굴욕적으로 나왔을 것이다. 에릭은 구식 잉크대에 손가락을 대고 지문을 찍었다. 그런 뒤, 폴이 가져다준 새 옷으로 갈아입었다. 흰색 셔츠에 회색 바지, 새 로퍼였다. 이제 그는 잘 차려입은 범죄자였다.

폴은 남색 실크 넥타이를 고쳐 매며 에릭을 돌아보았다. 그는 칼라 안쪽이 보이는 매끈한 회색 셔츠에, 경량 진회색 모직으로 된 몸에 딱 맞는 양복을 입고 있었다. "이제 여길 나갑시다. 곧장 빠져나갈 수 있게 바로 앞에 차를 세워뒀어요. 새 휴대폰도 가져왔는데, 이번에는 간수 잘 해요. 안 그러면 용돈에서 빼갈 테니까."

"고맙습니다." 에릭은 간신히 미소를 지었다.

"기운 좀 내요."

"기운 내고 있어요."

폴은 재단사처럼 눈을 가늘게 뜨고 에릭을 위아래로 훑어보았다. "괜찮아 보이네요. 이제부터는 이런 식으로 입으세요."

"변호사님과 비슷해 보일 것 같은데요."

"그렇죠." 폴이 작은 소리를 내며 웃다가 이내 미소를 거두었다. "여길 나가기 전에 언론을 어떻게 상대해야 할지 계획을 세워야 해요. 여전히 밖에서 진을 치고 있고, 심지어 어제보다 더 많아져서……."

"잠깐만요. 맥스는 어디에 있습니까? 어디에 가둬둔 거죠?"

"모릅니다. 선생님도 신경 쓰지 마세요. 알겠습니까?"

"그냥 물어보는 거예요. 이곳에서 유치장은 여기밖에 없잖아요? 어젯밤에 맥스도 이쪽으로 올 줄 알았는데 오지 않았어요. 벌써 소년원으로 옮긴 건가요?"

"에릭." 폴의 눈이 의미심장하게 반짝거렸다. "맥스는 앞으로 상관하지 말라고 말씀드렸을 텐데요?"

에릭은 두려움을 억누르며 담담하게 말했다. "그냥 그 애가 살아있는지 알고 싶을 뿐이에요."

"그 애는 괜찮습니다." 폴의 표정이 부드러워졌다. "무사해요."

"맥스한테 변호사나 정신과 의사를 불러줬다던가요?"

"그건 모릅니다."

"그 애도 기소됐습니까?"

"다시 한 번 말씀드리지만, 난 몰라요. 하지만 아직 기소되지는 않은 것 같아요."

"공식적으로 우리가 분리되어 있기를 바란다는 건 알지만, 어떻게 알아볼 방법이 없을까요?"

"잘하면 방법이 있을 겁니다." 폴이 눈을 굴렸다. 그리고 서류 가방을 집어 들었다. "이제 가볼까요?"

"뉴마어이는 어떻게 할 거라고 하던가요? 지방 검사가 법원에 갔는지 아닌지 알고 있던가요?"

"이미 말씀드렸다시피 그럴 것 같다는 건 내 생각이에요. 하지만 그들이 미리 알려주고 기습 공격을 하지는 않겠죠."

"그럼 얼마나 걸릴 것 같습니까?"

"뭐가요?"

"법원에 서는 날 말입니다."

"오늘이 목요일이니까, 금요일 아니면 월요일쯤일 겁니다."

"그렇게 빨리요?"

"네. 저들은 선생님을 압박할 심산이니까요." 폴이 출입문을 가리켰다. "지방 검사와 뉴마이어 경감이 15분 뒤에 기자회견을 연다고 하더군요."

"정말요?" 에릭은 깜짝 놀랐다. 너무 안일하게 생각했던 것이다.

"네. 그래서 기자회견이 시작되기 전에 여기서 나가야 합니다. 시간을 그렇게 잡은 건 의도적이에요. 이제 관련 기사들이 미친 듯이 쏟아져 나올 겁니다."

"무슨 말을 할까요?"

"차 안에서 하워드 스턴[46] 대신 기자회견을 들어보도록 하죠. 우리 쪽에서는 성명서를 발표하지 않을 거라고 언론 쪽에 알렸으니 경찰서에서도 그렇게 알고 있을 겁니다."

"잘했어요. 성명서 같은 건 발표하고 싶지 않으니까요."

"그럴 것 같았습니다. 그래서 내가 대신 우리 입장을 밝힐 겁니다."

에릭은 혼란스러웠다. "성명서는 발표하지 않을 거라고 했다면서요."

"저들은 우리가 성명서를 발표하지 않을 거라고 생각하고 있을 겁니다. 하지만 우린 발표할 거예요. 내가 말이죠."

"뭐라고 할 건데요?"

"아직 모르죠. 황당할 겁니다. 하지만 즉흥적으로 말하면 마음에서 우러난 이야기처럼 들리거든요."

"어차피 사실대로 이야기할 거잖아요."

"그렇죠. 거기에 더해 그렇게 보이게 하려는 겁니다."

에릭은 아무 말도 하지 않았다.

"내가 말을 잘하는 것처럼 보여도 사실은 그렇지 않아요. 해리 트

---

46 미국 배우이자 DJ

루먼[47]은 결코 '혼내주겠다'라고 말한 적이 없어요. 그저 '있는 그대로 사실만을 말했을 뿐인데 그들이 혼내준다고 여긴 것'이라고 했죠."

"트루먼이 그런 말을 했다고요?" 에릭은 폴의 말이 믿기지 않았다.

"네, 그랬어요. 그런 내용을 읽은 적 없어요? 책에 나와요. 자, 이제 이야기는 이만큼 했으면 됐고, 나갑시다."

에릭과 폴은 출입문으로 나갔다. 햇살이 눈부시게 쏟아지고 있는 콘크리트 입구가 나왔다. 두 사람을 기자들로부터 지켜줄 바리케이드 같은 건 없었다. 기자들이 떼를 지어 몰려오더니 비디오카메라와 사진기, 녹음기, 마이크를 들이대며 큰 소리로 질문들을 퍼부어댔다.

"패리시 선생님, 어제 저녁 쇼핑몰의 교착 상태를 어떻게 끝낸 겁니까?" "패리시 선생님!" "선생님이 자보우스키의 담당 의사인가요?" "자보우스키의 목숨을 구하려고 했던 겁니까, 아니면 인질들을 살릴 생각이었던 겁니까?" "인질들 중에 아는 사람이 있었나요? 그중에 담당 환자가 있었던 겁니까?" "어떻게 된 건지 말씀해주시죠!"

"다들 조용히 좀 해주시죠!" 폴이 손을 흔들어 기자들을 진정시킨 뒤 단상으로 올라갔다. "변호사인 폴 포추나토입니다. 의뢰인인 에릭 패리시 선생님을 대신해 짧게 한 말씀 드리겠습니다. 말보다 행동이 중요하다고 하죠. 모두 지난밤 패리시 선생님의 행동을 보셨을 겁니다. 맥스 자보우스키가 인질극을 벌이고 있는 와중에 쇼핑몰로 뛰어

---

47 미국 33대 대통령

들어가는 것을 말이죠. 패리시 선생님이 쇼핑몰로 들어간 뒤에 창고에 인질로 갇혀 있던 아이들이 풀려나와서 기다리고 있던 부모님의 품에 안기는 모습을 보셨을 겁니다. 그 뒤에 패리시 선생님이 자보우스키 씨와 함께 쇼핑몰에서 나왔죠. 자보우스키는 자진해서 경찰에 투항했습니다."

에릭은 폴이 교묘하게 자신의 역할을 설명하고 있는 방식에 주목했다. 맥스와 별개의 존재라는 것을 밝혔을 뿐만 아니라 다른 사람을 돕는 사람으로 설정하고 있었다.

기자들이 다시 큰 소리로 질문을 퍼붓기 시작했다. "패리시 선생님, 경찰 명령을 어겼다는 것이 사실입니까?" "무슨 혐의로 기소됐죠?" "어떻게 한 겁니까?" "한 말씀 해주시죠?" "협상 훈련을 받은 적이 있나요?" "맥스 자보우스키가 선생님의 환자라는 게 사실입니까?" "성명서를 발표할 생각인가요?"

"여러분, 조용히 해주십시오!" 폴이 다시 손을 흔들었다. "패리시 선생님이 어떤 분입니까? 채드 포드에서 자란 이 지역 출신으로, 해브메이어 종합병원의 정신의학과 과장이 됐습니다. 현재 병원은 무기한 휴직 상태로, 지금 이 상황에 대처하고 있어요."

에릭은 기자들 중 일부가 소리쳐 질문하는 동안 얼굴이 달아오르는 것을 느꼈다. 폴이 자신의 정직에 대해 이야기할 줄은 몰랐다. 하지만 어차피 나중에 알려질 일이었기 때문에 변호사가 미리 밝힌 거라는 것을 알고 있었다. 위험이 따르긴 했지만, 그의 정직 사유는 병원의 대외비였다. 에릭만큼이나 병원에서도 그 사실이 외부에 알려지는 것을 원하지 않았기 때문이다.

"여러분, 요점을 말씀드리죠. 우리 모두 이 나라를 사랑합니다. 하지만 최근 쇼핑몰, 학교, 좋은 사람들이 모이는 여러 장소에서 비극적인 총격 사고들이 있었던 것은 부인할 수 없는 사실입니다. 이런 위험한 행동들은 패리시 선생님과 같은 분들이 제공하는 정신의학적인 도움이 절실히 필요한 사람들에 의해 자행되는 경우가 많습니다. 이런 비극적인 사건들을 막을 수 있는 유일한 방법은 그 같은 정신질환의 근원을 파악하고, 아픈 사람들을 치료해주는 것입니다. 그들 자신만이 아니라 우리 모두와 아이들의 안전을 위해서 말이죠."

에릭은 폴보다 말을 잘할 자신은 없었지만, 그라면 이런 상황에서 저런 이야기를 하지는 않았을 것이다. 기자들은 조용히 녹음기와 카메라를 들어 올려 폴의 말을 녹음했다.

"그런 환자들은 패리시 선생님과 같은 전문적인 상담가의 도움을 받아야 하고, 그 치료 과정은 필수적으로 비밀유지가 되어야 합니다. 정신과 의사들이 환자들을 배신하지 않고 비밀을 지켜준다는 확신이 없다면 자신들의 생각과 두려움, 감정들을 털어놓을 수 없을 겁니다. 패리시 선생님은 비밀유지 조항을 지키겠다는 서약을 아주 중요하게 생각하고 있습니다. 환자들을 아끼고, 공익을 중시하기 때문이죠."

그 말에 당황한 에릭은 시선을 내리깔았다. 고무로 된 빛 가리개가 달려 있는 카메라 렌즈들이 에릭 쪽으로 방향을 돌렸다.

"여러분들은 지난밤, 쇼핑몰에서 바로 그런 모습을 본 겁니다. 패리시 선생님은 오늘 어떤 질문도 받지 않을 겁니다. 비밀유지 조항을 엄격하게 지켜야 하기 때문에 맥스 자보우스키가 선생님의 환자인지 아닌지도 확인해드릴 수 없습니다." 폴이 잠시 말을 멈췄다. "물론 질문을 하고 대답을 듣고 싶어 하는 여러분들의 기자로서의 정신은 잘 알고 있습니다. 하지만 여러분들도 기자로서의 보호해야 할 특권이 있으니 이해해주실 거라 생각합니다. 패리시 선생님은 오늘도, 앞으로도 어떤 질문도 받지 않을 겁니다. 그러니 선생님을 괴롭히지 말아주십시오. 실제로 패리시 선생님은 지난밤 경찰 앞에서도 비밀유지 조항을 지켰습니다. 경찰들이 얼마나 열이 받았을지 상상할 수 있으시겠죠."

기자들이 웃음을 터트렸다. 에릭은 폴이 농담을 한 시점이 완벽하다는 것을 깨달았다.

"더욱이 이제부터는 아슬아슬한 줄타기를 하게 될 겁니다. 지금 검찰 쪽에서는 패리시 선생님을 법정에 세워 비밀유지 조항을 어기고 환자의 내밀한 속사정을 털어놓게 만들려 하고 있으니까요. 그 말에 따르지 않으면 법정 모독죄를 묻겠다고 할 겁니다."

기자들 사이에서 질문이 터져 나왔다. "어떤 환자에 대해 말인가요?" "자보우스키를 말하는 겁니까?" "자보우스키 맞죠?"

에릭은 아무 말도 하지 않기 위해 애썼다. 폴이 이런 식으로 대처할 줄은 미처 몰랐다. 하지만 변호사가 이렇게 하는 이유는 알 수 있었다. 폴의 선제공격으로, 이제 지방 검사와 경찰은 기자회견에서 방어하는 위치에 서게 될 것이다.

폴이 손을 흔들어 기자들을 조용히 시켰다. "지방 검사가 아무리 덤벼도 패리시 선생님은 계속해서 치료 과정의 온전함을 지키기 위해 원칙을 지킬 겁니다. 패리시 선생님처럼 목숨뿐만 아니라 심지어 개인의 자유까지 걸고 굳건히 지탱해주는 사람들이 없다면 우리는 쇼핑몰이나 학교에서 일어나고 있는 치명적인 폭력 문제들을 결코 해결할 수 없을 겁니다. 감사합니다." 폴이 에릭을 돌아보며 그의 팔을 잡았다. "패리시 선생님, 가시죠."

에릭은 폴과 함께 검은색 메르세데스 SUV가 대기하고 있는 주차장으로 뛰어가기 시작했다. 기자들이 계속 질문을 해대며 쫓아왔다. 에릭은 지문에 묻은 잉크가 보이지 않게 주먹을 쥐고 뛰었다. 어쩌면 그 스스로가 그것을 보고 싶지 않아서일 수도 있었다. 차가 보이자, 폴이 원격으로 문을 열었고 두 사람은 급히 올라탔다.

폴이 차를 출발시켰다. 조수석에 앉은 에릭은 의도적으로 고개를 빳빳이 들었다. 이제 막 범죄자가 되었지만 영웅인 것처럼 행동하려고 애썼다. 중계차 몇 대가 쫓아왔지만 폴은 그들을 무시하고 교통이 혼잡한 킹 오브 프러시아 쪽 길로 들어갔다.

"어때요?" 폴이 흘깃 쳐다보며 물었다. "성명서처럼 들렸죠?"

"그렇더군요."

"여기서 가장 좋은 점은 전부 다 사실이라는 거죠." 폴이 신호등 앞에서 멈춰 선 뒤 라디오를 켰다. 하워드 스턴의 특색 있는 목소리가 흘러나오고 있었다. "먼저 선생님을 집에 모셔다드린 뒤에 일하러 갈 생각입니다."

"고맙습니다."

"어쨌든 성명서 내용이 마음에 드시는 것 같아 다행이에요. 사실 강제 제출명령 부분까지 말할 생각은 아니었지만, 그 사실을 밝힌 건 좋은 생각이었습니다. 돌이켜보면 내 생각들은 다 좋았어요."

"어째서 그렇죠?"

"나는 앞질러 가는 걸 좋아합니다. 법은 이런 문제에 크게 신경 쓰지 않죠. 만일 판사가 업무상 이해관계와 부합되는 쪽으로 결정을 내렸을 경우, 우리가 대응할 수 있는 방법은 여론밖에 없어요. 사람들이 선생님을 '아베크롬비 앤 피치'를 안전하게 지켜준 영웅으로 생각한다면 판사도 비밀유지 조항을 깨라는 명령을 내리기 전에 한 번 더 생각하게 될 겁니다."

"그렇군요. 적어도 시간을 조금 더 벌 수 있겠어요."

"무슨 시간 말입니까?"

에릭은 망설였다. 폴에게 털어놔도 좋을지 확신은 없었지만, 그래도 조언을 해줄 사람이 있다면 도움이 될 수도 있었다. "르네 베빌라쿠아를 죽인 진범이 누군지 알아보고 싶어서요."

"그 말씀은 맥스를 범인으로 생각하지 않는다는 뜻인가요?"

"그래요. 그렇다고 확신이 있는 건 아니지만 말이죠."

"경찰은 맥스를 범인으로 생각하고 있어요. 어젯밤 사건으로 인해 맥스에 대한 의혹이 증폭된 상황이에요. 사실상 맥스의 유죄 판결을 얻는 데 필요한 정보를 알아내기 위해 선생님을 이용하고 있는 거죠."

"알고 있어요. 경찰은 범인을 잡았다고 생각하기 때문에 더 이상 수사를 계속하지 않고 있어요. 하지만 난 자기가 저지르지도 않은 살인으로 맥스가 유죄 판결을 받게 내버려둘 수는 없어요."

"그건 선생님 일이 아닙니다."

"모른 척할 수 없어요."

"아뇨. 할 수 있어요. 날 보십시오." 폴은 작은 소리로 콧노래를 부르며 운전을 했다. "보셨죠? 아주 쉬워요. 이게 바로 나예요. 내 인생을 살면서 자동차를 몰고 가는 거죠. 세상의 문제 같은 건 신경 쓰지 않고요. 선생님은 생각이 너무 많다는 말을 들은 적이 없습니까?"

"나를 만났던 사람들은 모두 그렇게 말하죠."

"그 사람들의 말은 듣지 않았더라도 내 말은 들으세요." 폴이 입을 내밀었다. "선생님이 프로즌 요거트 가게에 간 것처럼 여기저기 들쑤시고 다니기 시작하면 내가 선생님을 위해 만든 아름다운 방어벽이 아무런 쓸모가 없어질 겁니다. 그러니까 절대로 나서면 안 된다는 거예요."

"듣고 있어요."

"내 말을 들었는지 아닌지를 묻는 게 아니라, 내 주의를 귀담아 들었는지 아닌지를 묻고 있는 거예요. 만일 듣지 않을 거라면 다 말해버릴 겁니다."

에릭이 어리둥절한 표정으로 쳐다보았다. "누구한테 말한다는 겁니까? 경찰이요? 아니면 판사?"

"아뇨. 더 무서운 쪽에 말할 거예요. 로리 누나요. 누나는 선생님을 때려눕힐 겁니다."

에릭은 로리를 떠올리며 미소를 지었다. "그러고도 남죠. 로리가 메스를 들고 있는 것도 본 적이 있으니까."

"하! 누나는 사악한 면이 있어요. 아무도 안 믿겠지만, 내가 어렸을
때 고문을 했다니까요." 폴이 라디오에 손을 뻗었다. "경찰들이 뭐라고
말하는지 들어봅시다. 우리가 큰 화제가 되어 있겠죠. KYW나 NPR에
서는 경찰의 기자회견을 내보내줄 겁니다. 경찰 쪽의 가공된 성명서
내용이야 들으나 마나지만 기자들의 질문에 어떻게 답을 할 건지는 궁
금하니까요. 아마 선생님은 귀가 좀 따가울 겁니다. 3, 2, 1……."

에릭은 마음의 준비를 했다. 폴은 채널을 돌린 뒤 볼륨을 높였다.

라디오에서 뉴마이어 경감의 목소리가 흘러나왔다. "다시 말해, 패
리시 선생의 변호인의 성명서에 대답을 해주고 싶군요. 우리는 패리
시 선생이 의사로서 비밀유지 서약을 지키고자 하는 마음을 충분히
이해하고 있습니다. 하지만 패리시 선생이 어제 아침 래드너에서 교
살된 채 발견된 열여섯 살 소녀, 르네 베빌라쿠아가 살해당한 사건과
관련된 정보를 알고 있다고 믿을 만한 근거가 있습니다."

기자들이 웅성거리는 소리가 들렸다. 에릭은 경감의 말에 큰 충격
을 받았다. 그 사건에 대해 사람들 앞에서 이토록 분명하게 말하는
것을 처음 들었기 때문이다. 마치 에릭이 살인자를 비호하고 있는 것
처럼 들렸고, 그 말을 들은 사람들은 모두 그렇게 생각할 것이다.

"법을 집행하는 자리에 있는 우리들은 극악무도한 범죄의 희생자
들과 크나큰 슬픔에 잠긴 가족들을 결코 잊지 않습니다. 르네 베빌라
쿠아 살인 사건의 모든 단서들을 쫓아 수사하고 있는 중입니다. 패리
시 선생의 변호사가 의사로서의 특권을 주장했을 때 화가 치솟은 건

맞습니다. 우리는 한 어린 소녀의 죽음을 절대 가볍게 여기고 있지 않기 때문이죠."

폴이 얼굴을 찡그렸다. "아무래도 선생님이 저 자리에 있었어야 했나 봅니다."

뉴마이어 경감이 말을 이었다. "우리는 르네 베빌라쿠아를 위해 정의를 실현하고 싶습니다. 범인을 찾고자 하는 우리의 노력에 찬 물을 끼얹는 건 받아들일 수 없죠. 르네 베빌라쿠아를 위한 정의가 법률과 세부 조항 같은 것보다 훨씬 중요합니다. 난 법률가는 아니지만, 패리시 선생이 비밀유지 조항을 지켜야 하는 입장이라는 것은 알고 있습니다. 하지만 나 역시 자식이 있는 입장에서 말하자면, 그 사람은 어떻게 밤에 잠을 잘 수 있는 건지 모르겠어요." 뉴마이어 경감이 심란한 마음을 가라앉히려는 듯 잠시 말을 멈췄다.

폴이 고개를 저었다. "우는 건 아니겠죠? 만약 경감이 우는 거라면 테러범들이 이긴 겁니다."

에릭은 웃을 수가 없었다. 어떻게 밤에 잠을 자느냐는 말이 급소를 찔렀다. 이 일이 벌어진 뒤로 에릭은 잠을 제대로 잔 적이 없었다.

뉴마이어 경감이 목소리를 가다듬었다. "이제 시간이 끝날 때까지 질문을 받겠습니다."

여기저기에서 질문이 쏟아지기 시작했다. 하지만 기자들이 마이크를 잡고 말하는 것이 아니다보니 라디오를 통해서는 무슨 소린지 알아들을 수가 없었다.

그리고 뉴마이어 경감이 대답했다. "좋습니다. 패리시 선생이 쇼핑몰의 교착 상태를 종결시켰다는 공로를 인정하지 않을 거냐는 질문이었죠? 패리시 선생이 인질들을 무사히 구출하기 위해 노력한 건 사실이지만, 그보다는 주변 여섯 개 관할의 경찰들과 경찰 특공대와 응급구조대뿐만 아니라 소방관과 같은 초동대처 팀, 국토보안부, ATF, FBI와 같은 연방요원들이 힘든 일을 다 했다는 사실을 알리고 싶습니다."

폴이 소리 내어 웃었다. "우리 다섯 살짜리 아들이 보는 〈개 보안관〉[48]이 떠오르네요. 하지만 우리 애는 트럭이나 소방차나 경찰차를 더 좋아해요. 그래서 〈뚝딱 뚝딱 밥 아저씨〉를 보고 있죠."

에릭은 폴이 따뜻한 말투로 아들의 이야기를 하는 걸 들었다. 그도 해나를 생각하자 마음이 아팠다. 집에 돌아가자마자 수잔에게 연락할 것이다.

라디오에서는 뉴마이어 경감의 목소리가 계속 흘러나오고 있었다. "결론적으로 말씀드리자면, 우리는 쇼핑몰에서 벌어진 것과 같은 위급한 상황에 일반 시민들이 끼어드는 것을 원하지 않습니다. 패리시 선생이 법 집행 방해 혐의로 기소된 것도 그런 이유에서죠. 어퍼 메리언 경찰서에는 능력 있고 잘 훈련받은 경찰들이 있습니다. 그리고 킹 오브 프러시아는 옛날 서부 시대 지역이 아니에요. 우리에게 카우보이는 필요 없습니다. 감사합니다. 이제 마지막 질문을 받죠."

폴이 코웃음을 쳤다. "카우보이라. 비유 한번 기가 막히네. 나도 그

---

48 개 보안관(Deputy Dawg): 1960~1964년에 방영된 애니메이션

런 걸 생각했었어야 했는데."

라디오에서는 질문하는 기자들의 고함소리에 이어 뉴마이어 경감의 목소리가 들렸다. "지금 질문하신 내용이 검찰 쪽에서 패리시 선생에게 베빌라쿠아 살인 사건과 관련해, 의사와 환자의 비밀유지 조항을 어기고 맥스 자보우스키에 관한 정보를 발설하라고 강요할 계획이냐는 건가요?"

"좋은 질문인데. 언론이 우리 편인 것처럼 들리니까." 폴이 교활한 미소를 지으며 말했다.

뉴마이어 경감이 대답했다. "아주 좋은 질문입니다만, 안타깝게도 내가 대답드릴 수 있는 분야가 아니군요. 그 질문에 대한 답은 지방 검사실에서 해줄 겁니다. 아시다시피 지방 검사님은 지금 병원에 계시니까요. 모두 감사드립니다."

"하!" 폴은 라디오의 볼륨을 낮췄다. "하나 알게 된 건 있네요. 원래는 지방 검사도 기자회견장에 나오기도 되어 있었는데 왜 나오지 않은 걸까요? 우리가 대배심에 대해 하는 말을 듣고 그 질문에 대답하고 싶지 않았던 거죠. 지방 검사는 대답을 할 사람이니 아예 저 자리에 나오지 못하게 한 거예요. 검사는 우유를 마시러 갔을 거예요. 검사들은 원래 우유를 마시니까."

"지금 이 상황은 우리에게 유리한 건가요, 아닌가요? 저들은 나를 대배심에 세울 작정인가요?"

"우리에게 유리해요. 저들은 우리가 점수를 얻었다고 생각하고 있어요. 아직은 우리가 뒤지고 있지만 저들도 영원히 앞서 나가지는 못

할 거예요. 경찰과 검찰은 다시 뭉쳐서 일렬로 선 뒤에 대배심으로 가겠죠. 선생님이 와이어트 어프[49]라는 걸 잊게 하고, 미친 살인마를 지키는 정신과 의사로 만든 다음에 말이에요."

"빌어먹을." 에릭이 말했다. 그러자 폴이 쳐다보고는 집으로 가는 길인 올드 걸프 로드로 접어들었다.

"그러니까 내 말을 들으세요. 그 살인 사건을 파헤치지 마시라는 거죠."

"그렇군요." 에릭은 차창 밖으로 태양을 쳐다보며 말했다. "그건 그렇고, 조만간 청구서를 보내요. 잊지 말고."

"너무 정이 없는 거 아니에요? 난 그냥 누나 부탁으로 이 일을 한 거예요."

"그래도 청구서는 보내요."

"청구서는 선생님이 우리 누나랑 결혼하면 그때 보내도록 하죠." 폴이 미소를 지었다. 그들은 예전 집 근처의 구불구불한 도로를 따라 달렸고, 뒤쪽으로 완벽하게 관리된 녹색 잔디밭과 조경 식물들에 둘러싸인 화단이 있는 메인 라인의 우아한 석조 주택들을 지나쳤다. 두 남자는 아무 말 없이 각자 생각에 잠겨 있었다.

잠시 뒤, 폴이 침묵을 깼다. "개 보안관이 하는 말 같은 건 신경 쓰지 말아요. 절차와 본질은 기본적으로 다를 뿐만 아니라, 절차는 사실 본질을 보호하기 위해 있는 거니까요."

---

49   와이어트 어프(Wyatt Earp, 1848-1929)는 서부시대의 전설적인 총잡이다.

"그게 무슨 말입니까?"

"내 말이 엉뚱하게 들린다는 건 알아요. 하지만 내가 사는 곳은 그런 곳이에요." 폴은 입술을 적신 뒤 그 화제에 열을 올렸다. "처음에 말했던 것처럼 난 헌법을 대표해요. 헌법의 절차는 그 본질에 대한 모든 사람들의 권리, 곧 개인의 자유를 지키기 위해 있는 거예요. 자유롭게 살아갈 권리, 행복을 추구할 권리, 자유롭게 말할 권리, 종교의 권리, 억압적인 정부로부터 자유로울 권리를 위해 말이에요. 알아들으셨어요?"

"그래요."

"예를 들면, 우리는 정부가 아무 때나 우리 집을 수색하는 걸 바라지 않죠. 그래서 절차에 제한을 둔 겁니다. 수색영장은 구체적이고, 제한적이어야 하죠. 경찰이 원하는 물건들은 항목별로 제시해야 하고, 확실한 시간을 정해야 하며, 수많은 필요조건들이 충족되어야 합니다. 저쪽에서는 이 모든 것들을 세부 조항이라고 부르죠. 사람들이 자신의 집에서, 자신이 원하는 방식으로 살아갈 권리를 지켜주는 게 이 세부 조항입니다. 선조들의 자유가 우리를 지켜주는 거예요. 이것이 바로 헌법과 권리장전의 장점이죠. 카퓌시Capisce[50]?"

"네." 에릭은 고개를 끄덕였다. 이제 집까지는 얼마 남지 않았다.

"그걸 세부 조항이라고 부른다고 해서 중요하지 않다는 게 아니에요. 그걸 미묘하게 받아들이는 사람은 없죠. 개 보안관이라고 특별할

---

50 '이해했냐', '알아들었냐'라는 뜻의 이탈리어로 미국에서 흔히 문장 끝에 쓰인다.

것 없습니다. 공정하게 말해 우리한테는 미묘한 문화가 없어요. 전부다 두루뭉술하게 칠하는 거죠. 그 자리에서 중단하고 분석하지 않아요." 폴이 얼굴을 찌푸린 채 에릭을 돌아보았다. "그렇게 보이지 않을지 몰라도 나 역시 르네를 위한 정의에 관심이 있습니다. 하지만 정의를 부르짖는다고 해서 정의가 이루어지는 건 아니에요. 그럼에도 불구하고 세부 조항 덕분에 정의가 이루어지는 겁니다."

에릭은 폴의 열의에 놀라 그를 쳐다보았다. "그렇군요. 정말 그런 것 같습니다."

"기분이 좀 나아졌습니까?"

"아뇨." 에릭은 대답했다. 집 앞에 사람들이 북새통을 이루고 있는 것이 보였기 때문이다. "저 사람들은 대체 뭐죠?"

"기자들이요. 선생님이 사는 곳을 알아낸 모양이네요. 찾기 어려운 분은 아니니까요."

"망할." 에릭은 집에 가까워지자 상황을 살폈다. TV 중계차 두 대가 집 앞에 서 있었고, 그 뒤로 차들이 길게 늘어서서 조용한 동네를 어지럽히고 있었다.

"저 정도면 괜찮겠네요. 어떻게 해야 하는지 아시죠? 절대 먹잇감을 던져주면 안 됩니다."

"그게 무슨 뜻이죠?" 에릭은 기자들의 숫자를 대충이라도 세어보려고 하다가 50에서 세는 걸 그만두었다.

"우린 이미 입장을 밝혔으니 이제부터는 아무 말도 하지 말란 뜻이죠. 저들과 말을 섞지 마세요. 난 선생님이 집에 들어가고 나면 아무 말도 하지 않고 돌아갈 겁니다. 앞으로도 저 사람들은 무시하세요."

"이웃 사람들이 좋아하겠군요."

"익숙해지실 거예요. 기자들이 한동안은 진을 치고 있을 겁니다. 고개를 빳빳이 들고 아무 말도 하지 마세요. 저들은 선생님의 집에는 들어갈 수 없습니다. 그래서 저렇게 보도에 있는 거죠."

"알았어요." 에릭은 그 앞으로 다가갈수록 차의 속도가 점차 느려지는 것을 느꼈다. "저들도 현관문이 부서진 것을 봤을 거예요. 경찰이 내 집을 수색했다는 것도 알았겠죠."

"그 문제에 관해서는 선생님이 할 수 있는 일이 아무것도 없어요. 그러니까 너무 신경 쓰지 마세요."

에릭은 이상하게 수치심이 느껴졌다. "문을 고쳐야겠어요."

"혼자 어떻게 고치려고요? 긍정적으로 생각해요. 문이 부서져 있다고 해도 기자들이 막 밀고 들어오지는 않을 테니까."

에릭이 눈을 굴렸다.

"어쨌든 기운 내세요. 다 왔어요." 폴은 중계차들의 옆을 지나 진입로로 천천히 들어갔다. 기자들이 그들을 보고 모여들기 시작했다. "뒷문 있죠?"

"네."

"망치하고 못도 있어요?"

"문 때문에요?"

"아뇨, 기자들 때문에요." 폴이 윙크한 뒤 천천히 차를 세웠다.

기자들이 몰려들었다.

48
장

"수잔, 전화 받아줘서 고마워요." 에릭은 상담실에 들어서자마자 새 휴대폰으로 수잔에게 전화를 걸었다. 폴은 현관문 고치는 것을 도와준 뒤 상담실 문으로 나갔다.

"에릭! 뉴스 봤어요. 당신이 아이들을 구하다니, 정말 굉장해요! TV로 봤을 때는 믿기지 않았다니까요!"

"고마워요." 에릭은 애써 기분 좋게 대답했다. 창틀 사이로 스며들어온 햇살이 바닥 전체에 흩어져 있는 책과 논문, 서류 위를 비추고 있었다. 그는 다음 행동을 계획하기 위해 환자의 기록을 보관해둔 캐비닛을 열고 맥스의 기록을 찾기 시작했다.

"내 아들이 유튜브를 보여줬는데, 경찰들을 뚫고 뛰어가는 모습이 꼭 20대 같았어요. 그 동영상은 조회수가 3만 2천 회가 넘었어요!"

"수잔, 어젯밤에 해나와 통화하려고 집에 전화를 했어요. 그랬더니······."

"알아요. 대니얼에게 들었어요." 수잔의 말투가 바뀌었다. 열의도 사라졌다. "우리한테 문제가 생겼어요."

"해결할 수 있어요." 에릭은 환자의 기록을 넘겨 J 항목을 찾았다. "케이틀린의 남자친구가 해나와 통화를 못하게 하려고 했어요. 해나는 TV에서 날 보고, 자기 아빠가 나쁜 사람이 된 줄 알았다고 하더군요. 그래서 직접 해명하려고 했는데 저들이 막았어요. 아무래도 오늘 밤에 아이를 만난 뒤에 이야기해야 할 것 같아요."

"오늘 밤에는 아이를 만날 수 없어요. 저쪽에서 베빌라쿠아 살인 사건을 빌미로 반대하고 있어요. 케이틀린이 오늘 밤에 당신이 해나를 만나게 하면 안 된다는 명령을 해달라고 법원에 탄원서를 냈어요."

"젠장! 케이틀린은 내가 살인 같은 건 저지르지 않는다는 걸 알고 있어요. 그냥 이번 일을 빌미로 이용하는 거죠. 난 베빌라쿠아 살인 사건으로 기소된 게 아니에요." 에릭은 맥스 자보우스키라는 제목이 붙은 서류철을 발견하고 캐비닛에서 꺼냈다. 그는 맥스가 르네에 대해 했던 이야기에 대한 기록을 살펴보며 상담 중에 나누었던 이야기들을 다시 떠올릴 작정이었다.

"어퍼 메리언 경찰서에서 법 집행 방해로 기소한 거죠?"

"그래요. 그건 내가 쇼핑몰에 들어갔기 때문이에요." 에릭은 캐비닛을 닫은 뒤, 맥스의 기록을 들고 책상으로 돌아왔다. 일할 공간을 만들기 위해 어질러져 있는 책상을 대충 치웠다. 그 기록에서 뭔가 단서를 찾아야만 했다.

"에릭, 중요한 건 당신이 체포되는 모습이 CNN에 나왔다는 거예요. 케이틀린의 탄원은 법원을 통과했어요. 그 명령을 어기는 건 어리석은 짓이에요. 그리고 오늘 저쪽에서 보낸 서류를 봤잖아요. 나쁜 소식이에요."

"잠깐만요. 무슨 서류를 말하는 겁니까? 나쁜 소식이 뭐죠? 아직 아무것도 못 봤어요." 에릭은 깜짝 놀라 맥스의 서류를 앞으로 밀어냈다. 수잔과 통화를 끝낸 뒤에 자세히 살펴볼 생각이었다.

"저쪽에서 보낸 서류 못 봤어요? 난 그걸 보고 전화한 줄 알았는데. 한 시간 전에 메일로 보냈잖아요."

"메일이요? 이런, 아직 못 봤어요. 경찰이 컴퓨터와 휴대폰을 압수해 가는 바람에요." 에릭은 엉망이 된 사무실을 둘러보며 말했다.

"오늘 아침에 저쪽에서 우리의 양육권 청구서에 대한 답변을 보내왔어요."

"벌써요?"

"네. 많이 빠른 데다가 전략적이고 공격적인 대응이에요. 저들은 철이 뜨거울 때 내리쳤어요. 더할 나위가 없었죠. 당신이 살인 용의자로 감옥에 들어갔으니까 말이에요."

"수잔, 내가 살인을 저질렀다고 생각하는 건 아니겠죠?"

"그럼요. 당신이 맥스라는 환자를 보호하고 있다는 거 잘 알아요. 언론에서는 그 환자를 매드 맥스라고 부르고 있어요."

에릭은 눈살을 찌푸렸다. 수잔이 맥스에 대해 무슨 말을 해도 인정할 수도, 부정할 수도 없었다.

"당신의 환자가 그 불쌍한 여자애를 죽였겠죠. 당신이 환자와의 비밀유지 조항을 지키는 거 이해해요. 변호사와 의뢰인 사이의 비밀유지 조항과 같은 거니까요……."

"수잔, 부탁이에요. 다른 말은 하지 말아줘요. 저쪽에서는 그저 정보를 얻어내기 위해 나를 궁지로 몰아넣고 있는 거예요." 에릭은 자신의 말이 주제에서 벗어났다는 것을 잘 알고 있었다. 순간 아무 생각도 나지 않는 것 같다가 다시 정신을 차렸다. 그는 해나를 위해 행동했어야만 했다. 이제 딸을 잃게 될 상황이었다.

"에릭, 공식 기록에 따르면 당신은 용의자로 연행돼 심문을 받았어요."

"더 이상 용의자가 아닐……."

"하지만 지금은 그래요. 저쪽에서 서류를 냈을 당시에는 사실이었죠. 그래서 케이틀린 쪽이 서둘러 대응한 거예요. 지금은 저쪽 주장이 강해요."

"쇼핑몰 건으로 점수를 얻을 수는 없을까요? 스스로를 영웅으로 여기지는 않지만 해나를 데려오기 위해서라면 감내할 수 있어요."

"아뇨. 양육권 소송에서는 소용없어요. 당신은 양육권 소송이 좋은 사람 선발 대회가 아니라는 것을 자꾸 잊어버리는데, 여기서 가장 중요한 건 해나예요. 게다가 저쪽이 서류 준비를 잘했어요. 내용도 좋고."

"저쪽에서 뭐라고 했는데요?"

"요약을 하자면, 맥스 자보우스키는 당신의 환자예요. 그런데 맥스는 아주 위험한 인물이죠. 아이들을 인질로 삼고 비디오 게임 가게에 감금했으니까요." 수잔이 잠시 말을 멈췄다. "그건 그렇고, 내 아들과 친구들도 그 가게 단골이에요. 만일 그 미친놈이 내 아들의 머리카락 한 올이라도 건드렸다면……."

"맥스는 아무도 다치게 하지 않았어요. 그 애는 총알도 없었고, 폭탄도 없었죠." 에릭은 '미친놈'이라는 말은 그냥 넘어갔다.

수잔이 비웃었다. "그럼 괜찮다는 거예요? 아이들이 겪었을 정신적인 충격은 생각 안 해요? 다른 사람도 아닌 당신이!"

"수잔, 요점만 말해줘요. 양육권을 가져오기 위해서는 내가 어떻게 해야 하는 거죠?"

"전부 다요. 그리고 나도 알아야 해요. 맥스는 당신의 개인 환자였죠? 상담은 집에서 했고요."

"맞아요."

"그 집이 해나와 같이 살 집인 거죠?"

에릭은 수잔의 말에 함축된 의미를 알아차렸다.

"지금 애들을 인질로 잡는 위험한 환자를 상대하는 곳에 살고 있는 당신에게 우선 양육권을 달라고 하는 거잖아요. 총을 겨누고 폭탄으로 위협하기도 했죠? 최근 이 지역에서 일어났던 사건 중에 가장 많은 경찰들이 동원된 사건이에요."

"그런 거 아니에요." 에릭은 이마를 문질렀다. "개인 환자들은 내가 관리해요. 그 사람들은 위험하지 않아요."

"맥스는 어떻게 개인 상담을 받게 된 거예요?"

"병원에서 알게 됐어요. 하지만 그런 건 중요하지 않아요. 내 환자들은 모두 안전해요."

"쇼핑몰 사건이 일어난 지금으로서는 법원을 설득할 수 없어요. 환자들은 해나를 해칠 수도 있는 미친놈으로 여겨질 뿐이니까요. 잠깐만 기다려봐요. 케이틀린의 답신을 읽어줄 테니까." 수잔이 말을 멈췄고, 컴퓨터 자판 소리가 들렸다. "여기 있네요. '청원자인 남편은 집 뒤쪽에 붙어 있는 작은 상담실에서 열 명의 개인 환자들을 정기적으로 상담 치료하고 있습니다. 상담실은 집과 문이 연결되어 있을 뿐만 아니라 자물쇠도 달려 있지 않습니다. 항정신성 의약품을 복용하는 수많은 환자들을 포함, 정신적인 질병을 가진 사람들이 집에 드나드는 것을 막을 보안 시설도 되어 있지 않습니다.'"

에릭은 신음했다. "내가 상담하는 환자들은 우울증에 걸렸거나, 불안 증세가 있거나, 깊은 슬픔에 잠긴 사람들이에요. 〈양들의 침묵〉이 아니란 말입니다."

"계속 읽을게요. '더군다나 청원자인 남편은 이처럼 정신적인 질병이 있는 환자들을 저녁 시간에 치료합니다. 이때 일곱 살인 딸이 위험한 공격을 당하거나, 성폭행을 당할 가능성이 크기 때문에……'"

"됐어요." 에릭은 속이 뒤집어졌다.

"솔직히 이 정도면 우리에게 승산이 없어요."

"이사를 가면 돼요. 상담실로 쓸 별채가 따로 있는 집을 얻으면 됩니다. 임대차 계약을 하긴 했지만 깰 수 있을 거예요." 에릭은 얼마 전

507

프라임로즈 핑크색으로 칠한 해나의 침실을 떠올렸다. "아니면 집이 아닌 다른 곳에 상담실을 얻을 수도 있어요."

"좋아요. 이제야 이야기가 통하네요. 두 가지 가능성이 생겼어요."

"법원에 말해보면 어떨까요?"

"에릭, 그 생각은 접어요. 난 약속이 있어서 그만 가봐야 해요." 수잔이 잠시 말을 멈췄다. "답변 기한이 열흘 남아 있어요. 그때까지 살인 사건 수사가 완료될 것 같아요?"

"그렇게 되길 바랄 뿐이죠." 에릭은 맥스의 기록을 쳐다보았다.

"알았어요. 저쪽에서 보낸 서류는 당신한테 보내줄게요. 직접 읽어봐요. 중간에 계속 연락하고요."

"오늘 밤에 해나를 정말 못 데려오는 건가요?"

"안 돼요. 난 판사에게 편지를 쓸 거예요. 특수한 상황임을 감안해서 우리도 오늘 밤에 해나를 만나지 않을 테니 면회 금지 명령을 내릴 필요는 없다고 말이에요. 그리고 쇼핑몰에서 당신이 얼마나 용감했는지도 알릴 거예요."

에릭은 한숨을 쉬었다. 일시적으로 패배한 기분이었다. "오늘 밤에는 해나가 여기 안 오는 게 나을 수도 있어요. 집 앞에 기자들이 깔렸으니까."

"잘 생각했어요. 승산이 있는 싸움을 해야죠. 담판을 짓기 전에 일단 마음을 가라앉혀요."

"알았어요. 고마워요." 에릭은 전화를 끊었다. 그리고 맥스와 처음 상담했을 때의 기록을 다시 앞으로 잡아당겼다. 해나 생각을 잠시 멈추고, 기록을 읽기 시작했다. 조금 뒤, 책상 위에 있던 유선 전화가 울리기 시작했다. 에릭은 상담 환자일 수도 있다는 생각에 반사적으로 전화를 받았다. "패리시입니다."

"패리시 선생님, 《필라델피아 인콰이어》의 타일러 처드허리라고 합니다. 베빌라쿠아 살인 사건에 관해 몇 가지 물어보고 싶은 게 있어서 연락드렸습니다만……."

"미안하지만, 할 말 없습니다."

"패리시 선생님, 선생님 쪽 입장을 세상에 알릴 기회이기도 합니다. 비밀유지 조항을 지키기 위해서인지, 아니면 그 뒤에 숨어 있는 건지 설명을 해주시는 게……."

"할 말 없어요. 이만 전화 끊겠습니다." 에릭은 전화를 끊은 뒤 맥스의 기록에 집중했다.

49
장

한 시간 뒤, 에릭은 맥스에 관한 기록들을 모두 읽었다. 그가 기억하고 있던 것과 세부사항들이 다르긴 했지만, 르네를 죽인 범인에 대한 단서나 정보를 줄 만한 내용은 없었다. 에릭은 창밖으로 잎이 무성한 부들레이아 위를 이리저리 날아다니는 오렌지색 제왕나비와 노란색 긴꼬리제비나비를 쳐다보았다. 집 앞에 진을 치고 쉴 새 없이 웃고 떠들어대며 담배 연기를 뿜어내고 있는 기자들만 아니었다면 마음의 위안을 얻을 수 있는 풍경이었다.

에릭은 심란했다. 병원에 있어야 할 시간에 집에 있다보니 이상한 기분이 들었다. 엉망으로 뒤엎어진 집처럼 그의 인생 역시 뒤엎어졌다. 에릭은 병원에 있는 환자들을 생각했다. 마치 그의 정신적 과정이 일하는 날의 궤도를 따라가는 것처럼, 에릭은 아침 회의에 참석해 밤사이 환자들의 상태에 대한 아마카의 보고를 듣고 싶었다. 그런 뒤에 환자들의 상태는 어떤지 살펴보고, 샘이 일을 감당해 내기를 기대하고, 페리노의 상태가 좋아졌기를 바라면서 회진을 돌고 싶었다. 에릭은 페리노의 부인도 떠올렸다. 공식적으로 살인자의 비밀을 지키고 있고 어쩌면 그 자신이 살인자일 수도 있다고 알려진 상태인 지금, 부인이 처음 생각한 대로 에릭은 역시 나쁜 사람이었다고 믿고 있을지도 궁금했다.

에릭은 이처럼 곤경에 빠진 자신을 보며 지금쯤 크리스틴이 웃고 있을 거라는 생각이 들었다. 그를 파멸시키려고 했던 그녀의 시도가 경찰에 의해 더 효과적으로 행해지는 것을 보며 기뻐하고 있을 것이다. 에릭은 여전히 크리스틴이 자신을 성추행으로 고소한 이유를 알지 못했다. 로리에 대한 질투심 때문만은 아닐 것이다. 하지만 만일 그런 거라면 크리스틴은 에릭이 알아차리지 못한 병적 측면을 가지고 있다는 뜻이다. 사실 그녀에게 한 번도 주의를 기울인 적이 없으니 알아차릴 수 없는 게 당연하다. 그에게 있어 크리스틴은 그저 교육받으러 온 의대생에 불과했다. 눈에 띄게 외모가 뛰어나긴 했지만. 문득 에릭은 크리스틴이 자신의 감정을 숨기는 데 아주 능할 뿐 아니라, 이상하게도 그를 해치는 데 초점을 맞추고 있다는 것을 깨달았다. 하지만 지금은 크리스틴이나 거짓 성추행 고소를 걱정하고 있을 때가 아니었다.

집 앞에서 들리는 기자들의 요란한 웃음소리에 정신이 산만해지자, 에릭은 자리에서 일어나 창문을 닫았다. 르네를 죽인 범인이 누구인지 알아내는 건 불가능한 일에 가까웠다. 르네에 대해 전혀 아는 바가 없기 때문이다. 에릭은 다시 책상 앞에 앉았다. 주위가 조용해지면서 생각이 정리되기 시작했다. 무작위 범행일 수도 있기 때문에 범인과 르네는 아무 관련이 없을 수도 있었다. 경찰이 아니고서야 정보를 알아낼 방법이 없었다. 하지만 경찰이라고 해도 맥스를 구금하고 있는 지금 상태에서는 다른 범인을 찾아볼 생각도 하지 않을 것이다.

또다시 전화가 울렸다. 이번에도 기자일 확률이 높았지만 에릭은 전화를 받았다. 그에게 따로 연락할 길이 없는 환자나 병원에서 온 전화일 수도 있기 때문이다. "패리시입니다."

"《USA 투데이》의 낸시 스테인맨이라고 합니다. 선생님의 환자인 맥스 자보우스키와 관련해서 연락드렸습니다. 저희는 이번 사건을 정신보건법과 총기소지 단속법과 연관시켜 생각하는 중인데, 선생님의 의견을……"

"미안하지만 할 말 없습니다."

"하지만 선생님의 경험으로 더 확실하게……"

"할 말 없어요." 에릭은 전화를 끊었다. 그의 생각은 다시 르네에게로 향했다. 십 대 청소년이니 페이스북 계정이 있을 것이다. 에릭은 페이스북을 거의 하지 않았다. 직업상 비밀로 해야 할 일이 많았기 때문이다. 가족 중에서는 케이틀린만이 페이스북을 꾸준히 했다. 밤마다 페이스북의 피드를 보면서 시간을 보냈고, 지방 검사실의 네트워크로 자신의 상태를 업데이트했으며, 가족사진과 휴가 사진을 올리곤 했다.

에릭은 휴대폰을 들고 페이스북 앱에 들어갔다. 먼저 호기심에 케이틀린의 페이스북부터 확인했다. 검색창에 케이틀린의 이름을 쳤지만 그녀의 이름 옆에 친구 요청 창이 떴다. 에릭은 눈을 깜빡거렸다. 이미 그는 케이틀린의 페이스북 친구였다. 케이틀린이 그와의 친구 관계를 끊어버린 것이 분명했다. 페이스북에서도 이혼한 셈인 것이다. 에릭이 화면을 두 번 두드리자 케이틀린의 프로필만 보였다. 멍하니 화면만 쳐다보다가 새로운 친구들이 등록되어 있는 것을 알아차렸다. 그는 재빨리 그 친구들을 확인한 뒤, 찾고 있던 사람을 찾았다. 브라이언 올스워스라는 이름이 보였다.

에릭은 브라이언의 계정으로 들어가려고 하다가 그 소용돌이에 휩싸이고 싶지 않다는 것을 깨닫고는 멈췄다. 케이틀린의 마음이 떠났으니 그도 그래야 할 것이다. 무엇보다 지금 에릭의 사생활은 르네 베빌라쿠아보다 중요하지 않았다.

그래서 그는 검색창에 르네의 이름을 집어넣었다. 르네 베빌라쿠아라는 이름을 가진 사람들의 계정 목록이 길게 나타났다. 작은 휴대폰 화면으로는 섬네일 사진을 구분하기가 어려웠다. 에릭은 나이가 많은 여자들과 오스트레일리아나 이탈리아 출신들을 건너뛰고, 르네와 비슷한 또래로 보이는 사람들의 계정에 들어가 확인해보았다. 마침내 르네의 얼굴로 보이는 섬네일을 발견했고, 그는 그 계정으로 들어갔다.

어린 소녀의 커다란 프로필 사진이 화면을 가득 채웠다. 밝은 얼굴로 친구들과 함께 바닷가에서 팔짱을 끼고 찍은 사진이었다. 르네가 너무 생기 넘치게 보여서 그녀가 죽었다는 사실이, 살해당했다는 사실이 믿기지 않았다. 에릭은 르네의 페이스북을 살펴보았다. 볼 수 있는 건 지난 프로필 사진들뿐이었다. 한 달 전에 올린 것이 마지막으로, 사진에는 학교 마지막 날, 지지배들!!!!! 이라고 쓰여 있었다. 킹 오브 프러시아 쇼핑몰에 있는 아이맥스 극장 앞에서 3D 안경을 끼고 깔깔거리며 웃고 있는 여자 친구들과 함께 찍은 사진이었다. 맥스가 르네의 죽음에 절망해 목숨을 끊으려고 했던 바로 그 쇼핑몰이었다.

에릭은 르네의 마지막 페이스북 포스트에 학교 친구들과 직장 동료들이 올린 '고인의 명복을 빌며'라는 추도글이 올라와 있을 것을 상상하며 힘겹게 침을 삼켰다. 그는 애써 감정을 추스르고 르네의 페이스북 친구들의 섬네일들을 살피기 시작했다. 그들은 파티에서 우스꽝스러운 모자를 쓰고 재밌는 표정을 지으며 웃고 있거나, 가장 예쁘고 도발적인 모습을 보여주려고 애를 쓰고 있었다.

아이들의 얼굴 옆에는 이름이 떠 있었다. 에릭은 스크롤을 내리다가, 르네가 친구들의 사진을 봤다는 것을 알아차렸다. 그는 다시 르네의 계정으로 돌아가 그 애가 좋아하는 음악을 살폈다. 아이언 앤 와인, 브루노 마스, 케이티 페리, 테일러 스위프트, 페이스 힐을 좋아했다. 『잘못은 우리 별에 있어The Fault in Our Stars』, 『다이버전트Divergent』시리즈, 『헝거 게임 : 모킹제이Mockingjay』, 『엘리노어 앤 파크Eleanor & Park』같은 책들을 좋아했다. 그 모든 것이 에릭의 가슴에 와 닿았고, 르네의 존재를 현실적으로 만들어주었다. 그녀가 살해당했다는 사실이 더욱더 가슴 아픈 비극으로 느껴졌다.

　책상 위에 놓여 있는 유선 전화가 다시 울렸다. 에릭은 이번에도 모른 척하지 못하고 전화를 받았다. "패리시입니다."

　"《뉴욕 타임스》의……."

　"할 말 없습니다."

　"하지만 패리시 선생님……."

　"할 말 없어요." 에릭은 전화를 끊은 뒤, 다시 휴대폰을 들여다보았다. 그는 르네의 사진첩을 살펴보다가 제일 친하게 지낸 사람은 누군지, 사이가 멀어졌거나 의심스러운 사람은 없는지 알아보기로 마음먹었다. 르네에게 질투심이 많은 남자친구나, 친구인 척하는 적이나, 못된 친구나, 괴롭히는 사람이 있을 수도 있었다. 전혀 도움이 되지 않을 수도 있지만 그가 가진 정보가 그것밖에 없었기 때문에 일단 시작해보기로 했다. 에릭은 왼쪽에 있는 첫 번째 사진을 눌렀다. 케이티 숍이라는 이름의 여자애였다. 계정이 비공개로 되어 있어서 볼 수 있는 게 없었다. 하지만 케이티는 프로필 사진을 자주 변경했다. 거의 모든 사진이 르네를 포함한 같은 친구들과 끌어안고 찍은 것이었다. 모두 푸른색 단복을 입고 팔짱을 낀 채 활짝 웃고 있는 걸 보니 합창단인 모양이었다.

　에릭은 종이와 연필을 꺼낸 뒤, 르네의 페이스북 친구들의 사진들을 통해 알 수 있는 사실들을 기록하기 시작했다. 르네의 친구들은 전부 다 여자애들이고, 남자애는 한 명도 보이지 않았다. 계정은 비공개로 설정되어 있지만, 프로필 사진과 사진 앨범에 공개된 사진들 사이의 연관성을 찾아보는 것만으로도 여러 가지 사실들을 알아낼수 있었다. 각자의 페이스북 친구들, 그들이 가입한 그룹들, 그들이 사는 지역을 알아낼 수 있었다. 얼마나 많은 정보를 알아낼 수 있는지 알게 되자 무섭기도 했지만 도움이 되기도 했다.

1시에서 2시가 되었을 때, 에릭은 파이오니어 고등학교 학생들의 명단을 입수했다. 르네가 속해 있는 학년에는 총 19명의 여자애와 13명의 남자애들이 있었다. 이상하게도 맥스에게 들었던 르네의 남자친구에 대한 내용을 전혀 찾을 수가 없었다. 누가 르네의 남자친구인지 알 수가 없었고, 남자 애들의 페이스북을 봐도 르네를 여자친구로 기재한 애가 없었다. 남자애들 중 졸업반에 있는 제이슨 탠도어의 좋아하는 곳 목록에 피커링 공원이 있었다. 에릭은 머리카락이 쭈뼛 서는 것을 느꼈다. 그 공원이 바로 르네가 살해된 채 발견된 장소였기 때문이다.

에릭은 르네가 필라델피아에 있는 팻 삼촌과 친하게 지낸다는 것을 알게 되었다. 그는 제조물 책임법을 전문으로 하는 잘생긴 독신 변호사였다. 또한 르네는 부모님인 마거릿과 앤서니 베빌라쿠아와 각별히 사이가 좋은 것처럼 보였다. 특히 아버지와 사이가 좋았는데, 앤서니 베빌라쿠아는 페이스북을 상당히 활발하게 운영하고 있었다. 그가 과일 수입 사업을 하고 있고, 아마추어 달리기 그룹에 가입되어 있다는 것이 전체공개로 되어 있었다. 그리고 그는 프리메이슨[51] 단

---

51 18세기 초 영국에서 시작된 세계시민주의적·인도주의적 우애를 목적으로 하

원이기도 했다. 앤서니는 르네와 함께 찍은 사진을 많이 올려놓았다.
함께 자전거를 타거나, 함께 뛰고 있는 모습들도 있었다. 에릭 역시
딸을 끔찍하게 아끼는 아버지로서 앤서니에게 동질감을 느낄 수밖에
없었다. 앤서니는 에릭과 비슷한 키에, 숱이 많은 검은색 머리를 가
지고 있었다. 하지만 자전거 반바지를 입고 있는 몸은 훨씬 더 근육
질이었다. 에릭이 보기에 르네의 코와 미소는 아버지를 닮은 것 같았
다. 앤서니 베빌라쿠아의 사진들은 야외에서 찍은 것이 많았고, 주로
선글라스와 야구 모자나 자전거용 헬멧을 쓰고 있었다.

에릭은 르네의 어머니인 마거릿의 페이스북에 들어갔다. 역시 비
공개로 되어 있었고, 남편에 비해 친구 수가 적었다. 마거릿은 유일
하게 란켄아우 병원 분만실 소속의 뜨개질하는 간호사들 그룹에 속
해 있었다. 에릭은 마거릿이 간호사라는 사실을 기록해두었다. 아마
르네의 어머니는 앞으로 새 생명이 태어나는 것을 도울 때마다 자신
의 내면이 조금씩 죽어가는 것 같은 기분이 들 것 같다는 생각이 들
었다. 그는 환자 중에 아이를 사산한 뒤로 병원에서 자장가를 틀어줄
때마다 괴로워하던 리 배리를 떠올렸다.

책상 위에 있는 유선 전화가 울리는 소리에 에릭은 현실로 돌아왔
다. 그는 전화를 받았다. "패리시입니다."

"패리시 선생님? 전 페그……."

"할 말 없습니다."

는 단체

"전 기자가 아니에요. 선생님과 할 이야기가 있어요."

"미안합니다만, 할 말이 없어요······."

"패리시 선생님, 전 페그 베빌라쿠아예요. 르네 베빌라쿠아의 엄마죠."

에릭은 렌터카로 데리러 오기로 한 '엔터프라이즈 렌터카'의 스탠
이 도착했는지 확인하기 위해 계속 거실 창으로 바깥을 살폈다. 르네
의 어머니는 다른 말없이 에릭을 직접 만나고 싶다고 했다. 베빌라쿠
아 자택 앞에도 기자들이 진을 치고 있었기 때문에 두 사람은 눈에
안 띄게 레스토랑에서 만나기로 했다. 에릭은 르네의 어머니를 만날
것을 생각하자 두려웠지만, 동시에 새로운 정보를 알아낼 수도 있겠
다는 희망도 있었다.

에릭은 천천히 집 앞으로 다가오는 '엔터프라이즈'의 베이지색 뷰
익을 발견했다. 그는 즉시 상담실이 있는 쪽으로 뛰어가 뒷문을 이용
해 밖으로 나갔다. 그리고 조용히 뒷문을 잠그고, 뷰익이 연석 앞에
멈췄을 때 진입로로 내려갔다. 그는 차가 서 있는 쪽으로 뛰어갔다.
하지만 그 모습을 발견한 기자들이 몰려와 카메라를 들이대면서 질

문을 퍼붓기 시작했다.

"패리시 선생님, 어디 가십니까?" "패리시 선생님, 한 말씀만 해주시죠." "패리시 선생님, 쇼핑몰 안에서는 어떻게 한 겁니까?" "르네 베빌라쿠아 살인 사건에 대해 아는 게 있나요?" "하실 말씀 없습니까?" "병원 휴직은 왜 하신 거죠? 얼마나 쉬실 겁니까?" "지금 어디 가는 거죠?"

"할 말 없습니다!" 에릭은 기자들을 향해 소리치며 진입로를 내려갔다. '엔터프라이즈'에서 나온 스탠은 미리 말했던 대로 차에 시동을 걸어둔 채, 조수석에 자리를 옮겨 타고 있었다. 기자들 중 몇 명이 에릭의 뒤를 쫓기 위해 자기들 차를 세워둔 쪽으로 뛰어가기 시작했다. 하지만 에릭은 곧장 운전석에 올라탄 뒤, 문을 닫자마자 속도를 높였다.

"재밌는데요." 스탠이 웃으며 말했다. 그는 젊었고, 삐죽삐죽한 머리 모양에 다이아몬드 형태의 귀걸이를 하고 있었다.

"꽉 잡아요." 에릭은 뒷길을 잘 알고 있었다. 그래서 급좌회전을 한 뒤, 백미러로 살피면서 첫 번째 길에서 우회전을 했다. 쫓아오는 기자들의 차는 아직 보이지 않았다. 에릭은 또다시 급우회전을 한 뒤에 무작위로 아무 집의 진입로로 들어갔다. 그 진입로의 울타리가 자신을 숨겨주길 바라며 그 집 앞에 차를 세웠다.

"끝내주네요!"

"고개 숙여요." 에릭이 재빨리 고개를 숙이자, 스탠도 고개를 숙였다. 조금 뒤에 기자들의 차가 그 진입로를 지나쳐 도로로 들어섰다.

"와우! 속이 울렁거리는데요!"

"고마워요." 에릭은 기자들이 따라오지 않는다는 것을 확인한 뒤 진입로에서 나가 '엔터프라이즈'로 향했다. 에릭은 스탠에게 고맙다는 인사를 하고, 그곳에 내려주고는 서쪽으로 향했다. 그리고 도심을 지나 시내에서 멀리 떨어진 교외에 있는 상점가에서 '투디'를 찾은 뒤 주차장에 차를 세웠다. '투디'는 아침과 점심만 제공하는 작은 레스토랑이었다.

에릭은 유리문을 열고 안으로 들어가 주위를 둘러보았다. 벽은 흰색 테두리에 갈색으로 칠해져 있었고, 바닥은 짙은 색 원목이 깔려 있었다. 테이블이 열다섯 개 정도밖에 되지 않은 작은 가게였고, 그중 몇 테이블에는 사람이 앉아 있었다. 에릭은 페그의 곱슬곱슬한 빨간색 머리를 발견했다. 셔츠 칼라에 닿을 정도의 길이로, 르네의 머리색보다 더 어두운 딸기색 금발이었다. 그녀는 빳빳하게 다린 흰색 셔츠와 청바지를 입고, 출입문을 등진 채 부스석에 앉아 있었다.

종업원이 다가오자, 에릭은 일행이 있다는 손짓을 하고 페그가 앉아 있는 자리로 다가갔다. "안녕하십니까, 에릭 패리시입니다. 페그 베빌라쿠아 씨죠?"

"네." 페그는 고개를 들어 쳐다보고는 맞은편 자리를 가리켰다. "앉으세요."

"감사합니다." 에릭은 부스석에 앉은 뒤 양손을 앞에 모았다. "따님 일에 대해서는 진심으로 유감스럽게 생각합니다. 깊은 애도의 뜻을 전합니다."

"고맙습니다." 페그는 퉁퉁 붓고 충혈된 눈으로 에릭의 눈을 똑바로 쳐다보았다. 깊은 고통이 가득한 예쁜 푸른색 눈은 눈물을 너무 많이 흘린 탓에 색이 바랜 것처럼 보였다. 앙증맞은 코끝이 살짝 올라가 있었고, 창백한 피부에 르네처럼 주근깨가 희미하게 박혀 있었다.

"별말씀을요. 먼저 연락 주셔서 기뻤습니다."

"이번 일로 남편과 전 이루 말할 수 없는 슬픔에 잠겨 있어요." 페그는 힘겹게 침을 삼켰다. 입가에 깊이 새겨진 주름살이 더 이상 늘어날 수 없을 만큼 늘어난 고무줄처럼 팽팽하게 긴장된 형태를 이루고 있었다.

"정말 유감입니다." 에릭은 진심을 담아 말했다. 그는 자기 목소리에 솔직한 심경이 담겨 있다는 것을 알고 있었기에 그대로 꾸밈없이 말했다.

"패리시 선생님, 아이가 있으세요?"

"네. 일곱 살 된 딸이 있습니다. 그냥 에릭이라고 불러주세요."

"르네는 하나밖에 없는 자식이었어요. 우리에게 전부였죠. 남편은 유달리 딸애와 사이가 좋았어요. 전형적인 딸 바보였죠." 페그는 슬퍼 보이는 미소를 살짝 지었다. "부녀가 아주 똑같았어요. 많이 닮았고, 행동도 비슷했죠. 그래서 남편은 이번 일을 감당하지 못하고 있어요. 제가 지금 이런 이야기를 왜 하고 있는지 모르겠네요. 아마 선생님이 정신과 의사라는 것을 알기 때문일 거예요. 사람들의 이야기를 듣는 데 익숙하실 테죠. 선생님이 해브메이어 병원에 있다는 거 알아요. 전 란켄아우 병원의 간호사예요. 그러니까…… 우린 공통점이 있죠."

"정말 그렇군요." 에릭은 무슨 말을 해야 할지 알 수가 없었다. 하지만 페그가 조만간 본론으로 들어갈 것을 알기에 그냥 이야기를 들어주었다.

"지금 남편은 너무 흥분해서 제정신이 아니에요. 계속 침대에 누워 있지만 잠을 한숨도 못 자고 있죠. 무서울 정도로 울고만 있어요. 진정제를 받기 위해 주치의한테 연락해야만 했죠." 페그가 천천히 고개를 내저었다. "어쨌든 남편은 제가 이 자리에 나온 거 몰라요. 동생을 만나러 간다고 하고 나왔어요. 집 앞에는 기자들이 진을 치고 있죠. 모든 게 깨어 있는 악몽 같아요. 누구라도 견딜 수 없을 거예요."

"그러실 겁니다." 에릭은 자신의 집 앞에도 기자들이 진을 치고 있다는 말을 하지 않았다. 그가 겪고 있는 상황은 페그에 비하면 아무것도 아니었다.

"우린 르네의 관을 골랐어요. 상상할 수 있겠어요? 딸아이의 관이에요. 우리 예쁜 딸을 땅에 묻어야 해요. 부검을 했다는 걸 아니까 더 끔찍하죠."

"그러실 겁니다." 에릭은 페그의 고통이 느껴졌다.

"그래요." 페그는 힘을 모으려는 것처럼 앉은 자세를 똑바로 했다. "제가 무슨 생각으로 연락을 드렸는지 궁금하실 거예요. 변호사나 경찰 같은 사람들이 없는 자리에서 선생님과 이야기를 해보고 싶었어요. 전 이대로 무너지거나, 아무것도 하지 않는 사람이 아니에요. 그런 건 제 방식이 아니에요. 이런 게 엄마의 일인 것 같아요. 엄마들은 가족들을 보살피고 행동해요. 르네를 위해서라도 끝까지 견딜 거예요. 딸이 있다고 하셨으니 이런 마음을 이해하시겠죠."

에릭은 고개를 끄덕였다. "물론입니다."

"그래서 선생님과 이야기를 해보고 싶었어요. 부모 대 부모로, 같은 의료계에 종사하는 사람으로서. 다시 말해, 선생님과 전 서로를 이해할 수 있다고 생각해요. 사람들을 돕고 싶고, 사람들을 보살피는 게 우리 일이잖아요?"

"그렇죠. 맞는 말씀입니다." 에릭은 애써 미소를 지었다. 고통스럽게 보일 거라는 걸 알았다. 지금 그가 느끼는 감정이 그랬기 때문이다.

"지금 너무 두서없이 말하고 있다는 건 알고 있어요. 너무 피곤해서 그래요." 페그는 검지와 엄지손가락으로 얼굴을 문질렀다. 하얀 피부에 붉은 자국이 남았다. "TV에서 선생님을 봤어요. 경찰서 앞에 있는 모습이었죠. 그리고 지난밤 쇼핑몰에서 일어난 일을 알게 됐어요."

에릭은 아무 말 없이 페그가 이야기를 끝마치길 기다렸다.

"당연히 어퍼 메리언 경찰서에서 뉴마이어 경감의 기자회견도 보게 되었죠." 페그는 머뭇거렸다. "아무리 생각해도 선생님이 르네를 죽였다는 건 말이 안 돼요."

"물론이죠. 전 죽이지 않았습니다." 에릭은 마음이 놓이는 것을 느꼈다. "맹세하죠. 전 따님을 해치지 않았습니다. 그런 일은 절대 하지 않아요. 있을 수 없는 일이죠."

"우리 애와 아는 사이셨어요?"

"아뇨. 전 르네를 알지 못합니다." 때맞춰 젊은 종업원이 이쪽으로 오는 것이 보였다. "다이어트 콜라 한 잔만 주세요."

페그도 종업원을 쳐다보며 말했다. "저도요. 다른 건 필요 없어요."

종업원은 고개를 끄덕이며 인사말을 했다. "바로 준비해드리겠습니다."

페그는 종업원이 저쪽으로 갈 때까지 기다렸다가 아까 하던 이야기를 마저 꺼냈다. "저도 그렇게 생각해요. 선생님이 알지도 못하는 르네를 죽이지는 않았을 거예요. 선생님에 대해 알아봤어요. 병원에서 사람들에게 물어봤죠. 모두들 선생님은 좋은 분이고, 존경할 만한 분이며, 훌륭한 정신과 의사라고 했어요. 선생님은 르네를 죽일 이유가 없어요. 아무래도 범인은 맥스일 가능성이 높아요. 선생님은 맥스의 담당 의사였죠. 선생님이 르네를 안다면 그건 맥스가 상담 중에 이야기를 해서일 거예요."

에릭은 페그의 말을 가만히 듣고 있었다. 깊고, 침착한 목소리였다. 비록 페그가 지금 무슨 말을 하려는 건지 알 것 같았지만 그는 가로막지 않았다. 어떤 경우에서도 페그가 원하는 대답을 해줄 수 없을 것이다. 설사 그에게 직접적으로 물어본다고 해도. 그래서 에릭은 그 지점에 도달하기 위해 서두르지 않았다. 그가 직접적으로 페그의 마음을 아프게 만드는 것처럼 느껴졌기 때문이다.

"솔직하게 말씀드릴게요. 르네가 저에게 말했어요. 아니, 더 자세히 말하면 자기 아빠랑 같이 조깅하다가 말한 거죠. 맥스가 자기를 좋아하는 것 같다고 말이에요. 르네도 맥스를 좋아했어요. 그런 식은 아니었지만. 어쨌든 르네는 자기 아빠에게 맥스가 자기를 좋아하는 게 분명하다고 말했어요. 처음 만났던 날부터 알고 있었다고 했죠."

에릭은 아무 말도 하지 않았다. 지금은 가만히 이야기를 들어야만 했다.

"르네는 맥스를 걱정한 적이 없어요. 그 애가 자기를 해칠 거라는 생각 같은 건 하지 않았죠. 하지만 르네는 어리고 순진했어요. 남편 과 나는 맥스가 그런 점을 잘 숨겼을 거라고 생각해요. 계속해서 르 네를 죽일 계획을 세우고 있었던 거죠."

에릭은 그 말을 부정하고 싶은 것을 애써 참았다.

종업원이 다가와 다이어트 콜라 두 잔을 테이블 위에 내려놓았다. "더 필요한 게 있으면 언제든지 불러주세요."

에릭은 종업원을 보며 고개를 끄덕였다. "고마워요."

종업원이 자리를 떠나자, 페그가 말을 이었다. "뉴마이어 경감은 선생님이 르네를 죽인 범인에 대한 정보를 가지고 있으면서도 비밀 유지 조항 때문에 알려주지 않는다고 했어요." 페그가 잠시 말을 멈 췄다. 그녀는 양손을 앞에 포갠 채, 색이 바랜 눈으로 에릭을 쳐다보 았다. "아무래도 병원에서 일하니까 그 조항에 민감할 수밖에 없겠 죠. 저도 병원에서 일하기 때문에 잘 알아요. 하지만 지금 이 만남은 예외라고 할 수 있어요. 법인이나 법률 같은 것과는 관계가 없죠. 그 저 부모들 사이의 일이 되는 거예요. 그래서 선생님께 연락드렸어요. 선생님을 만나서 묻고 싶었어요. 사실은 애원하고 싶었어요. 부탁드릴게요. 무슨 뜻인지 아시죠? 한 아이의 엄마로서, 한 아이의 아버지에게 부탁드릴게요. 제발 알고 계신 걸 말씀해주세요. 맥스가 르네에 관해 무슨 이야기를 했는지, 왜 죽인 건지 말씀해주셔야 해요. 르네는 맥스를 거절한 적도 없어요. 맥스가 데이트 신청을 한 적이 없으니까요. 우리 딸은 맥스에게 친절하게 대해줬어요. 모든 사람들에게 친절한 애였으니까. 르네는 아무 잘못이 없어요. 이렇게 죽을 이유가 없어요. 너무 어리고, 착한 아이였어요." 페그의 눈에 눈물이 고였다. "내 딸을 위한 정의를 구현시키기 위해 모든 것을 알고 싶어요. 남편은 정의를 구현해도 르네는 돌아오지 않는다고 말하죠. 그건 저도 알아요. 하지만 정의는 그 자체로 끝을 맺을 수 있어요. 전 맥스가 내 딸과 우리 가족에게 한 짓의 대가를 받게 하고 싶어요."

에릭은 속으로 한숨을 내쉬었다. 어디서부터 시작해야 할지 알 수가 없었다. "저도 부인이 알고 싶어 하는 것에 대해 말씀드리고 싶습니다. 하지만 그럴 수 없어요. 제가 그럴 수 없다는 걸 아시잖습니까. 부인께 말씀드릴 방법이 없습니다. 하지만 중요한 사실을 한 가지 알려드리자면, 맥스가 르네를 죽였는지는 확실한 게 아닙니다. 부인과 경찰 모두 범인을 잘못 생각하고 있는 걸 수도 있어요."

"그게 무슨 말씀이죠?" 페그의 말투가 어두워졌지만 여전히 화를 억누르고 있었다. "맥스가 내 딸을 좋아했다는 걸 알고 있어요. 선생님도 마찬가지죠. 그 애가 르네를 죽이려고 계획을 세웠다는 걸 알아요. 선생님도 알고 있는 일이죠. 경찰이 맥스의 방에서 르네의 휴대폰을 찾았다는 걸 알고 있어요. 솔직하게 말씀해주세요. 전 어른이고,

매일 삶과 죽음을 보고 있어요. 그러니까 받아들일 수 있어요. 선생님이 아는 걸 말씀해주세요."

"제가 아는 걸 말씀드릴 수는 없습니다. 하지만 오늘 아침에……."

"잠깐만요. 제 질문에 답해주셔야 해요." 그 말을 내뱉는 페그의 파란색 눈이 얼음처럼 차가워졌다. "맥스가 르네를 죽였다는 걸 알아요. 어떻게 알았냐고요? 경찰이 선생님의 행적에 대해 말하는 걸 봤어요. 선생님은 스월드 피스에 가서 르네와 대화를 나누고, 그 애의 집까지 따라왔어요. 그리고 우리 집 앞 골목에 차를 세우고 서 있는 모습을 이웃이 목격했죠. 왜 그런 거예요?"

"그건 대답할 수 없습니다."

"대답하실 필요 없어요. 전 바보가 아니니까요. 선생님이 그렇게 행동한 데는 두 가지 가능성이 있어요." 페그가 검지를 들어 숫자를 셌다. "먼저 선생님이 르네와 모종의 관계가 있을 가능성이죠. 선생님이 우리 애를 스토킹하고 죽이려고 한 거예요. 하지만 이미 말씀드렸다시피 전 그렇게 생각하지 않아요. 선생님에 대해 알고 있는 것도 있고, 매일 병원에서 선생님 같은 의사를 보고 있으니까요. 의사들은 치료자예요. 의사들 중에 거만한 사람들이 많긴 해도 그들은 사람을 해치는 게 아니라 치료해주는 직업을 선택했죠."

에릭은 확신에 찬 페그의 목소리를 들으며 침을 삼켰다.

"두 번째 가능성은 선생님이 르네를 보호하려고 했다는 거예요. 맥스가 사라지자 선생님은 르네의 안전을 걱정했던 거죠. 그래서 르네가 일하는 곳에 찾아갔어요. 그곳이 어딘지는 맥스에게 들었겠죠.

그런 뒤에 맥스가 르네를 해치지 않는지 확인하기 위해 집까지 온 거예요."

에릭은 페그가 제시한 이론이 경찰의 스벵갈리 이론보다 훨씬 더 이치에 맞다는 것을 알았다. 하지만 여전히 진실이 아니었다. 그는 르네를 지키기 위해서가 아니라 맥스를 찾으려고 갔던 것이지만 그 사실을 말할 수는 없었다.

"그리고 우리 이웃이 선생님을 보고 말을 걸자 집으로 돌아갔죠. 경계심을 늦췄던 거예요. 선생님은 맥스를 찾지 못했지만 맥스는 자기가 무슨 짓을 할지 알고 있었죠. 그 애는 르네를 찾았어요. 다음 날 아침에 르네에게 접근했죠. 르네가 아침마다 등교하기 전에 개를 데리고 피커링 공원에 산책 간다는 걸 알고 있었을 거예요. 항상 그랬으니까. 르네는 그 개를 아꼈어요. 항상 개에 대한 이야기를 했죠. 아마 수업 시간 중에 맥스에게도 이야기를 했을 거예요. 맥스는 르네를 그 공원에서 죽였어요. 숨이 끊어질 때까지 목을 졸랐죠." 페그는 양손으로 테이블을 짚었다. 손가락 관절이 하얗게 보일 정도로 힘을 주고 있었다. "선생님은 바로 그 점을 걱정하셨던 거예요. 그래서 막으려고 했지만 실패했죠. 제 말이 맞다고 말해주세요. 사실대로 말이에요."

"전 맥스가 무죄일 수도 있다고 생각합니다."

"그렇군요." 페그는 혐오스럽다는 듯 입으로 숨을 몰아쉰 뒤 의자에 몸을 기대며 팔짱을 꼈다. "맥스가 무죄일 수도 있다고 생각한다는 거죠?"

"네."

"그럼 그렇게 생각하는 이유를 말씀해주세요. 아니, 경찰한테 가서 맥스가 무죄라고 믿는 이유를 말하는 게 낫겠어요. 경찰은 맥스가 범인이라고 생각하고 있어요. 만일 맥스가 범인이 아니라면, 경찰들은 지금 진범을 쫓아야 할 시간에 맥스의 범죄를 입증하기 위해 시간을 낭비하고 있는 셈이니까요. 그러니까 경찰한테 가서 말하세요. 선생님이 알고 있는 사실을 알려야 해요. 맥스가 무죄라고 생각하는 이유를 말해야 해요. 지금처럼 아무것도 안 하고 가만히 앉아 있으면 안 돼요. 제 딸이 죽었어요. 선생님의 딸은 살아있죠. 얼마나 운이 좋은지 모르실 거예요."

"부인의 슬픔에 깊은 유감을 표하는 바입니다. 정말 안타까운 일이에요. 하지만 저도 손놓고 가만히 있는 건 아닙니다." 에릭은 페그에게 가능한 선에서 요령껏 정보를 알려주기로 마음먹었다. "오늘 아침에 컴퓨터로 조사를 했습니다. 르네와 친하게 지냈던 사람들의 명단을 추렸어요."

"르네와 친한 사람이 누군지 어떻게 아셨죠?"

"페이스북을 통해서요." 에릭은 셔츠 주머니에서 명단을 적은 종이를 꺼냈다. "토드 슐러, 허드슨 맥알리스터, 줄리아 클라크니, 민디 쇼레츠, 개비 매테일, 케이트……."

"지금 뭐 하시는 거예요?" 페그가 흠칫 놀랐다. "딸아이의 페이스북을 봤다는 건가요? 비공개로 되어 있을 텐데요. 르네와 같이 계정을 만들었을 때 제가 직접 비공개로 설정했어요."

"르네의 페이스북은 비공개로 되어 있었습니다. 하지만 르네의 친구들 중에는 계정을 공개해 놓은 아이들도 있었어요. 여자애들은 대부분 비공개였지만 남자애들은 공개되어 있더군요. 그 애들 중 누가 르네의 남자친구인지는 모르겠지만…….”

“르네 친구들의 페이스북 페이지를 봤다는 건가요?” 페그는 믿을 수 없다는 듯 입을 벌렸다. “남자친구는 또 무슨 말이죠? 르네는 남자친구가 없었어요.”

“없었다고요?” 에릭은 맥스가 상담 중에 르네에게 남자친구가 있다는 말을 했던 걸 떠올렸다. 그때 르네가 남자친구와 싸운 뒤에 울었다는 이야기를 들었다. 에릭은 페그가 르네의 남자친구에 대해 모른다는 것을 깨달았다. 그래서 공개되어 있지 않았던 것이다.

“예전에 토드 슐러와 만났었지만 오래전에 헤어졌어요. 우리는 그 애가 마음에 들지 않았고…….” 페그가 얼굴을 찌푸리며 말을 멈췄다. “이건 선생님이 상관할 일이 아니에요! 지금 뭐라고 했죠? 우리 애의 페이스북 친구 명단을 조사했다는 건가요?”

“그저 모든 가능성을 확인해보려고 했던 것뿐이에요. 경찰은 엉뚱한 사람을 잡아 놓고, 진범을 찾으려고 하지 않으니까요. 만일 이번 사건이 무작위 범행이 아니라면, 르네가 아는 사람들 중에 범인이 있을 가능성도 있으니까…….”

“어떻게 그런 말을!” 페그가 연마된 강철처럼 눈을 번쩍거리며 얼굴을 찡그렸다. “친구들 중 누군가가 르네를 죽였을지도 모른다는 말을 하려는 거예요? 그 애들 중 몇 명은 초등학교 때부터 친하게 지낸 애들이에요. 르네가 죽은 뒤로 계속 울고 있다고요.”

"제 말은 진범이 돌아다니고 있을 수도 있다는⋯⋯."

"그 애의 친구들 중 누군가가 맨손으로 르네의 목을 졸랐을 거라는 건가요? 미친 맥스가 아니라 르네의 친구들이 그런 짓을 저질렀다는 거예요? 아이들을 인질로 잡고 쇼핑몰에 있던 모든 사람들의 목숨을 위협했을 정도로 위험하기 짝이 없는 얼빠진 문제아 정신병자가 한 짓이 아니라?" 페그는 입술을 삐죽거리며 몸을 앞으로 내밀었다. "이제부터 하는 말 잘 들으세요. 난 선생님께 정중하게 부탁드렸어요. 심지어 애원하기까지 했죠. 선생님이 알고 있는 사실을 나나 경찰에게 말하지 않는다면 내가 앞으로 어떻게 할지 말해줄게요. 나도 조사를 좀 해봤어요. 아는 정신과 의사들 몇 명에게 물어봤죠. 그리고 타라소프 사례에 대해 들었어요. 정신과 의사의 경우, 환자가 누군가를 죽일 것 같다는 생각이 들면 법적으로 그 대상이나 경찰에 알릴 의무가 있다는 거죠."

에릭은 얼굴에서 핏기가 사라지는 것 같았다.

"당신은 맥스가 르네를 죽일 거라는 걸 알고 있었어요. 그날 밤 르네를 지키기 위해 따라다닌 게 그 증거죠. 만일 지금 알고 있는 사실들을 경찰에 알리지 않으면 남편과 난 당신을 고소할 거예요. 우린 돈도 있어요. 당신을 무너뜨리기 위해 그 돈을 마지막 한 푼까지 다 쓸 거예요. 당신은 지금 가지고 있는 모든 걸 잃게 될 거예요. 큰 병원은 물론, 어떤 병원에서도 다시는 일하지 못하게 될 거예요." 페그가 격하게 말했다. 분노와 고통과 슬픔에 힘입어 그 말들은 점점 빨라졌다. "내 딸을 위한 정의를 구현할 때까지 멈추지 않을 거예요. 맥스가 법정 최고형을 받는 걸 볼 때까지 멈추지 않을 거예요. 당신도 목숨이 아까우면 당장 경찰에 달려가서 아는 대로 다 털어놓는 게 좋을 거예요."

"죄송합니다. 전 그렇게 할 수가……."

"마음대로 해요." 페그가 자리에서 벌떡 일어났다. 그리고 콜라 컵을 밀친 뒤, 가방을 집어 들고는 그대로 밖으로 나가버렸다.

"잠깐만요!" 에릭은 페그를 쫓아가려고 하다가 그만두고 다시 자리에 앉았다. 이미 그는 그녀를 충분히 화나게 했고, 페그는 무엇이든 자기가 느끼는 감정을 누릴 권리가 있었다. 입장을 바꾼다면 에릭 역시 그녀와 똑같은 감정을 느꼈을 것이다. 하지만 지금은 페그가 한 말에 비추어 르네의 남자친구가 토드 슐러인지 확인해보고 싶었다.

에릭은 다이어트 콜라를 한 모금 마신 뒤 주머니에서 휴대폰을 꺼냈다. 그리고 페이스북으로 들어가 토드 슐러의 계정을 검색했다. 사생활 보호 설정이 전혀 되어 있지 않은 공개 계정이었다. 에릭은 비판적인 눈으로 토드의 페이스북을 살펴보았다. '상태'란을 보니 '복잡하다'라고 되어 있었다. 에릭은 토드가 르네의 남자친구라고 해도 르네의 부모님은 몰랐을 거라는 걸 깨달았다. 토드는 페이스북에 그 사실을 올릴 수 없었을 것이다. 에릭은 르네의 '상태'가 '남자친구 없음'으로 되어 있는 것도 두 사람의 관계를 사실대로 알릴 수 없기 때문이었을 거라고 추측했다. 토드는 르네의 페이스북 '친구' 목록에도 없었다. 그래서 에릭이 처음에 알지 못했던 것이다. 르네는 케이틀린이 그랬던 것처럼 토드와 '친구' 관계를 끊어버렸을 것이다. 어쩌면 부모님을 속이기 위해서였을 것이다.

에릭은 계속 토드의 페이스북에 올라와 있는 글들을 살펴보았다. 글이 많지는 않았다. 사나흘에 한 번 정도 글을 올린 것처럼 보였다. 에릭은 르네의 살인 사건이 알려진 화요일에 올린 글이 있는지 확인했다. 짧은 문장이었다. '마음이 아프다. 영원히.' 르네에 대한 언급이나 그 글에 대한 부가 설명은 없었다. 두 사람의 관계를 비밀로 하고 있었다는 에릭의 이론을 뒷받침해주는 것이었다.

그는 계속해서 토드의 예전 글들을 살폈다. 파티에서 찍은 사진들이 있었다. 어두운 불빛 아래 빨간색 일회용 컵을 들고, 야구 모자를 거꾸로 쓴 젊은이들이 모여 있었다. 하지만 그 사진들 중 한 장에 토드가 르네와 함께 찍은 사진이 있었다. 두 사람은 푸르스름한 배경 앞에 서서 활짝 웃고 있었다. 그 사진 밑에는 이렇게 쓰여 있었다. '우리 애기'

에릭은 완전히 시대에 뒤떨어진 사람이었지만, 애기가 여자친구를 뜻하는 말이라는 건 알고 있었다. 토드는 아마 별생각 없이 이 글을 올렸을 테지만, 르네의 부모님이 자신의 페이스북 계정을 볼 일이 없다는 것만큼은 잘 알고 있었을 것이다. 르네의 부모님들은 에릭의 말을 듣기 전까지는 두 사람의 관계가 계속되고 있을 거라고는 생각하지 않았으니까.

에릭이 그 사진을 올린 날짜를 확인해보니 두 달 전이었다. 페그는 르네가 오래전에 토드와 헤어졌다고 했다. 하지만 그 사진으로 봐서는 그렇지 않은 것 같다. 두 사람이 사귀든, 사귀지 않든 서로의 삶 속에 있는 건 확실했다. 에릭은 그 사진을 다시 한 번 보았다. 창문이 있는 상담실보다 이 레스토랑에서 더 잘 보였다. 사진 속 푸르스름한 잔디밭 배경에는 생울타리 같은 것이 보였고, 구석에는 뭔지 모르겠는 분홍색 물건이 놓여 있었다.

에릭은 휴대폰 화면을 눌러 사진 속 그 부분을 확대시켜보았다. 그래도 그 물건이 뭔지 알 수가 없었다. 형광 분홍색 못처럼 보였다. 자연과는 어울리지 않는 모양과 색이었다. 순간 그는 다른 사진에서 이처럼 어울리지 않는 것을 본 것 같은 기억이 났다. 그는 페이스북에서 나와 지역 웹사이트로 들어갔다. 그리고 공원과 유원지 항목에서 피커링 공원 웹 주소를 찾았다.

그 링크를 누르자, 휴대폰 화면에 피커링 공원 사진이 떠올랐다. 뿌리덮개가 깔려 있는 달리기 좋은 길, 군데군데 장애물이 있는 길이 나타났다. 에릭은 세 번째 사진에서 숨이 턱 막혔다. 형광 분홍색으로 칠해진 실물 크기의 플라스틱 암소가 있었다. 지역 공공장소마다 설치되어 있는 공익 예술 프로젝트 중 하나였다. 에릭은 사진을 확대한 뒤, 눈을 가늘게 뜨고 그 소의 분홍색 뿔 끝을 응시했다. 그런 다음 다시 토드의 페이스북으로 돌아가 조금 전 그 사진의 오른쪽 위에 보이는 흐릿한 분홍색 물체와 비교해보았다. 피커링 공원의 그 소와 똑같았다.

에릭은 입이 말랐고, 다이어트 콜라를 한 모금 더 마셨다. 머릿속이 복잡했다. 그 사진은 토드가 피커링 공원에 르네와 함께 있었다는 것을 입증하고 있었다. 토드는 그 공원에 대해 잘 알고 있었다. 에릭

은 르네가 습관처럼 아침마다 개를 데리고 그 공원에 산책을 갔다고
했던 페그의 말을 떠올렸다. 에릭은 르네가 개 산책을 핑계 삼아 남
몰래 아침마다 공원에서 토드를 만났던 것이 아닐까 생각했다. 어쩌
면 토드는 화요일 아침, 르네를 만나 그녀를 죽였을지도 모른다.

　나름 타당한 추론이었다. 르네가 헤어지자고 하는 바람에 토드가
죽인 건 아닐까? 아니면 다른 뭔가를 질투한 거라면? 보통 살인 사건
이 일어났을 경우에는 피해자의 애인부터 수사를 시작한다. 하지만
경찰은 페그와 마찬가지로 르네에게 남자친구가 있었다는 사실을 모
르고 있다. 만일 토드가 르네를 죽이고 휴대폰을 가져갔다면 아무도
그에 대해 모를 것이다. 경찰이 통화 기록을 알아낸다고 해도 며칠
걸릴 것이다. 그 사이에 토드는 증거를 인멸하면 된다.

　에릭은 페그가 집에 가는 동안 자신이 한 말에 대해 다시 한 번 생
각하기를 바랐다. 마음을 가라앉히고, 토드의 페이스북에 들어가 지
금 이 사진을 봤으면 좋겠다. 그리고 사진에 나와 있는 형광 분홍색
소의 뿔을 보고 그 모든 것들을 종합해서 추측해 내기를 바랐다. 에
릭은 가장 최근에 올린 사진부터 대충 훑어보며 다음 할 일을 계획
했다. 교과서 사진이 보이고, 그 밑에 '여름 학기는 최악'이라는 글과
'이 빌어먹을 화학책 따위에 100달러를 쓴다는 게 말이 돼?'라는 글
이 달려 있었다. 에릭은 그 옆쪽에 있는 학교란을 확인했다. 토드는
델라웨어 카운티 전문대학의 신입생으로, 엑스톤 캠퍼스에 다니고
있었다.

　에릭은 잠시 생각에 잠겼다. 엑스톤은 여기서 15분 거리였다. 지

금 현재는 다른 단서가 없었다. 에릭은 토드가 어떤 차를 모는지 궁금했다. 어떤 차인지 알면, 르네가 죽은 날 아침 피커링 공원 근처에 그 차가 있었는지 알아볼 수 있기 때문이다. 주민 자치대의 활동이 활발한 동네이기 때문에 누군가 토드의 차를 기억하는 사람이 있을 수도 있었다.

에릭은 지갑에서 20달러를 꺼내 테이블 위에 놓았다.

이제 시작이다.

51
장

에릭은 귀에 휴대폰을 댄 채, 지나다니는 차량이 적은 랭커스터 애비뉴로 들어갔다. "교무과죠?"

"네. 무엇을 도와드릴까요?"

"아들이 이번 여름학기 화학 수업을 듣는데, 애가 책을 놓고 가서 가져다줘야 할 것 같아서요. 혹시 수업 시간과 장소를 알 수 있을까요?"

"알아봐드리죠. 아, 수업 시간은 12시부터 3시예요. 이런, 오늘 수업은 거의 놓쳤겠는데요."

"강의실은 어디죠? 어차피 근처라 책을 주고 얼굴이라도 보고 가려고요."

"정말 좋은 아버님이시네요. 건물은 하나밖에 없어요. 주차장에 차를 대면 보일 겁니다."

"감사합니다." 에릭은 전화를 끊고, 계기판으로 시간을 확인했다. 2시 15분이었다. 그는 시간을 다시 확인했다. 맥스도 어딘가에서 의식을 치룰 시간이 오길 기다리며 시간을 확인하고 있을 것이다.

에릭은 엑스톤에 도착했다. 처치 팜 스쿨을 지나 스프링데일 로드 표지판을 찾았다. 마침내 목적지에 도착하자, 그는 주차장이 있는 왼쪽으로 차를 돌린 뒤 그 근방을 둘러보았다. 언제부터 대학들이 복합상업 지구처럼 보이기 시작했는지 모르겠다. 심지어 그런 곳에 위치하고 있는 것도 아닌데. 에릭은 중간 크기의 주차장에 들어간 뒤, 입구에서 가장 멀리 떨어진 곳으로 들어가 차를 세웠다. '델라웨어 카운티 전문대학은 금연 캠퍼스이며 책값을 하는 곳이다!'라는 간판 옆으로 학교의 유일한 출입구가 잘 보이는 위치였다.

출입구 전면에 갈색 페인트가 칠해져 있었고, 그 아래는 뿌연 유리로 되어 있었다. 대학 건물은 법인 건물과 같은 양식이었다. 오렌지색 벽돌로 새로 지은 현대식 건축물로, 창문이 몇 개 없었다. 어슬렁거리거나 대화를 나누거나 원반던지기를 할 만한 풀밭 같은 곳도 없었다. 그저 출입구 앞에서 배낭을 한쪽 어깨에 멘 채 목에 헤드폰을 걸고 있는 학생 몇 명이 서서 이야기를 나누고 있었다.

학생들 몇 명이 주차장으로 다가왔다. 에릭은 차문을 열고 그 모습을 지켜보았다. 젊은 학생들은 웃고 떠들다가 각자 차를 타고 떠났다. 에릭은 그 자리에서 10분을 더 기다렸다. 15분, 20분이 지나자, 건물에서 학생들이 나오기 시작했다. 토드를 놓쳤을지도 모른다는 생각이 들기 시작했을 때, 토드로 보이는 학생이 눈에 띄었다. 190센티미터 정도 되는 큰 키에, 토드처럼 금발이었다. 그 학생은 예쁜 여학생 두 명과 함께 건물을 나왔다. 모두 웃고 있었다.

에릭은 토드의 페이스북 사진을 다시 한 번 확인했다. 그 금발머리 학생이 가까이 다가오자 토드가 맞다는 것을 알 수 있었다. 그는 넓은 어깨에, 회색 빈티지 티셔츠를 입고, 아래로 축 처진 녹색 카고 바지를 입고 있었다. 그는 여유롭게 보이면서 살짝 건방진 것 같은 미소를 짓고 있었다. 주차장에 차가 가득했기 때문에 토드가 어느 차에 타는지 보기 위해 에릭은 계속 그 자리를 지켰다.

그때 토드와 같이 있는 여학생 중 한 명이 큰 소리로 웃었다. 창문을 열어 놓은 상태라 그 소리가 에릭한테까지 들렸다. 그런 뒤 그 여학생은 작별 인사를 하고, 오른쪽에 주차된 차 쪽으로 걸어갔다. 토드는 남은 여학생과 같이 걸어가다가 한쪽 팔로 여자의 어깨를 감싸 안고는 뺨에 키스했다. 그러자 그 여자는 걸음을 멈추고 미소를 지어 보였고, 토드는 여자의 입술에 키스했다.

에릭은 깜짝 놀라 멍하니 쳐다보고 있었다. 어떻게 생각해야 할지 알 수가 없었다. 토드가 르네의 남자친구라면 르네가 죽자마자 바로 다른 여자를 만났다는 뜻이다. 아니면 에릭의 생각과 달리 처음부터 르네의 남자친구가 아닐 수도 있었다. 어떻게 된 일인지 알 수가 없었지만 지금은 분석할 시간이 없었다. 그는 토드와 그 여학생이 몸을 떼고 올리브 회색 지프 랭글러로 향해 걸어가는 모습을 휴대폰 카메라로 찍었다. 토드는 운전석에, 여학생은 옆자리에 올라탔다. 토드가 후진한 뒤 주차장을 빠져나가자, 에릭은 그 차의 번호판을 찍었다.

에릭은 그 번호판 사진을 쳐다보면서 생각에 잠겼다. 토드에 대해 좀 더 조사를 해봐야 한다는 생각이 들었지만, 이 정보를 누구한테 전해야 할지 확신이 서지 않았다. 보석으로 풀려난 그가 경찰에 직접 가는 건 바보 같은 짓이 될 것이다. 그렇다고 마리에게 연락할 수도 없었다. 맥스가 무죄라는 것을 밝히는 데 도움이 될 만한 것이라면 어떤 이야기라도 듣고 싶어 할 것이기 때문이다.

에릭은 이제 윤리적이고 법률적인 문제로 상황이 바뀌었다는 것을 깨달았다. 지금까지는 자신의 비밀유지 조항이 맥스를 곤란하게 만들 증거를 경찰에 넘기지 않게 막아주었다. 하지만 이제는 그 조항 때문에 맥스에게 도움이 될 증거를 넘겨주는 것이 가로막혀 있었다. 양날의 검이었지만, 에릭은 비밀유지 조항에 대한 원칙을 지킬 것이다. 하지만 맥스가 그에게 말한 것 이외에 오늘 알게 된 사실은 다른 사람에게 알릴 수 있었다.

에릭은 휴대폰을 통화 기능으로 바꾸고 전화를 걸었다.

52
장

"폴, 통화 괜찮을까요?" 에릭은 운전석에 앉아 학교를 나서는 학생들을 느긋하게 쳐다보고 있었다.

"안 그래도 전화하려던 참이에요."

"내가 먼저 말할게요." 에릭은 기다릴 수가 없었다. "르네 베빌라쿠아 살인 사건의 유력한 용의자를 알아냈어요. 이제 어떻게 해야 할지 알고 싶어요. 내 생각에는 폴이 경찰에 연락을 하는 게 좋을 것 같아요. 내가 직접 경찰에게 연락할 수는 없으니까요."

"농담하는 겁니까? 지금 전화 받고 있는 사람은 대체 누구죠? 낸시 드류[52]인가요? 숨겨진 계단이라도 찾았어요?"

"폴, 내 말 좀 들어봐요. 페이스북에 들어가서 토드 슐러라는 19세

---

[52] 캐롤린 킹의 소설에 등장하는 소녀 탐정 캐릭터

대학생의 계정을 찾아봐요. 델라웨어 카운티 전문대학에 다니는 학생인데, 그 남자애의 계정에 한 달 전에 피커링 공원에서 르네와 같이 찍은 사진이 올라와 있어요." 에릭은 맥스가 상담 중에 알려준 사실을 누설하지 않기 위해 각별히 주의했다. 하지만 그 이외에 알게 된 사실은 비밀로 할 필요가 없었다.

"좋아요." 폴이 천천히 말했다. "그러니까 선생님은 지금 페이스북으로 다른 사람들을 염탐했다는 거군요. 나도 그래요. 예전에 날 찼던 여자의 페이스북을 훔쳐봤죠. 이젠 별 볼일 없게 사는 것처럼 보여서 기분이 좋았어요."

"토드 슐러는 르네의 남자친구예요. 경찰이 조사를 해야 한다고 생각해요. 부인이 살해당하면 보통 남편부터 의심하잖아요? 심지어 피해자와 가장 가깝고 친한 사람들부터 조사한다고 들었는데. 바로 토드 슐러가 르네와 가장 가깝고 친한 사람이에요. 그러니까 그 사실을 경찰한테 알릴 방법을 찾아야 해요. 당신이 말해줄래요?"

"에릭, 경찰처럼 페이스북을 뒤져서 수사를 하려는 모양인데, 그렇게는 안 될 거예요." 폴이 껄껄 소리 내어 웃었다. "비록 지역 경찰이 법 집행 기관의 먹이사슬 꼭대기에 있지는 않지만, 그래도 르네의 남자친구 정도는 찾아낼 수 있을 거예요. 경찰 일은 경찰에게 맡기고 선생님은 진정하세요. 기자들은 어떻게 됐어요? 여전히 집 앞에 진치고 있나요?"

에릭은 대답할 수 없었다. 지금 그는 델라웨어 카운티 전문대학 주차장에 있었기 때문이다. "그래도 경찰은 르네에게 남자친구가 있다는 것 자체를 모르잖아요."

"그것도 경찰이 알아낼 겁니다. 법의학 전문가가 나서지 않아도 요."

에릭은 망설였다. "아무래도 남자친구가 있다는 걸 비밀로 한 것 같아서요. 르네의 부모님도 모르고 있던데."

"선생님은 그걸 어떻게 아는 겁니까?"

"조금 전에 르네의 어머니를 만나서……."

"누굴 만나요? 살인 피해자의 모친을 만났다는 겁니까? 언제요? 어떻게요?"

"그쪽에서 연락을 했어요. 만나달라고 부탁하더군요. 난 아무 말도 하지 않았어요. 아무 짓도 하지 않았고."

"에릭, 의미가 무엇이든 르네의 어머니를 만난 것 자체가 문제예요. 무슨 말을 해도 말이에요. 만나서 뭘 했습니까? 어디서 만났어요?"

"레스토랑에서 잠깐 만났어요. 맥스에 대해 알고 있는 사실을 말해 달라고 부탁하더군요. 하지만 난 아무 말도 안 했어요. 결국에는 그쪽에서 날 고소하겠다고 위협하더군요. 하도 위협하는 사람이 많아서 그런지 익숙해지는 중이에요."

"지금 농담하십니까? 선생님에게 위험한 일이에요. 왜 나에게 말하지 않았습니까?"

"반대할 걸 아니까요."

폴이 코웃음을 쳤다. "그 자리에 다른 사람은 없었나요?"

"없었어요."

"변호사나 다른 사람을 데려오지 않았던가요?"

"네."

"도청 장치는 없던가요?"

"그런 건 없었어요."

"어떻게 압니까?"

"그냥 알아요."

폴이 신음했다. "대화를 녹음했나요?"

"아니요."

"르네의 어머니가 경찰을 불러서 아무 말이나 했을 수도 있어요. 선생님이 하지도 않은 말을 했다고 하고, 심지어 자백을 했다고 말할 수도 있었단 말입니다."

"그분은 그럴 생각이 없었어요."

"그건 모를 일이죠."

"아니, 알아요. 베빌라쿠아 부인은 딸을 위해 정의를 구현하고 싶어 하는 슬픔에 잠긴 어머니예요. 여기서 중요한 건, 르네가 토드와 사귀고 있었다는 걸 어머니가 모르고 있었다는 거예요. 그러니 경찰도 그 사실을 모르고 있을 겁니다."

"그건 르네의 여자친구들이 알겠죠. 아내 말이 여자친구들끼리는 모르는 게 없다고 하더군요."

"그 애들은 아무 말도 하지 않을 겁니다. 르네가 비밀로 하고 싶어 한다는 걸 알고 있으니까요. 더군다나 경찰이 범인을 잡았다고 하는 상황에서는 르네가 죽은 후에 그 사실을 밝히려고 하지 않을 겁니다.

"선생님이 알아냈으면 경찰도 알아낼 거예요. 경찰서에도 인터넷이 있으니까요."

"경찰들은 찾아보지 않을 거예요. 그리고 르네의 어머니는 딸이 아침마다 학교에 가기 전에 공원에 개를 데리고 산책을 나갔다고 했어요. 내 생각에는 토드를 만나러 나갔던 것 같아요. 토드가 르네를 죽였을 수도 있어요. 내가 보기에 토드는 선수예요." 에릭은 르네가 남자친구와 싸운 뒤에 울고 있었던 이야기를 맥스에게 들었다는 말을 하지 않았다.

"그 애가 선수라는 걸 어떻게 알죠? 고등학교 소식지라도 받아요? 그 애 담임이에요?"

"알고 싶지 않겠지만 내 말을 믿어요. 내가 찍은 토드의 자동차 번호판 사진을 보내줄게요. 그리고 르네가 아침마다 산책을 나갔다는 건 중요한 사실이에요. 누구든 그 애를 지켜봤다면 혼자 개를 데리고 산책한다는 걸 알았을 거예요."

"에릭, 제발 그만하는 게……."

"경찰한테 전화해서 토드 슐러에 대해 말하면 돼요. 그리고 살인 사건이 있었던 날 아침이나, 다른 날 아침에 피커링 공원 근처에서 토드의 차를 본 사람이 있는지 알아보라고 해요."

"내가 그렇게 하면 선생님의 지시라는 걸 경찰들도 알 겁니다."

"그럼 어때요? 난 경찰들이 어떤 질문을 해도 대답하지 않을 거예요. 익명으로 제보 전화를 할까도 생각해봤지만, 경찰들이 제대로 조사를 해줄지 의문이에요."

"조사할 겁니다."

"확실하지 않으면 안 돼요. 제대로 전달됐는지 알고 싶기도 하고. 사실 마리에게 알려주고 싶지만 우린 그쪽에 연락하면 안 되잖아요."

"다행입니다. 적어도 내가 하는 말을 조금이라도 듣긴 하네요. 맞아요. 우린 그쪽에 연락하면 안 됩니다. 안 그래도 선생님께 전화하려고 했던 이유기도 해요. 맥스에게 변호사가 생겼어요. 라이오닐 볼튼이라는 사람인데, 이 도시 최고의 형사 전문 변호사죠."

"잘됐네요."

"잘된 게 아니에요. 이번 사건이 워낙 유명해서 맡았을 거예요. 라이오닐은 원래 작은 것을 크게 부풀리는 걸 좋아하는 사람이니까요."

"이번 사건은 충분히 크게 다룰 만하다고 생각하는데요. 맥스는 심리 치료를 받을 필요가 있어요. 그 변호사가 뉴마이어에게 압력을 가해서 필요한 치료를 받게 해주면……."

"선생님은 정말 순진하시네요. 머리가 아주 좋은 신생아 같아요."

"그게 무슨 뜻이죠?"

"이 상황에서 압력을 받게 될 사람은 선생님밖에 없어요. 라이오닐은 자신의 전략을 말해주지 않을 겁니다. 당연히 그렇겠죠. 하지만 예전에 라이오닐과 같이 어떤 음모 사건의 공동 피고인을 담당했던 적이 있어요. 그 사람은 다른 사람들과 잘 어울리지 못해요. 라이오닐의 방식은 분할 정복이에요."

"그래서요?"

"라이오닐은 선생님을 쫓을 거예요. 선생님이 마음 약한 어린 소년을 조종했다는 이론을 내세울 겁니다."

에릭은 코웃음을 쳤다. "그건 경찰들이 하는 말이잖아요? 내가 왜 맥스를 조종해서 르네를 죽인단 말입니까?"

"라이오닐은 그 질문에 대답하지 않을 겁니다. 배심원 앞에서도 마찬가지예요. 그 사람이 해야 하는 일은 합리적인 의심을 만드는 것뿐이에요. 맥스보다 더 비난받을 만한 사람을 내세운 뒤 배심원들의 머릿속에서 사건의 내용을 재생시킬 겁니다. 라이오닐은 선생님이 쇼핑몰에서 맥스를 데리고 나온 것 자체가 그 애한테 특별한 힘을 행사하고 있는 증거라고 할 거예요. 그것도 복사服事[53]처럼 순진하게 생긴 아이를 말이에요. 반면 선생님은 오늘부로 악당이 된 권위 있는 정신과 의사죠. 린다 페리노라는 여자가 선생님이 정신병동에서 자기 남편을 공격했다고 언론에 떠들어대고 있거든요."

에릭은 자신의 귀를 의심했다. "난 그런 적 없어요. 그건 사실이 아니에요."

"사실인지 아닌지는 중요하지 않아요. 중요한 건 그 일이 보도가 됐다는 거죠. 난 라이오닐이 페리노 부인을 3개 주의 모든 마이크 앞에 데려다 놓을 방법을 찾아낸다고 해도 놀라지 않을 겁니다."

에릭은 속으로 탄식했다.

---

[53] 사제의 미사 집전을 돕는 소년

"정신적으로 불안정한 상태라는 것을 입증하고 싶어 하는 새 변호사 덕분에 맥스는 최고의 정신과 치료를 받게 될 겁니다. 그럴 경우 살인 기소에서 심신 미약이었다고 주장할 수도 있고, 자신의 변호에 참여할 수 없을 정도로 정신적인 불완전 상태일 경우 형사 재판 자체가 취소가 될 수도 있으니까요."

에릭은 약간이나마 안도감을 느꼈다.

"하지만 피고측 변호인은 배심원단이 다른 누군가를 교수형에 처하게 만들어야 합니다. 여기선 선생님이 그 대상이 되는 거죠. 이제 새로운 규칙이 생겼습니다. 지금부터는 맥스, 마리, 그 셋인 같은 마리의 남자친구는 적이에요. 우린 그들과 아무것도 하지 않을 겁니다. 완전 분리예요. 교회와 국가, 사랑과 결혼처럼 말이에요."

에릭은 웃을 수가 없었다.

"선생님도 동의하시죠?" 폴이 엄숙한 목소리로 말했다. "부탁하는 게 아니라 단언하는 겁니다. 내 지시를 따르지 않는다면 줄리 스타인보다 더 빠르게 선생님과 헤어질 거예요."

"줄리 스타인이 누구죠?"

"내가 페이스북에서 염탐하는 여자요. 첫 번째 데이트 중간에 날 걷어찼죠. 그 여자와 저녁 식사를 하러 갔는데, 전채 요리가 나오기도 전에 끝났어요. 화장실에 가더니 다시 돌아오지 않았죠." 폴이 소리 내어 웃었다. "선생님도 똑같은 일을 겪게 될 겁니다. 내가 화장실에 가서 다시 돌아오지 않을 테니까요. 선생님만 전채 요리 접시와 같이 남아 있게 되는 거죠."

에릭은 폴의 말투에서 농담이 아니라는 것을 알아차렸다.

"이제 어떻게 하시겠어요?"

"일단 경찰에 토드 슐러에 대해 알려주세요." 에릭은 휴대폰으로 토드의 자동차 번호판 사진을 폴에게 보냈다. "지금 토드의 자동차 번호판 사진을 보냈어요."

"그렇게 하죠. 선생님 때문에 멍청이처럼 보이기는 하겠지만. 온갖 소문들을 다 말해줄 겁니다. 누가 누구를 좋아하는지, 누가 무슨 옷을 입었는지, 제니의 눈 화장을 봤는지, 대체 내가 뭘 해주길 바라는지 말이에요. 하지만 선생님은 일단 집에 돌아가서 얌전히 계세요. 어쨌든 누나가 안부 전해달랍니다."

"내 안부도 전해줘요." 에릭은 잠깐 생각에 잠겼다. "아니, 내가 병원에 가서 직접 인사를 하는 게 나을 수도 있겠네요. 환자들 상태도 좀 살펴보고."

"그렇게 하세요. 하지만 페이스북은 이제 그만하고, 이상한 데 돌아다니지도 마세요. 알았죠?"

"알았어요." 에릭은 대답한 뒤, 차의 시동을 걸었다.

53
장

에릭은 진료 시간이 끝난 뒤에 병원에 도착했다. 퇴근 시간이라 교
통 체증이 심했다. 그는 주차장 입구에 멈춰 선 뒤, 개찰구에 주차권
을 밀어 넣었다. 그러자 주차요원이 밖으로 나와 손을 내저었다.

"여기는 의사 전용 출입문입니다!"

"나예요, 밥!" 에릭은 운전석 창문으로 고개를 내밀며 소리쳤다.

"죄송합니다, 패리시 선생님. 차를 알아보지 못했어요. 새로 사신
겁니까?"

"그런 건 아니에요." 에릭은 설명할 마음이 없었지만, 밥은 싱긋 웃
고 있었다.

"지난밤에 쇼핑몰에서 활약하신 거 잘 봤어요! 선생님이 자랑스러
워요!"

"고마워요." 에릭이 미소를 지으며 말했다. 개찰구가 열리자, 그는

주차장으로 들어가 평소 주차하던 자리에 차를 세웠다. 그리고 차에서 내린 뒤에 차문을 잠그고 본관으로 통하는 옥외 통로 쪽으로 걸어갔다. 출입구에서 병원 직원, 의사, 간호사들이 쏟아져 나왔다. 에릭은 그들과 마주보며 그쪽으로 걸어갔다. 옥외 통로 출입문이 가까워졌을 때, 그는 사람들이 자신을 보고 깜짝 놀라 다시 쳐다본다는 것을 알아차렸다. '에릭'이란 걸 알아보자 여기저기에서 웅성거리기 시작했다. 그는 자신을 보며 미소 짓는 직원들을 봤다. 환하게 웃으며 엄지손가락을 들어 올리는 사람도 있었다. 하지만 간호사들 중 한 명은 인상을 쓰며 고개를 돌렸다.

에릭은 그 간호사의 표정을 한눈에 알아볼 수 있었다. 그만큼 많은 것을 기대할 수 있었다. 에릭은 해브메이어 종합병원의 직원들 대부분이 그가 아무도 죽이지 않았다는 것을 알만큼 자신에 대해 잘 알고 있기를 바랐다. 하지만 어린 소녀를 죽인 살인범을 보호하고 있다는 것을 인정하지 못하거나, 어쩌면 살인을 저지른 게 에릭이라고 의심하는 사람들도 있을 것이다. 그는 갑자기 다른 사람들의 시선을 의식하고 고개를 숙였다. 그때 누군가 에릭을 붙잡는 손짓을 했다. 종양학을 전공한 동기 켄 슈였다.

"에릭, 쇼핑몰 사건 봤네. 자넨 정말 용감한 일을 했어. 그 젊은 남자가 자네 환자였던 건가? 그 사람이 자네까지 죽일 수도 있었는데!"

"아니야, 난 위험하지 않았어. 어쨌든 고맙네." 에릭은 한시라도 빨리 그 자리를 뜨고 싶었지만 고맙다는 인사를 건넸다.

"내가 자네를 응원하고 있다는 걸 알려주고 싶어. 이번 일도 잘 해결될 거야. 일부 사람들이 너무 말도 안 되는 부정적인 이야기를 떠들어대는 게 참기 힘들더군. 비전문가들이야 의사로서의 특권을 이해하기 어렵겠지. 경찰이나 언론이 제대로 알지 못하는 게 분명해."

"그렇지. 그런데 이제 그만 가봐야겠네. 다시 한 번 고맙다는 말을 하고 싶군. 나중에 보세." 에릭은 사람들의 시선과 웅성거리는 소리를 들으며 곧장 앞으로 나아갔다.

"패리시 선생님!" 그를 지켜보던 간호사들 중 한 명이 양손을 입가에 대고 소리쳤다. "어젯밤에 하신 일 잘 봤어요! 힘내세요!"

"고마워요." 에릭은 옥외 통로로 들어가며 소리쳤다. 옥외 통로는 병원으로 통하는 긴 복도로, 유리 덮개로 덮여 있고 양쪽 벽은 커다란 병원 홍보 포스터로 도배되어 있었다. 반대편에서 모리스 브렉슬러가 굳은 눈빛으로 다가오는 것을 보며 에릭은 마음의 준비를 했다.

"에릭, 뉴스 봤어요. 이게 무슨 헛소리들인지. 물론 우리는 100퍼센트 당신을 지지해요. 내 아내는 당신이 니만 마커스를 구했다고 기뻐하더군요."

에릭은 애써 미소를 지었다. "감사합니다."

"당신이 휴직했다는 말을 듣고 깜짝 놀랐어요. 잘한 결정이라고 생각하긴 하지만요. 집중하기 힘든 상황이잖아요. 아무래도 관계 기관이나 변호사와 만날 일이 많을 테니까."

"네." 모리스가 정직의 이유를 의심하고 있을 가능성도 있지만, 에릭으로서는 알 수가 없었다.

"얼마나 쉴 생각이에요? 1주일? 아니면 2주?"

"아직 잘 모르겠어요. 그건 왜 물으시죠?"

"다음 주 수요일에 의약품 심사 위원회가 있어서요. 기억하고 있을지 모르겠는데, 로스타틴에 관한 투표를 하기로 했잖아요."

"아, 그렇죠." 에릭은 모리스가 지금 이런 이야기를 하는 이유가 제약회사에 있는 친구들에게 좋은 소식을 전하기 위해서는 에릭의 표가 필요하기 때문이라는 것을 깨달았다. 결과가 어떻게 나올지 확실하지 않은 상황이었기 때문이다. "난 이메일로 투표하죠. 마이크와 위원회 모두에게 메일을 보내겠습니다."

"아뇨, 이메일은 안 됩니다. 마이크에게 확인해봤는데, 선생이 투표를 대신할 누군가를 지목해줘야 할 것 같아요."

"그럼 대신 투표할 사람을 보내도록 하죠. 마이크에게 말해두겠습니다."

모리스가 얼굴을 찌푸렸다. "에릭, 당신이 요청했던 그 약에 관련된 추가 정보들을 이메일로 보냈어요. 그런데 답이 없더군요. 제대로 잘 받았나요?"

"아마 받았을 겁니다. 요즘 메일 확인을 잘 못해서요."

"제약회사 영업사원인 클라크 요시다의 연락처도 함께 보냈어요. 그 약에 관해서는 그 사람이 잘 알고 있으니 뭐든 궁금한 게 있으면 답을 해줄 겁니다. 지금 선생이 많이 바쁜 건 알아요. 하지만 그쪽에서 선생의 일정에 맞춰줄 겁니다. 저녁 식사를 하면서 의논할 수도 있어요."

"고맙지만, 괜찮습니다." 에릭은 웃지 않으려고 노력했다. 의사들은 대부분 무슨 수를 써서라도 제약회사 영업사원들을 피하려고 애쓴다. 그런데 모리스는 그런 영업사원과의 만남을 에릭에게 주선하고 있었다.

"난 선생이 열린 마음을 가지고 있기를 바랄 뿐이에요."

"지금 나한테 찬성표를 달라는 거라면, 그렇게는 안 될 것 같아요. 당신과 내가 뜻이 다르다는 건 알잖아요." 에릭은 그 자리를 벗어나고 싶었다. "처음도 아니지만, 마지막도 아닐 겁니다. 난 꾸준히 반대편에 설 거예요."

모리스가 얼굴을 찡그렸다. "내가 보낸 이메일을 읽고 나서 다시 생각해보시죠."

"고맙지만, 그만 가봐야 될 것 같아요. 나중에 다시 봅시다." 에릭은 오가는 사람들을 스쳐 지나가면서 찬성하고 지지해주는 사람들의 표정은 받아들이고, 그렇지 못한 사람들의 꽉 다문 입과 가늘게 뜬 눈은 애써 못 본 척했다. 사람들이 그를 진짜 살인자로 생각한다는 것을 믿기 어려웠지만 불가능한 일도 아니었다. 신문을 보면 매일 비슷한 이야기들이 넘쳐났다. 에릭은 누군가가 세상에 보여주는 얼굴이 마음과 반대인 경우도 있다는 것을 잘 알고 있었다.

그는 사람들이 내린 뒤에 엘리베이터에 올라타서 정신과 병동으로 가는 층을 눌렀다. 반사적으로 지난 15년간 매일 하던 대로 행동했다는 것을 깨달았다. 에릭은 현재 무기한 정직 상태라 이곳에 있을 공식적인 자격이 없다는 것을 잘 알고 있었다. 그래서 비공식적으로나마 환자들의 상태를 살피고, 사무실에서 필요한 게 없는지 확인한 뒤에 로리를 만나러 가야겠다고 생각했다.

에릭이 엘리베이터에서 내리자, 모여 있던 직원들이 반응을 보였다. 에릭은 그를 알아보는 소리에 미소를 지으며 응답한 뒤, 짧은 복도를 지나 정신병동으로 향했다. 그는 보안구역을 통과할 직원용 출입증이 없다는 것을 깨닫고는 문을 두드리고 잠시 기다렸다가 다시 문을 두드렸다. 보안구역의 유리문 뒤로 아무도 보이지 않자, 에릭은 벽에 붙어 있는 인터폰의 수화기를 들었다.

"아무도 없어요? 에릭인데, 출입증을 가져오지 않았어요. 문 좀 열어줘요."

"패리시 선생님, 티나예요. 제가 열어드릴게요. 잠깐만 기다리세요. 지금 식당에 있어서요."

"고마워요. 기다리고 있을게요." 에릭은 정신과 병동으로 돌아오자 편안함을 느꼈다. 이곳의 일정은 고정되어 있었고, 익숙했다. 티나는 지금 환자들의 저녁 식사를 감독하고 있을 것이다. 낮 근무가 끝났을 시간이라 언제나 제일 늦게까지 남아 있는 아마카를 제외한 대부분의 간호사들은 집에 돌아갔을 것이다. 샘, 데이비드, 잭도 퇴근 준비를 하고 있을 것이다. 에릭은 환자들의 상태가 어떤지 궁금했다. 그중에서도 페리노의 병세가 호전되었을지 알고 싶었다. 페리노 부인이 고소 내용을 언론에 알린 건 유감스러운 일이지만, 이번 일로 에릭이 무언가를 배우게 된 것이 있다면 자신이 통제할 수 없는 일은 그냥 내버려둘 수밖에 없다는 것이다. 벌써 알고 있었어야 할 교훈이었지만 늦더라도 배우지 못한 것보다는 낫다.

"패리시 선생님?" 뒤에서 부르는 소리에 에릭이 돌아보자, 푸른색 제복을 입은 보안요원 두 명이 엘리베이터에서 내려 그를 향해 다가오고 있었다.

"네?"

"어젯밤 쇼핑몰에서 정말 굉장하시더군요. 제 딸이 레이디 풋로커에서 일하는데 경찰들이 대피시켰다고 하더군요. 너무 무서워서 제정신이 아니었다고 했어요."

"그런 일을 겪었다니 유감이네요."

"선생님 덕분에 아무 일 없이 끝났으니 다행이죠. 그건 그렇고, 선생님을 살피라는 연락을 받았습니다."

"날 살펴요? 난 괜찮은데요."

"아뇨. 그런 뜻으로 드린 말씀이 아닙니다." 보안요원이 머뭇거렸다. "정직 기간 중에는 병원 출입을 하실 수 없습니다."

"이런, 제발요."

"죄송합니다."

"그저 환자들 상태만 보고, 사무실에서 물건들을 좀 챙겨 가려는 것뿐이에요."

"책상 정리는 하셔도 됩니다. 하지만 저희도 사무실에 같이 들어가서 일이 끝날 때까지 기다릴 겁니다. 정직 상태인 직원은 보안요원의 동행 없이는 출입이 금지되어 있어요. 의사들을 포함한 직원들에 관한 규정이 그렇습니다."

"당신들은 같이 들어갈 수 없어요. 환자들이 놀랄 겁니다. 이번 주만 해도 이런 일이 너무 많았어요. 잠깐 안에 들어가서 직원들과 만나고 나올 때까지 여기서 기다려주면 안 될까요?"

"죄송합니다. 그렇게는 안 됩니다."

"잠깐만 기다려봐요." 에릭은 벽에 붙어 있는 인터폰으로 마이크의 사무실에 전화를 걸었다.

"법무팀입니다." 디가 전화를 받았다.

"디, 에릭 패리시예요. 마이크 있어요?"

"그럼요. 잠깐만 기다리세요." 잠시 뒤에 딸깍하는 연결음이 들렸다.

"에릭, 마이크예요. 간밤에 선생이 킹 오브 프러시아에서 보여준 활약은 잘 봤어요. 내 눈을 의심했다니까요! 선생이 자기 목숨을 살려줬다는 걸 그 애가 알아야 할 텐데. 이제야 어제 일이 이해가 가요. 경찰들이 찾아온 게……."

"고맙습니다. 그건 그렇고, 지금 정신병동 앞에 있어요. 사무실에 들어가고 싶습니다만."

"들었어요. 나도 선생을 만나러 가고 싶지만 지금 일이 좀 있어서……."

"마이크, 난 환자들의 상태를 확인하고 직원들과 이야기를 해야만 해요."

"미안합니다. 그건 규정상 안 되겠어요. 너무 엄격하게 구는 것처럼 보인다는 건 알지만 내 힘을 벗어난 일이라서요. 정직 중인 직원은 병원에 들어갈 수 없어요. 잠깐만 기다리면 직원 수칙에서 그 조항을 찾아 읽어줄 수도 있어요."

"중요한 건 환자 치료예요. 난 그냥 환자들의 상태가 어떤지 알고 싶은 겁니다."

"정직 중에는 과장으로서의 어떤 업무도 해서는 안 돼요. 만일 선생이 사무실에 있는 물건을 가지고 나오고 싶다면 보안요원들을 대동한 상태로 들어갈 수 있어요."

"마이크, 정신병동에 또다시 보안요원을 들일 수는 없어요."

"미안해요. 하지만 더 이상은 나도 어쩔 수가 없군요……."

에릭이 넌더리를 내며 전화를 끊고 돌아섰을 때, 아마카와 샘과 잭이 보안구역의 문을 열고 나왔다.

"과장님!" 아마카가 다가와 에릭을 끌어안은 뒤 환하게 웃으며 쳐다보았다. "무사해서 다행이에요. 정말 악몽처럼 느껴지실 것 같아요. 총 든 사람들이랑 탱크까지 있는 거 봤어요. 전쟁터 같았어요."

샘이 앞으로 나와 에릭의 손을 잡고 흔들었다. "과장님, 이렇게 뵙게 돼서 좋네요. 쇼핑몰에서는 정말 대단해 보이셨어요. 그때 야구 경기를 보고 있었는데, 엄마들 중 한 명이 동영상 생중계를 보고 있어서 알았지 뭐예요. 정말 굉장했어요!"

데이비드는 눈을 반짝거리며 에릭을 향해 환한 미소를 지었다. "과장님, 제가 과장님을 안다는 게 정말 자랑스러워요. 게임을 하던 중이었는데, 인터넷으로 그 영상을 보고는 게임도 중단했다니까요. 다 이긴 게임을 과장님 때문에 포기했어요."

잭은 몸을 앞으로 내밀며 에릭의 손을 잡았다. "과장님, 우리가 친구 사이라고 사람들에게 말하고 있어요. 내분비학과에 끝내주게 매력적인 간호사가 있는데, 과장님 얘기만 해도 나에 대한 호감도가 올라갈 것 같아요."

아마카가 잭의 팔을 장난스럽게 툭 쳤다. "그만해요."

크리스틴을 제외한 모든 사람들이 웃었다. 크리스틴은 보안구역 한쪽에 서서 흥미롭다는 표정으로 살짝 미소만 짓고 있었다. 에릭은 그녀를 무시했다. "모두들 고마워요. 환자들의 상태를 보고, 사무실에서 물건을 좀 챙겨 가려고 온 건데 보안요원들을 대동하지 않고는 들어갈 수가 없다고 하네. 그래서 병동에는 못 들어갈 것 같아요."

아마카가 보안요원들을 보며 얼굴을 찌푸렸다. "어떻게 이런 모욕을 주죠! 패리시 선생님은 우리 과의 과장님이세요. 여기는 과장님 거라고요."

보안요원이 고개를 저었다. "죄송합니다. 하지만 규정에 따라야 해서요. 패리시 선생님이 병동에 들어갈 수 있는 유일한 방법은 저희와 함께 들어가는 겁니다."

에릭은 가만히 있었다. 아마카와 샘, 데이비드 모두 화가 난 것처럼 보였기 때문이다. 잭만이 무심한 듯 보였다. "여러분, 이런 일로 화낼 거 없어요. 사무실에서 꼭 가져가야 할 것도 없고, 병동에 들어가서 소란을 일으킬 생각도 없으니까."

아마카가 중얼거렸다. "정말 말도 안 되는 일이에요."

"너무 걱정하지 말아요." 에릭은 샘을 쳐다보았다. "페리노 씨나 다른 환자들의 상태가 궁금한데 오늘 밤에 전화해도 되겠나?"

"기꺼이요. 언제쯤 전화 주실 건데요?"

"8시쯤 할까 하는데, 괜찮을까?"

"그럼요."

"그럼 모두 잘 있어요." 에릭은 떠나기 싫었지만 애써 미소를 지었다. "혹시 연락할 일이 있으면 언제든 전화해요. 새 전화번호는 이메일로 알려줄 테니까."

"안녕히 가세요, 과장님." 아마카가 여전히 얼굴을 찌푸린 채로 말했다. 샘은 살짝 히피 스타일로 손을 흔들었다.

"이따가 통화해요."

데이비드는 침울하게 고개를 숙여 인사했다. "나중에 봬요. 과장님."

잭은 트레이드마크인, 의례적이지만 지나치게 매력적인 미소를 환하게 지었다. "몸조심하세요. 과장님."

"그러지." 에릭은 잭이 살짝 잘난 척하는 것 같아 거슬렸지만 억지로 웃음을 지어 보였다. 에릭은 복도로 걸어가며 보안요원들에게 손짓했다. "그만 가죠. 여기서 나가는 데 두 분이 필요한 건 아니지만 엘리베이터 정도는 같이 탈 수 있으니까요."

"좋습니다." 보안요원 중 한 명이 엘리베이터 쪽으로 나가 버튼을 눌렀다.

에릭은 엘리베이터가 올 때까지 기다렸다.

하지만 이런 식으로 계속해서 병원 출입이 금지되는 건 용납할 수 없었다.

그는 밖으로 나가자마자 전화를 걸었다.

54
장

병원 정문을 나온 에릭은 건물을 빙 둘러 응급실 쪽으로 통하는 자동문으로 들어갔다. 그리고 유리벽이 있는 접수대에 앉아 있던 간호사에게 손을 흔든 뒤, 이중문을 지나 응급실로 들어갔다. 보조 의사 중 한 명이 지나가다 에릭을 보고 다시 한 번 쳐다봤다.

"패리시 선생님, 굉장하시던데요!" 그 보조 의사가 큰 소리로 말했다.

"고마워요." 에릭이 어깨너머로 대답했다. 응급실로 들어가자, 팔각형으로 된 간호사실에 있던 간호사 두 명이 고개를 들었다.

금발머리 간호사가 따뜻한 미소를 지으며 말했다. "패리시 선생님, 어젯밤에는 정말 대단한 일을 하셨어요! 선생님이 쇼핑몰로 들어가시는 건 굉장했어요."

"고마워요. 포추나토 선생 있어요?" 에릭이 미소를 지으며 물었다.

"지금 D번 방에 계신데 아직 치료가 안 끝나셨어요. 선생님이 오

시면 사무실로 가 계시라고 하셨어요. 포추나토 선생님께 알려드릴
게요."

"고마워요." 에릭은 치료실들을 지나 복도 끝에 있는 로리의 사무
실로 갔다. 그는 안으로 들어가 문을 닫고 주위를 둘러보았다. 병원
에 있는 다른 사무실들과 비슷했다. 벽에는 마티스, 들로네, 칸딘스
키, 말츠의 추상화 포스터 액자들이 걸려 있었다. 각 포스터 하단에
는 화가의 이름이 쓰여 있었다. 비록 전부 다른 그림이었지만, 코발
트블루로 말을 그린 말츠처럼 모두 다 생기 넘치고 선명한 색으로 그
린 작품들이었다. 로리의 학위증은 벽에 걸려 있지 않고 책장에 있는
의학 서적과 병원 안내 책자 사이에 아무렇게나 꽂혀 있었다. 책장
맨 위의 칸은 로리가 수집하는 파격적인 태엽 장난감들이 차지하고
있었다. 기계 로봇들, 걸어 다니는 고양이들, 왕관을 쓰고 있는 바바
르[54]와 함께 있는 코끼리들, 오리들, 마법의 8번 공[55] 옆에 있는 추위
에 딱딱거리는 이빨 모양 장난감까지.

에릭이 마법의 8번 공을 집어 들고 뒤집자, 검은색 물 사이로 삼각
형이 드러나면서 '지금은 예측할 수 없음'이라는 글씨가 나타났다.
불행히도 에릭은 그 대답에 관한 질문조차 알지 못했다.

"에릭!" 로리가 사무실로 들어와 문을 닫고 에릭을 끌어안았다.
"이렇게 볼 수 있어서 좋네."

---

54 프랑스의 장 드 부르노프의 동화에 나오는 코끼리
55 점을 보는 장난감

"그래." 에릭도 로리의 뺨에 키스한 뒤 쇼핑몰로 뛰어 들어갔던 일을 떠올리며 그녀를 끌어안았다. 자기도 어쩌다 그랬던 건지 설명할수 없었기 때문에 로리가 그 일을 기억하지 못하기를 바라면서, 애초에 그런 일이 없었던 것처럼 가장하고 싶었다.

"잠깐만." 로리가 에릭을 위아래로 살피더니 익살스러운 표정을지었다. "왜 내 동생처럼 옷을 입었어?"

에릭은 미소를 지었다. "당신 동생이 사준 옷이니까."

"지겹긴 하지만 어울리긴 하네."

"날 숨겨줘서 고마워."

"그런 바보 같은 말을 믿는 거야? 일단 앉아. 엄청난 일을 겪었잖아." 로리가 목에 느슨하게 청진기를 걸고 가운을 입은 채로 책상 한쪽에 기댔다. 검은색 눈동자는 밝고 생기 넘쳐 보였고, 검은색 곱슬머리는 틀어 올려 연필로 고정시킨 상태였다. 로리는 에릭을 보며 미소를 지었다. "감옥과 폴에게서 살아남았네. 뭐가 더 끔찍했어?"

"난 폴 마음에 들어." 에릭은 자리에 앉아 미소를 지으며 말했다. "폴은 자기가 무슨 일에 휘말렸는지도 모르고 있을 거야."

"하하!" 로리가 소리 내어 웃었다. "내 동생은 당신이 그렇다고 하던데. 완전히 브로맨스네. 나도 좀 끼워줘."

"당신은 시간이 없잖아."

"그건 맞아. 어쨌든 폴한테 지시받았어. 나보고 당신이랑 이야기를 좀 해보라고 하더라. 그 애는 맥스 때문에 당신이 난처한 상황에 빠졌다고 생각해. 내 평생 처음 하는 말인데, 내 생각도 폴과 같아. 폴이 어렸을 때 어떤 애였는지 알아? 그 애 생각과 같다는 말을 내 입으로 하게 될 줄은 꿈에도 몰랐어."

"그 정도면 왜 폴의 생각에 동의한다는 건데?"

"왜 그러냐고?" 로리가 눈을 번쩍거렸다. "당신이 바리케이드를 뚫고 쇼핑몰로 뛰어 들어가는 걸 내 눈으로 봤으니까! 그건 미친 짓이었어! 무사히 끝났다고 해서 잘한 일이었다거나, 심지어 옳은 일이라는 뜻은 아니야."

"간호사들은 좋아해주던데." 에릭은 갑자기 기분이 좋아져서 장난스럽게 말했다. 화려한 색감의 미술 작품들 때문인지 기분이 좋았다.

"좋기도 하겠다." 로리가 정색하며 팔짱을 꼈다. "에릭, 진지하게 하나만 물어볼게. 당신은 정말 맥스가 그 여자애를 죽이지 않았다고 생각해? 잘 생각해봐. 제대로 한번 생각해보란 뜻이야."

"지금 막 르네에게 몰래 사귀는 남자친구가 있었다는 사실을 알아냈어. 토드 슐러라는 대학생인데, 경찰은 아직 그 사실조차 모를 거야." 에릭은 병원으로 오는 동안 계속 그 생각을 하고 있었다. 생각하면 할수록 토드를 용의선상에서 놓치고 있다는 생각이 들었다. "르네는 매일 아침 같은 시간에 개를 데리고 공원으로 산책을 나갔어. 아주 확실하게 자리잡은 습관이었지. 르네는 그 개를 매우 아꼈거든. 하지만 난 르네가 매일 공원에 간 것이 개 때문만은 아닌 것 같아. 아침마다 남몰래 토드를 만나러 갔던 거지. 르네의 어머니가 토드를 싫어했거든. 토드가 그날 아침에 르네를 죽였다고 해도 아무도 몰랐을 거야. 게다가 토드는 체격도 좋아. 르네를 쉽게 제압할 수 있었겠지."

"그건 내 질문에 대한 답이 아니잖아. 이야기가 옆길로 새기 전에 당신이 정말 맥스가 무고하다고 생각하는지 알고 싶다는 거야."

에릭은 생각하기 시작했다. 지난밤 쇼핑몰에서 만났을 때, 맥스가 르네를 죽인 기억이 없다고 말했던 것이 떠올랐다. 하지만 자신이 저지른 일이라고 받아들이는 것처럼 보였다. "양쪽 생각이 다 있어. 어쩌면 맥스가 범인일 수도 있겠지. 하지만 난 그 애가 그런 짓을 했다는 게 상상이 되지 않아. 그 애답지 않은 일이니까."

"그럼 당신의 느낌이 그렇다는 거야? 직감적으로?"

"그래."

"당신의 직관이 뛰어난 건 알아. 감성 지능에 의지하는 임상의니까. 하지만 이번 일은 객관적으로 봐야 해. 가끔은 데이터도 봐야 하는 거야."

"당신은 맥스가 범인이라고 생각해?"

"그래."

에릭은 깜짝 놀라 눈을 깜빡거렸다. "난 우리가 같은 생각을 하는 줄 알았는데. 당신도 맥스가 무고하다고 생각하는 줄 알았어."

"어젯밤 이전까지는 그랬지. 하지만 지난밤에 생각이 바뀌었어." 로리가 얼굴을 살짝 찡그렸다. "솔직히 말하면 그 애가 일으킨 사건을 봤을 때부터라고 할 수 있지. 맥스가 일으킨 공포와 두려움, 울고 있는 아이들, 도처에서 동원된 경찰들, 구급대원들을 보면서 그런 생각이 들었어. 그중에는 내가 아는 사람들도 있었지. 언제 어디서든 도움이 필요한 사람이 있으면 출동하는 사람들이야. 그런데 맥스가 이 모든 일을 벌인 거잖아."

"그래서 맥스한테 화가 났구나."

"맞아. 난 그 애한테 화가 났어. 나는 매일 응급 상황들을 상대해.
구급대원들이 밤새 어떻게 일하는지도 잘 알지. 그 사람들은 사고가
일어나면 상황을 수습해. 여기 실려 오는 아이들 중에는 팔이 잘려
나간 경우도 있고, 다리가 잘려 나간 경우도 있어. 심지어 갓난아기
조차 실려 오지. 교통사고, 총격 사고, 칼부림, 강도, 독극물 사고, 가
정 내 사건 사고들. 인간에게 일어날 수 있는 모든 종류의 끔찍한 일
들의 끝은 바로 여기 응급실이야." 로리가 문을 가리켰다. "바로 저
문밖이라고. 지난밤에도 무고한 사람들이 목숨을 잃을 뻔했어. 엄청
난 재앙이 일어날 수 있었지. 우리는 폭탄 위협에 대비해 연습을 했
어. 그래서 맥스가 가지고 있는 게 가짜 폭탄이었다는 말을 들었을
때 내가 직접 그 애를 죽일 뻔했다니까."

"당신 입장에서는 화낼 만한 상황이야. 하지만 그렇다고 해서 맥스
를 살인 사건의 범인으로 볼 수는 없어. 내가 말했잖아. 지난밤 그 애
가 그런 일을 벌인 건 자기 목숨을 버리기 위해서였다고."

"에릭, 난 정신과 의사는 아니야. 하지만 당신이 맥스에 대한 일
은 모두 받아들이려고 하지 않는 것처럼 보여. 당신은 그 애한테 자
꾸 투영을 하면서 맥스에게서 당신을 보려고 해. 어쩌면 해나까지 반
영하고 있는 건지도 몰라. 사실도 모르면서 그 애를 보호하려고 하는
것처럼 보인단 말이야."

"어떤 사실?"

"당신은 이제까지 맥스를 세 번 봤어. 금요일 밤에 응급실에서 맥스를 만난 것까지 포함해서 말이지. 그때 내가 당신한테 맥스를 소개했던 걸 영원히 후회할 것 같아. 지금 당신이 고수하고 있다는 그 양쪽 생각은 충분한 사실을 근거로 하고 있어?" 로리가 자신의 의사를 표현하듯 양손을 내밀었다. "정말 맥스에 대해 잘 알아? 당신은 그 애를 이해한다고 생각하지. 하지만 맥스가 쇼핑몰에서 무슨 짓을 할지 알고 있었어? 그런 일을 벌일 거라는 걸 알았냐고? 당신 말에 따르면 맥스의 성격에 맞지 않는 일이지. 하지만 그 애는 그렇게 했어. 맥스가 그 일을 벌였다는 게 사실이야."

"그건 인정해. 그런 일을 벌일 줄은 몰랐어. 맥스가 자살할까봐 걱정하긴 했지만, 폭탄 위협에 인질까지 붙잡고 그렇게 크게 일을 저지를 줄은 몰랐지. 맥스답지 않은 일이야."

"그만하고 현실을 봐. 그 일을 저지른 건 그 애야. 내 눈으로 봤잖아."

"하지만 그렇다고 해도 그 애답지 않은 일이야. 어디선가 영향을 받은 것 같아. 다른 누군가에게 영향을 받은 것처럼."

"자기 애가 나쁜 사람들과 어울려서 그렇다고 말하는 엄마처럼 말하네. 부인하는 것처럼 들리지 않아?"

"그럴 수도 있지. 하지만 의심스러워." 에릭은 고집을 부리는 것처럼 느껴지긴 했지만, 쇼핑몰에서 인질극을 벌인 것이 전적으로 맥스의 책임이라는 것을 믿을 수가 없었다. 그도 경찰의 이론에 동의했다. 맥스는 나약하니 분명히 뒤에서 조종한 스벵갈리가 있을 것이다.

에릭은 맥스가 밤중에 누군가와 통화를 하면서 가끔씩 싸웠다고 했던 마리의 말을 떠올렸다. 누군지는 몰라도 그 사람이 스벵갈리일 것이다. 하지만 에릭은 폴에게서 새로 고용했다는 맥스의 변호사에 대한 이야기를 들은 뒤여서 마리와 이야기를 할 수 없었다.

"에릭." 로리가 한숨을 쉬었다. "정신 좀 차려. 사실들을 봐. 처음부터 다시 시작하는 거야."

"그렇게 하는 중이야. 맥스의 상담 기록을 읽었어."

"당신이 맥스와 티크너 부인을 만났던 그날 밤에 내가 맥스에 대해 기록해 놓은 게 있어. 부인의 파일에 들어 있을 거야. 맥스는 당신이 내려오기 전부터 말이 많았고, 나한테도 한참 이야기를 했었거든."

"그랬어?" 에릭은 귀가 쫑긋 서는 것 같았다. "왜 지금까지 그 이야기를 안 했어?"

"별일 아니라고 생각했으니까. 오랫동안 이야기를 나눴던 것도 아니고." 로리가 코웃음을 쳤다. "맥스가 상담할 때 무슨 이야기를 했는지는 모르겠지만, 당신은 다시 시작해야 해. 처음부터 말이야. 그 애를 새로운 눈으로 봐야 한다는 거지. 객관적으로."

"알았어."

"잠깐만 기다려." 로리는 책상 앞으로 가서 몸을 숙이고 컴퓨터 자판을 두드렸다. 다음 순간, 로리의 휴대폰이 울렸다. 해브메이어 종합병원에서 전자 의료기록에 접속할 때 적용되는 2단계 보안 시스템의 일환이었다. 로리는 주머니에서 휴대폰을 꺼내 문자로 받은 암호를 입력했다. 지금 그 기록 열람을 허락받은 건 로리뿐이었고, 연이어 아무도 모르는 개인 암호를 입력해야만 했다. "됐어. 여기 티크너 부인의 파일이 있어. 그날 밤 맥스와 나눈 대화를 적은 기록도 있고."

"좋아." 에릭이 책상 앞으로 가려고 하자, 로리가 과장되게 윙크를 하며 그를 제지했다.

"정직 상태인 당신에게 환자의 기록을 보여줄 수는 없어. 그러니까 당신은 이 기록을 보면 안 돼. 이런, 호출이 온 것 같네. 난 그만 나가 봐야겠다." 그리고 로리는 다른 말없이 그대로 사무실을 나갔다.

에릭은 흥미를 느끼며 자리에서 일어나 책상 앞으로 갔다.

에릭은 버지니아 티크너의 전자 의료기록을 살피기 시작했다. 티크너 부인이 응급실 치료를 받던 날, 그녀의 바이탈 사인과 호흡과 섭식을 방해하는 비정형 백색 종양이 보이는 회색의 가슴 엑스레이 사진은 그냥 넘겼다. 에릭은 엑스레이 기사가 충실히 종양의 크기를 측정해 표시한 십자선을 보았다. 굳이 종양학자가 아니더라도 그 종양이 머지않아 티크너 부인의 목숨을 빼앗아 갈 거라는 것을 알 수 있었다.

에릭은 그날 밤 티크너 부인의 생기 넘치고 유쾌했던 모습을 떠올리자 가슴이 아팠다. 하지만 지금은 그 추억을 뒤로 해야 할 때였다. 그는 파일을 뒤쪽으로 넘겨 로리가 기록한 내용들 중에 맥스에 관한 부분을 골라 읽기 시작했다. "…… 손자는 어머니에 관한 이야기가 나오자 목소리를 높인다. …… 어머니에 대해서, 또 어머니가 할머니에게 무관심한 것에 대해 분노를 표출한다. …… 어머니가 할머니에게서 '모든 것'을 다 앗아갔다는 사실에 분개한다. …… 손자는 할머니의 임박한 죽음에 몹시 우울한 것처럼 보인다. …… 그는 '어머니와 함께 살 생각을 하면 견딜 수 없다'라고 했고, '차라리 어머니가 죽는 편이 나을 것'이라고 말한다. …… 손자는 자기 어머니를 '쓸모없는 창녀' …… '죽어 마땅하다'라고 말한다. …… 그는 '별 볼일 없는 애인들 중 한 명이 자고 있는 동안 어머니를 죽여줬으면 좋겠다'라고 말한다. …… 에릭에게 정신 감정을 부탁해야겠다……."

에릭은 그 내용을 보고 생각에 잠겼다. 사실 전혀 놀랍지 않았다. 맥스는 상담 중에도 어머니에 대한 분노를 표출했다. 에릭의 눈에도 마리는 무책임한 엄마로 보였다. 그런 적개심을 로리 같은 낯선 사람에게까지 표출한 것으로 봐서 어머니에 대한 맥스의 분노는 에릭의 예상보다 컸다. 하지만 할머니가 집에서 숨을 쉬지 못해 응급실로 달려와야 했던 그날 밤, 맥스가 얼마나 화가 났는지를 보여주는 것이기도 했다. 사실 맥스에게 공정한 상황은 아니었다. 에릭은 문득 정말 자기가 맥스를 위한 변명을 하고 있는 건 아닌가 하는 생각이 들었다.

그는 다른 기록이 있는지 보기 위해 다음 페이지로 넘겼다. 버지니아 티크너에 관한 기록은 남아 있었지만 맥스에 대한 내용은 없었다. 바로 티크너 부인의 이전 입원 기록이었다. 에릭은 날짜를 확인했다. 그가 두 사람을 응급실에서 처음 만났던 날보다 석 달 전이었다. 버지니아는 심장학과가 있는 3층에서 가슴 통증과 호흡 곤란에 관한 치료와 관찰을 받으며 사흘간 입원해 있었다.

에릭은 티크너 부인이 응급실에 오기 전에 입원했던 적이 있었다는 로리의 말이 떠올랐다. 하지만 지금까지 까맣게 잊고 있었다. 그 이전에 있었던 일에 대해서는 주의를 기울이지 않았다. 중요하지 않았기 때문이다. 티크너 부인을 처음 만났을 때 암이 그 정도로 진전된 상태였으니 그 전에 입원한 적이 있었다고 해도 이상할 것이 없었다. 에릭은 그 기록의 상단에서 티크너 부인을 담당했던 의사를 확인했다. 심장의학과 과장인 모리스 브렉슬러 박사였다.

에릭은 얼굴을 찌푸렸다. 모리스가 맥스의 할머니를 치료했던 것을 언급하지 않은 일이 이상했다. 조금 전 아래층에서 모리스와 마주쳤을 때, 지난밤 쇼핑몰 사건에 관해 이야기를 했었다. 그때 티크너 부인을 담당했다는 이야기가 나오는 게 자연스러웠다. 어떤 이유에서건 모리스가 그 이야기를 빼먹었다는 건 말이 되지 않았다. 맥스와 할머니와의 관계를 모리스가 몰랐을 가능성은 없었다. 처음에 버지니아 티크너를 병원으로 데려온 사람은 맥스였을 것이고, 계속 옆을 지키지 않았다고 할지라도 병문안을 왔을 것이기 때문이다.

에릭은 기록의 오른쪽 상단을 확인했다. 각 환자를 담당하는 의료진의 이름이 기록되어 있는 자리였다. 담당 의사는 모리스 브렉슬러, 레지던트는 사라 스톤, 담당 간호사는 케일럽 마르티에키, 사회복지사는 마사 지란돌레였다. 그 이름 옆에는 각자 심장의학과의 대표 번호가 적혀 있었다. 병원 규정에 따라 직원들의 휴대폰 번호는 비밀이었다. 환자들이 시도 때도 없이 연락하는 것을 피하기 위해서였다.

에릭은 버지니아 티크너의 바이탈 기록과 혈압 상태를 대충 훑어

보고, 가슴과 목을 찍은 MRI와 엑스레이 사진을 살폈다. 그때까지만 해도 종양이 잘 보이지 않을 정도로 작은 것으로 봐서 급속도로 자라는 암이었던 모양이다. 에릭은 계속해서 모리스나 다른 누군가가 맥스에 대해 언급한 것이 없는지 찾다가 마지막 페이지의 의사 소견란에 이르렀다. 버지니아 티크너의 입원 첫날에 모리스가 남긴 글이 있었다. "환자는 손자와 함께 왔다. 다른 면회객은 없었다. …… 손자가 환자의 보호자로, 식습관이나 복용 중인 약에 대해 잘 알고 있다." 티크너 부인의 입원 2일째 되는 날 기록에서 모리스는 환자의 호흡 곤란에 관해 적은 뒤 다음과 같은 글을 남겼다. "환자는 자신의 병세를 알게 된 손자의 정신 상태에 대해 걱정을 많이 했다." 티크너 부인의 입원 3일째 되는 날, 모리스는 비슷한 내용을 남겼다. "환자는 우울증과 슬픔 관련 상담을 받을 수 있도록 손자에게 정신과 의사를 소개해 주길 원하고 있다."

에릭은 응급실에서 만났을 때, 버지니아 티크너가 자신을 붙잡아 어떻게 맥스의 문제에 관심을 가지게 만들었는지를 떠올렸다. 결과적으로 티크너 부인이 모리스에게 계속 손자에 대한 걱정을 털어놓았음에도, 모리스는 부인이나 맥스를 도우려고 하지 않았던 것이 분명했다. 에릭은 안 좋은 기분이 들기 시작했다. 모리스가 바쁘다는 건 알고 있지만, 다른 사람들도 그 정도는 바빴다. 모리스는 로리가 그랬던 것처럼 에릭에게 연락을 했어야만 했다. 의약품 심사 위원회에서 두 사람의 관계가 썩 좋지 않기 때문에 모리스가 정신과에 의뢰를 하지 않은 건지 궁금했다. 보통 때라면 그런 결론에 도달하지 않왔겠지만, 이번만큼은 옥외 통로에서 마주쳤을 때 모리스가 그 일을 언급하지 않은 것이 이상하게 느껴졌다.

"어때?" 로리가 사무실로 들어오며 물었다.

에릭은 생각을 접고 다시 현실로 돌아왔다. "다 봤어. 고집 부리는 것처럼 들릴 수도 있겠지만 내 생각은 그대로야."

"그 애는 자기 엄마를 '창녀'라고 했어." 책상 건너편에서 로리가 얼굴을 찡그리며 팔짱을 꼈다. "도리에 어긋난 것 같지 않아?"

"그건 그렇지. 하지만 그 일만 가지고 확대 해석하고 싶진 않아."

"어째서? 이미 말했다시피 난 정신과 의사는 아니야. 하지만 우리 엄마가 항상 뭐라고 하셨는지 알아?"

"뭐라고 하셨는데?"

"자기 엄마를 싫어하는 남자들은 여자들을 싫어한다고 하셨어."

"그런 경우도 있지." 에릭은 인정할 수밖에 없었다.

"그렇다니까. 우리 엄마의 말씀은 항상 옳았어. 그냥 물어보기만 하면 됐으니까."

에릭은 로리가 말하는 중간에 끼어들지 않았다. 그녀가 검은색 눈동자를 반짝거리며 기세 좋게 이야기를 하고 있었기 때문이다.

"그러니까 맥스가 여자를 싫어한다는 게 말이 된다는 거지. 그 애의 엄마인 마리는 누가 봐도 무책임하잖아. 주정뱅이지. 사실 자크는 그 여자에게 과분한 사람이야. 자기 엄마한테 그렇게 화가 나 있는 맥스 같은 아이라면, 르네에게도 쉽게 화가 나서 충동적으로 죽였을 수도 있어."

"그럴 수도 있지. 하지만 그럴 것 같지는 않아······."

"정말? 당신이 아까 말했던 르네에게 남자친구가 있다는 것과 매일 개를 데리고 산책을 가는 습관에 대해 생각해봤는데, 만일 르네가 아침마다 남자친구를 만났다면, 맥스도 르네의 그런 습관을 알고 있었을지도 몰라. 남자친구가 있다는 것도 알았을 수 있지. 르네가 수업 시간에 맥스에게 그런 이야기를 했을 수도 있으니까."

에릭은 그 말이 맞다는 이야기를 하지 않았다. 애초에 그가 르네에게 남자친구가 있다는 것을 알게 된 것도 맥스를 통해서였다.

"만일 그런 상황에서 르네가 맥스를 거절했다면 맥스는 질투심에 휩싸였을 거야. 어쩌면 맥스는 르네가 공원에서 남자친구를 만난다는 것까지 알았을지도 몰라. 그래서 그날 아침 그 공원에 가서 르네를 죽인 거지. 그렇게 했을 가능성이 충분해. 그 애의 심리 상태와도 잘 들어맞고. 당신이 맥스를 그렇게 보지 않는다는 건 알아. 하지만 지금 당신은 그 애를 객관적으로 보고 있지 않는 것 같아."

"당신 말은 알겠어. 하지만 내 생각은 그대로야."

"결국 맥스가 범인이라는 확신이 없다는 거지?"

"맞아."

"이제 그 파일은 그만 닫아야겠어." 로리가 책상 앞으로 다가와 마우스에 손을 내밀었다. 하지만 그녀가 로그인 창을 화면에 띄운 순간, 병원에 있는 사람들이 그 전자 의료기록 파일에 접속했던 기록이 나타났다. "이런."

"잠깐만. 아직 닫지 마." 에릭은 얼핏 그 기록을 보다가 다시 살펴보았다. 그 전자 의료기록은 버지니아 티크너가 입원했던 사흘 동안 여러 번 접속됐었고, 그 이후로 두 달 동안 두 번 접속했던 기록이 남아 있었다. "이거 재미있네."

"뭐가?" 로리가 화면을 쳐다보았다. 모니터의 흰색 불빛에 로리의 통통한 뺨의 윤곽이 드러났다.

"퇴원한 환자의 기록에 왜 접속했을까?"

"나야 모르지." 로리가 얼굴을 찌푸린 채 화면을 쳐다보았다. "환자가 퇴원한 뒤에 나오는 혈액 검사나 다른 검사 결과는 자동으로 전자기록으로 넘어오잖아. 접속을 해야 검사 결과를 볼 수 있는 건가?"

"아니. 퇴원한 환자의 의료기록에 접속할 이유가 있는 사람은 담당 의사들밖에 없어."

"그야 그렇지."

"아니면 누군가 의문점이 있거나, 어떤 이유에선지 몰라도 그때 기억을 되살리고 싶은 사람이겠지. 나도 딱 한 번 그랬던 적이 있거든."

로리가 코웃음을 쳤다. "난 그런 적 없어. 그럴 시간이나 있나? 응급실에서 내가 환자의 기록을 찾는 경우는 누군가 피를 흘릴 때뿐이야. 응급 처치는 엄격하게 순서에 따르니까."

"기록에 접속해야 할 또 다른 이유도 있지. 뭔가를 바꿔야 할 때."

"왜?"

"누가 했냐는 것도 문제지. 기록에 뭔가를 덧붙이거나 삭제했을 수도 있어. 하지만 내가 찾아낼 거야." 에릭은 접속 기록 목록을 살폈다. 각각의 항목 옆에는 파일에 접속한 사람의 암호화된 신분을 나타내는 12개의 별표가 보였다. 모든 의사, 간호사, 인턴, 심지어 병원의 잡역부까지도 신분 암호가 정해져 있는데, 보안상의 이유로 별표로 표시되었다. 다른 사람의 암호는 아무도 알 수 없으며, 타인의 이름으로 의료 전자기록 시스템에 접속할 수 없게 되어 있었다. 에릭은 로리를 쳐다보았다. "모리스 브렉슬러가 담당 의사였다고 하면 놀라겠지?"

"머틀 해변의 모리스 말이야?"

"그래." 에릭은 모리스가 의약품 심사 위원회에서 일하면서 뇌물을 받고 있다는 의심이 든다고 로리에게 말한 적이 있었다. "모리스가 버지니아 티크너 부인을 치료했어. 맥스도 만났지. 그런데 조금 전에 마주쳤을 때 그 이야기를 꺼내지 않았어."

"그래?" 로리는 깜짝 놀라 눈썹을 치켜세웠다. 에릭은 다시 성조기에 박혀 있는 별처럼 별표가 그려져 있는 암호 목록으로 주의를 돌렸다.

"뭔가 수상해."

"별일 아닐 수도 있어." 로리가 당혹스러운 듯 고개를 저었다.

"내가 알아낼 거야." 에릭은 자리에서 일어났다.

"어떻게 하려고? 공식적으로는 원내에 들어가면 안 되잖아."

에릭은 문 쪽으로 향했다. "그래서 비공식적으로 들어가보려고."

에릭은 한 걸음에 두 계단씩 내려갔다. 퇴근하기 전에 IT 부서 사람들을 만나려면 서둘러야 했다. 그는 계단을 뛰어 내려가 비상구를 통과한 뒤 복도를 뛰었다. 다행히 IT 부서는 지하에 있었는데, 영안실 근처 외진 곳에 떨어져 있었다. 맞은편에서 잡역부 한 사람이 대형 바닥 걸레를 밀면서 오고 있었다.

"안녕하세요." 서둘러 지나치는 에릭을 보며 잡역부가 인사했다.

"안녕하세요." 에릭은 IT 부서의 간판을 발견하고 평범한 회색 문을 밀어보았지만 잠겨 있었다. "아무도 없습니까? 도와주실 분 안 계신가요?"

"잠깐만 기다리세요." 안에서 목소리가 들리고, 조금 뒤 문이 열렸다. 헐렁한 여름 원피스에 검은색 테 안경을 쓰고 보라색 머리카락을 아주 짧게 자른 젊은 여자가 나타났다. 그녀는 막 나가려던 참인 듯 빨간색 배낭을 메고, 주머니에서 줄이 나와 있는 이어폰을 양 귀에 꽂고 있었다. "오늘 근무는 끝났는데요." 여자가 지친 듯 말했다.

"난 회계팀에서 일하고 있어요." 에릭은 여자가 자신을 알아보지 못한 것처럼 보이자 에릭이 말했다. 그녀는 처음 보는 직원으로, 목에 걸고 있는 사원증에는 줄리아 미한이라고 되어 있었다. "좀 도와줄 수 있을까요?"

"지금은 안 돼요. 차시간이 다 돼서요."

"부탁이에요. 정말 중요한 일이에요. 오늘 밤까지 끝내야 하는 일인데 그만 깜빡했지 뭐예요. 오래 걸리지 않을 겁니다." 에릭이 그대로 사무실로 밀고 들어오자, 줄리아는 한숨을 길게 내쉬고는 다시 안으로 들어가 바닥에 배낭을 내려놓고 이어폰을 귀에서 뺐다.

"알았어요."

"정말 고마워요. 몇 달 전에 심장병으로 며칠 입원했던 버지니아 티크너라는 환자가 있어요. 최근에 사망했죠."

"안타까운 일이네요."

"그래요. 그 환자가 퇴원한 뒤에 진료기록에 두 번 접속한 기록이 있어요. 흔한 일이 아니라 뭔가 잘못된 게 아닌가 걱정돼서요. 알다시피 파일의 로그인 기록에는 직원의 이름이 아니라 암호가 뜨잖아요. 어떻게 된 상황인지 조사하고, 환자의 입원 기간과 치료에 따라 병원비가 제대로 청구됐는지 확인하려면 접속한 사람들의 이름이 필요해요."

줄리아가 고개를 끄덕였다. "좋아요. 직원들의 암호를 알려줄 수는

없지만 환자가 퇴원한 뒤에 파일에 접속한 사람들의 이름은 알려줄
수 있어요.”

“다행이네요.”

“1분쯤 걸릴 거예요. 환자의 이름이 뭐라고 했죠?” 줄리아가 벽 쪽
가운데 칸막이 자리에 앉았다. 아이러니하게도 〈마이 리틀 포니〉 포
스터들이 붙어 있었다.

“버지니아 티크너.” 에릭은 철자를 불러주었다.

“잠깐만 기다리세요.” 줄리아가 컴퓨터를 켜자, 모니터 화면에 〈마
이 리틀 포니〉의 보라색 갈기를 가진 얼룩무늬 조랑말이 나타났다.
줄리아는 10개의 별표로 보이는 암호를 입력한 뒤, 지붕 위로 빗방울
이 떨어지는 것 같은 소리를 내며 빠른 속도로 자판을 두드렸다. “화
면은 보지 마세요.”

“미안해요. 좀 급해서.” 에릭이 돌아섰다.

갑자기 자판 두드리는 소리가 멈췄다. 사무실 안에 정적이 흘렀다.

“찾았어요?” 에릭이 돌아서며 물었다.

“당신 누구예요?” 공포에 질린 줄리아가 눈을 동그랗게 뜨며 물었다.

“그게 무슨 말이에요?”

“지금 메일로 당신 사진과 함께 경고문이 왔어요. 보안요원을 불러
야겠어요.”

“그러지 말아요. 부탁이에요.” 에릭이 말했지만, 줄리아는 이미 주
머니에서 휴대폰을 꺼냈다.

에릭은 그대로 돌아서서 문을 열고 뛰쳐나갔다.

57
장

에릭은 빠른 발걸음으로 복도를 지나쳤다. 생각이 복잡했다. IT 부서에서 기록에 접속한 사람이 누군지 알아내지 못했으니, 다음은 심장학과로 찾아가 버지니아 티크너가 입원했을 당시 무슨 일이 있었는지 알아내는 것이 최선이었다. 티크너 부인이 입원했던 것이 그리 오래되지 않은 데다가 간밤에 맥스가 쇼핑몰에서 그 난리를 일으켰으니 부인과 맥스를 기억하는 사람이 있을 것이다. 에릭은 풍경화 액자들이 걸려 있는 복도를 뛰다시피 지나갔다.

그는 계단을 계속 올라가려다가 돌아서 가기로 했다. 지하층에는 남아서 일하는 사람이 거의 없었다. 그래서 에릭은 일단 심장학과가 있는 병원 본채로 넘어가 그쪽에서 계단을 올라가기로 마음먹었다. 오래된 건물이라 보안요원 사무실은 1층에만 있었고, 보안요원들은 이미 IT 부서로 출동했을 것이다. 그는 그들을 피해 복도를 지나 병원 컴퓨터 서버와 창고로 쓰는 방들을 지나쳤다. 병원에서 일하는 동안에는 한 번도 올 일이 없었던 곳이었다.

카펫이 깔려 있는 복도가 끝나자 번들거리는 타일 바닥이 나왔다. 바로 영안실로 통하는 곳이었다. 에릭은 오른쪽에 스테인리스 스틸로 된 이중문이 있는 것을 발견했다. 그 문이 열리고 푸른색 수술복을 입은 영안실 직원이 나왔다. 에릭은 독특한 포름알데히드 냄새를 맡으며 복도 왼쪽으로 돌아 병리학 연구실을 지나쳤다. 맞은편에서 젊은 연구실 직원이 스마트폰을 보며 걸어오고 있었다. 하지만 에릭은 고개를 숙인 채 빠른 걸음으로 그 직원 옆을 지나쳐 문을 열고 계단 쪽으로 나갔다.

에릭은 서둘러 계단을 올라갔다. 1층을 지나고 2층을 지나 3층이 가까워지자 마음이 불안해졌다. 에릭은 우울증과 불안증에 시달리는 심장병 환자들을 상담해주기 위해 이곳에 여러 번 왔었기 때문에 3층에 심장학과가 있다는 것을 잘 알고 있었다. 그런 환자들에게는 어떻게 해줘야 할지 알 수가 없어서 이야기만 들어주곤 했었다.

3층에 이르자, 에릭은 문을 열고 왼쪽으로 돌았다. 그리고 반들거리는 복도를 지나 가능한 평소처럼 행동하며 심장학과로 들어갔다. 복도에는 아무도 없었다. 저녁 식사 시간이라 음식이 담겨 있는 수레들만 놓여 있었다. 왼편에 있는 간호사실에는 두 명의 간호사가 컴퓨터 앞에 앉아 있었다. 에릭은 그중 한 명을 알아보았다. 젊은 아프리카계 미국인 간호사, 패티 앨런이었다. 패티는 예쁜 얼굴에 눈꼬리가 살짝 올라가 있었고, 숱이 많은 머리카락을 깔끔하게 땋고 있었다.

"패티, 잘 있었어요?" 의사다운 표정을 지으며 간호사실 쪽으로 걸어간 에릭이 말을 걸었다.

"패리시 선생님?" 패티가 컴퓨터에서 고개를 들며 환한 미소를 지었다. 아직 보안 경고를 보지 못한 모양이었다. "세상에, 어젯밤 쇼핑몰에서 선생님의 활약을 봤어요. 정말 믿을 수 없었다니까요. 괜찮으신지 걱정했어요! 어떻게 된 거예요? 그 아이가 선생님의 환자였어요?"

"사실 그 일 때문에 왔어요." 에릭은 다른 간호사가 자신을 경계심이 가득한 눈으로 쳐다보고 있다는 것을 염두에 두며 주머니에서 휴대폰을 꺼냈다. "맥스 자보우스키라는 애인데, 할머니인 버지니아 티크너가 석 달 전에 여기서 사흘간 입원했었어요. 울혈성 심부전 환자로, 맥스가 같이 왔죠. 브렉슬러 선생의 진료기록에 나와 있더군요. 지난주에 할머니가 돌아가실 때까지 맥스가 보호자였어요."

"그랬군요." 패티가 눈을 깜빡거렸다. "무엇을 도와드릴까요?"

"혹시 맥스와 할머니를 기억해요? 할머니인 티크너 부인은 90대로, 아주 좋은 분이에요. 맥스는 열일곱 살짜리 고등학생인데, 지난밤 뉴스에서 봤을 거예요."

"어머, 진짜요? 그 애가 여기 있었다고요?" 패티가 눈을 휘둥그레 떴다. "입원실이 어딘지 아세요? 전 주로 이쪽 병실에 입원한 환자들을 담당해요. 쉴라가 출산휴가를 간 뒤로 일손이 모자라거든요. 그래서 전화를 받으려고 간호사실과 가까운 곳에 있는 편이에요."

"브렉슬러 선생이 그 할머니의 주치의였어요. 선생은 이미 퇴근했을 테고." 에릭은 진료기록에 나와 있던 다른 사람들의 이름을 기억했다. "레지던트가 사라 스톤이었는데, 어디 있죠?"

"스톤 선생님도 퇴근했어요."

"담당 간호사는 케일럽 마르티에키였어요."

"케일럽은 오늘 병가예요."

"사회 복지사는 마사 지란돌레였는데."

"그분은 휴가예요. 월요일부터 나오실 거예요."

"음." 에릭은 순간 난감했다. 다른 간호사의 못마땅한 시선도 느껴졌다. "아무래도 담당 선생님들의 휴대폰 번호를 얻어가야 할 것 같네요. 그런데 문제가 하나 있어요. 진료기록을 보니까 브렉슬러 선생님이 맥스가 우울증이라 정신과 상담을 요한다고 적어 놨던데, 협진 신청이 없었던 것 같아서요. 어떻게 된 일인지 알아요?"

"아뇨, 모르겠어요. 그러니까 환자가 아니라 보호자 상담이라는 거죠? 그런 경우는 드물잖아요."

"맞아요. 그래서 누군가 그 일을 기억하는 사람이 있거나 메모가 되어 있지 않을까 생각했어요. 알 만한 사람이 없을까요?"

"내가 알아요." 다른 간호사가 차가운 목소리로 끼어들었다. 검은 머리를 달리기 선수처럼 아주 짧게 자른 마른 체격의 중년 간호사였다. 신분증을 보니 이름이 낸시였다. 그 간호사가 팔짱을 낀 채 말했다. "그 환자는 반대편에 있는 308호에 입원해 있었어요. 아이는 기억나지 않지만 할머니는 기억나요."

"아, 다행이네요."

"심리 상담을 의뢰했던 것 같아요. 정신병동에서 누군가 왔다는 소리를 들었어요. 환자인 할머니 때문에 왔다고 생각했는데, 그 손자가 상담을 받았을 수도 있겠네요."

"심리 상담을 받았다고요?" 에릭이 깜짝 놀라 되물었다. "누가 왔었죠?"

"그건 모르겠어요. 여기 없었으니까요. 그날 밤 그 남자애가 왔었다는 건 기억이 나요. 나가는 길에 딱 한 번 봤거든요."

"하지만 누구든 협진을 나왔으면 진료기록을 남겨야 한다는 걸 알고 있을 텐데요. 맥스의 환자 기록을 남기지 않았다면 버지니아 티크너 부인의 기록에라도 남겼을 텐데."

낸시가 얼굴을 찡그렸다. "패리시 선생님, 왜 그런 질문을 우리한테 하시는 거죠? 선생님은 지금 병원에 계시면 안 되잖아요. 이미 경고문을 받았어요. 원내에서 선생님을 보게 되면 보안요원을 부르라고 되어 있었어요."

패티가 흠칫 놀랐다. "정말요?"

"부탁이니까 연락하지 말아줘요. 중요한 일이라서 그래요." 에릭이 패티를 돌아보았다. "패티, 브렉슬러 선생의 휴대폰 번호 알죠?"

"네. 그러니까 610에……."

"패티, 알려주면 안 돼." 낸시가 끼어들었다. "패리시 선생님, 이러면 우리가 곤란해요. 선생님과 이야기도 하면 안 되는 상황에, 환자 정보까지 알려드릴 수는 없어요. 더 이상 가만히 있을 수 없네요. 보안요원을 부를 거예요."

"부탁이에요. 그러지 말아요." 낸시가 전화기를 집어 들자, 에릭은 뒤로 물러섰다.

"여보세요? 보안실 좀 연결해줄래요?"

에릭은 그 자리에서 정신병동 쪽으로 도망쳤다.

58
장

에릭은 복도를 뛰다가 계단이 나오자 최대한 빨리 올라갔다. 시간
이 없었다. 보안요원들은 이미 그가 어디로 갔는지 예측하고 있을 것
이다. IT 부서의 줄리아가 연락했고, 이어 낸시가 연락했다. 에릭은
보안요원들보다 앞서 정신병동에 도착해야만 했다. 이런 기회가 또
있을지 알 수도 없었고, 다급한 상황이 그를 몰아붙이고 있었다. 어
쩌다 이렇게 된 건지는 알 수 없었지만 느낌이 좋지 않았다.

에릭은 한 번에 두 계단씩 서둘러 올라갔다. 만일 맥스의 심리 상
담을 했는데도 기록이 남아 있지 않다면, 누군가 그 기록을 지우기
위해 전자 의료기록에 접속했을 가능성이 있었다. 그는 자기 밑에서
일하는 사람들 중 누군가가 맥스를 상담했다는 사실을 숨기는 이유
를 알 수가 없었다. 하지만 누군지 밝혀 낼 것이다. 에릭이 4층에 이
르렀을 때, 갑자기 화재 경보가 울리기 시작했다. 귀청이 떨어져 나

갈 것처럼 요란한 소리가 콘크리트 계단참에 울려 퍼졌다.

에릭은 정신의학과 과장으로서 상황 판단을 하기 시작했다. 화재 경보가 울렸을 경우 정신 의학과는 다른 과와 절차가 달랐다. 먼저 경보를 끄고, 스피커를 통해 화재 위치를 듣게 된다. 만일 화재 장소가 정신과 병동과 멀리 떨어진 곳일 경우에는 상황이 종료될 때까지 가만히 기다려야 한다. 심신 미약 상태와 위험성 때문에 환자들을 대피시키지 않는 것이다. 심지어 정신병동에서는 화재 훈련조차 하지 않는다. 병원 소방대는 화재 경보가 울릴 때마다 소화기를 들고 대응에 나섰고, 실제 화재가 일어났을 경우에는 소방서에 신고했다.

스피커에서 소리가 들렸다. "코드 레드, 정신병동. 코드 레드, 정신병동."

에릭은 가슴이 철렁 내려앉았다. 그 말은 곧 정신병동에서 화재가 났다는 뜻이었다. 그는 머릿속으로 대처법을 떠올리며 계단을 뛰어 올라갔다. 실제로 이런 상황에 대응해본 건 한 번밖에 없었다. 정신병동에서 화재가 나게 되면 모든 직원들이 합심하여 환자들을 대피시키고, 환자들의 충격을 최소화시켜야 한다. 침대에 묶여 있는 환자들은 먼저 풀어준 다음, 그들의 손목과 팔에 구속 장치를 채워야 한다. 구속 장치를 찬 환자들의 경우, 대피하는 동안 다른 사람들을 해치지 못하게 직원이 옆에서 지켜야 한다. 에릭은 현재 이 병동에서 구속 장치를 달고 있는 환자가 페리노 한 명이기만을 바랐다.

스피커에서 계속 소리가 울렸다. "코드 레드, 정신병동. 코드 레드, 정신병동."

에릭은 5층에 도착하자마자 문을 열고 뛰어 들어갔다. 병동 상황을 확인하려고 했지만, 흥분해서 떠들어대고 있는 직원들이 복도를 가로막고 있었다. 뭔가 타는 냄새가 났다. 검은색의 미세한 가루들이 대기에 흩날리기 시작했다. 이제 곧 천장에 달려 있는 스프링클러들이 작동하게 될 것이고, 병원 소방대가 소화기를 들고 달려올 것이다.

"여러분!" 에릭이 사람들 사이를 뚫고 지나가며 외쳤다. "각자 자리로 돌아가주세요! 소방대가 지나갈 수 있게 길을 터줘야 합니다!"

"패리시 선생님이다!" 누군가가 외치자, 사람들이 여기저기서 외치기 시작했다. "어젯밤 쇼핑몰에 들어가신 거 봤어요!" "패리시 선생님!" "도와주세요!" "지시를 내려주세요!" "뭐부터 할까요?"

"돕고 싶다는 건 압니다. 하지만 지금은 각자 자리로 돌아가세요! 위험한 상황이니까 안으로 들어가요!"

에릭은 정신병동의 환자와 간호사들이 물에 젖은 채 멍해 보이는 모습으로 이미 복도 한쪽으로 대피한 것을 보고 마음이 놓였다. 에릭은 그들을 향해 재빨리 고개를 끄덕인 뒤 문을 열고 안으로 들어갔다. 정신병동 안으로 들어가자, 검은 연기가 자욱하게 퍼져 있었다. 입구 쪽 천장에 달린 스프링클러에서 물이 분사되고 있었다.

"아마카!" 불안해 보이는 젤릭 부인을 데리고 보안구역에서 외부 출구로 나오는 아마카를 보고 에릭이 외쳤다. 티나가 그 뒤로 멍하니 겁에 질린 것처럼 보이는 우울증 환자인 제이콥스 부인과 함께 나왔다.

"과장님! 하느님, 감사합니다!" 아마카가 긴장한 듯 살짝 떨리는 목소리로 외쳤다. "가만히 기다릴 수가 없었어요. 샘이 전부 다 대피하라고 했어요. 잭은 어디 있는지 모르겠고, 데이비드는 주방에서 불을 끄려고 애를 쓰고 있어요. 어쩌다 불이 났는지 모르겠어요."

"좋아요. 계속 가요. 모두 다 병동 밖으로 대피해요." 에릭은 아마 카를 도와 젤릭 부인을 이끌었다. 그 뒤를 티나와 제이콥스 부인이 따라왔다. "상황 좀 알려줘요. 북쪽 병실에 있는 환자들은 모두 대피했어요?"

"네, 거의 다 대피시켰어요."

"잘했어요." 정신병동 환자들은 대부분 북쪽 병실에 있었다. 남쪽에는 회의실과 사무실, 주방, 흡연용 테라스가 있었고, 페리노처럼 위험하거나 공격 성향이 강한 환자들의 입원실이 있었다. "페리노는 어떻게 됐어요? 샘이 구속 장치를 채웠나요?"

"네, 그럴 거예요. 하지만 제가 북쪽 병실 쪽에 가 있었기 때문에 확실하지는 않아요."

"구속 장치를 단 사람은 더 없죠? 내가 병원을 비운 동안 그쪽에 입원한 사람은 없는 거죠?"

"네."

"좋아요. 이제 가요. 나중에 봅시다!" 에릭은 급히 병동 안으로 들어갔다. 천장에서 차가운 물이 비처럼 쏟아졌다. 직원들은 남아 있는 환자들을 데리고 비상구로 향했다. 머리와 옷이 흠뻑 젖어 있었고, 정맥 주사를 달고 있는 사람들도 있었다. "잘했어요! 안에 남아 있는 사람 있어요?"

"저희가 마지막이에요!" 간호사들 중 한 명이 외쳤다. 그들은 머리카락에서 물이 뚝뚝 떨어지는데도 미소를 짓고 있었다. "페리노 씨만 빼고 다 나왔어요!"

에릭은 서둘러 남쪽 복도로 뛰어가며 다른 간호사에게 물었다. "샘과 페리노는 어디 있어요?"

"페리노 씨 병실에요!" 간호사가 기침을 하며 대답했다.

"데이비드와 잭은요?"

"데이비드 선생님은 주방에서 불을 끄고 계세요!" 뒤쪽에서 리 베리를 데리고 나오던 간호사가 외쳤다. "잭 선생님은 어디 있는지 모르겠어요!"

에릭은 남쪽 복도로 뛰어갔다. 주방에서 뿜어져 나오는 연기가 그의 사무실 앞 복도까지 자욱하게 뒤덮고 있었다. 전자레인지와 쓰레기통에서 주황색 불길이 치솟아 오르고 있었지만 잭과 데이비드는 보이지 않았다. 이상하게도 에릭의 사무실 문이 열려 있었다. 그래서 그는 사무실 안으로 들어갔다. 자욱한 연기와 스프링클러에서 뿜어져 나오는 물 때문에 앞이 제대로 보이지 않았다. 책상 근처에서 신음 소리 비슷한 소리가 들렸다.

무슨 일인지 알아보기 위해 에릭이 그쪽으로 다가갔을 때, 쉽게 받아들이기 힘든 끔찍하고 처참한 광경이 눈에 들어왔다. 크리스틴이 목이 베인 채 양탄자 위에 쓰러져 있었다. 아직 숨이 붙어 있었다. 아무것도 보이지 않는 방 안에서 그녀의 시선이 움직이고 있었다. 목에 난 상처에서 흘러내린 피가 가슴과 어깨를 적시고 있었다. 입에서도 피가 흘러내렸다. 얼굴과 몸 위로 스프링클러의 물이 쏟아져 내렸다.

양손은 몸 옆에 놓여 있었다.

에릭은 크리스틴에게 달려가 옆에 무릎을 꿇고 앉았다. 피를 멈추기 위해 본능적으로 목 상처를 왼손으로 막은 뒤, 오른손으로 휴대폰을 꺼내 로리에게 전화를 걸었다. "로리!" 그는 저쪽에서 전화를 받는 소리가 나자마자 외쳤다. "정신병동으로 와줘! 누가 크리스틴의 목을 베었어!"

"세상에! 일단 손으로 지혈하고 있어! 바로 갈 테니까!"

"빨리 와!" 에릭은 전화를 끊은 뒤 휴대폰을 던졌다. 그리고 몸을 숙여 양손으로 크리스틴의 목 상처를 감쌌다. 따뜻한 피가 손바닥을 적셨다. 에릭은 크리스틴의 희미한 맥박을 느꼈다. 어떻게 된 일인지, 누가 이런 짓을 한 것인지 알 수가 없었다. 에릭은 너무나 큰 충격에 비틀거렸다. 페리노가 저지른 짓이 분명했다.

"에릭······?" 크리스틴이 희미하게 속삭였다.

"그래, 나야. 조금만 버티면 돼. 이제 곧 사람들이 올 거야." 에릭은 크리스틴의 기관에서 새어 나오는 공기와 그의 손바닥을 적시는 피를 느꼈다.

"죄송해요······. 제가 선생님한테 그런 짓을······."

"괜찮아, 크리스틴. 아무 일도 아니야." 크리스틴이 성추행 고소에 대해 말하고 있다는 것을 알았지만 그런 건 더 이상 중요하지 않았다. 크리스틴의 피가 그의 손가락 사이로 흘러내렸다. 그녀가 말을 할 때마다 에릭의 손바닥에 촉촉한 숨결이 느껴졌다.

"그 사람은······ 악마······."

"악마라니? 누가 이런 짓을 했지? 페리노야?" 크리스틴의 대답을 듣기 위해 에릭은 몸을 앞으로 숙였다.

하지만 바로 그때, 누군가 뒤에서 머리를 내리치는 것을 느꼈다.

두개골 위로 엄청난 통증이 느껴졌다.

그리고 온 세상이 깜깜해졌다.

에릭은 정신이 들었다. 누군가 물에 젖은 복도 위에서 그의 발목을 잡고 끌고 가고 있었다. 머리를 맞은 뒤로 머릿속에 안개가 낀 것 같았다. 그는 생각을 하려고 애썼다. 사방에 연기가 퍼져 있었다. 얼굴 위로 물이 쏟아졌다. 에릭은 기침을 하며 숨을 몰아쉬었다. 그를 끌고 가고 있는 사람이 누군지 확인할 수 있을 정도로 의식을 잃지 않고 버티기는 어려울 것 같았다. 틀림없이 페리노의 짓일 것이다. 이상하게도 머리는 멀쩡했다.

에릭은 샘, 데이비드, 잭이 어디에 있는지 알지 못했다. 크리스틴은 과다 출혈로 죽었을 것이다. 어떻게 된 일인지 알 수가 없었다. 누군가 그를 빠른 속도로 끌고 가고 있었다. 에릭은 또다시 의식을 잃을 것 같았다. 마치 약에 취한 것처럼 눈에 파묻힌 것 같은 느낌이 들었다. 만일 지금 그가 약에 취한 거라면 누군가 주사를 놓았다는 뜻이다. 페리노는 그런 일을 할 수 없었다.

에릭은 섬뜩한 공포를 느꼈다. 그렇다면 범인은 그가 데리고 있는 사람들 중 한 명이라는 뜻이다. 에릭은 목숨을 구하기 위해 저항하기 시작했다. 그 자리에서 일어나 도망가려고 했지만 뜻대로 되지 않았다. 힘이 너무 없었다. 복도 반대편에서 병원 소방대원들이 소리치는 것이 들렸다. 그들의 발걸음에 바닥이 진동했다. 연기 때문에 저쪽에서는 에릭이 보이지 않을 것이다. 소방대는 주방에 들어가 불을 끄기 시작했다.

그렇게 에릭은 계속 끌려가다가 페리노의 병실 앞에서 흐느끼는 소리를 들었다. "부탁이에요. 나 좀 풀어줘요. 풀어달라고요. 숨을 쉬지 못하겠어요."

갑자기 페리노의 병실 문이 닫혔다. 에릭을 끌고 가던 남자가 소리쳤다. "여긴 아무도 없어요! 모두 다 대피했어요!"

에릭은 약 기운으로 정신이 없었음에도 큰 충격을 받았다. 그건 샘의 목소리였다. 에릭은 상황을 파악하려고 애를 썼다. 그의 머리를 내리친 사람은 샘이었다. 크리스틴을 죽인 것도 샘이었다. 지금 자신을 테라스로 끌고 가고 있는 사람도 샘이었다. 샘은 그를 죽일 것이다.

에릭은 상쾌하고 따뜻한 공기를 느꼈다. 테라스 문이 열리고, 그는 밖으로 끌려 나갔다. 얼굴 위로 햇살이 느껴졌다. 따뜻한 바람이 그를 감쌌다. 테라스는 1미터 20센티미터 높이의 담으로 둘러싸인 콘크리트로 된 발코니였다.

에릭은 몸을 비틀어보았지만 뜻대로 되지 않았다. 눈을 떴지만 자꾸만 의식이 흐려졌다. 테라스 담까지 끌려가는 동안 거친 콘크리트에 등이 쓸렸다. 에릭은 어떻게든 머리를 써보려고 애를 썼다.

샘은 에릭의 사무실에서 크리스틴을 죽였고, 에릭에게 그 죄를 뒤집어씌울 생각이었다. 동기는 성추행 고소에 대한 복수가 될 것이다. 샘은 에릭을 테라스 담까지 끌고 갔다. 이제 밑으로 떨어뜨릴 것이다. 마치 자살한 것처럼 보이게 만들려는 속셈이었다. 병원 소방대가 그들을 발견했을 때는 이미 늦었을 것이다.

"샘…… 어째서?" 에릭은 겨우 입을 열었다. 공포가 엄습했다. 살아남아보려고 애를 썼지만 팔다리가 움직이지 않았다. 머리가 담에 부딪혔다.

"네 놈 꼴을 보고 있자니 지겨워서. 난 과장이 되고 싶어. 더 이상 기다리고 싶지도 않아. 나도 의약품 심사 위원회에 들어가서 머틀 해변에 집을 살 거야."

"안 돼……." 에릭은 자신의 몸이 들리는 것을 느꼈다. 저항하려고 했지만 팔다리만 흔들릴 뿐이었다.

"모르핀을 맞아서 그래. 약물 검사에서 찾아내겠지. 의사 장애 위원회에서는 놀라지 않을 거야." 에릭은 샘이 자기의 몸을 들어올리려고 애를 쓰며 끙끙거리는 신음 소리를 들었다. "처음부터 다 내가 짜놓은 함정이었어. 맥스의 할머니가 입원했을 때 브렉슬러의 호출로 내려가서 맥스를 알게 됐지. 난 맥스가 할머니를 응급실로 데려가게 만들었어. 응급실에 호출하면 당신이 미끼를 물 거라는 걸 알았지.

언제나 애들한테 약하니까."

"이러지 마⋯⋯. 부탁이야." 에릭은 난간을 붙잡았다. 하지만 손가락에 힘이 들어가지 않았다. 에릭은 아직 포기하지 않았다. 해나를 생각했다. 딸에게는 그가 필요했다. 에릭은 이 세상 무엇보다 해나를 사랑했다. 이대로 죽을 수는 없었다.

"난 계속 맥스와 연락을 하며 지냈어. 그 애가 르네에 관한 얘기를 당신한테 했다는 것도 알고 있었지. 할머니가 돌아가시면 맥스가 무너질 것도 알고 있었어." 샘이 에릭의 몸을 난간 위로 올리자, 그의 몸이 담 위에 걸쳐졌다. "그날 밤 맥스는 당신과 통화를 한 뒤에 나에게 전화했어. 술에 취해 있었지. 난 그 애를 만나 수면제를 건네주었어. 그 애는 내 손바닥 위에서 놀아난 거야. 맥스는 르네를 절대 죽이지 못해. 그럴 만한 배짱이 없으니까. 르네를 죽인 건 나야. 바로 당신을 무너뜨리기 위해서."

에릭은 공포에 질린 채 고개를 숙였다. 지금 여긴 5층 높이였다. 병원 앞뒤로 사람들이 지나다니고 있었다. 에릭은 샘이 자신의 어깨를 잡고 있는 것을 느꼈다. 이제 샘은 그를 밑으로 던져버릴 셈이었다. 에릭은 그를 붙잡으려고 했지만 잡히지 않았다. 그는 이대로 떨어져 죽을 것이다.

"잘 가, 에릭."

60
장

갑자기 샘이 붙잡고 있던 에릭의 어깨를 놓았다. 그리고 페리노의 목소리가 들렸다.

"워드 선생, 그만둬!" 페리노가 외쳤다. "멈춰! 안 돼, 그만하라고!"

에릭은 어떻게 된 일인지 돌아보려다가 하마터면 밑으로 떨어질 뻔했다. 그는 힘없는 팔로 난간을 잡으려고 애를 쓰면서, 페리노가 망가진 구속 장치를 바닥에 질질 끌며 테라스로 뛰어나오는 모습을 지켜보았다.

"워드 선생!" 페리노는 화가 잔뜩 난 얼굴로 두꺼운 팔을 앞으로 내밀며 샘에게 덤벼들었다. "이제 그만둬. 다 끝났으니까!"

"아니야! 그렇지 않아!" 샘이 손을 들어올렸다.

"넌 악마야!" 페리노가 샘에게 달려들어 어깨를 붙잡은 뒤 발을 걸어 넘어뜨렸다. 샘은 작은 금속 테이블과 의자들에 부딪치면서 망가진 인형처럼 바닥에 쓰러졌다.

에릭은 겁에 질린 채로 폭발적인 폭력의 순간을 지켜보았다. 샘이 자신을 죽이려고 했다는 사실이 여전히 믿기지 않았다. 그의 눈앞에서 페리노가 샘을 죽이는 것도 보고 싶지 않았다. 하지만 에릭은 지금 두 사람 사이에 끼어들어 페리노를 말릴 힘이 없었다. 심지어 팔다리조차 움직일 수가 없었다.

"정말 나쁜 의사야! 나에게 이상한 약을 줬어! 그 약을 먹은 뒤부터 몸이 낫기는커녕 상태가 점점 나빠졌으니까!" 페리노가 비틀거리며 일어난 샘을 쫓아갔다. 샘의 머리에서는 피가 흘러내리고 있었고, 파란 눈은 겁에 잔뜩 질려 있었다.

"안 돼!" 샘은 화가 잔뜩 난 페리노가 다가오지 못하게 금속 의자를 들고 휘두르기 시작했다. "그건 내 탓이 아니야. 패리시 선생 탓이라니까! 패리시 선생이 그 약들을 주라고 했어! 저 사람이 시킨 거라니까! 패리시에게 가서 따져! 내가 저 사람을 죽이려고 했던 것도 바로 그 이유 때문이야! 당신을 위해서 한 거라고!"

"네 말은 안 믿어! 이 거짓말쟁이!" 페리노는 샘이 들고 있던 의자 다리를 붙잡더니 그대로 빼앗아 옆으로 던져버렸다. "계속 거짓말만 하잖아!"

"그만……." 에릭은 겁에 질린 눈으로 샘이 담에 기대서는 것을 보았다. 그는 정신을 차리기 위해 온 힘을 끌어 모으며 담에 매달려 있었다.

"미안해요!" 샘이 공포에 질린 채 손을 들어올렸다. 그는 살기 위해서 필사적으로 담 쪽에 붙어 있었다. "아무 짓도 하지 않을게요. 약속해요! 약도 안 줄 거예요! 맹세할게요!"

"네 말은 안 믿어!" 페리노가 샘을 향해 주먹을 날렸다. 그 순간 테라스 문이 요란하게 열렸다.

"모두 꼼짝 마!" 무기를 든 보안요원이 외쳤다. "그 자리에 가만히 있어!" 그 뒤로 두 명의 보안요원들이 더 나타났다. 열린 문을 통해 건물 안에 있던 연기가 밖으로 퍼져 나왔다.

"쏘지 마세요!" 페리노는 양손을 들어올렸다. 하지만 샘은 균형을 잃고 위태로울 정도로 비틀거리기 시작했다.

"안 돼! 쏘지 말아요!" 겁에 질린 샘이 비굴하게 외쳤다. 하지만 그 순간 뒤로 넘어지면서 담 너머로 떨어지고 말았다. 그는 양손을 휘적거리면서 그대로 건물 아래로 떨어졌다.

"워드 선생!" 페리노는 샘이 넘어지기 전에 그를 잡으려고 달려갔지만 너무 늦었다.

"안 돼!" 에릭은 샘이 비명을 지르며 추락하는 동안 눈물이 고이는 것을 느꼈다.

그는 눈을 질끈 감았다.

더 이상 지켜볼 수가 없었다.

61
장

에릭은 응급실 침대에 누워 있었다. 모르핀의 약효를 직접적으로 막아주는 흡입제인 날캔 덕분에 감각이 돌아왔다. 날캔은 보통 약물 과다 복용 환자에게 쓰는 해독제다. 손가락에는 바이탈을 확인하기 위해 플라스틱 클립이 끼워져 있었고, 손등에는 식염수를 맞기 위해 정맥 주사가 꽂혀 있었다. 그는 여전히 스프링클러 때문에 축축하게 젖은 옷을 입고 있었다. 셔츠와 손에는 완전히 씻어내지 못한 크리스틴의 피가 남아 있었다. 크리스틴은 수술 중이었고 상태는 아직 알 수 없었다. 에릭으로서는 크리스틴이 회복하기를 조용히 기도할 뿐이었다.

그는 눈에 거슬리는 형광등 불빛에 눈을 감은 채, 사무실 바닥에서 목에 난 진홍색 상처에서 피를 흘리며 쓰러져 있던 크리스틴의 모습을 떨쳐 내려고 애를 썼다. 치료실 밖에서 경찰과 병원 관료들과 로리가 나지막한 목소리로 이야기를 나누는 소리가 들렸다. 폴은 지금 병원으로 오고 있는 중이었다. 그는 에릭에게 혼자서는 경찰과 이야기하지 말라고 신신당부했다. 어쨌든 그럴 가능성은 희박했다. 에릭은 어떻게 된 일인지 경찰에게 이야기하기 전에 스스로 정리할 시간이 필요했다.

그는 샘이 크리스틴을 죽이려고 했던 것과 르네를 실제로 죽인 범인이었다는 사실을 받아들였다. 에릭은 응급실로 오면서 경찰에게 샘이 르네를 죽인 건 맥스가 아닌 자기 짓이라고 밝혔다는 것을 말한 뒤, 그 사실을 래드너 경찰서와 맥스의 변호사에게 알리겠다는 약속을 받아냈다. 에릭은 맥스를 처음 만난 날을 떠올리다가, 티크너 부인이 누워 있던 곳이 바로 이 치료실이었다는 것을 깨달았다. 이것으로 그 모든 일들이 소름끼치는 하나의 원이 되었다.

에릭은 계속 눈을 감은 채로 르네와 크리스틴, 맥스의 할머니를 떠올리며 슬픔에 잠겼다. 샘을 잃은 것 역시 마음이 아팠다. 너무 많은 폭력이 있었고, 너무 많은 죽음이 있었다. 그는 마지막 순간에 샘을 구하려고 했던 페리노를 떠올렸다. 안 그래도 정서상태가 불안정한 페리노는 큰 충격을 받았을 것이다. 환자 기록을 보면서 샘이 처방해준 약 때문에 상태가 나빠졌다고 믿고 있던 페리노의 생각이 맞는지 확인해볼 것이다. 샘이 맥스를 이용하고 조종했던 것처럼 페리노도 조종했을 가능성이 있었다.

에릭은 골수까지 소름이 끼쳤다. 자신이 얼마나 오랫동안 샘을 믿고 있었는지 떠올렸다. 완전히 사람을 잘못 본 것이다. 그는 정신과 의사로서 많은 사람들이 가면을 쓰고 있으며, 다른 마음을 가지고 있어도 세상에는 하나의 얼굴만 보여준다는 것을 잘 알고 있었다. 그렇기에 그는 더 잘 알았어야만 했다. 에릭은 자신 역시 가면을 쓰고 있다는 것을 깨달았다. 어쩌면 너무 오랫동안 가면을 쓰고 있었는지도 모른다. 학과 순위를 높이기 위해 끊임없이 노력했던 완벽한 과장의 가면. 딸을 과보호했던 완벽한 아빠의 가면. 결국에는 아내가 원했던 남자가 아니었던 완벽한 남편의 가면. 어쩌면 모든 가면을 내려놓고 그 밑에 뭐가 있는지 볼 때가 된 건지도 모른다. 이 모든 일이 끝나면 아서에게 연락해서 단기 재교육을 받아야 할 수도 있다.

에릭은 눈앞이 흐려지는 걸 느꼈다. 이유는 알 수 없었지만 그 감정을 분석하려고 하지 않았다. 그가 확실하게 알고 있는 건 해나에 대한 순수한 사랑뿐이었다. 자신만을 위해서가 아니라 딸을 위해서도 오명을 벗었다는 사실에 마음이 가벼워졌다. 이제 해나와 해나의 친구들, 동급생들도 에릭이 사람을 죽였다고 생각하지 않을 것이다. 불완전하긴 해도 그는 정신과 의사로, 아버지로 돌아갈 수 있게 되었다. 앞으로도 샘이나, 케이틀린처럼 자신이 아끼는 사람들에 대해 높이 평가할 것이다. 에릭에게 있어 사랑은 맹목적인 것이었다. 적어도 시작할 때는 그랬다. 그건 어쩔 수 없는 일이고, 그럴 수밖에 없다. 결국 그도 사람이니까.

"들어가도 돼?" 로리가 커튼을 들추며 물었다.

"그럼." 에릭은 로리를 보자 기쁜 마음에 미소를 지었다. 로리도 침대 옆으로 다가오며 미소를 지었다.

"기분은 좀 어때?"

"많이 나아졌어."

"당신이 진술을 할 수 있을 정도로 상태가 좋아지기를 경찰이 기다리고 있는데, 내가 한참 걸릴 거라고 했어."

"고마워."

"좋은 소식이 있어. 수혈을 두 번 하긴 했지만 크리스틴은 괜찮을 것 같아. 우리가 때맞춰 도착했던 거지."

"잘됐네." 에릭은 안도감과 함께 고마운 마음이 들었다.

"아이러니한 건 크리스틴이 Rh-AB형이라는 거야. 드문 혈액형인데다가 우리 쪽에는 피가 없었어. 누가 수혈해준 줄 알아?" 로리가 콧잔등을 찡그리며 웃긴 표정을 지었다.

"당신?"

"맞아. 쉬운 일이 아니었다고."

에릭은 웃었다. 기분이 좋아졌다. "정신병동은 어때? 엉망이지?"

"깨끗이 치웠고, 환자들도 진정됐어. 아마타의 지휘 아래."

"정말 다행이야. 페리노는 어때?"

"아래층에 있는데, 괜찮아. 페리노 부인이 기분이 안 좋지."

"어떻게 해야 할지 모르겠네." 에릭은 지금 거기까지는 생각이 미치지 않았다. "다른 직원들은 어디 있었대? 데이비드와 잭은?"

"데이비드는 불을 끄려고 하다가 정신을 잃었던 모양이야. 천식을 앓고 있었대. 잭은 내분비학과에서 간호사랑 노닥거리고 있었고." 로리가 에릭의 손을 들어올리더니 손목에 손가락을 댔다. "일단은 응급의학과 의사로서 온 거니까."

"내 맥박을 짚는 거야?"

"꼭 그런 것만은 아니고." 로리가 미소를 지었다.

"그럼 내 손을 잡고 있는 거네."

로리가 좀 더 활짝 미소를 지었다. "쇼핑몰에 갔던 날 밤, 차 안에서 당신이 나한테 키스했잖아."

"그건 당신 상상이야. 전부 당신의 환상이라는 거지. 실제로 그런 일은 없었어. 난 쇼핑몰에 뛰어 들어간 적도 없고. 누가 그런 멍청한 짓을 해? 난 아니야. 명색이 정신의학과 과장인데."

"지금 말이 너무 많은 거 알아?" 로리가 몸을 숙이더니 에릭의 입술에 키스했다. 그리고 다시 한 번 더 부드럽게 키스했다.

"와." 에릭은 오랫동안 느껴보지 못했던 짜릿함을 느꼈다.

로리는 달콤하게 미소를 지으며 몸을 일으켰다. 연필로 틀어 올렸던 검은색 곱슬머리가 빠져나와 눈 위로 흘러내렸다. "내가 환자를 대하는 태도가 마음에 들어?"

"너무 앞서 가지는 마."

"하!" 로리의 표정이 진지해졌다. "사실 당신 말이 맞는 것 같아서 다행이라고 생각해. 맥스가 그 여자애를 죽이지 않았다고 믿었잖아. 이 정도면 행복한 결말이라고 할 수 있겠지, 어느 정도는?"

"그런 셈이지." 에릭은 가슴이 아팠다. "르네가 살해당한 게 끔찍하긴 하지만, 그렇게 어린 나이에, 그런 말도 안 되는 이유로 말이야. 어떤 이유로든 살인을 정당화할 수 있다는 것처럼."

"샘은 왜 그런 짓을 저지른 걸까?"

"나처럼 되고 싶었던 것 같아. 좀 더 정확하게 말하면 내가 가진 것들을 원했던 거지. 찬사를 받고 싶었고, 돈을 원했던 거야." 에릭은 샘이 테라스에서 했던 말을 떠올렸다. "병원 고위층에게 의약품 심사위원회의 브렉슬러를 조사하라고 말할 생각이야. 만일 그 얼간이가 제약회사로부터 뇌물을 받아서 머틀 해변에 별장을 가지게 된 거라면 그 자를 감옥에 처넣고 싶어. 소문만으로도 충분해. 형사 소송을 걸 거야. 더 이상은 안 참아."

"사람이 변한 것 같네." 로리가 자랑스럽게 미소를 지었다.

"당신 말이 맞아."

"그럼 당신하고 같이 있을래." 로리가 에릭에게 다시 키스했다. "내일 밤에 저녁 같이 할래? 당신한테 진토닉 한 잔 빚졌잖아."

"당신 집에서?"

"그럼 완벽하지." 로리는 다시 한 번 미소를 지었다. 바로 그때 커튼이 젖혀지고, 폴이 치료실 안으로 고개를 내밀었다. 그는 에릭과 로리를 쳐다보며 천천히 미소를 지었다.

"결혼식은 언제죠?" 폴이 기쁜 듯 물었다.

62
장

에릭은 행정부에 있는 회의실에서 뉴마이어 경감과 로즈 형사, 지방 검사보와 두 시간을 보냈다. 그는 폴이 가져다준 추리닝으로 갈아입은 뒤, 버지니아 티크너의 의료기록이 누락된 사실을 발견하게 된 것과 테라스에서의 끔찍한 싸움에 이르기까지 있었던 일들에 대해 이야기했다. 그들은 상세하게 질문을 했고, 에릭은 가능한 자세히 대답했다. 기밀유지 조항과 관련된 사항들에 관해서는 폴이 이야기하지 못하게 했다. 진술을 하는 동안 그의 왼쪽에는 법률팀의 마이크와 톰, 브래드가 앉아 있었다. 그들은 조용히 귀를 기울이며 메모를 했다. 하지만 아무것도 묻지 않았다.

마침내 진술이 끝났을 때, 에릭은 궁금한 게 있었다. 그는 로즈 형사를 돌아보았다. "이제 맥스는 르네의 살인 사건과 관련이 없다는 걸 아셨을 겁니다. 앞으로 어떻게 되는 겁니까?"

"간단한 일이 아닙니다. 이제 선생님의 진술에 따라 수사를 진행하면서, 맥스의 변호사와 연락해서 조사에 협조를 해줄 것인지 알아봐야죠. 선생님의 진술에만 의존할 수는 없습니다. 사실 이 부분은 선생님에 대한 신뢰성이 아니라 샘 워드의 신뢰성에 대한 반영이긴 하지만요."

에릭은 샘의 이름을 듣자 움찔했다. 샘이 떠났다는 사실이, 그것도 그렇게 끔찍하게 죽었다는 사실이 여전히 믿기 힘들었다. 에릭은 샘이 크리스틴을 죽이려고 했고, 페리노의 건강을 해치고 있었을 뿐만 아니라, 자신과의 우정을 배신했다는 것까지 전부 이해하려고 했다. 이 복잡한 감정을 정리하려면 시간이 걸리겠지만, 마음 깊은 곳에서는 상실과 슬픔의 고통을 생생하게 느끼고 있었다.

"그래도 맥스는 쇼핑몰 인질 사건에 대한 법적 책임을 져야 합니다. 우리 쪽은 몰라도 어퍼 메리언 경찰서와 뉴마이어 경감님께는 문제가 되는 일이니까요." 로즈 형사가 뉴마이어 경감 쪽으로 고갯짓을 하며 말했다. "하실 말씀 없으십니까?"

뉴마이어 경감이 목청을 가다듬었다. "패리시 선생님, 이번 일에 대해서는 지방 검사보와 의논해서 지방 검사와 이야기를 해보라고 하겠습니다."

에릭의 귀에는 법 집행기관들이 서로 책임을 전가하는 것처럼 들렸다. 하지만 의사든, 경찰이든 모든 기관에는 각각의 관료 체계가 있는 법이다. "지금 맥스는 어디 있습니까?"

"치료와 감정을 위해 지역 정신 건강 시설 중 한 곳으로 옮길 겁니다."

"어디로 옮길 겁니까?" 에릭은 탁자 밑으로 폴이 걷어차는 것을 느꼈다. 하지만 더 이상 그런 것은 신경 쓰지 않았다.

"아직은 확실하지 않습니다." 로즈 형사가 뉴마이어 경감을 흘깃 쳐다보았다. 경감은 벌써 자리에서 일어나 메모장을 정리하고 볼펜을 주머니에 집어넣고 있었다. "이제 다 된 것 같군요. 그래도 관할 구역을 떠나지는 말아주십시오."

"어째서죠?" 에릭이 깜짝 놀라 물었다.

로즈 형사가 얼굴을 찌푸렸다. "선생님이 진술하신 내용에 대한 수사가 끝날 때까지만 그렇게 해주시죠."

"그러죠." 에릭은 그 말의 행간을 읽었다. 이제 모든 건 시간 문제였다.

폴이 고개를 저었다. "형사님, 여러분들을 상대해준 걸 유감스럽게 만들지는 말아주세요. 내가 가진 정보들을 언론에 공개해 여러분들을 다치게 만들 수도 있으니까. 앞으로는 특히 더 그렇겠죠."

로즈 형사가 자리에서 일어난 뒤, 수첩을 집어 재킷 주머니에 집어넣었다. "감사합니다. 연락드리죠."

끝 쪽에 앉아 있던 마이크가 자리에서 일어났다. "배웅해드리죠."

"감사합니다." 로즈 형사는 뉴마이어 경감과 지방 검사보와 함께 문 쪽으로 향했다. 그들은 작별 인사를 한 뒤 밖으로 나갔다. 밖에서 엘리베이터로 안내하는 디의 목소리가 들렸다.

마이크가 사무실로 돌아와 문을 닫았다. "에릭, 우리 대화를 좀 나누죠."

"그러시죠."

"그럼 먼저 말하겠습니다." 자리로 돌아온 마이크는 브래드와 톰을 쳐다본 뒤, 에릭과 폴의 맞은편 자리에 앉았다. "브래드와 톰, 필라헬스 파트너십과 해브메이어 종합병원 가족들을 대신해 선생의 노고에 감사 인사를 드리는 바이며……."

"인사는 됐습니다." 에릭이 한쪽 손을 들어올렸다. 직원 수칙처럼 들리는 말은 듣고 싶지 않았다. "제일 먼저, 지금 즉시 정신의학과 과장 자리에 돌아가게 해주십시오. 이제 크리스틴이 성추행을 당했다는 주장이 거짓이라는 것이 명백해졌으니까요. 크리스틴은 샘의 지시에 따라 그런 짓을 한 겁니다. 아마 추천서를 받기 위해서였겠죠. 그 사실은 크리스틴이 회복하면 입증될 겁니다. 그 사실을 즉시 언론에 알려줬으면 해요. 환자들에 대한 지속적인 치료와 병동 정리를 위해 내일부터 일하고 싶으니까요."

마이크가 당황한 듯 눈을 껌뻑거렸다. "그게……."

톰이 고개를 끄덕이며 간단하게 대답했다. "알겠습니다."

"두 번째, 샘이 도날드 페리노를 치료하는 동안 어떤 약을 쓴 건지 걱정이 되니까……."

마이크가 소심하게 끼어들었다. "페리노 부인이 소송을 제기할 겁니다."

에릭은 계속 말을 이었다. "소송과 상관없이 난 이 병원과 정신병동의 결백이 중요합니다. 이번 사건을 조사할 독립적인 조사관을 임명해주십시오. 내가 직접하고 싶지만 이해가 상충된다는 문제가 제기될 수도 있으니까요."

폴이 덧붙였다. "선생님은 부적절해 보이는 모든 것을 피하고 싶으신 거군요."

"맞아요." 에릭은 폴을 보며 고개를 끄덕인 뒤 다시 마이크, 톰, 브래드를 쳐다보았다. "이번 조사에 있어서만큼은 어떤 사정도 봐주고 싶지 않습니다. 냉정한 눈으로 조사하고 소신 있게 처리할 수 있게 해줘야 합니다. 만일 샘이 페리노 씨의 치료에 안 좋은 약을 썼다면 그 사실을 알려야 한다는 거죠. 설령 샘의 상관으로서 내가 책임을 지고, 병원이 고용주로서 책임을 져야 하는 사태가 일어난다 해도 말입니다."

마이크가 눈을 번뜩이며 말했다. "법률적으로 봤을 때 샘이 저지른 잘못된 행위들은 형사법상 방임에 해당되는 것으로 고용 범위에서 벗어나는 겁니다. 따라서 병원은 아무런 책임이 없어요. 그 문제로 페리노 부인이 소송을 제기하게 되면 가장 많은 피해를 볼 사람은 선생이에요. 페리노 부인의 변호사들은 선생이 샘에 대한 관리 감독을 소홀히 했다고 주장할 것이고……."

"그만해요." 에릭은 또다시 손을 들어올린 뒤 톰을 돌아보았다. "내 말대로 해주실 겁니까? 독립적인 조사를 시작할 건가요?"

"그래요." 톰이 고개를 끄덕였다. "시스템 전체의 잠재적인 책임도 있으니 그렇게 조사하라고 지시를 내리도록 하죠. 필라헬스 파트너십에서도 그런 잘못으로 인해 병원의 명예를 더럽히는 것을 원하지 않을 테니까요. 선생도 알겠지만 난 외과의사예요. 필요하다면 잘라 낼 겁니다. 잘라내는 것에 두려움은 없어요."

"좋습니다." 그 말은 샘이 추락한 것에 대해 에릭이 책임을 져야 할 수도 있다는 의미로 들렸다. 그렇더라도 그게 맞다. 에릭은 이제 해 고당할 수 있다는 것도, 그렇더라도 살아남을 거라는 것도 알고 있었 다. 이미 그는 그보다 심한 일을 겪었다.

톰이 목청을 가다듬었다. "동의해요. 내가 바라는 건 페리노 부인 이 소송을 제기하더라도 우리가 어려움을 이겨 내는 것과 선생이 이 번 일로 어떠한 책임도 지지 않는 겁니다. 선생이 얻어낸 학과 순위 를 생각하면……."

"그건 생각하지 마시죠." 에릭이 톰의 말을 가로막았다.

폴이 껄껄거리며 웃었다. "조용히 있겠다는 뜻인가요?"

에릭이 미소를 지었다. "맞아요. 어떻게 알았죠?"

"아무래도 선생님을 사랑하게 된 것 같아요."

에릭은 미소를 거두고 톰을 쳐다보았다. "세 번째로, U. S. 메디컬 리포트에 우리 병원 정신의학과는 순위에서 빠지겠다고 연락해주십 시오. 이번 사태로 인해 환자의 치료가 위태로운 상황이라 이번 순위 를 받아들이긴 힘들겠다고 말입니다. 난 카메라 앞에 나가 웃으면서 연설할 생각이 없어요."

마이크가 탄식했다. "정말 그렇게 할 겁니까?"

톰이 얼굴을 찌푸렸다. "에릭, 그 문제는 다시 한 번 생각해봐요."

브래드는 에릭이 미쳤다는 듯 쳐다보았다. "이럴 수는 없어요! 선생은 오늘뿐만 아니라, 이번 주 내내 끔찍한 시간을 보냈어요. 엄청난 스트레스를 받았을 겁니다. 우리가 그 여자애한테 완전히 속는 바람에 의도치 않게 선생을 힘들게 하는 데 일조했다는 점에 대해서는 미안하게 생각합니다만⋯⋯."

"그 이야기는 그만하죠." 에릭은 고개를 저었다. "크리스틴도 피해자예요. 르네 베빌라쿠아처럼 피해자란 말입니다. 학과 순위에 관해서는 더 이상 말하지 않겠습니다. 공식 발표가 나기 전에 철회하라는 거죠. 그러면 아무도 모를 겁니다." 에릭은 잠시 말을 멈추고 생각을 정리했다. "한 가지는 약속드리죠. 내년에도 우리는 그 순위에 오를 겁니다. 2위를 하겠다는 뜻이 아니에요. 1위를 할 겁니다."

톰과 브래드는 시선을 교환했다. 마이크도 더 이상 아무 말도 하지 않았다.

폴이 끼어들었다. "선생님, 정말이에요. 사랑합니다."

에릭은 폴을 무시했다. "마지막으로 한 가지만 더 말씀드리죠." 그는 마이크에게서 시선을 돌려 톰과 브래드를 쳐다보았다. "외부 변호사에게 의뢰해 의약품 심사 위원회에서 모리스 브렉슬러의 재정적 위법 행위가 있었는지에 대한 독립적인 조사가 이루어지길 바랍니다. 그 사람이 특정 의약품을 홍보해주고 뇌물을 받는다는 소문이 계속 돌았어요. 최근에는 로스타틴이죠. FDA 승인을 받은 약부터 병원 안으로 들어오는 약들, '공짜 샘플'까지 이쪽 관련 일에 부정부패가 있다는 건 말할 필요가 없을 겁니다. 난 더 이상 이런 의혹들을 그저 외면하는 걸로 만족할 수가 없어요. 무슨 일이든 하고 싶습니다.

그와 동시에 부당한 고소가 얼마나 억울한 일인지 나보다 더 잘 아는 사람은 없을 거예요. 만일 모리스가 조금이라도 뇌물을 받았다면 그 사람을 징계하고 해고해야 할 겁니다. 모리스가 아무 잘못이 없다면 그 사람의 결백을 밝혀줘야 한다는 거죠."

브래드, 톰, 마이크는 순간 아무 말도 하지 않았다.

"어떻게 하시겠습니까?" 에릭이 차갑게 물었다.

톰이 대답했다. "요구 사항이 너무 많아요."

"이제 때가 된 것뿐입니다. 아닌가요?"

"고려해보도록 하죠."

"내 제안을 받아들이지 않는다면 언론에서 알게 될 겁니다." 에릭은 폴을 슬쩍 쳐다본 뒤, 브래드와 톰과 마이크를 다시 쳐다보았다. "해리 트루먼이 '혼내주겠다'라고 말한 적이 없다는 거 압니까? 트루먼은 '난 그런 말을 한 적 없다. 있는 그대로 사실만을 말했을 뿐인데 그들이 혼내준다고 여긴 것'이라고 했죠. 그럼 여러분, 안녕히 계세요. 난 이만 돌아가보겠습니다."

에릭이 자리에서 일어나자, 폴도 거의 동시에 일어났다. 두 사람은 사무실 문을 열고 밖으로 나왔다. 저번에 이곳에 왔을 때 에릭은 컵에 소변을 받아오라는 요청을 받았었다.

그는 다른 말없이 그곳을 떠났다.

63
장

에릭이 병원 주차장을 떠났을 때는 이미 날이 어두워진 뒤였다. 그
는 손을 들어 보안요원들의 제지를 뚫고, 그를 비추는 기자들의 카메
라 플래시와 클리그 라이트의 불빛을 막았다. 지역 TV 방송국에서는
이미 샘의 끔찍한 죽음에 관한 이야기를 연이어 반복적으로 내보내
고 있었다. 에릭이 치료실로 들어갈 때, TV 하단에 '해브메이어의 공
포'라는 문구와 함께 속보가 흘러나오고 있었다.

병원에서 출발하자, 뉴스 중계차 몇 대가 따라오는 것이 보였다.
에릭은 그들을 떼어 내기 위해 우회전을 했다가 연이어 좌회전을 했
다. 그러나 생각대로 잘 되지 않자 그대로 내버려두기로 했다. 기자
들은 이미 에릭의 주소를 알고 있었다. 그에게는 기자들에게 신경 쓰
는 것보다 좀 더 중요한 일이 있었다.

에릭은 신호등 앞에 차를 세운 뒤, 주머니에서 휴대폰을 꺼내 케이

틀린의 휴대전화 번호를 눌렀다. 해나와 통화를 하기 위해서였다. 계기판 시계는 이미 10시 23분을 가리키고 있었지만 그래도 시도해보기로 했다. 신호음이 몇 번 울린 뒤에 음성 사서함으로 넘어가자 에릭은 전화를 끊었다. 집으로 전화를 해봤지만 신호음이 몇 번 울린 뒤에 역시 음성 사서함으로 넘어갔다. 에릭은 전화를 끊었다. 신호등 불빛이 초록색으로 바뀌자, 그는 막연한 패배감을 느끼며 차를 출발시켰다. 아빠가 괜찮다는 것을 해나에게 알려주고 싶었다. 하지만 더 깊은 속내는 딸의 목소리가 듣고 싶었다.

에릭은 휴대폰을 옆에 내려놓고, 집까지 자동 주행으로 갔다. 어떻게 갔는지도 모른 채 집 앞 골목에 이르렀다. 거리 한쪽에 차들과 뉴스 중계차들이 일렬로 주차해 있었고, 기자들이 진을 치고 있었지만 에릭은 그대로 지나쳐 진입로로 들어갔다. 그는 시동을 끄고 차에서 내린 뒤, 기자들의 쏟아지는 질문을 뒤로 한 채 곧장 상담실 입구 쪽으로 뛰어 들어갔다. 에릭은 문을 닫고 나서야 숨을 몰아쉬며 바닥에 떨어져 있는 서류들과 책들, 컴퓨터가 놓여 있던 자리가 텅 비어 있는 책상을 둘러보았다.

그는 상담실을 가로질러 집으로 들어갔다. 그런 다음 저도 모르게 주방에 들어가 냉장고 문을 열고 맥주를 꺼냈다. 에릭은 경찰이 열어놓고 간 은 식기 서랍에서 병따개를 찾아 맥주 뚜껑을 열고 시원하게 한 모금을 마셨다. 맥주는 시원하고 맛있었다. 그의 시선은 열린 서랍들, 조리대 위에 어질러져 있는 프라이팬과 냄비들, 그리고 지문 채취 가루의 검은 얼룩으로 향했다.

에릭은 청소를 미루고 싶었다. 하지만 앞으로는 지금처럼 시간이 없을 것이다. 그는 맥주를 한 모금 더 마신 뒤 병을 내려놓고, 집을 치우기 시작했다. 냄비와 채와 프라이팬들을 싱크대 아래쪽에 집어넣고, 은 식기와 조리 도구들이 들어 있는 서랍들은 닫았다. 냉장고 문을 닫은 뒤 맥주를 한 모금 더 마셨다. 그리고 개수대로 가서 수세미에 물을 묻혀 지문 채취 가루 자국들을 닦아 내기 시작했다. 에릭은 힘이 나는 것을 느꼈다. 어쩐지 집을 깨끗하게 치우고 본래의 생활로 돌아갈 수 있을 것 같다는 느낌이 들었다.

집 앞에 버티고 있는 기자들이 계속 소란스럽게 떠들고 있었지만 에릭은 그들이 보이지 않게 커튼을 쳤다. 세척액을 묻혀 지문 채취 가루 얼룩을 문지르고, 깨끗한 바닥이 나올 때까지 닦아 냈다. 한쪽을 다 닦고 다른 쪽을 닦으려고 하는 순간, 누군가 상담실 쪽 문을 두드리는 소리가 들렸다. 점점 더 공격적으로 덤비는 기자들에게 짜증이 난 에릭은 수세미를 내려놓은 뒤 그들을 상대하기 위해 성큼성큼 복도를 가로질러 문 앞으로 다가갔다.

"간이 배 밖으로 나온 모양인데!" 에릭이 문을 열면서 외쳤다. 문 앞에는 케이틀린과 해나가 서 있었다.

"아빠!" 해나가 양팔을 벌리며 외쳤다.

"우리 딸!" 에릭은 너무 기뻐서 소리 지르며, 아이를 끌어안고 따뜻한 목에 고개를 파묻었다.

갑자기 세상이 완벽해진 것처럼 느껴졌다.

"뭔가 마실 거라도 주고 싶은데, 보다시피 상황이 이래. 물이라도 줄까?" 에릭은 케이틀린이 해나를 데리고 여기까지 왔다는 사실에 놀라움을 감추지 못한 채 의식적으로 주방을 가리켰다.

"괜찮아. 신경 쓰지 마." 케이틀린이 어질러진 집 안을 보며 억지로 미소를 지었다. "집은 잘 꾸며 놨네."

"내가 집에 돌아온 줄 어떻게 알았어?"

"당신 진술이 끝났다는 이야기를 전해 들었어."

"아, 그랬구나. 이렇게 봐서 좋아." 에릭은 엉망으로 어질러진 이곳에 케이틀린과 나란히 서 있는 것이 어색하게 느껴졌다. 케이틀린이 예쁘게 보인다는 것도 도움이 되지 않았다. 그녀는 흰색 티셔츠와 반바지 차림에 분홍색 스니커즈를 신고 포니테일로 머리를 묶고 있었다. 심지어 안경까지 쓰고 있었다. 에릭은 케이틀린의 안경 쓴 모습

을 좋아했다. 마치 나이 먹은 해나를 보는 것 같았다. 지금 두 사람은
옷차림까지 똑같았다.

해나가 거실을 뛰어다녔다. "아빠, 집 안이 엉망이야! 청소 좀 해야
겠어!"

"네 말이 맞아. 정말 그렇지?" 에릭은 자세히 설명하지 않고 가볍
게 대꾸했다. "두 사람이 왔을 때 청소하던 중이었어. 평일인데 이렇
게 얼굴을 볼 수 있어서 깜짝 놀랐지 뭐야."

케이틀린이 별일 아니라는 듯 막연하게 손짓을 했다. "뉴스 봤어.
그냥 통화만 할 게 아니라 당신이랑 해나가 직접 얼굴을 보는 게 좋
을 것 같아서. 애가 당신 걱정을 많이 했거든."

"정말 고마워." 에릭은 감동했다. "기자들 일은 미안해."

"그 정도야 보통이지. 당신만 괜찮으면 됐어. 할 이야기가 많겠지
만 그건 나중에 들을게."

"그래."

"샘에 관해서는 들었어. 정말 유감이야. 당신이 그 사람을 좋아했
다는 거 알아."

"고마워." 에릭은 갑자기 할 말이 없어졌다. 해나를 돌아보니, 바닥
에 떨어져 있는 책들을 모아 책장에 꽂고 있었다. "해나, 청소하는 거
도와주는 거야? 정말 고마워!"

"아빠, 지진이라도 난 것 같아!"

"알아!" 에릭은 미소를 지은 채로 케이틀린을 돌아보았다. "많이
늦었어. 두 사람 다 피곤할 텐데."

"해나가 원하면 내일 아침에 데려다줘도 돼. 아마 늦잠 잘 거야."

"좋은 생각이야." 케이틀린이 규칙을 어겼다는 사실에 에릭은 깜짝 놀랐지만 티 내지 않았다.

"집 안이 이렇게 어질러져 있을 줄 알고 있었어. 그래서 말인데 당신만 괜찮으면 오늘 밤에 우리 집에 있어도 돼." 케이틀린이 에릭을 쳐다보았다. "이상한 생각은 하지 마. 난 브라이언 집에 갈 거니까."

"이상한 생각이라니? 말도 안 돼." 에릭은 애써 미소를 지었다. 사실 이상한 생각을 했지만, 그 역시 마음 한편으로는 옳지 않다는 생각도 들었다. 어쨌든 지금 이 제안은 케이틀린의 생각이 아닐 것이다.

"당신이 해나랑 같이 아침 먹고 학교에 데려다줘도 돼." 케이틀린이 뒷주머니에서 열쇠고리를 꺼냈다. 정의의 추를 상징하는 은색 원장식이 달린 것으로, 몇 년 전에 에릭이 선물했던 것이다. 케이틀린은 그 열쇠고리에서 집 열쇠를 뽑아 에릭에게 건네주었다. "자."

"고마워." 에릭은 열쇠를 받아들었다. "열쇠는 나갈 때 차고에 있는 커피 캔 밑에 놔둘게."

"그냥 갖고 있어. 돌려주지 않아도 돼." 케이틀린은 해나가 도서관 사서라도 될 것처럼 분주히 책을 정리하고 있는 거실을 돌아보았다.

"아니야, 괜찮아." 에릭은 감동했다. "거긴 당신 집이잖아. 이젠 나도 알아."

"아니, 거긴 내 집이 아니야." 케이틀린이 목소리를 내리깔며 에릭의 눈을 똑바로 쳐다보았다. 약간 슬퍼 보였다. "우리 집을 샀던 독일인과 계약을 파기했어."

"뭐?" 에릭은 어떻게 된 일인지 알 수가 없었다.

"협상을 새로 하자. 원한다면 그 집을 당신한테 시가에 팔게. 난 더이상 그 집에서 살고 싶지 않지만, 당신은 아니잖아. 그러면 앞으로 해나와 보내는 시간을 똑같이 반으로 나눌 수도 있을 거야. 일주일은 당신하고 지내고, 그다음 일주일은 나와 지내는 식으로 말이지. 양쪽 집 중 한 곳이 지금 살고 있는 집이면 해나도 적응할 수 있을 거야. 어떻게 생각해?"

에릭은 목이 메었다. 다시 해나와 한 집에서, 그것도 자신의 집에서 살 수 있다는 생각에 가슴이 벅찼다. 앞으로 그는 잔디를 깎을 수도 있고, 바닥에 털썩 앉아 잡초도 뽑을 수 있을 것이다. 완벽한 해결책이었다. 에릭이 물었다. "진심으로 하는 말이야?"

"그래." 케이틀린이 고개를 끄덕였다. 눈물이 고인 것처럼 보였지만 눈물을 흘리지는 않았다.

"왜 이렇게 해주는 건데?" 에릭은 물어보지 않을 수 없었다.

"나한테서 당신 칭찬이라도 듣고 싶다는 거야?" 케이틀린이 어깨를 으쓱한 뒤 침을 삼켰다. "쇼핑몰 사건과 병원에서 있었던 일에 대해 생각해봤어. 당신은 헌신적이고 열성적이야. 좋은 사람이고. 그래서 마음을 돌렸어. 당신이 내 마음을 돌린 거야."

"고마워." 에릭은 미소를 지었다. 가슴 속 씁쓸한 응어리는 영원히 남아 있을 것이다.

케이틀린도 미소를 지었다. "그리고 당신은 좋은 아빠야."

"고마워. 당신도 좋은 엄마야." 에릭은 케이틀린의 눈이 또다시 촉촉해지는 것을 보았다. 그는 케이틀린이 자기가 좋은 엄마라는 것을 믿지 않고 있다는 것을 알고 있었다. "당신은 정말 좋은 엄마야."

"그건 그렇고." 케이틀린이 감정을 추스르며 목소리를 가다듬었다. "이미 말했지만 해나를 위해 우리가 할 수 있는 최선은 엄마, 아빠로서 함께 해주는 거라고 생각했어. 앞으로도 이렇게 이야기를 나눠야 할 거야. 지금까지보다는 잘할 수 있을 거라고 생각해."

"나도 그렇게 생각해." 에릭은 기운이 솟는 것을 느꼈다. "그럼 앞으로 변호사는 필요 없는 거야?"

"변호사는 필요 없지. 지금 옆에 없잖아." 케이틀린이 삐딱하게 웃었다. "이제 합의된 거지?"

"해나한테도 물어봤어?" 에릭이 여전히 책을 정리하고 있는 해나를 고갯짓으로 가리키며 속삭였다.

"나도 좋다고 했어!" 해나가 소리쳤다.

케이틀린이 웃었다. 에릭도 고개를 뒤로 젖히며 웃었다. 행복하고 자유로워진 기분이었다.

"합의됐어. 케이틀린."

65
장

다음 날 아침은 화창했다. 에릭은 해나를 학교에 보낸 뒤, 정시에
출근했다. 그가 주차장을 가로지를 때, 다른 직원들이 전부 그를 쳐
다보고 있다는 것을 알아차렸다. 병원 직원들은 에릭에게 고개를 숙
여 인사하고, 미소를 지어 보이며 눈을 마주치려고 애를 썼다. 에릭
은 그들에게 미소를 지어 보였다. 자신의 행보가 사람들에게 밉보였
을 때는 바로 이런 날이 오기를 기대했었다.

에릭이 옥외 통로에 들어섰을 때, 금색 트위드 정장을 우아하게 차
려입은 의약품 심사 위원회의 샤론 맥그레거와 마주쳤다. 그녀는 그
를 보며 손을 흔들더니 옆으로 다가와 등을 두드렸다. "에릭, 정말 다
행이에요! 당신 소식을 듣고 믿을 수 없었다니까요! 정말 악몽 같은
시간이었겠어요. 이제 다 끝난 거죠?"

"그렇지도 않죠." 에릭이 미소를 지으며 쳐다보았다. "악몽이야 다

음 의약품 심사 위원회 회의 때까지 계속되지 않겠어요?"

"세상에!" 샤론이 웃었다. 에릭도 웃었지만 그 말은 농담이 아니었다. 에릭은 로비에서 샤론과 헤어진 뒤, 정신병동으로 이어지는 엘리베이터 쪽으로 갔다. 그리고 자신을 바라보고 있는 사람들 앞에서 버튼을 눌렀다. 그는 복잡한 엘리베이터에 올라 축하 인사를 받고, 질문에 대답하고, 사람들의 호의를 느꼈다. 그러다 문득 정신의학과 신분증을 목에 달고 있지 않다는 것을 깨달았다. 새 신분증을 만들어야겠다는 것을 머릿속에 저장했다. 사실 여기가 아닌 병원의 다른 곳에서는 정신의학과를 어떻게 생각할 지 알 수가 없었다. 샘이 저지른 끔찍한 짓은 결코 잊히지 않을 것이다. 에릭은 자신의 활약이 정신병동의 나빠진 이미지를 보완해주기를 바랐다. 어느 쪽이든 그는 팀원들이 자랑스러웠다. 한시라도 빨리 병동에 올라가 모든 것을 정상으로 돌려놓고, 환자들을 보살피고 싶었다.

엘리베이터에서 내리자마자 화재의 흔적이 바로 보였다. 여전히 탄내가 나고 있었고, 뿌연 연기도 남아 있는 것 같았다. 물 때문에 훼손된 바닥은 가장자리가 들려 있었다. 대걸레가 담긴 양동이들이 벽을 따라 일렬로 늘어서 있었고, 옆에는 노란색 접이식 경고판이 서 있었다. 미끄러질 위험이 있으니 조심하시오.

에릭은 정신을 다잡고 안으로 들어갔다. 병원 내 다른 세 개의 부서에서 화재 피해와 물청소에 관한 메일을 받았다. 엄청난 일이 될 것이다. 다행스럽게도 병원 스프링클러 시스템은 구획이 나누어져 있어 병동 북쪽에 있는 스프링클러들은 작동하지 않았기 때문에 대부분의 병실은 피해가 없었다. TV 라운지와 식당, 간호사실이 있는 남쪽 구역이 물에 잠겼다.

에릭은 문을 열고 보안구역으로 들어갔다. 그리고 다시 병동으로 통하는 문을 열었을 때, 직원들이 혼란에 빠져 이리저리 뛰어다니는 모습이 보였다. 바닥에는 물이 흥건하게 고여 있고, 탄내와 함께 실내는 살짝 뿌연 상태였으며, 침수된 간호사실에는 컴퓨터, 모니터, 전화도 없었다.

"여러분!" 에릭이 외치자 아마카, 잭, 데이비드, 티나, 다른 간호사들, 간호조무사들, 심리 상담사들, 사회복지사들, 푸른색 점프슈트를 입은 잡역부들까지 전부 그를 돌아보았다.

"과장님!" "나오셨군요!" "돌아오셨어요!" 모두 한꺼번에 소리치며 기자들처럼 그를 향해 몰려왔다. "이제 복귀하신 거예요?" "괜찮으세요?"

"그래요. 돌아왔어요." 에릭은 아마카가 앞으로 나오자, 양팔을 벌려 끌어안았다. 그런 뒤 다른 사람들에게는 손을 흔들었다. "내가 자리를 비운 동안 모두 고생 많았어요. 정말 잘했어요."

"2위! 2위!" 잭이 외쳤지만, 에릭은 아직 그의 환상을 깨지 않았다.

"좋아요, 여러분. 이제 진정들 해요. 할 말이 있어요." 에릭은 잠시 중심을 잡았다. "우리 자신이 어디에 있는지 생각해봅시다. 우린 지난 한 주 동안 끔찍한 시간을 보냈어요. 환자들의 고통을 지켜봐야 했죠. 소중한 사람에게 배신당하기도 했지만, 여러 가지 면에서 그 사람을 떠나보낸 슬픔도 있어요. 우리가 생각했던 그 사람을 잃었고,

끔찍하게 돌변하기 전까지 환자 치료에 있어서 그 사람의 존재와 헌신을 잃었죠."에릭은 직원들의 표정에서 분노와 당혹스러움, 슬픔까지 샘에게 가지는 복합적인 감정을 볼 수 있었다. "우린 끔찍한 폭력과 죽음을 봤어요. 화재도 났고, 물난리도 겪었죠. 우리 모두가 견디기 힘든 충격적인 시간이었어요."

아마카가 동조의 의미로 웃자, 여러 사람들이 고개를 끄덕였다. 에릭을 비롯해 사람들의 눈에는 눈물이 고였다.

"보통 때라면 환자의 치료에만 초점을 맞추겠지만, 우리가 겪은 일들을 생각해봤을 때 우리들 자신에 대한 치료도 간과해서는 안 됩니다. 이번에 있었던 사건들을 극복해 나가면서 그 문제에 대해 논의하고 심사숙고해봅시다. 일요일부터는 가능한 다각도로 분석할 거예요. 우리 전문은 상담 치료니까 얼굴이 파래질 때까지 이야기를 나눠봅시다."

아마카가 웃음을 터트리자, 다른 간호사들도 웃었다.

"앞으로는 이 병동을 치유시킬 겁니다. 우린 트라우마를 다스리는 훈련을 받아왔어요. 실제로 우리는 이 병원 안에서 감정적인 트라우마를 치료할 수 있게 훈련받은 유일한 사람들이에요. 사실 상황이 나은 사람들에게는 일어나지 않을 일이죠. 이번 시험은 우리가 선택한 게 아니라 선택받은 거예요. 다 함께 성공적으로 이겨 냅시다. 알겠습니까?"

"네!"모두 큰 소리로 대답했다.

"감사합니다!"에릭이 말했다. 영혼 깊은 곳에서부터 웃음이 나는 것 같았다. "좋아요. 일단은 평소처럼 회의실에서 간단하게 아침 회의를 합시다. 여느 때처럼 맛없는 커피에, 더 볼품없어졌을 회의실이 그럽네요. 아마카가 지난밤 환자들의 상태에 대해 보고를 해줄 겁니다. 우리에게는 환자들이 최우선이니까요. 그런 뒤에 소매를 걷어붙이고 병동을 청소합시다. 일상으로 돌아가야 하니까요. 자, 그럼 이제 시작하죠!"

병동을 복구하면서 긴 하루를 보낸 뒤에 에릭은 로리의 아파트 앞
에 있는 방문객 주차장에 차를 세웠다. 그리고 그 집 앞으로 걸어가
문을 두드렸다. 에릭은 꽃집에서 데이지 꽃다발을 샀다. 샤워를 하고
옷도 갈아입었다. 파우치 밑바닥에서 찾아낸 애프터세이브 로션도
발랐다. 10년 만에 처음으로 데이트하는 느낌이었다. 무장한 경찰 바
리케이드를 뚫고 킹 오브 프러시아 쇼핑몰로 뛰어 들어가는 것보다
지금이 더 어려웠다.

"어서 와." 문을 열고 나온 로리가 미소를 지었다. "꽃이네. 예뻐
라!"

"나 왔어." 에릭은 지금 그 말이 정말 바보처럼 들린다는 것을 깨달
았다. 로리 역시 샤워를 하고 옷을 갈아입고 있었다. 연한 푸른색 작
업용 셔츠와 짧은 청바지를 입고, 늘어뜨린 검은색 곱슬머리가 얼굴

주위에서 굵게 물결치고 있었다. 거기에 맨발로 서 있는 모습이 귀엽게 보였다.

"들어와. 고마워!" 로리가 꽃다발을 받은 뒤, 에릭의 뺨에 가볍게 키스했다. 아파트에 들어간 그는 긴장을 풀려고 애를 썼다. 토마토와 치즈로 만든 요리에서 뭔가 맛있는 냄새가 났다. 식탁에는 이미 맛있는 빵과 버터, 루콜라, 아보카도, 방울토마토, 양파가 가득 담긴 나무 그릇이 놓여 있었다. 에릭은 양파를 먹었을 때 케이틀린이 키스조차 하지 않았던 것을 떠올렸다. 결혼 생활이 끝나갈 무렵, 그는 일부러 양파를 찾아 먹었다.

"저녁 식사는 뭐야? 냄새가 좋은데."

"내 특기인 가지 파마산 치즈 구이야. 의사에게 치료받는 것처럼 편안하고 마음이 따뜻해지는 음식이지." 로리는 꽃다발을 들고 주방으로 들어가서 찬장을 열고 유리 꽃병을 꺼냈다.

"도와줄까?" 에릭은 주방으로 따라 들어가 조리대에 기대섰다. 그리고 로리의 뺨에 짧게 키스했다. 마음을 가라앉히려고 애써왔지만 이제는 표현하는 법도 알게 되었다. 그는 로리가 꽃다발을 개수대에 넣은 뒤, 서랍에서 가위를 꺼내 포장지를 자르는 모습을 지켜보았다.

"가지 요리는 벌써 오븐에 들어갔어. 그럼 마실 것 좀 준비해줄래?" 로리가 탄카레이진와 토닉, 텀블러 두 개, 여덟 조각으로 자른 라임이 놓여 있는 작은 접시를 가리켰다. 도마 위에는 자른 파슬리와 신선한 바질이 놓여 있었다.

"알았어. 술은 연하게 마실 거야, 진하게 마실 거야?"

"연하게. 오늘 병원에서는 어땠어?"

"힘들었어." 에릭은 텀블러를 들고 냉장고로 가서 얼음을 담은 뒤 조리대로 돌아왔다. "직원들과는 끌어안고 눈물바다를 이뤘지. 환자들은 불안해하고 걱정이 많은 상태고. 설비가 엉망진창이라 가습기로 물기를 없애면서 컴퓨터나 전화기나 새 의자를 구걸하러 돌아다녀야 했어. 직접 구할 수 있는 건 구해보려고 한 거지. 내 전화는 쉬지 않고 울려대고, 사람들은 궁금한 게 백만 가지씩 있나봐."

"그렇겠지. 페리노는 어때?"

"페리노와 시간을 보내면서 부인과 이야기를 나눴어. 이번 일을 받아들이려면 시간이 좀 걸릴 것 같아." 에릭은 탄카레이 뚜껑을 딴 뒤 조금씩 잔에 따랐다.

"불쌍해라. 정말 놀랐을 거야."

"페리노의 진료기록도 살펴봤어. 리스페리돈과 플루옥세틴을 복용하고 있었는데, 샘이 리탈린[56]도 투약한 것 같아. 샘이 ADHD[57] 전문이라 리탈린과 바이반스 같은 그쪽 약품에 대해 잘 알거든. 그런 약들이 페리노를 공격적으로 만들었을 테고, 치료 효과가 나타나지 않은 것도 설명이 되지."

로리는 신음했다. "샘은 왜 그런 짓을 한 걸까?"

"내 생각에 샘은 다른 사람들을 노리개로 삼는 데 익숙했던 거야.

---

56 집중력 결핍 아동에게 쓰는 약
57 주의력 결핍 과잉 행동 장애

아무래도 페리노를 다른 종류의 무기처럼 나한테 쓰려고 했거나, 나를 공격하려고 준비시켰던 것 같아. 난 오늘에서야 페리노가 나에 대한 망상을 많이 가지고 있었다는 것을 알게 됐어. 샘이 그런 생각들을 심어준 거겠지." 에릭은 경쾌한 쉬익 소리와 함께 토닉 병의 뚜껑을 딴 뒤 술잔에 부었다.

"너무 끔찍한 일이야."

"그렇지." 에릭은 술잔 위에 라임즙을 짜서 넣었다. 그는 친구에서 연인이 되는 것이 가능하다는 것을 깨닫자 긴장을 풀었다. 두 사람은 같이 뛸 때도 지금처럼 병원에 관한 이야기를 나눴다. 에릭은 로리 옆에 있는 것이 자연스럽게 느껴졌다. 그리고 음식 냄새, 로리가 그에 대한 마음을 키우면서 함께 있을 때 편안하게 대해주던 방식, 이 모든 것이 다 좋았다. 에릭은 항상 없어지고 나서야 무엇을 가지고 있었는지 몰랐다는 말을 많이 들었다. 하지만 갑자기 다른 생각이 들었다. 즉, 뭔가를 얻기 전까지는 무엇을 놓치고 있는지 몰랐다는 것이다. 이제 그는 그 무언가를 가진 것 같았고, 내심 기분이 좋았다.

"사람들 말로는 페리노 부인이 고소할 거라고 하던데. 관리직들은 오로지 그 걱정인 것 같더라."

"그야 그렇겠지." 에릭은 로리에게 술잔을 건넸다. "이제 마시자. 건배."

"건배." 로리가 술잔을 들어올린 뒤 한 모금 마셨다. "완벽해."

"정말?" 에릭도 한 모금 마셨다. 톡 쏘는 맛이 좋았다. "나쁘지 않네."

"그 정도가 아니라니까." 로리가 따뜻하게 미소를 지었다. "모든 게 완벽해. 정말이야."

"나도 그렇게 생각해." 에릭은 감동했고, 행복했다. 그가 몸을 숙여 로리에게 키스하려는 순간, 휴대폰이 울리기 시작했다. "젠장."

"벨이 울리는 덕에 살았네."

"재미있는데." 에릭은 주머니에서 휴대폰을 꺼냈다. 화면에 병원 번호가 떴다. "받아야 할 것 같아."

"어서 받아. 10분이면 저녁 준비 끝나. 오래 걸릴 것 같으면 불을 낮춰 놓을게."

"고마워." 에릭은 전화를 받았다. "에릭 패리시입니다." 하지만 지지직거리는 소리와 함께 상대방의 목소리가 끊어졌다. "여보세요? 여보세요?"

"복도에 나가서 받아봐. 여기 수신 상태가 안 좋다고 했잖아." 로리가 말했다.

에릭은 급히 복도로 나갔다. 여전히 소리가 들리지 않았다. "여보세요? 제 말 들립니까?"

"패리시 선생님……." 여자 목소리가 들렸다. 하지만 이내 지지직거리는 소리와 함께 말이 끊어졌다.

"여보세요? 여보세요?" 에릭은 계속 신호를 찾아 움직였다. 욕실을 지나 복도 끝 쪽으로 걸어갔다. 거기에는 방 두 개가 있었는데, 로리의 사무실과 침실이었다. "에릭 패리시입니다. 여보세요?"

"패리시 선생님?"

"잠깐만요. 이제 잘 들립니까?" 에릭은 로리의 사무실 문을 열고 들어갔다. 처음 들어가는 그곳은 작고 아늑하며 밝은 느낌이 드는 방이었다. 벽을 따라 책이 가득 꽂힌 흰색 책장이 놓여 있고, 그 끝에 흰색 철제 서류 보관함이 놓여 있었다. 문 옆에는 흰색 책상과 검은색 인체공학 의자가 놓여 있었다. 벽에는 샤갈, 미로, 로스코의 화려한 그림들이 걸려 있었다.

"이제 들려요. 전 줄리아 미한이에요. 주소록에서 선생님의 번호를 찾았어요."

"누구시라고요?" 에릭은 그 이름을 제대로 알아들었지만 누군지 알 수가 없었다. 그는 로리의 책상에 앉았다.

"병원 IT 부서에 있어요. 퇴원 이후에 티크너 부인의 진료기록에 접속한 사람이 누군지 알아봐달라고 하셨던 거 기억하세요?"

"아, 그럼요." 에릭은 그제야 기억이 났다.

"어제 찾아오셨을 때 너무 무례하게 대해서 죄송해요. 영안실 근처에서 일하다보니 좀 무서워서 그랬어요. 그래서 마지막에 퇴근하는 걸 싫어해요. 문단속을 해야 하니까요."

"괜찮아요. 나도 이름을 속여서 미안해요." 에릭은 로리의 책상에 놓여 있는 물건들을 쳐다보았다. 은색 노트북과 태엽 장난감들이 있었다. 밝은 노란색 병아리, 파란색 로봇, 뒤로 공중제비를 넘는 호랑이가 놓여 있었다.

"괜찮아요. 상사가 선생님께 정보를 드려도 된다고 해서 연락드렸어요."

"말해주시죠." 에릭은 샘의 이름이 나올 거라는 걸 알고 있었지만 제대로 확인하고 넘어가는 편이 나을 것 같았다.

"그 진료 기록에 접속한 사람은 샘 워드 선생님과 로리 포추나토 선생님이에요."

에릭은 자기가 잘못 들었다고 생각했다. "누구라고 하셨죠? 두 번째 사람이요."

"로리 포추나토 선생님이요."

에릭은 어떻게 된 상황인지 알아차렸다. "아, 포추나토 선생은 어제 나 때문에 접속한 거예요. 나한테 진료기록을 보여줬거든요."

"맞아요. 포추나토 선생님은 어제 접속하셨어요."

"그렇군요. 고마워요."

"잠깐만요. 포추나토 선생님은 석 달 전에도 접속하셨어요. 티크너 부인이 퇴원한 뒤에 말이에요."

에릭은 이해할 수가 없었다. "그럴 리가 없어요."

"맞아요. 포추나토 선생님은 두 번 접속하셨어요. 어제하고 석 달 전에요."

"확실한 겁니까?"

"그럼요. 정확한 날짜와 시간을 알고 싶으시면 알려드릴 수 있어요. 진료기록을 열어봤던 시간까지 말이에요. 종이하고 펜 있으세요?"

"잠깐만요." 에릭은 주위를 돌아보며 종이를 찾았다. 하지만 깨끗한 책상 위에는 아무것도 없었다. 책상 옆에 놓여 있는 검은색 철망 휴지통 속도 들여다보았지만 구겨진 청구서 몇 개와 편지 봉투 외에는 아무것도 없었다. 에릭은 그 봉투를 꺼낸 뒤, 셔츠 주머니에서 펜을 꺼냈다. "불러주시죠."

"포추나토 선생님이 접속한 날짜는 어제와 4월 18일이에요. 환자는 4월 15일에 퇴원했어요."

에릭은 받아 적지 못할 정도로 멍해지는 것을 느꼈다. "워드 선생은 언제 접속했죠?"

"4월 18일로, 포추나토 선생님과 같은 날짜예요. 포추나토 선생님은 오전 9시 5분에 접속했고, 워드 선생님은 오전 9시 30분에 접속했어요. 포추나토 선생님은 그 진료 기록을 5분 동안 봤고, 워드 선생님은 10분 동안 봤어요."

에릭은 아연실색했다. 아무 말도 할 수가 없었다. 도무지 이해할 수가 없었다. 로리는 퇴원한 환자의 기록은 절대 보지 않는다고 했다. 하지만 버지니아 티크너의 진료기록을 샘보다 먼저 보았다. 에릭의 시선은 태엽 장난감들을 향하고 있었지만 실제로는 보지 않고 있었다. 그때 휴지통 밑바닥에서 뭔가 반짝거리는 것이 눈에 들어왔다.

"패리시 선생님?"

"아, 이제 됐어요. 고마워요. 이만 끊을게요." 에릭은 떨리는 손으로 전화를 끊었다. 로리가 그에게 거짓말한 이유도, 샘과 똑같은 날에 버지니아 티크너의 진료기록에 접속한 이유도 알 수 없었다. 에릭은 맥스가 버지니아 티크너 부인을 응급실에 데려왔던 금요일 밤 이전까지는 로리가 티크너 부인에 대해 알지 못했을 거라고 생각했다.

그는 휴지통 밑바닥에서 반짝거리는 것을 계속 쳐다보고 있었다.

에릭은 휴대폰과 펜을 내려놓은 뒤, 휴지통에 손을 뻗어 쓰레기들을 옆으로 치우고 그 부분을 다시 봤다.

피가 머리로 쏠리면서 정신이 멍해졌다. 도저히 믿을 수 없었지만, 동시에 확실한 확인이었다.

에릭은 가슴이 찢어지는 것 같았다.

하지만 자신이 해야 할 일을 잘 알고 있었다.

그는 전화를 해야만 했다.

67
장

에릭은 마음을 가라앉히려고 애를 쓰며 다시 주방으로 돌아갔다. 여전히 집 안에서는 맛있는 냄새가 났지만 에릭은 속이 좋지 않았다. "온종일 전화가 미친 듯이 온다니까. 자리 비워서 미안해."

"괜찮아. 진토닉부터 마셔." 로리가 남은 술잔을 비웠다. "좀 취한 것 같아. 저녁 식사 끝난 뒤에 나한테 무슨 짓 할 생각하지 마. 당신도 알다시피 나에게는 계획이 있으니까."

에릭은 억지로 미소를 지었다. 하지만 온몸이 오싹했다. 로리의 계획이 무엇일지 생각하는 게 무서웠다. 잘못 생각한 게 아니라면, 그는 지금 사자 굴로 걸어 들어온 것이다. 하지만 에릭에게도 계획은 있었다.

"무슨 일 있어? 얼굴이 안 좋아 보이는데."

에릭은 재빨리 생각했다. "아, 조금 전에 받은 전화 때문에 그래."

"누구 전화였는데?" 로리가 탄카레이 뚜껑을 열고 술잔에 따르며 물었다.

"아마카야. 내일 몇 가지 확인해야 할 일이 있어서. 그런데 아마카가 많이 슬퍼해. 아무래도 샘 때문에 모두 힘든가봐. 애써 받아들이고 있긴 하지만."

"아무래도 그렇겠지." 로리가 남아 있는 토닉을 잔에 부었다. 얼음은 새로 넣지 않았다. 에릭은 술을 마시는 것도 로리의 계획에 들어 있는 건지 궁금했다.

"이번 일을 극복하려면 시간이 필요해. 모두 다 그렇지. 우린 샘을 사랑했으니까. 아무래도 그 친구가 그런 사람이었다는 것과 그런 짓을 저질렀다는 걸 믿기 힘든 거야. 우리가 알던 사람과 일치하지 않으니까."

"아무래도 그렇겠지. 배신을 당한 거니까."

"그런 점도 있지만, 그게 다는 아니야." 에릭은 진심으로 이야기하기 시작했다. 어떤 면에서는 그렇게 할 수밖에 없었다. "이런 일이 일어날 거라는 걸 알았으면 좋았을 거야. 난 샘을 좋아했어. 그 친구를…… 믿었지. 그래서 지금 이 상황을 믿을 수가 없는 거야."

"알아. 힘든 일일 거야." 로리가 동정하듯 입술을 오므렸다.

"샘은 내 친구였어." 에릭은 잠시 말을 멈췄다가 모험을 했다. "당신도 샘에 대해 좀 더 알았으면 좋았을 텐데."

"맞아. 좋은 사람처럼 보였는데." 로리가 고개를 끄덕였다. 그녀의 표정에는 연민이 가득했다.

"좋은 사람이었어. 우리 모두 그렇게 느꼈지. 샘의 부인은 자기 남편이 이런 사람이라는 걸 알았을까? 아마 몰랐을 거야. 내가 미리 알았더라면 도울 수 있었을 텐데."

"어떻게 돕는다는 거야?" 로리가 술을 마시다 말고 고개를 들었다.

"그 친구의 상태가 좋아지게 돕는 거지. 샘의 고통을 덜어주었을 거야. 나는 그 친구를 치료할 수 있었어. 샘은 그렇게 되길 바라지 않았고, 다른 사람들을 해치는 짓을 하고 싶지 않았을 거야. 그냥 아팠던 거지."

"당신이 틀렸어. 샘은 아픈 게 아니라 악마야. 그 사람은 스스로 그렇게 되길 선택했어. 자신이 한 선택에 만족했을 거야." 로리는 술잔을 내려놓으며 얼굴을 찡그렸다. 기분이 상한 것 같았다. 에릭은 지금 어떤 상황인지 확실히 알지 못했다. 하지만 이 상태로 계속 나갈 것이다.

"내 생각은 달라. 악마라는 건 선택이 아니라 꼬리표야. 대답이 짧았지. 악은 그렇게 멀리 가지 않아. 정신 분석학적 관점에서 보면 악은 분석의 대상이 아니야. 샘은 병에 걸린 거였어."

"그렇다면 정신 분석학적 관점에서 봤을 때 샘은 무슨 병에 걸린 건데?" 로리가 팔짱을 꼈다. 에릭은 그녀의 눈을 똑바로 쳐다보았다.

"샘은 자신의 이익을 위해 다른 사람들을 조종했어. 나를 무너뜨리고 과장이 되기 위해 사람들을 꼭두각시처럼 이용했지. 샘은 다른 사람들한테 아무것도 느끼지 못했어. 그 친구의 모든 감정은 다 보여주기 위한 거였지. 샘은 수년 동안 병동에 있는 다른 사람들을 속였어.

심지어 나까지 속였지. 하지만 그중 어느 것도 샘의 재능이나 기술, 선택이 아니었어. 병의 증상이었던 거지."

"그게 무슨 병인데?"

"샘은 소시오패스였어. 동기가 뭐였든 간에, 그가 저지른 짓의 근본 원인은 아니야. 샘의 병이 원인이었던 거지. 그 친구가 세운 계획은 자신이 얼마나 많이 아픈지를 입증해줄 뿐이었지." 에릭은 로리의 안색이 어두워지면서 눈빛이 굳어지고 미소가 경직되는 것을 보았다. 로리가 그의 눈앞에서 완벽하게 쓰고 있던 가면을 벗고 진짜 모습을 보여주기 시작한 것이다. 에릭은 로리를 자극하기 위해 계속 말했다. "소시오패스들이 태어날 때부터 그런 건지, 자라나면서 그렇게 되는 건지는 모르지만 난 그 두 가지 요소가 다 작용한다고 생각해. 지금까지 나온 연구 문헌들도 이 사실을 뒷받침해주고 있지. 소시오패스들은 아픈 사람들이고, 끔찍한 삶을 살아가고 있어."

"당신이 그걸 어떻게 알아?" 로리가 경멸을 숨기지 못하고 눈썹을 치켜세웠다. "소시오패스를 치료해본 적이 있어?"

"두 사람을 치료해본 적이 있어. 수련의 시절에 펜실베이니아 서부에 있는 앨비언 교도소에 있는 병원에서 약물 검사를 했었거든. 그때 내가 맡았던 소시오패스 두 명 다 살인죄로 종신형을 선고받은 사람들이었어. 아직도 그들 중 한 사람의 눈빛이 얼음처럼 차갑던 게 기억나. 그 사람은 전형적인 증상들 중에 '상어 눈빛'을 가지고 있었어."

"TV에 나오는 것처럼 말이지." 로리가 코웃음을 쳤다.

"맞아. 감옥에는 소시오패스들로 가득하고, 그곳에 가면 볼 수 있

다고 생각하지. 하지만 소시오패스는 사형수들보다 일반인들 속에
더 많아. 뭐가 됐든 대부분 평범하게 보이거든." 에릭은 잠시 말을 멈
추고 해나를 떠올렸다. "하지만 평범하다는 건 착각이야. 그저 겉에
서 보이는 거니까. 평범하게 보이도록 쇼를 하는 거지."

"이런 이야기는 처음 듣는 것 같은데." 개수대 옆에 서 있던 로리가
또다시 얼굴을 찡그렸다.

"당신이 말한 것처럼 난 변했어. 솔직히 예전에는 이런 걸 몰랐지.
입으로 떠들어대긴 했어도 전혀 받아들이지 못했어." 에릭의 말은 사
실이었다. 통찰력은 있었지만, 이렇게 생명을 위협하는 상황에 처하
는 일은 없기를 바랐다. "소시오패스는 아주 명확한 정신 이론을 갖
고 있지. 자신들이 우월하다고 생각하지만 그건 착각이야. 소시오패
스들은 오만해. 하지만 오만함이란 게 원래 그렇듯 겉치레에 불과하
지. 소시오패스는 자존감이 높다고 생각하지만 사실은 자존감이 약
해. 기본적으로 소시오패스는 망상을 가지고 있어."

"그 말에는 동의하지 못하겠는데." 로리가 기분이 상한 듯 입을 내
밀며 뒤로 물러섰다. "사실 우리가 왜 이런 이야기를 하고 있는 건지
도 모르겠어."

"그야 샘이 떠올라서 그런 거지. 난 그 친구에게 연민을 느껴. 불쌍
해."

로리의 눈빛이 굳어졌지만 에릭은 이야기를 멈추지 않았다. 우리
안에 있는 호랑이를 찌르고 있다는 걸 알았지만, 그것이 사실인지 알
고 싶었다. 로리는 결코 자백하지 않을 것이다. 하지만 에릭은 그녀

의 본 모습을 드러내고 공격하게 만들고 싶었다.

"로리, 이런 식으로 생각해봐. 소시오패스는 내면이 텅 비어 있어. 아무 감정이 없지. 그 사람들은 병에 걸렸지만 그 사실을 받아들이지 못해. 자신들이 도움을 받을 필요가 있다는 사실을 받아들이지 못하기 때문이지."

"만일 소시오패스라는 것을 알면서도 도움을 원하지 않으면 어떻게 할 거야?"

"그런 점이 바로 소시오패스인 거야. 하지만 그 또한 병증인 거지. 그 병에 걸리면 그런 거야."

"그 사람들이 자신들의 그런 모습을 좋아하는 거라면?" 로리가 눈을 가늘게 떴다.

"그것도 그 병의 증상이야. 하지만 실제로 그 사람들은 다른 사람들이 느끼는 감정들을 놓치고 있어. 사랑, 기쁨, 슬픔, 비탄, 진정한 행복. 바로 실생활을 이루고 있는 것들이지. 당신은 나를 '감정 대장'이라고 부르지만, 인생에서 다른 게 있나? 우리가 기억하는 것들도 사실은 우리가 느끼는 감정이잖아? 가족사진을 간직하는 건 그 사진 때문이 아니라 그 사진이 불러일으키는 감정을 간직하는 거지." 에릭은 목이 메는 것을 느꼈지만 이야기를 멈추지 않았다. "소시오패스들은 그런 기쁨을 결코 알지 못해. 그들은 가면 뒤에 숨어 있어. 어느 정도 거리를 두고 생활을 하지. 난 소시오패스들이 불쌍해. 그들이 가진 정신질환을 잘 숨기지 않고는 살아갈 수가 없으니까. 그래서 치료가 필요하다는 거야. 우리가 병을 낫게 할 수는 없더라도, 그 사람들의 고통을 완화시켜줄 수는 있을 테니까."

"당신은 지금 자기가 무슨 말을 하는지 모르고 있어." 로리가 목소리를 높였다. 분노에 차서 눈이 번쩍거렸다. "당신은 아무것도 몰라. 과학적인 근거가 하나도 없는 허튼 소리야. 아까 '정신 이론'이라고 말했었지. 하지만 그것도 이론일 뿐이야. 당신이야 말로 우월한 것처럼 굴지만 그렇지 않아. 당신은 아무것도 몰라. 지금껏 선택한 것만 봐도 알지."

"그게 무슨 뜻이야?" 에릭이 말투를 조절하며 물었다.

"케이틀린과 얼마나 오래 살았는지 생각해봐. 그 여자 때문에 바보가 됐지." 로리가 얼굴을 찌푸렸다. "지금까지 그런 고생을 할 가치가 없는 여자라는 걸 몰랐잖아. 난 의대에 다닐 때부터 당신을 알고 지냈어. 오랜 세월 동안 친구로 지냈지. 내가 당신을 원했다는 걸 알았어야 해. 내가 당신을 기다리고 있다는 걸 알았어야 한단 말이야. 하지만 당신은 내가 아닌 그 여자를 선택했어." 로리는 화가 난 듯 꽃을 향해 손을 흔들었다. "이제야 날 선택했잖아. 그 여자한테 버림받은 뒤에 말이야. 하지만 너무 늦었어. 당신은 나를 위해 그 여자를 버리지 못할 테니까. 내가 그 여자보다 낫다는 걸 알지 못해. 내가 더 예쁘고 똑똑하고 성공했는데도. 잠자리에서도 내가 훨씬 나을 거야. 하지만 당신은 너무 멍청해서 그걸 몰라. 너무 멍청해서 샘에 대해서도 몰랐지. 눈앞에서 벌어지는 일도 모를 만큼 어리석어."

"내가?" 에릭은 주머니에서 휴지를 꺼냈다. 로리의 시선이 그의 동작을 주시하고 있었다.

"그게 뭐야?"

"신경 쓰지 마." 에릭은 마치 놀리는 것처럼 휴지를 낮게 들고 흔들었다. "버지니아 티크너 부인이 퇴원한 뒤에 진료기록은 왜 봤어? 나한테 왜 거짓말을 한 거지?"

"지금 무슨 말을 하는 거야? 난 그런 적 없어. 거짓말도 한 적 없고." 로리가 쏘아붙였다.

"아니, 당신은 그렇게 했어. 샘이 보기 전에 그 진료기록에 접속했잖아. 당신은 그 진료기록에 접속해서 상담에 관한 기록을 봤고, 샘한테 얘기해서 그 내용을 삭제하라고 한 거야. 당신은 나보다 샘에 대해 잘 알고 있었어. 꼭두각시처럼 이용했으니까. 이번 사건을 기획한 건 샘이 아니야. 당신이지. 샘은 주모자가 아니었어. 당신이 주모자야."

"그 휴지는 대체 뭐야?" 로리가 노려보자, 에릭은 여전히 놀리듯 휴지를 든 채 뒤로 물러섰다.

"당신은 처음부터 나를 노렸어. 금요일 밤 상담을 구실로 날 응급실에 부른 건 우연이 아니었던 거야. 당신에게는 계획이 있었어. 날 망가뜨리는 게 목적이었지. 당신이 아니라 케이틀린을 선택했다는 이유로 말이야."

"그 휴지는 뭐냐니까?" 로리가 신선한 고기를 노리는 늑대처럼 그 휴지에 시선을 고정한 채로 얼굴을 일그러뜨렸다.

"샘이랑 잔 거야? 그 친구가 당신을 사랑했어? 어떻게 르네를 죽이게 만든 거지? 내기해도 좋아. 여기 샘이 당신에게 가져다준 전리품

이 있어. 당신 말대로 했다는 증거지. 샘의 사랑의 징표고."

로리가 계속 쳐다보고 있자, 에릭은 휴지를 펼쳐 내용물을 보여주었다. 'fearless'라고 쓰여 있는 작은 펜던트가 달린 금목걸이였다. 에릭은 프로즌 요거트 가게에서 이 목걸이를 봤던 것을 기억했다. 맥스가 상담 중에 이 목걸이에 대해 말했던 것도 기억했다. 바로 르네 베빌라쿠아의 목걸이였다. 그리고 이 목걸이에는 샘과 로리의 지문이 묻어 있을 것이다.

"안 돼!" 로리가 외쳤다. 갑자기 로리가 무시무시한 동작으로 싱크대에서 가위를 집어 들더니 자기 팔의 아래쪽을 그었다. 빨간색 피가 섬뜩하게 사방에 흩뿌려졌다.

"안 돼, 그러지 마." 에릭은 조금씩 뒤로 물러섰다. 그는 선반에 놓여 있는 비디오 게임기가 눈에 들어오자, 그것을 뽑아 로리를 향해 던졌다. 하지만 로리는 몸을 숙여 피했고, 게임기는 그대로 바닥에 떨어졌다.

"우린 데이트를 하는 중이었어. 난 술에 취했고." 로리가 혼잣말처럼 말하기 시작했다. "당신은 강간을 시도하다가 가위를 집어 들었어. 가위로 내 목을 그으려고 한 거지. 우린 몸싸움을 했어."

"로리, 그만해!" 에릭은 계속 문 쪽으로 뒷걸음질을 쳤다. 현관 쪽에서 소리가 들렸다. 조금만 더 버티면 된다.

"난 당신한테서 가위를 빼앗은 뒤 문 쪽으로 도망쳤어." 로리가 가위를 든 채 에릭을 향해 다가왔다. "막 밖으로 나가려는 순간, 당신이 나를 붙잡았지. 그리고 내 셔츠를 찢었어. 난 당신을 죽일 수밖에 없었지. 정당방위로 말이야."

"로리, 그만해."

로리가 자신의 셔츠를 찢고 벗으려는 그 순간, 문이 열리면서 로즈 형사와 정복 경찰들이 뛰어 들어와 그녀에게 총을 겨누었다.

"꼼짝 마!" 로즈 형사가 외쳤다. "그 자리에서 움직이지 마!"

"안 돼!" 로리가 고통에 시달리던 영혼의 깊은 곳에서 솟구친 분노에 휩싸여 비명을 질렀다. 그녀가 가위를 높이 들어올린 순간, 에릭은 그 일격에 맞서 로리에게서 가위를 빼앗았다.

가위가 에릭의 가슴을 찌르기 직전의 일이었다.

68
장

12월이 되었다. 소년원을 밝아 보이게 만들기는 쉽지 않지만, 그래도 면회실의 성탄절 장식을 보자 에릭은 흐뭇했다. 벽에는 재소자들의 그림들이 걸려 있었다. 색칠을 한 크리스마스트리, 크레파스로 그린 산타클로스, 거기에 하누카 팽이[58]와 콴자[59] 컵까지 다양한 솜씨로 그려져 있었다. 이 소년원에는 열 살부터 열여덟 살까지의 청소년들이 있었다. 이곳에는 총 서른여섯 개의 방이 있었는데, 그중 하나에서 맥스가 지내고 있었다.

중간 크기의 면회실은 현대적이며 깨끗했다. 바닥에는 연한 푸른색 양탄자가 깔려 있고, 눈 예보가 있는 흐린 날씨에도 불구하고 커

---

58 12월 11일부터 19일까지 유태인들의 축제 기간으로, 납으로 만든 팽이 놀이를 한다.

59 12월 26일에서 1월 1일까지, 미국에서 일부 아프리카계 흑인들이 지내는 명절

다란 유리창을 통해 빛이 들어오고 있었다. 그 안에는 열 개의 묵직한 플라스틱 의자와 탁자들이 놓여 있었다. 에릭은 올 때마다 앉는 자리에 앉아 맥스를 기다렸다. 코트는 걸어둘 데가 없어서 그냥 입고 있었다. 면회실 한쪽 구석에는 화려한 전등 장식과 싸구려 장식품들로 장식한 크리스마스트리가 놓여 있었고, 그 밑에는 눈처럼 보이는 솜뭉치 위에 선물들이 놓여 있었다. 맥스에게 가장 행복한 크리스마스는 아니겠지만, 그래도 주립 교도소가 아닌 이곳에 있을 수 있다는 게 다행이었다.

맥스가 소년원에 오게 된 건 변호사가 주도한 감형 거래와 구치소 정신의학과 직원의 사전 심리 결과, 마리가 고용한 정신과 의사의 위험도 평가, 에릭이 작성한 실질적인 보고서의 내용이 받아들여진 결과였다. 정신 건강 전문의 세 사람이 맥스가 강박장애와 자살 충동을 동반한 우울증으로 고통받고 있으며, 범죄 당시에 의사 결정을 제대로 할 수 없는 상태였다는 데 동의했다.

연방 정부는 테러 법령 아래 고소를 취하했고, 몽고메리 카운티의 지방 검사도 맥스가 인질들을 다치게 할 의도가 없었다는 점과 무장을 하지 않은 상태였다는 점을 감안해 납치 혐의를 취하했다. 그 대신 불법 감금, 무모한 위험, 테러 위협에 관해서는 유죄를 받아 소년원에서 1년 형과 그 뒤로 집행유예 3년을 선고받았다. 소위 '긴 꼬리형'이라고 불리는 최대 형량이었다. 맥스를 성인으로 인정해 벌을 주길 원했던 '킹 오브 프러시아' 관계자들의 반대에도 불구하고 판사는 그 거래를 받아들여 선고를 내렸다.

에릭은 면회실 문이 열리고, 무장하지 않은 소년원 간수가 맥스를 데려오는 것을 지켜보았다. 맥스는 수갑이나 족쇄를 차고 있지 않았고, 간수는 문 옆에 남아 있었다. 맥스는 미소를 지으며 에릭 쪽으로 다가왔다. 에릭은 자리에서 일어서며 맥스가 2주일 전에 봤을 때보다 좋아 보인다고 생각했다. 눈이 보이게 앞머리를 자른 덕분인지 한결 밝아 보였다. 몸무게도 좀 늘어서 소년원에서 입는 회색 운동복을 입고 있는 몸이 한층 튼튼해 보였고, 키도 좀 더 큰 것처럼 보였다. 하지만 그건 에릭의 생각일 수도 있었다.

에릭이 손을 내밀었다. "맥스, 키가 큰 것 같은데?"

"조금요." 맥스가 활짝 웃으며 에릭의 손을 잡고 흔들었다. "의사 말로는 제가 성장기래요. 믿어지세요?"

"하하!" 에릭은 자리에 앉았다. "얼굴을 보니 좋구나. 어떻게 지냈니?"

"잘 지냈어요." 맥스가 맞은편 자리에 앉아 생기 넘치는 눈으로 에릭을 쳐다보았다. "아무래도 엄마가 결혼할 것 같아요."

"잘됐구나." 에릭은 진심으로 말했다. 최근 초대를 받아 마리와 자크를 만났었다. 마리는 두 달 전 재활원에서 나와 전화 회사에 일자리를 얻었다. 그리고 자크는 마리와 함께 살고 있었다.

"크리스마스 선물로 아빠가 생길 모양이에요." 맥스가 눈을 굴렸다.

에릭이 웃었다. "결혼식은 언제 하는데?"

"내년 12월이요. 제가 나갈 때까지 기다렸다 하겠대요."

"잘됐구나. 넌 어떻게 생각하니?"

"기뻐요." 맥스가 고개를 끄덕였다. "잘됐어요. 전 자크 아저씨가 좋으니까요. 정말 좋은 사람이고, 엄마에게도 좋은 영향을 미쳐요. 아저씨가 아니었으면 엄마는 재활원에 가지 않았을 거예요."

"네 말이 맞을 거다." 에릭은 마리에게 자크가 과분하다고 했던 로리의 말이 떠올랐다. "공부는 어때?"

"쉽고 지루해요. 하지만 괜찮아요." 맥스가 어깨를 으쓱했다. "5학년 애들한테 수학을 가르쳐주고 있어요. 도움이 필요한 애들이에요."

"잘하고 있구나."

"제가 뭘 좋아하게 됐는지 아세요? 언어 과목이요. 파이오니어 고등학교에서는 좋아한 적이 없는데, 여기서는 좋아요. 정말 이상한 일이죠?"

"이상하지 않아. 잘됐구나. 너한테 도움이 될 거야."

"'반성문'이라고 부르는 걸 쓰게 해요. 일종의 일기 같은 거긴 한데, 원하는 건 아무거나 자유롭게 쓸 수 있어요. 바보 같은 소리로 들리겠지만 전 그게 좋아요. 시를 쓰고 있어요." 맥스가 소심하게 어깨를 으쓱했다. "사실 달리 할 게 없기 때문이기도 해요. 여기서는 비디오 게임을 못하게 하니까."

"비디오 게임을 하는 것보다는 시를 쓰는 게 낫지."

"그렇게 말씀하실 줄 알았어요. 아빠처럼 말하네요."

"나야 아빠처럼 말할 수 있지." 에릭은 미소를 지었다. 여름 이후로 그는 마음속으로 맥스와의 관계를 명확하게 했다. 에릭은 더 이상 맥스를 아들처럼 생각하지 않았고, 자식은 하나뿐이라는 것을 확실하게 했다. 지금 그는 해나와 함께 지내고 있었다. 해나는 집 외관 전체를 분홍색으로 칠하자고 압력을 넣고 있었다.

"치료도 잘 받고 있어요." 맥스가 행복하게 미소를 지었다. "골드 선생님이 정말 좋아요."

"굉장한 사람이지." 에릭은 맥스가 자신의 오랜 친구를 언급하자 기분이 좋았다. 질 골드는 인지행동치료의 최전선에 있는 필라델피아 벡 연구소 소속인 강박장애 전문가였다. 소년원의 협조로 맥스는 골드 박사와 개인 상담 치료를 하고 있으며, 지금뿐만 아니라 앞으로도 맥스에게 도움이 될 것이다.

"골드 선생님과 할머니에 대한 이야기를 많이 했어요. 너무 슬펐어요."

"그랬을 거야." 에릭은 할머니를 떠올리며 슬픔에 잠긴 맥스의 얼굴이 어두워지는 것을 보았다.

"엄마가 술을 끊는 것처럼 좋은 일이 생기는 것을 보면서, 왜 예전에는 그렇게 하지 않은 걸까 생각했어요. 그러니까 할머니가 살아계셨을 때 말이에요. 그랬다면 할머니도 좋아하셨을 텐데."

"그야 그렇지. 하지만 부모가 돌아가신 뒤에야 성장하는 사람도 있는 법이란다. 네 엄마가 그렇다는 말은 아니지만, 그랬을 수도 있어."

맥스가 입술을 오므리며 한숨을 내쉬었다. "골드 선생님과 홍수 기법을 익히면서 강박장애는 많이 좋아졌어요. 이제 한 시간에 한 번씩만 머리를 두드려요."

"다행이구나."

"하지만 영원히 이럴 것 같아요. 이 정도로 내려오는 데 이만큼 시간이 걸린 걸 보면."

"그런 생각이 들겠지. 하지만 계속하다보면 나아질 거야."

"이제 열 시까지는 괜찮아요." 맥스가 벽시계를 쳐다보았다. 9시 10분이었다.

"점점 나아질 거야."

"골드 선생님도 그렇게 말씀하셨어요." 맥스는 생기 넘치는 눈으로 에릭을 쳐다보았다. "아시는지 모르겠는데, 골드 선생님은 독신이에요."

"아니야. 결혼한 걸로 아는데."

"아뇨, 이혼했어요. 지난달에 끝났대요. 골드 선생님이 친구랑 통화하는 걸 들었어요." 맥스가 고개를 비스듬히 기울였다. "선생님도 이제 데이트 하셔야죠?"

"난 아니야, 맥스." 에릭은 여전히 소시오패스로 판명된 로리의 일을 극복하는 중이었다. 지금 로리는 감옥에서 재판을 기다리고 있었다. 그는 로리가 필요한 도움을 받기를 바라고 있었지만, 그 자신은 그녀를 도울 입장이 아니었다. 이제 폴은 에릭과 두 번 다시 말하지 않을 것이다. 그럴 만했다.

"골드 선생님은 절 보면 선생님이 떠오르나 봐요. 두 분은 공통점도 많아요. 골드 선생님도 해나와 비슷한 또래의 딸이 있대요. 데이트 신청이라도 해보면 어때요?"

"생각해볼게." 에릭은 여전히 누군가가 자신을 파멸시키기 위해

이 모든 일들을 벌였다는 사실에 죄책감을 느끼고 있었다. 맥스를 포함해 너무 많은 사람들의 인생이 부서졌고, 슬픔에 잠기게 했다. 에릭은 자신의 사과를 우아하고 용감하게 받아준 베빌라쿠아 부부뿐만 아니라 맥스, 마리, 자크에게도 많은 이야기를 했다. 린다 페리노는 병원을 상대로 소송을 제기했지만, 피고인으로 에릭의 이름을 지목하지 않았다. 그리고 해브메이어 병원은 페리노 부인에게 상당한 금액의 합의금을 제시한 상태였다.

"패리시 선생님, 그냥 생각해보는 정도로는 안 돼요. 골드 선생님은 그 연배의 사람치고는 정말 매력적이란 말이에요."

에릭이 미소를 지었다. "내 또래지."

"봐요. 공통점이 또 있잖아요. 함께 늙어 가면 좋겠네요." 맥스가 웃었다.

"이제 그만해. 그건 그렇고, 너에게 줄 게 있어."

"뭔데요?"

"메리 크리스마스." 에릭은 코트 주머니에서 선물을 꺼내 맥스 앞에 놨다. '프로즌'에서 산 포장지로, 해나가 포장한 것이었다. 사실 그는 병원 일과 집에서 하는 개인 상담에, 사랑받는 아빠 노릇까지 하다보니 적당한 포장지를 고를 시간도 없었다. 심지어 케이틀린과의 사이까지 좋아지고 있었다. 미친 듯이 바쁜데도 불구하고 에릭의 인생은 제자리를 찾아가고 있는 것처럼 느껴졌다.

"이게 뭐예요?" 맥스가 선물을 집어 들며 미소를 지었다. "선생님은 아무것도 안 해주셔도 돼요."

"별 거 아니야. 풀어봐."

"그럼." 맥스가 포장지를 뜯자, 검은색 에버레디 손전등이 나왔다. "하하!"

"내가 전에 손전등 얘기했던 거 기억나?"

"남근의 상징이라는 거요?"

"그거 말고!" 에릭이 소리 내어 웃었다.

맥스도 한참을 웃다가 멈췄다. "농담이에요. 기억하고 있어요."

"이 손전등은 네 거야. 넌 이제 막 동굴 탐험을 시작했으니까, 항상 가지고 다녀."

"선생님이 옆에 있어줄 거잖아요." 맥스가 점점 심각해지면서 고개를 떨궜다.

"넌 더 이상 내가 필요 없어. 혼자서도 할 수 있고, 잘 해낼 거야. 혹시 손을 잡아야 할 일이 있어도 너에게는 골드 선생님이 있어. 골드 선생님이 네 옆에 있어줄 거야."

맥스가 침을 삼켰다. "왜 이런 말씀을 하시는 거예요?"

"난 매주 널 보러 왔어. 하지만 이제부터는 내가 보고 싶으면 네가 연락을 해. 전화만 하면 내가 달려올 테니까. 네가 원하면 난 언제까지라도 네 삶 속에 있을 거야. 어때?"

"알았어요." 맥스가 고개를 끄덕이며 눈을 깜빡였다. "그래도 절 버리지는 마세요."

에릭은 목이 메었다. "난 널 버리지 않아."

"그럼 됐어요. 골드 선생님이 이제 곧 여기 오실 거예요."

"여기에? 왜?"

"선생님이 같이 브런치를 드시자고 했다고 말했거든요."

"뭐라고 했다고?" 에릭은 면회실 문을 쳐다보았다. 문이 활짝 열렸다.